개는 말할 것도 없고

TO SAY NOTHING OF THE DOG

TO SAY NOTHING OF THE DOG

개는 말할 것도 없고

주교의 새 그루터기 실종 사건

옥스퍼드 시간 여행 시리즈 2

최용준 옮김

코니 윌리스 장편소설

Connie Willis

아작

일러두기

모든 주석은 옮긴이의 것입니다.

"…무해하고, 없어서는 안 될 고양이."

— 윌리엄 셰익스피어

"신은 사소해 보이는 바로 그곳에 계신다."

— 귀스타브 플로베르

《우주복 있음, 출장 가능》이라는 책을 통해
내게 처음으로 제롬 K. 제롬의
《보트 위의 세 남자, 개는 말할 것도 없고》를 소개해준
로버트 A. 하인라인에게

로레나와 버티에 대한
아름다운 추억을 떠올리며

1

"저 낡고 지저분한 잔해 없이 산뜻한 것으로
출발했다면 좋았을 텐데." 여자가 말했다.
"이봐, 저것들은 상징인걸." 그 여자의 친구가 말했다.

— 몰리 팬터 다운스

수색대 — 전시(戰時)용 모자 — 족벌주의의 문제점 — 왕실용 모자 —
주교의 새 그루터기가 사라지다 — 잡동사니 판매장 — 그것의 행방에 대한 단서 —
천문 관측 — 개 — 고양이 — 인간의 가장 좋은 친구 — 갑작스러운 출발

캐러더스와 신참 한 명, 그리고 성당지기와 나, 거기에 스피벤스까지
해서 모두 다섯이었다. 11월 15일 늦은 오후, 우리는 주교의 새(bird) 그루
터기를 찾으려고 코번트리 성당의 잔해를 뒤지던 중이었다.

아니, 적어도 나는 그랬다. 신참은 깨진 스테인드글라스 창문들을 멍하
니 바라보고 있었고, 스피벤스는 성당의 부속실 계단 근처에서 무엇인가를
파헤치고 있었으며, 캐러더스는 성당지기에게 우리가 의용 소방대에서 파
견되었다는 확신을 주려 애쓰던 참이었다.

"이 사람은 우리 조의 네드 헨리 분대장입니다." 캐러더스가 나를 가리
키며 말했다. "그리고 저는 소방대장인 캐러더스입니다."

"어느 지부 말이지?" 눈을 가늘게 뜨며 성당지기가 물었다.

"36번 지부요." 캐러더스가 되는 대로 대꾸했다.

"저 사람은 누구지?" 회중전등 켜는 법을 알아내기 위해 끙끙대고 있는
신참을 가리키며 성당지기가 물었다. 신참은 의용 소방대는커녕 의용병 노
릇이나 제대로 할 수 있을지 의문이었다.

"제 처남인 에그버트입니다." 캐러더스가 즉석에서 꾸며 말했다.

"내 마누라는 자기 동생을 화재 감시원으로 쓰게 해달라고 나를 졸라댔지." 성당지기는 동정심이 인다는 표정으로 머리를 설레설레 흔들며 말했다. "그 자식은 부엌에만 가려 해도 고양이에 걸려 넘어지곤 했어. 그런 놈이 어떻게 소이탄을 끄겠냐고 내가 마누라에게 물었지. 하지만 마누라는 자기 동생에게 일이 필요하다지 뭐야. 나는 히틀러 놈한테나 가서 일자리를 달라고 하라고 했어."

나는 그들을 놔두고 한때는 성당 본당이었던 곳으로 내려갔다. 노닥거릴 틈이 없었다. 우리는 이곳에 예정보다 늦게 도착한데다, 이제 겨우 오후 4시가 약간 지났을 뿐이지만 연기와 돌가루 때문에 벌써 어둑어둑해져서 앞이 잘 보이지 않았다.

신참은 회중전등 켜는 것을 포기하고, 계단 옆쪽 파편을 열심히 파헤치는 스피벤스를 지켜보고 있었다. 나는 북쪽 통로가 어디였을지 알아내기 위해 신참이 있는 방향을 보다가 본당 뒤쪽으로 걸어갔다.

주교의 새 그루터기는 스미스 예배당의 파클로스 스크린[1] 앞, 단철로 만든 받침대 위에 놓여 있어야 했다. 나는 파편 위를 걸어가며 내가 어디쯤 서 있는지 가늠해보았다. 무너지지 않고 제대로 서 있는 거라고는 오직 성당의 바깥쪽 벽과 탑 그리고 탑에 딸린 아름다운 첨탑뿐이었다. 지붕, 둥근 천장, 채광창이 달린 아치, 기둥 따위의 그 밖에 다른 것들은 모두가 무너지고 시커먼 파편 덩어리로 한데 엉켜서 그 형태를 알아볼 수 없었다.

'좋아.' 지붕 들보 꼭대기에 올라서서 나는 생각했다. '여기가 후진(後陣)[2]이고, 이곳을 따라가면 드레이퍼 예배당이겠군. 비록 폭파된 창문밖에는 아무것도 알아볼 수 없지만 말이야.' 돌로 만든 아치는 전부 무너진 채 오직 격실 벽만 달랑 남아 있을 뿐이었다.

'그리고 여기가 세인트로렌스 예배당이로군.' 무릎을 꿇은 채 파편 더미를 쑤석거리며 생각했다. 돌무더기와 불에 탄 들보들은 1.5미터 높이쯤 쌓

---

1   중앙과 사방에 거울이 있는 성당 구조물
2   성당 건축에서 제단 뒤에 마련한 반달형의 장소

였고, 무척이나 미끈거렸다. 온종일 오락가락한 가랑비 때문에 잿가루는 시커먼 진흙으로 변했으며 함석지붕은 얼음처럼 미끄러웠다.

저곳이 거들러 예배당, 그러면 이곳은 스미스 예배당이 틀림없었다. 하지만 그 어디에도 파클로스 스크린이 있던 흔적은 없었다. 나는 그것이 창문들에서 얼마나 멀리 떨어져 있었을까 가늠하려고 애쓰며 근처를 파헤치기 시작했다.

뒤틀린 대들보와 부서진 돌무더기 아래를 살펴보았지만, 어디에도 주교의 새 그루터기는 없었고 파클로스 스크린 역시 마찬가지였다. 부서져버린 기다란 장궤틀과 신도용 좌석의 일부로 짐작건대, 너무 본당 깊숙이 들어온 듯했다.

나는 방향을 제대로 잡으려고 애를 쓰며 일어섰다. 파괴가 얼마나 공간 감각을 흩뜨릴 수 있는지 놀라울 따름이었다. 내가 얼마나 본당 깊숙이 들어와 있는지 가늠해보기 위해 무릎을 꿇은 채 성당의 성가대석 쪽을 쳐다보며 북쪽 복도에 있던 기둥의 기부(基部)를 찾으려 노력했지만, 기부는 완전히 파묻혀서 도저히 찾을 가망이 없었다.

아치가 있던 곳을 찾아서 그곳부터 시작할 필요가 있었다. 나는 거들러 예배당의 동쪽 벽을 뒤돌아보며 예배당과 창문들을 이용해 내 위치를 가늠한 다음, 아치를 받쳐주던 기둥을 찾기 위해 다시 파편들을 파헤치기 시작했다.

기둥은 바닥 위 15센티미터쯤 되는 곳에서 부서져 있었다. 나는 그 주변을 치운 뒤 기둥과 아치의 원래 모습을 상상하며, 파클로스 스크린이 있던 곳을 가늠해보려고 애를 쓰다가 다시 파헤쳤다.

아무것도 없었다. 나무로 된, 들쭉날쭉한 천장 일부분을 들어 올렸더니 그 밑에는 전체를 가로질러 금이 간 거대한 대리석 판이 놓여 있었다. 제단이었다. 이제는 너무 안쪽으로 왔다. 나는 신참을 다시 한번 흘끗 보았다. 신참은 여전히 스피벤스가 파편을 헤집는 모습을 바라보고 있었다. 나는 3미터 정도 뒤로 와서 다시 파헤치기 시작했다.

"하지만 우리는 의용 소방대에서 나왔습니다." 캐러더스가 성당지기에게 하는 말이 들렸다.

"정말로 의용 소방대에서 온 거야?" 성당지기가 말했다. "지금 입고 있는 작업복은 지금까지 내가 봐온 의용 소방대 유니폼과는 완전히 다른데."

캐러더스가 의용 소방대 유니폼을 가지고 있을 리가 없으니 이상할 게 하나도 없었다. 우리의 작업복은 공습을 대비해서, 그러니까 양철 헬멧을 쓴 사람은 무조건 공무원으로 통용되는 그런 때를 위해 준비한 것이었다. 그리고 한밤중이랑. 대낮에는 문제가 달랐다. 캐러더스의 헬멧에는 왕립 공병대 표식이 있었고, 내 것에는 '공습 대비대'라고 스텐실 인쇄가 되었으며 신참의 헬멧은 이곳과 아무런 관계가 없는 다른 전쟁터에서 가져온 것이었다.

"우리의 정규 유니폼은 폭격에 다 없어져버렸습니다." 캐러더스가 대답했다.

성당지기는 믿지 않는 눈치였다. "만약 소방서에서 나왔다면 자네들의 도움이 절실했던 어제는 왜 오지 않았지?"

좋은 질문이었다. 그리고 내가 돌아가면 슈라프넬 여사가 분명히 내게 할 질문이기도 했다. '15일에 도착했다니 무슨 말이지요, 네드? 그건 예정보다 완전히 하루가 늦은 거잖아요?' 이렇게 말하는 슈라프넬 여사의 목소리가 귓가에 들리는 듯했다.

바로 그 이유로, 나는 슈라프넬 여사에게 돌아가서 보고하는 대신에 어젯밤까지도 지붕의 일부였다가 녹아 흘러내려 아직 액체 상태로 있는 납 웅덩이에 손가락을 데고 돌먼지에 숨 막혀 하면서도 연기가 풀풀거리는 지붕 들보들을 들쑤셔대고 있는 것이었다.

나는 덴 손가락을 조심하며, 철로 보강한 들보를 지레로 들어 올리고 슬레이트 지붕과 불에 탄 기둥을 헤쳐 나갔다. 데었던 손가락을 부서진 쇳조각에 베였기에 나는 멈추어 서서 상처를 빨았다.

캐러더스와 성당지기는 여전히 그곳에 서 있었다. "36번 지부는 들어본 적이 없는걸?" 의심에 찬 목소리로 성당지기가 말했다. "코번트리의 의용 소방대 지부는 17번까지밖에 없단 말이야."

"우리는 런던에서 왔습니다." 캐러더스가 대답했다. "이곳을 돕기 위해 특별히 파견되었죠."

"어떻게 그럴 수가 있지?" 삽을 위협적으로 집어 들며 성당지기가 말했다. "모든 길이 다 막혀 있잖아."

도와줄 때가 되었다. 나는 그 둘이 서 있는 곳으로 갔다. "우리는 래드퍼드 쪽으로 돌아서 왔습니다." 성당지기가 그 길을 모르리라 확신하면서 내가 말했다. "우유 트럭이 우리를 태워줬죠."

"바리케이드를 세운 거로 알고 있는데…." 여전히 삽을 쥔 채 성당지기가 말했다.

"특별 통행증이 있거든요." 캐러더스가 말했다.

실수였다. 성당지기는 통행증을 보고 싶어 할 것이다. 나는 서둘러 말했다. "왕비님께서 보내셨습니다."

그게 먹혔다. 성당지기는 양철 헬멧을 벗고서는 삽을 마치 곤봉처럼 들고 차려 자세를 취한 채 말했다. "왕비님께서?"

나는 공습 대비대 헬멧을 벗어 내 가슴에 댔다. "왕비님께서는 코번트리에 뭔가 도움을 줄 수 있기 전까진 도저히 이곳을 바라보실 자신이 없다고 말씀하셨습니다. 왕비님께서 명하셨습니다. '그분들의 그 아름답고도 아름다운 성당이! 당장 코번트리로 달려가서 할 수 있는 모든 도움을 주도록 하세요'라고 말이지요."

"그러실 분이지." 대머리를 공손히 끄덕이며 성당지기가 말했다. "분명히 그러셨을 거야. '그분들의 그 아름답고도 아름다운 성당'이라, 왕비님께서 하실 법한 말씀이야."

나는 성당지기에게 엄숙하게 고개를 끄덕이고 캐러더스에게 윙크를 보낸 뒤 다시 내가 파헤치던 곳으로 돌아갔다. 무너진 아치의 나머지 부분은 뒤엉킨 전선과 '영원한 안식을 누…'라고 적힌 부서진 비문과 함께 마구 섞인 채 함석지붕 아래에 있었다. 비문에 적힌 그 소망은 이루어지지 않은 듯했다.

나는 기둥 주위를 1미터 정도 치워보았다. 아무것도 없었다. 나는 파편

위를 기어 다니며 기둥 받침대를 찾다가 조각을 발견하고 다시 파헤치기 시작했다.

캐러더스가 다가와서 말했다. "성당지기가 왕비께서 어떻게 생기셨는지 알고 싶어 해. 그래서 왕비는 모자를 쓰고 계신다고 말해주었지. 모자를 쓰고 있는 게 맞지, 그렇지? 어느 왕비가 테 있는 모자를 쓰고 있었는지 늘 까먹어."

"모두 다 썼어. 빅토리아 여왕만 빼고. 빅토리아 여왕은 레이스 달린, 테 없는 모자를 썼어." 내가 말했다. "카밀라도. 카밀라는 왕비 자리에 오래 있지 못했지. 버킹엄 궁전이 폭격당할 때 빅토리아 여왕의 성서를 왕비님께서 구하셨다고 성당지기에게 말해줘. 아기처럼 소중하게 품에 안고 나오셨다고 말이야."

"왕비가 그랬어?" 캐러더스가 말했다.

"아니." 내가 말했다. "하지만 그렇게 말하면 왜 우리가 폭탄 해체반 헬멧을 쓰고 있는지 묻지 않을 거야. 그리고 지난밤에 무엇을 구해냈는지 성당지기가 실토할 수도 있고 말이야."

캐러더스는 작업복 주머니에서 종잇조각을 꺼내 읽었다. "하워드 주임 사제와 화재 감시원이 중앙 제단과 스미스 예배당에서 성찬대 촛대와 십자가를 구해서 경찰서에 맡겨두었군. 그리고 은접시와 성찬배, 나무 십자가, 은제 제병 상자, 사도 서간, 복음서, 왕립 워릭셔 연대 제7대대의 깃발도 있어."

공습 때 하워드 주임 사제가 작성한 목록과 일치했다. "하지만 주교의 새 그루터기는 없어." 나는 파편들을 살펴보며 말했다. "즉, 여기 어딘가에 그 물건이 있다는 뜻이지."

"발견할 가능성이 있어?" 캐러더스가 물었다.

"없어." 내가 말했다. "누군가가 우리보다 먼저 도착해서 그 물건을 이미 찾아갔을 가능성은 없겠지?"

"우리 쪽에서는 아무도 그러지 않았어." 캐러더스가 말했다. "데이비스와 피터스는 제 해에 도착하지도 못했어. 나도 이만큼 정확히 도착하기 위해서 네 번이나 걸렸어. 처음에는 19세기에 도착했지. 두 번째에는 12월 중순에 떨어졌고. 세 번째로는 정확한 달, 정확한 날, 공습이 시작하기 10분 전에 정확하게 도착했지. 하지만 버밍엄 중간쯤에 있는 마시멜로밭 한가운데에 떨어졌어."

"마시멜로?" 제대로 들었을 리 없다고 생각하며 내가 되물었다. "마시멜로는 밭에서 자라지 않잖아?"

"매로(marrow). 호박 말이야." 캐러더스가 짜증을 내며 말했다. "호박밭 가운데였어. 농담하지 마. 농부의 아내는 나를 독일 낙하산병이라고 여기고 헛간에 가두었단 말이야. 빠져나오느라 정말 애먹었어."

"신참은 어때?" 내가 물었다.

"저 친구는 나보다 조금 전에 도착했지. 워릭 로드 근처에서 헤매고 있는 걸 내가 발견했어. 어디로 가야 하는지 모르고 있더라고. 만약 내가 저 친구를 발견하지 못했더라면 지금쯤은 폭탄 구덩이에 떨어져 있었을 거야."

'그랬더라도 별로 나쁜 일은 아니었을 텐데.' 나는 생각했다. 신참은 스피벤스 지켜보는 것을 포기하고는, 다시 회중전등 켜는 법을 알아내기 위해 끙끙대고 있었다.

"여기까지 오는 데 2시간이 걸렸어." 캐러더스가 말했다. "네드, 넌 어땠어? 이렇게 가까이 접근하기까지 몇 번이나 시도했지?"

"한 번. 네가 재수 없이 헤매고 있는 동안 나는 잡동사니 판매장에서 막 차출되었거든."

"잡동사니 판매장이라니?"

"슈라프넬 여사는 성당에서 열렸던 전쟁 비용 모금용 잡동사니 판매장 가운데 한 곳에서 주교의 새 그루터기가 팔렸을 거라 추측했던 모양이야." 내가 말했다. "아니면 고철 모금 운동에 보냈거나. 그래서 슈라프넬 여사는 9월부터 나를 모든 성당과 지역 행사에 보냈지. 너, '펜닭개'가 뭐에 쓰는 건지 모르지?"

"펜닭개라는 말조차 처음 듣는걸."

"나도 몰라." 내가 말했다. "하지만 일곱 개나 샀어. 달리아 모양 두 개,

장미 모양 한 개, 새끼 고양이랑 고슴도치 모양 한 개씩, 그리고 유니언 잭 모양 두 개야. 뭔가 꼭 사기는 사야만 하는데 네트를 통과할 때 내가 산 물건은 아무것도 가지고 갈 수 없어서, 아무에게도 들키지 않고 잡화 테이블에 다시 몰래 갖다 놓을 수 있는 물건을 사야만 했지. 펜닦개는 작거든. 장미 모양만 빼고 말이야. 그건 밝은 자홍색 모직을 겹겹이 꿰매고 둘레는 분홍색 물을 들여놓은 건데 거의 축구공만큼이나 커. 그런데 아무래도 모를 일은 그런 물건을 대체 어디에 쓰는가 하는 거야. 잡동사니 판매장에서 사람들에게 파는 용도를 뺀다면 말이야. 모든 곳에서 그 물건을 팔고 있어. 미아 돕기 자선 시장, 공습 대비대 방독면 기금 마련 오븐 요리 장터, 성(聖) 안나의 축일³ 시장….″

캐러더스는 날 이상하다는 듯 바라보았다. "네드." 캐러더스가 말했다. "너 지난주에 몇 번이나 강하했지?"

"열 번." 기억을 더듬으며 내가 대답했다. "아니, 열두 번이지. 트리니티 성당 추수 감사 만찬, 여성학교 개최 승리 염원 바자회, 스핏파이어 전투기 기금 마련 다과회. 아, 그리고 주교들의 부인들을 만났으니까 열세 번이네. 아니, 열두 번이다. 비트너 부인은 강하해서 만난 게 아니니까."

"비트너 부인?" 캐러더스가 물었다. "코번트리 성당 마지막 주교의 부인 말이야?"

나는 고개를 끄덕였다. "비트너 부인은 아직 살아 있어. 코번트리에 거주 중이지. 슈라프넬 여사가 나더러 비트너 부인을 만나보고 오라 했어."

"그분이 이 오래된 성당에 관해 무엇을 안다는 거지? 비트너 부인은 성당이 불에 탈 당시에는 태어나지도 않았는데."

"슈라프넬 여사는 만약 주교의 새 그루터기가 화재를 견뎌냈다면 새로운 성당의 창고 어딘가에 보관되어 있을지 모른다면서, 나더러 주교들의 부인들을 모두 만나게 시켰어. 여사의 말을 빌리자면, 남자들은 물건이 어디에 있는지 모른대."

³ 7월 26일

캐러더스는 슬픈 듯이 머리를 가로저었다. "그래, 그 부인네들은 알고 있었어?"

"비트너 부인 말고 다른 사람들은 주교의 새 그루터기가 뭔지 들어본 적도 없었어. 그리고 비트너 부인 말로는 새 성당을 팔기 전에 모든 물건을 꾸렸지만, 그 물건은 없었다더군."

"하지만 잘된 일이지 않아?" 캐러더스가 말했다. "만약 그게 여기에도 없다면 그건 바로 공습이 있었을 때도 이 장소에 없었다는 뜻이 되고, 그러면 넌 슈라프넬 여사에게 성당 봉헌식 때 성당 안에 그 물건을 복구시켜놓을 필요가 없다고 말할 수 있잖아."

"네가 말해보지 그래?" 내가 말했다.

"아마도 보관해놓기 위해 따로 뒀을 거야." 캐러더스가 창문들을 보며 말했다. "동쪽 유리 창문들처럼 말이야."

"주교의 새 그루터기를?" 내가 의심에 찬 목소리로 말했다. "지금 농담하는 거야?"

"하긴, 그렇지." 캐러더스가 말했다. "그런 물건을 누가 폭격에서 구하고 싶겠어? 빅토리아 시대의 예술품이라니!" 캐러더스는 몸서리를 쳤다.

"게다가." 내가 말했다. "나는 벌써 성당의 창문을 보관해놓은 루시 햄프턴 사제관에도 가봤어. 확인차 말이야. 그곳에도 없었어."

"그래?" 캐러더스가 말했다. "그러면 성당 안의 어딘가로 옮겨졌을 수도 있겠군."

그럴듯한 생각이었다. 어쩌면 여성 제단 봉사회에서 일하는 누군가가 차마 두고 볼 수가 없어서 기둥 뒤 모퉁이나 아니면 어디 다른 곳에 숨겨놓았을지도 몰랐다.

"그런데 대체 왜 슈라프넬 여사는 그 물건에 그렇게 집착을 보이는 거야?" 캐러더스가 말했다.

"슈라프넬 여사는 왜 이번 프로젝트의 아주 상세한 부분까지 집착하는 걸까?" 내가 말했다. "나보고 주교의 새 그루터기를 찾아오라고 하기 전에는 기념비에 매달렸어. 성당 안에 있는 모든 기념비의 비문을 복사해 오라

19

고 했지. 저버스 스크로프 장군의 무덤에 있는 것까지 포함해서 말이야. 계속 그런 식이었어." 내가 말했다.

캐러더스는 동감이 간다는 표정으로 끄덕였다. "내 경우는 파이프 오르간이었어." 캐러더스가 말했다. "오르간의 파이프 크기를 재어 오라면서 중세를 샅샅이 뒤지게 했지."

"사실, 정말로 궁금한 건 왜 슈라프넬 여사는 코번트리 성당 재건축에 그토록 미쳐 있느냐는 거야." 내가 말했다.

"여사의 증증증조 할머니쯤 되는 사람이 코번트리로 가서…."

"나도 알아. 안다고. 그때의 경험이 여사의 증증증조 할머니인가 하는 사람의 인생을 바꾸었고, 슈라프넬 여사는 그분의 일기장을 발견했으며 그 일기장이 여사의 인생을 바꾸었고, 그래서 여사는 자기 증증증조 할머니를 기리기 위해 성당을 불에 타기 전 모양 그대로 재건하기로 마음먹었고, 기타 등등 기타 등등 기타 등등. 그 말을 골백번은 들었을 거야. 그리고 또 하나 있지. 신은…."

캐러더스가 내 말을 가로챘다. "…사소해 보이는 바로 그곳에 계신다. 난 그 말이 정말 싫어."

"내가 가장 싫어하는 말은 '돌 하나도 남기지 말고 모두 뒤집어보라'는 거야. 좀 도와줘." 커다란 돌의 끝부분을 가리키며 내가 말했다.

캐러더스는 몸을 숙여 돌의 다른 쪽 부분을 잡았다.

"하나, 둘, 셋, 들어!" 내 구호에 맞춰 우리는 돌덩어리를 복도 맞은편으로 던졌고, 돌덩어리는 데굴데굴 굴러서 기둥 조각에 부딪히더니 기둥 조각을 쓰러뜨렸다.

주교의 새 그루터기는 돌 아래에도 없었지만, 그것을 세워놓았던 단철로 만든 받침대와 파클로스 스크린의 가로대 하나가 보였다. 붉은색 사암 덩어리 밑에는 반쯤 그을린 꽃줄기 하나가 있었다. 하지만 그 꽃줄기는 이파리 하나 남아 있지 않아서 어떤 종류의 꽃인지 알 수 없었는데, 만약 끝부분의 2, 3센티미터 정도가 녹색을 띠지 않았다면 나무토막이나 쇠막대로 보였을 것이다.

"그게 파클로스 스크린 앞쪽에 있었어?" 으드득으드득 유리 조각을 밟으며 캐러더스가 물었다.

"이 파클로스 스크린이야. 이 받침대 위." 단철로 만든 받침대를 가리키며 내가 대답했다. "11월 9일 현재, 영국 공군과 오븐 요리 장터 성공을 위한 기도회. 크로셰 뜨개질 장식이 달린 덮개 두 장, 팬지꽃 펜닦개, 록 케이크 반 다스. 이름 하나는 잘도 갖다 붙이는군."

캐러더스가 유리 주변을 둘러보았다. "폭발 때문에 본당의 다른 곳으로 굴러 들어간 건 아닐까?" 캐러더스가 물었다.

"성당을 부순 건 고성능 폭탄이 아니라 소이탄이었어."

"아, 그렇군." 캐러더스가 말했다. 캐러더스는 우리 쪽으로 다가오는 성당지기를 바라보았다. "빅토리아 여왕의 성서라고 했지?"

"그래. 조지왕을 비롯한 왕족들의 탄생, 죽음 그리고 광기까지 모두 적혀 있는 거야." 내가 말했다. "혹시 불이 나기 전에 잘 보관해두려고 루시 햄프턴 사제관 말고 다른 곳에 옮긴 물건이 있는지 알아봐줘."

캐러더스는 고개를 끄덕이더니 성당지기에게 갔고, 나는 단철로 된 받침대를 바라보며 이제 무엇을 해야 할지 생각해봤다.

성당에 떨어진 폭탄 대부분은 소이탄이었지만, 캐러더스가 옳았다. 진동 때문에 위치가 바뀔 수도 있었고, 근처에는 고성능 폭탄에서부터 가스관에 이르기까지 수많은 폭발 가능성이 존재했다. 주교의 새 그루터기는 본당의 중앙 복도나 성가대석으로 굴러 들어갔을지도 몰랐다.

나는 돌을 좀 더 치우면서 드레이퍼 예배당에 있던 유리창들이 깨지며 어느 쪽으로 날아갔을지 가늠해보았다. 유리 조각 대부분은 남쪽과 서쪽으로 퍼진 듯했다. 아무래도 다른 방향, 즉 본당의 뒤쪽부터 찾아봐야 할 모양이었다.

나는 스크린이 있던 곳으로 돌아가서 남쪽과 서쪽으로 파헤치기 시작했다. 돌 하나도 남기지 않고 모두 뒤집어보았다.

시각을 알리는 종소리가 울렸고, 우리 모두, 심지어 스피벤스마저도 하던 일을 멈추고는 탑을 쳐다보았다. 지붕이 사라졌기에 연기와 먼지를 뚫고 첨탑을 볼 수 있었다. 종소리는 우리 주변의 파괴에도 색이 바래지 않고 아름다웠다.

"봐, 저기 별이 있어." 캐러더스가 말했다.

"어디?" 내가 말했다.

"저기." 캐러더스가 가리켰다.

하지만 나에게는 연기만 보일 따름이었다. 그래서 그렇게 말했다.

"저기." 캐러더스가 말했다. "첨탑 위, 전쟁의 자욱한 장막과 파괴의 잔해 위. 인간의 무자비함에 아직 때 묻지 않은 채 다가올 희망과 아름다움의 고귀한 전령이자, 인간의 인식 범위를 넘어선 부활의 반짝이는 상징 말이야."

"인간 인식의 범위를 넘어선?" 나는 걱정스러운 눈으로 캐러더스를 바라보았다. "희망과 아름다움의 고귀한 전령?"

시차 증후군의 첫 번째 증상은 지나치게 감상적인 경향이 나타나는 것이다. 마치 아일랜드 사람이 술에 취한다거나, 빅토리아 시대의 시인이 냉철하게 생각하는 경우와 비슷하다고나 할까. 캐러더스는 어제 적어도 네 번의 강하를 했고 그중 두 번은 몇 시간 간격이었으며, 오르간의 파이프 크기를 재기 위해서는 또 얼마나 많이 강하했는지 알게 뭔가? 캐러더스는 자신이 한잠도 자지 않았다고 자기 입으로 말했다.

나는 인상을 찡그리며 시차 증후군의 증상을 기억하려 애를 썼다. 지나친 감상주의, 청각 장애, 피로. 하지만 캐러더스는 종소리를 들었으며, 슈라프넬 여사 밑에서 성당 재건축 계획을 위해 일하는 사람들은 모두가 수면 부족으로 고생하고 있었다. 나 역시 지난주에 취했던 수면이라고는 오직 성 크리스핀 축일[4]에 전쟁 비용 마련 바자회 동안 잠깐 잔 것뿐이었다. 그것도 '환영 인사'와 '조직 위원회 소개' 사이에 꾸벅 졸았을 뿐이었다.

다른 증상은 뭐였더라? 엉뚱한 말이나 행동, 굼뜬 대답, 침침한 시력.

내가 말했다. "저 별 말이야, 뭐처럼 보여?"

"뭐처럼 보이냐니 그게 무슨 말이야." 캐러더스는 조금도 지체 없이 대

---

4 10월 25일

답했다. "별처럼 보이지."

종소리가 멈추고 그 메아리만이 연기 자욱한 공기 속을 맴돌고 있었다.

"넌 별이 별로 보이지 뭐처럼 보일 거라고 생각하는 거야?" 캐러더스는 질문하고는 성당지기가 있는 곳으로 성난 듯 걸어갔다.

화를 잘 내는 것은 시차 증후군의 뚜렷한 증상이다. 그리고 네트 지침서에는 '시차 증후군으로 고생하는 사람은 즉시 임무를 면제하고 그곳을 빠져 나오게 해야 한다'고 확실하게 쓰여 있지만, 만약 그렇게 한다면 나는 슈라프넬 여사에게 우리가 코번트리 대신 옥스퍼드에서 뭘 하고 있던 것인지 설명해야만 할 것이다.

그것이 내가 왜 처음부터 이 파편 더미를 파헤치고 있는가 하는 이유였다. 왜 14일 8시에 예정했던 대로 성당 앞에 도착하지 못했는지를 슈라프넬 여사 앞에서 구구절절이 설명하고 싶지 않았다. 그리고 그 이유가 시간 여행에서 생기는 편차 때문이라고 설명하는 것 역시 그리 좋은 시도가 아닐 것이다. 슈라프넬 여사는 시간 여행에 편차가 있을 수 있다는 사실을 믿지 않았다. 시차 증후군도 마찬가지고.

오히려 캐러더스가 뚜렷하게 모순된 행동을 하지 않는 이상, 여기에 머물면서 주교의 새 그루터기를 찾아내 슈라프넬 여사에게 '여사님 말씀이 맞았습니다. 공습이 있는 동안 성당 안에 있더군요'라고 말해준 다음 잠을 자는 게 훨씬 나았다. 잠, 비(非) 의용 소방대 작업복의 다 해어진 소맷부리를 누벼주고 그을음투성이의 이마를 달래주며 슬픔을 지워주고 지친 영혼에 행복과 축복을, 휴식과 위로를 주는 잠을….

다시 돌아온 캐러더스는 피곤하거나 정신이 산만하지 않은 듯해 보였다. 좋았어.

"네드!" 캐러더스가 말했다. "내가 부르는 소리 안 들려?"

"미안." 내가 말했다. "잠깐 딴생각하고 있었어."

"그랬던 모양이군. 5분 동안이나 불렀어." 캐러더스가 말했다. "그 여자가 두키와 함께 있었어?"

내가 잘못 들었거나 그게 아니면 캐러더스는 내 생각보다 훨씬 더 심각한 시차 증후군을 보이는 게 틀림없었다. "두키?" 나는 조심스레 물어보았다.

"그래, 두키! 그 여자가 두키와 함께 있었어?"

오, 맙소사. 나는 성당지기가 아무런 의심도 하지 못하도록 하면서 캐러더스를 옥스퍼드로 데리고 돌아가서 병원에 입원시킨 다음 여기로 돌아와 성당 수색을 마치려고 노력은 하겠지만, 그때는 아마도 리버풀 중간에 있다던 그 호박밭에 떨어질 게 분명했다.

"네드, 내 말 안 들려?" 캐러더스가 걱정스러운 듯 말했다. "그 여자가 두키와 함께 있었냐니까?"

"그 여자가 누군데?" 어떻게 해야 캐러더스를 설득해 병원으로 데려갈 수 있을지 방법을 궁리하며 내가 물었다. 시차 증후군의 희생자는 자신이 그 증후군에 걸렸다는 생각을 결코 하지 못하기 때문이다. "슈라프넬 여사?"

"아니." 캐러더스는 무척 짜증을 내며 말했다. "왕비 말이야. 왕비. 왕비가 우리를 여기로 보냈잖아. '그분들의 그 아름답고도 아름다운 성당이!'라고 말하고선 말이야." 캐러더스는 우리 쪽으로 다가오고 있는 성당지기를 가리키며 속삭였다. "저 사람이 물어보더라고. 우리가 왕비를 만났을 때 왕비가 두키와 함께 있었는가 하고 말이야. 그런데 난 두키가 누군지 전혀 모르겠거든."

나 역시 마찬가지였다. '두키'라니. 왕, 그러니까 왕비가 자신의 남편을 부를 때 쓰는 애칭인 것 같지도 않았다. 어쩌면 골칫덩이 아주버니를 부를 때 쓰는 호칭은 아닐까? 아니, 아니다. 1940년이면 에드워드 8세는 이미 퇴위했을 때였으며 왕비는 자신의 아주버니인 에드워드 8세를 딱히 뭐라 부를 일이 아예 없었다.

왕비가 키우는 개를 생각해보았지만 별 특별한 도움이 되지 않았다. 국민에게 왕대비로 불리던 말년 시절, 왕비는 웰시 코기를 길렀다. 하지만 제2차 세계대전 당시에는 뭘 길렀더라? 요크셔테리어인가? 토이 스패니얼인가? 그리고 만약 길렀다면 암수 어떤 거였지? 그런데 만약 두키가 왕비의 하녀 이름이라면? 아니 공주 가운데 한 명의 별명이라면?

"두키에 관해 물으셨죠? 아쉽게도 두키는 왕비님과 함께 있지 않았습니다. 윈저궁에 있었죠. 폭탄의 위협을 피해서요. 짐작하셨겠지만요." 성당지기가 다가오기에 내가 말했다.

"그런 식으로 행동하는 사람들도 있더군. 그렇게 심장이 약해서야, 원." 성당지기는 스피벤스와 신참이 있는 곳을 바라보며 말했다.

신참은 마침내 회중전등 켜는 법을 알아냈다. 신참은 회중전등 스위치를 켜서 성단소[5]의 그을린 벽과 계단 옆 파편을 파헤치고 있는 스피벤스에 불을 비추며 놀고 있었다.

"지금 등화관제를 해야 하지 않아?" 내가 캐러더스에게 말했다.

"어이쿠, 맙소사." 캐러더스가 말했다. "그거 당장 끄지 못해!" 캐러더스가 소리치며 신참 쪽으로 걸어갔다.

"일주일 전, 지붕에 올라갔을 때 뭘 발견한 줄 알아?" 성단소에서 캐러더스가 신참으로부터 회중전등을 빼앗아 끄는 것을 지켜보며 성당지기가 말했다. "듣기는 좀 그렇겠지만, 내 처남 녀석이 당신들처럼 태평스럽게 성냥불을 켜지 않았겠어? 너 지금 여기서 뭐 하는 거냐고 내가 물었지. '담뱃불 좀 붙이려고요.' 녀석이 대답하더군. 하는 김에 아예 조명탄이라도 쏘는 게 어떻겠냐, 그래서 독일 공군 놈들 눈에 확실하게 띄게 하는 게 좋지 않겠냐고 내가 말했지. 그랬더니 녀석이 오히려 큰소리치더군. '이건 그냥 성냥불 하나일 뿐이에요. 이게 뭐가 위험하다고 그러세요?'"

성당지기는 독일 공군이 결국 발견해낸 성과의 결과물을 슬픈 눈으로 바라보았고, 나는 이 사람이 자기 처남에게 책임이 있다고 생각하는지 궁금했지만, 성당지기는 다른 데로 말을 돌렸다. "하워드 주임 사제님이 너무나 안됐어." 성당지기가 고개를 저었다. "성당이 이 지경이 되다니 그분에게는 굉장한 충격이었을 거야. 집에도 가지 않으셨어. 밤새 여기 머무셨지."

"밤새요?" 내가 말했다.

성당지기는 고개를 끄덕였다. "도둑놈들을 막으려고 그런 것 같아." 성당지기는 슬픈 눈으로 파편 더미를 바라보았다. "훔쳐 갈 것도 얼마 없지

---

5 교회 예배 때 성직자와 합창단이 앉는 제단 옆자리

만, 그래도 만약 뭔가가 남아 있다면 자네들 역시 그걸 도둑맞길 바라진 않을 거 아냐."

"물론이죠." 내가 동의했다.

성당지기는 슬픈 듯이 머리를 흔들었다. "파편 더미를 이리저리 서성거리는 그분 모습을 자네들이 봤어야만 하는 건데. 그래서 내가 사제님께 이제 그만 집에 가서 좀 쉬시라고, 나와 스피벤스가 지키고 있겠다고 했지."

"그러니까 불이 난 이후 계속 누군가가 이곳에 남아 있었던 거군요?" 내가 포기하지 않고 물었다.

"거의 그렇다고 할 수 있지." 성당지기가 말했다. "내가 집에 잠깐 차를 마시러 간 때를 빼고는 말이야. 오늘 아침에 비가 내리기 시작했고, 처남더러 집에 가서 방수 외투하고 우산을 가져오라고 시켰는데 돌아오지 않기에 내가 가서 가져와야만 했지." 성당지기는 동쪽 하늘을 초조하게 바라보며 덧붙였다. "어두워지는군. 독일군이 곧 돌아올 거야."

사실 독일군은 오늘 오지 않는다. 오늘 저녁, 독일 공군은 런던을 폭격할 것이다. 하지만 성당지기의 말대로 날이 어두워지고 있었다. 성당 저쪽 끝, 캐러더스가 신참에게 등화관제의 규칙에 관해 고함치고 있는 곳은 이미 어둑어둑해졌고 폭격받은 동쪽 유리창은 탐조등이 이리저리 휘젓고 다니는 음침하고 검푸른 연기 아지랑이를 향해 입을 쩍 벌리고 있었다.

"그래, 어두워지기 전에 최대한 찾아보자." 나는 혼자 중얼거리며 폭발로 주교의 새 그루터기가 얼마나 멀리 튕겨 나갔을지 추측하면서 좀 전에 뒤지던 파편 더미로 돌아갔다. 도둑이 그 물건을 훔쳐 가지 않았다는 가정하에. 성당지기는 아침에 차를 마시러 적어도 1시간은 자리를 비웠고, 그 정도 시간이라면 누구든지 사라져버린 남쪽 문으로 들어와 원하는 물건을 가지고 갈 수 있었다. 주교의 새 그루터기를 포함해서 말이다.

수면 부족으로 내 머리가 명청해진 게 틀림없었다. 사실 그 누구도, 심지어 폭탄 충격으로 정신이 나간 사람일지라도 그 물건을 훔칠 리 없었다. 또는 잡동사니 판매장에서 산다거나 말이다. 이건 '주교의 새 그루터기'였다. 분명 군용 고철 수집장에서도 거절할 물건이었다. 물론 누군가가 나치에 대항하는 심리학적 무기로서의 잠재적인 가치라도 알아냈다면 예외겠지만.

그러니 그 물건은 여기 어디, 파클로스 스크린의 잔해와 '…리소서'라고 적힌 깨진 비문 어딘가 사이에 있을 것이고, 어두워지기 전에 그 물건을 찾아내려면 서둘러야만 했다. 나는 아직도 깃털 타는 냄새가 풍기는 기도용 깔개를 치우고 본당 뒤쪽을 향해 파편들을 파내기 시작했다.

장궤틀 하나와 청동제 촛대 하나 그리고 검게 그을린 채 '하늘 아래 있는 모든 것들로부터'가 펼쳐진 찬송가 책이 있었다. 책 뒤표지 사이에 종이가 한 장 끼워진 게 보였다.

그 종이를 끄집어냈다. 11월 10일 일요일 예배 순서지였다. 접힌 종이를 펴니 불에 그슬린 시커먼 종잇조각들이 떨어져 날렸다.

나는 어두운 곳에 쭈그려 앉아 눈을 가늘게 뜨고서 종이에 적힌 내용을 읽어보려 애를 썼다. 신참이 가지고 있는 회중전등이 있으면 좋겠다는 생각이 들었다. "…그리고 영국 공군의 데이비드 할버스탬 중위를 기리기 위해 중앙 제단에는 붉은 카네이션이 봉헌되었다. 주교의 새 그루터기에 담겨 강단에 배치된 분홍색 베고니아와 노란색 국화 다발은 여성 제단 봉사회의 꽃 담당 부서장인 로…."

부서장 이름의 나머지 부분은 타버려 보이지 않았지만, 닷새 전까지만 해도 주교의 새 그루터기가 성당 안에 있었다는 사실은 확실했다. 그렇다면 대체 지금은 어디에 있는 걸까?

계속해서 주변을 파보았다. 주위는 점차 더 어두워졌고, 전날 밤에는 독일 공군에게 도움만 잘 주던 달이 오늘은 뜨자마자 연기와 먼지의 암흑 속으로 숨어버렸다.

성당의 이 부분은 모두 한 덩어리로 무너져 내린 듯했고, 내가 혼자 힘으로 들어 올려볼 수 있는 것들은 순식간에 동나버렸다. 캐러더스를 보았더니 그는 성당지기와 왕실에 관한 이야기에 푹 빠져 있었다. 아마도 대화하며 정보를 얻어내려는 듯했다. 방해하고 싶지 않았다.

대신 나는 신참에게 소리쳤다. "여기 좀 도와줘!" 신참은 스피벤스 곁에

27

쭈그리고 앉아서 스피벤스가 굴 파는 모습을 지켜보고 있었다. "이쪽!" 나는 손을 흔들며 소리쳤다.

둘 가운데 아무도 내 쪽을 바라보지 않았다. 스피벤스는 굴 안으로 거의 다 들어가 잘 보이지 않는 상태였고, 신참은 또다시 자기 회중전등으로 장난을 치고 있었다.

"이봐! 이쪽이라니까!" 내가 소리를 쳤을 때, 여러 가지 일이 한꺼번에 일어났다. 굴에서 스피벤스가 다시 나타났고 신참은 뒷걸음치다 넘어졌으며 회중전등은 마치 탐조등처럼 하늘을 가로지르기 시작했다. 그리고 터널 안에서 길고 검은색 동물이 튀어나오더니 파편 더미 위를 가로질러 갔다. 고양이였다. 스피벤스는 큰 소리로 짖으며 고양이를 쫓아갔다.

나는 앉아서 그 둘을 흥미롭다는 듯 바라보는 신참에게 다가가서 회중전등을 끈 다음, 그를 일으켜 세우며 말했다. "이 목재들을 들어 올리게 도와줘!"

"고양이 보셨어요?" 고양이가 도망간 성단소 계단 쪽을 보며 신참이 말했다. "그거 고양이였죠? 제 생각보다 훨씬 작더군요. 저는 늑대만 할 거라고 상상했거든요. 정말 잽싸군요! 고양이들은 저 녀석처럼 모두 검은색이었나요?"

"다 타버린 성당에서 기어 다니는 고양이라면 모두가 그런 색깔일걸." 내가 말했다.

"진짜 고양이였어요!" 비 의용 소방대 작업복에 묻은 먼지를 털어내며 나를 따라오던 신참이 말했다. "거의 40년 전에 멸종한 생물을 보다니 놀라울 따름이네요. 정말로 평생 처음 봐요."

"이 끝을 좀 잡아봐." 돌로 만든 홈통의 끝을 가리키며 내가 말했다.

"모든 것이 다 놀라워요." 신참이 말했다. "사실 여기에 제가 '있다'는 자체가 놀라움의 시작이죠."

"아니면 그 종말이거나." 나는 무뚝뚝하게 내뱉었다. "그거 말고 위쪽에 있는 거."

신참은 무릎을 곧게 펴고 돌 홈통을 들어 올리다가 약간 비틀거렸다.

"너무나 흥분돼요! 슈라프넬 여사께선 코번트리 성당에서 일하는 게 훌륭한 경험이 될 거라고 말씀하셨는데 정말이네요! 여기 와보니 성당이 폐허가 되었다는 느낌 대신 지금 당장에라도 잿더미 속에서 솟아올라 옛날의 영광을 보여줄 것만 같아요."

신참은 마치 시차 증후군에 걸린 사람이라도 되는 양 말했지만, 아마 그건 아닐 것이다. 슈라프넬 여사와 처음 일하는 신참들은 하나같이 모두가 시간 증후군에 걸린 것처럼 말을 하니까.

"몇 번이나 강하를 해봤지?" 내가 물었다.

"이번이 처음이에요." 신참이 흥분한 얼굴로 말했다. "그리고 아직도 전 믿어지지 않아요. 제 말은, 과거의 보물이자 지나간 시대의 아름다움인 주교의 새 그루터기를 찾기 위해 '1940년'에 와 있다는 사실 말이에요."

나는 신참을 바라보았다. "너, 주교의 새 그루터기를 본 적이 한 번도 없는 거지?"

"네." 신참이 말했다. "하지만 정말로 굉장한 물건임이 틀림없을 거예요. 그 물건은 슈라프넬 여사의 증증조 할머니의 삶을 바꿔놓았으니까요."

"나도 알아." 내가 말했다. "그리고 그 물건은 우리의 삶도 바꿔놓았지."

"이봐!" 캐러더스가 드레이퍼 예배당 쪽에서 우리를 불렀다. 캐러더스는 무릎을 꿇고 있었다. "뭔가를 발견했어."

캐러더스는 폭발 때문에 잘못된 방향으로 가 있었고, 처음에는 그저 목재 더미가 마구 뒤엉켜 있는 모습만 보였지만 캐러더스가 그 한복판에 놓인 뭔가를 가리켰다.

"나도 보여! 금속 같아 보이는데." 성당지기가 말했다.

"네 회중전등을 켜봐." 캐러더스가 신참에게 말했다.

그사이 회중전등 켜는 법을 다시 잊어버린 신참은 전등을 가지고 한참을 끙끙대더니 캐러더스의 얼굴에 대고 스위치를 켜버렸다.

"나 말고 이 아래쪽!" 캐러더스가 소리쳤다. 캐러더스는 회중전등을 낚아채서 목재 더미를 비추었고 나는 금속이 반짝이는 빛을 보았다. 심장이 두근두근했다.

"저 목재들을 치워 보자." 내 말에 우리는 모두 목재 더미에 달려들었다.

"나온다!" 성당지기가 말했고, 캐러더스와 신참은 파편 더미 아래에서 그걸 꺼냈다.

금속은 검게 그을렸고 심하게 찌그러지고 뒤틀렸지만, 나는 그 물건이 무엇인지 알았다. 성당지기도 알고 있었다. "모래 양동이로군." 성당지기가 말하더니 울음을 터뜨렸다.

성당지기가 시차 증후군을 겪는다는 것은 물리적으로 불가능한 일이다. 시차 증후군이 전염된다면 또 몰라도 말이다. 하지만 성당지기는 정말로 시차 증후군과 똑같은 증상을 보였다.

"어젯밤에도 저 양동이를 보았는데, 지금은 이 모양이라니." 성당지기는 시커멓게 그을린 손수건으로 눈물을 훔치며 말했다.

"조금만 손보면 새것처럼 만들 수 있어요." 캐러더스가 성당지기의 어깨를 어색하게 토닥거리며 말했지만, 난 그 말을 믿을 수 없었다.

"손잡이가 완전히 날아가버렸어." 성당지기는 말을 하고는 세차게 코를 풀었다. "내 손으로 저 양동이에 모래를 채웠는데. 내 손으로 남쪽 문 있는 곳에 매달아두었는데."

남쪽 문은 성당의 반대쪽 끝에 있으며, 남쪽 문과 드레이퍼 예배당 사이의 거리는 본당과 떡갈나무로 된 신도용 좌석이 줄줄이 늘어서 있을 만큼 멀었다.

"손잡이를 꼭 찾아드리겠습니다." 캐러더스의 이 말 역시 나는 도통 믿어지지 않았지만, 그 둘은 마치 기도하는 사람처럼 무릎을 꿇고는 목재 더미를 뒤지기 시작했다.

나는 그 두 사람과, 고양이라도 찾을 셈인지 계단 아래를 들여다보고 있는 신참을 남겨둔 채 지붕이 무너져 한데 엉켜 있는 원래 장소로 돌아왔다.

한때 중앙 통로였던 곳에 서서, 나는 어디를 찾아야 할지 가늠해보았다. 폭발로 인해 모래 양동이는 스미스 예배당의 창문 정반대 편으로 거의 성당 길이의 절반 정도나 되는 거리를 날아왔다. 이 말은 주교의 새 그루터기 역시 성당의 어느 곳에나 있을 수 있다는 뜻이었다.

그리고 주위는 어두웠다. 탐조등 불빛들이 커다란 호를 그리며 하늘을 가로질러 왔다가 17개의 소방서가 미처 다 잡지 못한 불길이 황갈색으로 새어 나오는 북쪽으로 사라졌지만, 탐조등도 불길도 주위를 밝혀주지는 못했으며 달조차 어디 갔는지 보이지 않았다.

우리는 오래 일할 만한 시간이 없었고, 슈라프넬 여사는 네트에서 우리를 만나서 우리가 어디에 있었으며 왜 주교의 새 그루터기를 찾아내지 못했는지를 알고 싶어 할 것이다. 여사는 나를 이곳으로 다시 되돌려 보내거나 아니 더 나쁜 경우에는 그 끔찍한 펜닭개와 다탁보 그리고 록 케이크가 있는 잡동사니 판매장으로 돌려보낼 수도 있었다.

어쩌면 나는 그냥 여기에 머물면서 보병으로 입대해서 어디 조용하고 안전한 곳, 가령 노르망디 해변 같은 곳으로 갈 수 있을지도 모르겠다. 아니, 노르망디 상륙 작전이 있던 해는 1944년이었지. 북아프리카 엘 알라메인[6] 같은 곳이 좋겠군.

나는 불에 탄 신도용 좌석의 한쪽 끝을 밀치고 그 아래에 있던 돌을 들어 올렸다. 돌 아래는 다이어 예배당 바닥에 깔린 사암이었다. 나는 갓돌 조각 위에 걸터앉았다.

스피벤스는 총총걸음으로 다가오더니 바닥을 쑤석거리기 시작했다. "이봐, 소용없어. 여기가 아니야." 나는 앞으로 내가 사야만 할 스위트피[7] 모양의 펜닭개를 떠올리며 거의 자포자기한 심정으로 말했다.

스피벤스는 내 발치에 앉아서 측은한 듯 나를 쳐다보았다.

"할 수 있었다면 날 도와줬겠지?" 내가 말했다. "너희를 인간 최고의 친구라고 하는 게 이상할 게 하나도 없어. 너희는 충직하고 성실하고 참되고 우리 인간의 기쁨과 슬픔을 함께하고 우리가 알고 있는 그 어떤 친구보다도 더 진실된, 아니 우리에게는 과분한 친구지. 넌 어떤 고통 속에서도 우리와 운명을 함께하기로 하고 험난한 전쟁터든 따뜻한 벽난로 앞 깔개든

6 지중해 북부 이집트의 마을. 1942년 11월, 이곳에서 영국의 몽고메리 장군이 독일의 롬멜 장군 지휘 하의 독일군을 물리쳤다.
7 콩과의 원예 식물

장소를 가리지 않으며 심지어는 죽음과 파괴가 주변에 온통 널려 있더라도 네 주인을 떠나지 않는구나. 아, 고귀한 개여, 너는 바로 우리 자신의 더 성숙된 모습을 비춰주는 털 달린 거울이며 인간이 도달할 수 있는, 전쟁이나 야욕에 물들지 않고…."

그렇지만 내가 개의 머리를 쓰다듬는 행동을 미처 끝내기도 전에, 누군가가 나를 옥스퍼드에 있는 병원으로 낚아채 갔다.

2

"만약 모든 사람이 다른 사람 일에 참견하지 않는다면
세상은 더 빠르게 잘 돌아갈 거야."
공작부인이 거친 목소리로 으르렁댔다.

— 루이스 캐럴

종교 재판 — 옥스퍼드, 꿈에서나 볼 수 있을 듯한 첨탑의 도시 — 탈출 — 분규 — 구출 —
머튼 칼리지 운동장 — 엿듣기 — 문학과 현실의 차이 — 님프라고나 할까 — 중요한 단서 —
윈더미어 여사의 부채 — 좋은 방법

"당신이 심각한 시차 증후군에 걸렸다고 동료분이 말씀하시더군요, 헨리 씨." 내 손목에 혈류계를 채우며 간호사가 말했다.

"이봐요." 내가 말했다. "내가 개를 묘사하며 약간 흥분했을 수도 있지만, 난 지금 당장 코번트리 성당으로 돌아가야 해요." 예정된 시각보다 15시간이나 늦게 도착한 것으로 이미 충분했다. 더구나 이제 나는 성당을 완전히 수색하지도 못한 채 떠나왔으며, 이는 아예 수색하지 않은 것과 다를 바 없는 상황이었다. 설사 내가 떠나왔던 시각과 비슷한 때에 그곳에 다시 도착한다 할지라도 약간의 시간차가 생길 것이다. 그사이 성당지기가 고양이 덕분에 우연히 주교의 새 그루터기를 발견하기라도 해서, 자기 처남에게 안전하게 보관하라고 맡길지도 모른다. 그렇게 되면 그 물건은 역사에서 완전히 사라지게 되는 것이다.

"그 폐허 더미로 꼭 돌아가야만 한다니까요." 내가 말했다. "주교의 새 그루터기를…."

"엉뚱한 일에 대한 지나친 몰두." 간호사가 포켓 단말기에 대고 말했다.

"더럽고 꾀죄죄한 외모."

"나는 불타버린 성당에서 일하고 있었어요." 내가 말했다. "그리고 나는 그곳으로 돌아가야만 해요. 주교의…"

간호사는 캡슐 체온계를 내 입에 집어넣고는 내 손목에 채운 혈류계 모니터에 정신을 집중했다.

"지난 2주일 동안 몇 번이나 강하했죠?" 간호사가 말했다.

나는 간호사가 자신의 포켓 단말기에 기록하는 모습을 지켜보며 규정에서 허용하는 강하 횟수가 얼마나 되는지 기억해 내려고 애를 썼다. 여덟 번이었던가 다섯 번이었던가?

"네 번입니다." 내가 말했다. "검사받아야 할 사람은 내가 아니라 캐러더스예요. 그 친구는 나보다 더 꾀죄죄한데다, 그 친구가 별에 관해 한 이야기며 '인간의 인식 범위를 넘어선 부활의 반짝이는 상징' 어쩌고 한 이야기를 당신이 들어봤어야 해요."

"어떤 증상을 느끼셨죠? 방향 감각 상실?"

"천만에요."

"졸음은요?"

이건 대답하기 어려운 질문이었다. 슈라프넬 여사의 재촉 아래서 일하는 모든 사람은 당연히 잠이 부족했지만, 간호사가 그런 상황을 염두에 둘 리 없는데다 어쨌든 간에 며칠 밤 계속해 공습에 시달린 사람들처럼 걸어다니며 졸 정도로 내 증상이 심각하지도 않았다.

"천만에요." 마침내 내가 대답했다.

"굼뜬 대답." 간호사가 포켓 단말기에 대고 말했다. "마지막으로 잔 게 언제죠?"

"1940년이요." 나는 잽싸게 대답했지만, 너무 빠른 대답 역시 문제였다.

간호사는 몇 가지를 더 기록했다. "청각 장애를 겪은 적이 있나요?"

"아니요." 씩 웃어 보이며 내가 대답했다. 병원에서 일하는 간호사 대부분은 어딘가 종교 재판소에서 나온 사람들과 비슷했지만, 그래도 지금 내 앞에 서 있는 사람은 고문 기계에 사람을 가죽끈으로 묶거나 아이언 메이

든[8]으로 들어가는 문을 열어주는 수습 고문 기술자처럼 나름대로 친절한 표정을 짓고 있었다.

"사물이 흐릿하게 보인 적은요?" 간호사가 물었다.

"없어요." 눈을 찡그리지 않으려고 애쓰며 내가 대답했다.

"제가 손가락을 몇 개나 펴고 있죠?"

대답이 늦든 아니든 간에 이 질문에는 생각할 시간이 필요했다. 한 개와 세 개 사이에서 헷갈리게 할 수 있어서 대부분은 두 개가 그럴듯한 숫자이지만, 이런 내 생각을 미리 짐작하고 나를 혼동시키기 위해 다섯 개를 폈을 수도 있고 만약 그런 경우라면 엄지손가락은 엄밀하게 말해 손가락에 들어가지 않으니까[9] 네 개라고 대답해야 하는 건가? 아니면, 지금 이 여자가 손을 등 뒤로 숨기고 있는 걸까?

"다섯 개요." 마침내 내가 대답했다.

"당신 말대로 지난 2주 동안 네 번밖에 강하지 않았다면 어떻게 이런 일이 가능하죠?"

내가 대답한 손가락 숫자가 아무리 얼토당토않았다고 할지라도 이런 반응은 확실히 이상했다. 나는 간호사에게 다시 한번 질문해달라고 말할까 생각했지만, 그랬다가 간호사가 그저 '청각 장애'라고 기록하고 말 거란 판단이 들었다. 나는 정면 승부를 하기로 마음먹었다.

"당신은 지금 얼마나 심각한 상황인지 몰라요." 내가 말했다. "성당 봉헌식은 이제 17일밖에 남지 않은데다 슈라프넬 여사는…."

간호사는 내게 빳빳한 카드 한 장을 건네주더니 다시 포켓 단말기에 대고 내 험담을 구시렁대기 시작했다. 나는 시각 장애 시험용으로 읽어야 할 물건이 아니길 바라면서 카드를 바라보았다. 카드에는 아무 내용도 없는 듯했기 때문이다.

"주교의 새 그루터기를 찾는 일은 매우 중요…." 내가 말했다.

간호사는 카드를 뒤집어보였다. "뭐가 보이는지 말해보세요."

---

8 중세의 관(棺) 모양 고문 도구로, 안쪽에 쇠못이 박혀 있다.
9 영어에서 엄지손가락은 thumb으로 손가락(finger)이라는 단어가 들어가지 않는다.

옥스퍼드가 그려진 우편엽서 같았다. 헤딩턴 힐에서 바라본 장면으로, 꿈에서나 볼 수 있을 듯한 유서 깊은 첨탑과 이끼 낀 돌, 중세의 마지막 메아리가 아직도 들릴 것만 같은 느릅나무 그늘진 고요한 건물, 먼 옛날의 학문과 학술적 전통의 중얼거림….

"그 정도면 충분하군요." 간호사가 내 손에서 카드를 낚아채가며 말했다. "헨리 씨, 당신은 심각한 시차 증후군에 걸리셨어요. 2주간의 장기 요양을 하셔야 합니다. 물론 시간 여행은 절대로 안 되고요."

"2주라고요?" 내가 말했다. "하지만 봉헌식은 이제 겨우 17일밖에…."

"봉헌식은 다른 사람들에게 맡기세요. 헨리 씨는 휴식에 집중하셔야 해요."

"당신은 전혀 이해하지…."

간호사가 팔짱을 끼며 말했다. "맞아요. 전 전혀 이해할 수 없어요. 당신이 일에 있어 몸을 아끼지 않고 열심인 점에 대해서는 존경할 만하지만, 왜 자신의 건강까지 해쳐가면서 철 지난 종교의 케케묵은 상징을 다시 만들고 싶어 하는지 도저히 이해하지 못하겠군요."

'나도 그러고 싶지 않아요.' 나는 생각했다. '슈라프넬 여사가 그러길 원하고, 여사는 자신이 원하는 것을 꼭 손에 넣죠.' 벌써 예전에 슈라프넬 여사는 성공회와 옥스퍼드 대학, 6개월 안에 성당을 다시 짓는 것은 불가능하다고 매일같이 외쳐대던 4천여 명에 달하는 재건팀의 의견, 그리고 의회부터 코번트리 시의회까지 자신의 의지에 반대하는 모든 의견을 물리쳤다. 자신의 그 '케케묵은 상징'을 다시 짓기 위해서 말이다. 내가 하고 싶은 대로 할 수 있는 가망이 없었다.

"5백억 파운드면 의학을 위해 어떤 일을 할 수 있는지 아세요?" 포켓 단말기에 자료를 입력하며 간호사가 말했다. "에볼라 II 바이러스에 대한 치료법을 발견할 수도 있고, 전 세계 어린이들에게 HIV 예방 접종을 해줄 수도 있어요. 최신식 기계를 살 수도 있지요. 슈라프넬 여사가 스테인드글라스 창문에 쓰는 돈만 있어도 래드클리프 병원은 최신식 기계를 갖춘 새 시설로 탈바꿈할 수 있어요." 간호사가 말하는 동안 포켓 단말기가 종이를 뱉어냈다.

"내가 몸을 아끼지 않는 게 아니에요. 그저….''

"무심하다는 것 자체가 바로 범죄입니다, 헨리 씨." 간호사는 종이를 뜯어서 내게 건네줬다. "여기 적힌 처방대로 하세요."

나는 궁색한 표정으로 처방전을 읽었다. 첫 줄에는 다음과 같이 적혀 있었다. '14일간 침대에서 절대적 안정을 취할 것.'

옥스퍼드 아니 영국 전체를 찾아봐도 내가 14일 동안 침대 요양을 취할 수 있는 곳은 그 어디에도 없다. 만약 내가 돌아온 것을 슈라프넬 여사가 알게 되는 날이면 어떻게든 날 찾아내서 휴식을 온통 엉망으로 바꾸어놓을 것이다. 여사가 득달같이 달려와서 이불을 세차게 젖히고 내 귀를 잡은 채 네트로 끌고 가는 모습이 눈에 선했다.

"고단백 음식을 드시고 하루에 적어도 여덟 잔의 음료수를 드세요." 간호사가 말했다. "카페인이나 알코올, 각성제는 금물이고요."

퍼뜩 어떤 생각이 내 머릿속을 스치고 지나갔다. "병원에 입원할 수 있을까요?" 희망을 품고 내가 말했다. 만약 누군가 슈라프넬 여사를 막을 수 있는 사람이 있다면 종교 재판소장, 다름 아닌 바로 이들 간호사였다. "격리나 뭐 그런 게 필요하지 않나요?"

"격리요?" 간호사가 말했다. "천만에요. 시차 증후군은 병이 아니에요, 헨리 씨. 시차 증후군은 생체 시계와 내이(內耳)의 혼란 때문에 생기는 생화학적 불균형일 뿐이죠. 병원에서 치료받으실 필요는 없어요. 지금 헨리 씨께 필요한 건 그저 휴식 그리고 현재에 머물러 계시는 거예요."

"하지만 난 잠을 잘 수가….''

갑자기 간호사의 포켓 단말기가 삐이 소리를 내는 바람에 나는 깜짝 놀라 펄쩍 뛰어올랐다.

"극단적인 신경 예민 증상." 간호사가 포켓 단말기에 기록하더니 내게 말했다. "몇 가지 실험을 해보고 싶군요. 옷을 벗고 이걸 입으세요." 간호사가 서랍에서 종이 가운을 꺼내 내 다리 위에 올려놓았다. "곧 돌아올게요. 여밈 테이프는 뒤쪽에 붙어 있어요. 그리고 좀 씻는 게 좋겠군요. 얼굴이 온통 그을음투성이예요."

간호사는 걸어 나가더니 문을 닫았다. 진찰대 위에서 일어났더니 내가 앉았던 자리는 새카맣게 자국이 나 있었다. 나는 문 쪽으로 갔다.

"지금까지 제가 봐왔던 시차 증후군 가운데 최악이에요." 간호사가 누군가에게 말하는 소리가 들렸다. 제발 그 상대방이 슈라프넬 여사가 아니길 빌었다. "저분은 신문에 압운시(押韻詩)라도 게재할 수 있을 정도라고요."

다행히도 슈라프넬 여사가 아니었다. 대답하는 사람의 목소리가 나한테까지 들리지 않는 것으로 보아 내 생각은 틀림없었다.

간호사가 말했다. "헨리 씨는 심각한 불안 증상을 보이는데 이건 보통 증상이 아니에요. 그 불안 증상의 원인을 찾기 위해 정밀 검사를 하고 싶습니다."

나는 내 불안 증상이 과도한 게 아니며, 그 원인이 무엇인지를 간호사에게 지금 당장이라도 말해줄 수 있었다. 간호사가 내 말을 들어주기만 한다면 말이다. 하지만 그럴 것 같지 않았다. 그리고 비록 간호사가 드세기는 했지만, 슈라프넬 여사의 상대가 되지는 못했다.

여기 있을 수는 없다. 정밀 검사를 하게 되면 사람을 꽁꽁 묶은 채 기다란 밀봉관에 1시간 반 동안이나 가둬놓고 마이크를 통해 대화한다. 슈라프넬 여사가 말하는 소리가 이어폰을 통해 들려오는 듯했다. '여기 있었군요. 지금 당장 그 이상한 물건에서 나오도록 하세요!'

여기 있을 수도 없고, 그렇다고 내 숙소로 돌아갈 수도 없었다. 슈라프넬 여사는 내 숙소부터 찾아볼 것이 틀림없었다. 어쩌면 병원 어딘가에서 내가 푹 잘 만한 곳을 찾을 수 있을지도 모른다. 맑은 정신으로 돌아와 무엇을 어떻게 할지 생각할 수 있을 만큼 푹 잘 수 있는 그런 곳 말이다.

'던워디 교수가 있었군.' 나는 생각했다. 만약 누군가 내게 조용하면서도 남들이 상상하지 못할 만한 장소를 알아봐줄 사람이 있다면, 그건 다름 아닌 바로 던워디 교수였다. 나는 다소 그을음이 묻은 종이 가운을 서랍에 넣고 부츠를 신은 다음 창문으로 빠져나왔다.

✳

베일리얼 칼리지로 가기 위해서는 병원에서 나와 우드스톡 로드를 따라 조금만 가면 되지만 그쪽으로는 도저히 갈 엄두가 나지 않았다. 나는 구급차 출입구를 빙 돌아 애들레이드 스트리트 쪽으로 가서 월튼 스트리트 쪽으로 난 뜰을 지나갔다. 만약 서머빌 칼리지가 열렸다면, 리틀 클래런던 스트리트로 난 안뜰을 가로질러 우스터 칼리지를 통해 브로드 스트리트 쪽으로 가서 베일리얼 칼리지의 후문으로 갈 수 있으리라.

서머빌 칼리지는 열려 있었지만, 목적지까지 도착하는 데는 내 생각보다 더 오랜 시간이 걸렸다. 막상 후문에 도착해보니 문에 뭔가 문제가 있었다. 문 자체가 뒤틀려 있는데다 소용돌이 모양의 철제 장식은 마치 갈퀴처럼 날카롭게 갈라져 내 작업복을 잡고 놓아주지 않았다.

처음에는 폭격을 맞은 게 아닌가 하는 생각이 들었지만 그럴 리가 없었다. 독일 공군은 오늘 저녁 런던을 폭격하기로 되어 있었다. 그리고 문과 문에 달린 뾰족한 갈퀴는 밝은 초록색으로 칠해졌다.

나는 모로 서서 문틈으로 들어가려 했지만, 내 비 의용 소방대 작업복의 견장이 갈고리에 걸렸고 다시 빠져나오려고 하자 더욱 복잡하게 옷이 걸려버렸다. 나는 빠져나오려고 몸부림을 쳤으나 아무 소용이 없었다.

"도와드리겠습니다, 선생님." 공손한 목소리를 듣고 간신히 목만 움직여 뒤를 돌아보니 던워디 교수의 비서가 보였다.

"핀치." 내가 말했다. "당신이 있어 정말 다행이군요. 던워디 교수님을 보려고 지금 막 왔어요."

핀치는 갈고리에 걸려 있는 내 견장을 벗겨주고는 내 소매를 끌었다. "이쪽입니다, 선생님. 아니, 그쪽 말고요. 이쪽으로요. 네. 아니, 아니, 이쪽이요." 그리고 핀치는 마침내 나를 자유의 몸으로 만들어주었다.

하지만 우리는 내가 아까 지나온 곳을 다시 지나가고 있었다. "이상한걸요. 또다시 베일리얼 칼리지로 통하는 문을 통과하고 있으니 말이에요."

"저건 머튼 칼리지로 통하는 문입니다, 선생님." 핀치가 말했다. "선생

39

님께서는 지금 머튼 칼리지의 운동장에 계십니다."

나는 몸을 돌려 핀치가 가리키는 곳을 바라보았다. 핀치 말이 옳았다. 그곳에는 축구장과 그 너머로 크리켓 경기장이 있었으며 또 그 너머 크라이스트 처치 칼리지 풀밭에는 코번트리 성당의 비계와 푸른색 비닐로 덮인 첨탑이 보였다.

"베일리얼 칼리지 쪽에서 어떻게 여기에 올 수가 있죠?" 내가 말했다.

"여기는 머튼 칼리지의 보행자용 문입니다."

나는 실눈을 뜨고 문을 바라보았다. 이번에도 핀치 말이 맞았다. 그것은 자전거가 통과하지 못하도록 만든 회전문이었다.

"간호사 말로는 선생님께서 시차 증후군에 걸리셨다고 했지만 저는 잘 모르겠… 아니, 이쪽입니다." 핀치는 내 팔을 잡고 길을 따라 나를 끌고 갔다.

"간호사요?" 내가 말했다.

"헨리 씨를 데려오라고 던워디 교수님께서 절 병원으로 보내셨지만 벌써 떠나셨더군요." 건물 사이를 지나 하이 스트리트로 나를 데리고 나오며 핀치가 말했다. "던워디 교수님께서 뵙고 싶어 하십니다. 선생님 상태로 봐서는 만나봤자 무슨 소용이 있겠는가 싶습니다만."

"교수님이 나를 만나고 싶어 한다고요?" 혼란스러웠다. 만나고 싶은 쪽은 나라고 생각했는데. 뭔가 다른 것이 머릿속을 스치고 지나갔다. "내가 병원에 있는 걸 던워디 교수님이 어떻게 아셨죠?"

"슈라프넬 여사께서 전화하셨습니다." 핀치의 대답에 나도 모르게 움찔했다.

"괜찮습니다. 던워디 교수님은 여사께 헨리 씨가 런던에 있는 로열 프리 병원에 있다고 말했으니까요. 여사께서 그곳에 도착하려면 적어도 30분은 걸릴 겁니다." 내가 뛰어 들어간 가게 문으로 따라 들어오며 핀치가 말했다. 핀치는 나를 가게에서 강제로 끌어내더니 하이 스트리트를 가로질러 갔다. "개인적으로는, 던워디 교수님이 슈라프넬 여사께 '헨리 씨는 맨해튼 종합 병원에 입원해 있다'고 말해야 한다고 생각합니다. 어떻게 그런 분 아래서 일을 하시죠?"

'당신, 사람 보는 눈이 있군.' 벽에 바짝 붙어 성모 마리아 교회로 통하는 길로 핀치를 따라가며 나는 생각했다.

"여사께선 일을 어떻게 진행해야 하는지에 대한 아무런 감각도 없습니다." 핀치가 말했다. "제대로 된 경로를 통하지도 않고, 신청 용지도 제대로 작성하지 않아요. 그냥 불시에 쳐들어오셔서 클립이며 펜이며 포켓 단말기를 내놓으라고 성화시더군요."

'그리고 역사학자도 내놓으라고 하지.' 나는 생각했다.

"저는 지금까지 한 번도 무슨 물건을 주문해야 하는지 미리 알고 있던 적이 없습니다. 그나마 주문할 시간이 있었다면 말이죠. 저는 슈라프넬 여사께서 던워디 교수님 사무실에 못 들어가도록 온종일 막아야 했습니다. 여사께서는 그곳에서 뭔가에 관해 계속해서 똑같은 말을 되풀이하시죠. 갓돌, 사자(死者)의 놋쇠 기념패, 성구집(聖句集) 같은 것들요. 지난주에는 웨이드 묘비의 깨진 모서리에 관해서였습니다. 그것이 언제 어떻게 깨지게 되었느냐, 공습 전이냐 아니면 공습 중이었느냐, 그 모서리는 어떻게 생겼느냐, 거칠었느냐 아니면 매끈했느냐 등등이었죠. 확실해야 한다나요. '신은….'"

내가 말을 낚아챘다. "사소해 보이는 바로 그곳에 계신다."

"여사께선 심지어 저까지 고용하려고 하시더군요." 핀치가 말했다. "공습하는 곳에 가서 '주교의 재 기러기'를 찾아오라고 말이에요."

"새 그루터기예요." 내가 정정해줬다.

"저도 그렇게 말했습니다." 나를 노려보며 핀치가 말했다. "지금 소리가 잘 들리지 않는 거죠? 간호사가 그렇다고 하더군요. 그리고 방향 감각도 엉망이고요." 핀치는 머리를 흔들며 계속 말했다. "전혀 소용이 없겠군요."

"왜 던워디 교수님이 나를 만나고 싶어 하는 거죠?"

"사고가 있었거든요."

'사고'라는 단어는 의용 소방대에서 고성능 폭탄, 잔해가 된 집, 파묻힌 시체, 여기저기 일어나는 화재를 완곡하게 돌려서 쓰는 표현이었다. 하지만 핀치가 그런 뜻으로 말하는 것은 분명 아니겠지. 아니면 내가 아직도 청각 장애에 시달리고 있는지도 모르고.

"사고요?"

"사실은 재앙이라는 말이 맞죠. 던워디의 역사학자 가운데 한 명. 19세기. 궁지에 몰린 쥐(rat)."

맙소사, 분명히 청각 장애였다. 비록 빅토리아 시대에 쥐가 있기는 했지만, 그러나 아무도 쥐를 궁지에 몰지는 않았다. 그랬다가는 쥐가 되려 사람들을 궁지에 몰아넣었을 테니까. 아니면 더 심한 상태로 몰아넣거나. "뭐라고 했죠?" 나는 조심스럽게 물어보았다.

"'다 왔습니다'라고 말했습니다." 핀치 말대로 우리는 목적지에 도착했다. 베일리얼 게이트였다. 비록 옆문이 아니라 짐꾼들 숙소와 안뜰로 통하는 정문이기는 했지만.

나는 뜰을 가로질러 던워디 교수의 방이 있는 층으로 계단을 올라갔지만, 여전히 방향 감각이 엉망인 게 틀림없었다. 다시 핀치가 내 팔을 끌고 정원을 가로질러 비어드관으로 갔기 때문이다.

"던워디 교수님은 상급생용 휴게실을 사무실로 바꿔야만 했습니다. 슈라프넬 여사께선 '면회 사절'이라든가 '노크'라는 개념을 완전히 무시하셨기에 던워디 교수님은 안쪽 사무실과 바깥 사무실을 따로 쓰는 방법을 생각해내셨죠. 개인적으로는, 해자(垓字)를 둘러놓는 게 더 좋은 방법이라고 생각합니다."

핀치는 식료품 저장 창고였던 곳의 문을 열었다. 문 안쪽에 들어서니 벽을 배경으로 안락의자가 줄지어 있었고, 자그마한 사이드 테이블에는 팩스 매거진이 쌓여 있는 게 꼭 병원 대기실 같아 보였다. 핀치의 책상은 안쪽 문 옆에 놓였는데, 슈라프넬 여사가 나타난다면 몸을 날려 여사를 막기 딱 좋은 위치였다.

"던워디 교수님이 계신지 보고 오겠습니다." 핀치는 말을 마치고 책상 쪽을 빙 돌아갔다.

"말도 안 돼!" 던워디 교수의 천둥 같은 고함이 안쪽에서 들려왔다. "그런 일은 불가능하다고!"

어이쿠 맙소사, 슈라프넬 여사가 와 있는 것이다. 나는 벽에 착 달라붙어 어디 숨을 곳이 없는지 두리번거렸다.

핀치가 내 소매를 잡고 나를 말리며 말했다. "슈라프넬 여사가 아닙니다." 하지만 이제 나도 그 사실을 알고 있었다.

"대체 왜 안 된다는 건지…." 방 안에서 여자의 목소리가 들려왔지만, 슈라프넬 여사는 아니었다. 여사처럼 쩌렁거리기는커녕 달콤한 목소리였다. 게다가 나는 '왜 안 된다는 건지…'라는 말 다음을 들을 수 없었다. 슈라프넬 여사라면 그렇게 말을 흐릴 리가 없었다.

"누구죠?" 핀치의 손을 풀며 내가 속삭였다.

"재앙이죠." 핀치 역시 속삭였다.

"대체 어쩌자고 네트를 통해 뭔가를 가져오겠다고 생각하게 된 거지? 시간 이론을 공부했잖아!" 던워디 교수가 으르렁댔다.

핀치는 머뭇머뭇하더니 영 안 내킨다는 듯 내게 물어왔다. "도착하셨다고 던워디 교수님께 말씀드릴까요?"

"아니, 됐어요. 기다리지요." 사라사 무명을 씌운 의자에 털썩 앉으며 내가 대답했다.

"애당초, 대체 어쩌자고 덜컥 그걸 네트로 가져온 거야?" 던워디 교수가 호통을 쳤다.

핀치는 낡은 팩스매거진 하나를 가져와 내게 디밀었다.

"읽을 건 필요 없어요." 내가 말했다. "그냥 여기 당신과 같이 앉아서 저쪽에서 하는 말이나 엿듣고 있지요, 뭐."

"아니, 그게 아니라 이 잡지를 깔고 앉으시라고요." 핀치가 말했다. "사라사 무명에 그을음이 묻으면 없애기가 무척이나 어렵거든요."

나는 일어나서 핀치가 잡지를 내가 앉을 곳에 깔게 한 다음 다시 자리에 앉았다.

"그따위로 무책임하게 행동하는 건 봉헌식이 끝난 다음에 해도 되잖아." 던워디 교수가 말했다.

나는 벽에 기댄 채 눈을 감았다. 누군가가 내가 아닌 다른 사람을 꾸짖는 소리를 듣는 것은 기분 전환용으로 안성맞춤이었다. 더구나 그 목소리가 슈라프넬 여사가 아닌 경우에는 더욱 듣기 좋았다. 비록 그 재앙이라는 것이 무슨 내용인지는 잘 모르겠지만 말이다. 던워디 교수가 고함쳤다. "그건 변명이 안 돼. 왜 그 택시(cab)를 강에서 건져 둑에 올려놓지 않았지? 왜 이곳으로 옮겨 와야 했냐고."

택시라고? 택시 옮기기는 쥐를 궁지에 몰기보다 훨씬 있을 법하지 않은데다, 택시든 쥐든 간에 수중 무덤에서 그걸 건져 올리려고 할 사람도 없어 보였다. 특히 쥐라면 더더욱 그렇겠지만 말이다. 그놈들은 가라앉는 배에서도 헤엄쳐 나오지 않던가? 그런데 19세기에 택시가 있었나? 말이 끌고 다니는 2인승 마차는 있었지만, 그런 물건은 네트에 넣을 수 있다 할지라도 옮기기에는 너무나 무거웠다.

책이나 비디오 같은 걸 보면 말을 하는 사람은 엿듣는 사람이 상황 판단을 제대로 할 수 있도록 언제나 자세하고 자상하게 말을 한다. 예를 들면, "물론이죠. 아시는 것처럼 제가 말하는 건 셜록 홈즈가 탄 이륜마차로서 바스커빌가의 개를 쫓아가다가 짙은 안개 때문에 다리를 건너던 중 강에 빠진 거예요. 저는 그 마차를 훔쳐야만 했어요. 왜냐하면…." 이런 이야기가 나오고, 문 뒤에서 웅크린 자세로 엿듣는 사람은 일이 어떻게 돌아가는지를 자세하게 알게 되는 것이다. 어떤 경우에는 엿듣는 이의 정면에 평면도나 지도 따위가 걸려 있기도 하고 말이다.

하지만 현실에서는 그런 일이 일어나지 않는다. 상황 요약 대신 '재앙'이라 불린 여자는 이렇게 말했다. "그 나쁜 사람이 확인차 다시 돌아왔기 때문이에요." 그리고 그 말은 나를 더욱 혼란스럽게 했다.

"무자비한 괴물 같으니." 그녀가 말했고, '괴물'이 그 돌아왔다는 나쁜 사람을 말하는 건지 아니면 던워디 교수를 말하는 건지 명확하지 않았다. "만약 그랬더라면 그건 그냥 집으로 돌아갔을 거고, 그러면 그 사람이 또 그랬겠죠. 저는 그 사람이 저를 보는 것을 원치 않았어요. 그 사람이 제가 자신과 같은 시대 사람이 아니라는 사실을 알게 될 것 같아서 네트 말고는 그걸 숨길 곳이 없었어요. 그 사람은 저를 정자에서 보았어요. 제가 생각하기로는…."

"천만에, 킨들 양." 던워디 교수가 말했다. "자네는 생각이란 걸 하지 않아."

"이제 어떻게 하실 건가요?" 재앙이 말했다. "그걸 다시 돌려보내실 거예요? 그래서 물에 빠뜨리실 건가요?"

"모든 확률을 생각해보기 전에는 어떠한 일도 하고 싶은 맘이 들지 않아." 던워디 교수가 말했다.

"냉혈한 같으니." 여자가 말했다.

"난 택시 운전사(cabbies)를 무척이나 좋아해. 하지만 지금 이 문제는 너무나 위험해. 그러니 행동하기 전에 모든 결과와 확률을 생각해봐야만 해. 생각이라는 단어가 자네에게는 이상한 개념이라는 걸 알지만 말이야."

택시 운전사? 던워디 교수가 왜 택시 운전사를 좋아하는지 궁금했다. 나는 택시 운전사들이 수다스럽다는 사실을 잘 알고 있었다. 특히 공습 중에 만난 택시 운전사들은 '가벼운 입이 배를 가라앉힌다'라는 훈계를 완전히 무시했다. 내가 만난 택시 운전사들은 늘 폭발이 어땠는지('머리가 길 건너편 상점 유리창으로 날아갔어요. 밀리너 상점이었죠 아마. 손님처럼 택시를 타고 가다가 그랬답니다')라든가, 파편 더미에 묻힌 채 생존한 사람 이야기 따위를 떠들어댔다.

"저를 돌려보내실 건가요?" 그 여자가 말했다. "사람들에게 스케치 좀 하겠다고 하고 나왔거든요. 만약 돌아가지 않으면 제가 물에 빠져 죽은 줄 알 거예요."

"모르겠어. 결정할 때까지 자네 숙소에 가 있도록 해."

"그걸 제가 가지고 가도 되나요?"

"안 돼."

한동안 불길한 침묵이 흐르더니 방문이 열렸고, 그곳에는 내가 태어나서 지금까지 보아온 가운데 가장 아름다운 피조물이 서 있었다.

19세기라는 핀치의 말에 '후프 스커트'[10]를 입었을 거라 짐작했지만, 여자는 기다란 녹색 드레스를 걸치고 있었다. 옷은 물에 젖었는지 가냘픈 몸

10 버팀대가 들어 있는 스커트

매에 찰싹 달라붙었다. 적갈색 머리는 어깨를 지나 해초처럼 등에 드리웠고, 그 결과 전체적으로 마치 검은 물에서 나오는 유령처럼, 워터하우스의 그림에 나오는 님프같이 보였다.

나는 일어서서 마치 신참이 그랬던 것처럼 멍청히 여자를 바라보다가 공습 대비대 헬멧을 벗어들었고, 아까 간호사가 말할 때 얼굴도 몸도 좀 씻어둘 걸 그랬다고 생각했다.

그 여인은 길게 늘어진 소매를 잡고 물기를 짜기 시작했고, 물기는 카펫 위로 뚝뚝 떨어졌다. 핀치가 팩스매거진을 들고 와서 그 여인 아래에 깔았다.

"아, 네드. 마침 잘됐어. 내가 원하던 사람이 왔군." 문에서 던워디 교수가 말했다.

던워디 교수의 말을 듣고 나를 바라보는 그 님프의 눈은 숲속의 연못처럼 짙은 녹갈색이었다. 그 여인은 눈을 찡그리더니 던워디 교수에게 말했다. "정말 그걸 돌려보낼 건 아니시겠죠?"

"나는 그 누구도 그리고 그 무엇도 보내지 않을 거야. 이 일에 관해 생각을 끝마치기 전에는 말이야. 자, 이제 감기 들기 전에 젖은 옷이나 갈아입어."

여인은 한 손으로 젖은 스커트를 추스르고 입구 쪽으로 걷기 시작하더니 입구에서 돌아섰다. "그 애에게 아무것도 먹이지 마세요. 이미 충분히 먹었어요." 여인은 말을 마치고 문밖으로 사라졌다.

나는 그녀에게 반해 뒤를 쫓아가려 했지만, 던워디 교수가 내 팔을 잡았다. "핀치가 자네를 찾아내서 다행이야." 던워디 교수는 나를 데리고 핀치의 책상을 지나 안쪽 사무실로 들어가며 말했다. "슈라프넬 여사 때문에 자네가 아직도 1940년의 어느 교회 바자회에 가 있는 건 아닐까 무척 걱정했어."

창밖을 보니 그 여인은 뜰을 걷고 있었다. 보도 위에 사랑스럽고 우아하게 물방울을 떨어뜨리며…, 그게 뭐였더라? 드리아드였던가? 아니 그건 나무에 사는 님프였지. 사이렌인가?

던워디 교수가 창으로 다가왔다. "이건 전적으로 슈라프넬 여사의 잘못

이야. 킨들은 내가 데리고 있는 최고의 역사학자 가운데 한 명이거든. 그런데 슈라프넬 여사와 6개월을 보낸 지금 저 꼴을 봐!" 던워디 교수는 내 쪽으로 손을 가리키며 계속 말을 했다. "자네가 당한 꼴도 만만치 않아. 여사는 정말 고성능 폭탄처럼 위험하다니까."

사이렌이 내 시야에서 벗어나 자신이 온 안개 속으로 사라졌다. 아니, 아니, 사이렌이라는 말은 틀리지. 사이렌은 바위에 살면서 선원들의 배를 난파시켰으니까. 뭐였더라? 드리아드와 비슷한 발음인데. 델파이드? 아니, 델파이드는 파멸과 재난을 예언했었어.

"…그러니까 애당초 그런 곳에 보내는 게 말이 되냐고." 던워디 교수가 말하고 있었다. "말리려고 했지만, 여사가 내 말을 들었겠나? 천만의 말씀이지. '돌 하나도 남기지 말고 모두 뒤집어봐야 해요'라고 하더군. 그러더니 킨들을 빅토리아 시대로 보냈어. 자네를 잡동사니 판매장으로 보내 바늘겨레랑 행주나 사게 하고 말이야."

"송아지발 젤리도 샀습니다."

"송아지발 젤리?" 던워디 교수가 호기심 어린 눈으로 나를 바라보았다.

"환자를 위해서요." 내가 말했다. "환자가 그걸 먹을지는 모르겠지만요. 저라면 안 먹고, 아마 다음번 잡동사니 판매장에 다시 내놓을 겁니다. 안 팔리니까 1년 내내 나오더군요. 프루트케이크처럼요."

"그렇군." 던워디 교수가 얼굴을 찡그렸다. "자, 이제 돌 하나가 뒤집혔고, 킨들이 심각한 문제를 일으켰기 때문에 자네를 보자고 한 거야. 여기 앉게. 앉아." 던워디 교수는 가죽 안락의자를 가리켰다.

핀치가 팩스매거진을 들고 먼저 그쪽으로 가며 중얼거렸다. "가죽에 그을음이 묻으면 지우기 무척 힘듭니다."

"모자도 벗고. 아니 이런!" 던워디 교수는 자기 안경을 밀어 올리며 말했다. "세상에, 자네 몰골이 말이 아니군. 어디에 있었던 거야?"

"축구장요." 내가 말했다.

"꽤 난폭한 경기였던 모양인데."

"머튼 칼리지의 운동장 옆 보행자용 문 근처에서 발견했습니다." 핀치가 설명했다.

"병원에 입원해 있는 줄 알았는데?"

"창문을 통해 빠져나왔답니다." 핀치가 대답했다.

"아하." 던워디 교수가 말했다. "하지만 이런 상태로 어떻게 그랬지?"

"저는 주교의 새 그루터기를 찾고 있었습니다." 내가 말했다.

"머튼 칼리지 운동장에서?"

"병원에 입원하기 직전까지 성당의 잔해에서 찾고 있었다고 합니다." 핀치가 거들어 주었다.

"찾았어?" 던워디 교수가 말했다.

"아니요." 내가 말했다. "그래서 제가 여기에 온 겁니다. 전 그 잔해들을 다 수색하지 못했고, 슈라프넬 여사는…."

"…그건 지금 걱정거리에 들지도 않아. 내가 이런 말을 하게 되리라고는 꿈에도 생각해보지 않았지만 말이야." 던워디 교수가 애처롭게 말했다. "핀치가 상황을 다 설명해주지 않았나?"

"네. 아니요." 내가 말했다. "교수님께서 제게 직접 요약해주시는 것이 좋겠습니다."

"네트와 관련된 위기가 발생했어. 나는 시간 여행국에 이 사실을 알렸고…. 핀치, 치스윅 국장이 언제 도착한다고 했지?"

"알아보겠습니다, 교수님." 핀치는 말을 마치고 방을 나갔다.

"아주 심각한 상황이야." 던워디가 교수가 말했다. "우리 역사학자 가운데 한 명이…."

핀치가 돌아왔다. "지금 오고 계신다고 합니다." 핀치가 말했다.

"잘됐군." 던워디 교수가 말했다. "치스윅 국장이 도착하기 전에 상황을 설명해주지. 우리 역사학자 가운데 한 명이 부채(fan)를 훔쳐서 네트를 통해 가지고 왔어."

부채라고? 생쥐보다는 말이 되는군. 택시보다도. 그리고 훔쳤다는 부분도 이해가 되었다. "윈더미어 여사의 어머니처럼 말이죠." 내가 말했다.

"윈더미어 여사의 어머니라니?" 핀치를 날카롭게 쏘아보며 던워디 교수가 되물었다.

"심각한 시차 증후군입니다, 교수님." 핀치가 말했다. "방향 감각 상실, 청각 장애, 지나친 감상주의, '논리적 판단력 상실.'" 핀치는 마지막 세 단어를 힘주어 말했다.

"심각하다고?" 교수가 내게 물었다. "자네 강하를 몇 번이나 했지?"

"이번 주에 열네 번입니다. 잡동사니 판매장에 열 번, 그리고 주교들의 부인들을 만나느라 여섯 번이죠. 아니 열세 번이군요. 계속 비트너 부인을 깜박하네요. 비트너 부인은 코번트리에 살고 있습니다. 아니 조금 전까지 제가 있던 시대의 코번트리가 아니라 지금 현재의 코번트리요."

던워디 교수가 호기심을 보이며 물었다. "비트너? 설마 리지 비트너를 말하는 건 아니겠지?"

"그분 맞습니다." 내가 말했다. "코번트리 성당 마지막 주교의 부인이죠."

"맙소사, 리지를 마지막으로 본 지 정말 오래되었군." 던워디 교수가 말했다. "우리는 오래전 네트에 대한 실험을 처음 할 때부터 알고 지냈어. 멋진 아가씨였지. 리지를 처음 본 순간, 난 그 여자가 내가 본 가운데 가장 아름다운 피조물이라고 생각했어. 리지가 비티 비트너와 사랑에 빠져서 나는 무척이나 낙담했지. 리지는 남편에게 무척이나 헌신적이었어. 그래, 리지는 어떻게 지내던가?"

'아가씨라고 하기는 좀 힘들겠는걸요.' 나는 생각했다. 비트너 부인은 기운 없는 백발의 노인네로서, 나와 인터뷰하는 동안 줄곧 뭔가 불안해하는 모습이었다. 아마 비트너 부인은 슈라프넬 여사가 자기를 고용해서 중세로 보내리라고 생각한 모양이었다. "무척 곱게 늙으셨더군요." 내가 말했다. "관절염이 있다고 하셨어요."

"관절염?" 던워디 교수는 고개를 가로저으며 말했다. "리지 비트너가 관절염에 걸리다니 상상도 안 가는군. 무엇 때문에 리지를 만나러 간 건가? 옛날 코번트리 성당이 불에 탈 때는 아직 태어나지조차 않았을 텐데."

"슈라프넬 여사는 주교의 새 그루터기가 새 성당 지하실 어딘가에 보관되었고, 그래서 성당이 팔릴 때까지 그곳에 살았던 비트너 부인이 지하실

49

청소를 감독하면서 그 물건을 봤을 거라고 짐작하셨습니다."

"그래서 리지가 봤대?"

"아니요. 비트너 부인 말씀으로는, 그 물건은 화재 때 파괴되었을 거라고 합니다."

"리지가 코번트리 성당을 팔아야만 했던 때가 기억나." 던워디 교수가 말했다. "사람들이 점점 종교에 흥미를 잃어버렸고 미사에 참가하는 사람들은 점차 줄어들었지…. 오, 리지 비트너." 던워디 교수가 다정한 목소리로 말했다. "관절염이라니, 설마 리지의 머리칼이 아직도 붉지는 않겠지?"

"엉뚱한 일에 대한 지나친 몰두." 핀치가 큰 소리로 말했다. "젠킨스가 말하길 헨리 씨는 심각한 시차 증후군을 겪고 있다고 했습니다."

"젠킨스?" 던워디 교수가 말했다.

"병원에서 헨리 씨를 검사했던 간호사입니다."

"사랑스러운 피조물이죠." 내가 말했다. "그 부드러운 손길로 열이 펄펄 끓는 내 이마를 위로해주던 구원의 천사."

핀치와 던워디 교수는 서로 눈길을 교환했다.

"젠킨스 간호사 말로는 자기가 지금까지 봐온 가운데 최악의 경우라더군요." 핀치가 말했다.

"그 때문에 제가 여기에 온 겁니다. 그 간호사는 저에게 2주간의 장기 요양을 처방했는데, 슈라프넬 여사는…."

"절대로 그걸 허용하지 않겠지." 던워디 교수가 말했다. "성당의 봉헌식이 이제 겨우 17일밖에 남지 않았으니까."

"저도 그 말을 간호사에게 하려고 했습니다만, 들으려고 하지를 않았습니다. 저보고 제 숙소로 돌아가 침대에서 쉬라더군요."

"안 되지 안 돼. 슈라프넬 여사가 맨 먼저 그곳부터 찾아갈 텐데. 핀치, 여사는 어디에 있지?"

"런던에 계십니다. 지금 막 로열 프리 병원에서 전화하셨습니다."

나는 의자에서 벌떡 일어났다.

"의사소통에 문제가 있는 모양이라고 말씀드렸습니다." 핀치가 말했다.

"헨리 씨는 지금 로열 매소닉 병원에 입원 중이라고 했습니다."

"잘했어. 로열 매소닉 병원에 전화해서 여사를 그곳에 잠시 잡아두라고 해."

"이미 그렇게 했습니다." 핀치가 말했다.

"훌륭하군." 던워디 교수가 말했다. "자, 앉아, 네드. 내가 어디까지 말했더라?"

"윈더미어 여사의 부채까지였습니다." 핀치가 말했다.

"역사학자가 네트를 통해 가지고 온 건 부채가 아니었어." 던워디 교수가 말했다. "그건…."

"네트를 통해서 가져왔다고 말씀하셨나요?" 내가 말했다. "과거를 통해서 무엇인가를 가져올 수는 없어요. 그건 불가능하지 않나요?"

"보아하니 그렇지 않은 모양이야." 던워디 교수가 말했다.

바깥쪽 사무실에서 우당탕거리는 소리가 들려왔다. "슈라프넬 여사는 로열 프리 병원에 있다고 하지 않았어?" 던워디 교수가 핀치에게 말하는 순간 땅딸막하고 화난 표정의 남자가 들이닥쳤다. 그 남자는 실험실용 가운을 걸쳤고 삐 소리가 나는 포켓 단말기를 들고 있었다. 시간 여행국의 국장이었다.

"아, 잘 오셨습니다. 치스윅 국장님." 던워디 교수가 말했다. "이번 사고에 대해 당신과 이야기하고 싶었습니다."

"나는 슈라프넬 여사에 대해 이야기하고 싶군요." 치스윅 국장이 말했다. "그 사람은 완전히 통제 불능입니다. 슈라프넬 여사는 밤낮을 가리지 않고 나를 불러내서는, 왜 같은 시간 같은 장소에 한 번 이상 사람을 보낼 수 없는지, 왜 1시간당 한 번 이상의 강하를 할 수 없는지 묻더군요. 이미 내 연구진과 네트 담당자를 야금야금 빼내가서 자선함 수색이나 시키고 공중 부벽 따위나 분석할 목적으로 과거 이곳저곳에 보냈으면서 말이죠." 치스윅 국장은 삐 소리를 내고 있는 포켓 단말기를 흔들었다. "또 슈라프넬 여사가 보낸 겁니다. 지난 1시간 동안 여섯 번이나 호출해서 사라진 자기 역사학자가 어디에 있는지 말하라고 난리라고요! 시간 여행국은 애초에 시간 이론에 관한 연구를 진행하기 위한 자금을 얻을 목적으로 이 프로젝트에 동의했지만, 그 연구는 사실상 완전히 멈췄습니다. 슈라프넬 여사는 내 실험실 공간의 절반을 자기 기술자로 채웠고 과학 연구에 쓰이는 모든 컴퓨터를 독차지하고 있어요."

치스윅 국장이 삐삐거리고 있는 포켓 단말기에 뭔가를 기록하느라 말을 멈춘 사이 마침내 던워디 교수는 말할 틈을 얻었다. "제가 당신과 의논하고 싶은 게 바로 시간 여행 이론에 대한 겁니다. 제 역사학자 가운데 한 명이…."

하지만 치스윅 국장은 그 말을 듣지 않았다. 포켓 단말기는 삐삐거리는 소리를 멈추더니 이제 종이를 줄줄 토해내고 있었다. "이걸 보십시오!" 치스윅 국장이 30센티미터쯤 되는 종이를 찢어서 던워디 교수의 코앞에 대고 흔들며 말했다. "슈라프넬 여사는 내 직원이 런던 근처의 모든 병원에 전화해서 사라진 자기 역사학자를 찾아내길 원하고 있단 말입니다. 그 사람 이름은 네드…, 네드 헨리로군요. 내 직원 가운데 한 명이라네요. 하지만 난 이제 직원이 한 명도 없는데 말이죠! 루이스 말고는 모든 사람을 다 데려간데다 이제는 루이스마저 데려가려고 하고 있어요! 재수 좋게 루이스…."

던워디 교수가 끼어들었다. "만약 역사학자가 네트를 통해 과거에서 무엇인가를 가져오면 어떻게 되는 거죠?"

"그 사람이 그런 일을 원하던가요?" 치스윅 국장이 말했다. "물론 그러고도 남을 사람이죠. 그랬겠죠. 그 사람 머릿속에는 주교의 새 그루터기에 대한 생각으로 꽉 찼기 때문에 할 수만 있다면 과거로 가서 그 물건을 훔쳐오려고 할 겁니다. 난 슈라프넬 여사에게 입이 닳도록 말했죠. 과거에서 현재로 어떤 것이든 가져오면 시공간 연속의 법칙을 깬다고 말이죠. 그랬더니 그 사람이 뭐라고 했는지 아세요? '법칙은 깨지기 위해 있는 거예요.' 이러더군요."

치스윅 국장은 종이를 읽어보지도 않고 휙 집어던져 버렸고, 던워디 교수는 책상 의자에 기대더니 안경을 벗어 꼼꼼히 살펴보았다.

치스윅 국장이 말했다. "나는 슈라프넬 여사에게 설명하려고 했어요. 물리 법칙은 단순한 규칙이나 법률이 아니라 '절대적으로 지켜야 할' 법칙이고, 그걸 깨는 것은 어마어마한 결과가 되어 나타난다고 말이죠."

"어마어마한 결과라니, 어떤 식으로요?" 던워디 교수가 물었다.

"그걸 예측하는 것은 불가능합니다. 시공 연속체는 혼돈계이기 때문에 모든 사건이 다른 사건들과 비선형적인 방식으로 정교하게 얽혀 있어서 결과를 예측한다는 것은 불가능해요. 시간을 거슬러 물건을 가지고 오는 것은 인과모순을 만들게 됩니다. 잘해봤자, 그런 혼란은 시간 여행 편차만 증가할 뿐이에요. 최악의 경우 시간 여행 자체가 불가능하게 될 거예요. 아니면 역사를 뒤바꿔놓거나요. 어쩌면 우주 자체를 파괴할 수도 있습니다. 슈라프넬 여사에게도 말하려고 애썼듯이, 바로 이런 이유로 시간 모순이 일어나는 것은 불가능합니다!"

"시간 여행 편차의 증가?" 던워디 교수가 말했다. "인과모순이 시간 여행 편차의 증가를 일으킬 수 있나요?"

"이론적으로는요." 치스윅 국장이 말했다. "모순 발생은 슈라프넬 여사가 대는 돈으로 우리가 연구하려던 분야 가운데 하나죠. 이제는 이 말도 안 되는 성당 때문에 완전히 뒷전으로 밀린 그 연구 말입니다! 그 사람은 막무가내예요! 지난주에는 강하할 때 생기는 시간 여행 편차를 줄이라고 명령하더군요. '명령'을 한다고요! 그 사람은 시간 여행 편차가 뭔지도 몰라요."

던워디 교수는 앞쪽으로 몸을 숙이더니 안경을 썼다. "시간 여행 편차의 증가가 있었나요?"

"아니요. 슈라프넬 여사는 시간 여행에 관해서는 그냥 아무런 개념이 없어요. 그 사람은…."

"호박밭이죠." 내가 말했다.

"뭐라고?" 치스윅 국장이 고개를 돌리더니 나를 바라보았다.

"농부의 아내는 그 친구가 독일군 낙하산병이라고 생각했어요."

"낙하산병?" 치스윅 국장이 눈을 가늘게 뜨고 말했다. "자네가 그 사라졌다는 역사학자는 아니겠지? 자네 이름이 뭔가?"

"존 바솔로뮤입니다." 던워디 교수가 얼른 대신 대답했다.

"상태를 보아하니 슈라프넬 여사가 고용한 사람이군요. 여기서 멈춰야 합니다. 던워디 교수님." 포켓 단말기가 삑삑거리더니 다시 종이를 뱉어내기 시작했다. 치스윅 국장은 큰 소리로 종이에 적힌 내용을 읽었다. "'아직 네드의 행방에 대한 정보 없음. 이유는? 당장 위치를 알려줄 것. 주교의 새 그루터기의 기원에 대한 조사를 위해 1850년 열린 만국 박람회로 보낼 인원 두 명이 더 필요함.'" 치스윅 국장은 종이를 구기더니 던워디 교수의 책상 위로 집어 던졌다. "뭔가 조치를 취해야만 해요! 그 사람이 대학 전체를 말아먹기 전에 말입니다." 치스윅 국장은 말을 마치고는 휭하니 사라졌다.

"또는 우리 우주를 말아먹기 전에 말이지." 던워디 교수가 중얼거렸다.

"제가 치스윅 국장님을 쫓아가볼까요?" 핀치가 물었다.

"아니, 됐어." 던워디 교수가 말했다. "앤드루스더러 보들리 도서관에 가서 시간 모순에 관한 자료들을 찾아와 달라고 해줘."

핀치가 방을 나갔다. 던워디 교수는 안경을 벗더니 안경알을 살펴보며 얼굴을 찡그렸다.

"시기가 안 좋다는 건 저도 압니다." 내가 말했다. "하지만 요양하려면 어디로 가야 하는지 교수님은 아시리라 생각했습니다. 옥스퍼드에서 멀리 떨어진 곳으로요."

"참견." 던워디 교수가 말했다. "참견이 우리를 이런 지경으로 만들었고 참견이 많으면 많을수록 일은 더 악화가 될 뿐이지." 던워디 교수는 안경을 다시 쓰고 일어섰다. "아무튼, 가장 좋은 방법은 어떤 일이 벌어지는가 기다리며 지켜보는 거야." 던워디 교수는 서성이며 계속 말을 했다. "그게 사라져서 역사에 영향을 줄 수 있는 확률은 통계적으로 볼 때 무척이나 작은 값이지. 특히 그 시대에서 온 거라면 말이야. 숫자를 줄이기 위해서 정기적으로 일괄해서 강물에 빠뜨리곤 했으니까 말이야."

'뭐의 숫자? 부채?' 나는 생각했다.

"그리고 그것이 네트를 통과해 올 수 있었다는 사실은 그 스스로가 모순을 일으키지 않는다는 증거이기도 하지. 안 그러면 네트 자체가 열리지 않았을 테니까." 던워디 교수는 재킷 끝부분으로 안경을 닦더니 빛에 비춰 보았다. "150년도 더 된 일이야. 만약 그 일로 우주가 무너졌어야 했다면 벌써 무너졌어야지." 던워디 교수는 안경알에 입김을 불더니 다시 닦기 시작했다. "그리고 지금도 벅찬 마당에 슈라프넬 여사와 코번트리 성당 복원 프로젝트가 진행되는 또 다른 우주가 있을 수 있다니, 믿고 싶지 않아."

슈라프넬 여사! 여사는 로열 매소닉 병원에서 지금 당장에라도 돌아올 수 있다. 나는 의자에 앉은 채 앞으로 몸을 숙였다. "던워디 교수님." 내가 말했다. "제가 시차 증후군에서 회복할 수 있을 만한 장소를 좀 찾아주십시오."

"한편으로, 지금까지도 아무런 모순이 일어나지 않았다는 말은, 재난이나 아니면 다른 이상한 결과가 일어나기 전에 그 물건을 돌려놓을 수 있기 때문이라는 뜻이기도 하지."

"간호사 말로는 2주간 침대에서 요양이 필요하다지만, 제가 보기엔 사나흘 정도만 어떻게…."

"하지만 그런 경우라 할지라도." 던워디 교수가 일어나 서성이기 시작했다. "기다려야 할 아무런 이유가 없단 말이지. 그게 바로 시간 여행의 묘미지. 사나흘, 2주일 또는 1년을 기다렸다가도 즉시 돌려줄 수 있단 말이야."

"만약 슈라프넬 여사가 절 발견하면…."

던워디 교수는 걸음을 멈추고 나를 바라보았다. "그 문제에 관해서 생각해보지 않았군. 이런 세상에! 만약 슈라프넬 여사가 그것에 대해 알아차린다면…."

"어딘가 멀리 떨어진 한적한 곳을 추천해주신다면…."

"핀치!" 던워디 교수의 고함에 핀치는 바깥쪽 사무실에서 프린트물을 하나 들고 들어왔다.

"시간 모순에 대한 서지 목록입니다. 그렇게 많지는 않습니다. 앤드루스 씨는 지금 1560년에 있습니다. 슈라프넬 여사가 채광창 아치 조사차 보냈습니다. 치스윅 국장님을 다시 모셔 올까요?"

"중요한 것부터 먼저 하지." 던워디 교수가 말했다. "우리는 네드가 아무런 방해도 받지 않고 쉬면서 시차 증후군에서 회복할 수 있는 장소를 알아봐야 해."

"슈라프넬 여사가…." 내가 말했다.

"맞아." 던워디 교수가 말했다. "이번 세기에서는 그 어떤 곳도 안 되지. 20세기도 마찬가지고. 평화롭고 인적이 드문 강변쯤에 있는 시골집이어야지. 템스 강변이 딱 맞겠군."

"설마 지금…." 핀치가 말했다.

"네드는 지금 당장 떠나야 해." 던워디 교수가 말했다. "슈라프넬 여사가 그걸 발견하기 전에 말이야."

"아!" 핀치가 헐떡였다. "그렇네요. 하지만 지금 헨리 씨는 여행할 상태가…." 핀치가 만류하려 했지만, 던워디 교수가 말을 막았다.

"네드." 던워디 교수가 내게 말했다. "빅토리아 시대로 가면 어떻겠어?"

빅토리아 시대라. 템스강에서 보트를 타며 보내는 꿈 같은 오후, 에메랄드빛 잔디 위에서 순백의 드레스를 입고 펄럭이는 머리띠를 한 소녀들과 하는 크로케 경기. 경기가 끝난 뒤에는 버드나무 아래에서 깍듯한 집사가 따라주는 차를 마시겠지. 세브르산 고급 도자기 잔에 따라서 말이야. 집사는 각자의 까다로운 요구를 들어주려고 열심일 테지. 그리고 그 소녀들은 얇은 시집을 낭랑한 목소리로 읽고, 그 목소리는 향기로운 공기 위에 꽃잎처럼 맴돌겠지. "황금빛 오후, 유년기의 꿈들이 짝을 이루는 곳, 기억의 신비로운 악단이…."

핀치가 머리를 가로저었다. "좋은 생각이 아니라고 봅니다. 던워디 교수님."

"천만에." 던워디 교수가 말했다. "저 친구 하는 말을 들어봐. 안성맞춤이야."

3

"…불가능한 요소를 모두 없애고 나면
아무리 믿을 수 없는 것이 남는다고 해도
그것이 진실이야."

— 셜록 홈즈

간단한 임무 — 천사, 대천사, 케루빔, 능품 천사, 좌품 천사, 주 천사, 그리고 또 다른 천사 —
졸음 — 빅토리아 시대의 역사와 풍습에 대한 기본 지식을 공부하다 — 여행 가방 —
클레퍼맨 소위에 대한 감동적인 이야기 — 더 많은 여행 가방들 — 청각 장애 — 생선용 포크 —
사이렌, 실프, 님프, 드리아드, 그리고 또 다른 요정 — 도착 — 개는 인간의 가장 좋은 친구가
아니다 — 또 다른 도착 — 갑작스러운 출발

"그게 좋은 방법이라고 생각하시는 겁니까?" 핀치가 말했다. "헨리 씨는 이미 심각한 시차 증후군에 걸렸습니다. 그런 커다란 시간 도약이…."

"반드시 그런 것만은 아니야." 던워디 교수가 말했다. "더구나 주어진 임무만 수행하고 나면 건강이 회복될 때까지 필요한 만큼 그곳에 머무를 수 있어. 저 친구가 말하는 거 들었잖아. 거긴 휴양지로서는 완벽한 곳이야."

"하지만 헨리 씨의 상태로 그런 여행을 할 수 있다고 생각하시는 건…." 핀치가 걱정스러운 듯 물었다.

"이건 무척이나 간단한 임무야." 던워디 교수가 말했다. "어린아이라도 할 수 있을 거야. 중요한 점은 슈라프넬 여사가 돌아오기 전에 해야 한다는 건데, 성당을 뒤지러 가지 않은 채 옥스퍼드에 남은 단 한 명의 역사학자는 바로 네드뿐이지. 저 친구를 네트로 데려간 다음, 시간 여행국에 전화해서 치스윅 국장에게 그곳에서 만나자고 해줘."

전화가 와서 핀치가 받았고 상당히 오랜 시간을 듣고만 있다가 마침내 입을 열었다. "아니요. 그분께서는 로열 프리 병원에 계셨습니다. 하지만

그쪽에서 TWR을 해보기로 결정해서 세인트토마스 병원으로 옮겼습니다. 네, 램베스 팰리스 로드에 있는 거요." 핀치는 수화기를 귀에서 멀찌감치 뗀 채 다시 듣고만 있었다. "아니요. 이번에는 확실합니다." 핀치는 전화를 끊었다. "슈라프넬 여사였습니다." 말 안 해도 뻔한 소리였다. "아무래도 이곳으로 곧 들이닥칠 것 같습니다."

"TWR이 뭐지?" 던워디 교수가 물었다.

"그냥 제가 꾸며낸 겁니다. 헨리 씨가 네트를 통과하려면 미리 준비하시는 게 좋을 듯싶군요."

핀치는 나를 데리고 네트 실험실로 데리고 갔다. 나는 그런 핀치가 고마웠다. 아무리 봐도 어디가 어딘지 모르겠고 내가 영 엉뚱한 방향으로 가는 것처럼 느껴졌기 때문이다. 하지만 도착해보니 문은 네트 실험실처럼 보였고, 문 앞에는 여전히 코번트리 보존협회 사람들이 피켓을 들고 서 있었다.

그 사람들이 든 전자 플래카드에는 다음처럼 쓰여 있었다. '이미 하나가 있는데 뭐가 문제인가?', '코번트리에 있는 코번트리를 보존하라', '그것은 우리의 것이다!' 그 사람들 가운데 하나가 내게 준 전단에는 이런 글이 적혀 있었다. '코번트리 성당의 복원에는 5백억 파운드가 들어간다. 이 돈이면 현재 있는 코번트리 성당을 사서 수리할 수 있을 뿐만 아니라 아예 새로 더 커다란 쇼핑센터를 지을 수도 있다.'

핀치는 내 손에서 전단을 낚아채서 시위자에게 돌려주고는 문을 열었다.

네트 역시 전과 같아 보였지만 콘솔에 앉아 있는 땅딸막한 젊은 여자는 누구인지 알 수 없었다. 그 여자는 하얀 실험 가운을 입었으며 짧게 깎은 금발의 후광 때문에 네트 기술자가 아닌 케루빔[11]처럼 보였다.

핀치가 문을 닫고 들어서자 그 여자가 몸을 돌려 우리를 보며 따지듯 물었다. "무슨 일이시죠?"

케루빔이라기보다는 대천사[12]인 것 같군.

"도약을 예약하려고요. 빅토리아 시대의 영국으로요." 핀치가 말했다.

11 9품 천사 중 제2위로 지식의 천사
12 9품 천사 중 제8위로 천사군단의 병사로 창을 들고 지옥과 싸우는 역할을 맡았다.

"불가능해요." 여자가 툭 하니 내뱉었다.

대천사인 게 분명하군. 아담과 이브를 에덴에서 내쫓았던 바로 그 천사 말이야.

"던워디 교수님께 허가받았습니다. 에… 성함이?"

"워더예요." 여자는 또다시 간단하게 내뱉었다.

"워더 씨, 이건 최우선 도약입니다." 핀치가 말했다.

"모두 최우선 도약이라고들 하죠. 슈라프넬 여사에게는 다른 등급이 없어요." 워더는 클립보드를 집어 들더니 마치 불타는 칼처럼 우리 쪽으로 내밀었다. "열아홉 번의 도약을 했고 그 가운데 열네 번은 1940년식 공습 대비대와 여성 의용대 유니폼을 요구했어요. 의상실 비품은 완전히 고갈됐고요. 그리고 도약에 따르는 동조 작업도 모두 마쳐야 해요. 전 지금 랑데부 예정 시간에 3시간 늦은데다 대체 슈라프넬 여사가 오늘이 끝나기 전에 몇 번이나 최우선 도약을 원할지 누가 알겠어요?" 워더는 클립보드를 세차게 내려놓았다. "이 일을 할 시간이 없어요. 빅토리아 시대의 영국이라니! 던워디 교수님께 말도 안 된다고 전해주세요." 워더는 콘솔로 몸을 돌리더니 자판을 치기 시작했다.

하지만 핀치는 굴하지 않고 다른 방식으로 찔러보았다. "바드리 씨는 어디에 있죠?"

워더는 다시 몸을 돌리더니 말했다. "정확하게는 바드리가 어디 갔으며, 왜 여기서 네트를 운영하지 않느냐 이런 말이겠죠? 좋아요. 말씀해드리죠." 워더는 클립보드를 집어 들고 다시 위협적으로 휘두르며 말했다. "슈라프넬 여사가…."

"1940년으로 보내버린 건 아니겠죠?" 내가 물었다. 바드리는 파키스탄인의 후손이었다. 1940년이라면 일본인 첩자로 오인되어 체포되었을지도 모른다.

"아니요." 워더가 말했다. "슈라프넬 여사는 자신의 사라진 역사학자를 찾기 위해 바드리를 런던으로 보냈어요. 그 덕분에 의상실이며 네트며 그리고 이리로 찾아와서 멍청한 질문으로 시간 낭비나 시키는 사람들 모두를 나 혼자 다뤄야 하는 거고요." 워더는 클립보드를 거칠게 내려놓았다. "이제, 더 멍청한 질문이 없으시면 저는 '최우선' 동조를 위한 계산을 하겠습니다." 워더는 콘솔로 몸을 돌리더니 자판을 격렬하게 치기 시작했다.

대천사 가운데서도 거대한 날개와 백 개의 눈이 달린 소름 끼치는 모습의 천사일 거야. 그 이름이 뭐였더라? 사라반드였던가?

"던워디 교수님을 모셔 와야 할 것 같군요. 헨리 씨는 여기서 기다리십시오." 핀치가 내게 속삭였다.

나는 그 제안이 몹시도 반가웠다. 나는 이미 병원에서 간호사가 질문할 때부터 졸린 상태였고, 내가 원하는 건 그저 어디 앉아서 좀 쉬는 것이었다. 네트 저편에 의자가 보였다. 나는 다리를 올려놓을 수 있도록 다른 의자에 올려져 있던 방독면과 소화용 손 펌프 꾸러미를 치웠다. 나는 의자에 엉덩이와 다리를 걸친 채 몸을 길게 쭉 뻗고 핀치를 기다리며 '앞뒤에 눈이 가득 박힌' 대천사 이름이 무엇이었는지 생각하려 애를 썼다. 'ㅅ'으로 시작하는 이름이었다. 사무라이였던가? 아니 그건 슈라프넬 여사에게 어울렸다. 실프였던가? 아니 그건 공기를 날아다니는 님프다. 물의 님프는 다른 글자로 시작했다. 'ㄴ'이던가? 복수의 여신 네메시스? 아니, 그 이름 역시 슈라프넬 여사에게나 어울리지.

이름이 뭐였더라? 힐라스가 연못에서 물을 길을 때 그 님프가 나타나서 새하얀 팔로 그 청년을 끌어안고는 길게 늘어진 적갈색 머리카락으로 묶어 깊고 푸른 물 속으로 끌고….

까무룩 잠이 들었던 모양이었다. 눈을 떠보니 던워디 교수가 서 있고 그 기술자는 아까 그 클립보드를 들고 던워디 교수를 위협하고 있었다.

"불가능합니다." 워더가 말하고 있었다. "동조 작업이 네 건, 랑데부가 여덟 건, 게다가 교수님 밑에 있는 역사학자 중 한 명이 물에 적셔 망쳐버린 옷도 수선해야 해요." 워더는 클립보드에 있는 종이를 세차게 넘겼다. "아무리 빨라야 7일 금요일 3시 30분이에요."

"7일이라고? 그건 다음 주예요!" 핀치가 숨넘어가는 목소리로 말했다.

"오늘이어야만 해." 던워디 교수가 말했다.

"오늘요?" 워더가 클립보드를 마치 무기라도 되는 양 들이밀며 말했다. "오늘이라고요?"

세라핌이로군. '날개 둘레와 그 안쪽에는 눈이 가득 달려 있으며 불 속에서 번개를 내뿜는'[13] 천사 말이야.

"이 작업은 새로 시간 좌푯값을 계산할 필요가 없어." 던워디 교수가 말했다. "킨들이 통과했던 그 값을 쓰면 되니까. 그리고 뮤칭스 엔드에 세워둔 그 강하 지점을 쓰면 되고." 던워디 교수는 실험실을 둘러보았다. "의상실 담당자는 어디 갔지?"

"1932년에요." 워더가 말했다. "성가대 의상을 스케치하러 갔어요. 슈라프넬 여사에게 '긴급' 도약이라는 건 성가대가 입는 의상이 리넨으로 되어 있는지 면으로 되어 있는지를 알아내는 거죠. 그 말은 제가 의상실을 담당하고 있다는 거고요. 네트는 물론이고 여기에 있는 모든 걸 포함해서 전부 제 담당이라는 말입니다." 워더는 종이를 원래 위치로 넘기더니 네트 콘솔에 올려놓았다. "모든 것이 불가능해요. 만약 제가 준비를 할 수 있다 할지라도 저런 상태로는 갈 수도 없는데다, 저 사람은 빅토리아 시대의 역사나 관습에 관해 아무런 준비도 하지 않았잖아요."

"네드가 여왕과 차를 마실 것도 아니잖아." 던워디 교수가 말했다. "저 친구의 임무는 그냥 그 시대 사람과 잠깐 만나는 것뿐이야. 어쩌면 만날 일도 없을 거야. 그 정도 일로 빅토리아 시대에 대한 강의를 들을 필요는 없어."

세라핌이 클립보드를 집어 들었다.

펀치가 움찔했다.

"저 사람은 20세기 담당인데, 그렇다면 관할 바깥으로 나가는 거예요." 세라핌이 말했다. "저 사람을 아무런 준비도 없이 보낼 수는 없어요."

"좋아." 던워디 교수는 내 쪽을 보며 말했다. "다윈, 디즈레일리, 아메리카 원주민 문제, 《이상한 나라의 앨리스》, 《골동품상》의 꼬마 넬, 터너, 테니슨, 《보트 위의 세 남자》, 크리놀린 스커트, 크로케 경기…."

13 〈에스겔〉 1장 13절, 〈요한계시록〉 4장 8절

"펜닭개." 내가 덧붙였다.

"펜닭개, 크로셰 뜨개질 장식 덮개, 꾸밈머리, 앨버트 공(公), 플러시천, 프록코트, 성적 억압, 러스킨, 《올리버 트위스트》의 패긴, 엘리자베스 배럿 브라우닝, 단테 가브리엘 로제티, 조지 버나드 쇼, 글래드스턴, 골즈워디, 고딕 건축의 부흥, 길버트와 설리번, 잔디 테니스, 파라솔." 던워디 교수는 세라핌 쪽으로 몸을 돌려 말했다. "자, 이제 다 준비됐어."

"하지만 19세기로 가기 위해서는 3학기 동안 정치사를 들어야 하고 2학기 동안…."

던워디 교수가 말했다. "핀치, 지저스 칼리지로 가서 잠재의식 학습기와 테이프 좀 가지고 와줘." 던워디 교수는 다시 세라핌을 보며 말했다. "워더, 자네가 의상을 찾아오고 도약을 준비하는 동안 저 친구는 초고속 잠재학습을 할 수 있을 거야. 여름용 옷, 흰색 플란넬 바지, 리넨 셔츠, 보트용 블레이저코트를 준비해줘. 여행용 가방으로는…."

"여행 가방이라뇨!" 세라핌이 눈을 부라리며 말했다. "여행 가방 같은 걸 준비할 시간이 없어요! 전 열아홉 건의 도약을…."

"좋아." 던워디 교수가 말했다. "여행 가방은 우리가 챙기지. 핀치, 지저스 칼리지로 가서 빅토리아 시대용 가방을 가져와. 그리고 치스윅 국장에게 연락해봤어?"

"아니요. 못 했습니다, 교수님. 그분이 안 계셔서요. 메시지를 남겨두었습니다."

말을 마친 핀치는 연구실을 나가다가 후리후리한 흑인 남자와 부딪쳤다. 그 남자는 종이 다발을 들었고 열여덟 살이 채 안 되어 보였다. 나는 그 남자가 바깥에서 피켓을 들고 내게 전단을 나눠주던 사람이라고 생각했지만, 남자는 던워디 교수에게 다가가 초조한 목소리로 말했다. "던워디 교수님이신가요? 저는 T. J. 루이스입니다. 시간 여행국에서 왔습니다. 치스윅 국장님을 찾으셨죠?"

"맞아요." 던워디 교수가 말했다. "국장은 어디에 있죠?"

"케임브리지에 가셨습니다, 교수님." 루이스가 말했다.

"케임브리지? 대체 거기에는 뭐 하러 가셨답니까?"

"지… 지원서를 내려고요." 루이스가 말을 더듬었다. "그… 그분은 사임하셨습니다."

"언제?"

"조금 전에요. 슈라프넬 여사 밑에서는 단 1분도 더 일을 못 하겠다고 하셨습니다."

"흠." 던워디 교수는 안경을 벗더니 그것을 살펴보았다. "흠, 그렇군. 좋아요. 루이스 씨라고 하셨던가?"

"편하게 부르십시오, 교수님."

"루이스. 그러면 부국장에게 가서, 그 친구 이름이 뭐였지? 래니포드였던가, 아무튼 내가 만나자고 한다고 좀 전해줘. 급한 일이라고."

루이스는 내키지 않는 모습이었다.

"설마 부국장도 그만두었다고 말할 작정은 아니겠지?"

"아닙니다, 교수님. 하지만 부국장님은 1655년에 가 계십니다. 지붕 슬레이트를 찾으려고요."

"안 그러는 게 이상하지." 던워디 교수는 진절머리가 난다는 듯 말했다. "그러면 지금 그곳을 책임지고 있는 사람이 누구지?"

루이스는 더욱더 내키지 않는 모습이었다. "그게… 저 같은데요, 교수님."

"자네?" 던워디 교수는 깜짝 놀라 물었다. "하지만 자넨 이제 겨우 학부생이잖아? 설마 그곳에 자네만 있는 건 아니겠지?"

"저만 있습니다, 교수님." 루이스가 말했다. "슈라프넬 여사가 나머지 사람들을 모두 다 데려갔습니다. 저도 데려가려고 하셨지만, 흑인들에게 19세기부터 20세기의 중반 너머까지는 위험등급이 10이기 때문에 접근 금지거든요."

"그 정도 일로 슈라프넬 여사가 단념할 줄은 몰랐는걸." 던워디 교수가 말했다.

"물론 안 그러셨죠." 루이스가 말했다. "여사께서는 저를 무어인처럼 입힌 다음 1395년으로 보내서 교회의 첨탑을 조사하게 시키려 하셨습니다.

십자군에서 탈출한 죄수처럼 보일 거라고 주장하시더군요."

"십자군 전쟁은 1272년에 끝났어." 던워디 교수가 말했다.

"저도 압니다, 교수님. 저도 그 말씀을 드렸죠. 과거 전체가 흑인들에게는 위험등급 10이라는 말씀과 함께요." 청년은 씩 웃어 보였다. "제 검은색 피부가 도움이 된 건 처음이었습니다."

"그래, 그 문제에 관해서는 나중에 생각해보도록 하지." 던워디 교수가 말했다. "자네 혹시 존 클레퍼맨 소위에 관해 들어봤나?"

"아니요."

"제2차 세계대전 미드웨이 전투였어. 배의 장교들이 모두 죽어서 그 친구는 함장의 책임을 져야 했지. 전쟁이나 재앙이란 그런 거야. 사람들이 평소에는 절대로 책임지지 않을 일을 책임지게 하거든. 시간 여행국 같은 거 말이지. 달리 말하면, 이건 자네에게 좋은 기회야, 루이스. 시간 물리학은 배웠겠지?"

"아니요, 교수님. 컴퓨터 사이언스만 배웠습니다."

던워디 교수는 한숨을 내쉬었다. "뭐, 괜찮아. 클레퍼맨 소위 역시 어뢰를 쏴본 적이 없었으니까. 그 친구는 그래도 구축함 두 척과 순양함 한 척을 가라앉혔거든. 자네의 첫 번째 임무는 만약 인과모순이 일어나면 어떤 현상이 나타나며 그 징후는 어떤 건지를 내게 설명해주는 거야. 그런 일이 일어날 수 없다는 말은 하지 말고."

"인-과-모-순." 루이스는 자기가 들고 있던 종이 위에다 쓰면서 말을 했다. "언제까지 답이 필요하십니까, 교수님?"

"어제까지." 던워디 교수는 그 젊은 친구에게 보들리 도서관에서 가져온 서지 목록을 넘기며 말했다.

루이스는 어리둥절한 듯했다. "제가 그럼 시간을 거슬러 올라가서…."

"또 다른 강하를 준비할 쯤이 없어요." 워더가 말을 자르고 들어왔다.

던워디 교수는 피곤한 듯 머리를 저었다. "내 말은 가능한 한 빨리 그 정보를 가져오라는 뜻이야."

"아하." 루이스가 말했다. "알겠습니다, 교수님. 지금 즉시 시작하죠."

루이스는 말을 마치고는 문 쪽으로 걸어갔다. 하지만 반쯤 가다 멈춰 서서 다시 물어봤다. "클레퍼맨 소위는 어떻게 됐나요?"

"임무 수행 도중에 죽었어."

루이스가 끄덕였다. "그럴 줄 알았습니다."

루이스가 나가고 핀치가 잠재의식 학습기를 들고 들어왔다.

"베를린에 있는 에른스트 하셀마이어에게 전화해서 혹시 인과모순에 관해 뭐 아는 게 있는지 물어보고, 만약 모른다고 하거든 알고 있을 만한 사람이 누군지 물어봐." 던워디 교수가 말했다. "그리고 성당에 좀 갔다 와."

"성당에요?" 핀치가 깜짝 놀라 물었다. "만약 슈라프넬 여사가 그곳에 있으면 어쩌라고요?"

"드레이퍼 예배당에 숨어." 던워디 교수가 말했다. "그곳에 가서 시간 여행국에 근무하는 사람이 누가 있는지 살펴봐. 분명 학부생보다는 경험이 많은 사람이 있을 거야."

"지금 즉시 다녀오겠습니다, 교수님." 핀치는 말을 마치고 내 쪽으로 오더니 잠재의식 학습기를 귀에 씌워주었다. "잠재의식 학습 테이프입니다, 선생님."

나는 최면에 들어가기 위한 준비를 했다.

"지금 선생님 상태에서 약물을 쓰는 것은 별로 좋지 않다고 생각했습니다. 보통 속도로 들으셔야 할 겁니다." 핀치가 말했다.

"핀치." 던워디 교수가 다가오며 물었다. "킨들은 어디 있지?"

"교수님께서 숙소로 가 있으라고 하셨습니다." 핀치가 말했다.

핀치가 잠재의식 학습기를 만지자 테이프에서 소리가 들려왔다. "빅토리아 여왕은 1837년부터 1901년까지 영국을 다스렸습니다."

"강하할 때 얼마나 편차가 있었는지 킨들에게 물어보고 와줘." 던워디 교수가 핀치에게 말했다. "특히 지난번에…."

"…여왕 덕분에 영국은 전례 없던 평화와 번영을 누렸습니다."

"그래." 던워디 교수가 말했다. "그리고 다른 경우에는 시간 편차가 얼마나 되었는지 알아봐. 아…."

"…예의 바르고 느긋한 사회였으며…."

"…세인트토마스 병원에 전화해서 슈라프넬 여사가 떠나지 못하게 하라고 해."

"알겠습니다, 교수님." 대답하고 핀치는 방을 나갔다.

"그래 리지 비트너는 아직 코번트리에 살고 있던가?" 던워디 교수가 물었다.

"네." 내가 말했다. "비트너 부인은 남편이 죽은 뒤 솔즈베리에서 이사 왔습니다." 뭔가 더 기대하는 눈치기에 나는 덧붙여 말했다. "부인은 새 성당에 관한 이야기며 비트너 주교가 어떻게 그 성당을 구하려 노력했는지에 대해 말씀해주셨습니다. 주교는 성당에서 교훈극을 다시 상영하면서 예배에 참석하는 사람들을 늘리려 하셨고, 공습 때 파괴된 잔해를 전시하기도 했답니다. 부인께서는 제게 그 잔해와 새로운 성당을 보여주셨죠. 지금은 쇼핑센터가 되어 있는 곳 말입니다."

"그래." 던워디 교수가 말했다. "난 언제나 그 장소가 성당보다는 쇼핑센터로 더 어울린다고 생각했지. 20세기 중반의 건축물이란 빅토리아 시대 건물만큼이나 쓸모가 없거든. 하지만 시도는 좋았군. 비티도 그걸 좋아했고. 그런데 그 건물이 원래는 내세의 교회인가 뭐 그런 곳에 팔리지 않았던가? 자네가 확인해봤을 것 같은데?"

나는 고개를 끄덕였고 그 뒤, 비록 기억은 안 나지만 던워디 교수는 자리를 떠났던 모양이었다. 한쪽 귀를 통해서 공습이 끝난 뒤에 들려오는 공습경보 해제신호 같은 소리가 울리기 시작했고, 다른 한쪽 귀로는 여성의 보조적인 위치에 관한 이야기가 테이프로부터 들려왔다.

"빅토리아 시대의 여성들에게는 아무런 힘도 없었습니다." '빅토리아 여왕만 빼고는 말이지.' 나는 생각했다. 워더가 젖은 천을 들고 내게 오는 모습이 보였다. 워더는 그것으로 내 얼굴과 손을 거칠게 문지르더니 내 윗입술 위쪽에 하얀 로션을 발랐다.

"빅토리아 시대의 여성들은 간호사나 '집안의 천사'로 불리던 배우자의 역할만 할 수 있었습니다." 잠재의식 학습기가 말했다.

"입술을 만지지 마세요." 워더는 자기 목에 걸려 있던 줄자를 잡아당기며 말했다. "당신 머리를 손봐야 해요. 페녹시딜을 쓸 시간이 없어요." 워더는 내 머리에 줄자를 감았다. "앞가르마를 탈 거예요. 입술을 만지지 말라고 했잖아요."

"여성들은 너무 예민하기에 일반적인 교육을 받기에 알맞지 않다고 여겨졌습니다. 그래서 여성들이 받을 수 있는 교육은 그림, 음악 그리고 예의범절 정도였습니다."

"완전히 엉망이야." 내 목을 줄자로 감으며 워더가 말했다. "옥스퍼드로 오지 말았어야 해. 무대 디자인 학위를 받기에는 케임브리지가 최상이었는데. 여기서 한꺼번에 세 가지 일을 하는 대신 그곳에서 지금《말괄량이 길들이기》에 쓰일 의상을 만들 수도 있었잖아."

나는 숨 막혀 죽지 않기 위해 줄자와 내 울대뼈 사이에 손가락을 집어넣었다.

"빅토리아 시대의 여성들은 친절하고 조용히 말하며 유순했습니다."

"이게 다 누구 잘못인지 아시죠?" 줄자를 거칠게 되감으며 워더가 말했다. "슈라프넬 여사 때문이에요. 대체 뭐 하자고 코번트리 성당을 다시 짓는다는 거죠? 그 여자는 영국 사람도 아니잖아요. 그 여자는 미국 사람이에요! 그 여자가 우리나라 귀족이랑 결혼했다는 이유만으로 우리가 사는 곳에 와서 우리의 교회를 새로 지을 권리는 없는 거예요. 더구나 둘이서 그리 오랫동안 같이 산 것도 아니잖아요."

워더는 내 팔을 잡아당기더니 겨드랑이 사이로 줄자를 쑤셔 넣었다. "그리고 만약 그 여자가 뭔가를 새로 지을 거라면 왜 좀 더 가치 있는 거, 가령 코번트리 가든 극장 같은 걸 짓지 않는 거죠? 아니면 왕립 셰익스피어 극단 같은 데 투자하거나요. 극단에서는 지난 시즌에 겨우 두 편의 연극만을 상연했는데, 그 가운데 하나는 1990년대부터 무상으로 제작해오던《리처드 2세》였어요. 하긴, 할리우드에서 온 사람에게 예술을 기대하는 내가 잘못이지만. 비디오나 인터액티브 TV 따위나 알겠지!"

워더는 가슴둘레, 팔 길이, 다리 길이 따위를 대충대충 재더니 사라졌고, 나는 다시 의자로 돌아가 벽에 머리를 기댄 채 물에 빠져 죽으면 얼마나 행복할지를 상상해보았다.

그다음에는 기억이 약간 흐릿했다. 잠재의식 학습기는 빅토리아 시대의 식탁 차림에 관해 말했고, 공습경보 해제 사이렌은 공습경보 신호로 바뀌었고, 세라핌이 바지를 한 꾸러미 들고 와 입어보게 했지만, 그 무엇도 뚜렷하게 기억나지 않았다.

핀치는 빅토리아 시대의 여행 가방들(대형 여행 가방, 커다란 손가방, 자그마한 학생용 가방, 글래드스턴 가방 그리고 끈으로 묶은 종이 상자 두 개)을 가져왔다. 나는 바지와 마찬가지로 가방도 하나만 선택하면 되는 줄 알았지만, 알고 보니 모든 가방을 다 가져가야 했다. 핀치는 '나머지'도 가져오겠다며 사라졌다. 세라핌은 하얀 플란넬 바지를 골라놓고는 멜빵을 찾기 위해 방을 나갔다.

"굴 포크는 수프용 숟가락 옆에 접시 쪽으로 기울어져 놓여 있습니다." 잠재의식 학습기가 말했다. "굴 스피어는 포크 옆에 있습니다. 왼손으로 굴 껍데기를 잡고 굴을 완전히 꺼내서 먹으면 됩니다. 만약 필요하다면 스피어를 써서 떼어내면 됩니다."

나는 몇 번인가 깜박 잠이 들었고, 세라핌은 나를 흔들어 깨워 여러 가지 옷들을 입어보게 시켰으며 입술 위쪽에 발랐던 흰색 로션을 씻어냈다.

나는 콧수염을 조심스레 만지며 말했다. "어때요?"

"한쪽으로 기울어졌군요." 세라핌이 말했다. "하지만 어쩔 도리 없죠. 헨리 씨가 쓸 면도칼은 챙겼나요?"

"네." 커다란 버드나무 바구니를 들고 오며 핀치가 대답했다. "애슈몰린 박물관에서 머릿솔 두 개, 솔 한 개, 비누 거품 컵 한 개를 가져왔습니다. 그리고 여기 돈을 받으십시오." 핀치는 여행 가방 크기는 됨직한 지갑을 내게 건넸다. "죄송하게도 대부분 주화입니다. 그 당시 지폐는 이제 아주 심하게 훼손됐거든요. 휴대용 침구와 식료품 바구니 그리고 통조림이 든 상자도 가져왔습니다." 핀치는 다시 종종걸음으로 방을 나갔다.

"생선용 포크는 고기용 포크와 샐러드용 포크의 왼쪽에 있습니다." 잠재의식 학습기가 말했다. "날카롭고 기울어진 끝부분을 보면 구별할 수 있습니다."

세라핌은 셔츠를 입어보라고 내게 건네줬다. 그녀는 한쪽 팔에 젖은 흰색 셔츠를 걸쳐 들고 있었다. 소매 부분이 큰 셔츠였다. 나는 카펫 위에서 소맷부리를 짜던 물의 님프를 떠올렸다. 아름다움 그 자체였다. 물의 님프도 생선용 포크를 쓰며 콧수염이 있는 남자를 좋아하는지 궁금해졌다. 워터하우스가 그린 그림에서 힐라스는 콧수염이 있던가? 그 그림 제목이 '힐라스와…' 뭐더라. 그 님프를 뭐라고 부르더라? 'ㄴ'으로 시작하는 단어였는데.

정신이 흐릿한 시간은 한참 더 흘러갔다. 핀치가 여행 가방을 더 가져왔고(뚜껑이 덮인 버드나무 바구니였다) 세라핌은 내 양복 조끼 주머니에 뭔가를 쑤셔 넣었으며, 핀치는 내 어깨를 흔들더니 던워디 교수가 어디에 있는지 물었다.

"여기 없어요." 내가 대답했지만, 착각이었다. 던워디 교수는 버드나무 바구니 옆에 서서 핀치에게 무엇을 알아냈는지 묻고 있었다.

"그 강하에서 시간 편차가 얼마였대?" 던워디 교수가 말했다.

"9분이었습니다." 핀치가 말했다.

"9분?" 던워디 교수가 얼굴을 찡그리며 말했다. "그 친구가 했던 다른 강하 때는?"

"최솟값입니다. 2분에서 30분 사이였습니다. 강하 지점이 한적한 곳이기 때문에 누군가에게 목격당할 확률이 높지 않았습니다."

"가장 중요한 한 번을 뺀다면 말이지." 여전히 얼굴을 찡그린 채 던워디 교수가 말했다. "돌아올 때는?"

"돌아올 때요?" 핀치가 말했다. 돌아올 때는 원래 시간 편차가 전혀 없습니다."

"그건 나도 알아." 던워디 교수가 말했다. "하지만 이건 특수한 상황이잖아."

"네, 교수님." 핀치는 대답하고 나서 워더와 몇 분간 상의를 한 다음 돌아왔다. "돌아올 때는 시간 편차가 없었습니다."

던워디 교수는 안심한 듯했다.

"하셀마이어 쪽은 어때?" 던워디 교수가 말했다.

"그분에게 메시지를 남겨두었습니다."

문이 열리고 루이스가 얄팍한 종이 뭉치를 들고 왔다. "가능한 한 모든 조사를 했습니다." 루이스가 말했다. "그리 많지 않더군요. 인과모순 실험 장치는 엄청나게 비싸거든요. 시간 여행국에서는 이번 성당 프로젝트에서 나오는 돈으로 그 실험을 할 계획이었습니다. 대부분의 시간 물리학자들은 인과모순이 일어나는 것이 불가능하다고 믿고 있습니다. 쇼지 후지사키 교수만 빼면요."

"쇼지는 가능하다고 생각한단 말인가? 쇼지의 이론은 뭐지?"

"후지사키 교수는 두 가지 이론을 주장합니다. 첫째로는 시공 연속체에서 중요하지 않은 물체나 사건에 관해서는 모순이 일어나지 않는다는 것입니다."

"어떻게 그런 일이 가능하지? 혼돈계에서는 모든 사건이 다른 사건들과 서로 얽혀 있는데 말이야."

"네. 하지만 우리가 있는 계는 피드백과 피드포워드, 완충 장치, 상호 간섭 따위가 복잡하게 엉킨 비선형계이기 때문에 어떤 대상이나 사건의 효과는 아주 커지는 반면 어떤 것의 효과는 사라집니다." 루이스는 종이를 보며 대답했다.

"그래서 그런 것들을 제거해도 인과모순이 일어나지 않는단 말이야?"

루이스는 씩 웃으며 대답했다. "그렇습니다. 역사학자가 자기 허파에 공기를 가지고 오든⋯." 루이스는 잠깐 나를 보더니 계속 말을 이었다. "아니면 그을음을 가지고 오든 말이죠. 그런 것들을 가지고 오는 것은 시스템에 아무런 영향도 줄 수 없습니다."

"그러면 그런 경우에는 가지고 온 것을 원래의 시간에 돌려보낼 필요가 없단 말인가?" 던워디 교수가 물었다.

"그런 경우에는 아마도 돌려보낼 수가 없을 겁니다." 루이스가 말했다.

"시공 연속체가 그런 일을 허용하지 않습니다. 원래 시간에서도 별 쓸모없는 경우가 아니라면 말입니다. 불행히도, 이런 모순의 종류는 공기나 그을음 정도로 한정되어 있습니다. 그보다 큰 것들은 심각한 영향을 끼치게 됩니다."

'심지어 펜닭개마저도 그렇지.' 벽에 머리를 기댄 채 나는 생각했다. 나는 가을 성가대 바자회 및 해난 구조자 돕기 모금 운동에서 호박 모양의 주황색 펜닭개를 하나 산 다음, 그 물건에 관해 까맣게 잊어버렸는데 현재로 돌아오려 할 때 네트가 열리지 않았다. 나는 졸리는 와중에도 부채의 경우에는 어떻게 네트가 열렸는지 궁금해졌다.

"생명체의 경우에는 어때?" 던워디 교수가 물었다.

"해 없는 박테리아는 아마도 가능하겠지만 다른 것은 안 됩니다. 시공 연속체에서 생명체의 영향은 무생물과 비교할 때 지수함수적으로 커지는 데다, 지적 생명체의 경우에는 단순 생명체의 경우에 비해서 또다시 지수함수적으로 커집니다. 상호 작용의 복잡성이 커지기 때문이지요. 그러니까 현재나 미래에 영향을 줄 수 있는 것은 아무것도 안 됩니다. 바이러스나 병원균도 안 됩니다."

던워디 교수가 말을 끊고 들어왔다. "쇼지의 또 다른 이론은 뭐지?"

"두 번째 이론은 인과모순이 일어날 수는 있지만, 시공 연속체에는 그 효과를 없앨 수 있는 방어 시스템이 이미 갖춰져 있다는 겁니다."

"시간 편차를 말하는 거로군." 던워디 교수가 말했다.

루이스는 고개를 끄덕였다. "시간 편차의 메커니즘은 시간 여행자가 잠재적인 위험 영역으로 가지 못하게 함으로써 모순이 일어날 가능성을 대부분 막습니다. 후지사키 교수의 주장으로는, 만약 시간 편차의 양이 제한되는 상황, 즉 시간 축의 뒤틀림을 막을 수 있을 정도로 시간 편차가 급격히 증가할 수 없는 경우에 인과모순이 일어납니다."

"그러면 어떻게 되지?"

"이론적으로는 역사가 뒤바뀔 수 있고 만약 심각한 경우라면 우주 자체를 붕괴시킬 수 있지만, 현대의 네트에는 이를 막을 수 있는 보호 수단이 마련되어 있습니다. 시간 편차가 위험한 수준까지 올라가면서 인과모순의 발생 가능성이 감지되는 순간 네트는 자동으로 닫히게 됩니다. 그리고 후지사키 교수에 따르면, 실제로 일어날 수는 없겠지만, 만약 인과모순이 일어나면 또 다른 방어 장치가 있어서 인과모순을 바로잡고 모순 주변 영역에서 급격한 시간 편차를 일으키고, 우연의 일치가 일어날 확률을 증가시켜 모순이 있다는 사실을 명확하게….”

던워디 교수는 내 쪽으로 돌아섰다. “코번트리에서 어떤 우연의 일치라고 할 만한 일을 겪은 적이 있어?”

“아니요.” 내가 말했다.

“잡동사니 판매장에서는?”

“없었습니다.” 나는 대답을 하면서도 코코넛 떨어뜨리기 대회나 자두 케이크 뽑기 대회 같은 곳을 어슬렁거리다가 주교의 새 그루터기와 탁 마주치는 식으로 그런 우연의 일치가 일어났더라면 얼마나 좋았을까 하는 생각이 들었다.

던워디 교수는 루이스 쪽으로 몸을 돌리고 말했다. “그밖에 다른 건 없어?”

“주변 시간대에서 시간 편차가 증가합니다.”

“얼마나 넓은 영역에서?”

루이스는 입술을 깨물었다. “후지사키 교수 말에 따르자면 대부분의 인과모순은 50년 이내에 교정된다고 하지만, 그건 어디까지나 이론에 불과합니다.”

“또 다른 건?”

“만약 인과모순이 아주 심각한 상태라면, 네트가 붕괴합니다.” 루이스가 말했다.

“어떤 식의 붕괴?”

루이스는 얼굴을 찡그리며 말했다. “네트가 열리지 않게 됩니다. 목적지도 제대로 정할 수 없게 되고요. 하지만 후지사키 교수 말에 따르면 이런 현상은 통계적으로 일어날 확률이 무척 낮다고 합니다. 그리고 시공 연속체는 본질적으로 안전하다는군요. 그렇지 않았다면 지금쯤 벌써 붕괴했을 거라면서요.”

“만약 편차의 급격한 증가는 없었지만 모순이 발생한 게 확실한 경우는 어떻게 돼? 그런 경우에는 시공 연속체에 어떤 영향을 주기 전에 고쳐졌다는 건가?”

“그렇습니다.” 루이스가 말했다. “그렇지 않았다면 편차가 생겼을 겁니다.”

“좋았어. 잘했네, 클레퍼맨 소위.” 던워디 교수가 말하고는 콘솔에서 격렬하게 자판을 두드리고 있는 세라핌에게 다가갔다. “워든, 1880년대와 90년대로 갔던 모든 강하에 대한 시간 편차와 일반 매개 변수를 뽑아줘.”

“저는 ‘워더’예요.” 세라핌이 말했다. “그리고 지금 그 일을 할 수 없어요. 랑데부 준비 중이에요.”

“랑데부는 미뤄도 돼.” 던워디 교수는 루이스 쪽으로 가서 말했다. “루이스, 시간 편차가 예상보다 컸던 여행자를 찾아줘.”

아니, 적어도 나는 던워디 교수가 그렇게 말했다고 생각했다. 공습경보 해제 신호가 다시 울리기 시작하더니 마치 방공포라도 발사하듯 일정한 간격으로 쾅쾅거리는 소리가 이어졌다.

“훈련용 강하도 포함해서.”

“알겠습니다, 교수님.” 루이스는 대답을 마치고 방에서 나갔다.

“핀치, 모자는 어디에 있어?” 던워디 교수가 말했다.

“여기 있습니다.” 핀치가 대답했지만, 그럴 리가 없었다. 나는 하얀색 플란넬 바지 그리고 조끼를 받았지만, 모자는 없었다. 그렇지만 빅토리아 시대에는 언제나 모자를 쓰지 않았던가? 실크햇과 둘레가 단단한 모자였는데, 그것 이름이 뭐였더라? ‘ㄴ’으로 시작하는 거였는데.

세라핌이 내 쪽으로 몸을 숙이는 거로 봐서 아마도 다시 내가 앉아 있었던 모양이었다. 그녀는 블레이저코트를 입히기 위해 나를 일으켜 세웠다.

“이쪽으로 팔을 집어넣어요.” 밤색 줄무늬 옷을 내밀면서 세라핌이 내게 말했다. “아니, 오른팔 말이에요.”

“소매가 너무 짧아요.” 나는 소매 밖으로 드러난 손목을 보며 말했다.

“이름이 뭐죠?”

"내 이름요?" 내 이름과 옷소매가 이렇게 짧은 것이 무슨 관계가 있는지 궁금해하며 내가 물었다.

"네, 당신 이름요!" 밤색 줄무늬 블레이저코트를 낚아채듯 벗기고 붉은색 줄무늬 블레이저코트를 내밀며 세라핌이 말했다.

"네드 헨리입니다." 내가 말했다. 이번 것은 소매가 내 손등까지 내려왔다.

이번엔 붉은색을 벗기고 검푸른색과 흰색의 줄무늬를 하나 내밀었다. "잘됐군요. 적어도 그 시대에 맞는 이름을 만들어야 하는 수고 하나는 던 셈이니까요." 세라핌은 소매를 세게 잡아당겼다. "이거면 되겠군요. 그리고 템스강으로 뛰어들지 마세요. 더 이상 의상 준비를 할 시간이 없어요." 내 머리에 있는 밀짚모자를 툭 치며 세라핌이 말했다.

"모자가 여기에 있었군요. 말씀하신 대로 모자가 있네요, 던워디 교수님." 내가 말했지만, 던워디 교수는 자리에 없었다. 핀치도 자리에 없었으며 세라핌은 콘솔로 돌아가 거칠게 자판을 내려치고 있었다.

"바드리가 왜 아직 안 오는지 모르겠군요." 세라핌이 말했다. "이렇게 전부 맡겨놓고 말이에요. 좌표 설정해야지, 의상 마련해야지, 그러는 사이 이곳으로 오기 위해 45분이나 기다리고 있는 역사학자도 한 명 있지, 당신의 '최우선' 도약은…, 언제나 보호자를 동반하고 다니는 미혼의 여성이 즐거이 맞이해줄 겁니다. 보호자는 대개 나이 든 이모나 고모 또는 사촌이며, 약혼하기 전까지는 남자와 단둘이서만 있는 게 금지되어 있으며…, 네드, 정신 차려요."

"차리고 있어요." 내가 말했다. "결혼하지 않은 여자는 언제나 보호자를 대동하며…."

"…전 이 방법이 좋은 수가 아니라고 말씀드렸습니다." 어느샌가 나타난 핀치가 말했다.

"마땅히 보낼 다른 사람이 없어." 던워디 교수가 말했다. "네드, 잘 들어. 자네가 할 일이 있어. 자네는 1888년 6월 7일 오전 10시로 갈 거야. 강은… 디저트 포크의 오른쪽이며, 이 포크로는 케이크와 푸딩을 먹으며, 뮤칭스 엔드와… 같은 디저트는 디저트용 나이프로…."

74

나이프. 그래, 맞아. 나이아스. 나이아스라는 이름이었지. '힐라스와 나이아스.' 물을 길으러 간 힐라스를 본 나이아스는 자기 머리카락과 젖은 소매로 힐라스를 칭칭 묶고는 물속 깊숙이 들어갔지.

　"그것을 돌려놓고 나면 그 즉시 자네는 자네가 원하는 뭐든지 할 수 있어. 2주 가운데 남는 시간은 자네 시간이야. 강에서 보트를 타고 놀거나…, 디저트 접시 오른쪽에 칼을 안쪽으로 해놓는 겁니다." 던워디 교수는 내 어깨를 툭 치며 말했다. "알아들었어?"

　"네?" 내가 말했지만, 던워디 교수는 내 말을 듣지 않았다. 던워디 교수는 네트를 바라보고 있었다. 네트에서는 방공포 발사 소리마저 무색해질 정도로 커다란 기계 소리가 들려왔고 네트를 감싼 베일이 바닥으로 내려오고 있었다.

　"저건 뭐지?" 던워디 교수가 세라핌에게 물었다.

　"랑데부 중이죠." 자판을 세게 두드리며 세라핌이 말했다. "계속해서 랑데부를 기다리게 할 수는 없었거든요. 이 랑데부가 끝나면 바로 부탁하신 강하를 하지요."

　"좋았어." 던워디 교수가 내 어깨를 툭 치더니 윙윙거리는 기계 소리를 뚫고 말했다. "자네만 믿어, 네드."

　베일은 천천히 바닥까지 내려왔다. 윙윙거리는 소리는 점점 커지더니 공습경보 해제 사이렌 소리 정도로까지 커졌으며, 네트 주변의 공기가 응축되어 반짝이더니 캐러더스가 네트 안에서 나타났다. 캐러더스는 베일을 걷어내고 밖으로 나오려고 분투하기 시작했다.

　"그곳에 서서 베일이 올라갈 때까지 기다리세요." 자판을 내려치며 세라핌이 명령했다. 베일은 50센티미터쯤 올라가서 멈췄다.

　"기다리라고?" 캐러더스가 몸을 숙이고 베일 아래로 몸을 숙이며 말했다. "기다려? 나는 무려 2시간이나 기다렸어요. 당신은 대체 뭘 하고 있었던 거죠?" 베일을 마구 헤치며 캐러더스가 말했다.

　마침내 캐러더스는 베일을 빠져나와 절룩이며 콘솔로 다가갔다. 캐러더스는 온통 진흙투성이였다. 부츠 한 짝은 잃어버렸으며 비 의용 소방대 작업복은 다리 뒤쪽이 길게 찢어져 펄럭였다. "동조 작업이 끝났으면 바로 데려와야지. 내가 어디에 있는지 알면서도 대체 어쩌자고 나를 데려오지 않은 거죠?"

"방해를 받았어요." 던워디 교수를 노려보며 워더가 말했다. 워더는 싸움이라도 걸 듯한 태도로 팔짱을 꼈다. "당신 부츠는 어디에 있죠?"

"그 빌어먹을 매스티프[14] 아가리 안에 있어요! 발이 성한 게 다행이죠."

"그건 진짜 의용 소방대 웰링턴 부츠인데." 세라핌이 말했다. "그리고 당신 작업복은 대체 어떻게 된 건가요?"

"내 작업복이 어떻게 된 거냐고요?" 캐러더스가 말했다. "난 지난 2시간 동안 내 목숨을 위해 달려야 했어요. 또 그 빌어먹을 호박밭에 내렸단 말입니다. 다른 점이 있다면 지난번에 도착했을 때보다 더 열심히 뛰어야 했단 것뿐이었어요. 이번엔 이미 농부의 아내가 날 기다리고 있었기 때문이지요. 개들이랑 같이 말이죠. 그 여자는 그렇게 하는 것이 전쟁에 도움이라도 된다고 생각했는지 개들을 떼거리로 모아놓았더군요. 아마 워릭셔 전체에서 그 개들을 끌어모았을 거예요."

캐러더스는 내 모습을 발견하더니 절뚝거리며 다가왔다. "너 대체 여기서 뭘 하는 거야? 병원에 있어야 하잖아."

"난 1888년으로 갈 거야." 내가 말했다.

"네가 돌아왔다는 말을 슈라프넬 여사에게 하지 말아달라고 내가 간호사에게 부탁했는데." 캐러더스가 넌더리 난다는 표정으로 말했다. "여사가 왜 널 19세기로 보내는 거지? 그 증조할머니 때문이야?"

"증증증증조 할머니지." 내가 말했다. "그 때문이 아니야. 의사가 내게 2주 동안 침대에서 절대 안정을 처방했는데, 그것 때문에 던워디 교수님이 나를 보내는 거야."

"그럴 수는 없어." 캐러더스가 말했다. "넌 가면 안 돼. 넌 코번트리 성당으로 돌아가서 주교의 새 그루터기를 찾아야 해."

14 몸집이 크고 털이 짧은 맹견

"찾고 있었지." 내가 말했다. "네가 거기서 날 끄집어 왔잖아. 기억나?"

"그래야만 했어. 그때 너는 완전히 넋이 나가 있었으니까. 아니 그래, 개가 전쟁과 평화 그 어느 때를 막론하고 인간의 가장 고귀한 친구이며 기쁠 때나 슬플 때나 가장 진실된 친구라고? 흥! 이걸 보라고." 캐러더스는 길게 찢어진 작업복 천을 들어 보이며 말했다. "인간의 가장 진실된 친구라는 놈들이 이런 짓을 했어!" 캐러더스는 양말만 신은 발을 보여주었다. "인간의 가장 고귀한 동반자가 내 발을 잘라 갈 뻔했어! 넌 언제 떠날 준비가 끝나?"

"간호사가 2주 동안은 강하하지 말랬어. 내가 성당으로 돌아가길 원한다면 왜 병원으로 보낸 거야?"

"병원에서 그냥 주사를 놓거나 알약 같은 걸 줄 거라고 생각했지." 캐러더스가 말했다. "강하를 금지하는 게 아니라 말이야. 이제 그럼 주교의 새 그루터기는 어떻게 찾으라는 거야?"

"내가 떠난 다음에도 아직 못 찾은 거야?"

"난 성당조차 찾지 못했어. 오후 내내 애를 썼지만, 그 호박밭이 가장 가까이 간 거였어. 그 빌어먹을 편차가…."

"편차?" 던워디 교수가 틈을 놓치지 않고 끼어들었다. 던워디 교수는 우리가 서 있는 곳으로 다가왔다. "평소보다 편차가 더 컸나?"

"제가 아까 말했잖아요." 내가 말했다. "호박밭이라고요."

"어느 호박밭인데?"

"버밍엄으로 가는 중간에 있는 거요. 개들이 있는 곳이요."

"저는 코번트리 성당에 15일에 도착하는 게 힘들었습니다." 캐러더스가 설명했다. "오늘만 해도 네 번을 시도했지만 가장 가까이 간 게 12월 8일이었습니다. 현재까지 가장 가까이 접근했던 사람이 바로 네드 저 친구이고, 그 때문에 주교의 새 그루터기를 찾는 수색을 마치려면 네드가 꼭 필요한 겁니다."

던워디 교수는 어리둥절한 모양이었다. "공습이 일어나기 전에 주교의 새 그루터기를 찾는 게 더 간단하지 않겠어? 그러니까 14일에 말이야."

"지난 2주일 동안 우리가 노력했던 일이 바로 그 작업이죠." 캐러더스가 말했다. "슈라프넬 여사는 그 물건이 공습 당시에 성당에 있었는지를 알고 싶어 했고, 그래서 우리는 성당에 공습이 시작되기 직전인 7시 45분으로 도약하게 조종해놓았습니다. 하지만 우리는 성당 근처에도 갈 수가 없었습니다. 아니면 날짜가 달라지거나요. 정확한 시간에 도착할 때도 있었지만, 그런 경우 우리는 1백 킬로미터쯤 떨어진 호박밭 한복판에 떨어졌습니다." 캐러더스는 진흙투성이 작업복을 가리켰다.

"우리?" 던워디 교수가 얼굴을 찡그리며 말했다. "몇 명이나 시도했지?"

"여섯 명, 아니 일곱 명이군요." 캐러더스가 말했다. "뭔가 다른 일을 맡지 않은 사람 모두가 동원됐습니다."

"캐러더스 말은 모두가 다 시도했다는 겁니다." 내가 말했다. "그 때문에 제가 잡동사니 판매장에서 차출된 거고요."

"잡동사니 판매장은 어땠나?"

"거기에서는 자기에게 필요 없는 물건을 팔죠. 제가 볼 때 대부분은 그전 잡동사니 판매장에서 샀던 물건들입니다. 그리고 자기들이 만들어서 파는 것도 있고요. 차통, 자수를 놓은 바늘쌈지, 펜닦개…."

"잡동사니 판매장이 뭔지는 나도 알아." 던워디 교수가 말했다. "그쪽에서도 시간 편차가 일어났어?" 나는 고개를 흔들었다. "일상적인 정도였습니다. 대부분 위치 편차였죠. 제가 도착하는 장면을 다른 사람이 볼 수 없도록요. 사제관 뒤편 아니면 차 파는 천막 뒤쪽 같은 곳이었어요."

던워디 교수는 갑자기 캐러더스를 돌아보며 말했다. "코번트리 성당에 제대로 도착한 사람들의 시간 편차는 얼마였지?"

"사람에 따라 다릅니다." 캐러더스가 말했다. "필슨은 11월 28일에 도착했습니다." 캐러더스는 말을 멈추고 잠시 계산했다. "평균 24시간이로군요. 목적지에 가장 가까이 접근한 경우는 15일 오후였지만, 이제 제 경우에는 성당에 도착하는 것마저 안 됩니다. 그래서 네드가 가야 할 필요가 있는 거죠. 신참 한 명이 아직 그곳에 있지만 제가 볼 때 그 친구는 자기 혼자 힘으로 돌아올 줄도 모를 겁니다. 게다가 그 친구가 거기 있으면서 무슨 사고를

칠지 누가 알겠습니까?"

"사고라…." 던워디 교수가 중얼거리더니 워더를 돌아보았다. "모든 강하에서 시간 편차가 증가했나, 아니면 코번트리 성당의 경우만 그런 건가?"

"모르겠군요. 저는 의상 담당이에요. 전 바드리 대신 그냥 자리만 채우고 있는 거예요. 네트 담당은 바드리라고요."

"맞아, 바드리였지." 던워디 교수가 활기를 띠며 말했다. "그래, 그 친구는 어디 있어?"

"슈라프넬 여사와 함께 있습니다, 교수님." 핀치가 말했다. "그리고 아무래도 지금쯤이면 이곳으로 돌아오고 있을 것 같아 걱정입니다." 핀치가 말했지만, 던워디 교수는 들은 척도 하지 않았다.

"자네가 자리를 메우고 있는 동안 1940년 11월 14일의 성당으로 보내는 도약 말고 다른 것을 한 게 있어?" 교수가 워더에게 다시 물었다.

"한 번요." 워더가 말했다. "런던으로 보냈어요."

"그때는 편차가 얼마였어?"

워더는 마치 '그런 걸 알아보고 있을 시간이 없어요'라고 말할 듯한 표정이었지만 잠깐 생각하더니 세차게 자판을 두드렸다. "위치 편차는 없군요. 시간 편차는 8분이었고요."

"그렇다면 코번트리가 문제로군." 던워디 교수가 혼잣말했다. "어느 쪽으로 8분이지? 빠른 건가 느린 건가?"

"빨랐습니다."

던워디 교수는 캐러더스 쪽으로 몸을 돌렸다. "성당으로 공습 전에 사람을 보내서 기다리도록 시도한 적은 있어?"

"네." 캐러더스가 말했다. "여전히 목표 시간보다 늦게 도착했습니다."

던워디 교수는 안경을 벗어 살펴보고는 다시 썼다. "편차의 양이 아무경향이 없었어? 아니면 점점 커졌어?"

"점점 커졌습니다." 캐러더스가 말했다.

"핀치, 킨들에게 가서 뮤칭스 엔드에 있을 때 어떤 우연의 일치나 모순된 일이 있었는지 물어보고 와줘. 네드, 여기 잠시 있어. 나는 루이스와 이야기 좀 하고 오지." 던워디 교수는 밖으로 나갔다.

"대체 뭐가 어떻게 돌아가는 거지?" 캐러더스가 던워디 교수의 뒷모습을 보며 말했다.

"윈더미어 여사의 부채 때문이지." 의자에 앉으며 내가 말했다.

"일어서요." 세라핌이 말했다. "강하가 준비됐어요. 자리로 가세요."

"던워디 교수님을 기다려야 하지 않나요?" 내가 물었다.

"전 지금 강하 계획이 열아홉 건이나 잡혀 있어요. 던워디 교수님의 '최우선' 강하를 빼고도 말이에요. 그리고…."

"알았어요, 알았어." 내가 대답했다. 나는 손가방, 여행용 대형 가방, 글래드스턴 가방, 버드나무 바구니를 들고 네트로 걸어갔다. 여전히 베일은 바닥으로부터 50센티미터쯤 올라와 있었다. 나는 한 아름 되는 짐을 바닥에 내려놓고 베일을 들어 올린 다음, 몸을 숙여 네트 안으로 들어가서 가방들을 끌어오기 시작했다.

"빅토리아 시대는 과학 기술의 급격한 발달이 진행되던 때입니다." 잠재의식 학습기가 말했다. "전보와 가스등의 발명, 다윈의 진화 이론은 사회구조를 빠르게 바꾸었습니다."

"짐을 들고 X자 위에 서세요." 워더가 말했다.

"특히 교통수단은 빠른 속도로 바뀌었습니다. 증기 기관의 발명, 그리고 1863년 생긴 최초의 지하철 덕분에 빅토리아 시대 사람들은 그전 어느 때보다 더 빠르게 이동할 수 있었습니다."

"준비됐나요?" 자판 위에 가볍게 손을 올려놓은 채 워더가 물었다.

"그런 것 같군요." 짐들이 모두 베일 안에 들어와 있는지 확인하고 내가 대답했다. 버드나무 바구니의 한쪽 모퉁이가 바깥으로 삐져나가 있었다. "잠깐만요." 나는 말하고 발로 버드나무 광주리를 끌어왔다.

"준비됐나니까요?" 워더가 말했다.

"편리하고 값싼 여행 수단 덕분에 빅토리아 시대의 범위는 넓어지게 됐고 계급 간의 확고했던 장벽은…."

세라핌이 베일을 걷더니 내 귀에 있던 잠재의식 학습기를 잡아채곤 콘솔로 되돌아갔다.

"이제 준비됐나요?" 세라핌이 말했다.

"됐어요."

세라핌은 자판을 두들기기 시작했다.

"기다려요!" 내가 말했다. "나는 지금 어디로 가는지도 몰라요."

"1888년 6월 7일요." 세라핌은 말을 마치더니 다시 자판을 치기 시작했다.

"내 말은, 그다음에 말이에요." 베일이 올라간 곳을 찾으려고 애쓰며 내가 말했다. "나는 던워디 교수님의 지시를 다 듣지 못했어요. 시차 증후군 때문에요." 나는 내 귀를 가리키며 말했다. "청각 장애요."

"지적 능력 장애겠죠. 노닥거릴 시간 없어요." 세라핌은 말하고는 거칠게 문을 닫고 잽싸게 나가버렸다.

"대체 던워디 교수님은 어디 있는 거죠?" 세라핌의 목소리가 복도에서 들려왔다. 아마도 핀치에게 묻는 거겠지.

던워디 교수는 뮤칭스 엔드, 그리고 보트에 대해 뭔가를 말했다. 아니 잠재의식 학습기가 말했었나? 던워디 교수는 '무척이나 간단한 임무'라고 했다.

"그 사람은 어디 있죠?" 다시 들려오는 세라핌의 목소리는 슈라프넬 여사의 그것과 분간이 안 될 지경이었다.

"누구 말입니까?" 핀치가 말했다.

"누군지 잘 알고 있잖아요." 쩌렁쩌렁한 목소리로 그 여자가 다시 물었다. "병원에 있다는 말로 어물쩍 넘어가려 하지 마세요. 이미 충분히 당했으니까요. 그 사람 여기 있죠?"

오, 맙소사.

"문에서 비켜요. 들어가겠어요." 슈라프넬 여사가 으르렁댔다. "여기 있는 게 확실하군요."

나는 쿵 소리를 내며 가방들을 내려놓고 어디 숨을 곳이 없는지 황급히 주위를 둘러보았다.

"아니요. 그분은 여기 없습니다. 래드클리프 병원으로 갔습니다." 핀치

81

가 용감하게 대답했다.

숨을 곳은 없었다. 적어도 이번 세기 안에는. 나는 머리를 숙이고 베일 바깥으로 나왔고, 세라핌이 필요한 모든 준비를 정말로 마쳐놓았기를 기도하며 콘솔로 달려갔다.

"비키라고 말했어요." 슈라프넬 여사가 말했다. "바드리, 이분 좀 문에서 떼어놓아요. 네드는 분명 여기 있어요. 시차 증후군을 앓는 척 현재에서 꾀병을 부리는 대신 주교의 새 그루터기를 찾으러 가는 모습을 내 두 눈으로 확인해야만 하겠어요."

"하지만 그분은 시차 증후군에 걸렸습니다." 핀치가 말했다. "아주 심각한 경우죠. 눈도 잘 안 보이고 청각 장애에 이성적 사고도 제대로 할 수 없는 상황입니다."

콘솔 화면에 글이 나왔다. "준비되셨으면 '전송' 단추를 누르십시오." 나는 네트까지 거리를 가늠해보았다.

"그분은 강하할 상태가 아닙니다." 핀치가 말했다.

"말도 안 되는 소리!" 슈라프넬 여사가 말했다. "지금 당장 문에서 비켜서요."

나는 숨을 깊숙이 들이쉬고 '전송' 단추를 누른 다음, 네트로 달려가 곤두박질쳤다.

"제발 제 말을 믿어 주십시오." 핀치가 필사적으로 말했다. "그분은 여기 안 계십니다. 그분은 크라이스트 처치 칼리지로 갔습니다."

"비켜요!" 여사의 목소리에 뒤이어 우당탕퉁탕 몸싸움하는 소리가 들려왔다.

나는 X자 표시에 얼굴부터 도착했다. 베일이 내 발에 걸려 있기에 잽싸게 발을 끌어들였다.

"네드! 당신이 여기 있는 거 다 알아요!" 슈라프넬 여사의 소리와 함께 와지끈 문이 열렸다.

"말씀드렸잖습니까?" 핀치가 말했다. "여기 안 계시다니까요."

그리고 나는 그곳에 없었다.

4

"사랑하는 사람을 만나면 여행은 끝나리."

— 윌리엄 셰익스피어

갑작스러운 도착 ― 문학과 현실의 차이 ― 기적 소리와 공습경보 사이렌 소리의 유사성 ―
아드레날린의 이점 ― 내 임무에 관해 심사숙고하다 ― '하워즈 엔드' ― 때맞춰 나타난 신문 ―
두 명의 숙녀 ― 늦은 도착 ― 만남! ― '옥스퍼드, 꿈에서나 볼 수 있을 듯한 첨탑의 도시' ―
최신식 유행 복장의 남자 ― 운명 ― 뱀에게 최면 걸린 토끼의 수수께끼가 풀리다 ― 소개

나는 철로 위에 얼굴부터 떨어졌다. 철로에 큰대자로 떨어진 내 모습은 마치 20세기 초 미국 연속 영화에 나오던 펄 화이트 같았다. 영화 속 그녀는 나처럼 여행 가방들이 많지 않았다는 점만 빼고 말이다. 대형 여행 가방을 비롯한 내 짐은 네트에 뛰어들 때 벗겨진 밀짚모자와 함께 주변에 어지럽게 널려 있었다.

슈라프넬 여사의 목소리가 아직도 내 귓가에 선했기에 일어서서 조심스레 주위를 둘러보았지만, 여사의 모습은 보이지 않았다. 보이지 않기는 강과 보트도 마찬가지였다. 철로는 풀이 우거진 제방 위로 나 있었으며 주변에 나무들이 무성했다.

시간 여행의 첫 번째 규칙은 '정확한 시공간 위치의 확인'이었지만, 그럴 수 있는 단서가 전혀 없었다. 머리 위 하늘이 파랗고 침목 사이에는 꽃들이 피어 있는 점으로 보아 분명 여름이었지만 문명의 흔적이라곤 철로뿐이었다. 즉 1804년 이후의 언제인 셈이었다.

비디오를 보면 '진주만 폭격!'이라든가 '마페킹15 수복!' 따위, 언제나 시

대 파악에 도움이 되는 헤드라인이 박힌 신문지들이 땅 위에 굴러다니고 가게 진열장 위에는 시계가 달려서 사려 깊게 시간을 가르쳐주곤 하는 모습들이 나오는데 현실은 영 딴판이었다.

손목시계를 보았다. 없었다. 나는 눈을 가늘게 뜨고 손목을 보며 워더가 내게 셔츠를 입힐 때 시계를 끌렀는지 기억을 더듬어보았다. 워더가 내 양복 조끼에 뭔가를 쑤셔 넣은 기억이 났다. 꺼내보니 금줄이 나왔다. 회중시계였다. 당연하지. 손목시계는 19세기와는 맞지 않는 물건이니까.

회중시계를 여느라 한참을 끙끙댄데다 눈에 익지 않은 로마 숫자 때문에 또다시 한참을 고생했지만 결국 나는 시간을 알아내고야 말았다. X시에서 15분이 지나 있었다. 내가 시계를 열려고 끙끙댔던 시간과 철로에 누워 있던 시간을 고려해보면 목표에 제대로 도착한 셈이었다. 도착 연도가 잘못되었거나 장소가 틀리지 않았다면 말이다.

내가 어디로 도착할 예정이었는지 몰라서 내가 지금 있는 곳이 맞는 장소인지 아닌지 알 수 없었지만, 보통 시간 편차가 작은 경우에는 대개 위치 편차도 작았다.

철로 위에 서서 선로 양쪽을 바라보았다. 북쪽 선로는 깊은 숲속을 향하고 있었다. 반대 방향으로는 숲은 점차 사라지고 검은 연기 기둥이 보였다. 공장인가? 아니면 보트 창고?

짐을 챙기고 움직여야 했지만 그러는 대신 나는 철로 위에 계속 서서 따뜻한 여름 바람을 느끼며 달콤한 클로버 향기와 막 베어낸 풀 내음을 즐겼다.

나는 공해와 교통 혼잡 그리고 주교의 새 그루터기로부터 160년이나 멀리 떨어져 있었다. 아니, 그건 사실이 아니었다. 주교의 새 그루터기는 코번트리 성당에 1852년에 들어왔으니까.

그 생각을 하니 기분이 착 가라앉았다. 그렇지만 아직 코번트리 성당은 없었다. 세인트마이클 교회는 1908년이 되어서야 주교의 관할이 되었다.

---

15 남아프리카 공화국에 있는 도시로, 보어 전쟁의 격전지

게다가 슈라프넬 여사도 없었다. 나는 슈라프넬 여사의 딱딱거리는 명령으로부터, 심술궂은 개로부터, 폭탄 맞은 성당으로부터 한 세기가 넘게 떨어져, 유유자적하고 예절 바르며 여자들은 상냥하고 얌전한, 더 문명화된 세계에 와 있었다.

주변의 나무며 꽃을 바라보았다. 철로 사이로 미나리아재비와 별 모양을 한 조그만 흰색 꽃이 자라고 있었다. 병원에서 간호사는 내게 휴식이 필요하다고 말했는데, 이곳은 와 있는 것만으로도 휴식 그 자체였다. 그저 철로 위에 서 있는 것만으로도 완전히 회복된 기분이 들었다. 시야, 흐릿하지 않음. 공습경보 사이렌 소리, 없음.

너무 일찍 말했나 보다. 공습경보 사이렌 소리가 들리기 시작하더니 갑자기 멈추었다. 나는 정신을 차리기 위해 머리를 흔든 다음 몇 번 깊이 숨을 쉬었다.

아직 치료된 건 아니지만 이렇게 맑고 깨끗한 공기를 마시면 곧 치료되겠지. 나는 구름 한 점 없는 하늘과 검은 연기 기둥을 쳐다보았다. 기둥은 아까보다 더 높고 가깝게 보였다. 농부가 잡초라도 태우고 있는 건가?

나는 현대의 근심이나 조급함에 찌들지 않은 채 써레에 기대 서 있는 그 농부를 보고 싶어졌다. 농부의 장미 덩굴진 오두막과 하얀 울타리, 아늑한 부엌, 부드러운 깃털 침대도 보고 싶….

짧고 날카로운 공습경보 사이렌 소리가 다시 들려왔다. 공장에서 울리는 신호 같았다. 아니면 기적 소리라든가.

아드레날린은 무척이나 효과적인 약물이다. 아드레날린은 신체가 반응할 수 있는 활기를 주며, 믿을 수 없을 정도의 힘을 준다고 알려져 있다. 속도도 물론이고.

나는 손가방, 바구니, 대형 여행 가방, 여행용 손가방, 상자, 모자(이건 언제 또 떨어졌는지)를 그러모아 제방 아래에 던진 다음, 나무들 사이로 검은 연기 기둥이 나타나기 전에 제방 쪽으로 몸을 날렸다.

하지만 핀치가 그렇게도 염려하던 뚜껑 덮인 바구니는 아직 철로 위에 우뚝 서 있었다. 다시 아드레날린이 솟구쳤고 나는 바구니를 낚아챈 다음

귀청을 뚫을 듯 고함을 지르는 기차를 피해 제방으로 몸을 날렸다.

아직 완전히 회복되지 않은 게 분명했다. 나는 한참 동안을 제방 아래쪽에 누워서 지금 일어난 사건에 관해 심사숙고하며 숨을 쉬어보려고 노력했다.

한참 뒤 나는 일어나 앉았다. 제방이 꽤 높았기 때문에 바구니와 나는 쐐기풀 넝쿨 앞까지 한참을 굴러왔다. 그 결과, 철로에서 보던 것과 상당히 다른 경치를 볼 수 있었고, 오리나무 숲 너머로 흰색 목조 건물 귀퉁이와 격자무늬가 언뜻 보였다. 분명 보트 창고일 것이다.

나는 바구니를 빼낸 뒤 제방으로 올라와 철로 이쪽저쪽을 꼼꼼히 살펴보았다. 어느 쪽에서도 연기가 보이지 않았고 소리도 전혀 들려오지 않았다. 좋았어. 나는 철로 건너편으로 전력 질주해서 내 짐을 모은 다음 양쪽을 잘 살펴본 뒤 다시 이쪽으로 건너와 숲 저쪽 보트 창고로 출발했다.

아드레날린 덕분에 머리까지 맑아졌는지 보트 창고로 터벅터벅 걸어가는 동안 몇 가지 사항이 놀랄 정도로 선명해졌는데, 그 가운데 가장 주요한 사항은 내가 보트 창고로 가서 무엇을 해야 할지를 모른다는 사실이었다.

던워디 교수가 '자네 임무는 이거야'라고 말했던 것은 뚜렷하게 기억났다. 스틸턴 숟가락과 옷깃에 대한 설명, 공습경보 해제 신호가 뒤범벅되어 들린 다음, 던워디 교수는 2주에서 남은 시간 동안은 내가 원하는 것을 할 수 있다고 말했다. 이 말은 2주 전체가 모두 휴가는 아니라는 뜻이었다. 그리고 내가 네트로 갔을 때 핀치는 '선생님만 믿겠습니다'라고 말했다.

뭘 해야 하는 걸까? 보트와 강에 관련된 뭔가가 있었다. 그리고 무슨 엔드와도 관련이 있었다. 오들리 엔드던가? 아니었다. 그런 발음이 아니었다. 'ㄴ'으로 시작하는 단어였는데. 아니 그건 물의 님프 이름이었던가? 보트 창고에 도착하면 기억나겠지.

＊

내가 본 것은 보트 창고가 아니라 기차역이었다. 초록색 벤치 위의 벽에는 '옥스퍼드'라 새겨진 나무 간판이 걸려 있었다.

그럼 이제 난 무엇을 해야 하나? 옥스퍼드에는 보트 창고들과 강이 있었다. 하지만 내가 도착한 곳이 기차역이라면 아마도 기차를 타고 무슨 엔드로 가서 그곳에서 보트를 타게 될 모양이었다. 던워디 교수가 기차에 관해 뭔가 말했던 것이 기억나는 듯했다. 아니 그건 잠재의식 학습기가 말해준 거였나?

기차역에 도착한 것은 편차 때문이고 실제로는 이곳에서 약간 떨어진 폴리 브리지에 도착해야 했는지도 모른다. 보트와 강에 관해 무슨 이야기를 들은 것도 분명하게 기억이 났다.

한편, 나는 보트에 어울리는 엄청난 짐들을 가지고 있었다.

나는 철로 저편에 있는 플랫폼을 바라보았다. 초록색 벤치 저쪽에는 유리 덮개가 달린 게시판이 있었다. 기차 시간표였다. 저기에 만약 무슨 엔드인가가 시간표에 적혀 있다면 기차를 타게끔 계획되어 있는 거겠지. 특히나 곧 도착하는 거라면 말이야.

플랫폼은 비어 있었다. 적어도 지금 당장은 말이다. 플랫폼은 꽤 높아 보였지만 못 올라갈 것도 없었으며 철로 양편의 하늘은 연기 한 점 없이 푸르렀다. 나는 철로 이쪽저쪽을 잘 살펴보고 대합실로 난 문도 바라보았다. 아무것도 없었다. 나는 안전을 위해 다시 서너 번 철로를 확인한 다음 쏜살같이 철로를 건너가 가장자리 너머로 짐들을 던져놓고 플랫폼 위로 올라갔다.

플랫폼에는 여전히 사람이 없었다. 나는 벤치 끄트머리에 짐을 쌓아두고 게시판으로 걸어갔다. 목적지를 읽어봤다. '레딩, 코번트리, 노샘프턴, 바스.' 내 목적지는 좀 더 작은 역일 가능성이 아주 컸다. '에일즈베리, 디드콧, 스윈던, 애빙던.' 전체 목록을 다 읽어보았다. 엔드라는 단어는 단 하나도 없었다.

그렇다고 해서 역으로 가서 무슨 엔드로 가는 기차가 언제 오느냐고 물어볼 수도 없었다. 뭐였더라? 무슨 엔드였는데. 하워즈 엔드였나? 아니 그건 E. M. 포스터의 소설 제목이지. 더구나 지금 그 소설은 아직은 쓰이지도 않았다. 무슨 엔드인데…. 틸 스트리트에는 비터 엔드라는 술집이 있었지만 그곳 같지도 않았다. 'ㄴ'으로 시작하는 단어였는데. 아니, 그건 나이아스였다. 뭔가 'ㅁ'으로 시작하는 단어였나.

87

나는 벤치로 돌아와 앉아서 생각을 더듬었다. 던워디 교수는 '자네 임무는 이거야'라고 말했고 굴 스피어, 여왕과 차 마시는 이야기를 했다. 아니 그건 분명 잠재의식 학습기에서 들었다. 그리고 '우리는 자네를 1888년 6월 7일로 보낼 거야'라고도 말했다.

다른 걸 걱정하고 있는 것보다 1888년 6월 7일에 제대로 도착했는지 알아보는 것이 더 중요할 듯했다. 만약 잘못된 시간에 도착했다면 기차든 보트든 간에 어디 다른 곳에 가야 할 필요가 없으니 말이다. 나는 워더가 동조 작업을 마칠 때까지, 그리고 내가 잘못된 시간에 도착한 경우라면 나를 데려가기 위해 랑데부를 준비하는 동안 여기서 기다려야 했다. 여하튼 내가 도착한 곳이 호박밭이 아닌 게 어딘가.

그러다 문득 정신이 들어서 워더가 준 시계는 내가 이곳에 도착하기 전에 미리 시간을 맞춰놓은 것이라는 생각이 들었다. 그런 경우라면 회중시계가 가리키는 시각은 전혀 소용이 없었다.

나는 자리에서 일어나 역 창가로 다가가 안에 시계가 있는지 들여다보았다. 있었다. 11시 20분 전이었다. 나는 회중시계를 꺼내어 다시 한번 시간을 확인했다. XI시 20분 전이었다. 시간은 정확했다.

책이나 비디오를 보면 신문팔이 소년이 날짜가 잘 보이게끔 신문을 들고 다니며 팔거나 아니면 달력 날짜에 X 표시가 되어 있고는 해서, 시간 여행자들은 언제나 날짜를 잘 알아냈다. 하지만 여기에는 달력도, 신문팔이 소년도, 아니면 자진해서 '기분 좋은 6월 7일이지 않습니까, 선생님? 작년이랑은 완전히 딴판이군요. 1887년에는 여름이 여름 같지 않았지요'라고 친절하게 말해주는 짐꾼도 없었다.

나는 벤치로 돌아가 앉아서 정신을 집중했다. '몰버러 엔드, 미들섹스 엔드, 몬태규 엔드, 마플스 엔드…'

기적 소리가 들려왔고(이번에는 금방 알아챘다), 으르렁거리며 역을 통과하는 기차가 갑자기 몰고 온 바람에 내 밀짚모자가 날려 갔다. 날아가는 모자를 쫓아가 잡아서 머리에 썼을 때 바람에 날려 온 듯한 종이가 다리 뒤쪽에 감겼다.

나는 종이를 떼어 무엇인지 살펴보았다. 신문지였다. 〈타임스〉 1888년 6월 7일 자.

즉, 시간대는 맞게 도착했으니 나는 이제부터 무엇을 해야 하는지를 알아내야 했다.

나는 자리에 앉아 두 손으로 머리를 감싼 채 정신을 집중하려 애썼다. 캐러더스는 부츠 없이 돌아왔고 워더는 클립보드를 거칠게 내려놓았으며 던워디 교수는 강과 만남에 관해 무슨 말인가를 했다. '만남.'

던워디 교수는 말했다. '테니슨과 만나게.' 문제라면 그 이름이 다르다는 거였다. 하지만 'ㅌ'으로 시작하는 건 맞았다. 아니면 'ㅇ'으로 시작하는 이름이든가. 그리고 핀치 역시 만남에 관해 뭐라고 말했다. '만남.'

바로 그게 내가 무엇을 해야 하는지 모르는 이유였다. 내가 들은 거라고는 누군가를 만날 예정이라는 거였고, 남자든 여자든 그쪽에서 내게 할 일을 말해줄 것이다. 안도감이 밀려왔다. 만남이라는 단어가 모든 것을 다 설명해주었다.

이제 남은 문제는 그 사람이 누구이며, 그 누군가가 어디에 있는가 하는 점이었다. '아무개 씨와 만나게'라고 던워디 교수는 말했다. 이름이 뭐였더라? 치스윅. 아니 그 사람은 시간 여행국의 국장, 정확하게 말하면 전 국장이었다. '…와 만나게.' 클레퍼맨 소위. 아니 그 친구는 임무 수행 도중에 죽은 선원이었다. 자기가 무슨 일을 하는지 몰랐기 때문이었지.

'…와 만나게.' 누구와 만나란 말인가? 마치 대답이라도 하듯 또 다른 기차가 고막이 터질 듯한 기적 소리를 내며 역으로 들어왔다. 불꽃이 튀고 증기가 쉭쉭거리면서 기차는 멈춰 섰다. 세 번째 칸에서 짐꾼 한 명이 뛰어내리더니 문 앞에 플러시 천을 씌운 발판을 내려놓고 다시 기차에 올라탔다.

몇 분이 지난 뒤 짐꾼은 모자 상자와 커다란 검은색 우산을 들고 다시 나타났다. 짐꾼은 연약하고 나이 지긋한 숙녀에게 손을 내밀었고 뒤이어 젊은 여자 한 명이 기차에서 내렸다.

나이 든 쪽은 크리놀린 스커트에 보닛을 쓰고 망사 장갑을 끼고 있어서 잠시 나는 내가 완전히 잘못된 해에 온 게 아닌가 하는 생각을 했지만, 젊은 쪽 여자는 너울거리는 긴치마를 입고 이마 쪽으로 약간 기울여 모자를 썼다. 젊은 여자는 얼굴이 아름다웠으며 짐꾼에게 자기 짐에 관해 설명하는 목소리는 상냥하고 얌전했다.

"그 애가 마중 나오지 않을 거라고 내가 말했지?" 나이 든 여자의 목소리는 슈라프넬 여사의 목소리를 한 옥타브 높인 듯했다.

"곧 오실 거예요, 고모. 학교 때문에 좀 늦나 보죠." 젊은 여자가 말했다.

"개소리." 늙은 여자가 말했다. 세상에 이 시대에도 이런 말을 하는 사람이 있으리라고는 꿈도 꾸지 못했다. "그 애는 어디로 낚시를 간 거야. 다 큰 점잖은 남자가 할 짓이 못 되지! 우리가 언제 도착하는지 그 애에게 써 보냈니?"

"네, 고모."

"시간도 적었겠지?"

"네, 고모. 곧 오실 거예요."

"그러면 그 애가 오는 동안 이 찌는 듯한 더위를 좀 피해 있자꾸나."

내가 보기에는 그저 포근한 날씨 같았지만, 나는 목까지 단추를 채운 검은색 모직 옷을 입고 있는 건 아니었으니까. 물론 망사 장갑도 안 꼈고.

"정말로 덥군." 나이 든 여자는 작은 구슬 지갑에서 손수건을 꺼내며 말했다. "몸이 약해진 거 같아. 그거 조심하게!" 나이 든 여자는 거대한 트렁크와 씨름하는 짐꾼에게 큰 소리로 말했다. 핀치가 옳았다. 이 당시 사람들은 여행할 때 트렁크를 잔뜩 가지고 다녔다.

"정말 어지럽구나." 손수건으로 힘없이 부채질하며 고모가 말했다.

"여기 좀 앉으세요, 고모." 젊은 여자는 고모를 다른 쪽 벤치로 이끌었다. "삼촌은 곧 오실 거예요."

나이 든 여자는 털썩하고 벤치에 앉았다. "그렇게 다루면 안 돼!" 나이 든 여자는 짐꾼에게 딱딱거렸다. "이건 모두 허버트의 잘못이야. 결혼을 하다니! 그것도 내가 옥스퍼드에 간 사이에 말이야…. 이봐, 가죽에 상처 내지 말라고!"

이 여인들이 내가 만나기로 내정된 상대가 아닌 것은 분명했지만, 적어도 내가 더 이상은 청각 장애 상태가 아닌 듯했다. 왜냐하면 이 사람들이 무슨 말을 하는지 알아들을 수 있었기 때문인데, 과거로 여행할 때 그러기란 힘들었다. 내가 잡동사니 판매장에 처음 갔을 때는 구주희(九柱戲)[16], 투척, 자선시 같은 식으로 열 개의 단어 가운데 단 하나도 알아들을 수 없었다.

또한 나는 과도한 감상주의도 극복한 듯했다. 젊은 여자는 달걀 모양의 예쁘장한 얼굴에 발목은 더욱더 예뻤지만(기차에서 내릴 때 하얀 스타킹 신은 모습을 흘끗 봤다), 실프나 케루빔과 비교하고 싶은 감정이 전혀 들지 않았다. 더구나 나는 두 사람이 나누는 대화를 알아듣는 데 아무런 어려움이 없었다. 완전히 나은 듯했다.

"그 애는 우리가 온다는 걸 완전히 잊었을 거야." 고모가 말했다. "파리(fly)를 빌려야겠군."

음, 완전히 나은 건 아닌 모양이다.

"마차를 빌릴 필요는 없어요."[17] 젊은 여자가 말했다. "삼촌은 잊지 않으셨을 거예요."

"그렇다면 그 애가 왜 여기에 없는 거지, 모드?" 나이 든 여자가 말을 하면서 치마를 매만지자 벤치 전체가 치마로 뒤덮였다. "그리고 허버트는 왜 여기에 없는 거고? 결혼이라니! 하인은 결혼하면 안 돼. 그런데 허버트는 자기에게 맞는 짝을 어떻게 골랐다는 거지? 나는 그 아이에게 따라다니는 남자를 절대로 만나지 말라고 당부했던 말이다. 그러니 그 아이가 만난 사람은 개에게 어울리지 않는 사람이라는 뜻이지. 음악당에서 만난 누군가일 거야." 나이 든 여자는 목소리를 낮추고 말했다. "아니면 더 끔찍한 곳에서 만났던가."

"제가 알기로는 교회에서 만났다는걸요." 모드가 참을성 있게 말했다.

"교회에서! 망측해라! 세상이 어떻게 돌아가는 거라니? 내가 젊었을 때 교회는 의무의 장소였지 사교장이 아니었어. 내 말 잘 들으렴. 앞으로 100년이 지난 뒤에는 성당하고 음악당하고 구별이 안 될 거야."

'아니면 쇼핑센터와 구별이 안 되든가.' 나는 생각했다.

---

16 아홉 개의 핀을 세우고 일정한 거리에서 공을 굴려 쓰러뜨리는 현대 볼링의 전신
17 파리의 영문 fly에는 '마차'라는 뜻도 있다.

"이 모든 게 교회에서 사랑에 관해 설교하기 때문이야." 고모가 말했다. "의무라든가 분수에 관해 설교하면 안 되는 거니? 시간 엄수라든가 말이야. 네 삼촌이 설교에서 뭔가를 배울 수도… 어디 가는 게냐?"

모드는 역 문으로 향했다. "시계 좀 보려고요." 모드가 말했다. "삼촌이 여기에 안 계신 건 기차가 좀 일찍 도착했기 때문이 아닌가 해서요."

나는 도움이 될까 하는 마음에 회중시계를 꺼내 열었다. 시계 읽는 법을 기억해내길 빌면서.

"그래서 누군지 정체도 모르는 사람 곁에 날 혼자 내버려두겠단 말이냐?" 나이 든 여자는 망사 장갑 낀 손가락을 갈고리처럼 구부려 모드를 낚아챘다. "혼자 있는 여자에게 말 걸 기회를 노리며 공공장소를 배회하는 남자들은 어디에나 있는 법이야." 나이 든 여자는 속삭이듯 모드에게 말했다.

나는 회중시계를 탁 닫아 양복 조끼에 넣은 뒤 최대한 선량한 표정을 지으려 노력했다.

"그런 사람들의 목적은 힘없는 여자의 짐을 훔치는 거지. 아니면 더 나쁜 짓을 하거나 말이다." 나이 든 여자는 속삭이는 척하며 오히려 더 크게 외쳤다.

"우리 짐을 들고 갈 수 있는 사람이 있을 것 같진 않아요, 고모. 훔치는 건 고사하고요." 모드가 자그마하게 대답했고, 내 의견도 마찬가지였다.

"그렇지만 내 남동생이 우리를 마중 나오지 않았으니 내가 널 보살펴야 하지 않겠니. 너를 위험한 세력으로부터 보호하는 것은 내 의무야." 고모는 험악한 눈으로 나를 노려보며 말했다. "여기에 한시라도 더 머무르지 말자꾸나." 나이 든 여자가 짐꾼에게 말했다. "이것들을 화물 보관함에 넣어두게나." 짐꾼은 트렁크들과 세 개의 커다란 판지 상자를 가지고 씨름하다가 마침내 하나의 짐수레에 모두 싣는 데 성공한 참이었다. "그리고 예치증을 가져다주게."

"기차가 막 떠나려는 뎁쇼, 마님." 짐꾼이 대답했다.

"난 기차를 타려는 게 아니야." 고모가 말했다. "마차를 예약해주게. 품행이 방정한 마부로 골라서 말이야."

짐꾼은 거대한 증기를 뿜어내고 있는 기차를 절박한 눈길로 바라보았다. "마님, 기차가 떠날 때 타고 있어야 하는 게 제 임무입니다요. 안 그러면 전 직업을 잃습니다요."

내가 마차를 잡아 주고 싶은 생각도 있었지만, 고모라는 사람이 나를 잭 더 리퍼[18] 취급하게끔 하고 싶지는 않았다. 아니, 이것도 인과모순인가? 그 친구가 1888년에 일을 벌이기 시작했었나?

"흥! 자네가 건방진 태도를 보였다는 걸 내가 자네 고용인에게 보고하면 자넨 직장을 잃게 될 거야." 고모가 말하고 있었다. "이 철도 이름이 뭐지?"

"그레이트 웨스턴입니다요, 마님."

"직원이 승객의 짐을 플랫폼에 내팽개쳐서 '버릇없는 범죄자'가 훔쳐 가게 한다면 '그레이트'라는 단어가 부끄러울 것 같지 않나?" 나이 든 여자는 또 한 번 험악한 눈으로 나를 노려보았다. "힘없고 나이 든 숙녀를 도와주기 거절하는 직원이 있는 회사가 어떻게 위대할 수 있단 말이야?"

'힘없는'이라는 말에 찬성할 수 없다는 표정을 보이던 짐꾼은 거리라도 재보려는 듯 이제 막 바퀴가 움직이기 시작하는 기차와 역 문을 번갈아 보더니 모자에 가볍게 손을 대 인사를 한 다음 짐수레를 밀기 시작했다.

"가자꾸나, 모드." 크리놀린 둥지에서 일어나며 고모가 말했다.

"하지만 삼촌이 오면 어떻게 하죠?" 모드가 말했다. "우리를 찾아다닐 텐데요."

"시간 엄수에 관해 좋은 교훈을 얻겠지." 고모는 말을 마치더니 플랫폼을 휩쓸며 걸어갔다.

모드는 내게 미안하다는 웃음을 보이고는 고모가 휩쓸고 간 플랫폼을 걸어갔다.

기차가 출발하면서 거대한 바퀴가 천천히 돌기 시작했고 증기가 늘어나면서 점차 빠르게 회전하더니 기차역을 빠져나갔다. 나는 초조한 마음으로 역 문을 바라보았지만, 그 불쌍한 짐꾼의 모습은 보이지 않았다. 객실이 천

---

18 1888년 8월 7일부터 11월 10일까지 영국 런던에서 최소 다섯 명이 넘는 여성을 엽기적인 방법으로 잇달아 살해한 연쇄 살인범

천히 지나가고 초록빛 칠을 한 화물차가 뒤를 이었다. 아무래도 짐꾼은 기차를 놓칠 것 같았다. 승무원용 차량이 빠르게 지나가며 매달린 등불이 흔들렸고 바로 그때 짐꾼이 역 문에서 튀어나오더니 플랫폼으로 뛰어와 기차 꽁무니로 펄쩍 날아올랐다. 나는 놀라서 일어섰다.

짐꾼은 한 손으로 난간을 잡고는 아래쪽 계단에 의지한 채 숨을 헐떡거렸다. 기차가 역을 빠져나갈 때 짐꾼은 역 문을 향해 주먹을 흔들어댔다.

'머지않은 장래에 저 친구는 사회주의자가 될 게 틀림없어. 그리고 노동당에 투표하겠지.' 나는 생각했다.

고모라는 사람은 어떻게 될까? 그 여자는 자신의 모든 친척보다 오래 살았으며, 죽을 때는 하인들에게는 유산 한 푼 주지 않았을 게 분명했다. 나는 그 여자가 20세기가 될 때까지 살면서 담배 연기와 찰스턴 춤[19]에 고통스러워했길 빌었다. 모드는 좋은 짝을 만나 결혼했길 기원했다. 비록 저 고모라는 여자의 매서운 감시의 눈초리 아래서는 그럴 수 있었을 것 같지 않았지만.

✳

나는 몇 분 동안 더 앉아 있으면서 저 둘의 미래와 다가올 나의 앞날에 대해 생각해봤다. 내 쪽이 더 암담했다. 다음번 기차는 버밍엄에서 출발해 12시 36분에 도착할 예정이었다. 나랑 만날 사람을 여기서 만나기로 되어 있는 건가? 아니면 옥스퍼드로 가서 만나야 하나? 던워디 교수가 마부에 관해 뭐라고 말했던 기억이 나는 듯했다. 이륜마차를 타고 마을로 가야 하는 건가? 분명히 '만나게'라고 던워디 교수가 말했는데.

별안간 역 문이 열리더니 청년 하나가 좀 전에 짐꾼이 달려왔던 것처럼 돌진해 왔다. 그 청년은 흰색 플란넬 바지를 입고 약간 구부러진 콧수염에 한 손에는 밀짚모자를 든 게 나랑 비슷한 차림이었다. 청년은 플랫폼으로 뛰어오더니 저쪽 끝까지 성큼성큼 걸어가는 모습이 분명 누군가를 찾고 있

___

19 미국에서 1920년대에 유행한 춤

는 듯했다.

'내가 만나기로 내정된 사람이로군.' 나는 기대에 부풀었다. 내가 도착하자마자 만나지 못한 건 저 청년이 늦었기 때문이었을 거야. 마치 확인이라도 하듯 청년은 걸음을 멈추고 회중시계를 꺼내더니 솜씨 좋게 열었다. "아니 이런, 늦었잖아." 청년은 시계 뚜껑을 거칠게 닫았다.

만약 저 청년이 내가 만날 사람이라면 저 사람이 내게 와서 말을 걸어야 하나 아니면 내가 가서 '저… 던워디 교수님이 보내서 왔습니다', 이렇게 해야 하나? 아니면 '명주원숭이는 한밤중에 항해합니다' 하고 물으면 '전나무 위에 참새가 있나요?' 뭐 이런 식으로 대답해야 하는 암호라도 정해져 있는 건가?

'화요일에는 달이 떠 있습니다'라고 해볼까 아니면 좀 더 단도직입적으로 '실례합니다. 미래에서 오셨습니까?' 하고 물어볼까 고민하고 있던 차에, 그 청년은 내 쪽으로 오더니 나를 슬쩍 한번 훔쳐보고는 나를 지나쳐 반대편 끝으로 걸어가 철로를 바라보았다. 그리고 다시 내게 와서 물었다. "저, 런던에서 출발해서 10시 55분에 도착할 예정인 기차가 벌써 도착했나요?"

"네. 5분 전에 떠났습니다." 어, 잠깐. 떠났습니다? 이 말을 이 시대에 쓰던가? 대신에 '발차'라고 했어야 하나?

아닌 듯했다. 청년이 '그럴 줄 알았어'라고 중얼거렸기 때문이다. 청년은 밀짚모자를 쓰더니 역으로 사라졌다.

잠시 뒤 청년은 다시 돌아왔다. "저, 여기서 구닥다리 유물들 못 보셨나요?"

"구닥다리 유물들요?" 마치 잡동사니 판매장에 돌아온 듯한 기분을 느끼며 내가 말했다.

"작위를 물려받은 액운 덩어리죠. '말라비틀어져 땅에 떨어진, 누레진 잎이여.'[20] 나이 들어 등은 굽은데다 심술 맞게 생겼죠. '아버지는 나이 드셨어요'[21] 뭐 그런 식으로요. 런던에서 기차를 타고 왔을 텐데. 봄버진[22]에 흑옥

---

20 셰익스피어, 《맥베스》
21 셰익스피어, 《맥베스》
22 레이온과 양털로 짠 검은 상복용 옷감

을 걸치고서 말이죠. 제 상상이긴 하지만요." 청년은 내 어리둥절한 모습을 알아챈 모양이었다. "중년의 숙녀 두 명이요. 여기서 만나기로 했어요. 어디 다른 데로 가지는 않았을 텐데 말이에요." 청년은 주변을 막연히 살펴보았다.

이 청년은 좀 전에 역을 떠난 두 명의 숙녀에 관해 이야기하고 있는 것이 틀림없었다. 이 청년이 그 고모라는 여자의 동생일 리도 없고, 모드가 중년이라고 말할 수도 없기는 하지만 말이다.

"둘 다 나이가 들었나요?" 내가 물었다.

"완전 늙다리들이죠. 예전에 미카엘 축일 때 한번 만난 적이 있습니다. 보셨어요? 한 명은 갈고리에 여자용 삼각 숄을 합쳐놓은 듯한 모습이죠. 다른 한 명은 콧수염이 드문드문 난데 코끝이 뾰쪽한 노처녀이고 파란색 스타킹을 신은데다[23] 사회주의자일 거예요. 아멜리아 블루머[24]나 베시 트로트우드[25]쯤 되는 모양이더군요."

그러면 그 사람들이 아닌 모양이군. 우선 이름이 다른데다 기차에서 내릴 때 살짝 본 스타킹 색깔은 흰색이지 파란색이 아니었다.

"아니요, 못 봤어요. 젊은 여자와…."

청년은 머리를 흔들었다. "관계없는 사람이군요. 내가 만날 사람은 완전히 구닥다리인데다 아직도 노아의 홍수가 사실이라고 믿고 있어요. 다윈이라면 뭐라고 했을지 상상해보세요. 선 펠라스기족? 아니면 전 삼엽충기? 기차 시간을 잘못 가르쳐준 게 분명하군요."

청년은 게시판으로 성큼성큼 걸어가더니 시간표를 확인하곤 넌더리가 난다는 표정을 지었다. "오호통재라!" 청년은 이번에도 내가 책에서나 볼 수 있던 단어를 또 하나 내뱉었다. "런던발 다음 기차는 3시 18분에 오는데 그건 너무 늦군요."

청년은 밀짚모자로 자기 다리를 찰싹 때렸다. "좋아, 결정했어. 그럼 이

---

23 학식을 뽐내는 여자라는 뜻
24 미국의 사회 개혁가, 여권 운동가
25 디킨스의 《데이비드 커퍼필드》에 나오는 등장인물

건 끝났고." 청년이 말했다. "마이터 스트리트에 가서 매그스에게 돈을 좀 꿀 수 있을지 모르겠네. 그 여자는 늘 1, 2크라운 정도 여유는 가지고 있으니 말이야. 시릴이 여기 없어서 유감이군. 매그스는 시릴을 좋아하는데." 청년은 밀짚모자를 머리에 쓰더니 역 안으로 사라졌다.

그리고 저 청년이 내가 만날 사람일 확률도 사라졌군. 오호통재라!

다음번 기차는 12시 36분에 있었다. 어쩌면 내가 도착했던 곳에서 상대를 만나기로 되어 있을지도 모르니 짐을 다시 챙겨서 내가 도착했던 철로의 그 장소로 돌아가는 것이 좋을 듯했다. 그 장소를 찾을 수 있다면 말이다. 스카프로 표시라도 해뒀어야 하는 건데.

아니면 강가로 내려가서 만나게 되어 있는 건가? 혹은 보트를 타고 어디론가 가서 만나야 하는 걸까? 나는 눈을 질끈 내리감았다. 던워디 교수는 지저스 칼리지에 관해 뭔가를 말했었다. 던워디 교수는 '자네 임무는 이거야'라고 말했고, 강과 크로케, 디즈레일리에 관해서도…. 나는 기억을 되살리려고 애를 쓰며 눈을 질끈 감고 있었다.

"저, 방해해서 미안합니다만." 누군가가 말을 걸었다.

눈을 떴다. 나이 든 여자들을 놓쳤던 그 청년이었다.

청년이 다시 말했다. "저, 강으로 가실 거 아닌가요? 분명 그러실 듯한데, 그게… 그러니까 제 말은, 밀짚모자며 블레이저코트며 플란넬 바지 차림을 하신 거로 미루어 보건대 일하러 가시는 차림새는 아닌 듯해서요. 게다가 1년 중 이 시기의 옥스퍼드에서는 강으로 가는 거 말고 달리 할 일도 없고요. 페딕 교수님 말을 따르자면, 오컴의 면도날[26]이죠. 그러니까 제 말은, 친구와 함께 하우스 파티[27]나 뭐 그 비슷한 걸 하실 계획인지 아니면 혼자 가실 건지 묻는 겁니다."

"전…." 결국은 이 친구가 내가 만나기로 내정된 상대인지, 그렇다면 이 청년의 말이 무슨 복잡한 암호는 아닌지 생각하며 입을 열었다.

"저, 무례를 범했군요. 우리 둘은 아직 제대로 인사도 안 했는데 말이

---

26 철학, 과학에서 필요 없는 가설을 제거하는 방법
27 별장 등에 묵는 손님들과 며칠 동안 계속해서 하는 파티

죠." 청년은 밀짚모자를 왼손으로 옮기더니 오른손을 내밀었다. "테렌스 세인트루웨즈입니다."

"네드 헨리입니다." 악수하며 말했다.

"어느 대학에 다니시나요?"

나는 던워디 교수가 테렌스 세인트루웨즈라는 이름을 말했는지 기억해보려 애썼지만, 너무나 일상적인 질문에 방심하고 말았다.

"베일리얼 칼리지입니다." 대답을 하면서도 이 친구가 브래스노즈나 키블 칼리지에 다니길 빌고 또 빌었다.

"그럴 줄 알았죠." 청년이 기뻐하며 말했다. "베일리얼 칼리지 사람은 금방 표가 나거든요. 조윗[28]의 영향 때문이죠. 지도 교수가 누구죠?"

1888년의 베일리얼 칼리지에 누가 있었더라? 조윗은 아직 있겠지만, 그 사람은 제자를 받지 않았다. 러스킨?[29] 아니, 그 사람은 크라이스트 처치 칼리지에 있었다. 엘리스?[30]

"올해 저는 아팠습니다." 나는 조심스레 말했다. "이번 가을에 복학합니다."

"그래서 그 사이에 건강 회복차 강으로 여행을 떠나라고 의사가 권한 거군요. 신선한 공기, 적당한 운동, 고요함, 잡담, 그리고 근심의 엉클어진 소매를 잘 정리해줄 휴식을 즐기라고 말이죠."

"맞아요." 그걸 이 친구가 어떻게 알았을까 궁금해하면서 내가 대답했다. 아마 이 친구가 내가 만나기로 내정된 상대가 맞는 모양이었다. 그렇다면 내게서 뭔가 신호를 기다리고 있을 터. "주치의가 오늘 보냈습니다. 코번트리에서요."

"코번트리? 그곳은 성 토마스 베케트[31]가 묻혀 있는 곳이죠? '나를 위해

---

28 벤자민 조윗. 영국의 고전 문학자. 플라톤과 아리스토텔레스의 번역으로 유명. 1842년부터 베일리얼 칼리지에 재직하면서 커다란 지적 영향력을 행사했다.
29 존 러스킨. 영국의 사회 비평가. 화려한 예술비평가의 길과 험난한 사회사상가의 길을 차례로 걸었던 19세기 영국의 저명한 지식인이다.
30 알렉산더 존 엘리스. 19세기 영국의 언어학자, 수학자
31 영국 캔터베리의 대주교. 헨리 2세와 갈등을 빚다가 캔터베리 성당에서 살해되었고, 1173년 성인으로 추대되었다.

저 골치 아픈 사제를 없애줄 자 그 누구뇨?'"[32]

"아니, 그곳은 캔터베리고요."

"그러면 코번트리에서 유명한 사람이 누구죠? 레이디 고다이바?[33] 피핑 톰?"[34]

말하는 걸 보니 이 친구는 내가 만나기로 내정된 상대가 아니군. 하지만 폐허가 된 성당이나 슈라프넬 여사와 무관하게 코번트리에 관한 대화를 나누며 시간을 보내니 좋았다.

"문제가 있습니다." 내 옆자리에 앉으며 테렌스가 말했다. "시릴과 저는 오늘 아침에 강으로 갈 계획으로 보트를 예약하며 노인밥을 선금으로 주고 짐을 꾸렸는데, 지도 교수가 부르더니 살라미스 전투에 관해 급히 글을 써야 할 것이 있다면서 자기 대신에 나이 든 친척들을 마중 나가달라고 부탁하더군요. 세상에 아무리 바쁘다 할지라도 자기 지도 교수 말을 거절할 수 있는 사람이 어디 있겠으며, 더구나 주변의 모든 사람으로부터 순교 기념관에 들어갈 정도로 맘 좋은 친구라는 평판을 듣는 저 같은 사람이라면 더욱 그렇지 않겠어요? 그래서 전 시릴을 데리고 폴리 브리지로 가서 우리 물건을 지키고 있도록 한 다음, 자베즈를 불러 다른 사람에게 보트를 빌려주지 말라고 다짐해뒀지요. 이 친구 예전에도 그런 적이 종종 있었는데, 한번은 러시포스의 누이가 에이츠[35]를 보기 위해 선금까지 주면서 보트를 예약했는데 결국 세인트올데이츠까지 달려가야만 했지요. 전 아무래도 늦을 것 같다는 생각에 펨브록으로 가서 마차를 잡았죠. 제 수중에는 보트 빌릴 돈밖에 없었지만, 그 나이 든 과부들이 돈을 낼 거라고 생각했어요. 하지만 교수님이 기차를 잘못 알려줬고, 전 다음 주 용돈을 당겨쓸 수도 없는 상황이죠. 벌써 더비 경마에 가서 '비프스테이크'

---

32 헨리 2세가 베케트를 저주하며 탄식했던 말의 일부. 왕에게 충성하던 기사 4명이 베케트를 살해한다.

33 11세기 코번트리 지방 영주의 아내로, 코번트리 주민의 세금 감면을 위해 벌거벗고 말을 타고 달렸다는 전설이 있다.

34 '엿보는 톰'이라는 뜻으로, 고다이바의 알몸을 훔쳐보다 눈이 멀었다고 전해진다.

35 여덟 명이 노를 젓는 보트 경기로, 옥스퍼드와 케임브리지 대학 대항 보트 경기를 뜻하기도 한다.

라는 놈에게 모두 걸었거든요. 그리고 무슨 이유에서인지 자베즈는 학부생에게는 외상을 잘 안 주려고 한답니다. 그래서 전 여기에 있는 거죠. '남쪽의 마리아나'[36]처럼 말이에요. 그리고 시릴은 마치 '인내의 상처럼 슬픔을 악물고 웃어넘기며'[37] 있는 거고요." 테렌스는 기대에 찬 눈으로 나를 바라보았다.

신기하게도, 나는 테렌스가 말하는 단어 열 개 가운데 세 개 정도밖에 알아듣지 못한데다(잡동사니 판매장에 있었을 때보다 더 심각했다), 문학적 인용구는 전혀 알아듣지 못했음에도 불구하고 이 친구가 무슨 말을 하는지 이해할 수 있었다. 즉, 테렌스에게는 보트를 빌릴 만한 돈이 없다는 거였다.

그리고 이는 이 친구가 확실히 내가 만나기로 되어 있는 인물이 아니라는 것을 뜻했다. 이 사람은 그냥 돈 한 푼 없는 학부생이었다. 그리고 아까 그 고모라는 여자의 말을 빌리자면, 철로를 어슬렁거리며 사람에게 말을 걸며 돈을 구걸하는 '건달'이었다. 아니면 더 나쁜 사람이거나.

"시릴은 돈이 없나요?" 내가 물었다.

"어휴, 없어요." 내 물음에 테렌스는 다리를 쭉 펴며 대답했다. "시릴은 주화 한 닢 가져본 적이 없습니다. 그래서 내가 생각하길, 당신은 강에 갈 계획이고 나와 시릴도 그럴 생각이니까 우리도 스피크[38]와 버턴[39]처럼 힘을 합치면 어떨까 해서요. 물론 템스강의 근원은 이미 밝혀진데다 어쨌든 우리는 상류로 가지는 않을 생각이며 템스강에는 야만족이나 체체파리나 뭐 그런 것도 없죠. 그저 시릴과 저는 당신이 우리와 함께 강을 여행하고 싶은지 궁금합니다."

"보트 위의 세 남자라…." 나는 이 친구가 내가 만나기로 되어 있는 사람이면 좋았을 텐데 하는 생각을 하며 중얼거렸다. 《보트 위의 세 남자》는

36 알프레드 테니슨의 시 제목
37 셰익스피어, 《십이야》
38 존 해닝 스피크. 영국 탐험가. 아프리카의 빅토리아 호수를 최초로 발견한 유럽인
39 리처드 프랜시스 버턴. 영국의 탐험가, 근동학자. 탕가니카 호수를 최초로 발견한 유럽인. 《천일야화》의 번역가로 더 잘 알려져 있다.

내가 가장 좋아하는 책으로서, 그 가운데도 해리스가 햄프턴 코트[40]의 미궁에서 길을 잃는 이야기가 나오는 장이 제일 좋았다.

"시릴과 저는 강 하류로 갈 생각입니다." 테렌스가 말하고 있었다. "우리는 강을 따라 뮤칭스 엔드까지 천천히 여행할 생각이지만, 당신이 원한다면 아무 곳에서나 멈출 수 있습니다. 애빙던에는 멋진 유적이 있습니다. 시릴은 유적을 사랑하죠. 아니면 클리브스의 앤[41]이 이혼을 기다리던 비셤 수녀원도 좋고요. 아니면 그냥 부드럽게 졸졸거리는 물살을 즐기며 강을 따라 흘러갈 계획이었다면 저희는 그것도 괜찮습니다."

하지만 나는 더 이상 테렌스의 말을 듣고 있지 않았다. 테렌스가 '뮤칭스 엔드'라고 말했고, 나는 그 말을 듣자마자 그 단어가 내가 기억하려고 애를 쓰던 바로 그것이라는 사실을 깨달았다. '아무개 씨를 만나게'라고 던워디 교수는 말을 했는데 바로 이 친구가 그 아무개 씨인 게 분명했다. 이 친구가 강이나 의사의 처방에 대해 언급한 것이나 위로 구부러진 콧수염, 나와 똑같은 블레이저코트 모두 그냥 우연의 일치일 리 없었다.

하지만 나는 이 사람이 곧바로 왜 자기 정체를 말하지 않았는지 궁금해졌다. 플랫폼에는 우리 말고 아무도 없었다. 혹시라도 역무원이 엿듣고 있는지 살피기 위해 나는 역 창문을 바라보았다. 하지만 아무도 보이지 않았다. 아니 어쩌면 이 친구는 '내'가 자신이 만나야 할 사람이 아닌 경우를 대비해서 조심하고 있는지도 몰랐다.

"저는…." 내가 말을 꺼내려는데, 역 문이 열리면서 중절모에 양 끝이 위로 올라간 긴 콧수염을 한 뚱뚱한 중년의 남자가 나왔다. 그 남자는 중절모를 손을 대고 인사를 하더니 뭔가 알아들을 수 없는 말을 투덜거리며 게시판 쪽으로 걸어갔다.

"당신과 '뮤칭스 엔드'에 함께 간다면 정말 좋겠네요. '코번트리'를 벗어나 강을 따라 여행하는 것은 평온한 변화가 될 겁니다." 나는 특히 뮤칭스 엔드를 강조해 말했다.

---

40 템스강의 리치먼드가에 있는 영국의 옛 궁전
41 헨리 8세의 네 번째 부인

나는 바지 주머니를 뒤지면서 핀치가 돈이 가득 든 지갑을 어디에다 두었는지 기억을 더듬었다. "보트를 빌리려면 얼마나 있어야 하죠?"

"6실링 3펜스요." 테렌스가 말했다. "일주일 빌리는 값입니다. 제가 이미 노인밥을 걸어 놨거든요."

지갑은 블레이저코트 주머니에 들어 있었다. "돈이 충분한지 모르겠군요." 손에 지폐와 주화를 쏟아내며 내가 말했다.

"그 정도면 보트를 사도 될 정도입니다." 테렌스가 말했다. "이거 당신 건가요?" 쌓아놓은 내 짐을 가리키며 테렌스가 물었다.

"네." 나는 대답하며 대형 여행 가방에 손을 뻗었지만, 이미 테렌스는 한 손에 그 가방과 종이 끈으로 묶은 상자 하나를, 다른 한 손에는 여행용 손가방, 바구니를 들었다. 나는 다른 상자와 여행 가방, 뚜껑이 덮인 바구니를 들고 테렌스 뒤를 따랐다.

"마부더러 기다리라고 말했습니다." 테렌스가 말하며 계단을 내려가기 시작했지만, 역 바깥에는 지저분한 하운드 한 마리가 뒷다리로 귀를 긁으며 나른한 자세로 앉아 있을 뿐이었다. 그 개는 테렌스가 지나가는 걸 전혀 신경을 쓰지 않았고, 나는 심술궂은 개와 독일 공군에게서 멀리 떨어져 조용하고 유유자적한 품위 있는 시대로 왔다는 생각에 물밀듯 밀려오는 환희를 느낄 수 있었다.

"야만인 같으니." 테렌스가 말했다. "마부에게 기다리라고 했는데 가버렸군요. 콘마켓 스트리트에 가서 마차를 잡아야겠습니다."

사냥개는 자세를 고치더니 사타구니를 핥기 시작했다. 그래, 인정한다. 모든 것이 품위가 있는 건 아니라는 걸.

"이리 오세요. 시간이 없어요." 테렌스는 말을 마치더니 히스 브리지 스트리트로 거의 질주하다시피 하며 나를 데리고 갔다. 모든 것이 다 유유자적한 것도 아니로군.

양손 가득 든 짐 그리고 포장도 안 되어 있고 바퀴 자국투성이인 히스 브리지 스트리트 상태를 생각할 때 나는 정말 내가 할 수 있는 한 가장 빠른 속도로 테렌스를 뒤쫓아갔다. 그러느라 나는 발 디딜 때마다 조심해야만 했고 짐을 가지고 묘기를 부리다시피 걸었다.

"빨리빨리 오세요. 곧 정오예요." 언덕 꼭대기에서 잠시 멈춰 선 테렌스가 말했다.

"가고 있어요." 나는 말하고는 손에서 미끄러지던 뚜껑 덮인 바구니를 고쳐 잡고서 언덕 꼭대기에 올라가려 애썼다.

✻

언덕 꼭대기에 도착했을 때 나는 입을 떡 벌린 채 그 자리에 서 있었다. 마치 신참이 고양이를 봤을 때처럼 넋을 잃고서 말이다. 나는 중세의 탑 아래, 세인트올데이츠와 하이 스트리트의 교차로인 콘마켓에 있었다.

나는 길을 건너기 위해 이곳에 수백 번도 넘게 서 있어봤지만, 그때는 관광객용 쇼핑센터와 지하철역이 있는 21세기의 옥스퍼드였다.

이곳이, 이곳이 바로 '태양 빛이 내리쬐는' 진짜 옥스퍼드, 뉴먼[42]과 루이스 캐럴과 톰 브라운[43]이 있는 옥스퍼드였다. 하이 스트리트를 돌아서면 퀸스 칼리지와 막달렌 칼리지, 그리고 높다란 창과 체인 북[44]이 가득한 구(舊) 보들리 도서관이 있고, 그 옆에는 래드클리프 카메라 건물과 셸도니안 극장이 있다. 그리고 브로드 스트리트 모퉁이를 돌면 베일리얼 칼리지가 영광스러운 자태를 뽐내고 있겠지. 매튜 아놀드[45], 제라드 맨리 홉킨스[46], 애스퀴스[47]의 베일리얼 칼리지 말이다. 그리고 베일리얼 칼리지에는 위엄 있는 목소리로 학생들에게 '설명하지 말게. 변명도 말고'라고 말하던 텁수룩한 백발의, 저 위대한 조웻 교수가 있었다.

콘마켓 탑의 시계는 11시 30분을 알렸고, 옥스퍼드에 있는 모든 종이

---

42 존 헨리 뉴먼. 영국의 신학자. 옥스퍼드 운동의 지도자로 추기경이 되었다.
43 토마스 휴즈의 소설《옥스퍼드의 톰 브라운》의 주인공
44 훔쳐 갈 수 없도록 사슬로 연결해놓은 책
45 영국의 평론가. 당대 영국의 문화와 취미에 대한 비판으로 유명하다.《교양과 무질서》등의 저서가 있다.
46 영국의 시인, 예수회 사제. 사후 발표된 시들은 20세기에 큰 영향을 주었다.
47 허버트 헨리 애스퀴스. 영국의 정치가로 총리를 지냈다.

동시에 울렸다. 성모 마리아 교회의 종, 크라이스트 처치 칼리지의 그레이트 톰, 그리고 막달렌 칼리지에서 들려오는 맑은 종소리들이 하이 스트리트를 퍼져나갔다.

옥스퍼드, 나는 바로 그곳에 와 있었다. '중세의 마지막 메아리'가 머무는, '사라져가는 대의(大義)의 도시'에.

"'꿈에서나 볼 수 있는 첨탑이 가득한 아름다운 도시'[48]로군." 나는 감탄하다가 하마터면 자동차에 치일 뻔했다.

"피해요!" 테렌스는 내 팔을 잡더니 길 밖으로 잡아당겼다. "저런 것들은 정말 골칫거리라니까요." 짜증 나는 눈빛으로 자동차 꽁지를 바라보며 테렌스가 말했다. "이렇게 복잡한 곳에서는 마차를 잡을 수가 없겠군요. 걷는 게 낫겠어요." 테렌스는 앞치마를 하고 시장바구니를 들고 있는, 근심 어린 표정을 한 여인들을 헤치고 나가며 '죄송합니다'라고 연신 중얼거리고는 바구니를 든 손으로 모자를 살짝 건드리며 인사를 했다.

나는 테렌스를 따라 부산하게 움직이는 사람들과 가게, 청과상을 지나 콘마켓으로 내려갔다. 나는 모자 가게 창에 비친 사람들의 모습을 보며 걷다가 갑자기 멈춰 섰다. 양배추가 가득 든 바구니를 든 여자가 내게 부딪치자 나를 빙 돌아가며 뭐라 중얼거렸지만 내 귀에는 들어오지 않았다.

연구실에는 거울이 전혀 없었기 때문에 워더가 내게 입힌 옷이 어떤 건지 대충 감만 잡고 있었다. 아니 실은 전혀 모르고 있었다. 빳빳한 깃에 말쑥한 블레이저코트 하며 하얀 플란넬 바지, 거기에 더해서 밀짚모자까지, 나는 빅토리아 시대에 강으로 놀러 가는 신사의 모습 바로 그대로였다. 어떤 사람에게 딱 맞는 의상이라는 게 있는 법인데, 내 경우는 밀짚모자가 바로 그런 물건이었다. 가벼운 밀짚으로 만들어진 모자에는 파란 띠가 둘렸으며, 모자를 쓴 내 모습은 말쑥하고 세련됐고 콧수염과 합쳐져 보는 사람을 압도했다. 그 고모라는 여자가 모드를 그렇게 재촉했던 것이 하나도 이상하지 않았다.

---

48 매튜 아놀드가 옥스퍼드를 일컬어 한 말

더 자세히 살펴보니 내 콧수염은 약간 기울어졌고, 눈은 시차 증후군 때문에 번들거리고 있었지만, 그건 곧 회복될 거였고 전체적인 인상은 무척이나 만족스러웠다. 만약 내가 나 자신의….

"거기 바보같이 서서 뭐 하는 거예요?" 테렌스가 내 팔을 잡아채며 말했다. "갑시다." 테렌스는 카팩스를 가로지르더니 세인트올데이츠로 나를 이끌었다.

테렌스는 걸어가면서도 신나서 계속 재잘거렸다. "노면 전차 철로를 조심하세요. 저는 지난주에도 걸려서 넘어졌어요. 하지만 마차에는 더욱 끔찍하죠. 바퀴가 걸려 엎어지기에 딱 알맞은 크기거든요. 여하튼, 제가 발이 걸려 넘어졌을 때 다가왔던 게 다행히도 므두셀라[49]만큼이나 늙은 노새가 끄는 짐마차 한 대였기에 망정이지 안 그랬다면 저세상으로 갈 뻔했어요. 행운이라는 게 있다고 생각하세요, 네드?"

테렌스는 길을 건너더니 세인트올데이츠로 갔다. 그곳에는 화난 시험 감독관이 대학생 뒤를 쫓아가는 간판이 걸린 '불도그'라는 선술집이 있었으며, 크라이스트 처치 칼리지의 황금빛 벽과 톰 타워가 보였다. 그리고 총장 관저의 담장 안에서는 아이들의 웃음소리가 들려왔다. 앨리스 리델[50]과 그 자매들인가? 찰스 도지슨[51]이《이상한 나라의 앨리스》를 언제 썼는지 생각해보니 가슴이 떨렸다. 아니, 그 작품은 더 일찍, 1860년대에 쓰였다. 하지만 길 건너편에 앨리스가 양에게 사탕을 샀던 바로 그 가게가 있었다.

"그저께만 하더라도 저는 행운이란 건 없다고 말했을 겁니다." 크라이스트 처치 칼리지의 풀밭을 걸어가며 테렌스가 말했다. "하지만 어제 오후부터 저는 행운을 믿게 되었습니다. 무척이나 많은 일이 벌어졌지요. 오늘은 페딕 교수님이 기차를 혼동하셨고 그다음에는 당신이 여기에 계시고요. 그러니까 제 말은, 당신이 강 아닌 다른 곳에 가려고 했을 수도 있었고, 아니면 보트를 빌릴 만한 돈이 없을 수도 있었으며, 아예 역에 없을 수도 있었

---

49 성서에서 가장 오래 산 인물. 969년을 살았다고 한다.
50 루이스 캐럴이 쓴《이상한 나라의 앨리스》에 영감을 준 소녀
51 루이스 캐럴의 본명

다는 겁니다. 그럼 저와 시릴이 어떻게 되었겠습니까? '운명은 실을 쥐고 인간은 운명의 조정하는 대로 움직일 뿐. 성공은 하늘이 주시는 것'[52]이라는 말도 있잖습니까?"

이륜마차가 우리 옆에 서더니 마부가 정말로 알아듣기 힘든 억양으로 말했다. "타실라요, 슨상님들?"

테렌스는 머리를 흔들었다. "짐 싣는 시간을 고려한다면 차라리 걷는 게 더 빠릅니다. 그리고 거의 다 왔어요."

테렌스 말이 맞았다. 저편에 폴리 브리지와 선술집, 강이 보였고 강가에는 보트 몇 척이 매여 있었다.

"'운명아 마음대로 하려무나, 숙명이란 어쩔 수 없으니, 될 대로 되려무나.'[53] 다리를 건너며 테렌스가 말했다. "운명이여, 우리가 왔다." 테렌스는 부둣가로 나 있는 계단을 내려가면서 강둑에 서 있는 남자에게 큰 소리로 말했다. "자베즈, 우리 보트를 다른 사람에게 빌려준 건 아니겠지?"

자베즈는《올리버 트위스트》에서 튀어나온 인물 같았다. 텁수룩한 수염에 통명스러운 성격이었다. 자베즈는 믿을 수 없을 만큼 더러운 바지 멜빵에 자기 엄지손가락을 낀 채 서 있었으며, 그 사람의 손은 그게 가능한지 잘 모르겠지만 멜빵보다 더 더러워 보였다.

자베즈의 발치에는 황백색의 거대한 불도그 한 마리가 누워 있었는데, 녀석은 자기의 납작하고 못생긴 주둥이를 앞발로 받치고 있었다. 이렇게 떨어진 거리에서도 녀석의 튼튼한 어깨와 호전적으로 튀어나온 아래턱이 보였다.《올리버 트위스트》에 나오는 악당 빌 사이크스도 불도그를 데리고 있지 않았던가?

아무리 찾아봐도 테렌스의 친구라는 시릴은 보이지 않아서, 나는 혹시 자베즈와 저 불도그가 시릴을 죽여서 강으로 던져버린 건 아닌지 궁금했다.

테렌스는 뭐라 중얼거리며 보트와, 괴물 같은 불도그가 있는 둑으로 황급히 내려갔다. 나는 역에서 보았던 하운드처럼 저 개도 우리를 무시했으

---

52 조지 그랜빌,《대담한 사랑》
53 셰익스피어,《십이야》

면 좋겠다는 희망을 품고 테렌스의 뒤를 조심스레 따라갔지만, 녀석은 우리를 보자마자 경계하듯 일어나 앉았다.

"우리가 왔다고!" 테렌스가 흥겹게 외쳤고, 불도그는 우리를 향해 달려왔다.

나는 손가방과 상자를 집어 던지고 뚜껑 덮인 바구니를 방패처럼 가슴에 대고는 어디 막대기라도 없는지 주위를 두리번거렸다.

달려오는 녀석은 아가리를 크게 벌리고 있었으며, 그 안에는 30센티미터는 됨직한 송곳니가 마치 상어 이빨처럼 줄지었다. 19세기의 불도그는 투견용이 아니었던가? 아마 황소와 싸운다는 뜻에서 그 이름이 왔었지? 황소의 목덜미에 달려들어 물고 늘어지던가? 그래서 주둥이가 납작해졌고 턱은 강철 같고 턱은 납작한 거지? 목덜미를 문 채 숨을 쉴 수 있도록 납작한 주둥이를 가진 놈을 교배시켰지.

"시릴!" 테렌스가 큰 소리로 외쳤지만, 시릴은커녕 나를 구해줄 사람은 어디에도 없었다. 불도그는 테렌스를 지나 내 쪽으로 곧장 달려왔다.

나는 뚜껑 덮인 바구니를 떨어뜨렸고, 그 바구니는 강둑 쪽으로 데굴데굴 굴러갔다. 테렌스는 바구니를 잡으러 달려갔다. 불도그는 잠시 멈칫하는 듯했지만, 다시 내 쪽으로 돌진하기 시작했다.

나는 뱀이 어떤 식으로 토끼에게 최면을 걸기에 뱀이 다가가도 토끼가 도망가지 못하게 하는지 지금까지 그 이유를 몰랐지만, 이제 그 이유가 바로 뱀이 움직이는 괴상한 방식 때문이라는 사실을 깨달았다.

불도그는 내게 곧바로 돌진해(사실은 굴러오고 있다고 해야 더 맞는 표현이겠지만) 왔다. 하지만 녀석의 옆구리가 보였기에, 비록 녀석이 내 목덜미를 향해 달려들고 있기는 했어도 '방향을 잘못 잡았으니 왼쪽으로 스쳐 지나가겠구나.' 하고 안심하는 순간이 있었다. 물론 바로 그렇지 않을 거라는 것을 깨달았다. 그렇지만 그때는 이미 도망가기에는 너무 늦은 상황이었다.

나는 털썩 주저앉은 채 두 손으로 목덜미를 가리려고 애를 썼다. 캐러더스를 좀 더 불쌍히 여길 걸 하는 생각이 머리를 스치고 지나갔다.

불도그는 앞발을 내 어깨에 올려놨고 녀석의 커다란 아가리는 내 얼굴에서 몇 센티미터밖에 떨어지지 않았다.

"시릴!" 테렌스가 소리쳤지만, 나는 시릴이 어디 있는지 보기 위해 감히 고개를 돌릴 수가 없었다. 나는 그 테렌스의 친구가 어디에 있든지 간에 무기를 지니고 있길 빌었다.

"착하지…." 별 효과가 없으리라는 생각을 하면서도, 나는 불도그에게 말을 걸어봤다.

"당신 바구니가 강에 떠내려갈 뻔했어요." 테렌스가 말하며 내 시야에 들어왔다. "84년 해로우[54] 대항전 때 이후로 제가 한 최고의 캐치였지요." 테렌스는 광주리를 내 옆에 놓았다.

"제발…." 한쪽 팔을 조심스레 목에서 떼어내 불도그를 가리키며 내가 말했다.

"아, 이런. 제가 생각이 없었군요." 테렌스가 말했다. "아직 둘은 제대로 인사를 못 했으니까요." 테렌스는 내 옆에 주저앉았다. "이쪽은 헨리 씨란다. 잘 나가는 우리 팀의 새로운 멤버이자 경제적 구세주이지."

테렌스는 불도그에게 말했다. 불도그는 커다란 아가리를 크게 벌리고는 침을 질질 흘려댔다.

"네드." 테렌스가 말했다. "시릴을 소개하죠."

---

54 1571년 창립된 런던 근교의 명문 사립학교

5

조지가 말했다. '강 상류로 가자.' 조지는 우리에게 신선한 공기와 운동과
안정이 필요하다며, 계속되는 경치의 변화는 우리의 마음
(그리고 해리에게 마음이란 것이 있다면 그 친구의 것도 포함해)을 사로잡을 것이고,
고된 노동은 우리에게 왕성한 식욕과 숙면을 선사할 것이라고 말했다.

— 《보트 위의 세 남자》, 제롬 K. 제롬

**불도그의 끈기와 사나움 ─ 시릴의 가계도 ─ 더 많은 여행 가방들 ─ 테렌스가 짐을 싣다 ─
자베즈가 짐을 싣다 ─ 승마 ─ 크라이스트 처치 풀밭 ─ 시와 현실의 차이 ─ 첫눈에 반하다 ─
타지마할 ─ 운명 ─ 첨벙 ─ 다윈 ─ 물에 빠진 사람을 구하다 ─ 멸종된 종 ─ 자연력 ─
블레넘 전투 ─ 절세의 미인**

"안녕, 시릴?" 나는 일어나려는 시도도 없이 인사를 했다. 갑작스러운
움직임은 불도그의 공격을 유발할 수 있다는 글을 어디선가 읽었기 때문이
다. 아니, 그건 곰의 경우였나? 나는 핀치가 집사에 대한 잠재의식 학습 테
이프 대신 불도그에 대한 것을 가져다주었으면 좋았을 텐데 하고 생각했
다. 오늘날의 불도그는 안팎이 전부 순하디순한 양이다. 불도그는 오리얼
칼리지의 마스코트로, 성격은 쾌활하며 온종일 경비실 앞에 엎드린 채 누
군가가 와서 자기를 쓰다듬어 주기만을 기다리고 있다.

하지만 내 앞에 있는 녀석은 19세기의 불도그였고 원래 이 녀석들은 소
골리기[55]라는 경기에 쓰기 위해 특별히 교배된 개였다. 이 경기에서 (특히
끈질기고 사나운 놈들끼리 교배해 만든) 불도그는 황소의 목덜미를 물고 늘어
지며, 당연히 고통에 몸부림치는 황소는 뿔로 불도그를 들이받거나 집어
던지려고 애를 쓴다. 소 골리기가 언제 금지되었더라? 분명 1888년 이전이

---

[55] 우리 안에 황소와 개를 함께 가둬놓고 개를 부추겨 황소를 물게 하는 옛 영국의 구경거리

었다. 하지만 불도그라는 종에게서 끈기와 사나움을 없애기까지는 어느 정도 시간이 걸리지 않았을까?

"널 알게 되어서 기쁘구나, 시릴." 희망을 품고 내가 말했다.

시릴은 으르렁거리는 소리를 냈다. 아니 트림 소리라고 해야 하나?

"시릴은 훌륭한 피를 이어받았지요." 쓰러져 있는 내 옆에 계속 쪼그리고 앉은 채 테렌스가 말했다. "녀석의 아버지는 '메두사를 잡는 죽음의 댄'이라는 이름으로 불렸죠. 그리고 증증증조 할아버지는 '엑스큐셔너', 즉 사형 집행자라는 이름이었습니다. 모든 시대를 통틀어 가장 위대한 소 골리기꾼이었죠. 단 한 번도 진 적이 없었으니까요."

"정말로요?" 내가 가냘프게 물었다.

"시릴의 증증증조 할아버지는 올드 실버백과 싸웠습니다." 테렌스는 감격에 겨워하며 머리를 흔들었다. "360킬로그램이나 나가는 회색곰이었죠. 5시간 동안 곰을 물고 놔주지 않았답니다."

"하지만 그런 끈기와 사나움은 교배를 하며 모두 사라졌겠죠?" 희망을 품고 내가 말했다.

"천만에요." 테렌스가 말했다.

시릴이 다시 으르렁댔다.

"애당초에 그런 성질이 있다고 생각되지를 않는걸요." 테렌스가 계속 말했다. "직업상 필요한 때를 제외한다면요. 곰에게 할퀴면 누구라도 흉포해지지 않겠어요? 안 그러냐, 시릴?"

시릴은 다시 한번 낮게 그르렁거렸고, 이번에는 완전히 트림 소리 같았다.

"사람들 말에 따르면, 엑스큐셔너는 마음이 비단결처럼 고왔다는군요. 헨리 씨는 우리와 함께 갈 거란다, 시릴." 테렌스는 내가 시릴 밑에 깔린 채 녀석이 질질 흘리는 침을 맞고 있다는 걸 전혀 깨닫지 못한 듯했다. "보트에 짐을 싣고 자베즈에게 잔금을 치르면 즉시 말이야." 테렌스는 회중시계를 꺼내 뚜껑을 열었다. "자, 갑시다, 네드. 11시 45분이 다 되어가요. 시릴과는 나중에 놀 시간이 있을 겁니다." 테렌스는 판지 상자를 양손에 하나씩 들더니 부두로 가기 시작했다.

시릴은 마치 도와주고 싶다는 듯 내 위에서 내려와 뚜껑이 덮인 바구니 쪽으로 천천히 걸어가 코를 쿵쿵거렸다. 나는 일어서서 시릴로부터 바구니를 구출해낸 다음 테렌스를 따라 강으로 갔다.

부두에는 자베즈가 거대한 짐 더미 옆에서 팔짱을 낀 채 싸움이라도 걸어올 듯한 표정으로 서 있었다. "돈도 내기 전에 배에 짐을 실을 생각이라 이거지?" 자베즈는 딱히 누구에게라기보다는 혼자 중얼거리고 있었다. "하지만 이 몸은 예전에도 그런 속임수에 넘어가봤다 이거야." 자베즈는 엄청나게 더러운 손을 내 코앞에 들이밀었다. "파안섹."

'노인밥'과 마찬가지로 '파안섹'도 무슨 말인지 도통 감을 잡을 수 없었다. 나는 지갑을 테렌스에게 들이밀었다. "받아요. 저 사람에게 잔금을 주세요. 나는 나머지 가방들을 가지고 오도록 하죠."

나는 시릴이 달려드는 바람에 계단 여기저기로 흩어진 대형 여행 가방과 손가방을 주워서 부두로 가져왔고, 시릴은 뒤뚱거리며 붙임성 있게 그런 나를 따라다녔다.

테렌스는 보트에 서 있었다. 검푸른색의 보트는 여기저기 칠이 벗겨졌으며 뱃머리에는 '빅토리'라고 스텐실 인쇄가 되어 있었다. 보트는 이곳저곳이 찌그러져 있었지만 다행히도 큰 편이었다. 부둣가에 쌓여 있던 산더미 같은 짐 더미가 테렌스 것이라는 사실을 알았기 때문이다.

"정말 멋진 보트죠?" 대형 여행 가방을 받아서 배의 중간 좌석 아래에 놓으며 테렌스가 말했다. "짐 싣는 데는 얼마 걸리지 않으니까 바로 출발할 수 있을 겁니다."

하지만 그렇지 않았다. 우리는 테렌스의 짐을 먼저 실었다. 커다란 글래드스턴 가방 하나, 판지 상자 둘, 여행용 가방 하나, 바구니 셋, 나무 상자 하나, 양철 상자 하나, 둘둘 만 깔개 하나, 낚싯대 둘. 테렌스의 짐을 뱃머리 쪽에, 내 짐을 배 뒤쪽에 실었더니 배는 짐으로 완전히 꽉 차서 발 디딜 틈조차 없었다. 우리는 짐을 모두 내린 다음 처음부터 다시 시작했다.

"과학적으로 해야 할 필요가 있어요." 테렌스가 말했다. "큰 것을 먼저 싣고 작은 것들은 나중에 싣자고요."

111

테렌스의 제안대로 글래드스턴 가방부터 시작해서 마지막으로는 깔개를 펴서 구석에 구겨 넣었다. 그랬더니 이번에는 배 중간 부분에 30센티미터쯤 공간이 남았고 이를 본 시릴이 잽싸게 그 틈으로 들어가 누워버렸다.

나는 내 짐 일부를 내려두고 떠나야 하는 게 아닌가 생각했지만, 어느 짐을 두고 떠나야 할지를 몰랐기에 그냥 가만히 있기로 했다.

"도슨을 데려왔어야 하는 건데." 테렌스가 말했다. "도슨은 짐 꾸리는 데는 선수거든요."

나는 처음에는 도슨이 테렌스의 시종이라고 생각했지만, 시릴의 경우를 보니 어쩌면 애완용 너구리일지도 모른다는 생각이 들었다.

"제가 옥스퍼드에 처음 왔을 때 도슨은 시릴이랑 제 짐을 트렁크 하나에 모두 집어넣고도 공간을 남기더라고요. 물론 도슨이 여기에 있다면 그 친구 짐도 고려해야겠지만요. 도슨도 그렇고요." 테렌스는 사색에 잠긴 눈으로 짐을 바라보았다. "어쩌면 작은 짐부터 꾸려 넣으면….

결국 나는 테렌스에게 (그것이 무엇인지는 모르겠지만 여하튼 간에) '노인 밥'을 자베즈에게 사례로 주고 짐을 싣게 하는 게 어떠냐고 제안했다. 자베즈는 해냈다. 이 친구는 무시무시한 힘으로 짐을 여기저기에 구겨 넣으면서 계속 혼잣말을 해댔다. "돈을 받기까지 반나절이나 기다리게 하더니만…." 자베즈는 손가방을 의자 밑에 쑤셔 넣으며 중얼거렸다. "그다음에는 보트에 짐을 싣게 하는군. 하인 취급을 한다 이거지. 자기들은 멍하니 지켜보면서 말이야."

우리는 그러고 있었다. 아니 적어도 나는 그러고 있었다. 짐을 꾸리는 자베즈를 바라보고 있자니 등골이 오싹한 경이감이 절로 들었다. 자베즈에게서는 사나움과 끈기가 사라지지 않았다. 나는 상자 안에 깨질 만한 물건이 들어 있지 않기를 빌었다. 배에서 쫓겨난 시릴은 다시 뚜껑 덮인 바구니로 가 코를 킁킁거렸다. 음식이 담긴 게 분명했다. 테렌스는 회중시계를 꺼내서 보더니 자베즈에게 좀 더 빨리 일을 마칠 수 없냐고 재촉했다. 내가 보기에는 현명치 못한 행동이었다.

"좀 더 빨리하라니, 허 참." 자베즈는 테렌스의 판지 상자의 옆구리를 내려치며 말했다. "만약 짐을 가지고 오지 않았다면 이렇게 오래 걸리지 않았을 거라는 사실을 모르는 모양일세. 나일강의 근원이라도 발견하러 가는 줄 아는 모양이지? 배가 가라앉아야 정신을 차리지."

자베즈는 마침내 짐들을 모두 싣는 데 성공했다. 한참을 투덜거렸고 손가방이 약간 움푹 들어갔지만 말이다. 과학적이지 않았고 뱃머리에 쌓아놓은 짐은 금방이라도 무너져 내릴 듯했지만 어쨌든 간에 우리 셋이 들어갈 만한 공간이 있었다.

"시간에 딱 맞췄군요." 테렌스가 시계 뚜껑을 닫고 보트에 올라타며 말했다. "모든 일을 멈추게, 동료들이여. 우리는 떠난다오. 발걸음도 가볍게 올라타시게들."

시릴은 어기적어기적 보트 위로 올라가더니 잠이 들었다.

"어호이!⁵⁶ 네드." 테렌스가 말했다. "출발할 시간이라네."

나도 보트로 올라가려 했지만, 자베즈가 내 앞을 막아서더니 사례금을 달라고 손을 쑥 내밀었다. 나는 1실링을 주었는데, 너무 많은 액수인 게 분명했다. 자베즈는 들쭉날쭉한 치열을 드러내며 씩 웃더니 즉시 길을 비켜섰고, 나는 보트로 올라갔다.

"승선을 축하해요." 테렌스가 말했다. "이곳 물살은 키를 조종하기가 좀 어려워요. 그러니 당신이 먼저 노를 저으세요. 제가 키를 잡지요."

나는 고개를 끄덕이고는 노 쪽에 앉아서 모호한 눈으로 놈들을 내려보았다. 학교 다닐 때 노를 저어본 적이 있기는 했지만, 그건 자동으로 조종되는 수프라스킴이었다. 하지만 지금 내 눈앞에 있는 놈들은 나무로 만들어진데다 무게도 1톤은 됨 직했다. 게다가 어디 배에 연결된 부분도 없었다. 내가 노를 움직이려 애를 쓰자 하나는 수면 위를 스쳤고 또 다른 하나는 물에 닿지조차 않았다.

"미안해요." 다시 한번 해보려 애쓰며 내가 말했다. "아팠던 이후로 노를 저어볼 기회가 별로 없었거든요."

---

56 보트를 타는 사람들이 주의를 끌려고 외치는 소리

"다시 익숙해질 겁니다." 테렌스는 명랑하게 말했다. "말 타는 것과 마찬가지로 몸으로 배운 것은 잊어버리지 않거든요."

두 번째 시도에서는 노 두 개가 모두 물속으로 들어갔지만, 다시 꺼낼 수가 없었다. 코번트리 성당에서 지붕 들보를 들어 올렸을 때처럼 젖 먹던 힘까지 다해 노를 잡아당겼지만 결국은 보트 위에 물벼락을 만들고 말았다.

"잘 어울리는 바보 한 쌍이로구먼!" 자베즈가 혼잣말하듯 말했다. "보트를 한 번도 타본 적이 없는 게야. 저 사람들은 이플리에 도착하기도 전에 보트를 가라앉힐 거고, 그럼 내 보트는 어떻게 되는 거람?"

"저, 제가 먼저 젓는 게 낫겠군요. 당신이 키를 잡으세요." 테렌스와 나는 서로 자리를 바꾸느라 북새통을 치렀고, 테렌스는 힘차게 노를 물속에 집어넣더니 거의 물을 튀기지 않고 물 바깥으로 당겨냈다. "까다로운 이 지역을 통과할 때까지만 제가 노를 젓죠."

테렌스가 말한 대로 까다로운 지역이었다. 내가 조종을 해야 할 곳을 보니, 다리를 지나 돛단배, 삿대배, 보트, 그리고 노랗고 빨간 칠을 한 커다란 너벅선 두 척으로 이뤄진 숲을 헤쳐 나가야만 했다. 테렌스는 힘차게 노를 저으면서 키 손잡이를 반듯하게 잡으라고 큰 소리로 외쳤고, 나는 테렌스의 말대로 하고 싶었지만 보트는 시릴과 사촌지간이라도 되는지 자꾸만 왼쪽으로 나갔다.

내가 최대한 노력을 했음에도 불구하고 우리는 점점 버드나무와 방벽이 서 있는 강가로 떠내려갔다.

"우현으로 돌려요. 우현!" 테렌스가 소리쳤다.

'우현'이 무슨 뜻인지 몰랐지만 나는 보트가 어느 정도 반듯하게 나갈 때까지 키 손잡이를 이리저리 시험적으로 조종해보았다. 하지만 그때 이미 우리는 다른 보트들을 지나 반대편의 넓은 풀밭 쪽으로 다가가고 있었다.

나는 그곳이 비록 내가 알고 있던 곳과는 다르지만 크라이스트 처치 풀밭이라는 사실을 금세 깨달았다. 불도저도, 비계도, 휘날리는 비닐천도 없었다. 붉은 사암 더미를 뚫고 세워지는 성당도, 모르타르도, 슬레이트 지붕도 없었다. 로봇 벽돌공에게 고함을 치며 명령하는 인부도 없었다. 인부에게 고함치며 명령하는 슈라프넬 여사도 없었다. 옥스퍼드의 환경이나 교육, 스카이라인과 기타 등등을 파괴한다며 항의하는 시위자들도 없었다.

슈라프넬 여사와 코번트리 시의회가 종에 대한 협상을 끝내길 기다리며, 서쪽 탑과 첨탑이 파란색 비닐에 싸인 채 서 있게 될 장소에는 암소 세 마리가 평온하게 되새김질하고 있었다.

암소들 너머로는 흙길이 나 있었고 길 중간쯤에 교수 두 명이 보였다. 그 둘은 철학이나 크세노폰의 시 같은 것에 관해 토의하는지 머리를 약간 숙이고서 크라이스트 처치의 벌꿀색 벽 쪽으로 산책하고 있었다.

나는 슈라프넬 여사가 어떻게 옥스퍼드 사람들을 설득해서 이 장소에 성당을 지을 수 있었는지 생각하니 다시 한번 감탄을 금할 수 없었다. 19세기를 돌이켜볼 때, 크라이스트 처치 풀밭이 옥스퍼드 대학의 소유가 아니었을 당시에도 시 당국은 크라이스트 처치 풀밭을 가로지르는 도로 하나를 내기 위해 30년이라는 시간 동안 대학 당국을 설득해야 했다. 그리고 후에 옥스퍼드에 전철이 들어올 때 전철역에 대한 항의는 훨씬 더 컸다.

하지만 시간 물리학은 점점 발달하여 핵 동력 미세 구조 발진기가 없으면 아무런 일도 할 수 없는 단계에 이르렀다. 다국적기업은 과거에서 물건을 약탈해올 수 없다는 사실을 알고는 이미 40년 전에 시간 여행에 관심을 잃었기 때문에 그쪽에서 돈을 끌어올 수 없었다. 건물은 고사하고 연구비나 월급 줄 돈조차 없었다. 돈이 없으면 만사가 끝이었다. 돈 없음, 상황 종료. 그런데 슈라프넬 여사는 엄청난 의지의 소유자이자 대단한 부자였다. 여사는 옥스퍼드 대신 케임브리지에 돈을 대겠다고 협박했다.

＊

"아니, 아니요." 테렌스가 말했다. "당신은 지금 둑 쪽으로 방향을 잡고 있어요!"

나는 황급히 진로를 바로잡고 강 중앙으로 돌아갔다.

앞쪽에는 대학의 보트 창고들과 처웰의 푸른색 아치가 입을 벌린 채 있었고, 뒤쪽으로는 막달렌 칼리지의 회색빛 탑과 템스강의 길고 완만한 곡선이 눈에 들어왔다. 머리 위의 하늘은 옅은 파란색이었으며 앞쪽으로는 흰색 뭉게구름이 태양에 걸렸다. 둑 저편에는 수련이 피어 있었고 그 사이를 흐르는 물은 마치 워터하우스가 그린 님프의 눈동자처럼 깊고 밝은 갈색이었다.

"'강은 진고동, 모래는 황금빛.'" 나는 이 시가 1888년 이전에 쓰였길 빌면서 중얼거렸다.

"'강은 영원히 흐르리, 두 손에 나무를 잡고서.'"[57] 테렌스가 아는 거로 봐서 이전에 쓰인 게 맞았다.

"비록 진짜로 그렇지는 않지만요." 테렌스가 말했다. "여기만 지나면 이플리까지는 거의 들판이거든요. 그리고 이 강은 런던까지만 흐르는 거니까 영원히 흐르는 것도 아니지요. 시라는 게 정확한 경우는 거의 없다고 봐야죠. 샬롯의 여인을 보세요. '그 여인은 사슬을 풀고 누웠으니, 넓은 물살은 그 여인을 멀리 실어 갔다네.'[58] 그 여자가 보트에 누운 채 카멜롯까지 흘러갔다지만 그런 일은 일어날 수가 없어요. 그러니까 제 말은, 누워 있는 채로 키를 잡을 수는 없는 노릇이다 이겁니다. 안 그래요? 아마 5백 미터도 못 가서 어디 갈대밭에 보트를 들이받았을 겁니다. 그러니까 제 말은, 시릴과 저는 보트가 똑바로 가게 하려고 언제나 골머리를 앓고 있으며 보트에 누워 있으면 아무것도 보이지 않는다, 이거예요. 안 그래요?"

테렌스 말이 맞았다. 사실, 우리는 또다시 넓게 뻗은 가지에 암녹색 잎이 무성한 밤나무들이 있는 둑 쪽으로 곧장 향하고 있었다.

"우현으로 돌려요." 조급해하며 테렌스가 말했다.

나는 키를 잡아당겼지만, 보트는 나무 조각과 밤나무 잎으로 물에 떠다니는 둥지를 만들어놓은 오리 쪽으로 곧장 향했다.

오리는 꽥꽥거리며 날개를 퍼드덕거렸다.

"우현으로요." 테렌스가 말했다. "오른쪽요!" 테렌스는 격렬하게 노를 뒤로 저었고, 우리는 오리를 피해 다시 강 중앙으로 향했다.

---

57 로버트 루이스 스티븐슨, '보트는 어디로 가는가?'
58 알프레드 테니슨, '샬롯의 여인'

"저는 강을 이해해본 적이 한 번도 없어요." 테렌스가 말했다. "만약 누가 파이프나 모자를 강에 떨어뜨린다면, 비록 강가에서 30센티미터밖에 안 되는 곳에 떨어뜨린다 해도 물살에 휩쓸려 곧장 바다까지 떠내려가 희망봉을 돌아 결국은 인도 대륙까지 도달하게 되죠. 아마 그 불쌍한 '아주먼드 공주'도 그랬을 겁니다. 그리고 만약 물살을 제대로 타고 간다 할지라도 소용돌이며 역류, 급류 따위를 헤쳐 나가야 하지요. 게다가 여차하면 예선로(曳船路)⁵⁹ 중간에서 오도 가도 못하게 될 수도 있고요. 그리고 샬롯의 여인이 탄 배가 갈대밭을 들이받지 않았더라도 수문을 통과해야 하는 문제가 남아 있죠. 네드, 우현요! 우현! 좌현이 아니라요!" 테렌스는 회중시계를 꺼내 열어보더니 이전보다 더 힘차게 노를 저으면서 내게 배를 우현으로 가게 하라고 주기적으로 외쳐댔다.

비록 배는 자꾸만 왼쪽으로 가고 있었으며, 블라이 함장⁶⁰과 계약이라도 한 듯 내가 배를 표류하게 한다는 사실에도 불구하고, 나는 점차 느긋해졌다.

나는 (옥스퍼드 대학생 역할을 완벽하게 할 정도로) 훌륭하게 위장한 채, 만나기로 되어 있는 사람을 만났고 뮤칭스 엔드를 향하고 있었다. 크라이스트 처치 풀밭은 아무것도 들어서지 않은 텅 빈 상태이며 슈라프넬 여사는 이곳과 160년 멀리 떨어져 있다.

뮤칭스 엔드에 가서 무엇을 해야 하는지 아직 기억할 수는 없었지만 조금씩 기억이 되살아나고 있었다. 던워디 교수가 '그것을 돌려놓고 나면 그 즉시'라고 했고, 핀치에게 '무척이나 간단한 임무'라고 했던 말이 생각났다. 뭔가 하찮은 물건에 관해 이야기한 것도 기억났다. 비록 내가 돌려줘야 할 그 하찮은 물건이 무엇인지는 여전히 기억나지 않았지만, 그 물건은 뱃머리에 쌓아놓은 짐 어딘가에 분명히 있을 것이며 최악의 경우에는 짐 전체를 뮤칭스 엔드에 주고 오면 되겠지. 그리고 아마도 테렌스가 알고 있을 것

59 하천, 운하 등 내륙 수로를 운항하는 선박을 육지에서 예인하기 위해 호안을 따라 난 길
60 윌리엄 블라이. 영국 해군 장교로, 선원 반란으로 유명한 바운티호의 선장이었다. 반란 뒤 배에서 쫓겨난 블라이 함장과 그 수병들은 41일간 태평양을 방황하다 결국 티모르섬에 도착한다.

이다. 옥스퍼드에서 충분히 멀어지면 나는 그 즉시 테렌스에게 물어볼 생각이었다. 우리는 분명히 이플리에서 누군가를 만나게 될 것이고, 아마도 그곳에 도착하게 되면 정확한 계획이 무엇인지 알게 되겠지.

그사이 내가 할 일은 시차 증후군과 슈라프넬 여사와 잡동사니 판매장이 남긴 상흔에서 벗어나 의사의 처방에 따라 시릴이 하는 방식처럼 푹 쉬면서 몸을 회복하는 것이었다. 불도그는 옆으로 누워 행복하게 코를 골고 있었다.

빅토리아 시대를 더 바랄 게 없이 완벽한 병원이라고 본다면, 강은 더 바랄 게 없는 완벽한 병실이었다. 내 목을 따뜻하게 감싸며 지친 몸과 마음을 치유하는 햇빛, 마음을 어루만지는 노 젓는 소리, 평화로운 경치, 계속 이어지는 녹색과 녹색과 녹색, 기운을 북돋는 벌들의 웅웅거림과 시릴의 코 고는 소리와 테렌스의 목소리.

"원탁의 기사 랜슬롯을 보세요." 테렌스는 화제를 샬롯의 여인으로 돌렸다. "랜슬롯은 갑옷을 입고 투구를 쓰고 말에 올라타 방패와 창을 든 채 '티라-릴라' 노래를 불렀죠. '티라-릴라!' 기사가 무슨 그런 노래를 불러요? '티라-릴라'라니. 어쨌든," 노 당기는 걸 멈추고 테렌스가 말했다. "그러고 는 사랑에 빠져버렸죠. 그 부분의 표현이 약간 지나치다 싶을 정도로 극적인데, '직물은 이리저리 휘날리고, 거울은 여기저기 금이 가 있으니.'[61] 첫눈에 반한다는 말을 믿으세요, 네드?"

젖은 소매에서 던워디 교수의 카펫에 물을 짜내던 나이아스의 모습이 번쩍하고 떠올랐지만, 그때는 시차 증후군의 부작용으로 호르몬 조화가 깨졌거나 뭐 그런 이유 때문일 것이다. 나는 믿지 않는다고 대답했다.

"저 역시 어제까지만 해도 첫눈에 반한다거나 운명이 있다는 말을 믿지 않았어요." 테렌스가 말했다. "오버포스 교수님은 세상에 그런 건 없다고 하시면서, 모든 일은 우연이나 마구잡이로 일어난다고 말씀하시더군요. 하지만 만약 교수님 말씀이 맞는다면, 왜 하필 그 시간에 그 여자가 강가에

61 앨리스 클리머, '샬롯의 모든 여인을 위하여'

118

나왔을까요? 그리고 왜 시릴과 제가 보트를 타러 갈 생각을 했을까요? 아피우스 클라우디우스[62]를 읽는 대신에 말이에요. 우리는 'Negotium populo romano melius quam otium committi'의 뜻을 해석하고 있었어요. '로마는 여가보다는 일에 관해 더 정통하고 있었다'라는 뜻이죠. 저는 바로 그 이유로 로마가 멸망했다고 생각해요. 유서 깊은 대영 제국에 그런 일이 일어나지 않기를 원하기 때문에, 저는 시릴과 함께 보트를 빌려 고드스토로 출발했죠. 그리고 나무가 우거진 이 지역을 통과할 때 '아주먼드 공주! 아주먼드 공주!' 하고 부르는 소리를 들었어요. 마치 요정의 것인 듯 너무나도 달콤한 목소리가 들리기에 둑 쪽을 바라보았더니 그곳에 그 여자가, 제가 본 가운데 가장 아름다운 피조물이 서 있었죠."

"아주먼드 공주요?" 내가 말했다.

"아니, 아니요. 아주먼드 공주를 찾던 여자요. 황금빛 곱슬머리에 아름답고 사랑스럽고 화사한 얼굴을 하고, 분홍색 옷을 입고 있었죠. 사과같이 붉은 뺨에 장미꽃 봉오리 같은 입하며 오똑한 콧날! 그냥 간단하게 '그 여인의 얼굴은 아름다웠네'[63]라는 말로 끝낼 수가 없었어요. 말을 타면서 '티라-릴라' 하고 노래를 부르는 사람이라면 혹시 또 그렇게 표현할지 모르겠지만요. 저는 혹시 그 여인이 천사나 님프라서 제 목소리에 놀라 도망가면 어쩌나 겁이 나서 차마 움직이거나 말을 하지 못한 채 노를 잡고 가만히 앉아 있었어요. 바로 그때 그 여인이 눈을 돌려 제 쪽을 바라보더니 '오, 선생님. 고양이 한 마리 못 보셨나요?' 하고 묻더군요."

"마치 '샬롯의 여인'과 똑같았어요. 그저 저주와 깨진 거울과 이리저리 휘날리는 직물만 없을 뿐이었죠. 시라는 건 과장하는 경향이 있으니까요. 전 보트 바닥에 눕고 싶다거나 마음이 아파 죽겠다는 생각은 전혀 없었어요. 저는 잽싸게 노를 저어 강가로 가서 훌쩍 뛰어내린 다음 그 여인에게 고양이가 어떤 종류이며 마지막으로 본 건 언제인지 물어보았죠. 그 여인이 대답하길, 얼룩무늬 얼굴에 작고 예쁘장한 흰색 발의 고양인데 이틀 전

---

62 로마의 정치가. 율리우스 카이사르에 반대한 10인 위원회의 한 사람
63 알프레드 테니슨, '샬롯의 여인'

에 잃어버렸다면서 무슨 일이 생기지 않았을까 걱정이라고 하더군요. 그래서 제가 '걱정하지 마십시오. 고양이는 목숨이 아홉 개라지 않습니까.' 하고 말해줬죠. 바로 그때 일행 한 명이, 알고 보니 사촌 언니라더군요, 나타나서 그 여인에게 낯선 사람과 말을 해서는 안 된다고 했어요. 그러자 그 여인이 '오, 이분은 친절하게도 제게 도움을 주려고 하신 거예요.' 하고 말했죠. 사촌 언니가 말하길 '정말 친절하시군요. 성함이…' 그래서 제 이름이 세인트루웨즈라고 말했고, 사촌 언니는 '안녕하세요, 저는 베리티 브라운이고 이쪽은 메링 양이랍니다.' 하고서는 그 여자에게 돌아서서는 '토시, 떠나야 해. 차 마실 시간에 늦겠어.' 하더군요. 토시! 그렇게 예쁜 이름을 들어보셨나요? '오, 영원히 달콤한 이름이여! 영원히 사랑스러운 이름이여! 내 귀를 울리는 이 소중하고도 소중한 소리!', 토시!" 테렌스는 열변을 토해냈다.

토시라고? "그러면 아주먼드 공주는 누구죠?" 내가 물었다.

"메링 양의 고양이요. 인도 왕비의 이름에서 따왔죠. 타지마할의 이름도 실은 이 왕비의 이름에서 따왔어요. 비록 어떤 사람들은 왕비를 기리기 위해서는 타지 아주먼드라 이름을 붙여야 한다고 생각하지만요.[64] 그 여인의 아버지는 인도에 나가 계셨지요. 인도 폭동, 왕족, '그 둘은 결코 만나지 못하리'[65], 기타 등등."

나는 여전히 헷갈렸다. "아주먼드 공주의 아버지가요?"

"아니요, 메링 양의 아버지인 메링 대령이요. 그분은 인도에서 대령을 지내셨는데 지금은 물고기를 모으고 계시지요."

난 '물고기를 모으는 게' 무슨 뜻인지 물어볼 엄두도 나지 않았다.

"어쨌든 간에, 그 사촌 언니가 이제 가봐야 한다고 말하니까 토시, 아니 메링 양은 '오, 다시 만나 뵙고 싶군요, 세인트루웨즈 씨. 저희는 내일 오

---

64 타지마할은 인도의 왕 세자한이 자기 부인 아주먼드를 사랑하여 새로 지어준 이름으로 '궁전의 진주'라는 뜻이다. 후에 아주먼드가 아이를 낳다 죽자 왕은 이를 슬퍼하여 부인의 이름 '타지마할'을 따서 무덤을 만들었는데 이것이 타지마할 묘이다.
65 러디야드 키플링의 시 '동과 서의 발라드'에서 "오, 동양은 동양, 서양은 서양, 둘은 결코 만나지 못하리" 부분을 인용

후 2시에 이플리에 있는 노르만 양식의 교회에 갈 거예요.' 하고 말했죠. 사촌 언니가 '토시!' 하고 주의를 주니까, 메링 양은 내가 아주먼드 공주를 발견했을 경우에 한해서 하는 말이라고 하더군요. 그래서 저는 정말로 열심히 찾아다녔어요. 저는 시릴과 함께 '야옹아, 야옹아!' 하고 부르며 어젯밤부터 오늘 아침까지 강 상류부터 하류까지 다 찾아다녔습니다."

"시릴과 함께요?" 나는 이런 상황에서 불도그가 제격인지 궁금해하며 말했다.

"이 녀석은 경찰견으로 쓰는 블러드하운드 같습니다." 테렌스가 말했다. "여기까지가 바로 우리가 페딕 교수님을 마주쳐 그분의 구닥다리 친척들을 마중 나오기 전까지의 이야기죠."

"그러면 고양이를 찾지 못했나요?"

"못 찾았어요. 뮤칭스 엔드에서 이렇게 먼 곳까지 왔을 것 같지도 않고요. 저는 메링 양이 옥스퍼드 근처에 사는 줄 알았는데 그저 이 근방을 방문한 거더군요."

"뮤칭스 엔드?" 내가 말했다.

"강 하류에 있죠. 헨리 근처에요. 메링 양의 어머니는 영매를 만나게 하려고 메링…."

"영매요?" 내가 힘없이 물었다.

"네, 무명옷을 입고 얼굴에는 분을 바른 채 책상을 두드리며 '당신 삼촌은 내세에서 무척 행복하게 살고 있으며 삼촌의 유서는 찬장 왼쪽 서랍에 들어 있습니다.' 이런 말을 하는 사람 있잖아요. 다시 말씀드리지만 저는 이런 사람들을 한 번도 믿어본 적이 없어요. 말했듯이 운명도 그렇고요. 하지만 이 모든 일은 일어나게 되어 있던 게 틀림없어요. 메링 양과의 만남이나, 플랫폼에 당신이 서 있던 일이며 메링 양이 자기와 사촌 언니가 오늘 오후에 이플리로 간다고 제게 말한 것까지 말이죠. 유일한 걸림돌은 제가 보트를 빌릴 만큼 충분한 돈이 없었다는 거였는데, 이게 바로 운명이라는 거죠. 제 말뜻은, 만약 당신이 강으로 갈 생각이 없었다거나 자베즈에게 줄 돈이 없었다면 어떻게 되었겠어요? 그러면 우리는 메링 양을 만나러 지금 이플리로 가고 있지 않을 테고, 저는 메링 양을 다시는 볼 수가 없었겠죠. 어쨌든 간에 이 영매는 유서뿐만 아니라 잃어버린 고양이를 찾는 데도 특출한 재능이 있어서 옥스퍼드로 강신회를 하러 온 거죠. 하지만 영매 역시 아주먼드 공주가 어디에 있는지 알지 못했고 메링 양은 고양이가 뮤칭스 엔드부터 자기를 따라왔을 거라고 생각하더군요. 그럴 확률은 거의 없는데도 말이죠. 그러니까 제 말은, 개는 사람을 따라와도 고양이는…."

테렌스가 뒤죽박죽으로 하는 말 가운데 단 하나는 분명했다. 이 친구는 내가 만나기로 내정된 상대가 아니었다. 테렌스는 뮤칭스 엔드에서 내가 무슨 일을 해야 하는지 아무것도 몰랐다. 비록 내가 오해를 한 게 아니라 뮤칭스 엔드로 가야 하는 것이 맞다고 할지라도 말이다. 나는 이 시대에서 (개는 말할 것도 없고) 완전히 낯선 사람과 여행을 떠났으며, 내가 만나기로 내정된 사람은 플랫폼이나 철로 아니면 보트 창고 같은 곳에서 나를 기다리고 있을 게 분명했다. 그러니 나는 다시 돌아가야만 했다.

나는 옥스퍼드를 뒤돌아보았다. 저 멀리서 햇볕에 반짝이는 첨탑의 모습으로 보아, 적어도 3킬로미터는 지나온 듯했다. 더구나 짐을 남겨둔 채 강물로 뛰어들 수도 없었다. 이미 내가 만나기로 한 상대를 잃어버린 마당에 짐까지 잃어버릴 수는 없는 노릇이었다.

"테렌스, 미안하지만…."

"말도 안 되는 소리!" 누군가가 우리 앞에서 소리쳤고 첨벙 하는 소리와 함께 거의 보트가 가라앉을 만큼이나 물이 튀어 올랐다. 글래드스턴 가방 위에 있던 뚜껑 덮인 바구니가 하마터면 배에서 떨어질 뻔했다. 나는 바구니를 움켜잡았다.

"무슨 일이죠?" 강굽이 저편에 뭐가 있는지 보려 애쓰며 내가 말했다.

테렌스는 넌더리 난다는 표정으로 말했다. "오, 아무래도 다윈인 듯하군요."

나는 내가 완쾌되었다고 생각했는데 지금 보니 분명히 시차 증후군의 여파와 청각 장애가 남아 있는 모양이었다. "다시 한번만 말해주시겠습니까?" 나는 조심스레 말했다.

"다윈이요." 테렌스가 말했다. "오버포스 교수님은 다윈에게 나무에 올라가는 법을 가르쳤는데, 죄 없이 지나가는 배에 뛰어내린 것 같아요. 보트를 돌리세요, 네드." 테렌스는 내가 막 돌아온 방향을 가리켰다. "강둑에서 멀어지세요."

나는 강굽이와 그 아래 버드나무를 살펴보며 테렌스가 시키는 대로 했다.

"지난주에는 다윈이 코퍼스 크리스티 칼리지에 다니는 남자 둘과 여자 친구들이 타고 있는 삿대배 중앙에 쿵 하니 뛰어내렸다더군요." 테렌스는 강 중앙으로 노를 저으며 말했다. "시릴은 그런 일을 못마땅하게 여기고 있죠."

진짜로 시릴은 못마땅한 표정이었다. 녀석은 엉거주춤 일어서더니 버드나무 쪽을 바라보았다.

또다시, 이번에는 더 큰 게 첨벙 하는 소리가 들렸고 시릴은 경계하듯 귀를 착 달라붙였다. 나는 녀석의 시선이 머무는 곳을 바라보았다.

시차 증후군이 나타내는 증상에 관해 내가 잘못 알고 있거나 아니면 시각 장애가 새로운 차원으로 접어든 모양이었다. 나이 든 남자 한 명이 버드나무 아래 강물에서 허우적대며 이리저리 물을 튀겨대고 있었지만 별 소용이 없었다.

'맙소사, 저 사람은 정말로 다윈이잖아.' 나는 생각했다.

그 사람은 다윈처럼 대머리에 하얀 턱수염과 구레나룻을 길렀으며 검은색 프록코트 비슷한 것이 주변에 떠 있었다. 모자는 뒤집힌 채 몇 미터 떨어진 곳에 떠 있었는데 그 노인은 모자를 움켜쥐더니 물속으로 잠기고 말았다. 물 위로 나온 노인은 숨 막혀 하며 마구 팔을 흔들어댔고 모자는 더 멀리 떠내려가고 있었다.

"세상에, 저분은 제 지도 교수인 페딕 교수님이에요." 테렌스가 말했다. "빨리 보트를 돌리세요. 아니, 그쪽 말고요! 급해요!"

우리는 미친 듯이 노를 저었다(조금이라도 빨리 갈 생각에 나는 양손으로 강물을 저었다). 시릴은 마치 트라팔가르 해전에서 함교에 있던 넬슨 제독처럼 양철 가방 위에 앞발을 턱 올려놓고 있었다.

"멈춰요! 페딕 교수님을 지나치겠어요." 노를 배 옆쪽으로 밀쳐놓으며 테렌스가 말했다.

페딕 교수는 우리를 알아차리지 못했다. 페딕 교수의 외투는 마치 구명조끼처럼 부푼 채 물 위에 떠 있었지만 별 효과를 발휘하지 못하는 것이 분명했다. 페딕 교수는 세 번 넘게 물속으로 가라앉았고, 그 와중에도 한 손으로는 모자를 잡으려는 쓸데없는 짓을 했다. 나는 배 가장자리에 몸을 의지한 채 페딕 교수를 붙잡았다.

"옷깃을 잡았어요." 나는 소리쳤지만, 순간 워더가 내게 입혔던 옷 가운데 한 벌은 옷깃이 분리되게끔 되어 있다는 기억이 머릿속을 스치고 지나갔다. 그래서 대신에 페딕 교수의 프록코트 깃을 더듬거렸다. "잡았어요." 나는 페딕 교수를 잡아당기며 소리쳤다.

페딕 교수의 머리는 마치 고래처럼 물 위로 솟아올랐고, 헐떡거리며 우리에게 물을 뿜어 대는 모습 또한 고래와 똑같았다.

"'이윽고 인간과 천사에게 목격당한 뒤에 그는 으르렁거리며 솟아오르리라.'[66] 놓치지 마세요." 테렌스는 페딕 교수의 한 손을 붙잡아 올려 배 가장자리를 잡게 한 뒤, 또 다른 한 손을 찾으며 말했다. 나는 페딕 교수가 물을 뿜어내는 바람에 교수를 놓쳤지만 물 위로 솟구쳐 오르는 순간에 교수의 손을 잡아끌었고, 페딕 교수는 머리를 물 위로 내밀더니 마치 개처럼 푸르르 물을 털어냈다.

하지만 어떻게 해야 페딕 교수를 배에 올라타게 할 수 있을지 난감했다. 배의 가장자리가 급격하게 물 아래로 가라앉자 테렌스가 소리쳤다. "시릴, 안 돼! 네드, 도와줘요! 배가 가라앉는다고요. 아니, 놓지 마세요!" 하지만 배에 실은 짐이 바닥짐 역할을 해서 배가 뒤집히는 것을 막아준 게 분명했다. 심지어는 시릴이 마지막 순간에 상황이 어떻게 돌아가는지 보기 위해서 뱃전으로 가는 바람에 배 한 쪽에 무게를 더했음에도 불구하고 배는 가라앉지 않았다.

마침내 나는 페딕 교수의 한쪽 팔을 잡았고, 테렌스는 반대편으로 엉금

---

[66] 알프레드 테니슨, '크라켄'

엉금 접근하더니 배가 뒤집히지 않도록 대형 여행 가방을 발로 받치면서 교수의 다른 쪽 손을 잡았으며, 마침내 우리는 물에 흠뻑 젖은 불쌍한 교수를 배 안으로 끌어 올릴 수 있었다.

"페딕 교수님, 괜찮으세요?" 테렌스가 물었다.

"멀쩡하네. 고마워." 소매에서 물기를 짜내며 페딕 교수가 말했다. 내가 프록코트라고 생각했던 옷은 알고 보니 검은색 개버딘 천으로 만든 대학 가운이었다. "때맞춰 자네가 지나가다니 정말 행운이로구먼. 내 모자!"

"제가 가지고 있습니다." 테렌스는 물 쪽으로 몸을 기울이며 대답했다. 내가 모자라고 생각했던 것은 술까지 달린 대학모였다.

"짐 어딘가에 담요가 있는데…. 도슨이 챙겨준 기억이 나거든요." 테렌스가 자기 짐을 뒤지며 말했다. "그런데 물에서 대체 뭘 하고 계셨던 거죠?"

"빠져 죽고 있었지." 페딕 교수가 말했다.

"진짜로 그럴 뻔하셨어요." 양철 상자를 뒤지며 테렌스가 말했다. "그런데 어쩌다가 물에 들어가게 되셨어요? 빠지신 건가요?"

"빠졌냐고? 내가 빠진 거냐고? 밀린 거라네." 분통을 터뜨리며 교수가 말했다.

"밀려요?" 테렌스가 당황하며 말했다. "누구에게요?"

"누구긴 누군가, 그 사악하고 못돼 처먹은 오버포스지."

"오버포스 교수님이요?" 테렌스가 말했다. "왜 오버포스 교수님이 교수님을 물속으로 떠미셨나요?"

"더 큰 문제라니!" 페딕 교수가 말했다. "역사 연구에서 사실이란 하찮다? 용기와 의무, 신념도 중요하지 않다고? 역사학자는 더 큰 문제에 관해 관심을 보여야만 한다? 흥! 잡다하고 시시껄렁한 과학적 이야기. 모든 역사적 사실을 집단에 작용하는 자연력의 효과로 간단하게 정리할 수 있다니. 세상에! 몬머스 전투! 종교 재판! 장미전쟁! 자연력 때문이라니! 그리고 집단! 엘리자베스 여왕! 한니발!"

"처음부터 이야기해주시면 좋겠네요." 테렌스가 말했다.

"*Ab initio*(처음부터). 훌륭한 계획이야." 페딕 교수가 말했다. "월튼이 '마

125

음의 안식처요, 정신의 응원자이며 슬픔을 없애 주고 불안한 생각을 평온하게 해주는 방법'[67]이라고 표현하며 사색에 있어 완벽한 방법이라고 추천해준 방식대로, 나는 살라미스 전투에 관해 헤로도토스가 썼던 글을 주제로 한 내 연구 논문을 생각하려고 강으로 왔다네. 하지만 이런, 그렇게 하지 못했어. *Piscatur in aqua turbida*(물고기는 혼탁한 물에서 잡아라)라는 격언을 따르게 되었기 때문이지."

'이런, 맙소사.' 나는 생각했다. 제정신이 아닌데다 인용구를 남발하는 사람이 또 한 명 나타났군. 게다가 이번에는 라틴어라니.

"내 학생 가운데 한 명인 작은 터틀이 내게 말하길, 에이츠 연습을 하다가 여기 둑 쪽에서 흰색 모샘치를 봤다고 하더군. 멋진 친구지. 암송은 엉망인데다 습자 실력은 더욱더 가관이지만 물고기 방면으로는 확실하거든."

"가져왔을 줄 알았다니까." 초록색 담요를 꺼내며 테렌스가 말했다. "받으세요. 옷을 벗고 이 담요를 두르세요."

페딕 교수는 대학 가운의 단추를 끌렀다. "그 친구의 형인 큰 터틀도 똑같았다네. 참으로 지독한 습자 실력이었어." 페딕 교수는 한쪽 소매에서 팔을 빼내고 잠시 동작을 멈춘 채 특이한 표정을 짓더니 다른 쪽 소매 속으로 팔을 집어넣었다.

"그 친구가 낸 에세이는 언제나 잉크 얼룩투성이였어." 페딕 교수는 소매 안쪽 깊숙한 곳을 마구 더듬으며 말했다. "*Non omnia possumus omnus*(모든 사람이 모든 일을 다 할 수는 없다)를 '승합마차에는 주머니쥐를 태우면 안 된다'로 해석하더군." 페딕 교수는 마지막으로 거칠게 한 바퀴를 돌았다. "그 친구가 시험을 통과하리라고는 한 번도 생각해보지 않았지." 페딕 교수는 소매에서 팔을 꺼낸 뒤 손을 펴 흰색의 작은 물고기를 보여 줬다.

페딕 교수는 파닥거리는 물고기를 보며 말했다. "아 참, 우구비오 플루비아틸리스 알비누스가 있었지. 내 모자는 어디 있나?"

테렌스가 교수에게 대학모를 내밀었고 페딕 교수는 모자로 강물을 떠서

---

67 아이작 월튼, '완벽한 낚시꾼'

손에 있던 물고기를 그 안에 넣었다. "훌륭한 표본이지." 페딕 교수가 말했다. "큰 터틀은 지금 재무부 장관 보좌관이자 여왕님의 자문으로 일하고 있네."

나는 가만히 앉아서 교수가 물고기를 검사하는 장면을 바라보며 방금 우리가 물에서 구한 이 교수에 대해 놀라고 있었다. 정말 괴짜 옥스퍼드 교수였다. 지금은 멸종해버린 종이었다. 물론 던워디 교수를 생각해볼 수 있지만, 던워디 교수는 괴짜라기에는 너무나 분별력이 있었고, 나는 내가 조웻과 R. W. 로퍼가 있던 영광의 시대에 옥스퍼드에 있지 못했다는 사실에 늘 조금은 아쉬운 감이 있었다. 물론 가장 유명한 사람은 스푸너[68]였다. 표준 영어의 오용에 대한 특별한 재능 때문이었다. 스푸너는 자기 수업에 늦은 게으른 학생에게 '자네, 벌레 한 마리를 통째로 먹었군그래'[69]라고 말했으며, 어느 일요일 아침에는 찬송가를 듣더니 'Kinquering Kongs Their Tikles Tate'[70]라고 제목을 대기도 했다.

내가 가장 좋아하는 괴짜는 클로드 젠킨스[71]로서, 이 사람의 집은 너무나 어질러져 있어 어떤 경우에는 현관문을 열지조차 못할 정도였으며, 어떤 모임에 늦게 도착해서는 사과하며 '내 가정부가 방금 죽어서 부엌 의자에 기대놓고 왔는데, 내가 돌아갈 때까지 그대로 둬도 괜찮겠죠'라고 말했던 인물이다.

하지만 모두 개성 있는 사람들이었다. 논리학 교수였던 쿡 윌슨은 2시간 동안 계속해서 말을 한 다음 '지금까지의 서두에 이어서…'라고 했고, 수학 교수였던 찰스 도지슨은 빅토리아 여왕이 《이상한 나라의 앨리스》를 칭찬하며 또 다른 작품을 쓴 게 없냐고 묻자 〈행렬식의 압축〉이라는 제목의 자신이 쓴 수학 논문을 여왕에게 보냈다. 어떤 고전 문학 교수는 기압계를 세워놓지 않고 뉘어놓는 것이 아름답다고 생각하기도 했다.

---

68 윌리엄 아치볼드 스푸너. 옥스퍼드 대학 교수로 한 문장 안에서 단어의 발음을 서로 바꾸는 장난인 스푸너리즘으로 유명하다.

69 You have tasted a whole worm. 'You have wasted a whole term. 자네는 한 학기 전부를 낭비했어'에서 두문자를 바꾸어 말한 것이다.

70 'Conquering Kings Their Titles Take'를 두문자를 바꾸어 말한 것이다.

71 성공회 목사이자 역사가. 옥스퍼드 대학의 교회사 흠정 교수였다.

그리고 물론 버클랜드[72]를 빼놓을 수 없다. 이 사람은 집 안에 동물원을 만들어놓았으며 자신이 훈련시킨 독수리를 무척이나 자랑스러워했는데, 이 독수리는 아침 기도 중인 크라이스트 처치 성당의 복도를 날개를 반쯤 편 채 날아다녔다(그 당시의 교회는 신나는 곳이었음이 틀림없다. 아마도 비트너 주교도 코번트리 성당에 나오는 사람들이 줄어들었을 때 동물들을 보여줘야 하지 않았을까? 아니면 스푸너리즘을 소개하든가 말이다).

하지만 나는 그런 사람들을 진짜로 만나게 될 줄은 꿈에도 생각지 못했으며 여기 이 사람은 그 훌륭한 예로서, 대학모 안에서 헤엄치는 물고기를 흥미롭게 바라보며 역사에 대한 주제로 일장 연설을 하고 있었다.

"오버포스는 역사의 연구에 있어 왕, 전투, 사건의 연대기는 진부하다는 이론을 내놓았다네." 페딕 교수가 말했다. "그자는 말하길 '다윈은 생물학에 일대 혁신을 가져왔으며….'"

다윈? 오버포스 교수가 나무에 오르는 법을 가르쳤다는 그 다윈인가?

"'…역사학도 혁신되어야 한다'고 주장하더군. '더 이상 날짜나 사건, 사실의 연대기여서는 안 된다. 진화론에서는 핀치나 화석보다 중요한 것이 없다'고 하면서 말일세."

'사실 무척 중요하지.' 나는 생각했다.

"오버포스는 '역사 이론에서 중요한 점은 그 아래 숨어 있는 법칙이고, 그 법칙은 자연력'이라고 하더군. 그래서 내가 물었지. '하지만 역사의 선악을 가늠하는 사건의 경우는 어떠냐?'고 말일세. 그랬더니 그자는 '사건은 아무 관계가 없다'고 말하더군. 율리우스 카이사르의 암살! 레오니다스 장군의 테르모필라이 항전![73] 이런 것이 역사와 아무 관계가 없다니!"

가운을 말리려고 짐 위에 펼치면서 테렌스는 말했다. "그러니까 교수님께서는 강가에서 낚시하고 계셨는데, 오버포스 교수님이 다가와서 교수님을 강물에 떠민 건가요?"

---

72 윌리엄 버클랜드. 지질학자. 웨스트민스터 수도원의 원장이었다.
73 기원전 480년, 스파르타의 레오니다스 장군이 인솔하는 그리스군은 테르모필라이에서 페르시아군과 싸워 전멸했다.

"그렇다네." 페딕 교수가 부츠를 벗으며 말했다. "난 버드나무 아래에 서서 벌레를 낚싯바늘에 끼우고 있었어. 모샘치는 붉은 지렁이를 좋아하지만 벚나무깍지벌레도 좋아하거든. 그때 그 멍청한 다윈이, 마치 사탄의 하수인이 '영묘한 하늘로부터 거대한 잔해와 연기와 함께 불을 뿜으며 다가오듯'[74] 나뭇가지에서 내 쪽으로 똑바로 뛰어든 거야. 그러고는 사방으로 물을 튀기는 바람에 낚싯대를 놓쳤지." 페딕 교수는 음울한 눈으로 시릴을 바라보았다. "개가 문제야!"

개였군. 고마운 마음이 들 지경이었다. '다윈'은 오버포스 교수의 개 이름이었다. 하지만 아직 왜 그 개가 나무에서 뛰어내렸는지 그 이유는 알지 못했다.

"그 녀석, 언젠가는 사람을 죽이고야 말 거야." 페딕 교수는 양말을 벗어 쥐어짜더니 다시 신었다. "지난주 화요일에는 브로드 스트리트에 있는 나무에서 뛰어내려 트리니티 칼리지에서 근무하는 회계원을 넘어뜨렸다네. 오버포스 교수는 완전히 정신이 나간 사람이야. 자기가 버클랜드 교수인 줄 착각하는 거라고." 페딕 교수가 말했다. "버클랜드가 여러 가지 잘못을 저지르긴 했지만 그래도 자기 곰에게 나무에서 뛰어내리게 훈련을 시키지는 않았지. 티글라트 필레세르[75]는 언제나 점잖게 행동했고 자칼들도 그랬다네. 비록 사람들은 버클랜드의 집에서 식사하길 원하지는 않았지만 말이야. 모르고 악어 요리를 먹을 수도 있거든. 어느 날인가 디너 파티에서는 고기 요리로 들쥐가 나오더군. 하지만 그 친구에겐 멋진 붕어가 두 마리 있었지."

"다윈이 교수님을…." 테렌스는 원래 주제로 돌아가기 위해 말을 거들었다.

"그렇다네. 그리고 내가 돌아보니까 버클랜드가 키우는 하이에나처럼, 오버포스 그 작자가 낄낄거리고 있지 않겠나? '물고기 잡으시나? 쯧쯧, 그렇게 한가로이 시간을 보내서는 결코 하빌랜드 체어를 얻지 못할 거요.' 오버포스가 지껄이더군. 그래서 내가 대답했지. '나는 살라미스 전투에서 테미스토클레스가 페르시아군을 속인 효과에 관해 생각하고 있었소.' 그랬더니

---

74 밀턴, 《실낙원》
75 아시리아의 왕이었으며, 또한 버클랜드 교수가 키우던 곰 이름이기도 하다.

그자가 대답하더군. '물고기를 잡는 것보다 더 게으른 행동이군. 역사란 더 이상 단순한 사건들의 연대기가 아니오. 과학이란 말이오.'"

"내가 말했다네. '단순한 사건! 당신은 그리스가 페르시아 함대를 대파한 것이 단순한 사건이라고 생각하오? 그 사건은 이후 수백 년간 역사의 진로를 정했단 말이오!' 오버포스는 내가 한 말을 잊어버리려는 듯 손사래를 치더군. '사건은 역사 이론과 아무 관계가 없소이다.' 그래서 내가 또 물었지. '당신은 아쟁쿠르 전투[76]가 역사와 아무 관련이 없다고 생각하시오? 크림 전쟁이 그렇소? 아니면 스코틀랜드의 메리 여왕 처형은 어떻소?' 그러자 오버포스는 이렇게 말하더군. '사소한 거요. 다윈이나 뉴턴에게 사소한 일이 문제가 됐을 것 같소?'"

하지만 사실 사소한 일은 중요했다. 슈라프넬 여사가 즐겨 말하듯, '신은 사소해 보이는 바로 그곳에 계시는' 것이다.

페딕 교수가 계속 말을 했다. "내가 말했지. '다윈! 뉴턴! 당신은 스스로든 예를 통해서 당신 자신의 주장을 반증하고 있소. 역사에서 문제가 되는 것은 개개인이지 집단이 아니란 말이오. 역사의 진로를 정하는 것은 자연력이 아닌 다른 것들이란 말이외다. 용기와 명예와 신념은 어떻소, 악행과 비겁함과 야망은?'"

테렌스가 끼어들었다. "사랑도요."

페딕 교수가 말했다. "물론이지. '안토니우스와 클레오파트라의 사랑은? 그 모든 것이 역사와 무관하단 말이오? 리처드 3세의 악행은 어떻소? 잔 다르크의 열정은? 이 모든 것은 개개인이지 집단이 아니며 모두가 역사에 영향을 미쳤소이다!' 물에 빠진 그 작자에게 물었다네."

"물에 빠졌다고요?" 내가 얼이 빠져 물었다.

테렌스도 따라 물었다. "오버포스 교수님을 강물에 미셨어요?"

"내가 오버포스를 민 행동은 사건이자, 사고요, 사실이라네." 페딕 교수가 말했다. "따라서 오버포스의 이론과 무관하지. 물에 빠져 건져달라는 그

---

76 1415년 프랑스 북부 아쟁쿠르에서 헨리 5세가 이끄는 영국군이 수적인 열세에도 불구하고 프랑스군을 대파한 전투로, 셰익스피어의 《헨리 5세》의 주요 무대

자에게 말해줬다네. '자연력은 집단에게만 작용하오.'"

"맙소사!" 테렌스가 말했다. "보트를 돌려요, 네드. 돌아가야만 해요. 오 버포스 교수님이 물에 빠져 돌아가시지 않았어야 하는데."

"물에 빠져 죽어? 불가능하지! 익사는 그자의 역사 이론에서는 중요한 것이 아닐세. 비록 백포도주 통에 클래런스 공작[77]이 빠져 죽은 것은 역사 에서 중요하지만 말이야. '살인은 어떻소? 도움은? 이 둘은 의도와 도덕을 요구하며 그것은 당신이 그 존재를 거절해서 무의미하외다. 당신의 이론에 서 목적과 계획과 기본 도안은 어디에 있는 거요?' 물을 튀기며 살려달라고 손을 흔드는 그자에게 내가 말했다네. '난 알고 있었소! 당신의 역사 이론 은 그랜드 디자인에 관한 주장일 뿐이란 걸 말이오.' 허우적대며 그 작자가 묻더군. '그래서 그랜드 디자인에 대한 증거가 없단 말이오?' 그자를 꺼내 주기 위해 손을 내밀며 내가 말했다네. '당신의 역사 이론에서는 그저 우연 만이 존재한단 말이오? 자유의지란 없소? 자비로운 행동도 없고?' 오버포 스를 둑으로 끌어내며 내가 말했지. '이제 분명 당신은 개인과 사건이 역사 에 무관하지 않다는 사실을 알게 되었을 거요.' 나는 조용히 이성적으로 말 했어. 그랬더니 그 악당 놈이 나를 물에 밀어 넣었다네!"

"하지만 그분은 멀쩡하신 거죠?" 테렌스가 초조한 듯 물었다.

"멀쩡하냐고?" 페딕 교수가 말했다. "그자는 고집불통에 무식하고 건방 진데다 자기만 알고 철도 안 든 악당이란 말일세! 그런데 멀쩡하냐고?"

"제 말은, 그분이 물에 빠져 죽을 위험이 없냐는 겁니다."

"물론 아니지." 페딕 교수가 말했다. "그자는 하빌랜드 위원회에 그 엉터 리 이론을 설명하러 갔을 게 틀림없네! 물에 빠져 허우적거리는 나를 두고 말이야! 만약 자네들이 때맞춰 오지 않았다면 난 클래런스 공작의 운명을 그대로 따라갔을걸세. 그리고 오버포스 그 악당 놈은 하빌랜드 체어를 차 지했겠지."

"여하튼 누가 누굴 죽인 건 아니군요." 테렌스가 말했다. 테렌스는 회중

---

77 자신의 형 에드워드 4세에 대항해 음모를 꾸미다가 사형당했다. 사형은 비밀리에 이루어졌고, 클래런스 공작이 백포도주 술통에 빠져 죽었다는 소문이 돌았다.

시계를 초조한 듯 바라보았다. "네드, 키를 잡으세요. 교수님을 집에 모셔다드리고 오후가 가기 전에 이플리로 돌아가려면 서둘러야 해요."

'좋았어.' 나는 생각했다. 폴리 브리지로 돌아가면 뱃멀미를 한다거나 병이 재발했다거나 여하튼 뭔가 변명거리를 만들어 이플리에 갈 수 없다고 한 다음, 기차역으로 가야지. 그리고 내가 만나기로 내정된 상대가 아직 그곳에 있기를 기대하는 수밖에.

"이플리!" 페딕 교수가 말했다. "바로 거기야! 황어 무리 낚시에 딱 맞는 곳이지. 이플리 수문에서 1킬로미터쯤 떨어져 있는 곳에서 꼬리가 갈라진 송어를 봤다고 작은 터틀이 말하더군."

"하지만 돌아가셔야 하지 않나요? 젖은 옷도 갈아입으셔야 하잖아요." 테렌스가 마뜩잖은 목소리로 말했다.

"괜찮네. 거의 말랐어. 그리고 이건 놓치기 아까운 기회일세. 짐작건대, 자네 낚싯줄과 미끼는 가지고 있겠지?"

내가 말했다. "하지만 오버포스 교수님은 어쩌고요? 그분이 걱정하지 않으실까요?"

"하! 그자는 집단에 대한 논문을 쓰고 자기 개에게 자전거 타는 법을 가르치기 위해 돌아갔다네! 집단! 역사는 개인에 의해서 만들어지는 것이지 집단에 의해서 만들어지는 것이 아닐세! 넬슨 제독, 카트린 드 메디시스[78], 갈릴레오!"

테렌스는 회중시계를 초조하게 바라보았다. 테렌스가 말했다. "감기에 안 걸릴 자신이 있다 하셔도, 문제는 제가 이플리에서 2시 정각에 약속이 있다는 거죠."

"그렇다면 '길을 재촉하게나, 그럴 수 있을 때!' *Vestigia nulla retrorsum* (후퇴란 없다)." 페딕 교수의 말에 테렌스는 결연한 표정으로 노를 잡았다.

버드나무는 점차 줄어 덤불에서 풀밭이 되었고, 강의 기다란 커브를 돌고 나니 앞쪽으로 회색의 교회탑이 보였다. 이플리였다.

---

[78] 프랑스 왕 앙리 2세의 왕비. 가톨릭과 위그노의 전쟁에서 가장 큰 영향력을 행사한 사람으로 꼽힌다.

나는 회중시계를 꺼내 로마 숫자를 들여다보았다. II시가 되기까지 5분이 남았다. 적어도 테렌스는 약속 시각에 맞출 수 있었다. 내 상대도 날 기다려 주면 좋겠는데.

"멈추게!" 교수가 말하며 보트에서 일어섰다.

"일어나지 마세…." 테렌스는 말을 하다 말고 노를 덜거덕거리며 놓았다. 나는 교수를 붙든 채 발 아래로 떨어지는 바닥 깔개를 잡았다. 보트는 위험하게 흔들렸으며 강물이 뱃전을 넘어 들어왔다. 시릴은 멍한 눈을 끔벅거리더니 비틀비틀 일어섰다. 하필이면 이런 때 움직이다니.

"앉으세요." 내 명령에 페딕 교수는 당황한 듯 주위를 둘러보더니 자리에 앉았다.

"세인트트루웨즈, 우리는 즉시 보트를 강기슭에 대야만 하네." 교수는 강둑을 가리키며 말했다. "보게나."

우리 모두는, 심지어 시릴마저도 야생 당근과 미나리아재비로 덮여 있는 풀밭을 바라보았다.

"보게나! 블레넘 들판 이미지 그대로일세. 저쪽은 존더하임 마을이고 그 너머는 네벨 브룩이지. 이것은 내 요지를 정확히 뒷받침하고 있다네. 맹목적인 힘이라니! 말버러 공작[79]이 승리를 거두었던 그곳일세! 자네 연습장 가지고 있나? 낚싯줄도?"

"나중에 하는 것이 좋지 않을까요? 오늘 오후 이플리에 갔다 온 다음에요."

"탈라르[80]에 대항한 공격은 오늘처럼 이른 오후에 일어났네." 교수는 부츠를 신으며 물었다. "미끼는 어떤 걸 가져왔나?"

"하지만 시간이 없습니다. 저는 이 약속을…."

"*Omnia aliena sunt, tempus tantum nostrum est*(우리에게 있는 건 시간뿐일세)." 교수가 인용했다.

---

79 제1대 말버러 공작 존 처칠. 영국의 장군이자 정치가로 프랑스 루이 14세와의 전쟁에서 영국군과 그 동맹군을 지휘하여 승리로 이끌었다. 특히 블레넘 전투(1704)가 유명하다.
80 카미유 도스퇸 드 탈라르 공작. 프랑스-바이에른 군대의 전체 지휘관의 위치에 있었으나 블레넘 전투에서 패했다.

나는 테렌스 쪽으로 몸을 숙여 말했다. "우리를 여기에 남겨두고 약속을 마친 뒤에 돌아오세요."

테렌스는 얼굴이 환해지며 고개를 끄덕이더니 둑 쪽으로 보트를 저어 갔다. "하지만 키를 잡기 위해선 당신이 필요해요." 테렌스가 말했다. "페딕 교수님, 전투에 관한 연구를 하실 수 있도록 강가에 내려드린 뒤, 저희는 이플리에 갔다 돌아올게요." 테렌스는 보트를 댈 곳을 바라보기 시작했다.

페딕 교수가 올라갈 수 있을 만큼 완만한 경사가 있는 장소를 찾는 데 무한한 시간이 흘렀으며 낚시 도구를 설치할 만한 곳을 찾는 데는 더 오래 걸렸다. 테렌스는 글래드스턴 가방을 뒤지며 초조한 듯 회중시계를 들여다 보았고, 나는 양철 상자를 뒤지며 낚싯줄과 곤충 미끼 상자를 찾았다.

"찾았어요!" 테렌스는 곤충 미끼 상자를 페딕 교수의 주머니에 쑤셔 넣 더니 노를 잡고는 둑 쪽의 평평한 곳으로 배를 저어 갔다.

"육지다!" 테렌스는 벌떡 일어나 한 발로 진흙 둑을 딛고 말했다. "내리 세요, 교수님."

페딕 교수는 모호하게 주변을 둘러보더니 대학모를 쓰려고 했다.

"기다리세요!" 내가 대학모를 빼앗으며 말했다. "사발 같은 거 없어요, 테렌스? 흰색 모샘치를 넣어야죠."

내 말에 테렌스는 판지 상자를, 나는 내 여행용 손가방을 뒤지며 다시 짐을 들쑤셨다. 손가방에는 풀 먹인 옷깃 두 개, 내가 신기에는 너무 작은 크기의 에나멜가죽 신발 한 켤레, 칫솔이 들어 있었다.

시릴은 뚜껑 덮인 바구니에 코를 대고 킁킁댔다. 음식이(그리고 아마도 음식을 요리하기 위한 냄비가) 들어 있는 모양이었다. 나는 선미 쪽과 의자 밑에 있는 잡동사니들을 뒤져보았다. 뱃머리 쪽에 내가 찾는 것이 있었다. 나는 그쪽으로 손을 뻗었다.

"주전자가 있었군요!" 테렌스가 손잡이를 잡아 든 채 말했다. 테렌스는 주전자를 내게 건네주었다.

나는 모자의 물고기와 물을 주전자로 옮긴 다음 대학모를 페딕 교수에 게 건네주었다. "지금 당장은 쓰지 마세요. 물이 마를 때까지 기다리세요."

"재주 있는 학생이로구먼. *Beneficiorum gratia sempiterna est*(자네가 베푼 친절에 영원히 감사하겠네)."

"상륙할 분은 상륙하세요." 테렌스는 내가 주전자를 내려놓기도 전에 페딕 교수를 둑에 내리게 했다.

"1시간쯤 걸릴 겁니다. 어쩌면 2시간이 될지도 모르고요." 테렌스는 다시 보트에 올라타 노를 잡으며 말했다.

"나는 여기에 있겠네. *Fidelis ad urnum*(믿을 만한 그릇이로군)." 페딕 교수는 둑 가장자리에 서서 말했다.

"물에 다시 빠지시지는 않겠죠?" 내가 물었다.

"그러시지는 않을 겁니다." 테렌스는 별 확신이 안 서는 말투로 대답하더니 마치 대학 대항 보트 경주에 참여라도 한 듯이 열심히 노를 저었다.

우리는 코안경을 쓰고 땅에 있는 뭔가를 내려다보고 있는 페딕 교수로부터 빠르게 멀어져 갔다. 페딕 교수의 미끼 상자가 교수의 주머니에서 떨어져 둑에서 멀어진 채 둥둥 떠내려가고 있었다. 교수는 상자를 잡기 위해 손을 뻗쳤다.

"어쩌면 우리는…." 테렌스는 젖 먹던 힘을 다해 강굽이를 돌았고 저편으로 교회와 아치형 돌다리가 보였다.

"메링 양은 다리에서 기다리겠다고 했어요. 어떤 여자가 서 있는 모습이 보이나요?" 헐떡거리며 테렌스가 말했다.

나는 손으로 빛을 가리고 다리 쪽을 바라보았다. 다리의 북쪽 끝에 누군가가 서 있었다. 우리는 다리로 빠르게 노를 저어 갔다. 젊은 여인이 흰색 파라솔을 들고 서 있었다. 흰색 드레스를 입고서.

"메링 양이 있어요?" 노를 잡아당기며 테렌스가 말했다.

그 여인은 파란 꽃이 꽂힌 흰색 모자를 썼으며 모자 아래의 적갈색 머리칼은 햇살 아래서 빛나고 있었다.

"제가 너무 늦었나요?" 테렌스가 말했다.

"아니요." 하지만 나는 늦었죠. 내가 생각했다.

그 여인은 내가 본 가운데 가장 아름다운 피조물이었다.

6

Non semper ea sunt quae videntur.
(겉만 보고는 알 수 없는 법)

— 파이드루스

잉글랜드 장미 한 송이 ─ 주름 장식 ─ 보트를 지키게 된 시릴 ─ 내세에서 온 소식 ─
명소 관광 ─ 집사 ─ 표지판과 전조 ─ 시골 교회의 부속 묘지에서 ─ 뜻밖의 사실 ─ 가명 ─
설명 ─ 물에 젖은 일기장 ─ 잭 더 리퍼 ─ 문제 ─ 갈대밭 속의 모세 ─ 더 많은 가명 ─
예상치도 못한 상황으로 전개되다

내가 본 가장 아름다운 피조물은 '나이아스'라고 말했다는 사실을 나도 기억하고 있지만, 그 여자는 물에 젖은데다 더러웠으며, 비록 라파엘 전파[81]풍의, 호수에서 빠져나온 것처럼 보이기는 했지만 누가 뭐래도 21세기 여자였다.

다리 위에 있는 저 여자가 19세기 여자인 게 분명하듯 말이다. 제아무리 염소 가죽 장갑을 낀 손으로 질질 끌리는 하얀색 치마를 잡고 있다 할지라도, 제아무리 고상한 목 위로 머리를 꼿꼿하게 세우고 있다 할지라도, 역사학자는 다리 위에 있는 저 여자의 고요함이나 티 없이 맑은 순수함을 따라잡을 수 없는 법이다. 저기 서 있는 여자는 오직 한 시대에서만 자라날 수 있는, 빅토리아 시대 후기의 선택된 온실 환경에서만 살아남을 수 있도록 적응한 섬세한 꽃과 같았다. 손상되지 않은 꽃, 활짝 핀 한 송이의 잉글랜드 장미이자 한 가문의 천사였다. 이런 여자는 얼마 지나지 않아 멸종되

81 1848년에 젊은 영국 화가들이 결성한 단체로, 라파엘로와 미켈란젤로풍의 왕립 미술원의 역사화가 상상력도 없고 너무 인위적이라고 여기고 이에 반발하여 만들어졌다.

136

고, 블루머[82]를 입고 자전거를 타거나 담배를 피우는 말괄량이들, 참정권을 주장하는 여자들이 그 자리를 채울 것이다.

지독한 우울함이 나를 휩쓸고 지나갔다. 나는 결코 저 여자와 사귈 수 없다. 내 기준으로 보자면 저곳에 서서 순백의 양산을 들고 맑은 녹갈색 눈빛으로 이쪽을 바라보고 있는 젊고 아름다운 저 여자는 오래전에 테렌스와 결혼했고, 또한 죽어 언덕 위에 있는 교회의 부속 무덤에 묻힌 지 한참이 지났다.

"좌현으로." 테렌스가 말했다. "아니요, 좌현이라니까요!" 테렌스는 다리 옆으로 부지런히 노를 저었다. 그곳에는 배를 대기 위해 만든 듯한 말뚝이 몇 개 박혀 있었다.

나는 질퍽거리는 진흙으로 뛰어들어 말뚝에 로프를 묶었다.

테렌스와 시릴은 이미 보트에서 내렸고, 다리를 향해 가파른 둑을 오르고 있었다.

나는 볼품없이 로프 매듭을 지으면서, 핀치가 준 잠재의식 학습 테이프에 반매듭법이나 줄임매듭같이 배를 묶는 방법에 대한 교육이 들어 있었더라면 얼마나 좋았을까 생각했다.

'지금은 빅토리아 시대야.' 나는 스스로에게 상기시켰다. 사람들은 서로를 믿으며, 진솔한 청년은 여자를 얻고, 아니 어쩌면 다리 위에서 그 아가씨에게 벌써 키스를 했을 수도 있는 그런 시대지.

테렌스는 그러지 않았다. 이 친구는 진흙 둑에 서서 막연히 주위를 둘러보았다. 테렌스는 절세의 미인을 똑바로 바라보며 말했다. "메링 양이 안 보여요. 하지만 사촌 언니는 와 있고 마차가 보이는군요." 테렌스는 교회 옆의 언덕에 서 있는 무개 마차를 가리키며 말했다. "그러니 분명 메링 양도 여기 어디에 있을 거예요. 지금 시간이 어떻게 됐죠?" 테렌스는 회중시계를 꺼내 보았다. "설마 여기에 올 수 없다고 말하게 하려고 사촌 언니를 보낸 건 아니겠죠. 만약 메링 양이…." 테렌스가 갑자기 환한 웃음을 띠었다.

82 여성, 아동용의 짧은 바지

주름 장식으로 뒤덮인 여자 한 명이 둑 위에서 나타났다. 그 여자가 입은 하얀 드레스는 치마며 허리며 소매가 온통 주름 장식이었다. 끼고 있던 짧은 흰색 장갑은 물론이고 들고 있는 양산도 주변을 돌아가며 모조리 주름 장식이었고, 모든 주름은 마치 전쟁터에서 깃발이 휘날리듯 펄럭이고 있었다. 쓰고 있는 모자에는 주름 장식이 없었지만 이를 보충하기라도 하려는 듯 커다란 분홍색 리본 한 묶음이 달려서 펄럭였고, 모자 아래로 보이는 곱슬거리는 금발은 자그마한 바람에도 나부꼈다.

"보세요, 언니. 세인트트루웨즈 씨예요." 그 여자는 말을 하더니 모든 주름을 펄럭거리며 경사를 내려오기 시작했다. "꼭 오실 거라고 제가 말했잖아요!"

"토시." 흰옷을 입은 절세미인이 가로막았지만, 토시는 이미 주름 장식이 달린 스커트를 들어 올리고 우아한 종종걸음으로 예선로로 접어들었다. 살짝 들어 올린 스커트 아래로 작은 흰색 부츠의 앞부리가 약간 보였다.

토시는 강둑 가장자리에서 멈추더니 우리 쪽을 향해 속눈썹을 파르르 떨면서 시릴을 불렀다. "울 예쁜 강아지가 토시 누날 보러 완나여? 토시 누나가 울 귀염둥일 얼마나 보고 시퍼 햇따고여."

시릴은 깜짝 놀란 듯 보였다.

토시는 정답게 속삭였다. "시릴은 차칸 아이져? 하지만 시릴의 주인 아찌는 장난꾸러기에 못된 사람이여. 아무리 기다려도 오지 안네여."

"좀 늦었습니다." 테렌스가 끼어들었다. "페딕 교수님께서….."

"토시는요, 그 늑장꾸러기 소년이 토시를 완전히 잊은 건 아닌지 무척이나 겁이 났쪄요, 그렇져, 시릴?"

시릴은 포기했다는 듯한 눈초리로 테렌스를 바라보더니 머리를 쓰다듬어달라는 듯 느릿느릿 토시 쪽으로 다가갔다.

"어머! 어머!" 토시의 감탄사는 빅토리아 시대 소설 어디선가 본 것과 똑같았다. "어머!"

시릴은 멈춰 서더니 어리둥절한 듯 테렌스를 바라보고는 다시 토시에게 다가가기 시작했다.

"저리 가, 이 나쁜 개야!" 토시는 입술을 오므리고는 조그맣게 소리쳤다. "저 못된 아이가 내 드레스를 엉망으로 만들겠네. 실크 모슬린으로 만든 건데." 토시는 치마를 펄럭이며 시릴로부터 치마를 치웠다. "아빠가 파리에서 사 오신 거란 말이야."

테렌스는 앞으로 돌진해 가서 이미 뒷걸음치고 있는 시릴의 목걸이를 잡았다. "메링 양을 겁주다니." 테렌스는 엄하게 말하더니 코앞에 대고 손가락을 흔들었다. "시릴의 무례한 행동에 사과드립니다." 테렌스가 말했다. "그리고 제가 지각한 것도요. 물에 빠져 죽을 뻔한 제 스승님을 구해야만 했습니다."

사촌 언니가 나타났다. "안녕, 시릴." 사촌 언니는 상냥하게 말하더니 몸을 굽혀 시릴의 귀 뒤쪽을 긁어주었다. "안녕하세요, 세인트트루웨즈 씨. 다시 만나서 반가워요." 토시의 아기 말투와 달리, 조용하고 교양 있는 목소리였다. "여기 오셨다는 건 아주먼드 공주를 발견하셨다는 뜻인가요?"

"네, 말해주세요. 길 잃은 우리 불쌍한 주주를 찾아내셨나요?" 토시가 뒤늦게 말했다.

"안타깝게도, 아닙니다." 테렌스가 말했다. "하지만 계속해서 찾아볼 생각입니다. 이분은 헨리 씨입니다. 헨리 씨, 메링 양과 브라운 양입니다."

"처음 뵙겠습니다, 메링 양, 브라운 양." 나는 말을 하면서 잠재의식 학습 테이프가 가르쳐준 대로 내 밀짚모자에 가볍게 손을 대 인사했다.

"헨리 씨와 저는 보트를 빌렸습니다." 테렌스는 배 끄트머리가 간신히 보이는 다리 아래쪽을 가리키며 말했다. "그리고 템스강을 샅샅이 뒤져볼 생각입니다."

"정말 친절하시군요." 브라운 양이 말했다. "하지만 오늘 저녁 저희가 집으로 돌아갈 때쯤이면 우리 고양이는 분명 안전하고 건강하게 돌아올 거예요."

"집이라고요?" 실망한 목소리로 테렌스가 말했다.

"네!" 토시가 말했다. "저희는 오늘 저녁에 뮤칭스 엔드로 돌아가요. 엄마가 그곳에 가 있으라고 하셨거든요."

"나쁜 일이 있어서 집으로 돌아가는 것이 아니었으면 좋겠군요." 테렌스가 말했다.

"오, 아니에요." 토시가 말했다. "그런 내용이 아니었어요. 내세에서 온 소식이었답니다. '뮤칭스 엔드로 돌아가서 행복한 운명을 기다려라'라는 내용이었죠. 그래서 엄마는 즉시 떠나기로 결심하신 거고요. 저희는 오늘 저녁에 기차를 타기로 했어요."

"맞아요." 브라운 양이 말했다. "저희는 이리토스키 여사님의 집으로 돌아가야 해요." 그리고 브라운 양은 염소 가죽 장갑을 낀 손을 내밀었다. "아주먼드 공주를 찾는 데 도움을 주셔서 감사드려요. 그리고 만나서 반가웠습니다, 헨리 씨."

"오, 하지만 지금 당장 갈 필요는 없잖아요, 베리티 언니. 우리 기차는 6시 30분에 출발해요. 세인트트루웨즈 씨와 헨리 씨는 교회를 못 보셨어요."

"이리토스키 여사님의 집까지는 멀어." 브라운 양이 반대했다. "그리고 티타임에 꼭 오라고 네 어머니가 신신당부하셨잖아."

"시간은 많아요." 토시가 말했다. "베인에게 아주 빨리 마차를 몰라고 하면 돼요. 교회를 보고 싶지 않으세요, 세인트트루웨즈 씨?"

"보고 싶습니다." 테렌스는 강력하게 말했다. 시릴은 그 둘 사이로 행복한 듯 걸어 들어갔다.

토시는 살짝 망설였다. "시릴은 보트에 있으면 안 될까요?"

"아, 물론 되고말고요." 테렌스가 말했다. "시릴, 넌 여기에 남아 있어."

"교회의 부속 묘지 입구 바깥에서 기다릴 수도 있어요." 하지만 내 말은 아무 소용이 없었다. 테렌스의 마음은 이미 저만치 앞서가 있었다.

"여기 있어, 시릴." 테렌스가 명령했다.

시릴은 율리우스 카이사르가 브루투스를 쳐다보았을 법한 눈초리로 테렌스를 보더니, 그늘 한 점 없는 둑에 엎드려 앞발 위에 머리를 내려놓았다.

"그 어떤 나쁜 사람도 보트를 훔쳐 가지 못하게 하렴." 토시가 말했다. "넌 용감무쌍한 개잖니." 토시는 양산을 펴고 길을 올라갔다. "최고로 멋진 아담한 교회예요. 무척이나 흥취 있고 고풍스럽죠. 이곳을 보기 위해 멀리

140

서도 사람들이 온답니다. 전 정말로 명소를 찾아다니며 보는 걸 좋아해요. 세인트루웨즈 씨는 어떠세요? 다음 주에는 햄프턴 코트에 데려가겠다고 엄마가 약속하셨어요." 토시는 언덕을 올라가며 테렌스와 이야기를 나눴고, 절세의 미인과 내가 그 뒤를 따라갔다.

교회에 관해 토시가 한 말은 정확했으며 여기저기 붙어 있는 글귀들을 볼 때 '이곳을 보기 위해 멀리서도 사람들이 찾아온다'는 말도 맞았다. 언덕 어귀부터 '길을 벗어나지 마시오'라고 손으로 쓴 표어가 붙어 있었다. 그다음에는 '예배 중일 때는 구경할 수 없음'과 '풀밭으로 들어가지 마시오', '꽃을 꺾지 마시오'라는 표어가 보였다.

"엄마는 햄프턴 코트에 있는 갤러리에서 강신회를 열 거라고 말씀하셨어요. 캐서린 하워드[83]의 유령이 그곳을 돌아다니잖아요. 그 여자는 헨리 8세의 부인 가운데 한 명이었대요. 헨리 8세는 부인이 여덟 명이나 있었죠. 베인은 여섯 명이라고 주장하지만, 만약 베인 말이 사실이라면 이름이 왜 헨리 8세였겠어요?"

나는 토시의 말을 들으며 부드럽게 웃고 있는 브라운 양을 바라보았다. 머리를 맞댈 만큼 가까이서 보니 브라운 양은 더욱더 아름다워 보였다. 그녀의 모자에는 베일이 드리웠고 그 순백의 베일 뒤로 보이는 적갈색 머리칼과 깨끗한 피부, 분홍색 뺨은 거의 천상에서 내려온 존재 같았다.

"헨리 8세의 부인들은 모두가 목이 잘려 죽었어요." 토시가 말하고 있었다. "목이 잘려 죽는다면 끔찍할 거예요." 토시는 자신의 곱슬거리는 금발을 살짝 흔들었다. "그 사람들은 머리를 짧게 깎인 다음 아무런 장식도 없는 끔찍할 정도로 밋밋한 속옷을 입었대요."

'물론 주름 장식도 없었겠죠.' 나는 생각했다.

"저는 캐서린 하워드의 머리만 떠다니는 게 아니면 정말로 좋겠어요." 토시가 말했다. "어떤 경우에는 영혼 전체가 나타나지 않을 수도 있거든요. 뮤칭스 엔드에 노라 라이언이 찾아왔을 때, 그 여자는 손만 나타났죠. 아코디

---

83 헨리 8세의 다섯 번째 부인. 부정을 저질렀다는 이유로 사형당했다.

언을 연주했어요." 토시는 수줍어하며 테렌스를 바라보았다. "어제저녁에 영혼이 저에게 뭐라고 했는지 아세요? 제가 낯선 사람을 만날 거라고 했어요."

"그 밖에 또 무슨 말을 했죠?" 테렌스가 물었다. "아마 건장하고 햇빛에 그을린 피부의 멋진 남자를 만난다고 했겠군요."

"아니요. '조심하라'는 말과 함께 'C'라는 글자를 보여줬어요. 엄마는 그게 아주먼드 공주에 대한 메시지라고 생각하지만, 저는 바다[84]에 관한 이야기라고 생각해요. 하지만 이 근처에는 바다가 없으니까 아마도 강을 통해서 낯선 사람이 온다는 뜻인 듯해요."

"바로 저를 뜻하는 거군요." 아무래도 테렌스는 너무 앞서 나가는 듯했다.

＊

우리는 언덕 꼭대기 근방에 도착했다. 언덕 위에는 무개 마차가 서 있었고 마차에는 완벽한 예복, 즉 연미복과 줄무늬 바지를 입은 마부가 타고 있었다. 그 남자는 책을 읽고 있었으며 말은 건성으로 풀을 뜯었다. '주차 금지' 표시가 없다는 데에 나는 깜짝 놀랐다.

우리가 다가가자 마부는 책을 덮고 차려 자세를 취한 채 허리를 꼿꼿이 세워 앉았다. 토시는 마부에게 눈길도 주지 않고 마차를 지나쳐 갔다. "결국 이곳에 오지 못할까 봐 걱정했어요. 이리토스키 여사님 밑에 있는 남자아이가 우리를 태우고 올 예정이었지만 신들린 상태가 되었고, 엄마는 마차에 저희 둘만 태워서 내보내지 않으실 테니까요. 그때 제가 베인이 마차를 몰수 있다는 생각을 해냈죠. 우리 새 집사랍니다. 엄마는 저 사람을 채티스번 부인으로부터 훔쳐 왔어요. 그 때문에 부인은 무척이나 화를 냈죠. 일 잘하는 집사는 구하기가 무척이나 힘들거든요."

집사의 줄무늬 바지와 뻣뻣한 태도가 이해됐다. 핀치가 준 테이프에는 아주 확실하게 설명되어 있었다. 일반적으로 집사는 마차를 운전하지 않는다. 나는 마차에 탄 남자를 바라보았다. 남자는 내가 생각했던 집사들보다

---

84 C와 sea는 같은 발음이다.

더 젊었으며 키도 컸지만 수척한 모습인 게 잠이 모자란 듯했다. 남의 일 같지 않았다.

핀치가 준 테이프에서 '집사들은 포커페이스'라고 설명했지만, 지금 내 앞에 있는 사람은 그렇지 않았다. 이 남자는 뭔가를 걱정하고 있다는 표시가 얼굴에 뚜렷하게 나타났다. 나는 그게 무엇인지 궁금했다. 지금 나와 있는 소풍 때문인 건지 아니면 헨리 8세의 부인이 여덟 명일 거라고 우기는 사람을 위해 앞으로 일할 생각을 하니 막막한 걸까? 나는 우리가 지나갈 때 남자가 읽고 있던 책을 힐끔 훔쳐봤다. 칼라일이 쓴《프랑스 혁명》이었다.

"저는 우리 집사가 맘에 들지 않아요. 저 사람은 언제나 우리 명령을 거스르거든요." 토시는 마치 집사가 자기 앞에 없다는 듯 말했다.

사촌 언니인 베리티 역시 집사를 좋아하지 않는 게 분명해 보였다. 베리티는 우리와 함께 가면서 앞만 바라보고 똑바로 걸었다. 나는 집사에게 모자에 가볍게 손을 대고 고개를 끄덕여 인사했다. 집사는 책을 집어 들고 읽기를 계속했다.

"지난번 집사가 훨씬 더 좋았어요. 그런데 홀 여사가 우리 집을 방문해서 그 집사를 훔쳐 갔죠. 생각해보세요. 우리 집 지붕 아래 묵으면서 그랬다고요! 아빠 말로는 하인들은 책을 못 읽게 해야 한대요. 안 그러면 하인들의 품행이 망가진다면서요. 그리고 생각도 심어지고요."

테렌스는 교회로 통하는 문을 열었다. 그곳에는 '문을 닫고 가시오'라는 표어가 걸렸다.

테렌스와 토시는 출입구 쪽으로 다가갔다. 그곳에는 '4시 이후 방문 금지', '예배 중 방문객 사절', '사진 및 은판 사진 촬영 금지', '도움이 필요한 경우에는 교구 위원인 이글스워스 씨에게 연락하시오. 하우드 하우스에 있음. 응급한 경우를 제외하고는 방해하지 마시오' 따위의 글들이 붙어 있었다. 마르틴 루터의 '95개조 반박문'이 없는 게 신기할 따름이었다.

"교회가 멋있죠?" 토시가 말했다. "문에 Z자 모양으로 아름답게 새겨진 저 문양들을 보세요."

비록 잠재의식 학습기는 문양들에 관해 아무런 언급도 없었지만, 슈라 프넬 여사의 시달림 속에서 지난 몇 달간 고생을 한 덕분에 토시가 가리키는 것이 12세기 시대의 송곳니 장식이라는 것을 알 수 있었다. 내가 말했다. "노르만 건축이군요."

"저는 고풍스러운 교회를 무척이나 좋아하는데, 어떠세요? 우리의 현대식 교회보다 훨씬 더 수수하죠." 토시는 나를 무시한 채 말을 이었다.

테렌스는 표어로 뒤덮인 수수하고 고풍스러운 문을 열었고, 토시가 양산을 접고 안으로 들어갔다. 테렌스도 토시를 따라 들어갔으며 나는 베리티도 그러리라고 생각했다. 핀치가 준 테이프에 따르면 빅토리아 시대의 젊은 숙녀들은 보호자가 없이는 아무 곳에도 갈 수 없었으며, 나는 사촌 언니인 베리티가 그 보호자라고 생각했기 때문이다. 비록 베리티가 절세미인이지만 말이다. 베리티는 강둑에서 우리를 내려다볼 때도 뭔가 불만인 표정이었고, 교회 안은 어두컴컴해서 나쁜 사고가 일어날 수도 있었다.

문에 붙은 게시물로 미루어볼 때 교구 위원은 안에 없는 게 분명했다. 하지만 베리티는 반쯤 열린 문과 그 안의 어두운 공간을 힐끔 들여다보고는 그만이었다. 베리티는 '침 뱉지 마시오'라는 표어가 걸린 철문을 열더니 교회의 부속 묘지로 걸어갔다.

베리티는 묘지 사이를 조용히 걸어서 '꽃을 꺾지 마시오', '묘비에 기대지 마시오' 따위의 표어를 몇 개 지나쳐 갔다. 그러나 심하게 기울어진 오벨리스크를 보고 있자니 이런 표어는 완전히 무시당한 모양이었다.

나는 빅토리아 시대의 젊은 숙녀와 단둘이 있을 때면 무슨 말을 해야 하는지 기억을 더듬었다. 핀치가 준 테이프에는 방금 만난 젊은 남녀가 대화를 나눌 만한 적당한 주제에 관해서 아무런 말이 없었다.

정치는 적당하지 않았다. 1888년의 정치에 관해 내가 알지도 못하거니와 이 시대 젊은 숙녀들은 나랏일 따위로 자신들의 예쁜 머리를 지끈거리게 하지 않게 되어 있었다. 종교도 적당치 않았다. 다윈은 아직 논란의 대상이었다. 내가 봤던 빅토리아 시대에 대한 연극이 뭐였더라? 《훌륭한 크라이턴》과 《진지함의 중요성》이 있었다. 거기에서 사람들이 뭐라고 했는지 기억해보려 애를 썼다. 계급 논쟁이나 재치 있는 경구가 적당했다. 하지만 생각을 할 줄 아는 집사에 관한 이야기는 그리 바람직하지 않았고, 그렇다고 어떤 재치 있는 경구도 떠오르지 않았다. 게다가 유머는 언제나 위험을 내포하는 법.

베리티는 마지막 묘비에 도달하더니 뭔가를 바라는 눈치로 나를 바라보았다.

날씨가 적당하겠군. 하지만 어떻게 불러야 하는 거지? 브라운 양? 아니면 베리티 양? 그도 아니면 밀레이디[85]라고 해야 하나?

"저…." 베리티는 조바심 내며 말을 했다. "그걸 제자리에 돌려놓았나요?"

이런 식으로 대화가 시작되리라고는 생각해보지 못했다. "네?" 내가 말했다.

"베인이 당신을 못 본 거죠?" 베리티가 말했다. "그걸 어디에 두었나요?"

"저를 다른 사람과 착각하신 듯합니다만…."

"괜찮아요." 교회 쪽을 보며 베리티가 말했다. "다른 사람들은 우리 말을 들을 수 없을 거예요. 네트를 통해 그걸 가져왔을 때 무슨 일이 벌어졌는지 자세하게 말해주세요."

아무래도 시차 증후군이 다시 도진 게 틀림없었다. 지금 대화는 도저히 있을 수 없는 내용이었다.

"물에 빠뜨려 없앤 것은 아니죠?" 베리티가 화난 목소리로 말했다. "그러지 않겠다는 약속을 받았는데."

"뭘 빠뜨려요?" 내가 말했다.

"고양이요."

병원에서 간호사와 이야기할 때보다 상태가 더 나빴다. "고양이요? 당신 말은 토시, 아니 메링 양의 잃어버린 고양이를 말하는 건가요? 아주먼드 공주요?"

"물론 아주먼드 공주를 말하는 거예요." 베리티가 얼굴을 찡그리며 말

---

85 옛날 유럽 사람들이 영국의 귀부인을 부르는 호칭

했다. "던워디 교수님이 그 고양이를 건네주지 않았나요?"

✳

"던워디 교수님이요?" 나는 입을 떡 하니 벌리고 베리티를 바라보았다.

"네. 네트를 통해 돌려놓으라고 댁에게 고양이를 주지 않던가요?"

무슨 말인지 감이 오기 시작했다. "당신은 던워디 교수님의 사무실에서 본 나이아스로군요." 내가 감탄하며 말했다. "하지만 그럴 리가 없는데. 그 여자 이름은 킨들이에요."

"내 이름 맞아요. 브라운은 이 시대에서 쓰는 가명이죠. 메링가에는 킨들이라는 친척이 없거든요. 그래서 나는 토시의 사촌 언니 행세를 하고 있어요."

어렴풋이 감이 잡혔다. "그러면 당신이 바로 네트를 통해 미래로 뭔가를 가져왔다는 그 재앙이로군요." 내가 말했다.

"고양이예요." 조바심 내며 베리티가 말했다.

고양이(cat). 그런 거였군. 마차(cab)나 쥐(rat)보다 훨씬 더 말이 됐다. 그리고 내가 윈더미어 여사의 부채(fan)에 관해 이야기했을 때 던워디 교수의 그 뜨악한 눈길도 설명되었다. "네트를 통해 당신이 가져온 것이 고양이였군요." 내가 말했다. "아니, 잠깐 그건 불가능해요. 네트를 통해서는 그 무엇도 미래로 가져갈 수가 없어요."

이제 베리티는 길게 한숨을 쉬었다. "고양이에 관해서는 아는 게 없는 건가요? 이상하네요. 당신을 통해서 고양이를 보내리라고 생각했는데." 나는 그 사람들이 그럴 생각이 있었는지 곰곰이 생각해봤다. 뭔가 불안했다. 핀치는 내가 네트에 서 있을 때 기다리라고 말했었다. 만약 핀치가 고양이를 데리러 간 거였고 내게 고양이를 건네주기 전에 내가 도약을 해버린 거였다면?

"나를 통해 고양이를 보낼 거라고 말하던가요?" 내가 물었다.

베리티는 고개를 저었다. "던워디 교수님은 내게 아무런 말도 하지 않으려 했어요. 내가 이미 충분히 문제를 일으켰기 때문에 더 이상 일을 망치는 꼴을 보기 싫다고 하시더군요. 내가 그렇게 생각한 건 그냥 당신을 교수님 사무실에서 봤기 때문이에요."

"그때 나는 내가 걸린 시차 증후군에 관해 이야기하려고 그곳에 간 거였습니다." 내가 말했다. "병원에서 2주간 절대 안정을 취하라고 처방했는데, 던워디 교수님은 그래서 날 이곳으로 보낸 겁니다."

"빅토리아 시대로요?" 재밌다는 표정을 지으며 베리티가 말했다.

나는 고개를 끄덕였다. "옥스퍼드에서는 쉴 수가 없었어요. 슈라프넬 여사가…."

베리티는 더욱더 재미있다는 표정을 지었다. "슈라프넬 여사에게서 떼어놓을 생각으로 당신을 여기로 보냈다고요?"

"네. 슈라프넬 여사가 여기에는 없잖아요. 그렇죠?"

"꼭 그렇지도 않아요." 베리티가 말했다. "만약 당신이 고양이에 관해 모른다면 누구를 통해 고양이를 보낼 계획이었는지는 아세요?"

"아니요." 실험실에서 나눴던 대화의 기억을 더듬으며 내가 대답했다. '아무개 씨와 만나'라고 던워디 교수는 말했다. 앤드루스였다. 이제야 기억이 났다. 던워디 교수는 '앤드루스 씨와 만나게'라고 말했다.

"앤드루스 씨와 만나는 문제에 관해 뭔가를 이야기했어요." 내가 말했다.

"또 다른 말을 하지 않던가요? 그 사람을 언제 보낸다던가요. 아니면 강하가 언제 있다든가 하는 말은 못 들었어요?"

"아니요. 하지만 난 한참을 졸고 있었어요. 시차 증후군 때문에요."

"앤드루스에 관해 들은 게 정확히 언제죠?"

"오늘 아침요. 도약을 준비하고 있을 때였죠." 내가 말했다.

"언제 도착했어요?"

"오늘 아침요. 10시 정각."

"그러면 모든 게 설명되는군요." 베리티는 안심한 듯한 표정이었다. "내가 이 시대로 돌아왔을 때 아주먼드 공주가 보이지 않기에 무척이나 걱정했더랬어요. 뭔가 잘못되어서 네트를 통해 되돌려놓을 수 없거나 아니면 베인이 고양이를 발견해서 다시 물에 빠뜨려 죽인 줄로만 알았거든요. 그리고 메링 부인이 이리토스키 여사에게 고양이가 사라진 문제에 대한 조언을 듣겠다면서 옥스퍼드로 오라고 고집하는데다, 당신과 동행인 그 청년이 나타나서 정말로 걱정이 되었어요. 하지만 모든 것이 제대로 되었네요. 분명 던워디 교수님은 우리가 옥스퍼드로 떠난 다음에 고양이를 보냈을 거고, 우리가 여기 교회를 구경하러 온 일도 잘된 일이에요. 덕분에 고양이는 아무런 방해도 받지 않고 돌아왔을 테고 베인도 여기에 있으니까 우리 몰래 고양이를 물에 빠뜨려 죽일 수 없겠죠. 그리고 도약은 성공한 게 틀림없어요. 그러니까 당신이 지금 여기에 있겠죠. 던워디 교수님은 고양이를 되돌려놓을 때까지 19세기로 도약하는 모든 일정을 보류하겠다고 말했거든요. 그러니 모든 것이 제대로 된 거예요. 던워디 교수님의 실험은 성공적이었고 우리가 집으로 돌아가면 아주먼드 공주는 거기서 기다리다 우리를 맞이할 거고 걱정할 건 하나도 없네요."

나는 정신이 하나도 없었다. "잠깐만요. 처음부터 자세히 설명해주세요. 이쪽으로 앉으시죠."

나는 나무 벤치를 가리켰다. 벤치에는 '망가뜨리지 마시오'라는 표어가 붙어 있었지만 이를 비웃기라도 하듯 하트와 화살표 모양이 새겨져 있었고, 그 아래에는 '바이올렛과 해럴드, 1859년'이라고 새겨졌다. 베리티는 흰색 치마를 우아하게 정돈하며 벤치에 앉았다.

"좋아요." 내가 말했다. "당신은 네트를 통해 고양이를 미래로 데려갔지요."

"네. 나는 정자에 있었어요. 그곳에서 강하했거든요. 작은 숲 뒤에 있죠. 랑데부를 끝내고 돌아온 지 10분쯤 되었을 거예요. 던워디 교수님에게 보고를 마치고 막 돌아온 참이었는데 베인, 그러니까 그 집사가 아주먼드 공주를 데리고서는…."

"잠깐요. 빅토리아 시대에는 무슨 일로 온 거죠?"

"슈라프넬 여사가 토시의 일기장을 읽으라고 여기로 보냈어요. 주교의 새 그루터기 소재에 대한 무슨 단서가 있을 거로 생각하더군요."

물론 그랬겠지. 이 모든 일이 주교의 새 그루터기와 관련되어 일어난 거라는 것을 일찌감치 눈치챘어야 하는 건데. "하지만 토시가 주교의 새 그루터기와 무슨 관계가 있다는 거죠?" 갑자기 등골이 오싹해질 만한 생각이 들었다. "설마 토시가 그 증증조 할머니는 아니겠죠?"

"증증증증조 할머니죠. 올여름에 코번트리로 가서 주교의 새 그루터기를 본 뒤…."

내가 말했다. "…인생이 완전히 바뀌었다."

"한 사건에 대해 토시는 계속해서 일평생을 간직해온 여러 권의 일기장에 자세히 설명해놓았고, 그 일기장을 슈라프넬 여사가 읽고서 코번트리 성당을 재건축하겠다는 생각에 사로잡히게 되었죠. 그래서 '여사'의 인생이 완전히 바뀌게 된 거고요."

"그리고 우리 인생도요." 내가 말했다. "하지만 만약 여사가 그 일기장을 읽었다면 왜 굳이 당신을 1888년으로 보내 일기장을 또 읽으라고 하는 거죠?"

"토시가 자기 인생을 변화시킨 사건에 관해 처음으로 썼던 일기장, 그러니까 토시가 1888년 여름에 쓴 것은 물에 심하게 손상되었어요. 슈라프넬 여사는 필적 전문가에게 해석을 의뢰했지만 약간의 성과밖에 없었기 때문에 나를 여기로 보내 읽게 하려는 거죠."

"하지만 만약 토시가 그 사건에 관해 다른 일기장에서도 자세하게 설명했다면…." 내가 말했다.

"토시는 그 사건이 정확히 '어떻게' 자신의 인생을 바꾸었으며 성당에 언제 갔는지 적어놓지 않았어요. 게다가 슈라프넬 여사는 1888년 여름 일기장에 다른 중요한 사항이 적혀 있을 것으로 기대하고 있어요. 불행히도 토시는 자기 일기장을 왕가의 보물보다 더 귀중하게 간수하기 때문에 아직 난 그 일기장을 볼 수가 없었죠."

"여전히 헷갈리는군요." 내가 말했다. "주교의 새 그루터기는 1940년까지는 사라지지 않았어요. 그런데 1888년에 쓴 일기장이 무슨 소용이 있다는 거죠?"

"슈라프넬 여사는 일기장 안에 누가 주교의 새 그루터기를 성당에 주었는가에 대한 단서가 있으리라 추측하고 있어요. 코번트리 성당에 기증한 사람들 명단은 공습 때 사라졌거든요. 전쟁이 시작할 때 기증한 사람이나, 그 후손이 주교의 새 그루터기를 안전한 곳에 옮겨놓았을 수도 있다고 여사는 생각하고 있어요."

"기증한 사람이 누군지는 모르겠지만 아마도 그걸 자기 집에서 치워버릴 심산이었을 텐데 그럴 리가 없죠."

"알아요. 하지만 슈라프넬 여사가 어떤 사람인지 잘 알잖아요. '돌 하나도 남기지 말고 모두 뒤집어보라.' 그래서 난 토시를 2주 동안 따라다니며 일기장을 훔쳐볼 틈만 노리고 있었어요. 일기장을 두고 어디 외출을 할 수도 있으니까요. 그리고 이제 곧 토시는 코번트리를 방문해요. 내가 코번트리에 관해 이야기했더니 아직 한 번도 못 가봤다고 하더군요. 기록에 의하면 토시는 코번트리에 6월에 갔어요. 하지만 아직 아무런 진전도 없어요."

"그래서 당신은 토시의 고양이를 납치한 다음 몸값으로 일기장을 요구한 건가요?"

"아니요." 베리티가 말했다. "던워디 교수님에게 보고를 마친 다음 돌아왔는데 베인이 보였어요. 베인은 집사인…."

"책을 읽는 집사 말이군요." 내가 말했다.

"동물 살해광이죠. 그자는 아주먼드 공주를 데려오더니 강둑으로 갔어요. 정말 멋진 6월이죠. 장미는 너무나 아름답고요."

"뭐라고요?" 무슨 말인지 또다시 감을 잡을 수 없었다.

"금련화도요! 저희 이모 정원에는 그림처럼 아름다운 금련화 꽃아치가 있답니다!"

"실례합니다, 아가씨." 갑자기 어디선가 불쑥 베인이 나타나 말했다. 베인은 어색하게 고개를 약간 숙여 인사를 했다.

"무슨 일이지요, 베인?" 베리티가 말했다.

"메링 아가씨의 고양이에 관한 일입니다." 베인은 마음이 불편한 듯이 말했다. "세인트트루웨즈 씨가 이곳에 오신 게 고양이를 찾았다는 뜻인지 궁금해서요."

"아니에요, 베인. 아주먼드 공주는 아직 못 찾았어요." 베리티의 냉랭한 말에 주변 온도가 몇 도는 내려간 듯했다.

"걱정되어서요." 베인이 말을 하더니 다시 고개 숙여 인사를 했다. "마차를 지금 이곳으로 가져올까요?"

"아니요. 고마워요, 베인." 베리티는 싸늘하게 말했다.

"마님께서 티타임까지는 돌아오라고 말씀하셨습니다."

"잘 알고 있어요, 베인. 고마워요."

베인은 여전히 망설였다. "이리토스키 여사님 집까지는 30분 정도 걸립니다."

"알아요, 베인. 다 제시간에 갈 거예요." 베리티는 말을 마치고는 베인이 마차에 거의 도달할 때까지 그를 노려보더니 분통을 터뜨렸다. "잔인한 동물 살해범 같으니! 세인트루웨즈 씨가 고양이를 발견했는지 궁금하다고? 발견했을 리가 없다는 걸 누구보다 더 잘 알고 있잖아! 걱정된다고? 나쁜 자식!"

"저 친구가 고양이를 빠뜨려 죽이려 한 게 확실한가요?"

"물론이고말고요. 저 사람은 강 중앙을 향해 고양이를 있는 힘껏 집어던졌어요."

"이 시대의 풍습일 수도 있잖아요. 빅토리아 시대에는 고양이를 물에 빠뜨려 죽였다는 글을 읽은 기억이 나요. 무엇보다도 그 수를 줄이기 위해서요."

"그건 새로 태어난 새끼의 경우지 다 큰 고양이는 아니에요. 그리고 반려동물의 경우도 아니고요. 토시는 세상에서 자기 자신 다음으로 아주먼드 공주를 제일 사랑해요. 물에 빠뜨려 죽이는 새끼 고양이는 농장에 있는 놈들이지 반려동물이 아니라고요. 지난주에도 뮤칭스 엔드 위쪽에 사는 농부가 고양이들을 자루에 담고 돌을 묶어 자기네 연못에 빠뜨려 죽였지만, 그건 야만적이기는 해도 악의가 있어서 그런 건 아니에요. 하지만 이건 달라요. 베인은 고양이를 강에 집어 던진 다음 손을 탁탁 털고는 '씨익' 웃으면서 집으로 향했어요. 분명 아주먼드 공주를 빠뜨려 죽일 생각이었어요."

"고양이는 수영할 줄 안다고 생각했는데요."

"템스강 한복판에서는 아니죠. 만일 내가 조치를 취하지 않았다면 아주 먼드 공주는 물살에 휩쓸려 갔을 거예요."

"샬롯의 여인이군." 내가 중얼거렸다.

"뭐라고요?"

"아무것도 아닙니다. 그런데 저 친구는 왜 자기 주인의 고양이를 죽이려고 한 거죠?"

"모르겠어요. 고양이를 싫어할 수도 있죠. 아니면 고양이뿐만 아니라 우리 모두 어느 날 침대에서 죽어 있는 채 발견될지도 모르죠. 잭 더 리퍼일지도 몰라요. 그자가 1888년부터 사건을 일으켰죠? 그리고 잭 더 리퍼의 진짜 정체가 누구인지는 아무도 알아내지 못했고요. 내가 알고 있는 건, 그때 나는 그냥 그 자리에 우두커니 서서 아주먼드 공주가 물에 빠져 죽는 모습을 지켜보고만 있을 수는 없었다는 거예요. 고양이는 우리 시대에선 멸종된 동물이잖아요."

"그래서 강으로 뛰어들어 고양이를 구한 건가요?"

"걸어 들어갔어요." 약간 방어하는 듯한 목소리였다. "그리고 고양이를 잡은 다음 강기슭으로 돌아왔지만, 빅토리아 시대의 여인들은 나처럼 행동하지 않으리라는 사실을 바로 깨달았죠. 심지어 나는 신발도 벗지 않았어요. 아무 생각도 할 수 없었어요. 그냥 움직인 거였죠. 그리고 네트로 들어갔는데, 네트가 열렸어요." 베리티가 말했다. "그저 숨을 생각이었죠. 문제를 일으킬 생각은 없었어요."

문제가 생긴 것이다. 베리티는 시간 이론에서 불가능하다고 한 일을 했다. 그리고 아마도 시공 연속체에서 모순을 일으켰을 것이다. 던워디 교수가 치스윅 국장에게 그 모든 질문을 하고 불쌍한 루이스를 닦달했던 것도 이상할 게 하나도 없었다. 문제가 생긴 것이다.

부채와 고양이는 완전히 다른 사물이었다. 더구나 부채일지라도 네트를 통과할 수는 없었다. 시간 여행을 처음 발명한 다비와 젠틸라가 이를 증명했다. 그 둘은 과거의 보물을 약탈할 목적으로 네트를 만들었고, 모나리자부터 투탕카멘의 무덤에 있던 보물에 이르기까지 모든 것을 훔쳐 돌아오려

했다. 결국 네트가 열리지 않자 그 대상을 바꿔 좀 더 세속적인 물건, 즉 돈을 훔쳤다. 하지만 아주 미세한 입자 같은 것을 제외하고는 그 어느 것도 네트를 통과해 가져올 수 없었다. 두 사람이 과거에서 어떤 물건을 가져오려고 시도할 때마다, 그 물건이 주화 하나이든 생선용 포크이든 상관없이 네트는 열리지 않았다. 물론 네트는 세균, 방사능, 유탄도 통과시키지 않았다. 다비와 젠틸라나 그 밖의 모든 사람은 그 사실을 고맙게 여겨야만 했다. 물론 특별히 그걸 고맙게 여기지는 않았지만.

다비와 젠틸라에게 돈을 댔던 다국적기업은 시간 여행에 흥미를 잃었고 결국 시간 여행 기술은 역사학자와 과학자들에게 넘어갔다. 그리고 역사학자와 과학자들은 이런 사실을 설명하기 위해 시간 편차 이론과 역사 보존의 법칙을 만들어냈다. 만약 누군가가 네트를 통해 과거에 있는 무엇인가를 가져오려고 한다면 네트는 열리지 않는다는 것이 법칙으로 받아들여졌다. 지금까지는 그랬다.

"당신이 네트를 통해 고양이를 데려갈 때 네트가 그냥 열렸나요?" 내가 말했다. "강하가 지연되었다거나 진동이 있었다거나 하는 식으로 평소와 다른 뭔가를 느끼지 못했어요?"

베리티는 고개를 저었다. "다른 강하와 같았어요."

"고양이도 문제없었고요?"

"강하 내내 고양이는 자고 있었어요. 내 팔에 안겨 잠이 든 채 던워디 교수님 사무실에 갈 때까지 깨지 않았죠. 시차 때문에 영향을 받은 듯했어요. 의식을 잃게 하나 봐요."

"던워디 교수님을 보러 간 거였나요?"

"물론이죠." 방어적으로 베리티가 말했다. "내가 무슨 일을 저질렀는지 알아차리자마자 던워디 교수님에게 고양이를 데려갔어요."

"그리고 던워디 교수님은 고양이를 돌려보내기로 했고요?"

"모르겠어요. 그래서 핀치를 유도 신문 해보았죠. 핀치 말로는 빅토리아 시대로 가는 모든 강하를 검사할 예정이라더군요. 만약 과도한 편차의 증후가 없다면 그건 내가 가져온 고양이가 사라졌다는 사실로 인한 어떤 손상이 일어나기 전에 그 고양이를 돌려놓았다는 뜻이니까, 그 고양이를 되돌려놓을 거라 했어요."

'하지만 과도한 편차가 있었죠.' 던워디 교수가 캐러더스에게 코번트리에 관해 묻던 일을 기억하며 나는 생각했다. "우리가 코번트리 성당에서 겪었던 문제들은 어떤가요?"

"핀치 말을 따르자면 그건 아무런 관련이 없다더군요. 그건 코번트리 성당의 존재가 역사적인 분기점이기 때문에 생긴 일이래요. 울트라[86]와의 관련 때문에요. 그곳은 과도한 편차가 일어나는 유일한 장소래요. 빅토리아 시대로 강하할 때는 그런 일이 전혀 없었어요. 그런데 이번 강하에서 편차가 얼마나 되었죠?"

"전혀요." 내가 말했다. "목표에 정확하게 도착했어요."

"다행이군요." 안심했다는 표정이었다. "내가 돌아올 때는 겨우 5분이었어요. 핀치 말로는 편차가 증가하는 최초의 장소는 바로 인과모순이 일어났던…."

"오, 저는 시골에 있는 교회 구내 묘지를 정말로 좋아해요." 토시의 목소리가 들려왔고 나는 빅토리아 시대에 연애하다 들킨 사람들처럼 베리티로부터 펄쩍 뛰어 물러섰다. 베리티는 다소곳이 앉아서 양산을 펼쳐 들고는 조용하고도 우아하게 일어섰다.

"너무나 매혹적인 전원 풍경이에요." 토시는 주름 장식을 너풀대며 나타났다. "우리가 보던 현대식 무덤과 완전히 달라요." 토시는 거의 쓰러지다시피 한 묘비를 황홀하게 바라보며 멈추어 섰다. "베인은 교회 부속 묘지가 위생적이지 않고 배수구를 오염시킨다고 하지만 저는 이곳이 아주 깨끗할 것 같아요. 시처럼요. 당신도 그렇게 생각하지 않으세요, 세인트트루웨즈 씨?"

"'저 옹골진 느릅나무가 드리운 그늘 아래, 썩은 퇴적물이 쌓여 있는 잔디에….'" 테렌스는 친절하게 인용했다.

---

86 제2차 세계대전 당시 연합군 측이 독일군의 암호 기계를 해독하던 작전명

'썩은 퇴적물'이라는 구절은 베인의 이론을 지지하는 듯했지만, 테렌스나 토시 누구도 이를 알아차리지 못했다. 테렌스는 여전히 아무런 개념 없이 시를 읊어대고 있었다. "'그의 궁핍한 세포들이 영원히 누워 있으며 작은 마을에 살던 거친 조상들이 잠들어 있네.'"

"저는 테니슨을 정말로 좋아해요. 언니도 그렇죠?" 토시가 말했다.

"토머스 그레이야." 베리티가 말했다. '시골의 교회 부속 묘지에서 쓴 애가'라는 제목이지."

"오, 헨리 씨. 이리 오셔서 교회 안을 좀 구경해보세요." 토시는 베리티를 무시하며 내게 말했다. "저 안에는 정말로 아름다운 꽃병이 있어요. 그렇죠, 세인트루이르웨즈 씨?"

테렌스는 토시를 바라보며 모호하게 고개를 끄덕였고, 베리티는 얼굴을 찡그리고 있었다. "당연히 봐야지." 베리티는 말을 하고 장갑 긴 손으로 스커트를 잡았다. "헨리 씨?"

"당연히 봐야죠." 팔을 내밀며 내가 말했고, 우리 모두 '불법 침입자는 고발할 것임'이라고 적힌 커다란 표어를 지나 교회 안으로 들어갔다.

교회는 으스스했고, 오래된 나무와 곰팡이 핀 찬송가 책 냄새가 희미하게 났다. 교회는 튼튼한 노르만식 기둥, 초기 영국 양식의 둥근 천장, 빅토리아식 장미 무늬 창으로 장식되었으며 제단의 난간 위쪽에는 '성단소에 들어가지 마시오'라고 쓰인 커다란 현수막이 걸려 있었다.

토시는 가볍게 그 내용을 무시했고, 노르만 양식의 슬레이트 세례반(洗禮盤)을 본체만체하고서는 강단 반대편에 있는 벽감으로 곧장 다가갔다. "이렇게 아름다운 모습을 보신 적이 있으세요?"

토시가 슈라프넬 여사의 조상이라는 데 의문의 여지가 없었으며 슈라프넬 여사의 취향이 어디에서 비롯되었는지도 알 만했다. 적어도 토시는 빅토리아 시대 사람이며, 이 시대에는 세인트판크라스 기차역은 물론이거니와 앨버트 기념관까지 만들어졌다는 변명거리가 있지만 말이다.

벽감에 있는 꽃병은 그 두 건물을 합쳐놓은 듯했다. 비록 훨씬 덜 웅장하긴 했지만. 그 꽃병은 단층이었고, 코린트식 기둥이 있지도 않았다. 그렇지만 그것은 넝쿨에 둘러싸여 있었고 노아의 방주인지 여리고[87] 전투 장면 인지 모를 내용을 돋을새김해놓았다.

"이게 뭘 뜻하는 거죠?" 내가 물었다.

베리티가 중얼거렸다. "무죄한 어린이들의 학살이요."

"파라오의 딸들이 나일강에서 목욕하는 장면이에요." 토시가 말했다. "보세요. 갈대밭 사이로 모세가 들어 있는 바구니가 보이잖아요. 우리 교회에 이 꽃병이 있으면 좋겠어요. 뮤칭스 엔드에 있는 교회에는 오래된 건 많아도 이렇게 아름다운 건 없어요. 테니슨이 쓴 시랑 똑같아요." 토시는 주먹을 꼭 쥐며 말을 이었다. "'그리스 꽃병에 바치는 송시' 말이에요."

그리고 테렌스가 키츠의 '그리스식 항아리에 대한 송시'를 인용하는 건 우리 임무에 전혀 도움이 되지 않았다. 나는 절망적인 눈으로 베리티를 바라보며 어떻게 해야 여기를 벗어나서 우리 단둘만 이야기할 수 있을지 궁리했다. 송곳니 장식? 시릴? 베리티는 돌로 된 둥근 천장 아래 서서 마치 세상의 모든 시간을 다 가진 듯 주변을 차분히 둘러보았다.

"'아름다움은 진실이요 진실은 아름다움. 그것만이 우리가 알고 있는…'"

"유령이 있는 것 같지 않아요?" 베리티가 말했다.

테렌스가 인용을 멈췄다. "유령이요?"

"유령이라고요?" 토시는 기뻐하며 말하더니 비명의 축소판인 듯한 소리를 냈다. '비명아지'라고나 할까. "물론이고 말고요. 이리토스키 여사님은 이쪽 세계와 저쪽 세계 사이에 관문으로 작용하는 장소가 있다고 했어요."

나는 베리티를 힐끔 보았지만, 그녀는 토시가 방금 네트에 관해 설명했다는 사실이 아무렇지 않다는 듯 조용히 있었다.

토시는 테렌스에게 설명했다. "이리토스키 여사님 말로는 영혼들은 그입구 근처를 떠돌다가 다른 쪽 세계로 지나간대요. 그래서 강신회가 그토록 자주 실패하는 거래요. 입구에 적당히 가깝지 않기 때문에요. 이리토스키 여사님은 언제나 강신회를 자기 집에서 열어요. 다른 사람들 집에 찾아

---

87 여호수아가 이끄는 이스라엘인들이 요단강을 건넌 후 처음으로 공격한 도시

156

가서 열지 않고요. 그리고 교회 부속 묘지는 분명 그 입구일 거예요." 토시는 이랑이 있는 둥근 천장을 바라보더니 또다시 비명아지를 질렀다. "유령이 지금 우리와 함께 있을 거예요!"

"교구 위원은 영혼에 관해 뭔가 아는 게 있을 것 같아." 베리티가 거들었다.

물론 그렇겠지. 그리고 '현시 금지'라는 표어를 붙이겠지. '엑토플라즘[88] 절대 금지'도 포함해서 말이야.

"오, 맞아요!" 토시는 또 한 번 비명아지를 질렀다. "세인트트루웨즈 씨. 우리 교구 위원을 만나러 가봐요!" 그 둘은 문 쪽으로 가서 표시를 살펴보고 교구 위원을 만나러 하우드 하우스로 갔다. 무척이나 환영받겠군.

"던워디 교수님이 내게 말한 거라곤 고양이를 구한 2시간 뒤로 나를 되돌려 보내겠다는 것뿐이었어요." 베리티는 아까 중단한 곳부터 이어서 말했다. "만약 비일상적인 편차나 우연의 일치가 일어난다면 보고하라는 말과 함께요. 나는 그 말이 아주먼드 공주를 이미 뮤칭스 엔드로 돌려보냈다는 뜻인 줄로만 알았어요. 하지만 내가 와보니 고양이는 없더라고요. 토시는 고양이가 없어진 사실을 알고 온 집안을 발칵 뒤집었고 나는 뭔가 잘못된 게 아닌가 걱정했죠. 그런데 내가 다시 던워디 교수님께 가서 무슨 일이 일어났는지 알아내기도 전에 메링 부인이 우리를 옥스퍼드로 보냈고, 그곳에서 토시는 데 베키오 백작을 만났어요."

"데 베키오 백작이요?"

"강신회에 참석한 젊은 남자예요. 부자인데다 잘생겼고 매력 있는 사람이죠. 사실 이름이 'C'가 아닌 'V'로 시작한다는 점만 빼고는 완벽해요." 베리티가 말했다. "신지학(神智學)에 관심이 있는 사람이죠. 토시에게도 관심이 있고요. 꼭 토시 옆에 앉겠다고 고집을 피워요. 토시 손을 잡으려고요. 그리고 혹시 토시의 발을 뭔가 건드리더라도 그건 영혼이 건드리는 거라면서 놀라지 말라고 말하지요. 그 때문에 제가 템스강변을 걷자고 제안한 거예요. 토시로부터 그 남자를 떼어놓으려고요. 그런데 테렌스가 노를 젓고 나타났고 이 친구 역시 이름이 'C'로 시작하지 않더군요. 게다가 테렌스는 토시에게 푹 빠진 듯하고요. 하긴 이상한 일도 아니죠. 토시를 만난 청년이면 누구나 토시에게 푹 빠지니까요." 베리티는 베일 아래로 나를 바라보았다. "그러니까 말인데, 당신은 왜 그러지 않은 거죠?"

"토시는 헨리 8세가 부인을 여덟 명 두었다고 생각하잖아요." 내가 말했다.

"알아요. 하지만 시차 증후군에 걸린 당신은 마치 티타니아[89] 같은 상태여서, 처음 본 여자는 누구든지 간에 정신 못 차리고 사랑에 빠질 준비가 되어 있잖아요."

"그 여자가 바로 당신이에요." 내가 말했다.

만약 베리티가 겉모습처럼 본디 그대로의 잉글랜드 장미라면 베일 아래로 얼굴을 붉혔겠지만, 그녀는 역시 21세기 여인이었다.

"하룻저녁 푹 자고 나면 곧 회복될 거예요." 베리티는 병원의 간호사처럼 말했다. "토시에게 구혼하는 사람들도 그랬으면 좋겠네요. 특히 테렌스요. 토시는 테렌스에게 무척이나 마음이 끌린 듯하거든요. 토시는 이리토스키 여사가 아주먼드 공주를 찾기 위한 특별 강신회를 연다고 했는데도 오늘 오후에 이플리로 오겠다고 고집을 부렸어요. 그리고 마차를 타고 이곳으로 오면서 신부용으로 주는 건포도 케이크에 대해 어떻게 생각하는지를 묻더라고요. 나는 고양이를 구한 것 때문에 모순이 일어난 것 같아 무척이나 걱정됐어요. 만약 토시가 옥스퍼드에 오지 않았다면 데 베키오 백작과 테렌스 또는 이름이 'C'로 시작하지 않는 사람이 토시를 만나지 않았을 텐데 말이죠."

나는 다시 베리티의 말이 헷갈렸다. "그런데 왜 이름이 'C'로 시작해야만 하는 거죠?"

"여름, 그러니까 이번 여름에 토시가 결혼하는 남자 이름이 'C'로 시작하기 때문이죠."

"어떻게 그걸 알죠? 일기장을 읽을 수 없는 줄 알았는데요."

"맞아요." 베리티는 신도용 좌석을 지나쳐 '예배 중에만 앉을 수 있음'이

---

[89] 셰익스피어의 《한여름밤의 꿈》에 나오는 요정 나라의 여왕. 사랑의 묘약을 마신 뒤 처음 본 인물과 사랑에 빠지게 된다.

라고 적힌 표어 옆에 앉았다.

"그러면 'C'가 토시의 삶을 영원히 바꿔버린 코번트리로의 여행을 뜻할 수도 있지 않아요?" 내가 말했다. "코번트리도 'C'로 시작하잖아요."

베리티는 머리를 저었다. "1938년 5월 6일에 쓴 일기를 보면 '올여름은 결혼한 지 50주년 되는 해이다. 그리고 나는 시간이 지날수록 C 아무개 씨의 아내가 되었다는 사실이 행복하다'고 적혀 있어요. 하지만 그 이름 중간과 '아내'라는 단어의 'ㅇ'은 얼룩져 있었죠."

"얼룩이 져요?"

"잉크 얼룩이요. 그 당시 펜은 품질이 별로잖아요."

"'G'가 아니라 'C'인 것이 확실한가요?"

"네."

그렇다면 데 베키오 백작이나 테렌스뿐만 아니라 페딕 교수와 자베즈도 제외되는 듯했다. 다행히 나 역시도 말이다.

"그 이름이 칩스 선생님이든 체스터턴이든 콜리지든 간에 토시가 결혼하기로 된 사람의 정체가 뭐죠?" 내가 말했다.

"모르겠어요. 이전에 토시가 한 번도 거론한 적이 없고, 뮤칭스 엔드에 방문도 하지 않았던 사람이에요. 잔심부름하는 하녀인 콜린에게 물어보았는데 그런 사람은 한 번도 들어본 적이 없다더군요."

바깥 멀리에서 소리가 들려왔다. 베리티는 자리에서 일어섰다. "나와 함께 걸어요. 건축 양식을 살펴보는 척하자고요." 베리티는 세례반 쪽으로 걸어가더니 흥미롭다는 듯 그것을 바라보았다.

"그러니까 당신은 C 아무개 씨가 누구인지 모르지만, 아직 토시가 그 사람을 만나지 않았고 이번 여름에 그 둘이 결혼하는 것은 안다는 말이군요." 나는 '교회 비품을 옮기지 마시오'라고 씌어 있는 표어를 보며 말했다. "빅토리아 시대 사람들은 약혼 기간이 긴 줄 알았는데요."

"그렇지요." 베리티가 엄숙한 표정을 지으며 말했다. "그리고 약혼 후에는 3주 연속해서 일요일마다 교회에서 결혼 예고가 나가요. 부모 상견례나 신부 측 혼숫감은 물론이고요. 그런데 벌써 지금이 6월 중순이에요."

"그 둘이 언제 결혼하죠?"

"그것도 몰라요. 뮤칭스 엔드의 교회는 세계적으로 유행병이 돌 때 파괴된데다 토시가 나중에 쓴 일기에는 날짜가 나오지 않아요."

나는 퍼뜩 떠오르는 게 있었다. "하지만 일기장에는 분명 그 남자의 이름이 나올 텐데요? 50년 동안 일기를 써오면서 남편의 이름을 쓴 게 5월 6일 단 한 번뿐일 리는 없잖아요."

베리티는 안타까운 표정을 지었다. "토시는 언제나 자기 남편을 '내 사랑하는 남편'이나 '내 소중한 그이'라고 썼어요. '사랑하는'과 '소중한'에 밑줄을 쳤죠."

나는 고개를 끄덕였다. "감탄 부호와 함께 말이죠." 나 역시 주교의 새 그루터기를 찾는 데 참조하기 위해 그 일기의 일부를 읽어야 했었다.

우리는 교회 측면의 복도를 거닐었다. "토시는 올여름이 지난 뒤 몇 년 동안은 일기를 쓰지 않았어요." 베리티가 말했다. "그러다가 1904년부터 다시 쓰기 시작했죠. 그때 토시 부부는 미국에 살고 있었고, 그 남편은 버트램 W. 폰틀로이라는 예명으로 무성 영화에 출연했어요. 그러다가 1927년에 유성 영화가 나오면서 레지널드 피츠휴-스미스로 이름을 바꿨죠."

베리티는 '열려고 하지 마시오'라는 표어로 반쯤 가려진 스테인드글라스 앞에서 걸음을 멈추었다. "그 사람은 영국 귀족 배역을 하면서 오랫동안 뛰어난 활동을 했어요." 베리티가 말했다.

"그건 그 남자가 진짜로 귀족이었을 수 있다는 뜻이지요. 잘됐지 않아요? 적어도 타락한 부랑아는 아닐 테니까 말이에요." 머릿속으로 뭔가 스치고 지나갔다. "그 사람의 부고 기사도 살펴봤어요?"

"예명으로 나왔어요." 베리티가 말했다. "토시도 마찬가지였고요." 베리티는 힘없이 내게 웃어 보였다. "토시는 97세까지 살았어요. 다섯 명의 아이와 스물세 명의 손주, 그리고 메이저급 할리우드 스튜디오를 남겼죠."

"단서는 거의 안 남기고 말이죠." 내가 말했다. "코번트리는 어때요? 토시가 주교의 새 그루터기를 보고 있다가 그 C 아무개 씨를 만나서 결국 토시의 인생이 영원히 바뀌게 될 수도 있잖아요?"

"가능하죠." 베리티가 말했다. "하지만 그건 또 다른 문제예요. 그 부부는 코번트리 여행에 관해서는 아무런 말도 하지 않았어요. 메링 부인은 캐서린 하워드의 유령을 보려고 햄프턴 코트로 가겠다고 말했지만 코번트리에 관해서는 별말이 없었고, 내가 여기 도착하기 전에는 그곳에 간 적이 없어요. 분명해요. 왜냐면…."

"…잔심부름을 해주는 하녀에게 물어봤군요."

"맞아요. 그리고 토시가 이번 6월 언젠가 그곳에 간다는 사실도 알고요. 그 때문에 토시가 이리토스키 여사를 만나기 위해 옥스퍼드로 간다는 사실이 이토록 걱정되는 거예요. 아주먼드 공주가 사라졌기 때문에 토시가 코번트리 대신 옥스퍼드로 가는 건 아닌지, 또는 토시가 여기 있는 사이 C 아무개 씨가 뮤칭스 엔드를 방문했다가 토시를 만나지 못하는 건 아닌지 걱정이 돼요. 하지만 만약 던워디 교수님과 루이스가 아주먼드 공주를 되돌려놓았다면 그건 그 고양이가 그저 어딘가를 헤매고 있다는 뜻이 되겠죠. 그리고 누가 알겠어요? 그 C 아무개 씨가 고양이를 찾아서 데려올지요. 어쩌면 그 때문에 그토록 갑자기 약혼하게 된 건지도 몰라요. 고양이를 찾아주고 급격하게 친해지는 거지요."

"하지만 당신이 뮤칭스 엔드를 그리 오래 비우진 않은 듯한데요." 내가 말했다. "오늘 단 하루뿐이잖아요. 만약 그사이에 그 C 아무개 씨가 찾아온다면 당신들이 돌아올 때까지 응접실에서 기다려달라고 하녀가 그 사람에게 부탁할 게 틀림없어요."

"무슨 말이죠?" 베리티가 말했다. 베리티가 갑자기 일어서는 바람에 입고 있던 치마가 펄럭였다.

"그저 가정을 해보았을 뿐이에요." 나는 놀라서 말했다. "빅토리아 시대 사람들 집에는 응접실이 있지 않아요? 방문객이 찾아오면 하녀들은 기다려 달라고 하잖아요?"

"여기 언제 도착했죠?" 베리티가 따지듯 물었다.

"오늘 아침이요." 내가 말했다. "말했잖아요. 목표한 때와 장소에 정확하게 도착했어요. 1888년 6월 7일 10시요."

"오늘은 6월 10일이에요." 베리티가 말했다.

10일이라고? "하지만 신문에는…."

"지난 신문을 본 게 분명하군요. 나는 7일 밤에 이곳에 도착했어요. 옥스퍼드에는 8일에 왔고 이곳에 사흘간 있었어요."

나는 멍하니 말했다. "그렇다면 편차가…."

"…증가한 거죠." 베리티가 말했다. "모순이 일어났다는 증거예요."

"꼭 그렇지 않을 수도 있어요." 내가 말했다. "나는 좀 급하게 출발했죠." 나는 슈라프넬 여사가 들이닥쳤던 일에 관해 설명했다. "워더가 좌푯값을 제대로 설정해놓지 않았을 수도 있어요. 아니면 실수를 저질렀거나요. 워더는 이미 열일곱 번이나 강하시켰거든요."

"그럴 수도 있겠죠." 의심스러운 말투였다. "도착한 곳이 어디죠? 폴리 브리지? 거기서 테렌스를 만났나요?"

"아니요. 기차역이요. 테렌스는 자기 지도 교수의 친척을 마중하러 나왔지만, 친척들이 안 왔어요." 나는 베리티에게 테렌스가 내게 강으로 갈 생각이 있는지, 금전적 도움을 줄 수 있는지 물었던 일을 설명해주었다. "그래서 나는 보트 잔금을 냈어요."

"만약 당신이 거기 없었다면 테렌스도 여기에 올 수 없었겠군요." 베리티는 더욱더 걱정하는 표정으로 말했다. "만약 당신이 돈을 빌려주지 않았다면 그 친구가 보트를 빌릴 수 있었을까요?"

"아니었을 거예요." 나는 자베즈를, 그리고 베리티의 걱정스러워하는 표정을 떠올리며 대답했다. "테렌스는 원래 마이터에서 맥스라는 친구로부터 돈을 빌릴 생각이었다고 하더군요. 하지만 어쨌든 테렌스는 토시를 다시 만날 작정이었어요. 만약 돈이 없으면 뛰어서라도 이플리까지 왔을 거예요."

"아마도 당신 말이 맞겠죠." 베리티가 말했다. "시공간에는 상당한 부분의 완충 장치가 있으니까요. 만약 여기서 테렌스가 토시를 만나지 못했다 할지라도 뮤칭스 엔드에서 만날 확률이 높죠. 어제 테렌스가 한 말을 들어보니까 강 하류로 갈 생각이었다더군요. 사흘 정도의 편차는 그리 큰 게 아니에요." 베리티는 얼굴을 찡그렸다. "하지만 그래도 유람 여행치고는 꽤 크군요. 그리고 빅토리아 시대로 오는 다른 강하보다도 크고요. 제가 돌아 가면 던워디 교수님에게 보고하는 게…."

"…아주먼드 공주가 어디 있는지에 대해 영혼이 말해줄 게 틀림없어 요." 토시의 목소리가 들려왔다. 토시는 손에 모자를 든 테렌스와 함께 치 마를 나풀대며 다가오고 있었다. "이리토스키 여사님은 잃어버린 물건을 찾아주는 거로 유명해요. 여사님은 더비의 공작부인이 잃어버린 브로치가 어디에 있는지 찾아주었고, 공작부인은 사례로 천 파운드를 주었지요. 아 빠는 물론 브로치가 어디에 있었는지 이리토스키 여사님이 이미 알고 있었 으며 사실 여사님이 그 브로치를 숨겨놓았을 거라 말씀하셨어요. 하지만 엄마는 그게 영혼이 한 일이라는 사실을 알고 계세요." 토시는 엄마의 '마' 를 강조하며 말했다.

베리티는 일어서더니 치맛주름을 고쳤다. "교구 위원이 뭐라고 하던?" 베리티가 말했고, 나는 그녀의 침착함에 놀랄 따름이었다. 베리티는 다시 정숙한 영국 아가씨로 돌아가 있었다. "이 교회에 유령들이 나온대?"

"아니라더군요." 테렌스가 대답했다.

"나와요." 토시가 아치형 천장을 보며 말했다. "하지만 교구 위원이 뭐 라고 하든 저는 관심 없어요. 다른 시간과 장소에서 온 영혼이 지금 여기에 있어요. 전 그 존재를 느낄 수 있어요."

"교구 위원은 유령이 이곳을 배회하지는 않지만 제발 나와줬으면 좋겠 다고 하더군요." 테렌스가 말했다. "유령들은 마룻바닥에 진흙을 묻히거나 게시물을 떼지는 않는다면서요. 또는 교구 위원이 차를 마실 때 방해하지 도 않을 거라고요."

"차!" 토시가 말했다. "정말 좋은 생각이에요! 언니, 베인에게 차를 준 비하라고 해주세요."

"시간이 없어." 장갑을 끼면서 베리티가 말했다. "이리토스키 여사 댁에 가야 해."

"어, 하지만 세인트트루웨즈 씨와 헨리 씨는 아직 제분소 구경을 못 한

걸요." 토시가 말했다.

"두 분은 우리가 간 다음에 보실 거야." 베리티는 말을 마치고는 치마로 교회를 휩쓸며 걸어갔다. "뮤칭스 엔드로 가는 기차를 놓치면 안 되잖니." 베리티는 묘지의 정문 앞에 멈춰 섰다. "세인트트루웨즈 씨, 베인에게 마차를 이쪽으로 대달라고 전해주실 수 있으세요?"

"물론이죠." 테렌스는 대답과 함께 모자에 손을 대 가볍게 인사하고 나무 아래에 앉아 책을 읽고 있는 베인 쪽으로 걸어갔다.

베리티와 이야기를 나눌 수 있도록 토시도 테렌스와 같이 가기를 바랐지만, 토시는 입을 삐죽 내민 채 양산을 접었다 폈다 하면서 부속 묘지 정문 앞에 서 있었다. 어떤 핑계를 대야 베리티와 단둘이 있을 시간을 얻을 수 있을까? 토시더러 테렌스에게 가보라고 할 수도 없었다. 베리티는 이미 토시가 테렌스에게 마음이 끌리고 있다고 걱정하고 있었다. 더구나 토시는 명령을 내리는 유형이지 받는 유형이….

"내 양산! 교회 안에 놓고 온 모양이네요." 베리티가 말했다.

"제가 찾는 걸 도와드리겠습니다." 나는 경고문이 여기저기 덕지덕지 붙어 있는 문을 잽싸게 열었다.

"옥스퍼드로 돌아가서 가능하면 빨리 던워디 교수님에게 보고할게요." 문이 닫히자마자 베리티가 속삭였다. "당신은 어디에 있을 거죠?"

"확실하지 않아요." 내가 말했다. "강 어딘가에 있겠죠. 테렌스는 헨리 쪽으로 보트를 저어 가자고 했어요."

"소식을 전해드릴게요." 베리티가 본당 정면으로 걸어가며 말했다. "며칠 걸릴 거예요."

"그러면 그사이에 내가 뭘 해야 하는 거죠?"

"테렌스가 뮤칭스 엔드로 가지 못하게 하세요." 베리티가 말했다. "아마도 토시가 잠깐 열중해 있는 거겠지만 작은 위험이라도 안고 싶지는 않거든요."

나는 고개를 끄덕였다.

"그리고 걱정하지 마세요. 편차는 사흘뿐인데다 아주먼드 공주가 안전하게 돌아오지 않았다면 던워디 교수님이 당신을 이곳으로 보낼 리가 없어요. 모든 게 제대로 되었다고 확신해요." 베리티는 내 팔을 툭 쳤다. "좀 주무세요. 시차 증후군을 치료하러 온 거잖아요."

"그래야죠."

베리티는 무릎 난간 아래에서 양산을 꺼내더니 문 쪽으로 가다가 갑자기 멈춰서 싱긋 웃었다. "그리고 만약 초서나 처칠 같은 사람을 만나면 뮤칭스 엔드로…."

"마차 대령했습니다, 아가씨." 갑자기 문 쪽에서 베인이 나타나 말했다.

"고마워요, 베인." 베리티는 쌀쌀맞게 대답하더니 베인을 획 지나쳤다.

테렌스는 토시의 손을 잡고 토시가 마차에 타는 걸 돕고 있었다. "또 뵈었으면 좋겠어요, 세인트트루웨즈 씨." 토시는 더 이상 입을 삐죽 내밀고 있지 않았다. "오늘 저녁 저희는 뮤칭스 엔드로 돌아가요. 어딘지 아세요? 강변이에요. 스트리틀리 바로 아래요."

테렌스는 밀짚모자를 벗어 가슴에 댔다. "그때까지 잘 계세요, 안녕, 잘 지내요, 아듀!"

마차가 갑자기 나아가기 시작하며 뒤로 확 쏠렸다. "베인!" 토시가 항의했다.

"죄송합니다, 아가씨." 베인은 사과와 함께 고삐를 당겼다.

"안녕." 토시는 손수건을 비롯해 지니고 있는 모든 것을 흔들며 우리에게 작별 인사를 했다. "안녕, 세인트트루웨즈 씨!" 토시와 베리티를 태운 마차는 길을 떠났다.

테렌스는 마차가 보이지 않을 때까지 그쪽을 바라보았다.

"가야겠어요." 내가 말했다. "페딕 교수님께서 기다리실 겁니다."

테렌스는 아쉬운 표정으로 마차가 남긴 먼지구름을 바라보았다. "정말 멋진 아가씨죠?"

"맞아요."

"뮤칭스 엔드로 즉시 출발해야겠어요." 테렌스는 말을 마치더니 언덕을 내려가기 시작했다.

"그럴 수 없어요." 내가 말했다. "페딕 교수님을 옥스퍼드로 모셔다드려야죠. 그리고 그분의 구닥다리 친척은 어떻게 하고요? 만약 그 사람들이 오후 기차로 온다면 우리가 마중 나가야 하잖아요."

"트로터스더러 마중 나가달라고 할 겁니다. 그 친구가 내게 빚이 있어요. 내가 번역한 루크레티우스[90]를 빌려준 적이 있거든요. 페딕 교수님께 가는 데는 1시간밖에 안 걸릴 거예요. 4시까지는 교수님을 막달렌 칼리지에 모셔다드릴 수 있어요. 그렇게 되면 우리에게 오후 시간이 4시간 남게 되죠. 그러면 컬햄 수문을 통과할 수 있을 겁니다. 내일 정오까지는 뮤칭스 엔드에 갈 수 있어요."

이로써 테렌스를 토시로부터 떼어놓겠다고 베리티에게 경솔하게 약속한 말은 말짱 도루묵이 되겠군. 테렌스를 따라 보트 쪽으로 가며 생각했다.

보트는 그 장소에 없었다.

---

90 BC 1세기에 활동한 로마의 시인이자 철학자. '사물의 본성에 관하여'라는 장편시로 유명하다.

7

잭이 만든 집에 있던
맥아를 훔쳐 먹은
쥐를 잡아먹은 게
이 고양이로구나

— 마더 구스

빅토리아 시대에서 수문의 중요성 — '가벼운 입이 배를 가라앉힌다' — 트리스탄과 이졸데 —
추적 — 프랑스 혁명 — 팁을 주지 말자는 주장 — 정신적 충격을 받은 고양이 — 검댕 — 죽음의
바탄 행진 — 잠 — 마침내 보트를 발견하다 — 예기치 않은 전개 — 역사에서 만남의 중요성 —
레논과 매카트니 — 깡통 따개를 찾아보다 — 내가 발견한 것

시릴은 우리가 녀석을 남겨두고 간 자리에서 앞발로 머리를 우울하게 받친 채 그대로 있었다. 녀석의 갈색 눈에는 비난이 담겼다.

"시릴!" 테렌스가 말했다. "보트는 어디에 있지?" 시릴은 일어나 앉더니 놀란 듯 주변을 둘러보았다. "보트를 지키기로 되어 있었잖아." 테렌스가 나무라는 목소리로 말했다. "누가 보트를 가져간 거야, 시릴?"

"떠내려갔을 수도 있잖아요?" 반매듭법에 관해 생각하면서 내가 말했다.

"말도 안 돼요." 테렌스가 말했다. "분명 누가 훔쳐 간 거예요."

"어쩌면 페딕 교수님이 와서 타고 갔는지도 모르죠." 내가 말했지만, 테렌스는 이미 다리를 반쯤 건너가고 있었다.

시릴과 내가 따라잡았을 때 테렌스는 강 하류를 바라보고 있었다. 하지만 청둥오리 떼 말고는 아무것도 없었다.

"누가 훔쳐 갔든지 간에 강 상류를 거슬러 올라간 게 틀림없어요." 테렌스는 말을 하고는 다리의 나머지 절반을 달려 수문으로 돌아갔다.

수문 위에서는 관리인이 갈고리 장대로 수로를 헤집고 있었다.

"우리 보트가 수문을 거슬러 가는 것을 보셨나요?" 테렌스가 관리인에게 소리쳤다.

관리인은 귀에 손을 대며 소리 질렀다. "뭐라고?"

"우리 보트요!" 테렌스가 입가에 손을 모으곤 소리쳤다. "보트가 수문을 거슬러 올라갔느냐고요?"

"뭐가?" 관리인이 고함을 질러댔다.

"우리 보트가…." 테렌스가 보트 모양을 손으로 그리며 말했다. "…수문을…." 이번에는 수문 쪽을 과장되게 가리켰다. "…거슬러 갔느냐고요!" 마지막에는 강을 거슬러 노를 젓는 시늉을 했다.

"보트가 수문을 통과해 가냐고? 물론 보트는 수문을 통과해 가지. 수문이 대체 뭐 때문에 있다고 생각하는데?" 관리인이 큰 소리로 외쳤다.

나는 주변을 둘러보며 누구 보트를 본 사람이 없을까 찾아보았지만, 이플리는 완벽하게 버림받은 곳이었다. 교구 위원이나 '고함치지 마시오'라는 표어가 없는 것도 그 증거였다. 교구 위원이 차를 마시고 있더라는 토시의 말이 떠올랐다.

"아니요! '우리' 보트요!" 테렌스가 고함쳤다. 테렌스는 먼저 자신을 그리고 나를 가리켰다. "보트가 수문을 빠져나갔나요?"

관리인은 화가 난 듯했다. "안 돼. 당신들은 보트 없이는 수문을 통과해 갈 수 없어! 그런 짓을 대체 왜 하려는 거야?"

"아니요." 테렌스가 외쳤다. "누군가가 우리가 전세 낸 보트를 훔쳐 갔어요."

"전선?" 관리인은 고개를 가로저었다. "가장 가까운 전신국은 애빙던에 있어."

"아니요. '전선'이 아니라 '전세'요!"

"전부 새빨간 거짓말이라고? 지금 내가 한 말이 전부 거짓말이란 말이야?" 관리인은 가지고 있던 장대를 위협적으로 들어 올렸다.

테렌스는 뒤로 물러서며 말했다. "그게 아니고요. '전세'요! 우리가 전세 낸 보트요!"

관리인은 다시 고개를 가로저었다. "보트를 전세 내려면 폴리 브리지로

가. 거기서 자베즈라는 남자를 찾아봐."

시릴과 나는 다리로 돌아왔고, 나는 다리 난간에 기대서서 베리티와 나눴던 이야기에 대해 생각해봤다. 베리티는 물에 빠져 죽던 고양이를 구해 네트로 들어갔으며 그런데도 네트가 열렸다.

그러므로 그 사건은 모순을 일으키지 않아야만 했다. 왜냐하면 만약 모순을 일으킨다면 네트는 열리지 않았을 것이기 때문이다. 라이보위츠가 히틀러를 암살하려고 시도했을 때 처음 열 번은 이처럼 네트가 열리지 않았다. 열한 번째 시도에서는 1946년 몬태나의 보즈먼에 도착했다. 그리고 링컨이 총을 맞은 포드 극장이나 진주만, 카이사르가 암살당한 3월 15일에도 가까이 다가갈 수 없었다. 코번트리 성당도 마찬가지였다.

코번트리 성당 주변의 편차 증가에 대해 루이스나 던워디 교수가 폈던 주장이 아마도 맞을 거라는 생각이 들었고, 왜 그전에는 그러한 일이 우리에게 일어나지 않았는지 궁금해졌다. 코번트리 성당은 분명히 분기점이었다.

공습이 심각한 피해를 줬기 때문은 아니었다. 독일 공군은 비행기와 군수품 공장을 완전히 파괴하지는 못해서 공장은 3개월이 지나지 않아 재가동됐다. 물론 독일 공군은 성당을 파괴했고, 그 때문에 미국 쪽의 격분과 동정을 끌어낼 수 있었지만 그것조차 결정적인 것은 아니었다. 런던 대공습으로 인해 이미 미국민 대다수는 연합국에 동참하자는 쪽으로 마음이 기울어져 있었고 진주만 폭격도 3주밖에 남지 않은 상태였다.

결정적인 것은 나치의 암호를 해독하기 위해 연합군 측이 폴란드에서 밀수해 온 에니그마[91] 그리고 울트라 작전이었다. 만약 연합군이 에니그마를 입수했다는 소식이 나치 귀에 들어간다면 전쟁 자체의 결과가 바뀔 수도 있었다.

그리고 울트라는 코번트리 성당 공습이 있으리라는 사실을 미리 알려줬다. 하지만 그 해석 내용이 모호해서 14일 오후가 될 때까지도 사령부는

91 제2차 세계대전 당시 독일군이 사용한 암호 발생기

공습이 어디에 있을지 확실히 알지 못했다. 따라서 즉석 방어 전선을 펼치는 정도가 전부였다. 그래서 그 두 가지 상황은 서로를 상쇄하고 말았다. 역사는 혼돈계이기 때문이다. 사령부는 첩보 기관의 정보를 무시하고 주 공습 대상이 런던일 것으로 예측하고 그쪽으로 비행기들을 보냈다. 하지만 사소한 계산상의 실수 하나로 인해 레이더 신호를 방해하는 데 실패했다.

하지만 비밀이란 것은 언제나 극히 중요한 사건이 될 수 있었다. 사소한 말실수 하나가 첩보 작전 전체를 위험에 빠뜨릴 수도 있었다. 만약 어떤 일로 인해 나치가 의심하게 된다면, 즉 만약 성당이 기적과도 같이 멀쩡하다거나 전 영국 공군이 코번트리에 밀집해 있다거나 혹은 누군가가 말 한마디라도 잘못하게 되면 '가벼운 입이 배를 가라앉힌다'는 말처럼, 나치 측은 암호 기계를 바꿀 수도 있었다. 그리고 그렇게 되면 연합국 측은 엘 알라메인이나 북대서양 쪽 전투, 더 크게는 아예 제2차 세계대전에서 패배할 가능성도 있었다.

그러니 캐러더스와 신참 그리고 내가 폐허 더미나 호박밭에 도착한 것은 당연한 일이었다. 우리가 가려던 곳은 분기점 근처였고 아무리 사소한 행동이라도 그곳에서는 무척이나 큰 영향을 미칠 수 있는 곳이었기 때문이다. 결과는 증폭되고 파급되며 사소한 일 하나, 예를 들어 잘못 걸려 온 전화 한 통이나 등화관제 아래에서 켜진 성냥불 하나, 떨어진 서류 한 장, 또는 찰나의 순간이 전 세계를 뒤흔들어버릴 만한 영향을 끼칠 수도 있었다.

페르디난트 대공의 운전사가 잘못해서 프란츠 요제프가(街)로 접어드는 바람에 제1차 세계대전이 일어났다. 에이브러햄 링컨의 경호원은 담배를 피우기 위해 잠시 자리를 비웠고 그사이 평화가 파괴되었다. 편두통에 시달리던 히틀러는 자신을 방해하지 말라는 명령을 내렸는데 이 때문에 연합군 측의 D-데이 공격에 대한 보고를 18시간이나 늦게 받았고 그때는 이미 너무 늦었다. 중위가 전보에 '긴급'이라는 단어를 빼먹고 보냈기 때문에 킴멜[92] 장군은 일본군의 공습이 임박했다는 경고를 제때 받지 못했다. '못

---

92 허즈밴드 에드워드 킴멜. 일본의 진주만 공습 당시 태평양 함대 총사령관. 피습의 책임을 지고 사령관에서 물러났다.

하나가 부족해 말굽을 쓸 수 없고, 말굽 하나가 부족해 말을 쓸 수 없고, 말한 마리가 부족해 기병을 쓸 수 없게 된' 꼴이었다.

그리고 이들 수렴점 주변에는 편차의 급격한 증가와 네트의 폐쇄가 있었다.

따라서 이는 뮤칭스 엔드가 분기점이 아니며 고양이는 역사를 바꾸지 않았다는 뜻이었다. 그저 몇 분간의 시간 편차만으로도 이 모든 사태를 막을 수 있었을 테니 말이다. 심지어 베리티가 몬태나의 보즈먼에 도착해야 할 필요조차 없었을 것이다. 만약 베리티가 5분 늦게 도착했다면 고양이는 물에 빠져 죽었을 것이고, 5분 일찍 도착했다면 아무것도 모르고 집에 들어갔을 테니 전체 사건은 완전히 다른 양상을 띠게 될 일이었다.

이 고양이는 '아주먼드 공주'라는 대단한 이름과 달리 빅토리아 여왕이나 글래드스턴, 오스카 와일드의 고양이와는 다른 것이었다. 이 고양이는 세계에 영향을 끼칠 만한 위치에 있지 않았으며 1888년은 중요한 해가 아니었다. 인도 폭동은 1859년에 끝났으며 보어 전쟁은 11년 뒤에 일어날 예정이었다. "그러니까 그건 그저 고양이일 뿐이야." 나는 큰 소리로 말했다.

시릴이 놀란 눈으로 나를 쳐다보았다.

"지금쯤 이곳이 아니라 뮤칭스 엔드에 안전하게 도착해 있을 거야." 내가 말했다. 시릴은 일어서더니 조심스레 주위를 둘러보았다.

"아니요! 도르래가 아니라 도둑이라고요!" 테렌스의 고함 소리가 강 건너 우리 쪽으로 메아리쳤다. "도둑이라고요!"

"도르래라니?" 관리인이 맞받아 소리쳤다. "여기는 수문이지 철물상이 아니라고."

결국, 관리인은 테렌스를 향해 손을 휘휘 내젓더니 관리실 안으로 사라져버렸다.

테렌스는 나에게 황급히 다가와 말했다. "누가 가져갔는지는 모르지만, 여하튼 이쪽으로 갔어요. 관리인이 하류를 가리켰어요."

도저히 믿을 수 없는 말이었다. 내게는 그저 '갑시다, 당신과 할 말이 있어요' 또는 '이 정나미 떨어지는 곳에서 빠져나갑시다!'라는 뜻으로 들렸다.

그리고 테렌스와 토시를 떼어놓으려면 하류가 아닌 반대 방향이 더 적합했다.

"확실해요?" 내가 말했다. "관리인이 상류를 가리켰다고 기억하는데요."

"아니에요." 벌써 다리를 건너며 테렌스가 말했다. "분명히 하류예요." 테렌스는 예선로로 질주했다.

"서둘러야겠다." 내가 시릴에게 말했다. "안 그러면 네 주인을 잃어버리겠구나." 테렌스를 쫓아 여기저기 늘어서 있는 작은 집과 줄지어 선 커다란 백양나무를 지나 나지막한 언덕 위로 올라갔더니 강이 한눈에 들어왔다. 하지만 우리 보트는 보이지 않고 강물만 공허하게 빛나고 있었다. "이쪽으로 간 게 확실해요?"

테렌스는 걸음을 늦추지 않으며 고개를 끄덕였다. "보트를 되찾아서 돌아갈 거예요. 토시와 나는 함께하도록 운명 지어졌고 그 어떤 어려움도 우리를 갈라놓지는 못할 겁니다. 이건 운명입니다. 트리스탄과 이졸데, 로미오와 줄리엣, 엘로이즈와 아벨라르[93]처럼요."

나는 테렌스가 예로 든 모든 경우가 죽음이나 심각한 불행으로 그 결말이 맺어졌다는 사실을 지적하지 않았다. 테렌스 뒤를 쫓아가느라 정신이 없었기 때문이다. 시릴은 헐떡거리며 우리 뒤를 뒤뚱뒤뚱 따라왔다.

"보트를 따라잡으면 뒤로 돌아가서 페딕 교수님을 옥스퍼드로 모셔다드리고, 하류로 가서 애빙던을 지나 저녁에는 야영을 할 겁니다." 테렌스가 말했다. "수문 세 개만 지나면 되죠. 만약 계획대로 된다면 내일 티타임은 뮤칭스 엔드에서 맞이할 수 있을 거예요."

내가 방해하지 않는다면 말이야. "그냥 여행하는 것보다 피곤할 것 같지 않아요?" 내가 말했다. "의사가 저보고 과로하지 말라고 했거든요."

"제가 노를 젓는 동안 낮잠을 자고 계세요. 티타임이 안성맞춤이에요. 그 사람들은 같이 차를 마시자고 할 테니까요. 저녁 식사나 뭐 그런 거와는 다르니까 정식 초대장이나 정장이 필요하지 않지요. 정오까지는 레딩에 도착할 수 있어야 해요."

---

93 아벨라르는 프랑스의 신학자이자 철학자이고 엘로이즈는 그의 제자이다. 둘은 20년의 나이 차를 극복하고 사랑에 빠지지만, 엘로이즈 숙부의 반대로 결혼하지 못했다.

"하지만 저는 강을 따라서 관광하고 싶은걸요." 관광지가 어디에 있는지 머리를 굴리며 내가 말했다. 햄프턴 코트? 아니 그곳은 헨리 아래쪽에 있었다. 윈저궁전도 마찬가지였다. 보트 위의 세 남자가 관광을 한 곳이 어디였더라? 무덤이었군. 해리스는 언제나 누구 다른 사람의 무덤을 보기 위해 배를 멈추길 원했다.

"무덤을 보고 싶군요." 내가 말했다.

"무덤이라고요?" 테렌스가 말했다. "햄프턴 처치에 있는 리처드 티첼의 무덤을 빼면 강을 따라서는 별로 볼 만한 게 없어요. 그 사람은 햄프턴 코트 궁전의 창문으로 몸을 날렸죠. 그리고 어쨌든 간에 햄프턴 처치는 뮤칭스 엔드를 지나야 있어요. 만약 메링 대령이 우리를 좋아한다면 저녁 식사에 초대할 겁니다. 일본에 관해서 뭐 아시는 거 있나요?"

"일본요?" 내가 말했다.

"물고기가 온 곳이죠." 테렌스가 모호하게 말했다. "물론 가장 좋은 건 우리더러 일주일 정도 묵어달라고 그쪽에서 부탁하는 것이지만 대령은 손님을 좋아하지 않는답니다. 방해를 한다나요. 제 말은, 물고기를 방해한다고요. 그리고 대령은 케임브리지에 갔어요. 어쩌면 우리는 강신술사인 척할 수도 있어요. 메링 부인은 영혼에 푹 빠져 있거든요. 야회복 가져오셨나요?"

시차 효과가 아직 남아 있는 게 틀림없었다. "강신술사가 야회복을 입나요?" 내가 물었다.

"아니요. 강신술사는 길고 느슨한 가운처럼 생긴 것을 입는데, 탬버린이나 무명천 뭐 그런 것을 숨길 수 있을 정도로 낙낙하죠. 그러니까 제 말은, 저녁 식사 때 입을 옷을 말하는 거예요. 우리가 초대받는다는 가정하에서요."

내 짐에 야회복이 있는지 알 수가 없었다. 보트를 발견하면, 만약 우리가 보트를 발견한다면 말이지만, 내 짐들을 뒤져서 워더와 핀치가 내게 어떤 물건들을 꾸려줬는지 살펴봐야 할 필요가 있었다.

"아주먼드 공주를 발견하지 못해서 무척 아섭군요." 테렌스가 말했다. "그 고양이만 있다면 우리가 초대받을 수 있을 텐데 말이죠. 잃어버린 어린

양을 찾으면 살진 소를 잡는, 뭐 그런 거 있잖아요. 토시가 둑으로 와서 제게 고양이를 찾았는지 물어보는 모습을 보셨나요? 토시는 이제까지 제가 본 피조물 중 가장 사랑스러웠어요. 황금처럼 빛나는 곱슬머리에 '우아한 아마포처럼 푸른 눈, 새벽녘 같은 뺨!'[94]아니, 색이 더 밝았어요! 카네이션처럼요! 장미처럼요!"

시릴과 나는 토시를 백합이며 딸기, 진주, 금실에 비유하여 계속 이야기하는 테렌스를 뒤따라갔다. 시릴은 그늘을 갈망하는 듯했고, 나는 루이 16세에 관해 생각하고 있었다.

아주먼드 공주가 빅토리아 여왕의 고양이가 아니며 뮤칭스 엔드가 미드웨이 제도(諸島)가 아니라는 점은 사실이지만 드루에를 보라. 그는 중요한 인물이 아니라 역사책에 등장하지 않는 것이 정상인 무식한 프랑스 촌부였다.

루이 16세는 마리 앙투아네트와 함께 탈출하면서 마차 창문으로 얼굴을 내밀고 드루에에게 길을 물은 다음, 역사의 진로를 바꿔버릴 사소한 행동을 했다. 팁으로 지폐를 준 것이다. 자신의 얼굴이 그려져 있는 지폐를.

드루에는 마차를 막을 군대를 모으기 위해 숲을 앞질러 갔지만 마차를 막을 수가 없었고, 그래서 헛간에서 수레를 끌고 와 마차가 지나가는 길을 막게 된다.

만약 이때 역사학자가 수레를 숨기거나, 잠복해서 드루에를 없애거나 루이 16세가 탄 마차를 모는 마부에게 다른 길로 가라고 충고했다면 어떻게 되었을까? 아니 역사학자를 처음부터 베르사유로 보내 여행 경비를 지폐 대신 주화로 준비시켰더라면? 그랬다면 루이 16세와 마리 앙투아네트는 왕당파 군대와 만날 수 있었을 터이고 프랑스 혁명은 사라지고 유럽 전체의 역사가 바뀌었을 것이다.

수레 하나로 말이다. 고양이도 그럴 수 있었다.

"즉시 샌드포드 수문으로 가지요. 그곳 관리인에게 보트를 보았는지 물어봅시다." 테렌스는 신이 나서 말했다.

---

94 롱펠로, '헤스페러스호의 난파'

몇 분 뒤 우리는 수문에 도착했고 나는 또다시 끝없이 지루하고 알아들을 수 없는 대화를 나눠야 하는 게 아닌지 걱정했지만, 테렌스의 진지한 고함에도 관리인은 코빼기도 보이지 않았다. 테렌스는 혼자서 몇 분 동안 떠들다가 용기를 잃지 않은 목소리로 '뉴니햄 코트니에 누가 있을 겁니다'라고 말하더니 걸음을 옮겼다.

나는 어떤 대답이 나올지 겁이 나서 뉴니햄 코트니가 얼마나 멀리 있는지 차마 묻지도 못했다. 강굽이 저편에는 예선로에 인접해 줄지어 선 버드나무 때문에 강이 제대로 보이지 않았다. 우리가 굽이에 도착했을 때 테렌스는 이엉지붕을 얹은 오두막 앞에 서더니 정원에 있는 자그마한 여자아이를 한참 바라보았다. 여자아이는 파란색과 흰색 줄무늬가 어우러진 앞치마를 입고 그네를 타고 있었다. 아이의 페티코트는 잔뜩 부풀어 올랐으며 흰색 고양이를 안고 이야기를 나누고 있었다.

"우리 귀여운 야옹이, 너도 그네 타는 게 좋지? 저 파란 하늘로 날아가는 것 같지?"

고양이는 아무런 소리도 내지 않았다. 자는 듯했다.

2040년대까지만 해도 고양이는 아직 멸종되지 않은 상태였기 때문에 몇 번 본 적이 있지만, 성당에서 본 검댕투성이 고양이를 빼고는 깨어 있는 상태의 고양이를 본 적이 없었다. 베리티 말로는 시차 증후군 때문에 자신이 네트를 통과해 데려온 고양이가 잠이 들었다고 했지만, 고양이는 평상시에도 늘 잠자는 상태로 지내는 것은 아닐까 하는 생각을 버릴 수 없었다. 성모 성탄 축일에 보았던 흑황색 얼룩 고양이는 축일 내내 잡화 판매대의 크로셰 뜨개질한 모포 위에서 잠을 잤다.

"저…, 어떻게 생각하세요?" 작은 여자아이를 가리키며 테렌스가 말했다.

나는 고개를 끄덕였다. "저 아이가 보트를 보았을 수도 있겠군요. 그리고 수문 관리인보다 엉망이지는 않겠지요."

"아니, 아니요. 아이가 아니라 고양이요."

"메링 양의 고양이는 검은색이라고 하지 않았던가요?" 내가 말했다.

"그렇죠. 발과 얼굴은 하얗고요." 테렌스가 말했다. "하지만 적당한 곳에 적당히 검은색 칠을 한다면….”

“안 돼요.” 내가 말했다. “메링 양이 자기 고양이를 무척이나 사랑한다고 당신이 말했잖아요.”

“그렇죠. 그리고 누구든지 간에 고양이를 찾아주면 무척이나 고마워할 겁니다. 검댕을 잘 바르면 될 것 같지 않….”

“안 돼요.” 나는 단호히 말을 하고 그네 쪽으로 걸어갔다. “보트를 보지 못했니?”

“봤어요.” 아이는 공손히 대답했다.

“잘됐군. 누가 타고 있던?” 테렌스가 물었다.

“어디에요?” 아이가 물었다.

“보트에 말이다.” 테렌스가 말했다.

“어느 보트요? 이곳에는 보트가 아주 아주 많이 있어요. 여기는 템스강이라고요.” 고양이를 쓰다듬으며 아이가 말했다.

“짐이 가득 실린 커다란 초록색 보트란다.” 테렌스가 말했다. “보았니?”

“물기도 하나요?” 아이가 테렌스에게 되물었다.

“누구? 헨리 씨 말이냐?” 테렌스가 말했다.

“시릴 말이구나.” 내가 말했다. “아니. 물지 않는단다. 여하튼 그런 보트를 보았니? 짐이 가득 실린 것 말이다.”

“네.” 아이는 대답하더니 그네에서 일어나 고양이를 어깨에 올렸다. 고양이는 깨지 않았다. “저쪽으로 갔어요.” 아이는 강 하류를 가리켰다.

“그건 알고 있단다.” 테렌스가 말했다. “보트에 누가 타고 있는지 보았니?”

“네.” 아이는 마치 갓난아이에게 트림시키듯 고양이를 쓰다듬으면서 대답했다. “불쌍한 우리 야옹이, 저 커다란 개가 겁을 줬니?”

고양이는 평화롭게 잠이 들어 있었다.

“보트에 누가 타고 있던?” 내가 말했다.

아이는 고양이를 팔로 안더니 흔들어 어르며 말했다. “교회에 있는 아저씨요.”

“교회? 신부님이나 성당지기를 말하는 거니?” 나는 교구 위원이 ‘배를

176

대지 마시오'라는 표어를 붙여놓았었는지 그리고 그 벌로 배를 끌고 간 것인지 생각하며 물었다.

"네, 가운을 입고 있었어요."

"페딕 교수님이군." 내가 말했다.

"백발이던?" 테렌스가 말했다. "염소수염에?"

아이는 고개를 끄덕이더니 고양이가 마치 인형이라도 되는 양, 앞발 아래를 받치고 안아 올려 자기 앞쪽으로 내밀었다. "못된 개로구나. 널 이토록이나 겁주다니!"

고양이는 여전히 깨지 않고 자고 있었다.

테렌스가 벌써 저만치 앞서가며 말했다. "빨리요. 그 생각을 했어야만 하는 건데." 졸지에 못된 개가 된 시릴과 나는 테렌스의 말을 들으며 쫓아갔다. "보트를 가져갈 사람은 교수님밖에 없다고 생각했어야만 하는 건데. 그리 멀리 가진 못했을 겁니다."

테렌스는 평평한 벌판 사이, 남서쪽으로 완만히 굽어진 강을 가리켰다. "꼭 마라톤 평원 같군요."

내 생각과 달리 정말로 마라톤 평원과 똑 닮았을지도 모르지만, 페딕 교수는 이 장소에 반하지 않았던 것인지 또는 내 생각보다 훨씬 더 빨리 노를 저을 수 있는 모양이었다. 페딕 교수와 배, 둘 다 어디에도 보이지 않았다.

테렌스는 아무런 고민도 없어 보였다. "곧 찾게 되어 있습니다."

"만약 못 찾으면요?" 내가 말했다.

"찾을 거예요." 테렌스가 말했다. "여기서 8킬로미터 떨어진 곳에 수문이 있습니다. 보트로 거길 통과하려면 기다려야만 합니다."

"8킬로미터요?" 나는 맥 빠진 목소리로 물었다.

"그리고 우리는 교수님을 따라잡아야만 합니다. 이게 운명이 행동하는 방식이죠. 안토니우스와 클레오파트라처럼요."

불행한 끝맺음을 하는 또 하나의 러브 스토리군.

"안토니우스가 잃어버린 보트처럼 사소한 일에 마음이나 썼을 것 같아요? 비록 그 친구 경우라면 보트가 아니라 너벅선이었겠지만요."

우리는 악전고투를 했다. 빅토리아 시대의 햇살이 내리꽂히고 있었으며, 테렌스는 활기찬 걸음걸이로 성큼성큼 걸어가면서 토시를 천사나 요정, 정령, 클레오파트라(정말로 불행한 결말을 맞이한 사람이었다)에 비교해댔다. 시릴은 마치 죽음의 바탄 행진[95]에 끌려가는 병사 같았다. 그리고 나는 자고 싶은 마음이 간절했으며 대체 잠을 잔 지 얼마나 오래되었나 계산해보았다.

내가 이곳에 도착한 시각이 10시였고 회중시계는 지금 거의 IV를 가리키고 있으니까 이곳에 온 지 6시간이 되었고, 연구실에서 3시간 동안 준비했고 던워디 교수의 사무실에서 1시간, 옥스퍼드의 운동장에서 30분, 병원에서도 같은 시간을 썼으니 도합 11시간이었다. 하지만 여기에는 주교의 새 그루터기를 찾는 데 썼던 2시간과 성당을 찾아가는 데 1시간, 그리고 추수 감사 자선 바자회와 고철 수집 운동에서의 5시간은 포함되지 않았다. 19시간이었다.

내가 자선 바자회를 끝마쳤을 때가 아침이었던가 오후였던가? 오후였다. 저녁 식사를 위해 내 방으로 막 돌아가려는 참에 슈라프넬 여사가 나를 찾아내서 잡동사니 판매대로 보냈으니까.

아니 그건 그 전날이었군. 아니면 그 전전날이었던가. 내가 잡동사니 판매대에 얼마나 오래 있었더라? 엄청난 기간이야. 몇 년은 있었던 것 같았다.

"포기해야만 할 것 같군요." 내가 말했다. 옥스퍼드까지 돌아가려면 얼마나 멀지 생각하니 맥이 탁 풀렸다. 어쩌면 이플리의 교회에서 잠을 잘 수 있을지도 모르지. 아니, 그 교회는 4시까지만 문을 열었다. 그리고 찬송가 책을 꽂아놓는 곳에는 분명히 '신도용 좌석에서 잠을 자지 마시오'라는 표어가 붙어 있을 것이다.

"보세요!" 테렌스가 외쳤다. 테렌스는 강 중앙에 버드나무로 덮인 섬을 가리켰다. "저기에 있어요!"

분명 페딕 교수였다. 교수는 가운을 펄럭이며 강 가장자리로 몸을 숙이

---

95 1942년 필리핀의 바탄반도에서 포로로 잡힌 7만 명의 미국인과 연합군, 필리핀 포로들이 수용소까지 간 행진. 행진 도중 약 2만 명이 죽었다.

고는 코안경을 끼고 물을 자세히 들여다보고 있었다.

"페딕 교수님!" 테렌스가 목청껏 외쳤고 교수는 놀라서 거의 넘어질 뻔했다.

교수는 뭔가 버드나무 가지처럼 보이는 걸 잡고 몸을 고정했다. 그러고는 코안경을 고쳐 쓰고 우리를 자세히 바라보았다.

"저흽니다. 세인트트루웨즈와 헨리요. 교수님을 찾아다녔어요." 테렌스가 두 손을 입가에 둥그렇게 모으고 소리쳤다.

"아, 세인트트루웨즈로군." 페딕이 외쳤다. "이리 오게나. 처브[96]가 살고 싶어 할 정도로 안성맞춤인 여울을 발견했다네."

"교수님이 이리 오셔서 저희를 태우셔야죠." 테렌스가 말했다.

"태우다니? 자네들이 마녀라도 되나?" 페딕 교수가 말했고, 나는 생각했다. '또 시작이로군.'

"보트에 저희를 태우러 오시라고요." 테렌스가 말했다. "보트에 타고 계시잖아요."

"아! 그곳에 있게나." 페딕 교수는 말을 마치고 버드나무 숲속으로 사라졌다.

"교수님이 보트를 제대로 매놓았길 빌죠." 내가 말했다.

"교수님이 배를 어디에 뒀는지 기억하길 빌자고요." 테렌스가 둑에 앉으며 말했다.

나는 테렌스 옆에 앉았고 시릴은 엎드리자마자 옆으로 눕더니 코를 골기 시작했다. 나도 그럴 수 있으면 하는 생각이 굴뚝같았다.

이제 우리는 페딕 교수를 태우고 적어도 3시간은 노를 저어 옥스퍼드로 되돌아가야만 했고, 그나마 만약 물고기나 풀밭이 나타날 때마다 멈추려고 할 게 분명한 페딕 교수를 우리가 뜯어말릴 수 있다는 가정하에서였다.

하지만 따져 보면 이쪽이 훨씬 좋았다. 베리티는 테렌스를 뮤칭스 엔드에서 떼어놓으라고 했고, 페딕 교수와 함께 있게 된다면 분명히 그렇게 할

96 유럽산 잉어 과(科) 황어 속(屬)의 담수어

수 있다. 옥스퍼드에 도착할 즈음에는 어두워질 것이다. 우리는 그곳에서 밤을 보내야 할 테고 아마도 아침이 되면 나는 테렌스에게 파슨스 플레저를 보기 위해 상류로 가자고 할 수도 있다. 아니면 런던으로 가자든가 경마를 보러 가자고 할 수도 있겠지. 더비 경마일이 언제더라?

아니면 밤새 푹 자고 나면 테렌스가 제정신으로 돌아와 토시가 머리가 텅 빈 깡통이라는 사실을 깨달을지 또 누가 알겠는가? 사랑의 열병이라는 것은 시차 증후군과 같이 화학적 불안정에 기인하는 것이기에 하룻밤 잘 자고 나면 치료되는 증상이다.

교수는 나타날 기색이 안 보였다. "새로운 처브 종을 발견하고는 우리를 잊어버리신 모양이네요." 테렌스가 말했지만 그 순간 섬 끄트머리를 돌아 보트가 나타났다. 노를 저을 때마다 페딕 교수의 소매는 검은 돛처럼 부풀어 올랐다.

보트는 우리를 지나쳐 아래쪽에 멈췄고 우리는 서둘러 예선로로 다가갔다. 시릴도 뒤뚱거리며 우리를 따라왔다.

나는 시릴을 재촉하기 위해 뒤를 돌아보며 말했다. "빨리 와, 시릴." 말을 마치고 고개를 돌린 나는 테렌스와 부딪치고 말았다. 테렌스는 갑자기 멈춰서더니 보트를 빤히 바라보고 있었다.

교수가 말했다. "내가 얼마나 멋진 것을 발견했는지 자네는 모를걸세. 이 섬은 던리스 모우 전투의 지형과 똑같다네." 교수는 냄비를 위로 쳐들었다. "내가 발견한 푸른색 이중아가미 처브를 보여주지."

테렌스는 여전히 뻣뻣하게 군은 채 보트를 바라보고 있었다.

보트에는 자베즈가 우리에게 보트를 빌려줄 때부터 있던 것을 제외하고는 특별히 새로 긁히거나 파인 곳이 없었으며 구멍 난 곳도 보이지 않았다. 선미와 선수 바닥도 물기 하나 없이 완벽하게 말라 있었다.

가만, 선미와 선수 바닥이라고? "테렌스…." 내가 말했다.

"페딕 교수님. 저희 물건은 어떻게 된 거죠?" 테렌스가 새어 나오는 목소리로 물었다.

"물건?" 페딕 교수가 못 알아듣겠다는 듯이 말했다.

"짐이요. 네드의 여행용 가방과 광주리 그리고…."

"아, 섬 저쪽의 살릭스 바빌로니카[97] 아래에 있네. 올라오게나. 카론이 영혼을 태우고 스틱스강을 건너듯 내가 자네들을 태워줌세."

나는 배에 올라타서 테렌스가 시릴을 배에 태우는 것을 도왔다. 테렌스는 뱃전에 앞발을 걸치고 있는 시릴의 엉덩이를 밀어주고 자신도 보트에 올라탔다.

"강바닥이 자갈밭이로군. 훌륭해." 페딕 교수는 노를 젓기 시작했다. "황어 무리가 살기에 안성맞춤인 곳이지. 벌레나 파리도 많고 말일세. 나는 붉은색 돌기 아가미가 있는 송어를 한 마리 잡았다네. 세인트트루웨즈. 자네, 그물 가지고 있나?"

"그물요?"

"그물 낚시를 하려고 그러네. 낚싯바늘을 쓰다 입을 다치게 하기는 싫거든."

"낚시하고 있을 시간이 없습니다." 테렌스가 말했다. "가능한 한 빨리 보트에 짐을 다시 꾸리고 돌아가야 해요."

"말도 안 되는 소리. 내가 야영하기에 딱 좋은 곳을 발견했네."

"야영이라고요?" 테렌스가 말했다.

"집에 갔다가 다시 돌아온다면 아무 소용이 없다네. 처브는 해 질 무렵에만 미끼를 무니까."

"하지만 교수님의 누님과 그 동행은 어쩌고요?" 테렌스는 회중시계를 꺼내 보며 계속 말했다. "벌써 5시가 다 되어갑니다. 만약 지금 떠난다면 저녁 식사 때에는 그분들과 같이 계실 수 있을 겁니다."

"그럴 필요 없네." 페딕 교수가 말했다. "이미 내 학생 한 명에게 마중 나가달라고 부탁해놓았으니까 말이야."

"제가 바로 그 학생입니다, 교수님." 테렌스가 말했다.

"말도 안 되는 소리. 그 학생은 내가 일하고 있는 동안에 템스강을 따라서 보트를 타고…." 교수는 코안경을 통해 테렌스를 자세히 보기 시작했다.

97 *Salix babylonica*, 버드나무의 일종

"맙소사, 그게 자네로군."

"저는 10시 55분에 나갔었죠. 하지만 교수님의 누님과 그 동행은 없었습니다. 그러니까 3시 18분에 도착했을 게 틀림없어요."

"그런데 오지 않았지." 교수는 물을 들여다보며 말했다. "농어가 살기 적당한 수초로군."

"오전에 교수님의 누님이 오지 않은 건 저도 압니다." 테렌스는 포기하지 않았다. "하지만 만약 누님과 그 동행분이 3시 18분 기차로 도착…."

"그 사람이 아닐세." 교수는 소매를 걷고는 강물에 손을 넣으며 말했다. "원래 동행으로 오기로 했던 여자는 도망가서 결혼했지."

"결혼했다고요?" 내가 물었다. 플랫폼에 있던 그 나이 든 여자는 결혼한 누군가에 대해 말했었다.

"내 누이가 그렇게 노력했는데도 말일세. 교회에서 남자를 만났지. 개인행동에 대한 고전적인 예이지. 역사는 개인이 이뤄가는걸세. 그래서 대신 내 조카딸과 함께 왔다네."

"조카딸이라고요?" 내가 물었다.

"사랑스러운 아이지." 교수는 진흙이 묻은 채 하늘거리는 갈색 수초 조각을 꺼내며 말했다. "표본을 분류하는 데 천부적인 재능이 있네. 그 아이가 도착했을 때 자네가 그곳에 있어서 만나지 못한 게 정말 유감이로구면."

"그곳에 있었습니다. 그분들이 안 계셨어요."

"확실한가?" 수초를 내 쪽으로 내밀며 교수가 말했다. "모드가 보낸 편지에는 시간이 정확하게 적혀 있었네." 교수는 자기 외투 주머니를 툭툭 쳤다.

"모드라고요?" 나는 내가 잘못 들었기를 바라며 되물었다.

"가엾은 자기 어머니 모드의 이름을 따 지은걸세." 교수는 자기 주머니 안을 들여다보면서 말했다. "만약 그 아이가 남자였더라면 훌륭한 박물학자가 되었을걸세. 오버포스가 날 죽이려고 했을 때 그 편지를 잃어버린 것 같군. 하지만 10시 55분인 건 확실하네. 어쩌면 내일 기차일지도 모르겠지만 말이야. 오늘이 며칠이지? 오, 마침내 우리는 낙원에 도착했군. '이 세상의 끝에 있는 지복(至福)의 땅, 금발의 라다만티스가 다스리는 곳.'"[98]

보트는 시릴이 깰 정도로 심하게 덜컹거리며 기슭에 도착했지만 내가 좀 전에 받은 충격에 비하면 아무것도 아니었다. '모드'라니. 나는 테렌스가 '구닥다리 친척'을 만나지 못하도록 만든 것이었다. 만약 내가 없었다면 페딕 교수의 누나와 조카딸은 플랫폼에 앉아서 테렌스가 도착할 때까지 기다렸을 것이다. 혹은 만약 테렌스가 설명한 것과 같은 사람은 기차에서 내리지 않았다고 내가 말만 하지 않았더라면, 테렌스는 베일리얼 칼리지로 향하던 그 둘을 쫓아가 만났을 것이다. 그러나 테렌스는 '구닥다리 친척'이라고 내게 말했다. '완전 늙다리들'을 마중 나왔다고 말이다.

"밧줄을 매줄 수 있나요, 네드?" 보트 앞코를 강기슭으로 끌어당기며 테렌스가 말했다.

역사라는 복잡다단한 과정에서 '만남'이라는 사건은 엄청난 분기점이었다. 넬슨 제독과 그의 연인 엠마 해밀턴이 그랬다. 헨리 8세와 앤 불린, 크릭과 왓슨, 존 레논과 폴 매카트니. 그리고 테렌스는 옥스퍼드의 기차역 플랫폼에서 모드를 만나기로 되어 있었다.

"이봐요, 네드? 밧줄을 매줄 수 있어요?"

나는 밧줄을 가지고 진흙 둑을 성큼성큼 걸어가 보트에 밧줄을 매면서 이제 내가 뭘 해야만 할지 생각했다.

"지금 옥스퍼드로 출발해서 조카 따님을 만나는 게 어떻겠습니까? 누님도요." 내가 덧붙였다. 그 둘은 기차역에 있지 않겠지만 적어도 만날 수는 있겠지. "우리는 이 짐들을 여기에 놓고 떠났다가 나중에 돌아와서 짐을 가져가면 됩니다. 두 명의 숙녀가 홀로 여행하고 있잖습니까? 숙녀분들에게는 짐을 들어줄 사람이 필요할 겁니다."

"말도 안 되는 소리." 페딕 교수가 말했다. "모드라면 혼자서도 충분히 마차를 불러서 호텔까지 짐을 옮기게 할 수 있네. 아주 영민한 아이지. 다른 여자아이들과는 달라. 자네도 그 아이를 좋아할걸세, 세인트트루웨즈.

98 호메로스, 《오디세이아》

혹시 미끼 가진 거 있나?" 교수는 말을 마치고는 버드나무 쪽으로 향했다.

"교수님을 설득할 수 없나요?" 내가 테렌스에게 말했다.

테렌스는 내 말에 고개를 저었다. "물고기가 있는 곳에서는 불가능해요. 역사에 관해서도 마찬가지고요. 할 수 있는 최선의 방법은 어두워지기 전에 야영 준비를 하는 것뿐입니다." 테렌스는 커다란 버드나무 아래 우리의 여러 가지 옷 가방이며 상자들이 쌓여 있는 곳으로 가더니 뭔가를 찾기 시작했다.

"하지만 교수님의 조카딸이…."

"들었잖아요. 영민하고 똑똑하다잖아요. 교수님의 조카딸은 분명히 '여자도 옥스퍼드 대학에 입학할 수 있어야 한다'고 주장하는 그러한 현대 여성일 겁니다. 끔찍하죠." 테렌스는 냄비와 통조림을 꺼냈다. "가장 재수 없는 종류의 여자죠. 메링 양과는 달라요. 얼마나 귀엽고 순진한데요."

'그리고 멍청하기도 하고.' 나는 생각했다. 그리고 테렌스는 메링 양을 만나면 안 되었다. 테렌스가 만났어야 할 사람은 모드였다. '자네도 그 아이를 좋아할걸세.' 페딕 교수는 말했고, 모드의 검은 눈동자와 아름다운 얼굴을 테렌스가 봤다면 분명 그랬을 것이다. 하지만 모드의 고모라는 사람은 내 모습을 보고 나를 건달로 오인했고, 베리티는 아무런 생각 없이 행동했으며, 원래는 결코 만날 운명이 아니었던 테렌스와 토시는 다시 만날 약속을 잡아놓은 상태이니 이제 어떤 일이 벌어질지 그 누가 알겠는가?

"어찌 되었든 간에 우리는 내일 그 조카딸을 만나게 될 겁니다." 미트파이를 얇게 썰며 테렌스가 말했다. "아침에 교수님을 모셔다드리면 말이죠."

그래, 내일이면 테렌스는 모드를 만나게 될 것이다. 혼돈계는 완충 장치와 간섭 그리고 피드포워드를 내포하고 있어서 어떤 사건은 그 파장이 급격하게 퍼져나가지 않고 그냥 조용히 사라진다. '이곳에서 못 만나면 다른 곳에서 만나는 법.' 오늘은 테렌스와 모드가 만나지 못했지만, 내일은 만날 수 있을 것이다. 그리고 사실 만약 우리가 오늘 저녁에 돌아간다면 너무 늦은 시간이 되기 때문에 페딕 교수의 누이는 방문객을 받지 않을 수도 있다. 그러면 테렌스와 모드는 또다시 만날 기회를 놓치게 되는 셈이다. 하지만 내일 아침이면 모드는 예쁜 옷을 입고 있을 테고, 테렌스는 뮤칭스 엔드에 대한 모든 것을 잊고서 삿대배를 타고 포트 풀밭으로 소풍을 가자고 제안할 수도 있다.

만약 테렌스가 모드를 만날 운명이라면 말이다. 그리고 어쩌면 내가 플랫폼에 없었다 할지라도 페딕 교수의 누이는 짐꾼이 위험하다고 생각하거나 아무도 마중 나오지 않은 데 화가 나서 마차를 잡고는 테렌스가 도착하기 전에 역을 떠났을 수도 있었다. 그리고 테렌스는 그 둘을 만나지 못한 채 급히 보트를 빌려서 폴리 브리지로 갔을지도 몰랐다. 루이스가 말했듯이, 이 시스템은 자체 교정 능력이 있으니까.

베리티가 옳았다. 아주먼드 공주는 돌아왔고, 고양이 때문에 설사 모순이 일어났다 할지라도 모두 다 교정이 되었으며 나는 이제 푹 쉬면서 몸을 회복하기만 하면 되는 상황이다. 음식과 잠, 이 순서로 즐기며 말이다.

테렌스는 담요를 펼쳐서 그 위에 접시와 컵을 놓았다.

"제가 뭐 할 일은 없나요?" 입에 군침이 돌았다. 마지막으로 음식을 먹은 게 언제였더라? 여성학교가 개최한 승리 염원 바자회에서 차 한 잔과 록 케이크 한 조각을 먹은 것이 내가 기억하는 전부였고 그때는 최소한 이틀하고도 52년 전의 일이었다.

테렌스는 광주리를 뒤지더니 양배추와 커다란 레몬을 꺼냈다. "깔개를 깔아주세요. 둘은 보트에서 자고 다른 한 명은 강기슭에서 잘 수 있도록요. 그리고 만약 은식기와 진저비어를 찾으면 꺼내서 차려주세요."

나는 깔개를 깔기 시작했다. 이 섬은 이플리의 교구 위원 소유인 듯했다. 사실상 둑에 박힌 수많은 말뚝과 거의 모든 나무에 표어가 붙어 있었다. '통행금지', '들어가지 마시오', '사유지', '사유수', '통행자에게 발포함', '보트 금지', '낚시 금지', '쓰레기 투하 금지', '야영 금지', '야유회 금지', '상륙 금지.'

나는 테렌스의 상자를 뒤져서 특이하게 생긴 기구 일습을 찾아냈다. 나는 포크, 숟가락, 나이프에 가장 비슷하게 생긴 것들을 꺼낸 다음, 담요 위에 차려놓기 시작했다.

"음식이 거칠까 봐 걱정되는군요." 테렌스가 말했다. "음식을 마련하기 위해 중간에 멈출 생각이었는데. 여하튼 지금은 있는 대로 먹어야겠군요. 페딕 교수님께 저녁 식사가 준비되었다고 전해주세요. 변변치는 못하지만요."

시릴과 나는 위태위태한 자세로 강물을 내려다보고 있는 페딕 교수를 데리고 왔다.

테렌스가 거친 음식이라고 했던 내용물을 살펴보니 돼지고기 파이, 송아지 고기파이, 콜드 로스트비프, 햄, 오이피클, 초란, 근대 피클, 치즈, 버터와 빵, 진저비어, 포트 와인이었다. 아마도 내가 지금까지 먹어본 것 가운데 최고의 진수성찬일 것이다.

테렌스는 구운 쇠고기의 마지막 조각을 시릴에게 주더니 통조림을 집어 들었다. "이런!" 테렌스가 말했다. "깡통 따개를 두고 왔군요. 깡통 안에는 맛있는…."

"파인애플로 가득 차 있겠죠."[99] 씩 웃으며 내가 말했다.

"아니요. 복숭아입니다." 병에 붙은 라벨을 보면서 말한 다음, 테렌스는 광주리로 몸을 숙였다. "하지만 여기 어딘가에 파인애플 통조림도 있을 겁니다. 비록 제 생각에는 깡통 따개가 없는 이상, 두 가지 모두 같은 맛이겠지만 말이죠."

'보트를 잡아당기는 갈고리 장대로 깡통을 따려고 해볼 수도 있지.' 혼자 웃으며 나는 생각했다. 《보트 위의 세 남자》에서는 그렇게 했으니까. 그러다가 조지를 거의 죽일 뻔했지만. 조지를 구한 것은 쓰고 있던 밀짚모자였다.

"주머니칼로 딸 수 있을지 몰라요." 테렌스가 말했다.

"안 돼요." 내가 말했다. 《보트 위의 세 남자》에서 갈고리 장대 전에 주머니칼로 먼저 시도했었다. 그리고 가위, 갈고리 장대, 커다란 돌멩이를 써서 깡통을 따려고 했다. "그런 것 없이도 할 수 있어요." 나는 사고를 예방하는 차원에서 말했다.

"저, 네드." 테렌스가 말했다. "혹시 당신 가방에 깡통 따개가 없나요?"

---

99 《보트 위의 세 남자》에서 주인공들은 깡통 따개 없이 파인애플 통조림을 따려고 온갖 노력을 다하지만 결국 실패한다.

핀치의 성격으로 미루어 보건대 분명 내게 있을 듯했다. 나는 뻣뻣해진 다리를 곧게 펴고는 버드나무가 줄지어 선 곳으로 가서 가방을 뒤져보기 시작했다.

여행용 손가방에는 깃이 없는 셔츠 세 벌, 야회복 한 벌(내게 너무 작아 보였다), 그리고 중산모자 하나(내게 너무 커 보였다)가 들어 있었다. 강에 갈 생각이라면 딱 맞는 내용물이었다.

바구니를 뒤져보았다. 이쪽이 더 그럴듯해 보였다. 광주리 안에는 커다란 숟가락 세 개와 식사용 도구 일습이 있었다(그 가운데 하나는 한쪽에는 언월도 비슷하게 생긴 칼이 하나 달렸고 반대쪽에는 기다란 손잡이가 두 개 달렸는데, 구멍이 뚫린 회전식 몸통으로 이루어져 있었다). 아마도 이들 가운데 하나는 깡통 따개일 수도 있었다. 어쩌면 무기일지도 모르지만.

도와주기라도 하려는 듯 시릴이 다가왔다.

"너는 깡통 따개가 어떻게 생겼는지 모르지?" 나는 평평한 석쇠의 기다란 손잡이를 잡고 말했다.

시릴은 여행용 손가방을 보더니 뚜껑 덮인 광주리로 다가가서 코를 킁킁댔다.

"거기에 있는 거니?" 나는 뚜껑을 닫아놓은 끈을 풀고 광주리를 열었다.

광주리 안에서 아주먼드 공주가 회색 눈으로 나를 말똥말똥 쳐다보더니 하품했다.

8

"고양이는 어쩔 수 없는 고양이라는 말을 심심찮게 들을 수 있는데,
사실 별 반론이 없어 보인다."

― *P. G.* 우드하우스

판도라의 상자 ― 빅토리아 시대에 대화 화제로서 본 속옷 ― 내 실수 ― 고양이에게 하기
적당한 명령 ― 존왕의 실수 ― 숙면의 중요성 ― 통조림을 따다 ― 고양이를 부르다 ― 백조 ―
올리어리 부인의 암소 ― 헨젤과 그레텔 ― 완벽한 날의 완벽한 끝맺음

"너 여기서 뭐 하고 있는 거니?" 내가 말했다.

하지만 고양이가 여기서 무엇을 하고 있는지는 분명했다. 던워디 교수
가 나를 통해 고양이를 보냈고, 나는 고양이의 실종이 어떤 결과를 초래하
기 전에 이 고양이를 뮤칭스 엔드로 돌려보내기로 되어 있었던 것이다.

그러나 나는 목적지에서 3일하고도 65킬로미터나 떨어진 상황이었다.
사실 내가 무엇을 하기로 되어 있는지를 알아차리기에는 시차 증후군이 너
무나 심했다. 그사이 메링 부인은 옥스퍼드로 가서 영매에게 조언을 구했
고, 토시는 테렌스와 데 베키오 백작을 만났으며, 테렌스는 모드를 만나지
못하게 되었다.

그리고 인과모순은 해결되지 않은 상태였다. 그것은 바로 여기에 있었
다. 나를 쳐다보며.

"넌 여기 있으면 안 되는 거야." 나는 머리가 띵해져 말했다.

고양이는 회색 눈으로 나를 쳐다보았다. 동공은 세로로 길쭉하니 슬릿
처럼 생긴 신기한 모양이었고 그 안에 초록색 반점들이 보였다. 고양이 눈

동자가 이런 색깔일 수 있을 거라곤 전혀 몰랐다. 나는 모든 고양이의 눈동자는 밝은 노란색으로 어둠 속에서 빛날 거라 상상해왔다.

또한, 나는 개와 고양이가 앙숙이라고 생각해왔지만, 시릴은 그냥 자리에 털썩 주저앉더니 내 기대를 완전히 배반하는 표정으로 나를 쳐다보았다.

"고양이가 여기 있는 줄 몰랐어." 변명하듯 내가 말했다.

하지만 어떻게 모를 수가 있었단 말인가? 마지막 순간에 핀치가 내게 바구니를(그것도 뚜껑을 덮은 바구니를) 가져다준 이유가 뭐라고 생각했단 말인가? 치즈 덩어리라도 되는 줄 알았단 말인가? 시차 증후군에 걸린 나를 보내는 것은 좋은 생각이 아니라고 핀치가 주장한 이유가 대체 뭐라고 생각했단 말인가?

그래, 핀치의 주장이 분명 옳았다. 토시가 고양이를 잃어버렸다고 테렌스가 말해주었을 때조차, 나는 사태 파악을 제대로 하지 못하고 있었다. 그리고 고양이가 어디에 있느냐고 베리티가 물었을 때도 마찬가지였다. 바보, 바보, 바보.

나는 베리티에게 고양이를 들려 뮤칭스 엔드로 보낼 수도 있었다. 아니면 토시에게 주든가. 무슨 핑계를 대고 보트로 돌아가서 우연히 강둑에서 발견한 척할 수도 있었다. 만약 고양이가 내 손에 있었다는 사실을 알기만 했다면 말이다. 짐에 뭐가 들었는지 볼 정도의 정신머리만 있었어도. 바보, 바보, 바보.

고양이가 움직였다. 고양이는 하품하더니 우아한 자세로 기지개를 켠 다음 하얀색 앞발 한쪽을 내밀었다. 나는 다른 한쪽 발을 보려는 마음에 바구니 쪽으로 몸을 숙였다. 검은색뿐이었다.

엉뚱한 생각이 머릿속을 스치고 지나갔다. 만약 이 고양이가 아주먼드 공주가 아니라면? 토시는 아주먼드 공주가 흰색 얼굴에 검은 몸통이라고 말했지만 1888년에 사는 검은 몸통에 흰색 얼굴의 고양이는 수천수만이 넘을 것이 틀림없었다. 이 당시 사람들은 고양이 수를 줄이기 위해서 새끼들을 물에 빠뜨려 죽였으니까.

"아주먼드 공주?" 나는 시험 삼아 불러 보았다.

고양이의 회색 눈동자는 아무런 반응도 보이지 않았다.

"아주먼드 공주야." 나는 좀 더 확실하게 불러보았지만, 고양이는 눈을 감았다.

아주먼드 공주가 아니다. 이 고양이는 수문 관리인이나 교구 위원이 기르는 고양이고 우리가 이플리 교회에 있는 동안 바구니로 기어들어 간 거였다.

고양이는 분홍색 혀와 자그맣고 날카로운 이빨들을 드러내며 다시 하품하더니 일어섰다.

시릴은 마치 공습 대비대 감시원이 소이탄을 발견했을 때처럼 뒤로 물러섰다.

고양이는 바구니 밖으로 발을 딛더니 끝이 하얀 꼬리를 치켜세우고는 하얀색 네 발로 어슬렁거렸다. 뒷다리와 궁둥이 부분 역시 흰색으로, 마치 판탈롱을 입은 듯한 모습이었다. 토시는 판탈롱에 대해 아무런 말도 하지 않았다는 생각이 나자 잠시 기뻤지만, 지금이 빅토리아 시대라는 생각이 떠올랐다. 제대로 교육받은 사람이라면 판탈롱이나 속옷에 대해 논의하지 않았다. 그리고 발이 흰 고양이 가운데 내 짐으로 와서 바구니에 들어간 뒤 뚜껑을 잠가놓을 수 있는 고양이가 있을 리가 있겠는가?

고양이는 공터를 거의 빠져나가고 있었다.

"기다려!" 내가 말했다. "아주먼드 공주!" 순간 머릿속에서 적당한 명령어가 떠올랐다. "가만히 있어!" 나는 단호한 목소리로 말했다. "가만히 있어!"

고양이는 계속 걸어갔다.

"이리 돌아와." 내가 말했다. "가만히 있어. 멈춰. 워워."

고양이는 커다란 회색 눈에 호기심을 가득 담고는 나를 돌아보았다.

"그래." 나는 천천히 고양이에게 다가가기 시작했다. "착하지 야옹아."

고양이는 주저앉더니 발을 핥기 시작했다.

"아주 착하구나, 야옹아. 가만히 있거라… 가만히… 그래." 나는 천천히 고양이에게 다가갔다.

고양이는 앞발로 우아하게 귀를 비비고 있었다.

이제 나는 고양이에게서 한 뼘도 안 되는 거리에 있었다.

"가만히… 착하지… 가만히…." 나는 말을 하면서 고양이에게 돌진해 들어갔다.

하지만 고양이는 살짝 비키면서 숲속으로 사라져버렸다.

"찾으셨나요?" 테렌스가 강둑 쪽에서 소리쳤다.

나는 몸을 일으켜 팔뚝에 묻은 먼지를 털어내고는 시릴을 바라보며 말했다. "아무 말도 하지 말고 있어야 해." 나는 일어났다.

테렌스가 복숭아 통조림을 들고 나타났다. "여기에 있었군요." 테렌스가 말했다. "찾았어요?"

"아직요." 내가 말했다. "아직 다 뒤져보지 못했어요." 나는 짐 쪽으로 잽싸게 걸어갔다.

나는 바구니에 뚜껑을 쑤셔 넣은 뒤, 더 이상 나를 놀라게 할 뭔가가 들어 있지 않길 빌면서 여행용 손가방을 열었다. 다행이었다. 손가방에는 내 발이 들어가지도 않을 것 같은 작은 사이즈의 끈 묶는 부츠 한 켤레, 커다란 물방울무늬 손수건 한 장, 생선용 포크 세 개, 상감 세공한 커다란 은국자 한 개, 식용 달팽이용 집게 하나가 들어 있었다. "이걸로 될까요?" 내용물들을 보여주며 내가 물었다.

테렌스는 바구니를 뒤적거렸다. "글쎄요…. 아, 여기 있네요." 테렌스는 언월도 모양의, 빨간 손잡이가 달린 물건을 들어 보였다. "어, 스틸턴 치즈도 가져오셨네요. 잘했어요." 테렌스는 깡통 따개와 치즈를 들고 돌아갔고 나는 공터로 돌아왔다.

하지만 고양이는 보이지 않았다. "이리 온, 아주먼드 공주야. 이리 오세요, 아가씨." 나는 덤불을 살펴보기 위해 잎들을 들춰내며 말했다.

시릴이 덤불 쪽으로 코를 들이대자 새 한 마리가 날아올랐다.

"이리 온, 야옹아." 내가 말했다. "어서 오렴."

"네드! 시릴!" 테렌스가 우리를 불렀고 나는 잡고 있던 가지를 급히 놓았다. 테렌스가 뚜껑을 딴 복숭아 통조림을 들고 나타났다. "물이 끓고 있어요! 여기서 뭐 해요?"

"좀 치워놓는 게 좋을 듯해서요. 일찍 출발할 수 있도록 모든 짐을 꾸려놓는 참이었어요." 한쪽 부츠에 식용 달팽이용 집게를 집어넣으며 내가 대답했다.

"후식을 먹고 난 다음에 해도 돼요." 내 팔을 끌며 테렌스가 말했다. "이리 오세요."

테렌스는 우리를 모닥불로 데려갔다. 모닥불가에서는 페딕 교수가 주석잔에 차를 따르고 있었다. 시릴은 경계하는 눈으로 이리저리 둘러보았다.

"*Dum licet inter nos igitur laetemur amantes*(어두워지기 전에 즐기세나). 완벽한 날의 완벽한 끝맺음이지." 내게 잔을 내밀며 교수가 말했다.

완벽하지. 고양이를 돌려보내는 데 실패했고 테렌스를 모드와 만나게 하는 데도 실패했다. 그 덕분에 테렌스가 이플리에서 토시를 만나게 했으니 앞으로 무슨 일이 더 벌어질지 누가 알겠는가?

이미 엎질러진 물이었다. 아무리 열심히 노력해도 되돌릴 수 없다는 절망적인 비유이기는 하지만 말이다. 뭔가 희망적인 비유는 없을까? 판도라의 상자를 열었다? 고양이를 자루에서 꺼내버렸다?[100]

어찌 되었든 간에 이미 일어난 일에 대해 울거나 후회해도 소용없는 일이다. 더 피해가 생기기 전에 아주먼드 공주를 최대한 빨리 뮤칭스 엔드로 돌려보내야만 했다.

베리티는 테렌스를 토시에게서 떼어놓으라고 했지만, 그건 고양이에 대해 알지 못했을 때였다. 나는 고양이가 사라졌던 장소에 즉시 고양이를 돌려보내야 했다. 그리고 그럴 수 있는 가장 빠른 방법은 테렌스에게 고양이를 발견했다고 말해주는 것이다. 그러면 테렌스는 미친 듯이 기뻐할 것이다. 그러고는 당장에 뮤칭스 엔드로 출발하자고 할 게 분명했다.

하지만 나는 더 이상 혼란스러운 결론을 만들고 싶지 않은데다, 만약 테렌스가 아주먼드 공주를 데리고 간다면 토시는 너무나 고마워하며 결국은 C 아무개 씨 대신에 테렌스와 사랑에 빠질 수도 있다. 아니면 테렌스는

---

100 '비밀을 누설하다'라는 뜻의 관용어

고양이가 어떻게 하다가 집에서 이렇게 멀리까지 왔는지 이상하게 생각하며 고양이를 훔친 사람을 찾기 위해 보트를 타고 추적하다 어둠 속에서 급류에 휘말려 죽을지도 모른다. 아니면 고양이를 빠뜨려 죽일 수도 있다. 아니면 보어 전쟁을 일어나게 할지도 모르고.

뮤칭스 엔드에 도착할 때까지 고양이에 관해서는 숨기는 것이 나을 듯싶었다. 바구니에 되돌려놓을 수 있다는 가정하에서지만. 그리고 먼저 고양이를 발견할 수 있다는 가정도.

"만약 아주먼드 공주를 발견한다면 어떻게 해야 잡을 수 있을까요?" 뭔가 쓸 만한 대답을 기대하면서 내가 물었다.

"잡으려 할 필요도 없을걸요." 테렌스가 말했다. "제 생각에는 우리를 보자마자 품으로 안겨들 거예요. 그 고양이는 혼자 먹을 것을 구하는 데 익숙하지 않아요. 토시, 그러니까 메링 양 말에 따르자면 아주먼드 공주는 온실 속의 화초라는군요."

"하지만 만약 그렇지 않다면요? 이름을 부르면 고양이가 우리에게 올까요?"

테렌스와 교수 모두 못 믿겠다는 눈으로 나를 바라보았다. "그러면 그게 개지, 고양인가요?" 테렌스가 말했다.

"그렇다면 만약 그 고양이가 겁에 질려 오지 않으려고 한다면 어떻게 해야 하나요? 덫이나…."

"먹을 것을 주면 될 거예요. 굶주렸을 테니까요." 강을 바라보며 테렌스가 말했다. "그쪽도 나처럼 강을 바라보고 있을 거라고 생각해요. '차가운 저녁 공기에 싸여, 황금빛 가운을 입고 어스레한 밤의 전당을 거닐며' 말이죠."

"누가요?" 강둑을 훑어보며 내가 말했다. "아주먼드 공주요?"

"아니요." 테렌스는 짜증 나는 목소리로 말했다. "메링 양 말이에요. 메링 양도 같은 일몰을 보고 있겠죠? 메링 양도 우리가 랜슬롯과 귀네비어처럼 서로 같이 있을 운명이라는 사실을 알고 있을까요?"

또 다른 비극적 결말을 예로 드는군. 하지만 만약 고양이를 찾아서 뮤칭스 엔드로 돌려놓지 못했을 때 일어날 결과와 비교하면 아무것도 아니었다.

나는 일어나 접시를 치우기 시작했다. "내일 아침 일찍 출발할 수 있도록 지금 정리해놓은 다음 자는 게 좋겠어요."

"네드 말이 맞아요. 내일 일찍 옥스퍼드로 떠나야 하니까요." 마지못해 강가에서 떨어지면서 테렌스가 페딕 교수에게 말했다.

"옥스퍼드에 가야 할 필요가 있다고 생각하나요?" 내가 말했다. "페딕 교수님을 모시고 뮤칭스 엔드까지 갔다가 나중에 같이 돌아오면 되잖아요."

내 말에 테렌스는 못 믿겠다는 듯한 눈으로 나를 바라보았다.

나는 즉흥적으로 말을 꾸며냈다. "그렇게 하면 적어도 2시간은 절약할 수 있는데다 강을 따라가다 보면 페딕 교수님이 연구할 수 있는 수많은 역사적 볼거리도 많을 거예요. 유적이며 무덤… 그리고 러니미드도 있고요." 나는 페딕 교수를 향해 몸을 돌렸다. "마그나 카르타[101]에 서명하게 만든 것은 맹목적인 힘이겠죠?"

"맹목적인 힘이라니?" 페딕 교수가 말했다. "마그나 카르타를 만든 것은 '개인'이라네. 존왕의 폭정과 교황의 굼뜬 반응, 랭턴 대주교의 법치와 '인신 보호율'에 대한 주장이 그것일세. 힘이라니! 오버포스 교수가 맹목적인 힘이라는 용어를 써서 마그나 카르타가 생긴 이유를 어떻게 설명할지 그 장면을 보고 싶군!" 교수는 잔을 들어 차를 전부 들이켜고는 단호하게 내려놓았다. "러니미드로 가세나!"

"하지만 교수님의 누님과 조카 따님은 어떻게 하고요?" 테렌스가 물었다.

"내 사환이 뭐든지 도와줄걸세. 그리고 모드는 재치 있는 아이거든. 자네들도 알다시피 존왕이 옥스퍼드로 간 게 잘못이었네. 그러지 말고 런던에 머물렀어야 했어. 그랬다면 역사 전체가 달라졌을걸세. 우리는 그런 실수를 저지르지 않을 거야." 교수는 낚싯대를 집어 들었다. "러니미드로 갈 걸세. 우리가 해야 할 단 한 가지 일이야."

"하지만 교수님의 누님과 조카 따님은 교수님이 어디에 계시는지 모르게 될 텐데요?" 테렌스가 뭔가 석연찮다는 눈초리를 내 쪽으로 보내며 물

---

101 1215년 존왕의 폭정에 시달린 귀족들의 반란에 런던 시민들이 동조하여 왕과 대결, 결국 존왕이 굴복하여 승인한 칙허장으로, 근대 헌법의 토대가 되었다.

었다.

"애빙던에서 전보를 보내면 돼요." 내가 말했다.

"맞아, 전보." 페딕 교수는 내 말에 동의하더니 절뚝거리며 강으로 갔다.

테렌스는 걱정스러운 눈으로 교수를 바라보았다. "교수님 때문에 우리가 늦어지지는 않겠죠, 네드?"

"천만에요. 러니미드는 윈저 약간 아래쪽에 있어요. 당신이 뮤칭스 엔드에서 메링 양을 만나는 동안 내가 교수님을 태우고 그곳에 갔다 올게요. 정오면 그곳에 갈 수 있어요. 그러면 씻을 시간도 생길 거고, 당신은 가장 멋진 모습으로 메링 양을 만날 수 있을 겁니다. 우리는 발리 모에 묵을 수 있어요." 나는 《보트 위의 세 남자》에 나오는 여인숙 이름을 말했다. "그리고 당신 바지를 다림질하고 구두도 닦을 수 있고요."

'그리고 나는 테렌스 당신이 면도하는 동안 빠져나가서 고양이를 뮤칭스 엔드에 두고 올 수 있지. 그 전에 내가 고양이를 발견할 수만 있다면 말이야.' 나는 생각했다.

테렌스는 아직도 확신이 안 서는 모양이었다. "시간을 절약할 수도 있겠군요." 테렌스가 말했다.

"그러면 결정된 겁니다." 나는 천을 집어 바구니에 넣으며 말했다. "당신이 설거지하세요. 제가 잠잘 자리를 마련하죠."

테렌스가 고개를 끄덕였다. "보트에는 두 명이 잘 공간밖에 없어요. 제가 모닥불가에서 잘게요."

"아니요." 내가 말했다. "제가 그곳에서 잘게요." 나는 깔개를 가지러 갔다. 나는 깔개 두 개를 빼고 모두 보트 바닥에 깔고 나머지는 공터에 깔았다.

"모닥불 가까이에 깔아야 하지 않아요?" 접시를 쌓으며 테렌스가 물었다.

"아니요. 의사가 저보고 연기 근처에서 자면 안 된다고 했어요." 내가 말했다.

테렌스가 바지를 걷고 물이 발목쯤에 오는 곳에서 접시를 헹구는 동안 나는 랜턴과 밧줄을 하나씩 몰래 챙기며 생각했다. '페딕 교수가 어망을 가져왔으면 좋았을 텐데.'

게다가 고양이가 어떤 음식을 먹는지 테렌스에게 물어봤어야 했다. 스틸턴 치즈가 약간 남아 있었다. 고양이가 치즈를 먹던가? 아니지. 그건 쥐였다. 치즈는 쥐가 좋아하는 음식이었다. 그리고 고양이는 쥐를 좋아했다. 하지만 우리에게 쥐가 있을 리 만무했다.

우유! 고양이는 우유를 좋아하게 되어 있다. 추수 감사 바자회에서 코코넛 떨어뜨리기를 주관하던 여자는 고양이가 자기 집 현관 계단에 있던 우유를 먹었다고 투덜댔었다. '발톱으로 우유병 마개를 땄죠. 뻔뻔스러운 녀석 같으니라고'라고 했었지.

우리에게는 우유가 없었지만, 병에 약간의 크림이 남아 있었다. 나는 병과 접시, 완두콩 통조림, 쇠고기 통조림, 빵 조각, 깡통 따개를 챙겨서 공터에 숨겨놓은 다음 모닥불가로 돌아왔다.

테렌스는 상자를 뒤지고 있었다. "랜턴이 어디로 갔지?" 테렌스가 말했다. "두 개가 있었는데." 테렌스는 하늘을 쳐다보았다. "비가 올 것 같군요. 당신도 배에서 자는 것이 나을 듯하네요. 약간 좁기는 하겠지만, 큰 문제는 없을 거예요."

"안 돼요!" 내가 말했다. "강의 수증기가 폐에 해로울 거라고 의사가 말했거든요." 말도 안 되는 변명이었다. 이미 나는 강으로 여행하는 것이 건강에 좋을 거라는 의사의 권유가 있었다고 말했기 때문이다. "그 여자 말에 따르면, 저는 땅에서 자야 한대요."

"누구요?" 테렌스의 물음에 나는 빅토리아 시대의 영국에는 여자 의사가 없었다는 사실을 늦게나마 기억해냈다. 여자 변호사나 여자 수상 역시 없는 시대였다.

"내 주치의요. 제임스 던워디 선생 말입니다. 그분 말이 저는 다른 사람들과 떨어져서 땅 위에서 자야 한다는군요."

테렌스는 랜턴 손잡이를 잡고 몸을 곧게 폈다. "도슨이 두 개를 꾸려준 거로 알고 있는데. 제가 보았거든요. 나머지 하나가 어디로 갔는지 모르겠군요."

테렌스는 유리 덮개를 열고 성냥을 켜 랜턴에 불을 붙이고 심지를 조절했다. 나는 그런 테렌스의 모습을 주의 깊게 관찰했다.

물고기 두 마리를 담은 주전자를 들고 페딕 교수가 왔다. "에델스바인 교수에게 내가 발견한 것을 꼭 알려줘야겠어. '우구비오 플루비아틸리스 알비누스'는 템스강에서 멸종된 줄로만 알고 있었는데." 어둑어둑한 속을 들여다보며 교수가 말했다. "아름다운 종(種)이야." 페딕 교수는 바구니 위에 주전자를 올려놓고 자리에 앉아 다시 파이프를 꺼냈다.

"이제 그만 주무셔야 하지 않나요?" 내가 말했다. "내일 일찍 출발해야 하잖아요?"

"맞는 말이군." 담배쌈지를 열며 페딕 교수가 말했다. "숙면은 아주 중요하지. 살라미스 전투에서 그리스군은 전날 밤에 숙면을 취했다네." 교수는 파이프에 담배를 채우고는 엄지손가락으로 꾹꾹 눌렀다. 테렌스는 자신의 파이프를 꺼냈다. "한편 페르시아군은 전날 밤을 바다에서 보내면서 그리스군의 배가 바다로 빠져나가지 못하도록 지키고 있었지." 교수는 파이프에 불을 붙이면서 뻑뻑 빨아댔다.

"맞아요. 그리고 페르시아군은 패해서 달아났죠." 내가 말했다. "그런 일이 우리에게 일어나면 안 되겠죠. 그러니 자러 가죠."

"헤이스팅스 전투에서 색슨족도 그랬다네." 담배쌈지를 테렌스에게 넘기며 교수가 말했다. 둘은 자리에 앉았다. "정복왕 윌리엄의 부하들은 전투를 위해 쉬면서 준비하고 있던 반면, 색슨족은 11일 동안 행진해 왔어. 만약 해럴드왕이 기다리면서 자기 부하들이 휴식을 취하도록 했다면 헤이스팅스 전투에서 이겼을 테고, 역사의 진행 방향은 완전히 바뀌었을걸세."

그리고 만약 내가 고양이를 되돌려놓지 못한다면 마찬가지 일이 벌어지겠지.

"음. 우리는 내일 벌어질 그 어떤 전투에서도 지고 싶지는 않잖아요? 그러니 이제 자러 가는 것이 좋겠어요." 나는 또 한 번 시도를 해봤다.

"개인행동." 페딕 교수는 파이프를 뻐끔거리며 말했다. "그 때문에 헤이스팅스 전투에서 진걸세. 자네도 알다시피 상황은 색슨족에게 유리했잖은가. 산봉우리에 진을 치고 있었거든. 군대에 있어서 높은 요새를 지킨다는 것은 최상의 조건 아닌가? 워털루 전투에서 웰링턴의 군대를 생각해보게. 그리고 미국에서 일어났던 남북 전쟁에서 프레드릭스버그 전투도 말일세. 북부군은 그 전투에서 1만 2천 명을 잃었지. 평원에서 고지로 진격하다가 말이야. 그리고 잉글랜드는 더 부유한데다 홈그라운드의 이점도 있었네. 만약 경제력이 역사를 결정한다면 색슨족이 이겼어야 맞는 거지. 하지만 헤이스팅스 전투에서 승패를 가른 건 경제력이 아니었네. 그것은 개인이었지. 정복왕 윌리엄은 적어도 두 가지 분기점에서 전투의 향방을 바꾸어 버렸어. 첫 번째는 지휘하는 도중 말에서 떨어졌다는 점이지."

시릴은 자리에 엎드리더니 코를 골기 시작했다.

"만약 정복왕 윌리엄이 즉시 일어나 투구를 쓰지 않았다면 부하들은 자기 왕이 죽은 줄로 알았을걸세. 그러면 전투에서 졌을 테고 말이야. 이런 사실을 역사가 자연력에 의해 결정된다고 주장하는 오버포스의 이론에 어떻게 연결할 수 있단 말인가? 말도 안 되지! 역사는 바로 개인이 결정하기 때문이야. 전투에서 일어난 두 번째 분기점이 이를 증명하지."

테렌스와 페딕 교수가 담배를 다 피우고 보트 쪽으로 향하기까지는 꼬박 1시간이 걸렸다. 보트로 가는 도중, 테렌스는 다시 돌아왔다. "당신이 랜턴을 가지고 있는 게 나을지도 모르겠군요. 기슭에서 자야 하잖아요." 랜턴을 내밀며 테렌스가 말했다.

"별일 없을 거예요." 내가 말했다. "잘 자요."

"잘 자요." 테렌스는 보트로 내려가며 내게 손을 흔들었다. "'저녁은 휴식을 위한 시간이리. 노동이 끝났으니 얼마나 달콤한가, 쑤시는 가슴을 끌어안고 휴식의 장막으로 들어서리.'"[102]

그래, 맞아. 그럴 거야. 하지만 먼저 고양이부터 찾아야 했다. 나는 공터로 가서 모두 잠들길 기다렸다. 고양이로 인해 여러 가지 예기치 않은 결과가 지수함수적으로 증폭될 수도 있다는 생각을 지우려고 애쓰면서 말이다.

---

102 P. P. 블리스, '저녁은 휴식을 위한 시간'

어쩌면 고양이는 벌써 늑대에게 잡아먹혔을지도 몰랐다. 빅토리아 시대의 영국에 늑대가 있었던가? 아니면 오두막에 사는 노부인에게 발견되어 보살핌을 받고 있을지도 몰랐다. 아니면 보트를 타던 사람이 데리고 갔을 수도 있었다.

'수문은 잠겨 있는 상태이고 그건 그저 그냥 고양이일 뿐이야.' 나는 혼 잣말을 했다. 동물 한 마리가 역사에 영향을 주면 얼마나 줄 수 있겠어?

큰 영향을 줄 수도 있었다. 알렉산드로스 대왕이 타던 말, 부케팔로스[103]의 경우나 두더지 굴 입구를 밟는 바람에 윌리엄 3세를 죽인 '검은색 털 외투를 입은 작은 신사'를 생각해보면 알 수 있었다. 또한 보스워스 평원에서 리처드 3세가 '말 한 마리를 다오. 그러면 내 왕국을 주겠다!'[104]라고 외쳤던 경우도 있었다. 그리고 올리어리 부인의 암소[105]나 딕 휘팅턴[106]의 고양이 같은 경우도 있었다.

나는 30분 정도 기다리다 조심스레 랜턴을 켰다. 그러고는 숨겨놓았던 통조림을 찾아낸 다음, 주머니에서 깡통 따개를 꺼냈다. 그리고 통조림을 따려고 시도했다.

내가 꺼낸 것은 분명 깡통 따개였다. 테렌스가 그렇게 말했다. 테렌스는 이것을 가지고 복숭아 통조림을 땄다. 나는 언월도의 뾰족한 쪽을 이용해 통조림을 찔러보다가 등 쪽을 이용해보았다. 그러고는 둥그런 끝부분을 이용해 통조림을 찔러보기도 했다.

따개의 날 사이에는 공간이 있었다. 아마도 한쪽은 통조림 바깥에 물려 마치 지레처럼 쓰이는 듯했다. 아니면 옆구리부터 따야 하는지도 몰랐다. 아니면 아래쪽을 따야 하는 것일 수도 있고. 아니, 어쩌면 나는 따개를 잘 못 잡고 있으며, 사실은 언월도처럼 생긴 부분이 손잡이인지도 몰랐다.

---

103 히다페스트 전투에서 돌진해 오는 코끼리 부대에 알렉산드로스 대신 밟혀 죽었다.
104 그 자신이 전사한 보스워스 평원의 싸움 막바지에 이렇게 말했다고 전해진다.
105 1817년 10월에 일어난 시카고 대화재의 원인이라고 생각되는 암소. 올리어리 부인이 들고 있던 랜턴을 암소가 발로 차 떨어뜨렸고, 헛간부터 번지기 시작한 불이 시카고 대화재로 번졌다는 설이 있다.
106 고양이를 외국 왕에게 팔아 큰돈을 모은 뒤 런던 시장까지 되었다는 전설적인 인물

그 결과 내 손바닥에 상처가 난 거로 보아 마지막 생각은 틀린 것이 분명했다. 나는 상처를 감쌀 손수건을 찾기 위해 여행용 손가방을 뒤졌다.

'좋아, 논리적으로 생각해보자고. 언월도의 뾰족한 부분은 깡통을 파고드는 부분이야. 그래서 뚜껑을 잘라내는 거지. 아마도 뚜껑의 특별한 어딘가에 딱 맞게끔 만들어졌을 거야.' 나는 뚜껑의 어느 부분이 약한 곳인지 살펴보았다. 그런 곳은 없었다.

"왜 빅토리아 시대 사람들은 모든 물건을 이따위로 복잡하게 만들어놓은 걸까?" 나는 혼잣말을 하다가 공터 끝자락에서 어른거리는 불빛을 보았다.

"아주먼드 공주?" 나는 랜턴을 들고 부드럽게 말했다. 나는 적어도 하나는 제대로 알고 있었다. 고양이의 눈은 어둠 속에서 빛난다는 사실을. 덤불 속에서 두 개의 눈동자가 노랗게 빛나며 내 쪽을 보고 있었다.

"이리 오렴, 야옹아." 나는 빵 조각을 들어 올리곤 '쪼쪼쪼' 혀를 차며 고양이를 불렀다. "먹을 걸 가져왔단다. 이리 오렴."

빛나던 눈동자는 깜박거리더니 사라져버렸다. 나는 빵을 주머니에 쑤셔 넣고는 조심스레 공터 가장자리로 다가가기 시작했다. "여기야, 야옹아. 집으로 데려다줄게. 너도 집으로 가고 싶지?"

침묵. 뭐, 정확하게 침묵은 아니었다. 개구리가 울고 있었고 나뭇잎들이 살랑댔으며 템스강은 흘러가면서 독특한 물소리를 내고 있었다. 하지만 고양이 소리는 들리지 않았다. 그런데 고양이가 어떤 소리를 내더라? 내가 보았던 모든 고양이는 잠이 들어 있었기 때문에 확신할 수 없었다. 그래, '야옹'이었다. 고양이는 야옹 하고 울었지.

"야옹." 덤불 아래를 보기 위해 가지를 들춰내며 내가 말했다. "이리 오렴, 야옹아. 설마 시공간 연속체를 부숴버리고 싶은 건 아니겠지? 야옹, 야옹."

다시 눈동자가 나타나더니 덤불을 지나갔다. 나는 덤불을 지나 따라가면서 빵 조각을 떨어뜨렸다. "야옹?" 나는 좌우로 천천히 랜턴을 흔들며 말했다. "아주먼드 공주?" 그러다가 나는 시릴에 발이 걸려 하마터면 넘어질 뻔했다.

시릴은 행복하다는 듯 엉덩이를 흔들어 대고 있었다.

"돌아가서 네 주인 옆에서 자." 내가 작은 목소리로 말했다. "넌 방해가 될 뿐이야."

녀석은 즉시 납작한 코를 땅에 들이대더니 빙빙 돌면서 킁킁대기 시작했다.

"안 돼!" 내가 속삭였다. "넌 블러드하운드가 아니야. 더구나 넌 코도 없잖아. 보트로 돌아가." 나는 강 쪽을 가리켰다.

녀석은 킁킁거리기를 멈추더니 블러드하운드처럼 핏발 선 눈으로 나를 쳐다보았다. 녀석의 눈은 '제발'이라고 외치는 듯했다.

"안 돼." 나는 단호하게 말했다. "고양이는 개를 좋아하지 않아."

녀석은 코라고 부르기도 어색한 것으로 다시 킁킁거리며 땅을 훑기 시작했다.

"좋아, 좋아, 나랑 같이 가. 하지만 내 곁에 붙어 있기다." 내가 뭐라고 말해도 녀석은 나를 쫓아올 게 분명해서 나는 허락을 했다.

나는 공터로 돌아가서 그릇에 크림을 부은 다음, 밧줄과 성냥을 챙겼다. 시릴은 이런 내 모습을 재밌다는 듯 쳐다보았다.

나는 랜턴을 높이 쳐들어 올렸다. "'자, 이제 게임 시작일세, 왓슨.'" 시릴과 나는 대자연 속으로 들어갔다.

그곳은 무척 어두웠으며 개구리 우는 소리, 강물이 흐르는 소리, 나뭇잎 부딪치는 소리로 시끄러웠다. 바람이 불어왔다. 나는 바람 때문에 랜턴이 꺼지지 않도록 손으로 가리면서 회중전등의 발명이 얼마나 훌륭한 일인지를 새삼 깨닫게 되었다. 회중전등은 강력한 빛을 내는데다 원하는 방향으로 빛을 보낼 수 있다. 하지만 랜턴에서 나오는 빛은 오직 랜턴을 위로 치켜들거나 아래로 내리는 식으로만 빛의 방향을 조절할 수 있었다. 랜턴은 따뜻하고 사방으로 빛을 발하기는 하지만, 그 기능이란 고작 빛이 도달하는 원 바깥 영역이 칠흑처럼 어둡다는 사실을 강조하려는 것처럼 보였다.

나는 간격을 두고 '아주먼드 공주', '여기야, 야옹아', '어이' 하고 불러보았다. 나는 지나가면서 빵 조각을 떨어뜨렸으며 고양이가 있을 법한 덤불이 보이면 정기적으로 크림이 담긴 그릇을 놓고 기다려보았다.

아무것도 없었다. 타오르는 눈은 보이지 않았다. 야옹 소리도 없었다. 밤은 점점 깊어갔으며 비라도 올 듯 꿉꿉해졌다.

"고양이의 흔적 같은 게 안 보이니, 시릴?" 내가 물었다.

우리는 터벅터벅 걸음을 옮겼다. 아까 오후만 해도 이 장소는 꽤 문명화된 곳 같았는데 이제 보니 가시 돋친 관목과 뒤엉킨 덤불, 어쩐지 으스스해 보이는 뾰족뾰족한 가지들로 가득 차 보였다. 고양이는 어디라도 숨어 있을 수 있었다.

저쪽이야. 강 하류. 흰색 빛이 보이는군.

"가자, 시릴." 나는 속삭인 다음, 강 쪽으로 향했다.

그곳에는 녀석이 갈대 한가운데 움직이지 않고 있었다. 자는 모양이군.

"아주먼드 공주? 여기 있었구나, 이 장난꾸러기 같으니." 나는 손을 뻗어 갈대를 헤치며 녀석을 들어 올리려 했다.

흰색 물체는 갑자기 벌떡 일어나며 길고 구부러진 목을 드러냈다.

"끼이이익…익!" 그것은 소리를 지르며 거대한 날갯짓을 했다. 나는 놀라서 강에 접시를 떨어뜨렸다.

"백조로군." 쓸데없는 말이었다. 백조. 순백의 깃털과 우아하고 긴 목을 뽐내며 템스강 둑을 따라 고요하게 떠다니던 옛날의 아름다운 동물이었다. "늘 백조를 한번 보고 싶었어." 시릴에게 말했다.

시릴은 자리에 없었다.

"끼이이익…익!" 백조는 소리를 지르며 놀랄 만한 폭으로 날개를 펼쳤다. 분명 잠이 깬 게 짜증 나는 모양이었다.

"미안하구나. 네가 고양인 줄로 착각했어." 뒤로 물러서며 내가 말했다.

"시…위…위…잇!" 녀석은 내게 돌진해 왔다.

'오, 백조여'라는 시 어디에서도 백조가 싯싯거린다는 말은 나오지 않았다. 아니면 자신을 고양이로 오인했다고 화를 낸다는 말도. 문다는 말도.

나는 가시덤불로 뛰어들어 나무를 반쯤 기어 올라가 녀석이 강으로 돌아갈 때까지 발로 녀석의 부리를 찼다. 마침내 녀석은 위협과 저주가 섞인 소리를 툴툴 내며 돌아갔다.

나는 백조 녀석이 속임수를 썼을지도 모른다는 생각에 15분을 더 기다린 다음, 나무에서 내려와 상처를 살펴보았다. 상처 대부분은 등 쪽에 나 있어서 살펴보기가 어려웠다. 나는 상처에서 피가 나는지 보기 위해 몸을 비틀다가 나무 뒤쪽으로부터 부끄러운 표정으로 다가오고 있는 시릴을 보았다.

"패주한 거지." 내가 말했다. "페르시아 군대처럼 말이야.《보트 위의 세 남자》에서도 해리스가 백조 때문에 고생하는데." 그 부분을 일찍 기억했더라면 좋았을걸 하는 생각이 들었다. "백조는 해리스와 몽트모렌시를 보트에서 끌어내리려고 했어."

나는 랜턴을 집어 들었다. 다행히도 랜턴은 똑바로 떨어져 쓰러지지 않은 상태였다. "만약 해럴드왕이 백조를 자기편으로 끌어들였다면 영국은 아직 색슨족이 지배하고 있었을 거야."

우리는 다시 출발했지만, 이번에는 강으로부터 멀찌감치 떨어져 걸으면서 혹시 무언가 흰색인 것이 보이지는 않는지 조심하며 주의를 기울였다.

오래된 잉글랜드 민요에서 폴리 본의 남자 친구는 폴리를 백조로 오인해 죽였다. 남자 친구는 흰색 앞치마를 입은 폴리를 백조로 잘못 보고 활을 쏜 것이었다. 나는 그 남자 친구의 마음을 충분히 이해할 수 있었다. 앞으로 나 역시도 화살을 먼저 날리고 그다음에 질문할 작정이었다.

밤은 점점 더 깊어가고 습기 찼으며 덤불은 빽빽해져 갔다. 하지만 어디에서도 흰색 얼룩이나 빛나는 눈은 보이지 않았으며 소리도 거의 들려오지 않았다. 마침내 내가 마지막 빵 조각을 떨어뜨리며 '이쪽이야, 야옹아!' 하고 외쳤을 때, 내 목소리는 완벽한 정적 속의 허공을 메아리쳐 돌아왔다.

나는 고양이가 대자연 속에서 이미 굶어 죽었거나 화가 난 백조에게 죽임을 당했거나 아니면 파라오의 딸에 의해 갈대밭 속에서 발견되어 역사의 진행 방향을 바꾸었으리라는 사실을 인정해야만 했다.

내 생각에 확증이라도 주려는 듯, 랜턴의 불이 꺼질 것처럼 연기를 내기 시작했다. "소용없어, 시릴. 고양이는 없어. 야영지로 돌아가자."

말은 쉬웠다. 나는 우리가 걸어왔던 길보다는 고양이를 찾는 데 온 신경을 쏟았기 때문에 모든 잡목이 비슷해 보였다.

나는 랜턴을 땅 가까이에 대고 내가 떨어뜨려 놓았던 빵 조각을 찾아보았고, 갑자기 헨젤과 그레텔의 불행한 경우가 생각났다.

"길을 알려줘, 시릴." 나는 혹시나 하고 말했고, 시릴은 경계하듯 주위를 둘러보더니 바닥에 앉았다.

물론 강을 따라가면 되겠지만 백조를 생각 안 할 수가 없었고, 분명 늑대가 모든 빵 조각을 다 먹지는 않았을 것이다. 나는 그럴듯해 보이는 방향으로 걸어갔다.

30분쯤 지났을 무렵, 이슬비가 내리기 시작했고 나뭇잎으로 덮인 땅은 촉촉이 젖어가며 미끄러워졌다. 우리는 열하루 동안 행군했던 색슨족처럼 무거운 발걸음을 옮겼다. 당시 색슨족은 잉글랜드를 잃기 직전이었다.

나는 고양이를 잃어버렸다. 나는 귀중한 시간을 낭비했으며 내가 고양이를 데리고 있다는 사실조차 알지 못했고 고양이가 도망치게 했다. 나는 완전히 낯선 사람과 동행하면서 테렌스에게 중요할지도 모르는 만남을 갖지 못하게 방해했으며….

연이은 생각들이 머릿속을 스치고 지나갔다. 나는 테렌스와 동행했으며 페딕 교수가 익사하기 직전 딱 알맞은 시간에 나타났다. 만약 테렌스와 모드가 만났다면 어떻게 되었을까? 아니면 만나지 못할 운명이었기 때문에 자신의 스승이 위험에 빠진 바로 그 순간, 그 자리에 있을 수 있어 스승을 구한 건가? 아니면 페딕 교수는 물에 빠져 죽을 운명이었고 내가 교수를 구한 것은 내가 잘못한 또 하나의 행동으로 목록에 올려야만 하는 걸까?

하지만 그것이 잘못된 행동일지라도 나는 아무런 죄책감도 느끼지 않았다. 설사 내 행동 때문에 내 인생이 아주 복잡해진다 할지라도 나는 교수가 물에 빠져 죽지 않은 사실이 기뻤고 베리티가 고양이를 구하면서 어떤 심정이었는지 이해할 수 있게 되었다.

고양이는 이 빗속 어딘가에서 헤매고 있을 것이다. 시릴과 나처럼. 나는 우리의 위치가 어디인지 알 수 없었지만 지금 주변에 있는 줄지어 선 나무들이나 뒤엉켜 있는 덤불을 본 적이 없다는 사실은 알고 있었다. 나는 멈춰섰다가 우리가 왔던 곳을 거슬러 갔다.

그리고 마침내 보트가 보였다. 공터가, 침낭이.

시릴은 나보다 먼저 보았는지 꼬리를 마구 치면서 그쪽으로 돌진해 가다 갑자기 멈춰 서서 꼼짝도 하지 않았다. 백조가 먼저 자리를 잡은 게 아니면 좋겠다는 생각이 들었다.

아니었다. 깔개 중앙에 몸을 웅크리고 깊게 잠든 것은 아주먼드 공주였다.

9

"작은 잿빛 뇌세포 안에
모든 미스터리의 해답이 들어 있다네."

— 에르퀼 푸아로

빅토리아 시대에서 보내는 첫날 밤 — 번잡함 — 코 고는 소리 — 비 — 역사의 진행 경로에서
날씨가 차지하는 중요성 — 폐렴 — 고양이가 사라지다 — 이른 출발 — 페딕 교수의 푸른색
이중아가미 처브가 사라지다 — 애빙던 — 노젓기에 대한 조언 — 페딕 교수가 사라지다 —
기념품 — 전보를 보내다 — 뒤늦은 출발

빅토리아 시대에서 보내는 내 첫 번째 밤은 병원에서 간호사가 내게 권고했던 것과 완전히 딴판이었다. 그 점에 관해서라면 내가 기대했던 것과도 전혀 달랐다. 내가 상상했던 것보다 훨씬 덜 편안했고, 훨씬 더 번잡스러웠다.

나는 아주먼드 공주를 바구니에 다시 넣고 튼튼한 자물쇠로 잠근 뒤, 뚜껑 위에 무거운 돌멩이를 올려놓을 생각이었다. 하지만 혹시라도 녀석이 발톱이라도 들이밀지 않을까, 또는 재빨리 움직이지는 않을까 주시하며 고양이를 조심스레 들어 올리자 놈은 내 품 안으로 파고들었다. 나는 고양이를 바구니에 넣기 위해 몸을 숙였다. 그러자 고양이는 매혹적인 눈으로 나를 바라보면서 가르랑거렸다.

고양이가 가르랑거린다는 얘기를 예전에 읽은 적은 있었지만 지금 실제로 그 소리를 들어보기 전까지는 그저 낮게 으르렁거리거나 정전기가 일어날 때 나는 소리와 비슷하리라고 상상했었다. 하지만 실제 소리는 적대적이거나 전자기적인 소리와는 전혀 관계가 없었다. 나는 나도 모르게 고양

이에게 사과했다. "널 바구니에 넣어야 해." 고양이를 어색하게 쓰다듬으며 내가 말했다. "또다시 도망가게 할 수는 없거든. 그랬다가는 우주가 위태로 워질 거야."

고양이는 점점 더 큰 소리로 가르랑거리면서 애교를 떨듯 앞발을 내 손에 얹어놓았다. 나는 그런 고양이를 다시 내가 잘 곳으로 데리고 갔다. "얘는 내일 온종일 바구니 안에 있어야 해. 그리고 이제 날 알게 되었으니 도망가지 않을 거야." 나는 깔개 중앙에 엎드려 있는 시릴에게 말했다.

시릴은 내 말에 별 감동을 하지 않는 듯했다.

"아까는 고양이가 겁먹었던 거야." 내가 말했다. "이제는 나와 친해졌어."

시릴은 콧방귀를 뀌었다.

나는 깔개에 앉아서 고양이를 안은 채 젖은 신발을 벗은 다음, 고양이와 함께 자려고 했다. 하지만 행동보다 말이 쉬운 법. 시릴이 자기 자리를 고수하며 움직이려 들지 않았다. "비켜!" 나는 녀석을 밀치기 위해 한 손을 고양이로부터 빼내며 말했다. "개는 발치에서 자는 거야."

시릴은 그런 규칙을 들어본 적이 없는 게 분명했다. 시릴은 내 등 쪽으로 몸을 딱 붙이더니 코를 골기 시작했다. 나는 몸을 덮기 위해 깔개를 힘껏 잡아당긴 다음 모로 누워 고양이를 얼렀다.

아주먼드 공주 역시 잠자리에서 동물이 지켜야 하는 규칙을 무시했다. 녀석은 곧바로 내 품을 빠져나가 잠자리 주변을 이리저리 돌아다니다가 시릴을 밟았으며(시릴은 가볍게 '쿵' 소리를 냈다), 기지개를 켜듯 앞발을 쭉 뻗더니 내 다리를 가볍게 눌러댔다.

시릴은 요와 이불 전체를 차지할 때까지 계속해서 파고들어 왔고, 아주 먼드 공주는 이제 내 목 위에 누워 온몸의 체중을 실어 내 울대뼈를 눌렀다. 시릴이 좀 더 파고들어 왔다.

1시간 정도 이런 극적 상황이 계속되고 있을 즈음 본격적으로 비가 내리기 시작했고, 이에 모두 이불 안으로 파고들어 새로이 자리싸움을 시작했다. 결국 둘은 바깥으로 나가 잠이 들었고 나는 이불 안에 누워서 내일 내가 고양이를 데리고 나타나면 베리티가 무슨 말을 할지에 대해, 그리고 비에 대해 걱정했다.

만약 내일 온종일 비가 오고 우리가 뮤칭스 엔드로 갈 수 없다면? 13세기 일본을 침략하려던 쿠빌라이 칸을 패하게 하였던, 신풍(神風)이라 불리던 '가미카제'를 필두로 하여 날씨는 수많은 역사의 전환기에 영향을 끼치지 않았던가?

강풍은 스페인의 무적함대를 흩어버렸고, 눈보라는 타우턴 전투[107]의 향방을 결정했으며, 안개는 루시타니아호[108]를 독일 U-보트의 항로로 보냈다. 그리고 아르덴 숲 위에 형성된 저기압 전선 때문에 제2차 세계대전에서 연합군은 벌지 전투[109]에서 거의 패할 뻔했다.

심지어는 좋은 날씨도 역사에 영향을 끼쳤다. 독일 공군이 코번트리 성당 공습에 성공할 수 있었던 이유는 청명한 날씨에 '폭격하기 좋은' 보름달 덕분이었다.

날씨와 그 친구인 질병도 문제였다. 만약 페딕 교수가 자는 도중, 비를 맞아 감기에 걸려 내일 옥스퍼드로 돌아가야만 한다면 어떻게 되는 걸까? 미국 대통령 윌리엄 헨리 해리슨은 취임식 때 비를 맞으며 서 있다가 감기에 걸려 한 달 뒤 폐렴에 걸려 죽었다. 표트르 대제는 배를 타고 관광하다 감기에 걸려 일주일 뒤에 사망했다. 그저 감기뿐만 아니었다. 헨리 5세는 이질로 죽었으며 그 결과 영국은 아쟁쿠르에서 얻었던 모든 것을 잃었다. 무적의 알렉산드로스 대왕도 말라리아를 이기지는 못했으며, 그로 인해 아시아 대륙 전체의 국면이 바뀌었다. 흑사병이야 말해 무엇하리오.

오버포스 교수가 주장하는 맹목적인 힘, 즉 날씨, 질병, 기후의 변화,

107 에드워드 4세의 왕위를 놓고 요크파와 랭커스터파 사이에 벌어졌던, 장미전쟁에서 가장 치열했던 전투. 1461년 3월 29일에 있었다. 양측은 눈보라 속에서 10시간 넘게 격전을 벌였다.
108 영국의 여객선. 1915년 독일 잠수함의 공격을 받고 침몰했다. 1천2백여 명의 사망자 중 128명의 미국인이 포함되었는데 이는 미국이 중립을 버리고 제1차 세계대전에 참전하는 결정적인 계기가 되었다.
109 1944년 12월에서 1945년 1월 사이에 있었던 독일군의 대공세. 노르망디 상륙 이후 진격해 오는 연합군을 독일 영토에서 몰아내고 서부 전선의 주도권을 확보하려는 독일군 최후의 시도였다. 아르덴 숲에서 아이젠하워의 48사단이 독일군의 기습을 받았고, 나쁜 날씨 때문에 연합군 공군이 무력한 틈에 독일군은 초기에 전과를 올릴 수 있었다.

지각의 변동 같은 사건들은 페딕 교수가 인정하든 안 하든 간에 역사를 이루는 요소였다.

문제는 물론, 수많은 전쟁에서 그러했듯이, 오버포스 교수와 페딕 교수의 의견 모두가 옳다는 점이었다. 두 사람은 그저 혼돈 이론이 알려지기 1세기 전의 인물이었기 때문에 두 생각을 결합할 수 없을 뿐이었다. 역사는 개개인의 특성과 용기와 배신과 사랑은 물론이고 맹목적인 힘에 의해서도 조종된다. 그리고 사고와 우연한 기회에 의해서도. 그리고 유탄(流彈)과 전보와 팁에 의해서도. 그리고 고양이에 의해서도.

하지만 또한 역사는 안정된 상태를 유지하려고 한다. 나는 뚜렷하게 기억이 났다. 루이스도 그랬고 던워디 교수도 말했듯이, 만약 모순이 일어났다면 어떤 피해가 지금쯤은 보여야 할 것이다. 이는 어떤 위험한 결과가 나타나기 전에 고양이가 원래의 시공간 상 위치로 되돌아왔다는 뜻이었다.

또는, 고양이의 실종이 아무런 영향을 일으키지 않았을 가능성도 있지만, 그렇지는 않다는 사실을 나는 알고 있었다. 고양이로 인해, 나는 테렌스가 모드를 만나지 못하게 한 것이다. 더 이상 그런 일이 벌어지게 할 수는 없었다. 나는 고양이를 뮤칭스 엔드로 가능하면 빨리 돌려보낼 작정이었고, 이는 가능하면 빨리 아침에 강을 따라 떠나야 한다는 의미였다.

이는 비가 오면 안 된다는 말이기도 했다. 워털루에서 내린 비로 길은 엉망진창이 되었고 그 때문에 대포가 수렁에 빠지게 되었다. 크레시[110]에서는 비로 인해 궁수의 활시위가 흠뻑 젖었다. 아쟁쿠르에도 비가 내렸다.

✳

미드웨이 해전에서 내렸던 비에 대해 생각하던 도중, 깜빡 잠이 들었던 모양이다. 잿빛 여명이 나를 깨웠다. 비는 그쳤고 고양이는 어디론가 사라진 상태였다.

나는 양말만 신은 채로 벌떡 일어나 깔개를 옆으로 팽개치며 혹시 고양

---

110 1346년 8월 26일. 백년전쟁 초기에 영국이 승리한 전투가 일어났던 곳

이가 그 안에 숨었는지 찾아보았지만, 잠을 방해받은 시릴만이 툴툴대며 몸을 돌렸다.

"시릴!" 내가 말했다. "고양이가 사라졌어! 어디로 가는지 봤어?"

시릴은 '내가 그럴 거라고 말했죠?'라는 의미가 뚜렷이 담긴 눈으로 나를 쏘아보더니 이불 속으로 파고들었다.

"찾는 걸 도와줘!" 녀석이 깔고 있는 깔개를 낚아채며 내가 말했다.

나는 신발을 더듬어 찾았다. "아주먼드 공주!" 나는 미친 듯이 속삭였다. "어디 있니, 아주먼드 공주!" 그러자 공터의 젖은 풀밭을 우아한 자세로 걸으며 고양이가 나타났다.

"어디 갔었던 거야?" 내가 말했다. "아무래도 바구니에 가둬놔야겠구나!"

고양이는 나를 무시하듯 지나쳐 엉클어진 잠자리로 가더니 시릴 옆에 엎드려 잠이 들었다.

이런 일이 또 벌어지게 할 수는 없었다. 나는 여행용 손가방을 가져와 안에 들어 있던 셔츠와 달팽이용 집게를 꺼냈다. 그러고는 바구니에서 고기 바르는 칼을 꺼내 손가방에 안감 깊숙이까지 몇 군데 확실하게 칼집과 구멍을 냈다. 그리고 고양이가 편안하도록 내게는 작아 맞지 않는 트위드 재킷을 가방 밑바닥에 깔고 그 옆에 접시를 놓았다.

나는 고양이를 들어 여행용 손가방에 넣고 걸쇠를 걸었지만, 녀석은 깨지 않았다. 아마도 베리티의 말처럼, 시차 증후군에 걸려 있는 듯했다. 나는 옷들과 시릴이 깔고 있는 것을 제외한 다른 깔개들을 대형 여행 가방에 쟁여 넣었다.

"둥근 해가 떴다, 시릴." 내가 말했다. "일어날 시간이야. 일찍 출발해야 할 필요가 있어."

시릴은 눈을 뜨고는 못 믿겠다는 표정으로 나를 쳐다보았다.

"아침 먹자." 나는 여행용 손가방을 들고 타다 남은 모닥불가로 다가갔다. 나는 땔감을 모아 올려놓고 노련한 사람처럼 불을 지피고 테렌스의 짐을 뒤져 템스강의 지도를 찾아낸 다음, 앞으로의 여행 계획을 세우기 위해 불 가에 앉았다.

지도는 아코디언 형식으로 접혀 있었으며 템스강의 전체 모습이 담겼다. 강 전체를 여행하게 되는 사태가 일어나면 안 되는데 하는 생각이 들었다. 비록 대학 시절에 독도법을 배웠지만, 이 지도에는 세부 묘사가 너무나 많았다. 지도에는 마을, 수문, 섬과 그 사이 거리는 물론이고 둑이며 여울, 수로, 예선로, 역사 유적지, 가볼 만한 낚시터 따위가 표시되어 있었다. 아무래도 페딕 교수에게는 이 지도를 보여주지 않는 편이 좋겠다는 생각이 들었다.

지도에는 '강줄기를 따라서 볼 수 있는 가장 매력적인 장소' 또는 '이곳은 다소 흐름이 거셈'과 같은 해설이 붙었고, 그 결과 지도는 글자에 가려 실제 강줄기가 무엇인지 알아보기 힘들 정도였다. 테렌스는 뮤칭스 엔드가 스트리틀리 바로 아래에 있다고 말했지만 나는 두 장소 다 찾을 수 없었다.

마침내 나는 러니미드를 발견했다. 그곳에는 다음과 같은 설명이 붙었다. '마그나 카르타에 서명한 역사적 장소(일부 사람들은 마그나 카르타섬에서 서명했다고 주장하지만, 사실이 아니다). 브림[111]으로 유명함. 그러나 모샘치, 황어 무리, 송어는 별로임.'

나는 러니미드부터 스트리틀리까지 손가락으로 따라가면서 그 위치를 표시하고 이플리를 찾아보았다. 이플리에는 다음과 같은 설명이 붙었다. '12세기에 만들어진 예스러운 제분소, 멀리서도 구경하러 옴. 교회, 보통 크기의 처브.' 우리는 이플리와 애빙던 중간쯤에 있었고 스트리틀리에서는 40킬로미터쯤 떨어져 있었다.

30분 정도 아침 식사를 하고 나면 6시에 출발할 수 있다. 그리고 페딕 교수가 자기 누이에게 전보를 보내기 위해 중도에서 멈춘다 할지라도 9시간이면 그곳에 충분히 도착할 수 있을 것이다. 운만 따라준다면 3시까지 고양이를 되돌려놓을 수 있고, 5시까지는 모순을 교정할 수 있겠지.

"티타임까지 그곳에 충분히 도착할 수 있어." 지도를 접으며 시릴에게 말했다. 나는 지도를 테렌스의 가방에 넣고 바구니에서 달걀, 베이컨 한 덩어리, 프라이팬을 꺼냈다.

새가 지저귀기 시작했고, 아침 해는 강물을 내달려 오며 하늘을 연분홍 장밋빛으로 물들였다. 잎이 우거진 둑 안으로는 황금빛 강물이 고요히 흐르고 있었다. 인과모순을 부정한 채, 저 거대하고 위대한 우주의 고요하고 조화로운 평온을 반영하는 거울이 되어….

나를 쳐다보는 시릴의 얼굴은 '대체 얼마나 지독하게 시차 증후군에 걸린 거죠?'라고 묻고 있었다.

"지난밤에 제대로 자지 못했어." 내가 말했다. "네 덕분에 말이야. 따라오렴."

나는 주전자를 올려놓고 베이컨을 썰고 달걀을 깨뜨려 프라이팬에 넣은 다음, 스틸턴 숟가락으로 항아리 뚜껑을 두드리며 테렌스와 그의 스승을 깨우기 위해 보트 쪽으로 갔다. "아침이 밝았습니다. 일어나세요."

"맙소사. 지금 몇 시인가요?" 테렌스가 비틀거리며 일어나더니 회중시계를 더듬었다.

"5시 30분이요." 내가 말했다. "티타임까지 뮤칭스 엔드에 도착하려면 일찍 떠나야죠. 메링 양, 기억나요?"

"아!" 테렌스는 담요를 박차고 일어났다. "맞아요. 일어나세요, 교수님."

"'아침이여, 순환하는 시간이 장밋빛 손으로 새벽의 문을 열어 깨우도다.'"[112] 페딕 교수가 선미 쪽에서 졸린 눈을 끔뻑이며 말했다.

나는 두 사람을 남겨두고 달걀과 고양이를 살피러 다시 돌아왔다. 고양이는 깊이 잠들어 있었다. 그리고 아무 소리도 내지 않았다. 그건 더욱 맘에 들었다. 나는 여행용 손가방을 짐 위에 올려놓고 달걀을 접시에 담았다.

"이런 속도라면 6시에는 출발할 수 있겠어." 베이컨 조각을 시릴에게 주며 내가 말했다. "그리고 30분쯤 뒤면 수문을 통과할 거고, 페딕 교수가 전보를 칠 수 있도록 애빙던에서 멈추었다가 8시에 클리프턴 햄프든을 지나, 데이 수문에는 9시, 레딩에는 10시면 도착할 거야."

112 밀턴, 《실낙원》

하지만 10시가 되어서도 우리는 애빙던에 있었다.

(부피가 늘어난 듯한) 짐을 배에 다 싣는 데 2시간이 걸렸다. 그리고 마지막 순간, 페딕 교수는 푸른색 이중아가미 처브가 사라졌다는 사실을 발견했다.

"어떤 동물이 잡아먹었나 보죠." 테렌스가 말했다. 나는 그 동물이 어떤 녀석일지 알 것 같았다.

"그러면 다른 표본을 잡아야만 해." 페딕 교수가 낚싯대와 다른 도구들을 꺼내면서 말했다.

"시간이 없어요." 테렌스가 말했다. "그리고 아직 교수님은 알비노 모샘치를 갖고 계시잖아요."

'맞아요.' 나는 생각했다. 그리고 그 모샘치는 자물쇠로 잘 채워놓는 게 좋을 겁니다. 안 그러면 어떤 '동물'이 모샘치를 잡아먹을 거고 우리는 결코 뮤칭스 엔드에 도착할 수 없을 테니까요.

"내일까지 러니미드에 도착하려면 출발해야만 해요, 교수님." 테렌스가 말했다.

"*Non semper temeritas es felix.*" 상자에서 곤충 미끼를 꺼내며 교수가 말했다. "'서두른다고 늘 일이 잘되는 것은 아니다'라는 말도 있지 않은가. 기억하게나. 만약 해럴드왕이 그렇게 멍청하게 돌진하지만 않았다면 헤이스팅스 전투에서 승리했을 거라는 걸 말이야." 교수는 파리를 꼼꼼하게 바늘에 끼우더니 시험 삼아 낚싯대를 던져보며 말했다. "사실 이른 아침은 처브를 잡기에 적당한 시간이 아니지. 그놈들은 늦은 오후나 되어서야 깨어나니까."

테렌스는 앓는 소리를 내더니 내게 애원하는 눈빛을 보냈다.

나는 지도를 펼쳐 보이며 말했다. "만약 우리가 지금 떠난다면 늦은 오후쯤이면 팽번에 도착할 수 있습니다. 템스강가에 위치한 팽번은 오랫동안 낚시꾼에게 인기 있는 장소라고 지도에 나와 있습니다. 돌잉어가 많은 장소라는군요." 나는 큰 소리로 내용을 읽어 내려갔다. "농어, 잉어, 모샘치가 훌륭함. 황어와 처브가 많이 서식. 둑 쪽 물살에는 커다란 송어가 많기로 유명함."

"팽번이라고 했나?" 교수가 말했다.

"네. '템스강에 이보다 여러 종류의 물고기가 있는 곳은 없다'고 나와 있군요." 물론, 모두 거짓말이었다.

하지만 먹혀들어 갔다. 교수는 보트에 올랐다.

'고마워요.' 테렌스가 소리 내지 않고 입 모양으로만 말했다. 우리는 교수가 마음을 바꾸기 전에 보트를 강으로 밀었다.

나는 회중시계를 꺼내 보았다. VIII시에서 20분이 지나 있었다. 내가 예상했던 시각보다는 늦었지만, 별일 없으면 5시까지는 뮤칭스 엔드에 도착할 수 있을 것이다.

＊

별일이 있었다. 애빙던 수문은 잠겨 있었으며 관리인을 깨어 수문을 열기까지 1시간 15분이 걸렸다. 그사이 배 뒤쪽에서 짐의 균형이 흐트러졌기에 두 번이나 멈춰 새로 짐을 꾸려야만 했다.

두 번째로는 페딕 교수가 문제였다. "저기 수련이 보이나? 그리고 둑 가의 빠른 물살이 보여? 돌잉어가 살기에 좋은 장소지." 교수는 말을 마치고는 우리가 미처 손쓸 틈도 주지 않고 보트에서 내려가기 시작했다.

"시간이 없어요." 테렌스가 힘없이 말했다.

"팽번을 생각하세요." 내가 교수에게 상기시켰다.

"오호애재라." 교수는 한숨을 내쉬었고 만약 내가 여행용 손가방과 우주의 운명에 관해 걱정하지 않아도 되었더라면 나는 빅토리아 시대의 감탄사에 대해 또다시 깊은 감명을 받았을 것이다. "이곳보다 더 좋을 수는 없단 말일세."

테렌스는 회중시계를 꺼내 들고 절박하게 바라보았다. 어떻게 해야 교수를 움직일 수 있을까? 헤이스팅스 전투? 살라미스 전투? 러니미드?

"이곳은 제가 늘 생각해왔던 러니미드와 닮았군요." 부근의 풀밭 쪽으로 손을 흔들며 내가 말했다. "존왕과 부하들이 말을 타고 달려오는 들판에 피어오르는 안개. 교수님, 실제로 존왕이 마그나 카르타에 서명을 한 장소가 어디라고 생각하세요? 러니미드인가요 아니면 마그나 카르타섬인가요?"

"러니미드일세." 페딕 교수가 말했다. "존왕은 스테인스에서 전날 밤을 머무른 뒤, 이튿날 벌판으로 말을 타고 갔지."

"아." 내가 말했다. "제 생각에 오버포스 교수님은 분명 마그나 카르타섬이라고 아주 설득력 있는 주장을 펼치실 것 같은데요." 내가 말했다.

"마그나 카르타섬이라고 말할 거라고?" 교수는 믿을 수 없다는 표정이었다.

테렌스가 말했다. "진짜 설득력 있어요. 역사는 자연력의 결과라는 그분의 이론과 아주 잘 어울려 보이잖아요."

"허튼소리!" 페딕 교수는 고함을 지르고는 낚싯대를 내팽개쳤다.

테렌스는 얼른 낚싯대를 주워 보트에 실었다.

"설득력이 있다고? 러니미드에서 서명했다는 확고부동한 증거가 있어." 교수는 보트에 올라탔다. 나는 밧줄을 풀고 배를 냈다. "그런 말도 안 되는 주장을 어떻게 설득력이 있다고 한단 말인가? 당시의 호족과 귀족들은 한 섬에 모이기에 그 수가 너무 많았으며 존왕도 퇴로가 없는 상황을 만들기에는 너무 의심이 많은 인물이었네. 그런데 자연력이라니!"

애빙던에 닿을 때까지 계속 이런 식이었고, 우리가 수문을 지나서 마을에 도착했을 때는 9시 15분이 지나서였다.

페딕 교수는 전보를 보내기 위해 보트에서 내렸으며, 테렌스는 빵과 저민 고기를 사기 위해 마을로 갔다. 점심 준비로 시간을 허비하지 않아도 되게끔 말이다.

"우유도 한 병 사 오세요." 테렌스의 뒤에 대고 내가 외쳤다. 두 사람이 시야에서 사라지자마자 나는 여행용 손가방을 열고 아주먼드 공주의 상태를 확인했다.

고양이는 여전히 자고 있었다. 나는 여행용 손가방을 열어 내 무릎 위에 올려놓고 노를 잡았다. 지금까지는 테렌스가 노를 저었지만, 한가로이 놀 생각이 아니라면 온종일 테렌스에게만 맡기고 있을 수는 없었다. 그리고 어찌 되었든 간에 노젓기는 노젓기일 뿐이다. 수프라스킴과 별 차이가 없어 보였다. 노가 훨씬 더 무겁다는 점만 빼고는. 그리고 균형 잡기가 어렵다는 점도 빼야겠다. 나는 노를 뒤로 당겼지만 아무런 일도 벌어지지 않았다.

나는 자세를 바로 하고 발을 보트에 쭉 뻗은 다음, 손바닥에 침을 뱉고는 노를 힘껏 잡아당겼다.

이번에는 반응이 있었다. 오른쪽 노가 물 밖으로 빠져나오며 왼쪽 노와 손잡이끼리 격렬하게 부딪치더니 내 손마디를 강하게 내려쳤다. 왼쪽 노는 보트에서 튕겨 나갔으며, 보트는 흔들거리면서 다리의 돌벽 정면으로 향했다.

나는 보트가 다리와 충돌하기 전에 허둥지둥 노를 노걸이에 걸고 다시 저었지만, 그 과정에서 또다시 손마디를 세게 부딪쳤고 보트는 둑 쪽으로 흘러갔다.

시릴은 자리에서 일어나더니, 배를 버릴 준비가 되어 있다는 듯, 배 뒤편으로 뒤뚱뒤뚱 걸어갔다.

'좋아, 삼세번이니까.' 나는 노로 둑을 밀어 배를 물살에 맡긴 다음 노가 손마디를 내려치지 않도록 조심하면서 다시 시도해봤다. 성공이었다. 왼쪽 노는 손마디 대신 내 코를 후려쳤다.

하지만 네 번째 시도에서 비록 어색하기는 했지만 결국은 노를 젓는 데 성공했고 몇 분 뒤에는 기본 동작을 습득했다. 나는 보트로 물살을 가로질러 보았고 이윽고 다리 아래로 들어갔다가 다시 나오며 날쌔고 힘차게 저어 갔다.

"안 돼요, 안 돼!" 뒤에서 테렌스가 말했다. "그렇게 하는 게 아니에요. 당길 때 체중을 노에 실어야지요."

나는 둑 위에 서 있는 테렌스를 돌아보았고, 양쪽 노는 물을 튀쳐나오더니 내 손을 강타했다.

"뒤돌아보지 마세요! 가는 곳을 봐요!" 테렌스가 소리쳤지만 어딘지 내게는 논리적으로 안 맞는 구석이 있어 보였다. "한 손을 다른 손 위로! 균

216

형을 유지하고요. 아니, 아니, 아니요!" 테렌스는 한 손에는 빵을, 다른 한 손에는 우유병을 들고 몸짓으로 말했다. "앞으로 가요. 무릎을 벌리고요. 머리를 숙여요. 엉덩이를 움직이지 마세요."

세상에 고래고래 명령을 내리는 것보다 더 도움이 되는 일은 없을 것이다. 특히 명령을 듣는 상대방이 하나도 그 명령을 이해하지 못한다면 말이다. 나는 내가 이해하는 한 테렌스의 말을 따르려고 했다. 하라는 대로 무릎을 벌렸더니 테렌스가 소리쳤다. "아니, 아니, 아니요! 무릎을 붙여야죠! 노를 수평으로 젖혀요! 노가 뒤집히잖아요! 머리를 들라고요!"

하지만 결국 나는 요령을 터득해 균형을 잡고 머리를 든 채 온몸의 무게를 노에 싣고 무릎을 '벌렸다 붙였다' 하며 엉덩이를 움직이지 않고 테렌스를 향해 노를 저어 갈 수 있었다.

"천천히 꾸준히 저어요." 부둣가에 깔끔하게 보트를 몰고 오자 테렌스가 말했다. "그거예요. 아주 좋아요. 이제 연습만 하면 되겠군요."

"틈날 때마다 연습해야겠어요." 테렌스에게서 우유병을 받아 주머니에 찔러 넣으며 내가 말했다. "갑시다. 그런데 페딕 교수님은 어디 계시죠?"

테렌스는 당연히 근처에 보일 거란 듯이 주위를 두리번거렸다. "전신국에서 아직 안 오신 건가요?"

"안 오셨어요. 찾아봐야겠는데요." 부두로 올라와 보트를 묶으려 애쓰며 내가 말했다.

"우리 둘 중 한 명은 보트에 머물러 있는 게 좋을 듯하군요." 테렌스는 시릴을 나무라듯 보며 말했다. "돌아오실 경우를 대비해서요."

"좋은 생각입니다." 내가 말했다. 테렌스가 교수를 찾으러 간 사이에 고양이를 다시 한번 확인하고 어쩌면 잠시 내놓을 수 있을지도 몰랐다.

"당신이 찾으러 가는 게 좋겠군요." 테렌스가 말했다. "저보다 역사에 밝잖아요." 테렌스는 회중시계를 꺼내 보았다.

나는 테렌스가 시계 쪽으로 정신을 파는 사이 여행용 손가방을 집어 등 뒤로 숨겼다. "10시군요." 테렌스는 시계를 찰칵하고 닫았다. "교수님을 건져냈을 때 어떻게든 즉시 집으로 모셔다드렸어야 하는 건데."

"시간이 없었어요." 내가 말했다. "그리고 교수님은 한번 결심하면 하는 분이라고 말한 건 당신이잖아요."

테렌스는 우울한 표정으로 고개를 끄덕거렸다. "교수님은 말릴 수 없는 분이죠. 정복왕 윌리엄처럼요. 역사는 개인이 만들어가는 거예요." 테렌스는 한숨을 쉬었다. "우리가 그곳에 도착할 즈음이면 메링 양은 이미 약혼했을 거예요."

"약혼이라고요? 누구랑요?" 토시가 테렌스에게 여러 명의 구혼자에 관해 말했고 그 가운데 우리가 찾아야 할 C 아무개 씨가 들어 있기를 바라며 내가 물었다.

"누군지는 저도 모르죠." 테렌스가 말했다. "하지만 토시 같은, 그러니까 메링 양 같은 아가씨라면 하루에 열두 번도 더 청혼받을 거예요. 그런데 교수님은 도대체 어디에 계실까요? 이런 식으로 하다가는 뮤칭스 엔드에 결코 도달하지 못할 거예요."

"당연히 도착할 겁니다." 내가 말했다. "운명이죠. 기억해요? 로미오와 줄리엣, 엘로이즈와 아벨라르 몰라요?"

"운명." 테렌스가 말했다. "하지만 얼마나 잔인한 운명이란 말인가요? 메링 양과 나를 온종일 떼어놓다니 말이에요!" 테렌스는 몽롱한 눈길로 강 하류를 바라보았고 나는 여행용 손가방을 들고 그 자리를 빠져나왔다.

✳

시릴이 내 뒤를 총총히 뒤따라왔다. "넌 여기 있어, 시릴." 내가 단호하게 말했지만, 결국 우리 셋은 함께 마을로 출발했다.

나는 전신국이 어디에 있는지 또는 어떻게 생겼는지 알지 못했지만, 마을에는 그저 두 개의 가게만이 있을 뿐이었다. 청과상 한 곳과 창가에 낚싯대와 꽃병이 있는 가게 한 곳이었다. 나는 우선 낚시 가게부터 들어갔다. "전보를 보내려면 어디로 가야 하나요?" 모브캡[113]을 쓰고 웃고 있는 노파

---

113 18~19세기에 유행한 실내용 여성 모자

에게 물었다. 노파는《거울 나라의 앨리스》에 나오는 양과 똑 닮았다.

"강을 따라 여행하고 계세요? 우리 집에 이플리 제분소가 그려진 멋진 접시가 있어요. '템스강에서의 즐거운 한때'라고 새겨 있지요. 그런데 하류로 가나요, 아니면 상류로 가나요?"

'둘 다 아닙니다.' 나는 생각했다. "하류로요." 내가 말했다. "전신국이 어디에 있죠?"

"하류라." 노파가 밝게 말했다. "그러면 그건 벌써 보셨겠군요. 아름답지 않았나요?" 여자는 내게 술이 달린 노란 새틴 베개를 주었다. 베개에는 제분소가 그려졌고 '이플리 방문 기념'이라고 스텐실 인쇄가 되어 있었다.

나는 베개를 돌려주며 말했다. "멋진 물건이군요. 그런데 전보를 보내려면 어디로 가야 합니까?"

"우체국이죠. 하지만 저는 편지가 더 좋다고 늘 생각하고 있어요. 선생님은요?" 여자는 편지지를 꺼냈다. 각 장에는 '애빙던에서 보내는 안부'라고 찍혀 있었다. "한 장에 반 펜스이고 봉투는 1페니랍니다."

"아니요, 필요 없습니다. 우체국이 어디에 있다고 하셨죠?"

"길 바로 아래에요. 대수도원 입구 반대편이죠. 그곳에 가보셨어요? 저희에게 멋진 복제품이 있어요. 아니면 도자기로 만든 개를 좋아하실지도 모르겠군요. 손으로 직접 그린 거예요. 또 정말로 멋진 펜닦개도 있죠."

나는 결국 도자기로 만든 불도그(시릴과 닮기는커녕 개라고 하기도 이상한 모양이었다)를 산 다음에야 그곳을 빠져나올 수 있었다. 나는 수도원 입구와 우체국을 찾아다녔다.

페딕 교수는 우체국에도 없었으며, 모브캡을 쓰고 카운터 뒤에 있던 늙은 여인은 교수가 왔었는지 알지 못했다. "제 남편은 식사하러 집에 갔어요. 1시간쯤 뒤에 돌아올 거예요. 강을 따라 여행하시는 거죠?" 여자는 내게 이플리 제분소가 그려진 꽃병을 팔려고 애썼다.

교수는 청과상에도 들리지 않았다. 나는 '템스강에서 보내는 휴가 안부'라는 글이 새겨진 양치용 컵을 산 다음 물어보았다. "연어도 파나요?"

"있어요." 모브캡을 쓴 또 다른 노파가 말하더니 카운터에서 통조림을 하나 내밀었다.

"통조림 말고요." 내가 말했다.

"직접 잡으실 수 있어요. 애빙던은 템스강 전체를 통틀어 가장 낚시하기 좋은 곳이죠." 여자는 말을 마치더니 낚시용 고무 바지를 팔려고 했다.

나는 가게를 나와 내가 가게를 들어갈 때마다 바깥에서 끈질기게 기다리고 있던 시릴에게 말했다. "이제 어디로 가야 하지?"

애빙던은 중세의 수도원을 둘러싸고 마을이 들어섰다. 곡물 창고와 농장을 포함해 유적들이 아직 남아 있었으니 페딕 교수가 가장 머무르고 싶어 할 만한 장소였지만 교수는 보이지 않았다. 수도원 안에도 없었다.

아니, 수도원에는 아무도 없었다. 나는 수도원 벽 옆에 무릎을 꿇고는 돌 위에 우유병을 세워놓고 여행용 손가방을 열었다.

시릴은 내 행동에 찬성할 수 없다는 듯한 표정을 지으며 바닥에 앉았다.

고양이를 꺼내며 내가 말했다. "아주먼드 공주? 아침 먹을래?"

고양이를 내려놓자 녀석은 풀밭을 1, 2미터 오락가락하더니 마치 총알처럼 벽 모퉁이를 돌아 사라졌다.

'내가 그럴 거라고 말했죠.' 시릴이 눈으로 말했다.

"앉아 있지만 말고 쫓아가." 내가 말했다.

시릴은 꼼짝하지도 않았다.

시릴의 행동은 일리가 있었다. 숲속으로 고양이를 쫓아가봤자 성공할 리가 없었다. "그래, 그럼 어떻게 했으면 좋겠니?"

시릴은 엎드리더니 우유병에 주둥이를 댔다. 나쁜 생각은 아니었다. 나는 여행용 손가방에서 접시를 꺼내 우유를 따랐다. "여기 있다, 야옹아. 아침 먹자꾸나!" 나는 접시를 벽 앞에 놓으며 말했다.

내가 말했듯이, 나쁜 생각이 아니었다. 하지만 먹혀들어 가지 않았다. 폐허나 마을 광장, 목골조 집들이 늘어선 거리로 찾아 나섰지만 역시 마찬가지였다.

"넌 고양이가 어떤 동물인지 알고 있었잖아." 내가 시릴에게 말했다. "그런데 왜 내게 경고해주지 않은 거지?"

하지만 내 잘못이었다. 내가 고양이를 꺼냈고, 고양이는 아마 오늘 아침 런던으로 가서 글래드스턴을 만나고, 결국은 마피킹이 함락되는 원인이 되겠지.

우리는 마을의 외곽으로 돌아 나왔다. 길은 점점 좁아지더니 좁은 개울이 교차하는 목초지로 이어지며 사라졌다.

"어쩌면 보트로 돌아갔을지도 몰라." 희망을 품고 말했지만 시릴은 내 말을 듣고 있지 않았다. 녀석은 좁은 개울 위에 서 있는 다리 쪽으로 뻗은 진흙 길을 바라보고 있었다.

그곳에는 페딕 교수가 바지를 걷고 커다란 그물을 든 채 개울에 들어가 있는 모습이 보였다. 교수의 뒤쪽 둑에는 물이 담긴 듯한 양철 주전자가 있었고 분명 그 안에는 물고기가 들어 있을 것이다. 그리고 아주먼드 공주가 있었다.

"여기 가만히 있어. 말 들어." 나는 시릴에게 말하고는 웅크리고 있는 고양이 쪽으로 기어갔다. 왜 좀 전에 그물을 살 생각을 못 했을까 후회하면서.

아주먼드 공주는 하얀 발로 풀을 조용히 밟으면서 주전자를 향해 기어갔고, 그런 고양이만큼이나 자기 일에 푹 빠진 교수는 물 쪽으로 천천히 그물을 내렸다. 아주먼드 공주는 주전자 안을 들여다보고는 실험 삼아 발을 주전자 속에 넣어보았다.

나는 고양이가 물고기에 정신을 파는 사이, 와락 달려들어 여행용 손가방을 녀석에게 뒤집어씌우고 들어 올렸다. 페딕 교수가 들어 올린 그물에도 물고기가 꿈틀거리고 있었다.

"페딕 교수님!" 내가 말했다. "얼마나 찾아다녔다고요!"

"큰 가시고기일세." 교수는 그물에서 물고기를 빼내 주전자에 던졌다. "송어가 살기에 딱 좋은 물매야."

"테렌스가 교수님을 데려오라고 했습니다. 팽번에 못 갈까 봐 걱정하더군요." 교수가 둑으로 올라오도록 손을 내밀며 내가 말했다.

"*Qui non vult fieri desidiosus amet.* 오비디우스지. '게을러지기를 원하지

않는 자는 사랑에 빠지게 하라.'" 교수는 둑에 올라오더니 바닥에 앉아 양말과 신발을 신었다. "그 친구가 내 조카딸 모드를 못 만난 게 아쉬워. 좋아했을 텐데."

나는 양철 주전자와 그물을 집어 들었다. 주전자 손잡이에는 '템스강 관광 기념'이라고 찍혀 있었다. 시릴은 내가 머물러 있으라고 한 장소에 그대로 있었다. "잘했다." 내가 말하자 녀석은 내게 돌진해 무릎으로 파고들었다. 덕분에 주전자에서 물이 넘쳐흘렀다.

페딕 교수는 자리에서 일어났다. "가세나. 아침 반나절이 지났군." 페딕 교수는 말하고 마을을 향해 활기차게 걸어갔다.

"전보는 보내셨나요?" 우체국을 지나며 내가 물었다.

교수는 외투에 손을 꽂더니 노란색 영수증 두 장을 꺼냈다. "저 수도원에는 역사적인 흥밋거리가 있다네." 교수는 종이를 다시 외투에 쑤셔 넣으며 말했다. "호민관 정치 시대 때 크롬웰의 부하들로부터 약탈당했지." 교수는 문에 멈춰 서더니 계속 말을 이었다. "우리가 여기 보고 있는 것은 15세기에 만든 출입구야."

"오버포스 교수는 호민관 정치 시대가 자연력의 결과라고 생각하고 있지요." 살살 자극하는 말로 페딕 교수를 부두까지 데리고 가보니, 모브캡을 쓴 노파가 테렌스에게 볼터 수문이 그려진 머그잔을 팔고 있었다.

"하류로 여행하신 좋은 추억이 될 거예요." 노파가 말했다. "차를 마실 때마다 오늘을 생각하실 겁니다."

"그럴까 봐 걱정인걸요." 테렌스는 노파에게 말하더니 다시 내게 말을 걸었다. "어디에 계시던가요?"

"낚시하고 계셨어요." 나는 보트에 올라가 여행용 손가방을 내려놓고 페딕 교수가 배에 타는 것을 돕기 위해 손을 내밀었다. 교수는 몸을 구부리고 코안경 너머로 자신이 잡은 물고기를 들여다보고 있었다.

"전보는 보내신 거죠?" 테렌스가 내게 물었다.

나는 고개를 끄덕였다. "노란색 영수증을 봤어요."

시릴은 부두에 쭈그리고 앉더니 깊은 잠에 빠져들었다. "이리 와, 시릴." 내가 말했다. "교수님, *Tempus fugit*(세월은 유수와 같다)!"

"얼마나 늦었는지 아세요?" 테렌스는 회중시계를 내 코앞에 들이밀고 흔들며 말했다. "어이쿠! 11시가 다 되어 가요."

나는 노 젓는 자리에 앉아 여행용 손가방을 무릎 사이에 끼웠다. "걱정하지 마세요." 내가 말했다. "여기부터는 순풍에 돛 단 듯 갈 테니까요."

10

세상에 보트에서 하릴없이 빈둥거리는 것의
반만큼이라도 가치 있는 일은 절대로, 절대로 없다.

— 《버드나무 숲에 부는 바람》, 케네스 그레이엄

순풍에 돛 단 듯 — 템스강에서 가장 아름답지 않은 지역 — 빅토리아 시대 사람들이 자연에
대해 왜 그토록 감상적이었는지 알게 되다 — 역사의 진행 방향에서 잡동사니 판매장의
중요성 — 보트 위의 세 남자를 만나다. 개는 말할 것도 없고 — 시릴 대 몽트모렌시 —
미궁에 얽힌 일화 — 교통 혼잡 — 찻주전자 — 역사의 진행 방향에 있어서 사소한 일의 중요성 —
또 다른 백조 — 난파! — 타이타닉호와의 유사성 — 생존자 — 기절

신기하게도 우리는 순풍에 돛 단 듯 항해, 아니 강을 따라 노 저어 갔
다. 강은 고요하고 한적했으며 상쾌한 산들바람이 불어왔다. 햇빛이 강 위
를 환히 비추었다. 나는 엉덩이를 딱 붙인 채 자세를 잘 잡고서 무릎을 벌
렸다 오므렸다 하기를 반복하며 노를 힘차게 끌어당긴 다음, 수평으로 젖
혔다. 정오쯤에는 클리프턴 수문을 지나 꼭대기에 교회 한 채가 자리 잡은
클리프턴 햄프든의 석회암 절벽을 볼 수 있었다.

지도에서는 이 부근을 '템스강에서 가장 아름답지 않은 지역'이라고 설
명하면서, 만약 고링 지역으로 갈 생각이라면 배가 아닌 기차를 타고 이 지
역을 지나쳐버리는 것이 좋을 것이라고 권유했다. 하지만 꽃이 만발한 산
울타리가 이리저리 수놓인 푸른 목초지와 포플러나무가 줄지어 선 강둑을
보고 있자니 무엇이 아름답지 않다는 건지 이해가 가지 않았다.

사방이 꽃이었다. 풀밭에는 미나리아재비와 야생 당근 그리고 라벤더
가, 강둑을 따라서는 백합과 푸른 붓꽃이, 수문 관리소 뜰에는 장미와 덩굴
진 금어초가 피어 있었다. 심지어는 강에도 꽃이 피었다. 컵 모양의 분홍색

꽃, 수련, 골풀에 더해 보라색, 흰색의 꽃다발들이 어우러졌다. 무지갯빛의 청록색 잠자리가 그 사이를 날아다녔으며, 커다란 나비가 보트 쪽으로 훨훨 날아오더니 짐 꾸러미 위에 잠시 앉아 그러지 않아도 위태위태한 배에 무게를 더했다.

저 멀리로는 느릅나무 숲 위로 어렴풋이 첨탑이 보였다. 이 상황에서 단 하나 부족한 게 있다면 바로 무지개였다. 빅토리아 시대 사람들이 자연에 대해 그토록 감상적이던 이유가 하나도 이상하지 않았다.

나와 교대해 테렌스가 노를 잡았고 우리는 강굽이를 돌아 나팔꽃으로 장식된 초가집을 지나 황금빛 벽돌로 만들어진 아치형 다리로 향했다.

"강에서 벌어지는 일들을 생각하면 끔찍하군요." 테렌스가 다리 쪽을 가리키며 입을 열었다. "철교와 제방, 가스 공장. 이런 것들이 경치를 완전히 망치고 있어요."

우리는 다리 밑을 지나 굽이를 돌았다. 강에는 다른 보트가 거의 없었다. 우리는 너도밤나무 아래 정박 중인 삿대배를 지나쳤다. 배에서는 두 명이 낚시를 즐기고 있었다. 그 사람들은 우리를 향해 손을 흔들더니 거대한 물고기 꾸러미를 들어 올려 보였다. 페딕 교수가 자고 있는 게 다행이었다. 아주먼드 공주도.

나는 테렌스와 자리를 바꿀 때 고양이를 검사해보았다. 여전히 꼼짝도 하지 않고 있었다. 여행용 손가방 안에 웅크리고서 앞발로 턱을 받치고 있는 아주먼드 공주의 모습을 보고 있자니, 이 고양이 때문에 역사가 바뀐다거나 더 심하게는 시공 연속체가 파괴될지도 모른다는 생각은 전혀 들지 않았다. 하지만 다윗의 돌팔매질이나 플레밍의 곰팡이 핀 페트리 접시 또는 에이브러햄 링컨이 잡동사니 판매장에서 1달러를 주고 샀던 허섭스레기 가득했던 통도 처음에는 그래 보였다.

그러나 혼돈계에서는 고양이부터 수레나 감기에 이르기까지 그 모든 것이 의미심장한 위치를 차지할 수 있으며, 모든 점들이 분기점이 될 수 있었다. 링컨은《영국법 주해》를 살 만한 돈이 없었지만, 마침 링컨이 샀던 허섭스레기 통에 블랙스톤의《영국법 주해》완전판이 들어 있었고 그 책 덕분에 링컨은 변호사가 될 수 있었다.

하지만 또 한편으로 혼돈계에는 피드포워드 과정과 상호 간섭, 균형력이 존재하기 때문에 사건들은 서로 상쇄 작용을 일으킨다. 폭풍우가 일어난다고 늘 함대가 가라앉는 것은 아니며, 팁과 혁명의 진행 방향은 대부분 무관하다. 그뿐인가. 잡동사니 판매장에서 산 물건은 대부분 먼지만 쌓여갈 뿐 중요한 역할을 하는 경우는 거의 없다.

그러므로 비록 고양이가 나흘간 실종되긴 했지만, 그로 인해 역사의 진행 방향이 바뀔 확률은 아주 낮았다. 더구나 이처럼 아무런 문제 없이 훌륭한 시간을 계속해서 보내고 있다면 말이다.

점심용으로 애빙던에서 샀던 빵과 치즈를 꺼내며 테렌스가 입을 열었다. "이런 속도로 계속 간다면 1시쯤 데이 수문에 도착할 수 있겠군요. 강이 완전히 텅 비었네요."

그때 저쪽 우리 앞에서 세 명의 남자가 보트를 타고 다가오고 있었다. 그 사람들은 모두 블레이저코트를 입고 콧수염을 길렀으며 뱃머리에는 작은 개 한 마리가 경계를 서듯 서 있었다. 보트가 가까워짐에 따라 그 안에 있는 사람들이 하는 말이 또렷이 들려오기 시작했다.

"네 차례가 되려면 얼마나 더 있어야 하지, 제이?" 노를 젓는 사람이 뱃머리에 누워 있는 남자를 향해 말했다.

"넌 아직 10분밖에 젓지 않았어, 해리스." 뱃머리에 있는 남자가 말했다.

"그렇군. 그런데 다음 수문까지는 얼마나 남은 거야?"

"언제 보트를 멈추고 차를 마실 거야?" 앞선 두 사람보다 뚱뚱한 세 번째 남자가 말을 하더니 밴조를 집어 들었다.

개가 우리 보트를 눈치채고 마구 짖어대기 시작했다. "조용히 해, 몽트모렌시. 무례한 짓이야." 뱃머리에 누워 있는 남자가 말했다.

"테렌스!" 반쯤 일어서며 내가 말했다. "저 보트예요!"

테렌스는 어깨너머로 보트를 힐끗 보았다. "부딪히지 않을 겁니다. 진로만 똑바로 잡고 계세요."

밴조를 집어 든 이는 가볍게 몇 번 (음정이 틀리는) 줄을 퉁겨보더니 노래를 부르기 시작했다.

"으, 노래하지 마, 조지." 노를 젓는 남자와 뱃머리에 누워 있는 남자가 이구동성으로 말했다.

"그리고 너도 노래할 생각 말고, 해리스." 제이가 덧붙였다.

"왜?" 분개한 듯 해리스가 물었다.

"네가 노래 부를 줄 안다고 생각하는 사람은 너 혼자뿐이거든." 조지가 말했다.

"맞아." 제이가 말했다. "너 '영국 해군의 통치자'라는 노래 생각나?"

"디들-디들-디들-디들-디들-디들-디." 조지가 노래했다.

"저 사람들이에요." 내가 말했다. "테렌스, 저 사람들이 누군지 알아요? '보트 위의 세 남자'예요, '개는 말할 것도 없고'요."

"개요? 지금 개라고 했어요?" 테렌스는 경멸감을 담은 목소리로 말하더니 보트 바닥에서 코를 골고 있는 시릴을 사랑스러운 눈으로 바라보았다. "시릴이라면 저 녀석을 한입에 삼켜버릴 수 있어요."

"무슨 말인지 못 알아듣는군요. '보트 위의 세 남자'라니까요. 파인애플 통조림과 조지의 밴조 그리고 미궁이요."

"미궁이라고요?" 어리둥절한 표정으로 테렌스가 물었다.

"그래요. 지도를 가지고 해리스가 사람들을 이끌고 햄프턴 코트의 미궁에 가는데 지도가 틀려서 길을 잃고 헤매다가 결국은 저들이 외치는 소리를 들은 관리인이 와서 꺼내주었죠."

나는 세 남자를 더 잘 보기 위해 보트 바깥쪽으로 몸을 내밀었다. 바로 그 사람들이었다. 제롬 K. 제롬은 템스강을 거슬러 올라가는 여행을 통해 친구 두 명을 불멸의 존재로 만들었다(개는 말할 것도 없고 말이다). 이 사람들은 자기들이 겪은 치즈와 증기선과 백조에 얽힌 모험담이 지금으로부터 150년이 지난 뒤까지도 수많은 세대에 의해 읽히게 되며, 자신들이 유명한 존재가 되리라는 사실을 아직 모르고 있었다.

"코를 조심해요." 테렌스가 말했고, 내가 대답했다. "맞아요. 내가 좋아하는 부분이에요. 제롬이 햄프턴 코트에 있는 수문을 지나가려 할 때 누군가가 외치죠. '코를 조심해요!' 하고 말이죠. 뱃머리가 수문에 끼었다는 뜻이었지만 제롬은 그게 자기 코인 줄 알았지요!"

"네드!" 테렌스가 말했고, 보트 위의 세 남자는 손을 흔들며 소리쳤으며 제롬 K. 제롬은 일어서서 팔을 쫙 펴고 흔들며 인사를 했다.

나도 손을 흔들어주었다. "재미있는 여행 하세요!" 내가 외쳤다. "백조를 조심하고요!" 그때 갑자기 나는 보트 바닥으로 곤두박질쳤다.

내 발은 허공을 향해 있었으며 노는 수면을 때리며 물을 튀겼고 뱃머리에 실은 짐들이 무너져 내렸다. 나는 넘어져 있는 상황에서도 여행용 손가방을 쥐고 있었으며 일어나 앉으려고 애썼다.

페딕 교수도 마찬가지였다. "무슨 일이 일어난 건가?" 졸린 듯 눈을 끔뻑이며 교수가 말했다.

"우리가 어디로 가고 있는지 네드가 보질 않았습니다." 글래드스턴 가방을 움켜쥔 채 테렌스가 대답했다. 우리는 강둑을 정면으로 들이받은 것이었다. 제롬 K. 제롬이 제6장에서 그랬듯이 말이다.

나는 제롬의 보트를 바라보았다. 몽트모렌시가 짖고 있었으며 조지와 해리스는 한데 엉켜 웃어댔다.

"괜찮아요?" 제롬 K. 제롬이 내게 외쳤다.

내가 힘차게 고개를 끄덕이자 그들은 손을 흔들더니 백조와의 전쟁, 옥스퍼드 그리고 역사를 향해 노 저어 갔다. 여전히 소리 내 웃으면서.

"진로를 똑바로 잡으라고 내가 말했죠?" 넌더리 난다는 듯 테렌스가 말했다.

"알아요. 미안해요." 시릴을 넘어가며 내가 말했다. 녀석은 이 모든 소동 속에서도 잠이 들어 있었고, 결국 정말로 유명한 개를 만날 기회를 놓친 셈이었다. 하지만 한편으로 몽트모렌시의 호전적이고 못된 성격을 생각해보면 오히려 잘된 일인지도 몰랐다.

"아는 사람을 만났거든요." 테렌스가 짐을 줍는 것을 도우며 내가 말했다. "작가예요." 하지만 말을 하는 순간, 만약 저 사람들이 지금 강 상류를 향해 가고 있다면《보트 위의 세 남자》는 아직 쓰이기 전이라는 생각이 떠올랐다. 저 사람들이 책을 출간했을 때 테렌스가 판권 페이지를 읽지 않았으면 좋겠다는 생각이 들었다.

"내 그물은 어디 있나?" 페딕 교수가 말했다. "이곳은 '틴카 불가리스'가 살기 딱 좋은 곳이야."

우리가 짐을 다시 싣고 단단히 여민 다음 교수를 '틴카 불가리스'에게서 떼어놓고 나니 정오가 다 되었지만, 그 이후에는 순조로운 시간이었다. 우리는 2시가 되기 전에 리틀 위튼봄을 지났다. 만약 데이 수문에서 아무런 일만 벌어지지 않는다면 스트리틀리에서 저녁 식사를 할 수 있을 것이다.

우리는 기록적인 시간으로 데이 수문을 통과했다. 그러고는 교통 체증에 부닥쳤다.

그 이전까지 강이 한산했던 이유는 강 위의 배라는 배가 모두 다 이곳에 모여 있었기 때문이었다. 삿대배, 카누, 스컬, 범선, 차양이 쳐진 보트, 에이츠, 너벅선, 뗏목, 집배 따위 모든 종류의 배가 강을 메웠다. 배들은 모두 상류를 향하고 있었으며 아무도 서두르지 않았다.

어떤 보트에는 파라솔을 든 소녀가 다른 보트에 탄 파라솔을 든 소녀와 수다를 떨다가 동료에게 보트를 옆으로 대라고 소리쳤다. '로어 미들섹스 음악 친목회 연례 소풍', '어머니들을 위한 흥겨운 잔치 한마당'이라고 쓰인 현수막이 달린 진수대에는 사람들이 울타리에 기대어 유람선에 탄 사람들에게 소리치고 있었다.

이 사람들 가운데 약속된 시간까지 어디에 가야 할 사람은 없는 게 분명했다. 집배를 탄 중년의 남자들은 책상에 앉아서 〈타임스〉를 읽었고, 중년의 부인들은 입에 빨래집게를 물고 빨래를 널었다.

세일러 드레스를 입고 리본 장식 밀짚모자를 쓴 소녀 한 명은 작은 보트를 삿대로 천천히 저어 집배 사이로 가더니 삿대가 진흙에 빠져 꼼짝도 안 하는데도 가만히 웃고만 있었다. 노란색 작업복을 입은 화가 한 명은 이 혼란의 와중에서도 뗏목을 타고서 조용히 풍경화를 그렸다. 꽃장식 된 모자와 파라솔 그리고 펄럭이는 유니언 잭 너머로 이 화가가 대체 어떻게 풍경을 볼 수 있는지 나로서는 도무지 알 수가 없었다.

줄무늬 모자를 쓰고 저지 셔츠를 입은 어떤 사람이 노를 저어 가다가 선상 파티를 즐기는 배의 노에 부딪히고는 사과하기 위해 멈춰 섰고, 뒤에서 다가오던 요트 한 척이 이 둘과 거의 충돌할 뻔했다. 나는 키를 재빨리 제쳤지만, 이들 셋과 거의 충돌 직전까지 갔다.

"내가 조종하는 것이 좋겠군요." 우리가 탄 보트가 4인용 보트와 경주용 요트 사이를 스치듯 지나갈 때 테렌스가 제안했다.

"멋진 생각이에요." 우리는 한바탕 소동을 벌이며 서로 자리를 바꿨다. 하지만 혼잡한 강에서는 노젓기도 쉽지 않았다. 뒤를 보는 자세로 노를 젓고 있자니 아무것도 볼 수 없었으며 금방이라도 '어퍼 슬로터 철물상인연합 강 야유회' 쪽과 부딪칠 것만 같았다.

"이건 헨리 레가타 경주 대회보다 더 어렵군요." 테렌스가 말했다. 테렌스는 키를 조종해 강 중앙에서 둑 쪽으로 다가갔지만, 이는 상황을 더 악화시켰다. 우리는 정박하려는 삿대배와 집배들 사이로 끼어들어 갔으며, 견인용 밧줄들이 우리 보트의 진행 방향을 이리저리 가로막았다.

예선로에 들어서 있는 사람들도 전혀 서두르지 않았다. 보트에 탄 아가씨들은 견인용 밧줄을 몇 뺨 정도 잡아당긴 다음, 행동을 멈추고는 깔깔대며 배를 돌아볼 뿐이었다. 연인들은 넋을 놓고 서로의 눈만 바라보다가 견인용 밧줄이 물에 빠지면 그제야 정신을 차리고 급히 밧줄을 잡아당기곤 했다. 제롬은 낡은 밧줄을 끌어당겨 예선로로 들어가며 떠들다가 보트를 잃어버린 줄도 모르고 계속 줄을 잡아당기던 연인들에 관해 썼지만, 나는 줄에 걸려 목이 잘릴까 봐 더 겁났다. 나는 캐서린 하워드처럼 초조한 마음으로 힐끔힐끔 뒤를 돌아보며 노를 저었다.

돌연 상류 쪽에서 커다란 소동이 일어났다. 날카로운 호루라기 소리가 들려오더니 누군가가 소리쳤다. "조심들 하쇼!"

"무슨 일이죠?" 내가 말했다.

"빌어먹을 놈의 찻주전자." 테렌스가 말하는 순간 갑자기 북새통을 뚫고 증기선이 연기를 내뿜으며 나타나 거대한 파도를 일으켰다.

보트가 흔들리는 통에 나는 노 한 개를 놓쳤다. 나는 급히 놓친 노와 여행용 손가방을 부여잡았고, 테렌스는 뒤로 사라져가는 증기선의 뒤통수에 대고 주먹을 흔들어댔다.

"저놈을 보니 티키누스강 전투에 있었던 한니발 장군의 코끼리 생각이 나는군." 막 잠에서 깬 페딕 교수가 입을 열더니 한니발의 이탈리아 원정에 관해 일장 연설을 늘어놓기 시작했다.

덕분에 우리는 알프스산맥에 있으면서, 막히는 뱃길을 뚫으며 월링포드 쪽으로 전력투구해야 했다. 우리는 벤슨 수문으로 가려고 1시간 넘게 노력했으며 테렌스는 3분마다 회중시계를 꺼내 보며 시간을 말해주었다.

"3시입니다", "3시 15분이 되었군요", "30분이 다 되어가요. 이러다가는 티타임까지 절대로 도착 못 하겠는걸요." 하는 식이었다.

나도 테렌스와 같은 기분이었다. 마지막으로 내가 여행용 가방을 열었을 때, 아주먼드 공주가 꿈틀대는 게 뭔가 불길하다 싶더니 우리가 수문으로 가는 동안 희미하게 야옹거리는 소리를 내기 시작했다. 하지만 다행히도 그 소리는 주변의 소란스러움과 페딕 교수의 강의에 묻혀버렸다.

"나폴레옹이 워털루 전투에서 지게 된 원인은 다름 아닌 길이 막혔기 때문일세. 대포 수송 마차가 진흙탕에 빠져 길을 막았기 때문에 보병 부대 역시 길을 통과할 수 없었지. 도로가 막혔다거나 보병 부대가 약간 늦게 도착한다거나 명령이 잘못 전달되었다거나 하는 것처럼 역사가 사소한 일로 결정된 적이 얼마나 많았는지 몰라."

신기하게도 월링포드에서 갑자기 길이 뚫리더니, 삿대배들은 야영하며 저녁 식사 준비를 했고, 음악 친목회는 해산하여 기차역과 집으로 뿔뿔이 흩어졌으며 강은 갑자기 한산해졌다.

하지만 뮤칭스 엔드까지 가려면 10킬로미터를 더 가고도 수문 하나를 더 통과해야만 했다.

"우리가 도착하면 9시가 넘겠군요." 테렌스는 자포자기한 목소리로 말했다.

"몰스포드 근처에서 야영해도 되네." 페딕 교수가 말했다. "그쪽 둑에는 씨알이 굵은 농어가 많지."

"여인숙에서 머무는 게 좋을 듯합니다." 내가 말했다. "그러면 테렌스, 당신은 몸을 깨끗하게 단장할 수 있잖아요. 최고로 멋진 모습으로 메링 양을 만나고 싶지 않아요? 면도도 하고 플란넬 바지를 다림질하고 구두도 닦고 난 다음, 아침 일찍 일어나 뮤칭스 엔드로 곧장 가는 거예요."

그리고 모두가 잠든 사이, 나는 여행용 손가방을 들고 살금살금 빠져나와서 아무에게도 들키지 않고 고양이를 돌려놓아야지. 테렌스가 이튿날 아침에 뮤칭스 엔드로 갔을 때는 모든 인과모순이 이미 해결되어 있도록 말이야. 그러면 테렌스는 토시가 코울스커틀이든 캐비지수프든 간에 여하튼 이름이 C로 시작하는 누군가와 손을 잡고 있는 모습을 발견하게 되겠지.

테렌스가 지도를 뒤적이며 말했다. "스트리틀리에는 '황소'와 '백조' 이렇게 두 개의 여인숙이 있어요. '백조'로 하죠. 트로터즈 말로는 이쪽 맥주 맛이 좋다는군요."

"설마 진짜 백조가 있는 건 아니겠죠?" 잠이 깨어 짜증이 난 듯한 시릴을 조심스레 보며 내가 말했다.

"없을 겁니다." 테렌스가 말했다. "'조지와 드래곤' 여인숙에 드래곤이 없듯이요."

✳

우리는 계속 노를 저었다. 하늘은 내 모자 테두리의 푸른색처럼 변하더니 점차 창백한 라벤더색이 되었고 하나둘씩 별이 보이기 시작했다. 개구리와 귀뚜라미가 울기 시작했고, 여행용 손가방에서는 희미하게 야옹거리는 소리가 더 자주 들려왔다.

나는 철벅 철벅 소리를 내기 위해 거칠게 노를 저었고, 페딕 교수와 오버포스 교수의 이론이 정확히 어떻게 다른지 페딕 교수에게 물어보았다. 교수의 대답은 우리가 클리브 수문에 도착할 때까지 계속됐고, 수문에 도착하자마자 나는 배에서 뛰어내려 여행용 손가방 안에 우유를 약간 넣어준 다음, 뱃머리에 꾸려놓은 짐 더미 위에 손가방을 올려놓았다. 페딕 교수와 테렌스에게서 최대한 멀리 떼어놓기 위해서였다.

"개인의 행동이 역사를 움직이는 힘이지." 페딕 교수가 말하고 있었다. "오버포스가 주장하는 것처럼 맹목적이고 비인간적인 힘이 아니란 말일세. '세계의 역사는 위대한 사람의 자서전일 뿐이다'라고 칼라일이 쓴 적이 있고, 실제로 그렇다네. 코페르니쿠스는 천재였으며 킹킨나투스[114]는 야망이 있었고, 아시시의 성 프란체스코[115]에게는 신념이 있었어. 역사를 만드는 것은 개개인이야."

주변은 완전히 어두워졌으며 우리가 스트리틀리에 도착했을 즈음에는 집들이 불을 밝히고 있었다.

배를 댈 부두가 보이자 내가 입을 열었다. "마침내 따뜻한 음식을 먹고 포근한 침대에서 밤새 푹 잘 수 있겠군요." 그렇지만 테렌스는 부두를 지나 계속 노를 저어 갔다.

"어디로 가는 건가요?"

"뮤칭스 엔드요." 힘껏 노를 저으며 테렌스가 대답했다.

"하지만 메링 양을 불러내기에는 너무 늦었다고 당신 입으로 말했잖아요." 안타까운 눈으로 부두를 뒤돌아보며 내가 말했다.

"알아요." 테렌스가 말했다. "그냥 메링 양이 사는 곳만 잠깐 보고 싶을 뿐이에요. 이렇게 가까이 왔는데도 메링 양을 만나지 못한다면 저는 밤새 잠을 이루지 못할 겁니다."

"하지만 밤에 보트를 타는 것은 위험해요." 내가 말했다. "여울이나 소용돌이 같은 것이 있어요."

"멀지 않아요." 힘차게 노를 저으며 테렌스가 말했다. "세 번째 섬을 지나면 금방이라고 메링 양이 말했어요."

"하지만 밤이라서 안 보일 거예요." 내가 말했다. "길을 잃고 둑에 부딪쳐서 빠져 죽고 말 겁니다."

"저기로군요." 테렌스는 강기슭을 가리키며 말했다. "정자가 있는 곳이

---

114 루키우스 퀸크티우스 킹킨나투스. 로마의 전설적인 정치가로 공화국에 대한 헌신으로 유명하다.
115 프란체스코 수도회 및 수녀회 설립자로 13세기 초 교회 개혁 운동 지도자

라고 했거든요."

하얀색 정자가 별빛을 받아 희미하게 빛났고, 그 뒤로 보이는 비탈진 잔디밭 너머에는 거대한 집이 한 채 있었다. 집은 박공지붕과 탑 그리고 온 갖 종류의 신고딕 양식의 장식으로 번드르르한, 빅토리아식 그 자체였다. 심지어는 빅토리아역을 아주 약간 축소해놓은 것처럼 보일 정도였다.

창문에는 불이 모두 꺼져 있었다. '잘됐어. 가족 모두가 캐서린 하워드 의 유령을 부르기 위해 햄프턴 코트로 갔거나 아니면 코번트리로 간 모양 이군. 별 어려움 없이 고양이를 되돌려놓을 수 있겠어.' 나는 생각했다.

"아무도 없어요." 내가 말했다. "스트리틀리로 돌아가는 게 좋겠어요. 늦으면 '백조' 여인숙에 자리가 없을지도 몰라요."

"아니요, 아직은 아니에요." 집을 살피며 테렌스가 말했다. "메링 양이 걷던 신성한 땅을, 메링 양이 휴식을 취하던 신성한 나무 그늘을 조금만 더 보고 갑시다."

"가족 모두가 잠든 것 같구면." 페딕 교수가 말했다.

"그냥 커튼만 쳐놓았을 뿐인지도 모르죠." 테렌스가 말했다. "쉬잇!"

이런 상쾌한 저녁에 그러고 있을 것 같지는 않았지만 우리는 얌전히 듣 고만 있었다. 하지만 강물이 조용히 부르는 자장가와 갈대 사이로 부는 바 람의 속삭임, 개구리의 부드러운 노래를 빼면 아무런 소리도 들리지 않았 다. 뱃머리에서 야옹거리는 소리가 들려왔다.

"저 소리, 들었어요?" 테렌스가 말했다.

"뭘 말인가?" 페딕 교수가 말했다.

"목소리요." 배 바깥으로 몸을 기울이며 테렌스가 말했다.

"귀뚜라미예요." 뱃머리로 천천히 다가가며 내가 말했다.

고양이가 다시 야옹거렸다. "저거요! 들었어요? 누군가가 우리를 부르 고 있어요." 테렌스가 말했다.

시릴이 킁킁댔다.

정자 쪽을 가리키며 내가 말했다. "새일 거예요. 저쪽 버드나무요. 나이 팅게일이에요."

"나이팅게일 소리 같지 않아요." 테렌스가 말했다. "나이팅게일은 여름에 '편안하면서도 열정을 담아 자기 영혼을 쏟아내지요.'[116] 하지만 이 소리는 그렇지 않아요. 들어봐요."

보트 앞에서 쿵쿵대는 소리가 들려왔다. 나는 황급히 돌아보았다. 시릴이 뒷다리로 서서 앞발을 짐 꾸러미 위에 올려놓고 여행용 손가방에 코를 쿵쿵대면서 그 납작한 코 끄트머리로 가볍게 찔러보고 있었다.

"시릴! 안 돼!" 내가 소리를 쳤을 때 네 가지 일이 동시에 일어났다. 나는 여행용 손가방을 잡기 위해 몸을 날렸고, 자기 행동에 가책을 느끼던 시릴은 뒤로 물러서다 버드나무 바구니에 부딪혔고, 페딕 교수는 "우구비오 플루비아틸리스를 밟지 않도록 조심해!"라고 외치며 주전자를 들기 위해 비스듬히 몸을 구부렸고, 테렌스는 뒤로 돌더니 여행용 손가방이 떨어지는 것을 보다가 노를 놓쳤다.

나는 몸을 날리는 과정에서도 테렌스가 놓친 노와 교수의 손을 피하려고 애쓰다가 바닥에 쓰러졌으며, 테렌스는 바구니를 구출했고, 교수는 물고기가 든 주전자를 가슴에 얼싸안았다. 나는 여행용 손가방이 뒤집히려는 찰나에 손가방 귀퉁이를 잡았다. 보트가 위험하게 요동쳤다. 뱃머리 쪽으로부터 물이 쏟아져 들어왔다. 나는 여행용 손가방을 좀 더 안전하게 잡아서 고물 쪽 좌석에 놓고는 자세를 바로 했다.

갑자기 물이 첨벙 튀겼다. 손가방이 빠졌나 싶어 다시 움켜쥐려 했지만, 손가방은 제자리에 있었다. 나는 노가 물에 빠진 건가 궁금해하며 뱃머리 쪽을 바라보았다.

"시릴! 시릴이 빠졌어요!" 테렌스가 소리치더니 재킷을 벗기 시작했다. "교수님, 노를 잡으세요. 네드, 구명구 좀 주세요."

나는 배 바깥쪽으로 몸을 내밀면서 시릴이 어디쯤 있는지 찾아보려고 애를 썼다.

"서둘러요! 시릴은 헤엄을 못 쳐요." 신발을 벗으며 테렌스가 말했다.

116 키츠, '나이팅게일에 바치는 노래'

"헤엄을 못 쳐요? 개라면 무조건 헤엄을 칠 수 있는 줄 알았는데요." 나는 어리둥절했다.

"사실이지. '개헤엄'이라는 말이 원래 개 속(屬)은 본능적으로 헤엄칠 줄 안다는 데서 연유한 것이거든." 페딕 교수가 말했다.

"헤엄치는 방법은 알지요. 하지만 실제로 할 줄은 몰라요. 시릴은 그냥 개가 아니라 불도그예요."

테렌스의 말이 맞아 보였다. 시릴은 씩씩하게 보트 쪽으로 개헤엄을 치고 있었지만, 녀석의 코와 입 모두가 물속에 잠겨 있었으며 가망이 없어 보였다. "내가 간다, 시릴." 테렌스는 거의 몸이 안 보일 정도로 엄청나게 물을 튀기며 강물에 뛰어들었다. 테렌스는 시릴 쪽으로 헤엄쳐 갔다. 시릴은 계속 버둥거리며 가라앉고 있었다. 물에 떠 있는 부분이라고는 녀석의 주름진 이마뿐이었다.

"교수님, 배를 좌현으로 돌리세요. 아니 우현이 아니고요. 왼쪽이요." 나는 페딕 교수에게 고함을 치고 구명구를 찾기 위해 짐들을 뒤졌다. 아무래도 제일 아래쪽에 쟁여놓은 듯했다. "타이타닉호만큼이나 최악이로군." 나는 말을 하면서 아직은 타이타닉호가 가라앉기 전이라는 생각이 들었지만, 아무도 내 말에 귀 기울이고 있지 않았다.

테렌스는 시릴의 개 목걸이를 움켜쥐고 머리를 물 위로 들어 올렸다. "보트를 더 가까이 대주세요." 테렌스가 흥분해 소리쳤고, 페딕 교수는 보트로 테렌스를 거의 들이받을 뻔한 행동으로 이에 응했다. "멈춰요! 그만!" 테렌스가 손을 흔들며 소리치는 바람에 시릴은 다시 물속으로 가라앉았다.

"좌현으로요!" 내가 외쳤다. "반대 방향이요!" 나는 보트 바깥으로 몸을 숙여 테렌스의 목덜미를 움켜잡았다. "나 말고…." 테렌스가 헐떡이며 말했다. "시릴을 잡아요!"

우리는 흠뻑 젖은 시릴을 보트 위에 올려놓았고, 녀석은 보트 위에서 몇 리터는 됨직한 템스강물을 토해냈다. "담요를 둘러 주세요." 뱃머리에 매달려 테렌스가 말했다.

"알았어요. 이제 당신도 올라오세요." 내가 손을 뻗으며 말했다.

"저는 괜찮아요." 덜덜 떨며 테렌스가 말했다. "우선 담요부터 찾아주세요. 시릴은 감기에 잘 걸리거든요."

나는 담요를 찾아서 시릴의 단단한 어깨에 둘러주었고(이 단단하고 무거운 어깨가 시릴이 물에 가라앉게 된 원인이었다), 그런 다음 테렌스를 보트 안으로 들어오게 하는 까다로운 작업에 직면하게 되었다.

"몸을 숙여요." 테렌스가 이를 덜덜 떨며 말했다. "또 다른 사람이 빠지면 안 되잖아요."

테렌스는 페딕 교수만큼이나 지시를 따르지 않았다. 테렌스는 뱃머리 쪽에 한 다리를 걸쳐놓으려고 계속해서 애를 썼고, 이 때문에 뱃머리는 타이타닉호가 가라앉을 때만큼이나 위험한 각도로 기울어졌다.

"보트가 뒤집히겠네요. 꽉 잡고 있어요. 우리가 끌어올려 줄게요." 좌석 아래로 손가방을 쑤셔 넣으며 내가 말했다.

"이런 일은 열두 번도 더 해봤어요." 계속해서 다리를 올리려고 애를 쓰며 테렌스가 말했다.

보트의 가장자리는 거의 수면 높이까지 내려갔다. 담요에 둘둘 말린 시릴은 자기 발로 일어서려 애를 쓰며 비틀거렸고, 뱃머리에 있는 짐들은 위험할 정도로 기울어졌다.

"아직 보트를 뒤집은 적은 한 번도 없었어요." 테렌스는 자신 있는 목소리였다.

"좋아요. 그럼 적어도 물건들을 옮길 때까지만 기다려봐요." 대형 여행 가방을 밀치며 내가 말했다. "페딕 교수님, 모두 그쪽으로 옮겨주세요." 그리고 이제는 회복되었다는 듯이 담요를 질질 끌고 다니며 우리가 어떻게 하는지 보려는 시릴에게 말했다. "앉아. 꼼짝 말고 있어."

"모든 것은 방법의 문제죠." 테렌스는 말을 마치고는 뱃머리에서 자리를 옮겨 보트의 가장자리를 움켜쥐었다.

"잠깐만요!" 내가 말했다. "조심…."

테렌스는 보트에 다리를 걸치더니 손으로 상체를 보트 안으로 끌어당겼다.

"신이라 할지라도 이 배를 가라앉힐 수는 없지."[117] 짐들이 제자리에서 움직이지 않도록 붙들고 있으면서 내가 중얼거렸다.

"모든 것은 균형의 문제라니까요." 테렌스가 천천히 보트 안으로 자기 몸을 끌어들이더니 자신만만하게 말했다. "보세요. 아무것도 아니잖아요." 그리고 우리가 탄 보트는 뒤집혔다.

✳

우리가 어떻게 해서 강기슭에 도착했는지 나는 전혀 기억나지 않는다. 타이타닉호에 있던 그랜드 피아노처럼, 대형 여행 가방이 내 옆을 미끄러져 내려가던 기억이 나고, 엄청난 양의 물을 들이켜고 난 뒤 구명구를 움켜쥐었고(알고 보니 시릴이었다), 바위처럼 가라앉아 물을 좀 더 들이키고 죽은 사람처럼 떠내려가, 정신을 차려보니 우리는 모두 강기슭에서 숨을 헐떡이며 물을 뚝뚝 흘리고 있었다.

맨 처음으로 제정신을 차린 것은 시릴이었다. 녀석은 비틀거리며 일어나더니 온몸을 흔들며 우리 쪽으로 물을 털어댔고 테렌스는 일어나 앉아 텅 빈 강을 바라보았다.

"'수의를 입은 유령처럼 어둡고 적막한 한밤중을 지나 배는 떠내려가는구나. 노르만 우의 갈대밭을 향해.'"[118] 테렌스가 인용했다.

"*Naufragium sibi quisque facit*(누구나 한 번쯤은 난파를 당한다)." 페딕 교수가 말했다.

테렌스는 시커먼 강물을 뚫어지게 바라보며 말했다. "가라앉았군요." 테렌스는 애스터 여사[119]처럼 단호하게 말했다. 나는 갑자기 정신이 번뜩 들어 강으로 걸어 들어갔지만 아무 소용이 없었다. 강에는 보트의 흔적조차 남아 있지 않았다.

기슭에 반쯤 걸쳐져 있는 노 하나와 강 중간쯤에서 까닥거리며 구조 신

---

117 타이타닉호의 스미스 선장이 했던 말
118 '헤스페러스호의 난파'
119 낸시 애스터. 미국의 거부 존 제이콥 애스터 4세의 아내. 타이타닉에 탔다가 살아남았다.

238

호를 보내고 있는 페딕 교수의 주전자가 살아남은 전부였다. 여행용 손가방의 모습은 어디에도 보이지 않았다.

"'내달려 온 폭풍우가 / 온 힘을 다해 배를 내리쳤네. / 아버지는 부러진 돛대에서 밧줄을 잘라 / 딸아이를 돛대에 묶었지.'" 테렌스가 인용했다.

아주먼드 공주는 가방에 갇혀 짐들 사이에 처박혀 있었기 때문에 살아날 가망이 없었다. 만약 녀석이 야옹거릴 때 꺼내줬더라면, 만약 내가 고양이를 발견했다고 테렌스에게 말했더라면, 만약 내가 도착하기로 한 곳에 제대로 도착만 했더라면, 만약 내가 시차 증후군에 걸리지만 않았더라면….

"'새벽녘, 황량한 해변에서 / 어부는 깜짝 놀랐네. / 부유하는 돛대 근처에서 몸부림치는 / 아름다운 소녀의 형체를 보았거든.'"

테렌스에게 몸을 돌려 입을 다물라고 말하려는 순간, 우리 뒤편으로 별빛 아래 하얗게 빛나는, 내가 고양이를 데려다주었어야 하는 정자가 보였다.

그래, 나는 고양이를 되돌려준 거야. 맞아. 그리고 그 집사가 고양이를 죽이려던 시도를 내가 끝맺음 한 거지. 게다가 이번에는 그 고양이를 구해줄 베리티가 없었고 말이야.

"'그 소녀의 가슴에는 비탄의 바닷물이 얼어 있었고,'" 테렌스가 가락을 붙여 읊조렸다. "'눈에는 비탄의 눈물이 맺혀 있으며….'"

나는 정자를 뚫어지게 바라보았다. 자신이 버드나무 바구니에 들어 있다는 사실을 그 누구에게도 알리지 못했던 불쌍한 아주먼드 공주. 그 고양이는 기차에 깔릴 고비를 넘기고, 바구니에 갇혀 템스강에 굴러 들어갈 뻔했던 위험을 피해 시릴과 페딕 교수라는 고비를 겪으면서도 그때마다 구조되는가 했더니 결국 여기서 빠져 죽기 위함이었다. 아마도 루이스가 맞았던 모양이다. 아주먼드 공주는 물에 빠져 죽을 운명이었고 베리티나 내가 그 아무리 열심히 노력한다 할지라도 결국은 이렇게 끝날 운명이었다. 역사는 스스로를 교정하니까.

아니 어쩌면 그 고양이는 단순히 할당받은 생명을 다 써버린 것일지도 모른다. 지난 나흘 동안만 해도 녀석은 아홉 개의 생명 중 다섯 개를 썼으니까.

그랬기를 바랐다. 내 잘못으로 이렇게 된 게 아니길. 하지만 그렇지 않다는 사실을 나는 알고 있었다. 베리티 역시 그렇게 생각하지 않을 것이다. 베리티는 고양이를 구하기 위해 위험을 무릅썼으며 던워디 교수의 분노도 참아냈다. 베리티는 말했다. '전 그걸 물에 빠뜨려 죽이는 걸 그냥 두고 보지만은 않을 거예요.' 그렇게 고양이를 구하는 데 열심이었던 베리티가 역사의 과정 때문에 어쩔 수 없었다는 내 변명을 과연 받아줄지 심히 의문이었다.

나는 어떻게 해서든 베리티를 피하고 싶었지만, 방법이 없었다. 비록 우리를 향해 물을 털어냈지만, 시릴은 여전히 흠뻑 젖었으며 교수도 마찬가지였고 테렌스는 반쯤 얼어 있었다.

테렌스는 이를 떨며 간신히 암송하고 있었다. "'이것이 한밤중 눈보라가 칠 때 헤스페러스호가 난파당한 이야기라네.'"

우리는 젖은 옷을 갈아입고 몸을 말려야 했지만, 뮤칭스 엔드를 제외하고는 다른 집이 보이지 않았다. 이제 우리는 그 집안사람들을 깨워 쉴 곳을 요청해야만 했다. 비록 토시로부터 '우리 귀염둥이 주주'를 찾았는지 질문을 받는다 할지라도 말이다. 비록 베리티에게 사실을 털어놓아야 할지라도 말이다.

"따라와요. 저 집으로 갑시다." 테렌스의 팔을 잡으며 내가 말했다.

테렌스는 꼼짝도 하지 않았다. "'주여, 노르만 우의 갈대밭에서 맞이하는 이러한 죽음으로부터 우리를 지켜주소서.'" 테렌스가 말했다. "자베즈는 우리에게 50파운드는 달라고 할 거예요."

"그런 일은 나중에 걱정하죠." 내가 말했다. "따라와요. 프렌치도어[120] 쪽으로 가봅시다. 그쪽에서 빛이 새어 나오는 것이 보이는군요."

"이런 꼴을 하고 내가 사랑하는 여인의 가족들을 만날 수는 없어요. 나는 외투도 입지 않은걸요." 몸을 덜덜 떨며 테렌스가 말했다.

"받아요. 내 걸 입어요." 나는 블레이저코트를 벗어 물기를 짜냈다. "야

---

120 좌우로 열리는, 유리로 된 문

회복을 입지 않았다고 뭐라고 하지는 않을 겁니다. 우리는 보트가 가라앉았잖아요."

페딕 교수가 철벅 철벅 소리를 내며 걸어왔다. "짐을 몇 개 건져왔네. 하지만 내 표본은 건지질 못했어. 아, 알비노 우구비오 플루비아틸리스." 교수는 내게 여행용 손가방을 건넸다.

"신발도 없이 저 집에 들어갈 수는 없어요." 테렌스가 말했다. "반라의 몸으로 내가 사랑하는 여인을 만날 수는 없습니다."

나는 한 손으로 젖은 신발 끈을 끄르려 애를 썼다. "자, 내걸 신어요. 교수님, 테렌스에게 양말을 벗어주세요." 그리고 그 둘이 젖은 양말을 벗고 신는 사이, 나는 정자 뒤편으로 뛰어가서 여행용 손가방을 열어보았다.

아주먼드 공주는 그저 약간만 물에 젖은 채 그윽한 눈으로 한참 동안 나를 쳐다보더니 내 다리로 뛰어들어 팔에 안겼다.

고양이는 물을 싫어한다고 들었는데 녀석은 흠뻑 젖은 내 소매에 폭 안기더니 기분 좋다는 듯이 살포시 눈을 감았다.

"내가 네 생명을 구한 게 아니야." 내가 말했다. "페딕 교수가 구한 거란다." 하지만 놈은 개의치 않는 듯했다. 고양이는 내 가슴에 깊숙이 안기더니 놀랍게도 가르랑거리기 시작했다.

"오, 잘됐네요. 아주먼드 공주가 여기 있었군요!" 블레이저코트를 매만지며 테렌스가 말했다. 블레이저코트는 물 때문에 크기가 줄어든 듯했다. "내 생각이 맞았어요. 고양이는 계속해서 이곳에 있었군요."

"옥스퍼드의 교수가 양말을 안 신는다는 것은 제대로 된 게 아니라고 생각하네." 페딕 교수가 말했다.

"허튼소리죠." 내가 말했다. "아인슈타인 교수는 늘 그랬어요."

"아인슈타인?" 페딕 교수가 말했다. "난 그런 사람은 모르겠는걸."

"아시게 될 겁니다." 나는 말하고 경사진 잔디밭으로 걸음을 옮겼다.

집 안에서 커튼을 치고 있을 거라는 테렌스의 말이 옳은 듯했다. 잔디밭을 가로질러 가는 동안 커튼의 일부가 열리더니 희미하게 빛이 새어 나왔고 이야기 소리가 들려왔다.

"정말 흥분되는군요." 남자의 목소리가 들려왔다. "처음에 뭐부터 해야 하나요?"

베리티인 듯한 여자의 목소리가 말했다. "손을 잡으세요. 그리고 집중하세요."

그리고 토시임이 틀림없는 목소리도 있었다. "오, 엄마, 주주에 관해 물어보세요. 그 아이가 어디에 있는지요."

"쉬잇."

그러고는 우리가 잔디밭을 다 건너가도록 정적이 감돌았다.

"여기에 영혼이 있나요?" 음량이 풍부한 목소리가 소리치는 바람에 깜짝 놀라서 나는 아주먼드 공주를 거의 떨어뜨릴 뻔했다. 그 소리는 슈라프넬 여사의 목소리와 똑같았지만, 그럴 리가 없었다. 아마 토시의 어머니인 메링 부인이겠지.

"오, 내세에서 온 영혼이여, 이 땅에 있는 우리에게 말해주세요." 그 여자의 목소리에 나는 도망가고 싶은 생각을 꾹꾹 눌러야만 했다.

우리는 화단을 지나 프렌치도어로 나 있는 판석 길로 행진해 갔다.

"우리의 운명에 관해 말해주세요." 메링 부인은 우렁차게 말했고 아주먼드 공주는 내 가슴께로 올라가더니 어깨에 발톱을 박았다.

여자는 가락을 붙여 말했다. "들어오세요, 오, 영혼이시여. 그리고 사라진 우리 귀염둥이에 대한 소식을 말해주세요."

테렌스가 문을 두드렸다.

또다시 침묵이 흐르더니 메링 부인이 다소 약해진 목소리로 소리쳤다. "들어오세요!"

"기다려요!" 내가 말했지만, 테렌스는 이미 문을 잡아당겨 연 상태였다. 안쪽으로 커튼이 휘날렸고 우리는 촛불 조명 아래 보이는 극적인 광경에 어리둥절했다.

검은 천을 씌운 탁자 주위에는 네 명이 눈을 꼭 감은 채 서로 손을 잡고 앉아 있었다. 베리티는 흰색 옷을, 토시는 주름 장식 옷을 입었으며 성직자 복장을 한 창백한 안색의 젊은 남자는 넋이 나간 듯했고, 다행히도 메링 부인은 슈라프넬 여사와 닮아 보이지 않았다. 메링 부인은 더 둥글둥글한 모습에, 가슴은 풍만하고 턱은 커다랬다.

"들어오세요, 오, 내세에서 온 영혼이시여." 그 순간 테렌스가 커튼을 젖히고 안으로 들어섰다.

"실례합니다." 테렌스가 말하자 자리에 앉아 있던 모든 사람이 감았던 눈을 뜨고 우리를 쳐다보았다.

우리 모습이 인상적인 장면이었음은 틀림없었다. 물이 번져 엉망진창이 되어버린 줄무늬 외투를 걸친 테렌스와 긴 양말을 신은 내 모습. 우리 전체가 물에 빠진 생쥐 꼬락서니였다. 아직도 강물을 토해내고 있는 개는 말할 것도 없고. 거기다 고양이 한 마리까지.

"우리는…." 테렌스가 입을 떼는 순간 메링 부인은 벌떡 일어나더니 거대한 가슴에 손을 얹었다.

"유령들이 왔다!" 이 외침과 함께 부인은 죽은 듯 기절해버렸다.

11

"이제부터 잠을 못 이루리라!"는 외침이 들리는 것 같아.

― 윌리엄 셰익스피어

빅토리아 시대 사람들이 그토록 억압되어 있던 이유 ― 우리 귀염둥이 주주가
주인 아가씨에게 돌아가다 ― 물고기 ― 오해 ― 문을 두드리는 행동의 중요성 ― 소개 ―
아일랜드식 이름 ― 놀라운 우연의 일치 ― 또다시 물고기 ― 마지못한 출발 ― 또 다른 오해 ―
잠자러 가다 ― 방문객 ― 위기

　사실, 기절했다기보다는 쓰러졌다고 하는 편이 맞는 말이었다. 부인은
방 안에 있는 가구 하나 건드리지 않고 꽃무늬 장식의 카펫 위로 점잖게 쓰
러졌다. 대단한 재주였다. 방 안에는 자단(紫檀)으로 만든 커다란 원탁, 주
석판 사진 앨범이 올려져 있는 작은 삼각 탁자, 둥그런 유리 덮개 안에 왁
스플라워[121] 다발이 있는 마호가니 탁자, 마미단 소파, 담홍색 2인용 소파,
윈저 의자, 모리스식 의자, 체스터필드 의자, 오토만 몇 개, 책상, 책장, 장
신구용 캐비닛, 선반, 난로 가리개, 하프, 엽란, 구갑용(龜甲龍)[122]이 있었
으니 말이다.

　또한 부인은 아주 천천히 쓰러졌으며, 부인이 카펫 위로 쓰러지는 동안
나는 몇 가지를 마음속에 새겨 넣고 있었다. 첫째로, 메링 부인만이 유령을
본 것 같지는 않다는 사실이었다. 보좌 신부임이 분명한 젊은이 역시 자신
이 목에 달고 있는 성직자용 옷깃만큼이나 얼굴이 창백했으며, 문에 서 있

121　밀랍이나 파라핀으로 만든 조화(造花)
122　마과에 속하는 덩굴 식물

던 베인은 쓰러지지 않기 위해 문설주를 짚었다. 하지만 베인의 얼굴에 나타난 감정은 공포심이 아니었다. 만약 내가 지금 상황을 잘 모르고 있었다면 나는 그 감정이 안도감이라고 생각했을 것이다. 아니면 기쁨이거나. 무척 이상한 일이었다.

두 번째로, 베리티의 표정은 완벽히 기쁨의 그것이었으며, 아직 시차 증후군에서 완쾌되지 않은 나는 잠시나마 그 표정이 나를 향한 것인 줄로만 착각했다. 하지만 다음 순간, 베리티가 아직 보고를 올릴 짬이 없었을 거란 생각이 들었다. 토시는 지난밤 내내 가족들을 채근해 아주먼드 공주를 찾게 만들었을 게 분명했다. 그랬기 때문에 베리티는 내가 고양이를 되돌려줄 임무를 부여받고도 실패했다는 사실을 알 기회가 없었으며, 바로 나 스스로가 베리티에게 이 말을 해주어야 하는 상황이었다.

불행한 일이었다. 왜냐하면 세 번째로, 간밤에 (정말로 푹 잤다고 하기는 그렇지만 여하튼 다소나마) 잠을 잔데다 잠시나마 강하와는 멀어진 상태임에도, 베리티는 여전히 내가 본 가운데 가장 아름다운 피조물이었기 때문이다.

그리고 네 번째로 깨달은 사실은 빅토리아 시대의 사회가 그토록 제한되고 억압된 이유는 뭔가에 발이 걸리지 않고 걷기란 불가능하기 때문이란 점이었다.

"엄마!" 토시가 놀라 소리쳤고 베인, 테렌스, 페딕 교수, 나 이렇게 네 사람은 모두 쓰러지는 메링 부인을 향해 달려갔다. 부인이 솜씨 좋게 피했던 모든 물건에 부딪혀가며 말이다.

테렌스가 메링 부인을 부축하는 동안 베인은 (우리가 부딪친 물건들을 볼 수 있도록) 가스등을 켰고, 나는 내가 쓰러뜨린 드레스덴 양치기 소녀 인형과 입체 사진 환등기를 일으켜 세웠으며, 보좌 신부는 바닥에 주저앉아서 커다란 흰색 손수건으로 이마를 훔쳤다. 테렌스와 베인은 메링 부인을 고동색 벨벳 소파에 앉혔으며(그 과정에서 팔라스 여신의 흉상이 쓰러졌다), 베리티는 부인에게 부채질을 해주었다.

"베인! 콜린에게 방향염을 가져오라고 하세요!" 베리티가 말했다.

"네, 아가씨." 여전히 기뻐하는 듯한 표정으로 베인은 문을 나섰다.

"오, 엄마! 괜찮으…." 토시는 부인에게 달려오는 순간, 이 모든 소동에 놀라 내 가슴을 파고들던 고양이를 발견했다.

"아주먼드 공주!" 토시는 소리를 치며 내 쪽으로 쓰러질 듯 달려왔다. "아주먼드 공주, 내 귀염둥이! 아주먼드 공주! 돌아왔구나!"

귀염둥이 아주먼드 공주를 건네주기 위해서 나는 우선 내 셔츠에 박힌 녀석의 앞발부터 떼어내야만 했다. 고양이를 받아 든 토시는 황홀한 표정을 지으며 기쁨에 찬 비명을 연달아 질러댔다.

토시는 테렌스 쪽으로 몸을 돌리곤 부드럽게 말했다. "오, 세인트트루웨즈 씨. 우리 귀염둥이 아주먼드 공주를 찾아주셨군요!" 토시는 귀염둥이 공주에게 코를 비비댔다. "어둔 밤에 고생 많았쪄, 그죠? 겁도 났구요. 하지만 세인트트루웨즈 씨가 널 차자주신 거예요. 고맙슴다 하고 인사드리렴."

시릴은 내 곁에 서서 큰 소리로 콧방귀를 뀌었고, 심지어 '귀염둥이 아주먼드 공주'마저도 역겹다는 표정을 짓고 있었다. '그래, 잘된 거야.' 나는 생각했다. 이로써 테렌스는 제정신을 차리고 옥스퍼드로 돌아가고, 토시는 C 아무개 씨와 결혼하게 되며, 시공 연속체는 제자리를 찾게 되는 거야.

나는 테렌스를 바라보았다. 테렌스는 토시를 몽롱한 눈으로 보고 있었다. "사실, 제게 고마워하실 필요가 없습니다." 테렌스가 말했다. "당신께서는 제게 당신의 귀중한 고양이를 찾으라고 말씀하셨습니다. 말씀만 하십시오. 당신의 소망은 제겐 명령이랍니다, 아가씨."

소파에서 메링 부인이 신음 소리를 냈다. "이모, 정신 차리세요." 베리티가 메링 부인의 손을 문지르며 말했다. 베리티는 토시 쪽을 돌아봤다. "토시, 베인에게 불을 지피라고 말해줘. 이모 손이 얼음장같이 차."

토시는 벽으로 가더니 아름다운 다마스크 천에 달린 기다란 술을 잡아당겼다.

나는 아무 소리도 듣지 못했지만 어딘가에 종이 달린 모양이었다. 금방 베인이 나타났다. 그사이 베인은 자제력을 되찾은 듯, 목소리와 얼굴에 감정이 사라져 있었다. "부르셨습니까, 아가씨?"

"불을 지피세요." 토시는 고양이에게서 눈도 떼지 않고 말했다.

"알겠습니다, 아가씨." 토시의 건방진 말투에도 베인은 웃으면서 선선히 대답한 뒤 벽난로 앞에 무릎을 꿇고 쇠살대 안으로 나무를 쌓기 시작했다.

베리티보다 더 붉은 머리의 하녀가 작은 병을 들고 황급히 들어왔다. "오, 아가씨. 주인마님은 아직도 기절해 계신가요?" 사투리를 들어보니 아일랜드 사람이 분명했다.

"그래." 베리티가 대답하고 병을 받았다. 베리티는 마개를 열고 병을 메링 부인의 코앞에 댔다. "이모, 정신 차리세요." 베리티가 격려하며 말했다.

"아가씨, 유령이 그런 건가요?" 방 안을 둘러보며 하녀가 물었다.

"아니야." 베리티가 말했다. "이모, 정신이 드세요?" 그 순간 메링 부인이 신음 소리를 냈지만, 눈을 뜨지는 않았다.

하녀는 십자가를 그리면서 말했다. "이 집에 유령이 있을 줄 알았어요. 지난주 화요일, 저도 정자에서 유령 하나를…."

"콜린, 이모 머리에 얹을 물수건 좀 가져오렴." 베리티가 말했다. "발 보온기도."

"네, 아가씨." 하녀는 가볍게 인사하고는 여전히 두려운 눈으로 방 안을 둘러보며 문을 나섰다.

"오, 귀염둥이 주주, 배 많이 고팠져?" 토시는 고양이에게 속삭이다 베인을 돌아보았다. 베인은 장작을 쌓아놓고 막 불을 붙이려던 참이었다. "베인, 이리 와봐요." 토시가 오만하게 말했다.

종잇조각에 막 불을 붙이려던 찰나였음에도 불구하고 베인은 벌떡 일어나 토시에게 다가왔다. "부르셨습니까, 아가씨?"

"주주에게 크림 한 접시를 가져다줘요."

"알겠습니다, 아가씨." 베인은 고양이를 향해 싱긋 웃어 보인 다음 몸을 돌렸다.

"생선도 한 접시 가져와요."

베인이 몸을 돌리더니 한쪽 눈썹을 치켰다. "생선이요?"

토시의 귀여운 얼굴이 확 굳어졌다. "그래요, 생선. 우리 아주먼드 공주는 힘든 시련을 겪었다고요."

"원하시는 대로, 따르지요." 반대한다는 표시를 단어 한마디 한마디마다 뚝뚝 흘리며 베인이 대답했다.

"원해요." 얼굴을 붉히며 토시가 말했다. "즉시 가져와요."

"알겠습니다, 아가씨." 베인은 대답했지만 출발하는 대신 벽난로로 가서 쪼그리고 앉아 솜씨 좋게 불을 마저 지폈다. 베인은 풀무질을 다 끝낸 후 풀무를 조심스레 제자리에 놓은 뒤에야 일어났다.

"생선이 있을까 모르겠습니다." 베인은 말을 던지고 문을 나섰다.

토시는 잔뜩 골이 난 듯했다. "엄마!" 토시는 호소하듯 메링 부인을 불러보았지만, 부인은 여전히 혼절한 상태였다. 베리티는 부인의 무릎에 숄을 덮어주고 머리 아래에 베개 여러 개를 잘 받쳐주었다.

나는 젖은 옷을 입은 채 떨기 시작했다. 그래서 책상과 바느질용 탁자, 그리고 금속 액자 사진이 잔뜩 올려져 있는 작은 대리석 탁자를 지나 활활 타고 있는 난로로 다가갔다. 시릴은 이미 자리를 잡고 있었다. 벽난로 바닥에 물을 뚝뚝 흘리며 말이다.

물이 담긴 그릇을 들고 콜린이 서둘러 들어왔다. 베리티는 콜린으로부터 그릇을 받더니 공작 깃털로 가득한 커다란 청동 화병이 올려진 탁자에 놓고 수건을 짰다.

"오, 유령이 마님의 영혼을 훔쳐 갔나요?" 콜린이 물었다.

"아니." 베리티가 대답하고는 물수건을 메링 부인의 이마에 얹어주었다. "이모." 메링 부인이 한숨을 쉬더니 눈꺼풀을 파르르 떨었다.

흰색 콧수염이 무성한 통통한 남자가 신문을 들고 들어왔다. 남자는 붉은색의 헐거운 상의를 입었으며 술 달린 붉은색의 이상한 모자를 쓰고 있었다. "대체 무슨 일이지?" 남자가 다그치듯 물었다. "맘 편히 〈타임스〉도 못 읽는다니 말이야."

"오, 아빠," 토시가 말했다. "엄마가 기절하셨어요."

"기절했다고?" 부인을 살펴보러 다가가며 콧수염 남자가 말했다. "무슨 일로?"

"우리는 강신회를 열고 있었어요." 토시가 말했다. "아주먼드 공주를 찾으려고요. 그리고 엄마가 영혼을 부르면서 '오, 들어오세요, 영혼이시여' 하고 말하는 순간 커튼이 젖혀지더니 스산한 공기가 방 안을 한 바퀴 휘젓고 간 다음, 아주먼드 공주가 나타났어요!"

"흠흠." 남자가 헛기침했다. "강신술에 대해 엉터리라고 말했잖아. 어리석은 짓이라니까."

메링 대령은 주어를 빼고 말하는 버릇이 있는 듯했다. 문득, 대령의 무성한 콧수염에 단어가 걸러지는 건 아닐까 하는 생각이 들었다. "광란 상태로 흥분하는 여자들이란, 나 원."

그 순간 보좌 신부가 끼어들었다. "많은 사람으로부터 존경받는 수많은 학자, 과학자들도 내세가 있다고 굳게 믿고 있습니다. 저명한 물리학자인 윌리엄 크룩스 경은 이 주제에 관해 훌륭한 논문을 쓰셨고, 아서 코난 도일은…."

"쓸데없는 소리!" 메링 대령의 말투는 마치 빅토리아 시대에 대한 격렬한 항의란 항의는 죄다 모아놓은 듯했다. "무명천에 속아 깜박 죽는 여자들이라니! 의회에 이것을 금지하는 법을 제안해야 해." 대령은 테렌스를 보고는 잠깐 멈칫했다. "자넨 누군가? 비루먹은 영혼인가?"

"이분은 세인트트루웨즈 씨예요, 아빠." 토시가 황급히 끼어들었다. "이분과 이분의 친구분이 아주먼드 공주를 돌려주셨어요." 토시는 증거를 댈 양으로 고양이를 들어 보였다. "고양이가 길을 잃었는데 세인트트루웨즈 씨가 찾아주셨죠."

메링 대령은 혐오감을 그대로 드러내며 고양이를 바라보았다. "흥! 물에 빠져 죽어서 속이 시원했는데."

"오, 아빠. 괜히 그러시는 거 저는 다 알아요!" 토시는 고양이에게 코를 비비대며 말했다. "아빠가 울 주주 욕을 하는 게 아니라는 거, 알죠? 그렇죠, 우리 이쁜 주주? 네, 아라여."

대령은 페딕 교수와 나를 번갈아 보았다. "당신들도 영매인가?"

"아닙니다." 내가 말했다. "저희는 강을 따라 여행하다가 보트가 뒤집혀서…."

"오오." 소파에 누워 있던 메링 부인이 신음 소리를 내더니 눈꺼풀을 파르르 떨다가 눈을 떴다. "여보," 메링 부인이 힘없이 말했다. "당신인가요?" 부인은 대령에게 손을 뻗었다. "오, 여보! 영혼이었어요!"

"말도 안 되는 소리! 바보 같은 소리 마시오. 신경과민에 건강이 나빠진 거요. 안 그러는 게 이상하지." 부인 손을 잡으며 대령이 말했다. 베리티가 자리를 비켜주자 대령이 부인 옆에 앉았다. "진정하시오. 강신술 그거, 이제부터 우리 집에서는 절대 금지요."

"베인!" 대령은 크림 접시를 들고 들어오는 집사를 불렀다. "강신술에 관한 책들을 모두 갖다 버리게나." 대령은 메링 부인을 바라보았다. "'이리오시오' 부인과도 절대 만나지 마시오. 금지요."

"'이리오시오'가 아니라 이리토스키예요." 메링 부인이 고쳐줬다. "그리고 오, 여보. 그러면 안 돼요." 메링 부인은 남편의 손을 꼭 쥐며 말했다. "당신은 이해 못 해요! 당신은 언제나 회의적이었죠. 하지만 이제부터는 당신도 믿어야만 해요. 유령은 여기에 있어요, 여보. 바로 이 방이에요. 나는 조금 전 이리토스키 여사님 밑에 있는 영혼인 기치와사 추장을 만나서 아주 먼드 공주의 운명에 관해 물었어요. 그랬더니…." 메링 부인은 얼마 전 토시가 그랬던 것과 똑같은 비명아지를 질렀다. "…저곳에 나타난 거예요. 하늘에서 떨어지듯 팔에 고양이를 안고 말이에요!"

"정말 죄송하게 되었습니다. 부인을 겁주려고 했던 것이 아니었습니다." 테렌스는 메링 대령에게서 배운 듯이 주어를 빼고 말했다.

"저 사람들은 누구죠?" 메링 부인이 남편에게 물었다.

"테렌스 세인트루웨즈입니다. 분부만 내리십시오." 테렌스는 인사를 하고는 쓰고 있던 밀짚모자를 벗어들었다. 불행히도 모자의 가장자리에 아직 상당한 양의 물이 담겨 있었다. 메링 부인은 물벼락을 맞았다.

"어머, 어머, 어머." 부인은 계속해서 비명아지를 질러대며 물벼락을 향해 손을 흔들어댔지만 쓸데없는 일이었다.

"정말로 죄송합니다." 테렌스는 사과하며 부인에게 손수건을 내밀려고 했다. 하지만 손수건 역시 흠뻑 젖어 있었고, 다행히 테렌스는 제때에 손수건을 호주머니에 다시 쑤셔 넣었다.

메링 부인은 싸늘한 눈초리로 테렌스를 보더니 남편에게로 눈길을 돌렸다. "여기 있는 모두가 목격했어요!" 부인은 보좌 신부를 향해 말했다. "신부님, 우리 남편에게 영혼을 봤다고 말씀해주세요!"

"에, 그게…." 보좌 신부는 불편한 듯 입을 뗐다.

"영혼은 해초로 뒤덮여 있었어요, 여보. 그리고 미묘한 빛이 감싸고 있었고요." 부인은 남편의 소매를 꼭 잡은 채 말을 계속했다. "그 영혼은 우리 불쌍한 아주먼드 공주가 물에 빠져 죽었다는 메시지를 가져왔어요." 부인은 프렌치도어를 가리키며 말했다. "그 영혼들은 바로 저 문을 통해서 들어왔다고요!"

"문을 두드렸어야 했다는 것은 알고 있습니다." 테렌스가 말했다. "이런 식의 소란을 피울 생각은 없었습니다. 하지만 저희가 탄 보트가 뒤집히는…."

"이 건방진 청년은 누구죠?" 부인이 남편에게 물었다.

"테렌스 세인트트루웨즈입니다." 테렌스가 대답했다.

"당신이 말하는 영혼이라오." 메링 대령이 부인에게 말했다.

"테렌스 세인트트루웨즈입니다." 테렌스가 다시 말했다. "그리고 이쪽은 네드 헨리 씨이고, 이쪽은…."

"영혼!" 메링 대령이 경멸이 담긴 목소리로 말했다. "그렇게 불이란 불은 싹 꺼놓고 탁자 두드리기 장난질에 놀아나지만 않았다면, 숨었다 고개를 내밀었다 하는 사기꾼들을 당연히 볼 수 있었을 거야. 수중 무덤? 나 원 참!"

"아주먼드 공주는 괜찮아요, 엄마." 부인이 볼 수 있도록 고양이를 눈앞에 들이밀면서 토시가 말했다. "주주는 빠져 죽지 않았어요. 세인트트루웨즈 씨가 발견해서 데려오셨다고요. 그렇죠, 우리 귀여운 주주야? 그래쪄요. 네, 저 아찌가 구해줬써요. 정말 용감한 아찌지? 네, 마자요. 용감한 아찌예요!"

"당신이 아주먼드 공주를 찾아냈다고요?" 메링 부인이 물었다.

"에, 사실 네드가…."

부인은 조용히 나를 보더니 다시 테렌스 쪽으로 눈을 돌려 우리가 입고 있던 젖은 옷, 지저분한 모습을 살펴보았다. 아마도 우리가 유령인지 아닌지를 판단하려는 듯했다.

잠시 부인이 다시 기절할지도 모르겠다고 생각하는 순간, 베리티가 앞으로 다가와 방향염 뚜껑을 열었다.

이윽고 메링 부인은 몸을 일으켜 소파에 앉아 차가운 눈으로 테렌스를 바라보며 말했다. "어떻게 감히 영혼의 흉내를 낼 수 있는 거죠, 세인트트루웨즈 씨!"

"그게… 저는… 아니, 우리는… 아니, 배가 뒤집혀서…." 테렌스가 더듬거렸다.

"테렌스 세인트트루웨즈라니!" 부인이 계속 말했다. "무슨 이름이 그렇죠? 아일랜드 이름인가요?"

갑자기 방 안 온도가 몇 도는 내려갔고 테렌스는 대답하면서 약간 떨었다. "아닙니다, 부인. 유서 깊은 가문입니다. 노르만 정복 시절까지 거슬러 올라가죠. 사자왕 리처드와 함께 십자군에서 싸웠던 기사의 이름인 걸로 압니다."

"아일랜드 이름처럼 들리는군요." 메링 부인이 말했다.

"제가 말씀드렸던 분이 세인트트루웨즈 씨예요." 토시가 말했다. "강에서 만나서 아주먼드 공주를 찾아달라고 부탁드렸다고 했었잖아요. 결국 이분이 공주를 찾아오셨어요!" 토시가 부인에게 고양이를 보여주었다.

메링 부인은 토시의 말을 무시했다. "강에서?" 부인은 액체 질소처럼 차가운 눈으로 테렌스를 노려보았다. "뱃사람인가요?"

"아닙니다, 부인." 테렌스가 말했다. "대학생입니다. 2학년이죠. 베일리얼 칼리지에 다닙니다."

"옥스퍼드!" 메링 대령이 콧방귀를 뀌었다. "흥!"

우리는 당장에라도 귀를 붙잡힌 채 집 밖으로 쫓겨날 것처럼 보였지만, 그리 나쁜 일도 아니라는 생각이 들었다. 토시가 테렌스에게 보이는 태도를 생각해본다면 그러는 편이 더 나았다. 나는 이것이 '귀염둥이 주주'를 안전하게 돌려놓았기 때문에 시공 연속체가 스스로 교정하는 과정 일부가 아닌가 하는 생각이 들었다. 정말로 그런 거라면 좋겠는데.

또한, 나는 우리가 문을 들어서기 전에 베리티를 만나 이야기를 나눌 기회가 있었더라면 좋았을 텐데 하는 생각이 들었다. 왜냐하면 처음의 그 밝은 표정 이후로 베리티는 내게 눈길 한번 주지 않았으며, 나는 적어도 베리티가 루이스와 던워디 교수로부터 무슨 정보를 얻어냈는지(얻어냈다면 말이지만) 알아야 할 필요가 있었기 때문이다.

"옥스퍼드에서는 모르는 사람 집에 마구 쳐들어가도 된다고 가르치던가요?" 메링 부인이 말했다.

"아, 아니요." 테렌스가 말을 더듬었다. "사실, 부인께서 '들어오세요'라고 말씀하셨습니다."

"나는 영혼에게 말한 거예요!" 부인이 딱딱거렸다.

"생각하기에, 자네는 그 빌어먹을 현대 학문을 공부하는 거 같은데." 메링 대령이 말했다.

"아닙니다, 선생님. 고전 문학을 공부합니다. 이분은 저의 지도 교수인 페딕 교수님이십니다."

"이런 식으로 방해할 생각은 전혀 없었습니다." 페딕 교수가 말했다. "이 젊은이들은 착하게도 저를 러니미드까지 데려…."

그 순간 주위의 공기가 급격히 올라가더니, 대령이 허연 콧수염 밑으로 싱긋 웃었다. 아니 그랬다고 내가 생각한 것일지도 몰랐다. "아서 페딕 교수님이신가요? 〈일본산 셔번킨의 생체적 특성에 대해〉를 쓰신?"

페딕 교수는 고개를 끄덕거렸다. "읽어보셨습니까?"

"읽어봤냐고요? 지난주에는 교수님께 제가 가지고 있는 '둥근눈 진줏빛 리언킨'에 대해 편지를 썼지요." 대령이 말했다. "놀라운 우연의 일치로군요. 교수님께서 이런 식으로 나타나시다니요."

"아, 당신이었군요." 페딕 교수는 코안경 너머로 대령을 살펴보았다. "당신 편지에 답장을 쓰려던 참이었습니다. 리언킨, 멋진 종이죠."

"교수님이 탄 보트가 여기에서 뒤집히다니 정말 놀라운 일이로군요. 그 많은 장소를 놔두고요." 대령이 말했다. "이런 일이 일어날 확률이 얼마나 될까요? 천문학적이군요."

나는 베리티를 바라보았다. 베리티는 입술을 꼭 깨물고 교수와 대령을 지켜보고 있었다.

"제가 가지고 있는 블랙 무어를 보셔야 합니다." 대령이 말했다. "훌륭한 표본이죠. 모두 교토에서 가져온 겁니다. 베인, 랜턴을 가져오게!"

"네, 대령님." 베인이 말했다.

"그리고 1.5킬로그램짜리 줄무늬 모샘치도 보여드리죠. 지난주에 잡은 겁니다." 대령은 페딕 교수의 팔을 끌고 가구들의 미로를 헤치며 프렌치도어 쪽으로 갔다.

"여보! 당신 대체 지금 어디로 가시는 거예요?" 부인이 소파에서 소리쳤다.

"양어지(養魚池)로 간다오. 교수님께 금붕어를 보여드리려고 말이오."

"지금 이 시간에요?" 부인이 말했다. "말도 안 돼요! 그렇게 젖은 옷을 입고 있으면 감기 드실 거란 말이에요."

"아, 그렇겠군." 대령은 자신이 잡은 교수의 소매에서 물이 뚝뚝 떨어진다는 사실을 처음으로 깨달은 듯했다. "몸부터 말리셔야겠군요." 대령은 막 나가려는 집사에게 말했다. "베인, 페딕 교수님께 즉시 마른 옷을 가져다드리게."

"네, 대령님."

"헨리 씨와 세인트트루웨즈 씨도 새 옷이 필요해요." 베리티가 말했다.

"네, 아가씨."

"그리고 브랜디도 좀 가져오고." 대령이 말했다.

"생선도요." 토시가 말했다.

"이 신사분들이 브랜디를 드실 짬이 있을까 모르겠군요." 메링 부인이 다시 실내 온도를 싸늘하게 만들며 말했다. "무척이나 늦은 시간인데다 숙소로 돌아가고 싶으실 테니까요. 강가에 있는 여인숙에 묵고 계시겠죠, 세인트트루웨즈 씨? '백조'인가요?"

"그게… 사실…." 테렌스가 입을 열었다.

"됐어요. 더럽고 진부한 장소지. 하수도도 엉망이고. 여기에 머무르십시오." 메링 대령이 반대를 물리치기 위해 손을 내저으며 말했다. "교수님과 동행이 묵으실 만큼 충분한 방이 있습니다. 원하시는 만큼 머무르셔도 됩니다. 견지낚시를 하기에 좋은 깊은 연못도 있습니다. 베인, 제인에게 이 신사분들이 머무를 방을 준비해달라고 하게나."

브랜디와 랜턴과 방 안에 있는 사람들 절반에게 옷을 가져다줘야 하는 베인은 즉시 "네, 대령님." 하고 대답한 뒤, 방을 나섰다.

"이분들 짐도 가져오게나." 메링 대령이 말했다.

"아쉽게도 저희는 짐이 없습니다." 테렌스가 말했다. "보트가 뒤집혔을 때 없어졌습니다. 저희가 살아서 기슭까지 온 것만 해도 운이 좋은 겁니다."

"그 아름다운 알비노 모샘치도 잃어버렸습니다." 페딕 교수가 말했다. "아주 특별한 등지느러미를 달고 있었는데."

"다시 잡을 수 있을 겁니다." 메링 대령이 말했다. "베인, 가서 이분들 배와 짐들을 인양할 수 있는지 알아보게. 랜턴은 어디 있지?"

베인이 이토록 학대받으면서도 마르크스의 책을 읽지 않는 게 이상했다. 아니지. 마르크스는 아직 그 책을 쓰고 있으려나. 대영 박물관의 열람실에서 말이다.[123]

"가져오겠습니다, 대령님."

"가져오지 마세요." 메링 부인이 말했다. "여보. 물고기가 있는 연못에 가기에는 지금 너무 늦었어요. 이 신사분들도 모험이 끝난 뒤라 무척 피곤하실 거예요. 보트를 타셨잖아요! 한밤중에 말이죠. 이분들이 빠져 죽지 않은 게 신기한 일이에요." 부인은 마치 그러길 바란다는 듯 우리를 죽 훑어보았다. "이 신사분들은 분명 지치셨을 거예요."

"부인 말씀이 맞습니다. 그리고 저는 이만 가겠습니다. 안녕히 계십시오, 메링 부인." 보좌 신부가 말했다.

메링 부인은 손을 내밀었다. "오, 신부님, 오늘 밤에 영혼들이 현시하지

---

123 네드의 착각으로, 마르크스는 1883년에 이미 사망했고 그의 《자본》 1권은 1867년에 나왔다.

않아서 너무 아쉽네요."

"다음번에 더 멋지게 성공하리라는 것을 의심하지 않습니다." 보좌 신부
는 부인에게 말을 하고 있었지만, 눈은 계속 토시를 바라보았다. "다음번
형이상학적 소풍을 기대하고 있습니다. 물론 모레, 두 분이 함께 오시길 기
대하고 있고요. 부인과 따님께서 도와주시면 꼭 성공하리라고 확신합니다."

보좌 신부는 토시를 곁눈질로 보았고, 나는 이 친구가 혹시 그 수수께
끼의 C 아무개 씨가 아닌가 하는 생각을 했다.

"신부님을 도울 수 있다면 기꺼이 할게요." 부인이 말했다.

"저희는 테이블보가 약간 부족합니다." 보좌 신부가 말했다.

"베인, 사제관으로 지금 즉시 테이블보를 열 장 가져다드리세요." 부인
이 말했다.

베인이 쉬는 시간에 고양이를 빠뜨려 죽이려고 했던 것이 하나도 이상
하지 않았다. 정당한 살해 행위로군.

"여러분 모두를 만나서 정말로 즐거웠습니다." 보좌 신부는 여전히 토시
를 바라보며 말했다. "그리고 만약 여러분들이 모레까지 여기에 계신다면
저희 집으로 오시라고 초청하고…."

"이분들은 그렇게 오래 여기에 머무르지 않으실 겁니다." 메링 부인이
말했다.

"아, 그렇군요." 보좌 신부가 말했다. "그러면 좋은 밤 되시길."

보좌 신부는 베인으로부터 모자를 건네받고 길을 떠났다.

"아비테지 신부님께 안녕히 가시라고 인사를 했어야지 않니?" 부인이
토시에게 말했고, 그 순간 난 내 이론이 완전히 틀렸음을 깨달았다.

"페딕 교수님, 오늘 밤 적어도 둥근눈 진줏빛 리언킨은 보셔야 합니다."
메링 대령이 말했다. "베인, 랜턴 어디 있나? 훌륭한 색깔에…."

"아이이이잇!" 메링 부인이 소리쳤다.

"뭐죠?" 테렌스가 말했다. 마치 또다시 유령이 나타나기라도 기대한 듯
모두 돌아서서 프렌치도어를 바라보았지만, 그곳에는 아무것도 없었다.

"왜 그러세요?" 베리티가 방향염을 들이대며 물었다.

"저거!" 메링 부인은 마치 연기라도 하듯 난롯가에서 불을 쬐고 있는 시릴을 가리키며 말했다. "저 끔찍한 건 누가 데려온 거죠?"

시릴은 기분이 상한 표정으로 일어섰다.

"제… 제가 데려왔습니다." 테렌스가 황급히 시릴의 목걸이를 잡으며 말했다.

"잰 시릴이에요." 베리티가 말했다. "세인트트루웨즈 씨의 개죠."

그 순간 시릴이 자신이 개라는 사실을 강조한 것은 불행이었다. 아니 어쩌면 녀석은 단순히 당황했는지도 모른다. 우리가 모두 메링 부인 때문에 그런 것처럼 말이다. 시릴은 온몸을 흔들어댔고, 그 때문에 목 부분의 늘어진 살이 출렁거렸다.

"어머, 끔찍한 개네!" 메링 부인은 시릴이 방 저쪽에 떨어져 있는데도 손을 휘휘 내저으며 소리쳤다. "베인, 저 녀석을 당장 방에서 내쫓아요!"

베인이 시릴에게 다가가는 순간, 내 머릿속에서는 베인이 연쇄 동물 살해범이 아닐까 하는 생각이 스치고 지나갔다. "제가 데리고 나가죠." 내가 말했다.

"아니, 제가 할게요." 테렌스가 말했다. "이리 와, 시릴."

시릴은 못 믿겠다는 표정으로 테렌스를 쳐다보았다.

"정말 죄송합니다." 테렌스는 시릴의 목걸이를 당기며 말했다. "보트가 뒤집혔을 때 이 녀석도 타고 있었거든요. 그래서…."

"베인, 세인트트루웨즈 씨를 마구간으로 안내해주세요. 나갓!" 메링 부인이 시릴에게 고함을 치자 시릴은 쏜살같이 프렌치도어 밖으로 나갔고 그 뒤를 테렌스가 따라갔다.

"무서운 개는 사라졌으니까 우리 예쁜 주주는 더 이상 겁낼 필요 없어요." 토시가 말했다.

"오, 모든 게 너무 엉망이군요." 메링 부인은 마치 연기라도 하듯 이마에 손을 얹었다.

"받으세요." 베리티는 방향염을 부인 코에 들이밀며 말했다. "전 헨리 씨를 방으로 안내해드릴게요."

"베리티!" 메링 부인이 소리쳤다. 고함치는 목소리로 보아 부인이 슈라프넬 여사와 친척이라는 데에 의문의 여지가 없었다. "그럴 필요 없어. 하녀가 헨리 씨에게 방을 안내해 드릴 거야."

"네, 이모." 베리티는 유순하게 대답하고는 여기저기 널려 있는 탁자의 다리와 덩굴무늬 엽란 받침대에 걸리지 않도록 치마를 사뿐하게 들고 방을 가로질러 갔다. 이윽고 베리티는 하인을 부르는 설렁줄 앞에 도착해서 내게 속삭였다. "당신을 만나서 너무 기뻐요. 무척 걱정했었거든요."

"저도…." 내가 말했다.

"내 방까지 부축 좀 해주렴, 토시." 메링 부인이 말했다. "기운이 하나도 없구나. 베리티, 베인에게 캐모마일 차를 한 잔 가져오라고 좀 해라. 여보, 물고기 같은 거로 쓸데없이 페딕 교수님을 귀찮게 하지 마세요."

메링 부인이 온갖 명령을 내리는 가운데 콜린이 방에 나타났고, 부인은 콜린에게 나를 방까지 안내해주라고 말했다.

"네, 마님." 콜린은 무릎과 상체를 살짝 숙여 인사를 하고는 계단으로 데려간 다음 램프에 불을 붙이기 위해 멈춰 섰다.

'간결한 것이 더 아름답다'라는 장식의 개념은 분명 아직 나오지 않은 모양이었다. 계단 옆과 위쪽의 벽에는 금박 액자에 메링가의 선조들이 금실을 달고 승마바지나 갑옷을 입은 초상화들이 걸렸으며, 복도에는 우산대, 다윈의 흉상, 커다란 양치류 화분, 거대한 뱀과 뒤엉겨 있는 라오콘[124]의 상이 있었다.

콜린은 나를 데리고 복도를 반쯤 가더니 페인트칠이 된 문 앞에서 멈춰섰다. 콜린은 방문을 열고 살짝 무릎 굽혀 인사를 한 다음, 내가 들어가도록 문을 잡아주었다. "주무실 방입니다, 선생님." 콜린은 아일랜드식 사투리를 썼고 '선생님'이라는 단어를 '선생님'이라고 발음했다.

이 방은 응접실만큼 물건들이 많지는 않았다. 그저 침대, 세면대, 침대용 스탠드, 나무 의자, 사라사 무명을 씌운 의자, 서랍이 달린 커다란 책

---

124 트로이의 아폴로 신전을 지키던 사제. 트로이 목마의 비밀을 눈치챈 까닭으로 아테네가 보낸 뱀에게 죽는다.

상, 전신 거울, 벽 한 면을 다 차지하는 거대한 옷장이 하나씩 있을 뿐이었다. 옷장이 커다란 것은 오히려 다행이었다. 벽에 푸른색의 거대한 나팔꽃이 기어 올라가는 격자무늬 벽지가 있었기 때문이다.

하녀는 침대용 스탠드에 램프를 올려놓고 방을 가로질러 가서 세면대에 있던 항아리를 집어 들었다. "금방 뜨거운 물을 대령하겠습니다, 선생님." 콜린은 말을 마치고 방을 나섰다.

나는 방 안을 둘러보았다. 빅토리아 시대 실내 장식의 좌우명은 분명 '돌 하나도 남기지 말고 모두 다 덮개를 씌워라'인 게 분명했다. 침대에는 크로셰 뜨개질한 흰색의 레이스 천과 침대 덮개가 번갈아 덮였고, 화장대와 서랍 달린 큰 책상에는 태팅[125] 장식이 달린 흰색 리넨 책상보가 덮였으며 그 위에는 말린 꽃다발이 올려져 있었는데, 침대용 스탠드에는 페이즐리 문양의 숄을 낙낙하게 걸쳐놓은 뒤 그 위에 크로셰 뜨개질한 도일리[126]를 깔아놓았다.

심지어 책상 위에 올려진 화장실용품마저도 뜨개질 된 주머니에 싸여 있었다. 나는 화장실용품들이 식사용 도구처럼 사용 방법이 난해하지 않았으면 좋겠다고 생각하면서 집어 들고 살펴보았다. 쉬웠다. 책상 위에 있는 것들은 솔, 면도솔, 비누가 담긴 머그잔이었다.

20세기로 강하할 때 우리는 장기간 지속하는 수염 탈모를 미리 했다. 20세기에는 면도하는 방법이 원시적이었기 때문이다. 나 역시 잡동사니 판매장으로 파견될 때 장기간 탈모를 하고 오긴 했지만, 이곳에 있을 오랜 시간 동안 수염은 다시 자랄 수밖에 없다. 가만있자, 1888년에 안전면도기가 발명되었던가?

나는 에나멜 칠을 한 상자에서 뜨개질 된 주머니를 꺼내 열어보고 답을 얻었다. 그 안에는 상앗빛 손잡이에 시퍼렇게 날이 선 면도칼이 두 개 들어 있었다.

누군가가 문을 두드리는 소리가 들렸다. 문을 열었더니 하녀가 거의 자

---

125 레이스 뜨개질의 일종
126 작은 장식용 깔개

기 몸뚱이만 한 항아리를 들고 들어왔다. "뜨거운 물을 가져왔습니다, 선생님." 하녀는 항아리를 내려놓고 또다시 살짝 몸을 숙여 인사했다. "만약 뭔가 더 필요하시면 저기 있는 벨을 울리시기만 하세요."

하녀는 침대 위에 매달려 있는 보랏빛의 기다란 리본을 모호하게 가리켰다. 토시가 설렁줄을 사용하는 모습을 보았기에 망정이지 안 그랬으면 아마도 나는 그 줄이 영락없이 장식품인 줄로만 알았을 것이다.

"고마워요, 콜린." 내가 말했다.

하녀는 몸을 숙여 인사를 하다 멈추더니 불편한 기색을 보였다. "죄송합니다만, 선생님." 하녀는 앞치마 자락을 비비 꼬며 말했다. "제 이름은 제인입니다."

"오, 이런." 내가 말했다. "미안해요. 잘못 알았군요. 아까 당신 이름을 콜린으로 들었어요."

하녀는 앞치마 자락을 더욱더 비비 꼬았다. "아닙니다. 제인입니다, 선생님."

"그렇군요. 그러면, 고마워요, 제인." 내가 말했다.

하녀는 마음이 놓인 표정이었다. "안녕히 주무세요, 선생님." 제인은 살짝 몸을 숙여 인사한 뒤 문을 닫고 나갔다.

나는 침대를 보고는 전율을 느끼며 그 자리에 그대로 서 있었다. 드디어 내가 빅토리아 시대로 온 목적, 즉 숙면을 취할 수 있게 되다니 믿기가 힘들었다. 너무 좋아서 이게 꿈인지 생시인지 분간이 안 될 지경이었다. 폭신한 침대와 따뜻한 이불, 행복한 무의식의 세계. 돌도, 찾아야 할 고양이도, 비도 없었다. 잡동사니 판매장도, 주교의 새 그루터기도, 슈라프넬 여사도 없었다.

나는 침대에 누웠다. 폭신한 감촉에 라벤더 향기. 온몸이 나른해졌다. 나는 갑자기 옷을 벗기조차 힘들 정도로 피곤했다. 만일 내일 콜린, 아니 제인이 들어와서 내가 옷을 입고 잠이 든 모습을 보면 얼마나 화를 낼까 궁금했다.

아직 인과모순과 내가 베리티에게 말해야 할 것들이 걱정이긴 했지만,

뭐 그건 나중 일이었다. 그리고 아침이 되면 나는 푹 쉰 뒤, 활기를 되찾고 마침내 시차 증후군에서 회복되어 이 문제를 어떻게 다뤄야 하는지 깨닫게 될 것이다. 만약 그때까지도 문제가 남아 있다면 말이다. 어쩌면 아주먼드 공주를 그 주름 장식이 치렁치렁한 주인의 품속에 돌려놓음으로써 균형이 회복되고 인과모순 역시 스스로 해결될지도 몰랐다. 그리고 만약 그렇지 않다고 할지라도, 밤새 푹 자고 나면 나는 '생각'이란 걸 할 수 있게 될 테고 어떻게 행동해야 하는지 계획을 짤 수도 있을 것이다.

그런 생각을 하다 보니 하녀가 보인 민감한 반응도 불쾌함 없이 그냥 넘길 수 있었다. 나는 흠뻑 젖은 외투를 벗어 침대 기둥에 걸쳐놓고는 침대에 걸터앉아 부츠를 벗기 시작했다.

부츠 한 짝을 벗고 양말 한쪽을 반쯤 벗었을 때, 문을 두드리는 소리가 났다.

하녀로군. 뜨거운 물이 담긴 병이나 펜닦개 그것도 아니면 여하튼 뭔가를 가지고 온 모양이야. 만약 양말 신은 내 발을 보고 짜증을 낸다면 그러라지 뭐. 나는 부츠를 도로 신지 않았다.

하녀가 아니었다. 베인이었다. 베인은 내 여행용 손가방을 들고 있었다. "강에 갔다 왔습니다. 선생님. 선생님 짐 가운데 바구니 하나, 대형 여행 가방, 이 손가방밖에 찾지 못했습니다. 그리고 불행히도 이 손가방은 텅 빈데다 손상되기까지 했습니다." 베인은 내가 아주먼드 공주를 위해 구멍을 낸 부분을 가리켰다. "강기슭에 떠밀려 오기 전에 어살에 찢긴 모양입니다. 고쳐놓겠습니다, 선생님."

나는 베인이 가방을 고친다고 자세히 살피다가 고양이 털을 발견하는 것을 원치 않았다. "아니, 괜찮아요." 가방에 손을 뻗으며 내가 말했다.

"장담합니다, 선생님." 베인이 말했다. "새것처럼 만들어드릴 수 있습니다."

"고마워요." 내가 말했다. "하지만 내가 할게요."

"뜻대로 하십시오, 선생님." 베인이 말했다.

베인은 창문을 닫고 커튼을 쳤다. "보트는 계속해서 찾고 있습니다." 베인이 말했다. "팽번 수문에 있는 관리인에게도 말해두었습니다."

"고마워요." 내가 말했다. 나는 베인의 재치 있는 행동에 감탄하면서도 내가 잘 수 있도록 이 친구가 빨리 나가주길 빌었다.

"대형 여행 가방에 들어 있던 선생님의 옷가지들은 세탁해서 다림질해 두겠습니다, 선생님. 그리고 선생님의 밀짚모자도 찾아놓았습니다."

"고마워요." 내가 말했다.

"천만의 말씀입니다, 선생님." 베인이 말했다. 나는 베인이 나가리라고 생각했지만, 그는 꼼짝도 하지 않고 제자리에 서 있었다.

혹시 내가 물러가라고 명령해야 하는 건가? 그렇다면 뭐라고 말해야 하는 거지? 집사에게 팁을 주지는 않을 텐데. 나는 잠재의식 학습기가 뭐라고 말했는지 기억해보려고 애썼다. "이제 그만 됐어요, 베인." 마침내 내가 입을 열었다.

"네, 선생님." 베인은 가볍게 고개를 숙여 인사를 하고 걸음을 옮기다가 뭔가 들을 말이 더 남았다는 듯 문 앞에서 다시 머뭇거렸다.

"잘 자요." 이 말을 기다린 거면 좋겠는데.

"안녕히 주무십시오, 선생님." 베인은 대답하고 문을 나섰다.

나는 침대에 앉았다. 하지만 이번에는 나머지 한쪽 부츠를 벗기도 전에 문을 두드리는 소리가 들려왔다.

테렌스였다. "와, 다행히 아직 안 자고 있었군요, 네드." 테렌스가 말했다. "도와주세요. 큰일 났어요."

12

"…그날 밤에 그 개가 그런 행동을 하다니 묘한 일이야."
"그 개는 그날 밤에 아무런 일도 하지 않았어."
"그게 묘하다는 거야." 셜록 홈즈가 말했다.

— 아서 코난 도일 경

구출 — 영국 교외의 집들이 유령이 나타나는 거로 유명한 이유 —
엘리자베스 배럿 브라우닝의 도주 — 방문객들 — 고백 — 아주먼드 공주의 익사에 대한
수수께끼가 풀리다 — 계속되는 방문객들 — 광명 부대의 돌격 — 추리 소설의 공식 —
가장 그럴듯하지 않은 용의자 — 불쾌한 발견

큰일이란 시릴을 말하는 것이었다. "마구간이라니! 시릴은 아시다시피 바깥에서 자본 적이 없어요." 테렌스는 마치 지난밤 일은 까맣게 잊은 듯했다.

"불쌍한 시릴!" 절망에 빠진 목소리로 테렌스가 말했다. "어두운 바깥에 내팽개쳐지다니! 말과 함께 말이에요!" 테렌스는 방을 가로질러 서성였다. "지난밤에 강에서 잤는데 오늘도 바깥에서 재운다는 것은 야만적인 행동이에요. 더구나 그런 상태의 개를 말이죠."

"그런 상태라뇨?" 내가 말했다.

"시릴은 폐가 약해요." 테렌스가 말했다. "코감기도 있고요." 테렌스는 커튼 바깥을 살펴보기 위해 걸음을 멈추었다. "벌써 감기에 걸렸을지도 몰라요. 안으로 들여와야 해요." 테렌스는 커튼을 내렸다. "시릴을 데려와서 이 방에서 재우셨으면 좋겠어요."

"제가요?" 내가 말했다. "당신이 하는 게 낫지 않나요?"

"메링 부인이 저를 감시할 거예요. 부인은 집사에게 그 '동물'이 바깥에서 자는지 확인하라고 말했어요. 동물이라니!"

"그런데 제가 어떻게 시릴을 데리고 들어와요?"

"집사는 당신이 아니라 저를 감시할 거예요. 시릴더러 마구간에서 자야 한다고 제가 말했을 때 그 표정을 당신이 보았어야만 하는 건데. 완전히 배반당했다는 표정이었어요. *Et tu, Brute*(브루투스, 너마저)."

"좋아요." 내가 말했다. "하지만 어떻게 해야 베인에게 들키지 않을 수 있을지 모르겠군요."

"전 방에 돌아가서 베인에게 코코아를 한 잔 갖다달라고 할 겁니다. 그 사이에 갔다 오시면 돼요. 당신밖에 할 사람이 없어요. '좋은 친구여, 이 거친 황야에 존재하는 샘물이여!'"[127]

테렌스는 문을 열고 좌우를 살펴보았다. "지금은 아무도 없어요. 제가 5분 뒤 베인을 부를 테니 그사이에 부츠를 다시 신으세요. 그리고 혹시라도 베인에게 들키면 담배를 피우러 나왔다고 하세요."

"만약 시릴을 데리고 들어오다가 들키면요?"

"그렇게 되지는 않을 거예요. 저는 클라레[128]도 한 잔 가져다달라고 할 겁니다. 샤토 마고 1875년산으로요. 이 지방에는 훌륭한 포도주 창고가 없거든요."

테렌스는 다시 한번 양쪽을 살피더니 스르르 빠져나가 문을 살며시 닫았고, 나는 침대로 가서 벗어놓은 내 양말을 바라보았다.

젖은 양말을 다시 신는다는 것은 결코 정말로 할 짓이 못 되었다. 거기다 젖은 부츠야 말해 뭐 하리요. 나는 젖은 양말과 부츠를 다시 신느라고 5분 넘게 낑낑댔다. 이 집의 포도주 창고가 내가 가는 곳과 반대 방향이면 좋겠는데.

나는 문을 약간 열고 복도 쪽을 살펴보았다. 하지만 예상했던 대로 그 무엇도, 그 누구도 볼 수 없었다. 이럴 줄 알았더라면 가구와 조각품들 위치를 미리 잘 살펴두는 거였는데 하는 생각이 머릿속을 스치고 지나갔다.

복도는 너무나 어두웠고, 나는 방으로 돌아가서 크리스털 장식이 주렁

---

127 조지 엘리엇, 《테오프라스토스와 유발의 시, 그리고 스페인 집시》
128 프랑스 보르도산 적포도주

주렁 달린 램프를 가지고 올까 말까 망설였다. 불빛을 본 메링 부인에게 들키는 것이 나을지 아니면 라오콘 조각에 부딪혀 메링 대령에게 들키는 것이 나을지 저울질하면서 말이다.

나는 후자를 택하기로 했다. 만약 하인들이 테이블보를 세탁해 풀을 먹이기 위해 아직 깨어 있다면(분명 그러고도 남았다), 내가 든 불빛을 보고 '뭐 도와드릴 건 없습니까, 선생님?' 하고 물을 테니까. 그리고 내 눈은 점점 어둠에 익숙해져서 이제 복도의 윤곽을 어느 정도 볼 수 있게 되었다. 복도 중앙으로만 걷는다면 별문제가 없을 듯했다.

나는 계단 쪽으로 가다가 거대한 양치류 화분에 발이 걸렸다. 그리고 화분이 받침대에서 떨어지지 않도록 화분을 잡다가 부츠 한 쌍을 발견했다.

나는 어째서 복도에 이런 물건이 있는지 어리둥절해하며 걷다가 또 한 쌍의 부츠에 발이 걸렸다. 이번에는 토시가 신고 있던, 하얀 끈이 달린 우아한 부츠였다. 그제야 나는 잠재의식 학습기가 해줬던 설명이 기억났다. "빅토리아 시대에는 문밖에 부츠를 내놓아서 하인들이 밤에 부츠에 광을 낼 수 있도록 한다…." 테이블보를 빨고 코코아를 끓이고 템스강에서 전복된 보트를 찾는 일을 끝마친 다음에 부츠 광을 내리라는 데에는 의심의 여지가 없었다. 부지런도 하지.

계단 쪽은 좀 더 밝았다. 나는 계단을 내려가기 시작했다. 네 번째 계단이 큰 소리로 삐거덕거렸고 놀라서 뒤를 돌아본 순간, 계단 위에서 슈라프넬 여사가 나를 노려보고 있었다.

심장이 멈춰버린 것 같았다.

마침내 심장이 다시 뛰기 시작하자, 슈라프넬 여사는 여전히 다른 세계에 살고 있으며 플리트 주름 장식이 되고 허리를 잘록하게 강조한 블라우스를 입은 저 여자는 엘리자베스 여왕 시대에 살던 메링가문의 선조를 그린 초상화라는 사실을 깨달았다. 빅토리아 시대 영국 교외의 집들에 유령이 출몰한다는 소문이 자자한 것도 당연했다.

나머지 여정은 쉬운 편이었다. 하지만 현관문에 도착했을 때는 잠시 암담한 생각이 들었다. 현관문은 분명 잠겨 있을 것이고 그렇다면 그 미로 속

같은 응접실을 헤치고 가서 프렌치도어를 통해 나가야 할 텐데 그 생각을 하니 끔찍해서였다. 다행히도 현관문에는 빗장만 걸려 있었고 빗장을 벗길 때 소리도 거의 나지 않았다. 그리고 바깥에는 달이 밝게 빛났다.

달빛에 하얗게 빛나고 있는 건물들 가운데 어떤 것이 마구간인지 알 수가 없었다. 먼저 원예용 오두막(알고 보니 닭장이었다)처럼 보이는 곳으로 가려던 순간, 닭 때문에 잠이 깬 말들이 히힝거리는 소리에 마구간을 찾을 수 있었다.

시릴은 너무나 애절하고도 반갑게 나를 맞이해주었고, 나는 테렌스에게 여러 가지 저주를 내렸던 것이 미안해졌다. "가자, 친구." 내가 말했다. "조용히 해야 해. 엘리자베스 배럿 브라우닝[129]이 연인과 달아날 때, 브라우닝의 강아지 플러시가 그랬듯이 말이야."

그 사건이 이 시대에 일어난 거였다는 생각이 퍼뜩 떠올랐다. 나는 브라우닝이 어떻게 아무런 부상도 당하지 않고 칠흑 같은 어둠 속을 헤치며 들키지 않고 계단을 살금살금 내려가서 도망칠 수 있었는지 궁금해졌다. 더구나 여행 가방과 코커스패니얼까지 대동하고 말이다. 빅토리아 시대 사람들이 무척이나 존경스러워지기 시작했다.

시릴에게 '조용히 하다'의 개념은 식식거리는 숨소리와 간간이 쿵쿵거리는 소리를 내는 것을 뜻하는 모양이었다. 계단을 반쯤 올라왔을 때, 녀석은 갑자기 멈춰서더니 계단 끝부분을 올려다보았다.

"괜찮아." 나는 시릴을 재촉하며 말했다. "그냥 그림이야. 겁먹을 것 없어. 양치류 화분을 조심해."

우리는 아무런 사고도 치지 않고 복도를 지나 방으로 들어왔다. 나는 문을 닫고서 내가 이뤄낸 행운에 감사하는 마음으로 문에 기댔다. "잘했어, 친구. 플러시도 네가 자랑스러울 거야." 말을 하며 시릴을 바라본 순간, 녀석의 입에 검은색 부츠 한 짝이 물려 있었다. 방으로 오는 동안 물고 온 게 분명했다. "안 돼! 이리 내놔!" 시릴에게 달려들며 내가 외쳤다.

129 영국의 시인으로 '포르투칼인이 보내는 소네트'로 명성을 얻었다. 아버지의 반대를 무릅쓰고 시인 로버트 브라우닝과 결혼했다.

불도그는 원래 죽을힘을 다해서 황소의 코를 물고 늘어질 수 있도록 교배된 종이었다. 그 특성이 유감없이 발휘됐다. 나는 부츠를 홱 잡아당겨도 보고 힘껏 끌어당겨도 보았지만 아무 소용이 없었다. "부츠를 내려놔. 안 그러면 마구간으로 돌려보낼 거야."

시릴은 끈이 달랑거리는 부츠를 입에 물고 한참 동안 나를 쳐다보았다.

"정말이야." 내가 말했다. "말 안 들으면 네가 코감기에 걸리든 폐렴에 걸리든 상관 안 할 거야."

시릴은 한참 생각하더니 부츠를 내려놓고는 그 납작한 코로 부츠를 툭툭 쳤다.

나는 부츠로 달려들었다. 나는 부츠가 이빨 자국이 나든 말든 전혀 관심이 없을 페딕 교수의 것이거나 아니면 이런 꼴을 당해도 싼 테렌스의 것이길 빌었다. 하지만 부츠는 여자용이었다. 베리티의 것은 아니었다. 베리티는 토시처럼 하얀 부츠를 신고 있었다.

"이건 메링 부인의 부츠야!" 부츠를 시릴의 코앞에 대고 흔들며 내가 말했다.

시릴은 놀 준비가 다 됐다는 듯 똑바로 앉았다.

"이건 심각한 문제라고!" 내가 말했다. "이걸 봐!"

하지만 사실, 콧물이 엄청나게 묻어 있다는 점을 제외하고 그렇게 큰 흠집이 나지는 않았다. 나는 바짓부리로 부츠를 닦은 다음 문을 열었다. "꼼짝 말고 있어!" 나는 시릴에게 명령을 내리고 부츠를 돌려놓기 위해 바깥으로 나왔다.

하지만 메링 부인의 방이 어디인지 알 수 없었으며, 내 방에서 새어 나오는 불빛만으로는 부츠가 한 짝만 있는 곳이 보이지도 않았다. 그리고 이 칠흑 같은 어둠에 눈이 익숙해질 만큼 여유를 부릴 수도 없었다. 그렇다고 해서 엉금엉금 기어 다니다가 메링 부인에게 들키고 싶은 생각은 추호도 없었다.

나는 방으로 돌아가 램프를 가지고 나와 복도를 비춰보며 부츠가 한 짝만 있는 방을 찾아보았다. 끝에서 두 번째 방이었다. 그리고 그 방과 내 방

사이에는 라오콘 상, 다윈 상, 거대한 양치류 화분이 올려진 파피에 마세 [130] 테이블이 있었다.

나는 얼른 내 방으로 도로 들어와 문을 닫고, 램프를 제자리에 둔 다음 부츠를 들고 문을 다시 열었다.

"…불빛을 봤다니까요." 메링 부인의 것이 분명한 목소리가 말했다. "무시무시하고, 둥둥 떠다니는 영묘한 빛이었어요. 영혼의 빛이에요, 여보! 일어나봐요!"

나는 문을 닫고 램프를 끈 다음 침대로 슬며시 기어들어 갔다. 침대 안에는 시릴이 베개들 사이에 편히 자리를 잡고 있었다. "이 모든 게 다 네 잘못이야." 내가 속삭였고, 그 순간 나는 아직도 메링 부인의 부츠를 들고 있다는 사실을 깨달았다.

나는 부츠를 이불 안에 쑤셔 넣었지만, 만약에 들키기라도 하면 정말로 큰일이라는 생각이 머릿속을 스치고 지나갔다. 침대 아래 숨길 곳을 찾다가 마음을 바꿔서 스프링과 깃털 매트리스 사이에 부츠를 끼워 넣었다. 그러고는 깜깜한 어둠 속에 앉아서 무슨 일이 일어날지 기다렸다. 시릴의 코고는 소리를 뺀다면 문이 열리는 소리나 사람 목소리도 들리지 않았고 내 방문 아래로 불빛도 보이지 않았다.

나는 몇 분간 더 기다린 뒤 부츠를 벗고 살금살금 문으로 다가가 약간만 열어보았다. 암흑 그리고 정적. 나는 거울에 엄지발가락을, 침대용 스탠드에 정강이뼈를 와지끈 부딪치며 침대로 살금살금 돌아온 다음 다시 램프를 켜고 잠잘 준비를 했다.

좀 전의 긴장으로 인해 그나마 남아 있던 힘이 완전히 빠져버렸지만 나는 거울을 보면서 옷깃, 멜빵, 넥타이가 어떻게 매여 있는지 자세히 살피며 천천히 옷을 벗었다. 내일 어떻게든지 다소나마 비슷한 차림을 하기 위해서였다. 하긴, 그게 문제가 아니지. 그 전에 면도하다 목을 긋고 말 테니까. 아니면 도둑놈이나 신발 도착자로 몰릴지도 모르고 말이야.

130 종이 펄프를 접착제와 섞어 만든 공작 재료

나는 젖은 양말을 벗고 잠옷으로 갈아입은 다음 침대로 들어갔다. 스프링은 푹 꺼졌고 깃털 매트리스는 아무런 지탱도 되지 못했으며 시트는 차가웠다. 게다가 시릴 혼자서 이불을 독차지하고 있었다. 그래도 편안했다.

잠. 자연의 보드라운 간호사여, 성스러운 휴식의 달콤한 이슬이여, 불행의 위안이여, 달콤함이여, 축복을 내려주는 고민의 해결사여.

그때 문을 두드리는 소리가 들렸다.

✳

'메링 부인이 온 거로군.' 나는 생각했다. 부츠를 찾아서 말이야. 아니면 영혼이거나. 그도 아니면 부인이 깨워서 일어난 메링 대령이겠지.

하지만 문 아래쪽을 보니 불빛이 보이지 않았으며 다시 문을 두드리는 소리는 너무나도 부드러웠다. '테렌스인 모양이로군.' 나는 생각했다. 내가 모든 일을 다 하고 나니까 시릴을 데려가고 싶은 모양이지.

그래도 만약을 대비해서 나는 램프에 불을 붙이고 가운을 입은 다음, 시릴에게 침대보를 뒤집어씌우고서야 문을 열었다.

베리티였다. 나이트가운을 입고 있었다.

"여기서 뭐 하는 거예요? 지금은 빅토리아 시대예요." 내가 속삭였다.

"알아요." 나를 제치고 방 안으로 들어오며 베리티가 속삭였다. "하지만 던워디 교수님에게 보고하기 전에 당신과 할 말이 있어요."

"만약 누가 들어오면 어쩌려고요?" 베리티가 입은 하얀 나이트가운을 보면서 내가 말했다. 기다란 소매에 목까지 단추를 채운 매우 정숙한 차림새였지만 그렇다고 테렌스가 상황을 이해해줄 것 같지는 않았다. 집사나 메링 부인도 마찬가지고.

"아무도 오지 않을 거예요." 침대에 걸터앉으며 베리티가 말했다. "모두 자러 갔어요. 그리고 빅토리아 시대의 집은 벽이 두꺼워서 누가 엿듣지도 못해요."

"벌써 테렌스가 다녀갔어요." 내가 말했다. "베인도요."

"그 사람들이 뭐 하러요?"

"베인은 내 짐을 다 찾지 못했다고 말하더군요. 테렌스는 시릴을 마구간에서 데리고 나오길 원했고요."

자기 이름이 들리는 순간, 시릴은 졸린 눈을 끔벅이며 담요를 헤집고 나왔다.

"안녕, 시릴." 베리티는 시릴의 머리를 쓰다듬었다. 시릴은 머리를 베리티의 무릎에 올려놓았다.

"시릴이 왔는지 확인하러 테렌스가 돌아오면 어떻게 하려고 그래요?"

"숨지요." 베리티는 침착하게 말했다. "당신을 만나서 얼마나 반가웠는지 모를 거예요, 네드." 베리티가 나를 보며 싱긋 웃었다. "이리토스키 여사집에서 돌아왔을 때 아주먼드 공주는 여전히 사라진 상태였고, 지난밤 보고를 하기 위해 돌아가려 할 때 메링 부인은 정자로 가는 나를 잡았어요. 부인에게 내가 영혼을 목격해 그 뒤를 쫓는 중이라고 말하자, 부인은 모두 일어나서 집 근처를 샅샅이 뒤져야 한다고 주장하는 바람에 나는 던워디 교수님에게 보고하지 못했죠. 그래서 무슨 일이 일어났는지 전혀 몰랐어요."

최악의 상황이로군. 나이아스가 라파엘 전파풍의 적갈색 머리칼을 등 뒤로 흘러내린 채 나이트가운을 입고 내 침대에 앉아 있는데 말이야. 바로 그 여인이 여기에서 나를 바라보며 웃고 있는데 나는 이 모든 분위기를 망쳐야 한단 말이지. 좋아, 매도 빨리 맞는 게 나은 거지.

"그리고 오늘 아침에는," 베리티가 말하고 있었다. "토시를 데리고 교회에 가야만 했고…."

"내가 고양이를 가지고 왔더군요." 내가 말했다. "내 가방 안에 있었어요. 던워디 교수님이 말했는데 시차 증후군 때문에 제대로 알아듣지 못했나 봐요. 내가 계속 데리고 있었습니다."

"알아요." 베리티가 말했다.

"뭐라고요?" 다시 청각 장애가 일어난 건 아닌가 하는 생각을 하며 내가 말했다.

"알아요. 오늘 오후에 보고하러 가서 던워디 교수님에게 들었어요."

"하지만…." 어리둥절했다. 만약 베리티가 2057년에 갔다 왔다면, 저 밝은 웃음은….

"당신을 이플리에서 만났을 때 눈치챘어야 하는 건데." 베리티가 말했다. "역사학자를 휴가 보내다니 그건 던워디 교수님 방식이 아니죠. 더구나 슈라프넬 여사가 철통같이 감시를 하는데다 봉헌식이 겨우 2주일밖에 남지 않았는데 말이에요."

"당신과 이플리에서 헤어진 다음에도 나는 몰랐어요." 내가 말했다. "깡통 따개를 찾다가 발견했죠. 당신은 테렌스를 뮤칭스 엔드에서 떼어놓으라고 했지만, 고양이를 되돌려놓는 일이 더 중요하다고 생각했어요. 원래 계획은 스트리틀리에 있는 여인숙에 머물면서 한밤중에 몰래 고양이를 되돌려놓을 생각이었는데, 테렌스가 계속 고집을 부리며 노를 저었어요. 그러다 고양이가 야옹거리는 바람에 시릴이 코를 킁킁거리기 시작했고 녀석이 물에 빠지게 되더니 결국은 배가 뒤집혔고… 나머지는 당신이 아는 대로죠." 나는 설득력 없이 말을 맺었다. "제대로 일을 한 거였으면 좋겠는데요."

베리티는 걱정스러운 표정으로 입술을 깨물었다.

"왜 그러죠? 고양이를 되돌려놓지 말았어야 한다고 생각하나요?" 내가 물었다.

"모르겠어요."

"나는 더 이상 문제가 일어나기 전에 고양이를 되돌려놓아야 한다고 생각했어요."

"알아요." 진심으로 곤란한 표정을 지으며 베리티가 말했다. "문제는 처음부터 당신이 고양이를 데리고 오면 안 됐다는 거죠."

"뭐라고요?"

"던워디 교수님은 코번트리에서 일어난 편차에 관해 알고서는 모든 강하를 취소시켰어요."

"하지만," 내가 말했다. "내가 고양이를 데려오면 안 되는 거였다뇨? 코번트리에서 일어나는 편차는 아무 관계가 없는 거고 그저 분기점이기 때문이라고 말했잖아요?"

"맞아요. 하지만 그쪽에서 검사하면서 루이스가 편차의 패턴을 후지사키 교수의 연구 결과와 비교를 해보았는데, 사건이 일어난 지역 주변에서 편차가 크지 않다는 사실은 그 사건이 중요하지 않다는 뜻이라는 결론을 얻었다는군요."

"하지만 그건 불가능해요. 살아 움직이는 생물이 중요하지 않을 수는 없어요."

"맞아요. 그쪽에서는 아주먼드 공주를 무생물로 간주하더군요. 그 고양이는 빠져 죽을 운명이었다고 생각하고 있어요."

말도 안 되는 소리였다. "하지만 만약 그 고양이가 빠져 죽었다 할지라도, 그 사체는 여전히 시공 연속체와 관련이 있잖아요. 그냥 사라지는 게 아니라고요."

"그게 후지사키 교수의 연구 내용이에요. 아주먼드 공주의 사체는 분해되었을 거고 그러면 각각의 원소들과 연속체와의 관련성은 급격하게 떨어진대요."

의미인즉, 불쌍한 고양이의 사체는 템스강을 떠내려가면서 탄소와 칼슘 따위로 분해되면서 고기밥이 될 뿐 아무것도 아니라는 이야기였다. 재로, 먼지로 바뀌어 덧없이 사라지리라.

"그런 일이 가능할 수 있는 건, 아주먼드 공주가 자신이 있던 시공 연속체에서 아무런 역사적 효과를 끼치지 않고 사라졌기 때문이죠. 즉 공주를 미래에서 다시 과거로 데려오면 절대로 안 되는 거였어요."

"즉, 당신이 그 고양이를 네트를 통해 미래로 데려간 것은 아무런 문제가 되지 않는 거였군요." 내가 말했다. "하지만 내가 다시 데려와서 문제가 일어난 거예요."

베리티는 고개를 끄덕였다. "당신이 보이지 않기에 핀치나 누군가를 당신에게 보내서 고양이를 물에 빠뜨려 죽이라고 한 건 아닐까 무척 걱정했었어요."

"안 되죠!" 내가 말했다. "그 누구도, 고양이를 빠뜨려 죽일 권리는 없어요."

내 말에 베리티는 사람을 망연자실하게 하는 그 웃음으로 보답했다.

"만약 아주먼드 공주가 중요하지 않은 존재라면 다시 미래로 데려가면 되겠군요." 내가 힘주어 말했다. "그러면 물에 빠뜨려 죽이지 않아도 되고요. 하지만 이해할 수가 없네요." 뭔가 떠오르는 게 있어 내가 말했다. "비록 고양이가 빠져 죽었다 할지라도, 만약 그게 진짜로 일어나야 했던 일이라면 말이죠, 고양이가 사라졌을 때와 같은 결과를 불러와요. 모두가 고양이를 찾으러 다니고, 옥스퍼드로 가서 토시가 테렌스를 만났을 거예요."

"그게 바로 내가 던워디 교수님에게 말하려고 했던 내용이죠." 베리티가 말했다. "하지만 후지사키 교수의 연구에 따르면 그런 일은 역사적인 영향이 없는 단기간의 결과라고 해요."

"달리 말하자면, 내가 고양이를 데리고 들어오지 않았다면 결국 사람들은 고양이가 없어진 충격을 극복했을 거란 말이군요."

"그리고 만약 내가 처음부터 일을 만들지 않았다면 당신이 고양이를 데리고 들어오지 않았을 테죠." 슬픔에 잠긴 목소리로 베리티가 말했다.

"하지만 물에 빠져 죽게 할 순 없었잖아요." 내가 말했다.

"맞아요." 베리티가 말했다. "그럴 수 없었어요. 어차피 일어난 일은 일어난 거니까, 나는 던워디 교수님을 만나서 이제부터 뭘 해야 하는지를 들어봐야죠."

"일기장은 어때요?" 내가 말했다. "만약 7일 이후로 고양이에 관해 언급했다면 고양이가 빠져 죽지 않았다는 증거잖아요. 필적 전문가가 고양이 이름을 찾았나요?"

베리티는 침울한 표정을 지었다. "찾아보았어요. 글자 구성을 보면 대문자로 시작하는 두 개의 아주 긴 단어이지만 그것을 언급한 대목은 사건이 일어난 다음 날들에 나오는데, 글자가 번져 있어서 아직 무슨 내용인지 해석할 수 없다더군요. 던워디 교수님 말로는 아마도 고양이가 사라졌다거나 물에 빠져 죽었다는 내용일 거래요."

베리티는 침대에서 일어섰다. "보고하러 가는 게 좋겠어요. 당신이 아주먼드 공주를 데리고 있다는 사실을 안 다음에 무슨 일이 일어났죠? 당신이 고양이를 데리고 있다는 사실을 테렌스와 페딕 교수가 알아차렸나요?"

"아니요." 내가 말했다. "여기에 도착할 때까지 고양이를 숨겨놓았어요. 여행용 손가방에요. 테렌스는 우리가…." '상륙'이라는 말은 이 상황에서 적당한 단어가 아니라는 생각이 들었다. "…도착한 다음에 기슭에서 고양이를 발견한 줄로만 알아요."

"그러면 누구 다른 사람이 고양이를 보진 않았어요?"

"모르겠어요." 고백할 수밖에. "두 번 바깥으로 나간 적이 있거든요. 한 번은 숲속이었고 또 한 번은 애빙던에서요."

"손가방에서 빠져나간 건가요?"

실토할 수밖에. "아니요. 내가 놓아줬어요."

"놓아줬다고요?"

"길이 든 줄 알았어요." 내가 말했다.

"길이 들어요?" 베리티는 흥미롭다는 듯이 말했다. "고양이가요?" 베리티는 시릴을 바라보았다. "네가 말 좀 해주지 그랬니?" 베리티가 시릴에게 말하고서는, 나를 바라보았다. "하지만 고양이가 누구 다른 사람을 만난 것을 보진 못한 거죠?"

"못 봤어요." 내가 말했다.

"뭐, 그러면 됐어요. 토시는 집으로 돌아온 이후로 이름이 'C'로 시작하지 않는 젊은이들조차 더 이상 만난 적이 없어요."

"C 아무개 씨가 누군지 아직 밝혀지지 않은 줄 알았는데요." 내가 말했다.

"맞아요." 얼굴을 찡그리며 베리티가 말했다. "그리고 난 토시의 일기장을 아직 보지도 못했어요. 그 때문에 보고하러 가려는 거예요. 어쩌면 필적 전문가가 그 사람 이름을 해독했는지도 모르거든요. 아니면 아주먼드 공주에 대한 언급을 해석했을 수도 있고요. 그리고 어쨌든 아주먼드 공주가 돌아왔다고 보고도 해야 하고…."

"그것 말고도 더 보고해야 할 내용이 있어요." 내가 말했다.

"페딕 교수와 메링 대령에 대한 우연의 일치 말이죠? 벌써 생각하고 있었어요."

"아니요." 내가 말했다. "그것 말고도 또 있어요. 나 때문에 테렌스가 페덕 교수의 조카를 못 만나게 됐어요." 나는 기차역에서 어떤 일이 벌어졌는지 설명해줬다.

베리티는 고개를 끄덕였다. "던워디 교수님에게 말할게요." 베리티가 말했다. "만남…."

그때 또 누군가가 문을 두드렸다.

✳

베리티와 나는 그 자리에서 얼어붙어 버렸다. "누구세요?" 내가 물었다.

"베인입니다, 선생님."

나는 베리티에게 소리 내지 않고 입으로 말했다. "그냥 가라고 할까요?"

"아니요." 베리티는 소리 내지 않고 입으로 말하더니 시릴을 덮어두었던 침대보를 홱 젖히고는 침대로 기어들어 갔다.

나는 베리티의 팔을 잡고 소리 내지 않고 입 모양으로 말했다. "옷장으로."

"잠깐만요." 내가 외쳤다. "잠깐만 기다려요, 베인." 나는 옷장 문을 열었다. 베리티는 옷장 안으로 급히 들어갔다. 나는 옷장 문을 닫았다가 다시 문을 열고 베리티의 나이트가운 자락을 집어넣고 다시 닫은 다음, 침대보 바깥으로 시릴이 보이지 않는지 확인해본 뒤 침대 앞쪽에 자리를 잡고 말했다. "들어와요, 베인."

베인은 잘 개켜진 셔츠 한 무더기를 들고 문을 열었다. "보트를 발견했습니다, 선생님." 베인은 옷장으로 곧장 다가갔다.

나는 베인 앞을 가로막고 섰다. "내 셔츠들인가요?"

"아닙니다, 선생님." 베인이 말했다. "채티스번가에서 빌려 왔습니다. 그 집 아드님이 남아프리카에 가 계시거든요. 선생님 댁에서 물건들을 가져올 때까지 입으셔도 됩니다."

내 물건이라니. 우리 집이 어디라고 말해줘야 한단 말인가? 하지만 내게는 더 급한 문제가 있었다. "셔츠를 서랍에 넣어두세요." 베인과 옷장 사이에 서서 내가 말했다.

"알겠습니다, 선생님." 베인은 맨 위 서랍에 깔끔하게 셔츠들을 넣었다.

"야회복 한 벌하고 트위드도 마련해두었습니다. 몸에 잘 맞도록 수선해서 세탁해놓았습니다. 내일 아침이면 준비가 될 겁니다, 선생님."

"잘됐군요. 고마워요, 베인."

"아닙니다, 선생님." 베인은 대답하더니 한마디 말도 없이 바깥으로 나갔다.

"큰일 날…" 내가 입을 열자마자 베인은 쟁반을 들고 들어왔다. 쟁반에는 도자기 잔, 은주전자, 비스킷이 담긴 작은 접시가 올려져 있었다.

"코코아를 드시고 싶어 하실 것 같아서 가져왔습니다, 선생님."

"고마워요."

베인은 침대용 스탠드 위에 쟁반을 올려놓았다. "제가 따라드릴까요, 선생님?"

"아니, 괜찮아요."

"옷장에는 여분의 침대보가 있습니다, 선생님." 베인이 말했다. "한 장 꺼내서 깔까요, 선생님?"

"아니요!" 나는 베인 앞을 가로막으며 말했다. "고마워요. 이제 됐어요, 베인."

"알겠습니다, 선생님." 하지만 베인은 안절부절못한 채 여전히 그 자리에 서 있었다. "저, 선생님. 만약 제가 뭔가 말씀드려도 된다면…"

혹시 옷장에 베리티가 있다는 사실을 안다거나 내가 사기꾼이라는 사실을 눈치챈 건 아닐까? 아니, 양쪽 다일 수도 있겠군.

"뭘 말인가요?" 내가 말했다.

"제가 드리고 싶은 말은… 그저…." 베인은 다시 초조한 듯 잠시 망설였고, 그 얼굴은 창백하고 근심으로 초췌해 보였다. "…아주먼드 공주를 찾아서 메링 아가씨에게 돌려주셔서 너무나 감사합니다."

베인 입에서 이런 말이 나올 줄은 꿈에도 생각하지 못했다. "감사하다고요?" 나는 멍하니 되뇌었다.

"네, 선생님. 선생님께서 아주먼드 공주를 발견하신 것이라고, 세인트 트루웨즈 씨께서 말씀해주셨습니다. 보트가 뒤집혀 강기슭으로 헤엄쳐 온

다음에 발견하셨다고요. 이런 말을 한다고 주제넘다고 생각하실지도 모르겠습니다만, 메링 아가씨는 그 고양이를 끔찍이도 사랑하셨고, 만약 그 고양이에게 어떤 일이라도 일어났다면 저는 저 자신을 절대로 용서하지 못했을 겁니다." 베인은 다시 초조한 듯 잠시 망설이다 말을 이었다. "모든 게 제 잘못이었습니다."

"당신 잘못이라고요?" 나는 멍하니 되뇌었다.

"네, 선생님. 아시다시피, 메링 대령님은 물고기를 모으시지요. 동양에서 수입하십니다. 대령님께서는 바위로 된 정원에 있는 연못에 그 물고기들을 키우고 계시죠."

"그렇군요." 나는 혹시 시차 증후군이 재발한 게 아닌가 생각하며 말했다. 앞서 한 말과 전혀 연관성을 찾을 수 없었기 때문이다.

"그런데 아주먼드 공주는 대령님의 금붕어를 잡아먹는 나쁜 버릇이 있습니다. 제가 막으려고 갖은 애를 다 써봤지만, 소용이 없었습니다. 아시다시피, 고양이는 위협에 무디거든요."

"그렇죠." 내가 말했다. "감언이설이나 탄원에도…."

"아주먼드 공주에게 통하는 단 하나의 방법은…."

상황이 어떻게 된 건지 갑자기 한순간에 명쾌해졌다. "강에 집어 던지는 거였군요."

옷장 안에서 숨이 멎는 듯한 소리가 들려왔지만, 베인은 알아차리지 못한 듯했다. "그렇습니다, 선생님." 베인이 말했다. "물론 그런다고 버릇이 고쳐지는 것은 아니지요. 하지만 한 달에 한 번 정도 제 뜻을 되새기게 하기 위해서는 그렇게 하는 것이 필요했습니다. 저는 아주먼드 공주를 늘 얕은 곳에 던졌습니다. 아시다시피 고양이는 해야 할 때는 수영을 잘합니다. 개보다도요. 하지만 이번에는 아주먼드 공주가 물살에 휩쓸려서…." 베인은 얼굴을 손에 파묻었다. "저는 고양이가 물에 빠져 죽은 줄 알고 두려웠습니다." 절망적인 목소리였다.

"여기 앉아요." 나는 베인의 팔을 끌고 사라사 무명을 씌운 의자에 앉혔다. "고양이는 빠져 죽지 않았어요. 멀쩡해요."

"아주먼드 공주는 대령님의 '은색 황제공작꼬리 금붕어'를 먹어버렸습니다. 무척이나 귀한 물고기죠. 대령님은 그 물고기를 비싼 돈을 주고 혼슈 지방에서 데려왔습니다." 베인이 괴로워하며 말했다. "그런데 그 물고기가 도착한 다음 날, 아주먼드 공주는 연못가에서 조용히 앞발을 핥고 있었고 그 옆에는 등지느러미가 보였습니다. '이런, 아주먼드 공주! 대체 무슨 짓을 한 거야?' 하고 제가 외치자 아주먼드 공주는 완전히 시치미 뚝 떼는 표정으로 저를 쳐다보았습니다. 저는 그 순간 제정신이 아니었습니다."

"이해할 수 있어요." 내가 말했다.

"아니요." 베인은 고개를 저었다. "저는 아주먼드 공주를 강으로 들고 가서 힘껏 던진 다음, 돌아왔습니다. 그리고 제가 다시 돌아갔을 때…" 베인은 다시 얼굴을 손에 파묻었다. "어디에서도 아주먼드 공주의 흔적을 찾을 수 없었습니다. 모든 곳을 찾아보았습니다. 지난 나흘 동안 저는 마치 도스토옙스키의 라스콜니코프 같은 심정이었습니다. 죄를 고백할 수도 없는 상황에서, 죄 없는 동물을 죽였다는 죄책감에 사로잡혀…"

"뭐, 전혀 죄가 없는 건 아니죠." 내가 말했다. "은색 황제공작꼬리 금붕어를 잡아먹었잖아요."

하지만 베인은 내 말을 전혀 듣고 있지 않았다. "아주먼드 공주는 물살에 휩쓸려 하류로 떠내려갔던 게 틀림없습니다. 흠딱 젖은 채 길을 잃고 헤매…"

"공작꼬리 금붕어를 통째로 잡아먹었지요." 다시 손으로 얼굴을 감싸지 않게 하려고 내가 말했다. '그리고 푸른색 이중아가미 처브도 잡아먹었고요.' 나는 생각했다.

"저는 잠을 이룰 수가 없었습니다. 그리고 저는 깨달았습니다. 만약 메링 아가씨의 그 귀중한 동물이 어떤 자그마한 해라도 입게 되는 날이면, 아가씨는 저를 절대로 용서하지 않으리라는 사실을 말이죠. 하지만 저는 아가씨의 아름다운 마음을 상하게 했다는 생각에 겁을 먹고 감히 아가씨께 용서를 빌 생각조차 하지 못했습니다. 그렇게 망설이고 있다가 마침내 오늘 저녁 강신회가 끝난 뒤에 사실대로 고백하려고 결심했는데, 그때 프렌치도어가 열리며 기적이 일어났습니다. 아주먼드 공주가 안전하게 돌아온 거죠. 선생님 덕분에요!" 베인은 내 손을 잡았다. "선생님께서는 제 인생 최고의 은인이십니다. 정말 고맙습니다, 선생님!"

"천만에요." 나는 베인이 내 손에 감사의 입맞춤이나 뭐 그런 행동을 하기 전에 내 손을 뺐냈다. "그런 일을 해서 오히려 내가 기쁘군요."

"아주먼드 공주는 춥고 배고팠을 거고, 사나운 개에게 생명의 위협을 당했을 게 틀림 없…."

"일어나지 않은 일로 걱정할 필요는 없어요." 내가 말했다. "안전하게 집으로 돌아왔잖아요."

"알겠습니다, 선생님." 베인은 말을 하고는 다시 내 손을 잡을 듯한 표정을 지었다.

나는 손을 등 뒤로 숨겼다.

"선생님이 베푸신 은혜에 제가 보답할 수 있는 일이 있다면, 어떠한 일이든지 기꺼이 하도록 하겠습니다. 어떤 일이든지요."

"네. 에…." 내가 말했다. "고마워요."

"아닙니다. 제가 고맙죠, 선생님." 베인은 말을 하더니 등 뒤로 돌린 내 손을 잡고 진심으로 흔들었다. "그리고 제 말을 들어주셔서 감사합니다. 방해가 된 건 아닌지 모르겠군요."

"천만에요." 내가 말했다. "말해줘서 고마워요."

베인은 자리에서 일어나 옷깃을 바로 했다. "외투와 바지를 다려놓을까요, 선생님?" 평정을 되찾은 말투였다.

"아니요, 괜찮아요." 내가 말했다. 대체 어찌 된 까닭으로 나는 잠도 못 자고 계속해서 이런 일들을 겪어야만 하는 걸까. "나중에 해주세요."

"네, 선생님." 베인이 말했다. "다른 시키실 일은 없습니까, 선생님?"

아무래도 이러다가 날이 새겠군.

"없어요." 내가 말했다. "고마워요. 잘 자요, 베인. 가서 좀 쉬어요. 그리고 걱정하지 말아요. 아주먼드 공주는 다치지 않고 건강한 모습으로 집에 돌아왔으니까요. 아무런 나쁜 일도 일어나지 않았어요." 정말 그래야 하는데.

"알겠습니다, 선생님." 베인이 말했다. "안녕히 주무십시오, 선생님."

✳

나는 베인이 나가도록 문을 열어준 다음, 그가 하인들이 묵는 방에 도착할 때까지 문을 빼꼼히 열고 지켜본 뒤, 문을 닫고 옷장으로 가서 조용히 노크했다.

아무런 응답도 없었다.

"베리티?" 나는 옷장의 양 문을 열었다. 베리티는 옷장 안에서 무릎을 가슴께에 모은 채 쭈그리고 앉아 있었다. "베리티?"

베리티는 나를 쳐다보았다. "베인은 고양이를 빠뜨려 죽일 생각이 아니었어요." 베리티가 말했다. "던워디 교수님은 나더러 행동하기 전에 생각을 먼저 하라고 말했죠. 만약 내가 방해하지 않았다면 베인은 돌아와서 고양이를 구했을 거예요."

"하지만 그건 좋은 소식이에요." 내가 말했다. "아주먼드 공주는 중요하지 않은 존재가 아니며, 내가 그 고양이를 데리고 온 것은 모순을 일으키지 않는다는 뜻이죠."

베리티는 고개를 끄덕이긴 했지만 확신하지 않는 표정이었다. "그럴 수도 있겠죠. 하지만 만약 베인이 아주먼드 공주를 구했다면 고양이는 지난 나흘 동안 행방불명이 되지 않았을 거예요. 그러면 이리토스키 여사를 찾아가지도 않았을 거고, 토시는 테렌스를 만나지도 않았겠죠." 베리티는 옷장에서 서둘러 빠져나오더니 문으로 향했다. "이 사실을 던워디 교수님에게 알려야 해요. 가능한 한 빨리 돌아와서 상황을 말해줄게요."

베리티는 문에 손을 대고 속삭였다. "나는 문을 두드리지 않을게요." 베리티가 속삭였다. "만약 문 두드리는 소리를 메링 부인이 듣는다면 영혼이 그러는 거라고 믿을 거예요. 그러니 나는 문을 긁을게요. 이렇게요." 베리티는 시범을 보였다. "곧 돌아올게요." 베리티는 말을 마치고 문을 열었다.

"기다려요." 나는 매트리스 밑에서 메링 부인의 부츠를 꺼내 들고 말했다. "받아요." 나는 베리티에게 부츠를 떠밀었다. "이걸 메링 부인 방 앞에

280

놓아주세요."

베리티는 부츠를 받아 들었다. "부츠가 왜 여기에 있는지 안 묻는 것이 좋겠죠?" 베리티는 싱긋 웃더니 조심스레 문을 닫았다.

조각에 부딪히는 소리도, 메링 부인 방에서 '유령이 나타났다!'고 외치는 소리도 들리지 않았다. 잠시 후 나는 베리티를 기다리기 위해 의자에 앉았다. 그리고 걱정이 되었다.

나는 고양이를 데려오면 안 되는 거였다. 던워디 교수님이 '꼼짝 말고 있게!'라고 했었지만, 나는 그 말을 네트를 떠나지 말라는 뜻으로 알아들었다.

그리고 잘못된 의사소통이 역사에 영향을 끼친 게 이번이 처음도 아니었다. 전달받은 내용을 잘못 이해하거나 아니면 아예 전달받지 못한 경우, 또는 아예 엉뚱한 사람의 손에 전달되어 전투의 결과가 바뀐 경우는 이루 헤아릴 수조차 없었다. 앤티텀 작전[131]에 대한 리 장군의 우연한 누설, 침머만의 전보[132], 워털루 전투에서 미셸 네 장군[133]에게 나폴레옹이 보낸 알아먹을 수 없었던 명령.

잘못된 의사소통이 재난이 아닌 좋은 결과를 끌어낸 경우가 있으면 좋겠다는 생각이 들었다. 그런 예가 있는지 확신이 없었다. 노르망디 상륙 작전이 벌어지던 날 발생한 히틀러의 편두통을 들 수 있겠군. 광명 부대[134]의 돌격도 있었지.

언덕에 서 있던 래글런 경은 러시아군이 터키의 대포를 포획해서 퇴각하는 장면을 목격하고는 루칸 경에게 이를 탈취하라고 명령했다. 하지만 언덕 아래에 있던 루칸 경은 청각 장애를 겪고 있었는지, '터키'라는 단어를

---

131 1862년 9월 17일 남부군의 리 장군이 수도 워싱턴으로 진격하는 것을 북부군이 막아낸 전투로, 샤프스버그 전투라고도 한다.

132 제1차 세계대전 당시 독일 외무 장관이었던 아르투어 침머만이 멕시코 독일 대사에게 보낸 전보. 미국과 멕시코 간 전쟁을 유발하라는 내용을 담고 있었다. 본래는 미국의 제1차 세계대전 참전을 막기 위한 계획이었으나, 전보의 내용이 영국 정보부에 의해 탐지되어 미국의 윌슨 대통령에게 전달되면서, 오히려 미국의 참전을 결정하는 주요 원인이 되었다.

133 나폴레옹 휘하에서 가장 유명한 장군으로 워털루 전투에서 패배한 뒤 총살당했다.

134 크림 전쟁 당시 카디건 경이 지휘하던 부대로, 래글런 경의 모호한 명령 때문에 큰 타격을 입은 것으로 유명하다.

제대로 듣지 못한 채 '대포'라는 단어만을 들었다(아마도 청각 장애가 있었던 모양이다). 루칸 경은 자기 부대 정면에 있는 러시아의 대포를 향해 돌진하라고 카디건 경에게 명령했다. 결과는 자명했다.

"죽음의 계곡으로 6백 명이 전진했었지." 내가 중얼거릴 때, 문을 긁는 소리가 들려왔다.

✳

베리티가 어떻게 벌써 갔다 왔는지 이해가 되지 않았다. 미래는 고사하고, 정자까지 갔다 올 시간도 되지 않았기 때문이다.

"누구죠?" 나는 문 앞에서 속삭였다.

"베리티예요." 베리티가 속삭였다.

"문을 긁겠다고 말했잖아요." 문을 열어주자 베리티가 들어오며 말했다. 팔에는 갈색 종이 꾸러미를 끼고 있었다.

"알아요." 내가 말했다. "하지만 겨우 5분밖에 지나지 않았어요."

"다행이군요." 베리티가 말했다. "시간 편차가 없었다는 뜻이니까 좋은 징조예요." 베리티는 기분 좋게 침대에 걸터앉았다. 좋은 소식이 있는 모양이었다.

"던워디 교수님이 뭐라고 하던가요?" 내가 물었다.

"자리에 없었어요. 리지 비트너를 만나러 코번트리로 가셨다는군요." 기분 좋은 목소리였다.

"비트너 부인요? 코번트리 성당 마지막 주교의 부인 말인가요?"

베리티는 고개를 끄덕였다. "하지만 비트너 부인이 주교의 아내라서 만나러 간 게 아니에요. 비트너 부인은 예전에 네트에서 일하셨대요. 그분을 아세요?" 호기심에 찬 말투였다.

"주교의 새 그루터기에 관해 인터뷰하라고 슈라프넬 여사가 날 보냈었죠."

"그 물건이 어디에 있는지 비트너 부인이 아시던가요?"

"아니요."

"오, 저 비스킷, 내가 먹어도 되나요?" 침대용 스탠드 위에 올려져 있는

282

쟁반을 배고 싶은 눈으로 바라보며 베리티가 말했다. "몹시 배가 고파요." 베리티는 비스킷을 하나 집어 들어 한입 깨물며 말했다.

"얼마나 가 있었던 거예요?" 내가 물었다.

"몇 시간쯤요." 베리티가 말했다. "워더는 루이스가 어디에 있는지 말하지 않으려고 했어요. 루이스는 슈라프넬 여사를 피해 도망갔는데, 그 누구에게도 자기가 간 곳을 말하지 말라고 워더에게 신신당부했더라고요. 루이스가 숨은 곳을 찾아내는 데 일평생이 다 가는 줄 알았어요."

"루이스에게 나 때문에 테렌스가 모드를 만나지 못했다고 말했어요?"

"네." 베리티가 말했다. "코코아 마셔도 돼요?"

"그러세요. 그래, 루이스는 뭐라고 하던가요?"

"루이스 생각으로는 테렌스가 모드를 만나기로 되어 있지 않았을 거래요. 아니면 설사 만나기로 되어 있었다 할지라도 그 사건은 별로 중요한 게 아니거나요. 그렇지 않았다면 네트가 열리지 않았을 거라면서요."

"하지만 만약 내가 고양이를 데려와서 모순이 일어났다면요?" 내가 말했다.

베리티는 고개를 저었다. "루이스는 당신이 아니라 나 때문에 일이 벌어졌다고 생각하고 있어요."

"베인이 내게 말한 내용 때문에요?"

베리티는 고개를 끄덕였다. "그거랑 과도한 편차 때문에요."

"하지만 그건 코번트리가 분기점이기 때문에 그런 줄로만 생각하고 있었는데요."

베리티는 고개를 저었다. "코번트리 영역 말고요. 옥스퍼드. 2018년 4월이요."

"2018년? 그때 무슨 분기점이 있는데요?"

"지금까지의 정보로는, 없어요." 베리티가 말했다. "그 때문에 던워디 교수님이 비트너 부인을 보러 간 거예요. 혹시 그 당시에 뭔가 특별히 주목할 만한 강하나 연구 결과를 기억하고 있는지 알아보려고요. 하지만 둘 다 아무런 기억이 없다더군요. 그래서 만약 내가 인과모순을 일으켰다면 당신이 고양이를 데려오는 일은 인과모순을 일으키지 않았을 거예요. 오히려 당신 행동은 모순을 교정하는 것이고 상황을 더 좋게 만들었으면 만들었지 악화시키지는 않았을 거고요. 그렇지만 테렌스와 누군가를 만나지 못하게 한 일은 상황을 좋은 방향으로 이끌지는 않았을 거예요. 특히나 그런 만남이 있었을 경우 테렌스가 토시를 만나러 이플리로 가지 않았을 거라는 생각을 해보면 말이죠. 그 뜻은 테렌스는 모드를 만나지 않게 되어 있었고, 우리는 모순이 점차 악화되는 증후에 대해 걱정할 필요가 없다는 거죠."

"증후라니요? 무슨 뜻이죠?"

"후지사키 교수에 따르면, 인과모순이 일어나지 못하도록 방어하는 첫 번째 수단은 편차가 증가하는 거예요. 그래도 모순을 교정하지 못하면 우연의 일치가 늘어나게 되고, 만약 그래도 실패한다면 불일치가 나타나는 거죠."

"불일치? 역사가 바뀌기 시작한다는 뜻인가요?"

"처음에는 아니에요. 하지만 인과모순이 역사를 불안정하게 만들죠. 루이스가 설명한 방식대로 말하자면, 한 사건이 한 가지의 고정된 방향으로 나아가는 것이 아니라 확률의 중첩이 일어나게 돼요."

"슈뢰딩거의 상자처럼 말이군요." 내가 말했다. 나는 가이거 계수기와 청산가리를 이용하는 유명한 사고 실험을 떠올렸다. 그 실험에도 고양이가 관여하지.

"바로 그거예요." 베리티가 기뻐하며 말했다. "즉 모순이 교정되었을 경우와 그렇지 않았을 경우, 그 두 가지에 대해 사건의 진행 경로가 동시에 존재하는 거지요. 그리고 만약 자체 교정이 완결되면 두 가지 진행 경로는 하나의 경로로 합쳐지는 식이 되는 거예요. 하지만 그전까지는 관측되는 사건과 실제 기록된 사건 사이에 차이가 나타나는 거죠. 우리가 알고 있는 단 하나의 기록은 토시의 일기장인데, 우리는 그것을 읽을 수 없으므로 테렌스와 모드가 만나지 못한 사건이 정상인지 아닌지 알 수가 없어요."

베리티는 비스킷을 하나 더 집었다. "그 때문에 내가 미래에 오래 갔다 온 거예요. 루이스와 이야기를 나눈 뒤, 나는 보들리 도서관에 가서 테렌스에 관해 찾아본 다음, 필적 전문가에게 일기장에서 테렌스에 관한 이야기는 없는지, 그리고 C 아무개 씨의 이름은 알아냈는지를 물어보러 오리얼 칼리지에 들렀다 왔거든요."

"알아냈어요?" 베리티가 기분이 좋은 이유가 아마도 그래서가 아닐까 생각하며 내가 물었다.

"아니요. 한 구절 전체를 복원하기는 했지만, 아쉽게도 토시가 만든 드레스에 관한 내용이었어요. 핀턱, 브뤼셀 레이스, 프랑스식 장식, 내비침 세공을 한 인세트, 그리고…."

"주름 장식." 내가 말했다.

"네, 주름 장식 잔뜩이랑요." 역겹다는 표정이었다. "그렇지만 고양이나 코번트리로의 여행, 주교의 새 그루터기에 관해서는 한마디도 없었어요. 어디 초콜릿 감춰둔 거 없어요? 아니면 치즈라도요. 배가 너무 고프군요. 필적 전문가를 만난 뒤 저녁 식사를 하러 베일리얼 칼리지에 가고 있었는데 우연히 슈라프넬 여사를 만났거든요."

"슈라프넬 여사요?" 내가 말했다. 다른 위기 때문에 슈라프넬 여사에 대해서는 거의 까맣게 잊고 있었다. "내가 어디에 있는지 모르고 있겠죠? 설마 당신이 말해주지는 않았겠죠?"

"물론 안 했죠." 코코아를 꿀꺽꿀꺽 들이켜며 베리티가 말했다. "고양이에 대해서도 말 안 했어요. 여사는 내가 그곳에서 뭐 하고 있는지 물어보았지만, 내일 쓸 새로운 옷이 필요하다고 둘러댔죠. 워더가 노발대발하더군요."

"눈에 선하군요."

"그리고 워더가 내 치수를 재는 동안 슈라프넬 여사는 그곳에 지키고 서서 당신에 관해 미주알고주알 늘어놓더니 당신이 어디론가 도망갔는데 던워디 교수님은 도무지 가르쳐주지 않는다는 둥, 루이스를 1940년으로 보내 주교의 새 그루터기에 관해 조사시키려고 했더니 그저 20세기가 흑인들에게 위험등급이 10이라는 이유만으로 거절했다면서 웃기는 이야기라는 둥, 공습이 위험하면 얼마나 위험하겠냐는 따위의 이야기를 주절주절 늘어놓더라고요." 베리티는 코코아의 마지막 한 방울까지 들이켜더니 아쉬운 듯 주전자 안을 들여다보았다. "그러고는 인부들이 성가대석 작업을 얼마나 망쳐놓았는지 아느냐며, 인부들 말로는 다음 달이 되어도 성가대석이 완공될 수 없다는데 봉헌식이 13일 남은 상황에서 그게 말이 되는 소리냐고 하더군요."

베리티는 은주전자에 남은 마지막 한 방울의 코코아까지 잔에 따랐다. "내가 옷을 갈아입기 위해 워더와 준비실로 들어갔는데도 부인은 나갈 생각을 안 하더라고요. 그래서 하는 수 없이 워더를 내보내 여사를 잡아두게 한 뒤, 몰래 보들리 도서관에 전화해서 테렌스에 대한 조사 결과를 들었어요."

"그래서요? 테렌스가 모드를 만나기로 되어 있었나요?"

"모르겠어요." 베리티가 유쾌하게 말했다. "그 조사 자료에는 아무것도 들어 있지 않았어요. 상이나 작위, 의원, 체포, 전과 따위의 특이한 내용은 하나도 없어요. 공식적인 기록이 전혀 없더라고요."

"결혼 증명서도 없어요?"

베리티는 고개를 젓고는 마지막 남은 비스킷에 손을 뻗었다. "테렌스가 다니던 교구 교회는 독일 공군의 폭격 때 부서졌고, 자세히 조사할 시간이 없었어요. 하지만 워더를 통해 던워디 교수님에게 메시지를 남겼어요. 코번트리에서 돌아오면 가능한 한 빨리 그걸 해달라고요. 하지만 만약 공식 기록에 테렌스가 남아 있지 않다면, 그건 테렌스가 역사에 영향을 끼치지 않았다는 뜻이 되고 다시 말해 테렌스가 모드를 만나든 말든 아무런 상관이 없다는 게 되겠죠. 이건 루이스가 어긋남에 대해 했던 말과 맞아떨어져요. 루이스는 모순 발생 영역 부근의 가까운 곳에서만 요동이 일어난다고 했거든요. 그리고 둘의 만남은 내가 고양이를 구한 뒤 나흘이 지나서 있었고, 옥스퍼드 기차역은 뮤칭스 엔드에서 50킬로미터 넘게 떨어져 있으니까 가까이에 있다고 말하기는 어렵죠. 그러니까 그건 불일치가 일어난 게 아니며 모순은 악화되지 않았어요."

"음." 나도 베리티처럼 확신이 있으면 좋을 텐데.

"하지만 만약 토시가 C 아무개 씨 대신 테렌스와 결혼을 하게 되면 그건 분명한 어긋남이니까, 우리는 일기장을 훔쳐서 C 아무개 씨가 누군지 알아내 토시와 가능한 한 빨리 결혼시켜야 하고 그동안 테렌스를 토시로부터 멀리 떼어놓아야만 해요. 그리고 주교의 새 그루터기도 찾아야 하고요." 손가락에 붙은 비스킷 부스러기를 핥으며 베리티가 말했다.

"뭐라고요?" 내가 말했다. "슈라프넬 여사에게 내가 어디에 있는지 말 안 했다고 했잖아요?"

"말 안 했어요." 베리티가 말했다. "그냥 당신이 주교의 새 그루터기를 찾으러 갔고 그걸 찾아서 돌아올 거라고 했어요!"

"뭐라고 했다고요?" 시릴을 깔고 앉으며 내가 물었다.

베리티가 찬찬히 설명했다. "슈라프넬 여사는 당신을 찾을 결심을 단단히 하고 있어요. 공예가들이 주교의 새 그루터기를 복제하는 걸 거부해서 여사는 무척이나 화가 나 있고요. 여사가 워더의 강하 기록을 조사해서 당신 뒤를 쫓아오는 건 그저 시간문제예요. 그렇게 말할 수밖에 없는 상황이었어요."

일리가 있었다. "하지만 만약 내가 주교의 새 그루터기가 어디 있는지 전혀 모른다는 사실을 슈라프넬 여사가 알아차리면 어떻게 되는 거죠? 봉헌식까지는 2주밖에 남지 않았는데 나는 더 이상 강하하면 안 돼요."

"내가 도와줄게요." 베리티가 말했다. "어디 다른 곳으로 갈 필요도 없어요. 푸아로의 말을 빌리자면, 수수께끼를 푸는 데 필요한 것은 '작은 잿빛 뇌세포'뿐이니까요."

"푸아로?" 내가 말했다. "푸아로가 누구죠? 그 보좌 신부 말인가요?"

"아니요." 베리티가 말했다. "에르퀼 푸아로요. 애거사 크리스티. 푸아로가 말하길…."

"애거사 크리스티요?" 무슨 말인지 전혀 알아들을 수 없었다.

"추리 소설 작가예요. 20세기요. 슈라프넬 여사가 옥스퍼드 대학과 내 인생을 몽땅 차지하기 전까지 내 임무는 1930년대였어요. 정말 끔찍한 시대였죠. 히틀러가 득세하고 대공황이 일어나고, 비디오테이프나 가상 현실은 물론이고 영화 보러 갈 돈도 없었어요. 추리 소설 읽는 것 말고는 달리 할 일이 없었죠. 도로시 세이어즈, E. C. 벤슨, 애거사 크리스티. 그리고 십자말풀이랑요." 마치 모든 게 다 설명되었다는 듯한 표정이었다.

"십자말풀이요?" 내가 말했다.

"그건 지금 우리가 처한 상황에서 그리 도움이 되지 못해요. 하지만 추리 소설은 도움이 되죠. 물론 대개는 강도가 아니라 살인 사건을 다루기는 하지만, 사건이 일어나는 장소는 대부분 지금 있는 곳과 같은 교외의 집이고 범인은 집사였어요. 적어도 처음 출간된 백 권 정도에서는요. 등장인물 모두가 용의자이고 그중 가장 범인이 아닐 것 같은 인물이 범인이 되게 만들었죠. 하지만 백 권 정도 그런 상황이 계속되니까 집사는 더 이상 소용이 없었어요. 내 말은 그러니까, 집사가 가장 유력한 용의자가 되었다는 말이에요. 그래서 작가는 범인을 다른 직업으로 바꿔야만 했어요. 무기력한 노파나 교구 사제의 사랑하는 부인 등으로 말이죠. 하지만 그렇게 해도 독자들이 범인이 누군지 금방 알아내게 되자 작가들은 이번에는 탐정이 살인자 겸 해설자가 되도록 만들었죠. 비록 이미 《월장석(月長石)》에서 그랬지만요. 그 책에서는 등장하는 영웅이 사건을 일으키죠. 물론 자신은 그걸 모르고요. 주인공은 몽유병에 걸려 잠옷을 입고 돌아다녀요. 빅토리아 시대치고는 다소 활기 있는 내용인데 범죄는 언제나 믿을 수 없을 정도로 복잡하게 꼬여 있죠. 추리 소설에서요. 그러니까 내 말은, 단순하게 꽃병을 들고 도망간다거나 홧김에 사람을 쏴 죽이는 식이 아니고, 마지막 순간에 독자들이 모든 진상을 알았다고 생각하는 순간, 줄거리가 한 번 더 꼬이면서 범죄가 아주 치밀하게, 즉 변장, 알리바이, 기차 시간표까지 다 고려해서 정교하게 꾸며졌다는 사실을 알게 된다는 거예요. 그리고 장식벽에는 모든 침실이며 서재, 늘 이곳에서 시체가 발견되죠, 비밀 통로를 보여주는 건물 도해가 붙어 있어야 하고요. 하지만 일반인들은 그런 단서를 전혀 알아차리지 못하기 때문에 유명한 탐정이 필요한 거죠."

"그 잿빛 뇌세포로 문제를 푸는 사람 말인가요?" 내가 말했다.

"네. 에르퀼 푸아로라고 애거사 크리스티 소설에 나오는 탐정이에요. 그 사람은 미스터리를 풀기 위해 현장에 달려가서 발자국 크기를 재거나 담배꽁초를 주울 필요는 전혀 없다고 주장하죠. 셜록 홈즈가 하듯 말이에요. 홈즈는 아서 코난 도일의 탐정으로서…."

"셜록 홈즈가 누군지는 나도 알아요."

"아, 그렇군요. 뭐, 어쨌든, 푸아로의 말을 빌리자면, 문제 해결을 위해 우리에게 필요한 건 '작은 잿빛 뇌세포'를 써서 생각하는 거예요."

"그렇게 하면 주교의 새 그루터기를 찾을 수 있다는 말이로군요. 1888년, 바로 이곳에서요." 나는 말을 하면서도 믿을 수 없었다.

"음, 그건 여기에 없을 거예요. 하지만 여기서 어디에 있는지 찾아볼 수는 있지요." 베리티는 희색이 만면한 표정으로 말하더니 침대에 자리를 잡았다. "자, 그걸 마지막으로 본 게 언제죠?"

나는 잠시나마 눈을 붙일 수 있는 운명이 아닌 모양이었다. 아무래도 나는 지쳐 죽을 때까지 《이상한 나라의 앨리스》식 대화를 끊임없이 해야 할 운명이었다. 여기, 이 평화롭고 목가적인 빅토리아 시대에까지 와서 말이다.

"아침에 말하면 안 될까요?" 내가 말했다.

"그때가 되면 사람들이 모두 깨어날 거예요." 베리티가 말했다. "그리고 우리가 그걸 더 빨리 발견하면 발견할수록 슈라프넬 여사가 그걸 내놓으라고 우리를 닦달하는 데서 조금이라도 일찍 빠져나올 수 있지요. 그런데 나는 그걸 본 적이 한 번도 없거든요. 그저 이야기만 들었어요. 정말로 그게 무시무시하게 생겼나요? 거기에 파라오의 딸들이 아기 모세를 발견하는 장면이 그려져 있는 건 아니죠? 이플리에서 봤던 그 무시무시한 그림처럼 말이에요."

베리티는 잠시 말을 멈추었다. "내가 수다를 떨고 있죠? 피터 경처럼 말이에요. 피터 경은 도로시 세이어즈의 탐정이에요. 피터 윔지 경이죠. 그 사람하고 해리엇 베인이 함께 미스터리를 풀어요. 무척이나 로맨틱하죠. 내가 또 그러고 있죠? 수다 말이에요. 강하 때문에 영향을 받았나 봐요."

베리티는 애처로운 표정으로 나를 바라보았다. "당신은 시차 증후군 때문에 쉬어야 하는데. 미안해요."

베리티는 어린애처럼 침대에서 뛰어 내려오더니 종이로 싼 꾸러미를 집어 들었다. "마치 커피와 술을 동시에 마신 것 같아요. 강하 때문인 모양이에요. 당신도 이런 기분이었나요? 머리가 핑핑 돌면서 말이 많아졌어요?"
베리티는 신발과 스타킹을 주워 모았다. "아침이 되면 우리 둘 다 괜찮아지
겠죠."

　베리티는 문을 열고 칠흑 같은 복도를 살펴보더니 속삭였다. "좀 주무세
요." 베리티가 속삭였다. "정말 피곤해 보여요. 오늘 쉬어야 내일 나를 도와
서 테렌스와 토시를 떼어놓지요. 내가 다 계획을 짜놓았어요. 내일 테렌스
더러 점치는 천막 세우는 걸 도와달라고 할 거예요."

　"점치는 천막이라고요?" 내가 말했다.

　"네. 그리고 당신은 토시와 함께 잡동사니 판매장 준비를 도우세요."

13

삶을 막 시작하는 젊은이에게
교외의 집에 가명으로 머물러보는 것보다
더 바람직한 교육적 경험은 없다.

— *P. G. 우드하우스*

또 다른 방문객 — 주제의 다양한 변화 — '새' — 집사의 중요성 — 옛날 영국식 아침 식사 —
야생 동물 — 주교의 새 그루터기 — 사소한 사실 하나 — 하녀 이름에 대한 수수께끼가
풀리다 — 준비 학습을 하다 — 잡동사니 판매장의 기원에 대한 수수께끼가 풀리다 —
내가 미국에서 보낸 시간 — 빅토리아 시대의 수공예품 — 내 밀짚모자 — C 모 씨 — 놀람

베리티가 마지막 방문객이 아니었다. 베리티가 방을 나가고 30분 정도 지난 뒤, 누군가가 방문을 다시 긁기 시작했다. 이 소리는 너무나 약해서 만약 내가 잠들어 있었다면 듣지 못했을 정도였다.

나는 자고 있지 않았다. 편차의 증가와 불일치에 관해 베리티가 전해준 뉴스는 꽤 충격이 컸다. 슈라프넬 여사와 주교의 새 그루터기에 관한 내용은 말할 필요도 없고 말이다.

게다가 시릴은 그 짧은 다리에도 불구하고 침대 전체를 가로질러 네 다리를 쭉 펴고 누워선 베개를 둘 다 차지해서 내가 누울 자리라고는 침대 귀퉁이만 약간 남았을 뿐이었으며, 나는 그곳에서 계속 굴러떨어지곤 했다. 나는 침대 기둥을 두 발로 감싸고 두 손으로는 침대보를 잡은 자세로 루칸 경과 슈뢰딩거의 고양이에 대해 생각했다.

슈뢰딩거의 사고 실험에서 고양이는 심판의 도구, 즉 청산가리 병, 가이거 계수기와 연결된 망치, 우라늄 한 덩어리와 함께 상자 안에 들어 있다. 만약 우라늄이 전자를 방출하면 망치가 병을 깨뜨리게 되어 있다. 그러

면 가스가 방출되어 슈뢰딩거가 고안한 상자 안에 들어 있는 고양이는 죽게 된다.

하지만 상자 바깥에서는 우라늄이 전자를 방출했는지 안 했는지에 관해 아무런 정보도 얻을 수 없으므로 고양이는 죽은 것도 살아 있는 것도 아닌, 두 가지의 경우가 동시에 존재하며 상자가 열리면 한 가지 사실로 확정된다. 즉 모순이 치유되는 것이다.

이 뜻은 모순이 치유되지 않을 확률이 50퍼센트라는 말이기도 하다. 그리고 고양이가 상자에 머물러 있는 순간순간마다 우라늄이 전자를 방출할 확률은 점점 커지고 상자를 열었을 때 고양이가 죽어 있을 가능성 역시 커지게 된다.

우리의 경우, 일은 첫 단계부터 꼬이기 시작했다. 토시가 테렌스를 만난 것이나 내가 테렌스를 만난 일, 우리가 페딕 교수를 만난 일, 교수가 대령을 만난 것과 같은 우연의 일치는 이를 증명한다. 이제 다음 단계로 불일치가 나타날 차례였다.

하지만 테렌스는 역사에 영향을 끼치지 않았다. 적어도 직접적으로는 말이다. 그러지 않았다면 공식적인 기록이 남아 있을 테니까. 게다가 옥스퍼드 기차역은 뮤칭스 엔드로부터 50킬로미터하고도 나흘이나 떨어져 있었다. 그리고 루이스는 근접 영역이라는 말을 했다.

하지만 베리티가 시차 증후군에 걸렸기에 알아차리지 못한 점은 비록 그 둘의 만남이 일어난 곳이 근접 영역이 아니라 할지라도, 토시를 이리토스키 여사와 만나게 하겠다는 메링 부인의 결심이 토시를 테렌스와 만나게 했고 테렌스가 페딕 교수와 우연히 만나 교수로부터 자기 구닥다리 친척을 만나달라는 부탁을 받게 만들었다는 사실이었다. 그리고 나와 조우했다. 그런데 대체 근접 영역이라는 게 무슨 뜻이란 말인가? 루이스는 그에 관해서는 말하지 않았다. 어쩌면 몇 년, 혹은 수백 킬로미터가 떨어져 있어도 근접 영역일 수 있었다.

나는 어둠 속에 누워 끝없는 생각을 따라가며 헤매고 있었다. 마치 해리스가 햄프턴 코트 미궁에서 그러했듯 말이다. 베인은 아주먼드 공주를 물에 빠뜨려 죽일 생각이 없었고, 만약 고양이가 빠져 죽지 않아서 중요한 존재가 되었다면 왜 베리티에게 네트가 열렸단 말인가? 그리고 만약 고양이가 '빠져 죽어야' 했다면 내게는 왜 열린 것일까?

그리고 나는 왜 옥스퍼드로 온 걸까? 테렌스가 모드를 만나지 못하게 하려고? 나는 시공 연속체가 자체 교정을 어떤 식으로 하는지 알 수 없었다. 아니면 뮤칭스 엔드로부터 고양이를 떼어놓기 위함이었나? 폴리 브리지에서 시릴이 내게 달려들었을 때, 아주먼드 공주가 들어 있는 바구니를 놓쳐 강으로 거의 굴러떨어질 뻔한 순간 테렌스가 잡았던 것이 기억났다. 그리고 여행용 손가방이 뒤집힐 뻔했던 때와 시릴이 강에 빠졌던 때도. 만약 고양이를 물에 빠뜨려 죽이는 것이 역사를 제대로 수정하는 과정이고 내가 그 과정을 계속 방해했다면?

하지만 고양이는 물에 빠져 죽을 운명이 아니었다. 베인이 고양이를 강에 집어 던졌을 때는 빠뜨려 죽일 생각이 아니었다. 만약 베리티가 끼어들지 않았다면 베인은 옷도 벗지 않고 강에 뛰어들어 고양이를 구했을 것이다. 어쩌면 베인은 고양이를 너무 멀리 던졌기 때문에 베인이 아무리 노력한다 할지라도 아주먼드 공주는 물살에 휩쓸려 죽었을 수도 있었다. 하지만 여전히 설명하지 못….

문을 긁는 소리가 약하게 들려왔다. '베리티로군.' 나는 생각했다. '에르퀼 푸아로가 어떻게 수사하는지에 대해 설명하려고 온 모양이야.' 나는 문을 열었다.

문밖에는 아무도 없었다. 나는 문을 활짝 열고 복도 양편을 살펴보았다. 어둠뿐이었다. 메링 부인의 유령이 왔다 간 모양이로군.

"야옹." 작은 소리가 들려왔다.

아래를 내려다보았다. 아주먼드 공주의 녹회색 눈이 나를 바라보며 빛나고 있었다. 놈은 '야옹' 소리와 함께 꼬리를 치켜세우고 나를 지나 어슬렁어슬렁 방 안으로 들어가더니 침대로 뛰어들어 내 베개 중앙에 누워버렸다.

침대에는 이제 공간이 남지 않았다. 더구나 시릴은 코까지 골고 있었다. 그 소리 자체는 익숙해질 수도 있었지만, 밤이 깊어 가면서 코 고는 소리는 점점 더 커져서 죽은 사람마저도 깨울 수 있을 지경이었다. 아니면 메링 부인이 깨거나. 아니, 둘 다 깰 수도 있겠지.

그리고 녀석은 마치 멀리서 들려오는 천둥소리처럼 낮은 소리를 내는가 싶더니 다시 코를 골다가 뺨에 주름을 잡으며 말로 표현하기 힘든 이상한 소리를 내는가 하면, 어느새 콧방귀를 뀌었다가 코를 쿵쿵거리는가 싶고 다시 씩씩거리는 식으로 참으로 여러 가지 주제로 다양하게 코를 골았다.

하지만 고양이는 이 소리에 아무런 영향도 받지 않은 듯 다시 내 울대뼈를 깔고 누워 내 귓가에 (일관된 주제로) 가르랑거렸다. 나는 고양이 때문에 숨이 막히는 가운데에서도 선잠이 들었다가 깨어나 성냥에 불을 붙이고는 회중시계를 보았다. 바늘은 II, III을 지나 IV시 15분 전을 가리키고 있었다.

✳

나는 다시 어렴풋이 잠이 들었다가 시곗바늘이 V시 30분 정도 지났을 즈음, 해가 떴다는 걸 알리는 새들의 지저귐에 다시 잠이 깼다. 나는 새들의 지저귐이 목가적이며 달콤하리라고 늘 믿고 있었는데, 이 새들은 나치가 대공습 할 때나 낼 만한 소리를 냈다. 이 집안사람들이 간이 방공호를 마련해놓았을까 궁금해졌다.

나는 성냥을 찾다가 이제는 성냥을 켜지 않고도 회중시계를 볼 수 있다는 사실을 깨닫고 일어나 앉았다. 나는 옷을 입고 신발을 신은 다음, 시릴을 깨우기 시작했다.

"자, 친구. 마구간으로 돌아갈 시간이야." 나는 중간 톤으로 씩씩거리고 있는 녀석을 흔들어 깨웠다. "메링 부인에게 여기 있는 걸 들키고 싶지는 않겠지? 자, 일어나."

시릴은 한쪽 눈만 흐릿하게 떴다가 감고는 다시 큰 소리로 코를 골기 시작했다.

"시치미 떼지 마! 안 통해. 깬 거 다 알아." 나는 시릴의 옆구리를 쿡 찌르며 말했다. "일어나. 너 때문에 우리 둘 다 내쫓기겠다." 나는 녀석의 목걸이를 끌어당겼다. 녀석은 눈을 뜨더니 비틀비틀 일어났다. 녀석은 나랑 상태가 비슷해 보였다. 시릴의 눈은 빨갛게 충혈되었고 밤새 술을 마신 술꾼처럼 비틀거렸다.

"착하지." 내가 달래며 말했다. "그래. 침대에서 내려오렴. 아래로 내려가야지."

아주먼드 공주는 그 틈을 타 하품을 한 번 하더니 멋들어지게 기지개를 켜고 나서 이불 안에 편안하게 자리를 잡았다. 자기표현 한번 확실해서 좋군.

"넌 도움이 안 되는구나." 나는 고양이에게 말했다. 그리고 시릴을 달랬다. "나도 이게 공평하지 않다는 걸 알아, 시릴. 하지만 삶은 원래 공평하지 않은 거야. 예를 들어, 나만 하더라도 휴가를 즐기게 되어 있었어. 휴식과 잠 말이야."

하지만 시릴은 '잠'이라는 단어를 명령이라고 생각했는지 베개로 돌아가 폭 파묻혔다.

"안 돼! 일어나. 지금 당장. 시릴, 내려와. 이 나쁜 자식아. 일어나라고."

새벽 V시 30분에 30킬로그램짜리 개를 짊어지고 계단을 내려가보지 않은 사람은 인생에 대해 논할 자격이 없다. 바깥에 나와보니, 대지는 장밋빛 새벽 햇살로 붉게 물들었고, 풀은 다이아몬드 같은 이슬로 밝게 빛나며 장미는 그 아름다운 자태를 막 뽐내기 시작하고 있었다. 이 모든 상황은 내가 아직도 지독한 시차 증후군으로 고생하고 있다는 뜻이었고, 이는 아침 식사 때 베리티를 만나면 나는 여전히 그 여인에게 반해 있을 거라는 뜻도 되었다. 제아무리 베리티가 슈라프넬 여사에게 주교의 새 그루터기가 어디 있는지 내가 안다고 말했다 할지라도 말이다.

그사이 독일 공군 같은 새 떼는 연료 보급을 하러 간 모양인지 온 세상은 새벽의 고요함에 휩싸였다. 정적. 빅토리아 시대에 교외의 집에 머물거나 템스강에서 보트를 탈 때 느낄 수 있는 과거의 커다란 기쁨이여. 비행기 소리나 교통 정체, 소이탄이나 폭격이 존재하지 않는 세상의 고요함이여. 목가적 세계의 신성한 침묵이여.

이런 상황을 즐길 수 없는 내 상황이 너무나 안타까웠다. 시릴은 엄청 무거웠으며, 녀석은 내가 내려놓자마자 애처로우면서도 귀를 찢을 듯한 소리로 낑낑거리기 시작했다. 나는 마구간을 나오다가 잠들어 있는 마구간지기 소년에 발이 걸려 넘어질 뻔했으며, 집으로 돌아와서는 2층 홀에서 하마터면 베인과 부딪칠 뻔했다.

베인은 침실 문 바깥에 내놓은 부츠에 광을 내고 있었다. 베인이 나를 알아차리기 바로 전까지도 나는 베인이 언제 잠을 자는지가 궁금했다.

"잘 수가 없었어요." 긴장해서였는지 나는 메링 대령식으로 주어를 생략하고 말했다. "뭔가 읽을 게 있는지 찾아보려고 아래층에 가봤어요."

"그러셨군요." 베인이 말했다. 베인은 토시의 하얀 부츠를 들고 있었다. 부츠 앞부리에는 주름 장식이 달렸다. "저는 토인비의 '산업 혁명'[135]을 읽으면 긴장이 풀어지더군요. 제가 가져다드릴까요?"

"아니, 괜찮아요." 내가 말했다. "이제는 잘 수 있을 것 같군요."

속이 뻔히 보이는 거짓말이었다. 잠들기에는 걱정할 일이 너무나도 많았다. 아침이 되면 내 옷에 깃은 어떻게 달고 넥타이는 어떻게 매야 하는지, 시간 여행국은 내가 지난 나흘 동안 뮤칭스 엔드에 아주먼드 공주를 돌려주지 않은 결과에 관해 무엇을 알아냈으며, 슈라프넬 여사에게는 또 뭐라고 변명해야만 하나 등등.

비록 내가 걱정하지 않을 수 있다 할지라도, 다시 잠이 들기는 어려웠다. 날이 이미 밝아버렸다. 몇 분 뒤면 창문을 통해 아침 햇살이 비칠 것이고 독일 공군 같은 새 떼는 두 번째 공습을 위해 벌써 돌아와 있었다. 그리고 아주먼드 공주의 손에 목 졸려 죽임을 당할까 걱정되어서라도 감히 잠잘 엄두가 나지 않았다.

아주먼드 공주는 내가 없는 사이에 베개 두 개를 다 차지했다. 나는 녀석을 깨우지 않으면서 부드럽게 밀치려고 했지만, 아주먼드 공주는 등을 활처럼 구부리며 기지개를 켜더니 꼬리로 내 얼굴을 살살 간질였다.

나는 침대에 누워 녀석의 꼬리 세례를 받으면서 주교의 새 그루터기에 관한 생각에 빠졌다.

---

[135] 아널드 토인비, 《18세기 영국 산업 혁명 강의》(1882)

나는 그 물건이 어디에 있는지 모를 뿐만 아니라 그 물건에 무슨 일이 일어났는지도 알지 못했다. 그것은 80년 동안 교회에 있었으며 독일군의 공습 시에 그 자리에 없었다는 아무런 증거도 없었다. 사실, 오히려 그 시기에 교회에 있었다는 증거가 수없이 많았다. 폐허 더미에서 내가 발견한 예배 순서지를 보면 공습 나흘 전까지만 해도 그 물건은 교회에 있었으며, 그 전날인 9일에도 나는 영국 공군을 위한 기도식 및 오븐 요리 장터가 끝난 뒤, 그 물건을 직접 눈으로 보기까지 한 상태였다.

막판에 누가 안전한 곳으로 치우지 않았을까 하는 생각이 들었지만, 퍼벡산 질 좋은 대리석으로 만든 세례반이나 헨델이 연주하던 오르간을 교외로 대피시키거나 지하실로 내려보내지 않은 것으로 보아 그럴 확률은 거의 없어 보였다. 이제 와 생각해보면 그 물건들을 치워뒀어야 했지만 말이다. 그리고 주교의 새 그루터기가 대리석 세례반보다 훨씬 더 튼튼해 보였다.

그것은 '튼튼'했다. 성당의 지붕이 무너져도 그 물건에는 흠집 하나 나지 않았을 것이다. 그 물건은 잿더미 속에서도 폐허를 뚫고 흠집 하나 없이 그곳에….

＊

내가 다시 잠에서 깨었을 때는 날이 완전히 밝았으며, 베인이 찻잔을 들고 내 곁에 서 있었다.

"안녕히 주무셨습니까, 선생님?" 베인이 말했다. "선생님의 허락도 받지 않고 제 마음대로 아주먼드 공주를 아가씨 방으로 돌려보냈습니다."

"잘했어요." 베개를 베고 있으며 숨도 편안히 쉴 수 있다는 사실을 뒤늦게 깨닫고 내가 말했다.

"고양이가 선생님을 무척 따른다는 사실은 잘 알지만, 아가씨께서 깨어나셨을 때 고양이가 사라진 것을 아시면 무척 놀라실 듯해서요."

나는 침대에서 일어나 앉았다. "지금 몇 시죠?"

"8시 정각입니다, 선생님." 베인은 내게 찻잔을 내밀었다. "선생님과 세인트트루웨즈 씨, 페딕 교수님의 짐 대부분을 찾지 못해서 죄송합니다." 베인이 말했다. "이것밖에 찾을 수가 없었습니다."

베인은 펀치가 내게 꾸려준 야회복 한 벌(내 몸에 맞지도 않는 크기였다)을 들어 보였다. "물에 젖어서 상당히 줄어든 모양입니다. 그래서 저는 이걸 교환하러…."

"교환? 어디에서 말이죠?" 나는 깜짝 놀라 차를 엎지를 뻔했다.

"물론 '스완 앤 에드가'[136]죠. 선생님." 베인이 말했다. "그때까지는 보트를 타셨던 복장을 하고 계셔야 할 것 같습니다."

베인은 그저 옷만 다려 온 것이 아니었다. 내 셔츠는 새하얗게 표백되어 구석구석까지 빳빳하게 풀이 먹여져 있었으며, 플란넬 바지는 마치 새것 같았다. 이것들을 어떻게 입는지 기억이 나야만 할 텐데. 나는 넥타이를 어떻게 매는지 기억하려고 애쓰며 차를 홀짝였다.

"아침 식사는 9시입니다, 선생님." 베인은 주전자에서 그릇에 뜨거운 물을 따르더니 면도날이 든 상자를 열었다.

넥타이 매는 법은 문제도 아니군. 그 전에 면도하다가 목을 딸 테니까.

"메링 부인께서는 교회 일일 바자회에 대비해서 할 일이 많다고 하시면서 모두 9시까지 아침 식사를 하러 내려오라고 하셨습니다." 베인이 면도칼을 내려놓으며 말했다. "특히 잡동사니 판매장 일을 준비해야 한답니다."

잡동사니 판매장이라니. 이제야 겨우 잊어버리나 했더니, 아니 이제야 겨우 잊어버린 척하나 했더니. 아무래도 나는 어느 시대를 가든 교회 바자회를 포함해 이런저런 바자회를 피할 수 없는 운명인 모양이었다.

"언제 열리나요?" '다음 달'이라는 대답을 기대하며 내가 물었다.

"모레입니다." 자기 팔에 수건을 걸쳐놓으며 베인이 대답했다.

아마도 그 전에 우리는 이곳을 떠나겠지. 페딕 교수는 마그나 카르타에 서명했던 풀밭을 보기 위해 러니미드로 가고 싶어 안달이니까. 게다가 그곳에는 농어가 사는 물 좋은 연못까지 있잖아?

물론, 테렌스는 떠나고 싶어 하지 않겠지만, 차마 그 말을 하지는 못할 거야. 메링 부인은 테렌스를 싫어하는 티를 공공연히 냈고, 자기 딸에게 마음이 있는 걸 알면 분명 더 싫어할 것이다. 게다가 테렌스에겐 돈도 한 푼 없었다.

어쩌면 부인은 잡동사니 판매장 준비를 핑계 삼아 아침 식사가 끝나면 바로 우리를 떠나게 할지도 모르지. 그러면 모순은 저절로 해결될 테고 나는 테렌스가 노를 젓는 동안 강 위에서 길고도 멋진 낮잠을 자면 되는 거야. 그 전에 이 무시무시한 면도칼로 나 스스로 목을 따지 않는다는 가정하에 하는 말이지만.

"제가 지금 면도를 해드릴까요, 선생님?" 베인이 물었다.

"그렇게 해주세요." 나는 대답하고 침대에서 일어섰다.

나는 옷에 관해서도 걱정할 필요가 없었다. 베인은 바지 멜빵과 옷깃을 달아주고 넥타이를 매주었으며, 만약 내가 허락만 했다면 신발 끈까지도 묶어주었을 것이다. 베인의 이런 행동이 단순한 고마움의 표시인지 아니면 이 시대의 일상적인 관행인지 알 수가 없었다. 베리티에게 물어보면 알겠지.

"아침 식사는 어느 방에서 하죠?" 내가 베인에게 물었다.

"조찬실입니다, 선생님." 베인이 말했다. "왼쪽 첫 번째 문입니다."

나는 무척이나 유쾌한 마음으로 계단을 내려갔다. 옛날 영국식 아침 식사라…. 베이컨과 달걀, 오렌지 마멀레이드. 이 모든 것을 집사가 가져다준다고 생각하니 무척이나 기대되었다. 날씨 또한 멋졌다. 햇빛은 윤기 흐르는 계단 난간 너머 초상화들을 비추고 있었다. 슈라프넬 여사의 엘리자베스 여왕 시대 조상님들조차도 기분이 좋아 보였다.

나는 왼쪽 첫 번째 문을 열었다. 베인이 잘못 말해준 모양이었다. 이곳은 식당으로, 방 대부분을 육중한 마호가니 식탁이 차지했으며 더 육중해 보이는 뷔페장 찬장에는 뚜껑이 덮인 은접시들이 종류별로 갖춰져 있었다.

식탁에는 컵과 접시, 포크와 나이프들이 준비되었지만 개인용 접시는 보이지 않았으며 방 안에는 나 말고 아무도 없었다. 나는 조찬실을 찾기 위해 방을 나오다가 하마터면 베리티와 부딪칠 뻔했다.

"안녕하세요, 헨리 씨." 베리티가 말했다. "잘 주무셨어요?"

베리티는 옅은 초록빛 드레스와 작은 플리트 장식이 된 조끼를 입었고, 묶어 올린 적갈색 머리에는 초록빛 리본을 달았다. 아무래도 시차 증후군에서 완쾌되려면 나는 아직도 한참을 더 쉬어야 할 모양이었다. 비록 녹갈색 눈 아래로 다크서클이 보이긴 했지만, 그 점을 뺀다면 베리티는 여전히 내가 본 가장 아름다운 피조물이었다.

베리티는 뷔페장으로 다가갔다. "아침 식사는 뷔페장에 있어요, 헨리 씨." 베리티는 뷔페장에 잔뜩 쌓인 접시 더미에서 테두리에 꽃무늬 장식이 된 접시 한 장을 꺼냈다. "다른 사람들도 곧 내려올 거예요."

베리티는 접시를 건네주기 위해 내 쪽으로 몸을 숙였다. "슈라프넬 여사에게 주교의 새 그루터기가 어디 있는지 당신이 안다고 말해서 정말로 미안해요." 베리티가 말했다. "아마 내가 생각했던 것보다 더 심각한 시차 증후군에 걸렸나 봐요. 그건 변명이 안 되겠죠. 당신이 그 물건을 발견할 수 있도록 내가 할 수 있는 일은 뭐든지 다 할게요. 그게 사람들 눈에 마지막으로 띈 게 언제였죠?"

"1940년 11월 9일, 토요일에 영국 공군을 위한 기도식 및 오븐 요리 장터가 끝난 뒤에 봤어요."

"그 뒤로는 그걸 본 사람이 아무도 없어요?"

"그 뒤로 공습이 끝나기 전에 그곳에 도착한 사람은 아무도 없었어요. 분기점에서는 편차가 증가한다는 말, 기억 안 나요?"

제인이 마멀레이드가 든 단지를 가지고 들어와 식탁 위에 올려놓고 가볍게 무릎을 구부려 인사를 하고는 방을 나갔다. 베리티는 뚜껑이 덮인 그릇들 가운데 첫 번째 것으로 다가갔다. 뚜껑 손잡이는 펄떡거리는 물고기 모양이었다.

"그러면 공습이 끝난 다음, 잔해들 사이에서 발견되지 않았어요?" 물고기 부분을 잡고 뚜껑을 들어 올리며 베리티가 말했다.

"아니요." 내가 말했다. "맙소사, 그게 뭐죠?" 나는 그릇에 담긴, 눈이 멀 정도로 샛노란 쌀밥과 그 사이에 박혀 있는 하얀색의 가늘고 긴 조각을 바라보며 말했다.

"케저리예요." 자기 접시에 음식을 약간 덜어놓으며 베리티가 말했다. "카레라이스와 훈제 생선 요리요."

"이게 아침 식사란 말인가요?"

"인도 음식이죠. 대령이 좋아하는 요리예요." 베리티는 뚜껑을 덮었다. "그러면, 그 시대 사람들 가운데 9일 이후부터 공습이 있던 밤까지 그걸 본 사람이 아무도 없는 건가요?"

"10일, 일요일 예배 순서지에 적혀 있어요. 꽃을 준비해야 했으니까 예 배하는 동안에는 그곳에 있었을 거예요."

베리티는 뚜껑이 덮인 두 번째 음식 그릇으로 다가갔다. 이번 손잡이는 커다란 뿔이 달린 사슴 모양이었다. 나는 손잡이와 음식 사이에 무슨 연관 관계가 있지 않을까 잠깐 궁금했지만, 다음 음식 그릇의 손잡이가 울부짖 는 늑대인 것을 보고는 내 생각을 포기했다.

"9일 언제쯤 그걸 봤어요?" 베리티가 말했다. "뭔가 이상한 낌새는 없었 어요?"

"주교의 새 그루터기를 한 번도 본 적이 없는 거로군요, 그렇죠?"

"내 말은, 자리가 바뀌었나요? 아니면 손상됐거나요. 누가 들고 있다거 나 혹은 뭔가 의심스러운 점은 없었어요?"

"아직 시차 증후군에 걸려 있는 거, 맞죠?" 내가 물었다.

"천만에요." 베리티가 분개한 듯 말했다. "주교의 새 그루터기는 사라졌 지만, 그냥 공중으로 없어질 수는 없는 일이잖아요. 그러니까 누군가가 그 걸 가져간 게 분명하고, 만약 누군가가 그걸 가져갔다면 그 사람이 누구인 지에 대한 단서가 있을 거예요. 그 근처에 누가 서 있는 걸 보지 못했어요?"

"아니요."

"에르퀼 푸아로의 말을 빌리자면, 아무도 알아차리지 못하거나 생각지 못하는 게 가장 중요한 단서가 되죠." 베리티는 궁지에 몰린 수사슴을 집어 들었다.

안에는 코를 톡 쏘는 냄새의 갈색 덩어리가 들어 있었다. "그게 뭐죠?"

"맵게 양념한 콩팥이요." 베리티가 말했다. "처트니와 겨자로 양념해서 살짝 튀긴 뒤, 뭉근한 불에 끓인 거예요. 에르퀼 푸아로의 추리 소설에는 언제나 아귀가 잘 맞지 않는 조그마한 사실이 하나 존재하고 그게 바로 미스터리를 푸는 열쇠가 되죠." 베리티는 돌진하는 황소의 뿔을 잡았다. "이건 차갑게 식힌 들꿩 고기예요."

"베이컨과 달걀은 없어요?"

베리티는 고개를 저었다. "그런 건 하층민들이 먹는 거예요." 베리티는 풀 먹인 것처럼 빳빳해 보이는 생선을 포크로 찍더니 내게 내밀었다. "훈제 청어 좋아해요?"

나는 포리지[137]에 만족하기로 했다.

베리티는 자기 접시를 들고 가서 거대한 식탁 저편에 앉았다. "공습이 끝나고 당신이 거기에 갔을 때는 어땠어요?" 베리티가 자기 건너편에 앉으라고 나에게 손짓했다. "화재가 났을 때 주교의 새 그루터기가 그곳에 있었다는 무슨 증거가 없었어요?"

"성당은 완전히 부서졌어요." 나는 잠시 말을 멈추고는 얼굴을 찡그렸다. "사실, 증거가 좀 있었죠. 우선 불에 새카맣게 탄 꽃줄기요. 그리고 주교의 새 그루터기를 올려놓았던, 단철로 만든 받침대도 발견했어요."

"예배 순서지에 나와 있던 그 꽃과 같은 꽃이었어요?" 베리티의 질문에 그걸 구별할 방법이 없었다고 대답하려는 찰나, 제인이 다시 들어오더니 무릎을 굽혀 인사했다. "차를 가져올까요, 아가씨?"

"그래요. 고마워요, 콜린." 베리티가 대답했다.

제인이 나가자마자 내가 물었다. "당신은 왜 저 하녀를 콜린이라고 부르는 거죠?"

"그게 이름이니까요." 베리티가 말했다. "하지만 메링 부인은 '콜린'이 하녀 이름으로는 유행에 어울리지 않는다고 생각하죠. 너무 아일랜드식이라고요. 잉글랜드의 하녀는 '앙 보그(en vogue)'라면서요."[138]

---

137 오트밀죽
138 프랑스어로 '유행에 따르는'

"그래서 이름을 바꾸게 한 건가요?"

"일반적인 관습이에요. 채티스번 부인은 자기 하녀들을 모두 '글래디스'라고 불러요. 그래서 그 부인은 누가 누군지 기억할 필요가 없지요. 이런 거에 대해 안 배웠어요?"

"나는 준비 학습을 전혀 못 했어요. 즉석에서 잠재의식 학습을 2시간 한 게 전부죠. 그나마 그때는 시차 증후군이 너무 심해 잘 듣지를 못했고요. 게다가 내용 대부분은 여성의 종속적인 지위에 대한 거였어요. 그리고 생선용 포크랑요."

베리티의 얼굴이 백지장처럼 하얘졌다. "준비 학습을 안 하고 왔다고요? 빅토리아 시대는 무척이나 예절 바른 시대예요. 예의범절을 위반하는 것을 무척이나 심각하게 받아들여요." 베리티는 궁금한 눈빛으로 나를 바라보았다. "어떻게 지금까지 버텨 온 거죠?"

"처음 이틀 동안은 헤로도토스를 인용해대는 옥스퍼드의 괴짜 교수와 상사병에 걸려 테니슨을 인용해대는 젊은이, 그리고 불도그, 고양이랑 같이 강을 따라왔죠." 내가 말했다. "임기응변으로요."

"그랬군요. 하지만 여기서는 그런 식으로 통하지 않을 거예요. 어떻게든 준비해야겠군요. 좋아요, 잘 들으세요." 베리티는 테이블 너머 내 쪽으로 몸을 숙이며 말했다. "간단히 말하죠. 형식상의 절차가 제일 중요해요. 이 시대의 사람들은 자신들이 생각하는 걸 대놓고 말하지 않아요. 완곡어법과 우아함이 이 시대의 규칙이죠. 이성 간의 신체적 접촉은 안 돼요. 다만, 남자는 숙녀가 내민 팔을 잡는다거나 디딤대를 밟고 올라가는 것을 도와주거나 기차 계단을 오르는 것을 도와줄 수는 있어요. 미혼의 남녀가 둘이서만 같이 있는 것은 절대 금지고요." 그렇다면 지금 우리가 같이 있는 건 뭔가? "꼭 보호자가 같이 있어야만 해요."

그 말이 마치 신호라도 되듯, 제인이 차를 두 잔 들고 들어오더니 우리 앞에 내려놓았다.

"하인들을 부를 때는 성이 아니라 이름을 불러요." 제인이 나가자마자 베리티는 말을 이었다. "단, 집사는 예외지요. 집사를 부를 때는, 예를 들어

'베인 씨' 또는 '베인' 하고 불러요. 그리고 모든 요리사는 결혼했든 안 했든 간에 '부인'이라는 칭호를 붙여요. 그러니까 포시 부인에게 남편에 대한 일을 묻지 마세요. 이 집에는 잔심부름 담당 하녀가 있어요. 그 사람이 콜린이에요. 네, 제인을 말하는 거예요. 그리고 식기실 담당 하녀, 요리사, 하인, 마부, 집사, 정원사가 각기 한 명씩 있고요. 2층 담당 하녀, 시녀, 부츠 담당 소년도 있었지만 랜드리 공작부인이 훔쳐 갔어요."

"훔쳐 가요?" 설탕 그릇 쪽으로 손을 뻗으며 내가 물었다.

"이 시대 사람들은 포리지에 설탕을 넣지 않아요. 그리고 손을 뻗지 말고 하인을 불러서 설탕 그릇을 가져다달라고 했어야만 해요. 다른 사람들의 하인을 훔쳐 가는 것은 이 시대 사람들이 최고로 재미있어하는 오락거리예요. 메링 부인은 채티스번 부인에게서 베인을 훔쳐 왔고 지금은 부츠 담당 소년을 훔쳐 오려고 하고 있어요. 우유도 안 넣어요. 숙녀 앞에서 '하느님'이라는 단어가 들어가는 감탄사를 써서도 안 되고요."

"'제기랄'이나 '쳇' 같은 말은 어떤가요?" 내가 말했다.

"'쳇'이라고 했나요, 헨리 씨?" 방을 휩쓸고 들어오며 메링 부인이 말했다. "왜 핏핏거리시는 거죠? 설마 우리 교회 일일 바자회 때문은 아니겠죠? 수익금으로 복원 작업이라는 너무나도 훌륭한 일을 하려는 거예요, 헨리 씨. 우리 교구 교회는 복원 작업이 절박할 정도로 필요해요. 왜냐? 세례반은 1262년까지 거슬러 올라가지요. 그리고 창문! 그건 중세 때 거예요! 만약 교회 일일 바자회가 성공한다면 우리는 모든 걸 새로 장만할 수 있어요!"

부인은 접시에 훈제 청어와 사슴과 늑대를 쌓은 다음, 자리에 앉더니 냅킨을 들어 식탁을 휩쓸 듯하며 무릎에 올려놓았다. "복원 계획은 모두 아비테지 보좌 신부가 맡고 있어요. 그분이 오기 전까지 교구 신부님은 교회 복원이라는 말조차 듣기 싫어했지요. 생각하는 방식이 너무나 낡았다는 느낌이 들었어요. 심지어 그 신부님은 영혼과 교류를 할 수 있다는 생각까지도 거부했죠."

'훌륭한 사람이로군.' 나는 생각했다.

"하지만 아비테지 신부는 강신술이라는 개념을 기꺼이 받아들이신 건 물론이거니와 우리와 동참해서 내세의 영혼과 이야기도 나누죠. 내세와 접촉을 할 수 있다고 믿으시나요, 헨리 씨?"

"헨리 씨는 교회 일일 바자회에 관해 묻고 계셨어요." 베리티가 말했다. "조금 전까지 저는 이모가 잡동사니 판매장을 얼마나 멋지게 구상하고 계시는지 말씀드리고 있었죠."

"오, 그래요?" 메링 부인은 흡족한 표정을 지으며 말했다. "다른 일일 바자회에 가보신 적이 있나요, 헨리 씨?"

"한두 번 정도요." 내가 말했다.

"잘됐군요. 그렇다면 그런 곳에는 잡화나 젤리, 바느질 작업대 같은 게 기증된다는 사실을 잘 아시겠군요. 제 생각은 접시며 고물이며 책 따위의 우리가 쓰지 않고 있는 오만 가지 잡동사니를 전부 다 기증하자는 거예요."

나는 공포에 질린 눈으로 메링 부인을 바라보았다. 내가 그토록 고생했던 그 수많은 잡동사니 판매장 행렬을 처음 시작한 사람이 바로 내 눈앞에 있다니.

"다락방이나 광 같은 곳을 뒤져보면 먼지가 켜켜이 쌓인 훌륭한 보물들이 있다는 사실에 놀라실 거예요, 헨리 씨. 왜냐? 나 자신만 하더라도 다락방에서 차탕관이랑 예쁘장한 셀러리 접시를 찾아냈거든요. 베인, 차탕관의 찌그러진 부분을 펼 수 있다고 했죠?"

"네, 마님." 부인에게 커피를 따라주며 베인이 대답했다.

"커피 드시겠어요, 헨리 씨?" 메링 부인이 물었다.

메링 부인의 싹싹한 태도에 나는 깜짝 놀랐다. 이게 바로 베리티가 말해준 정중함이라는 거로군.

토시가 커다란 분홍색 나비넥타이를 맨 아주먼드 공주를 데리고 들어왔다. "안녕, 엄마." 토시는 테렌스를 찾으려는 듯 식탁을 한번 쓱 훑어보았다.

"그래, 토시. 잘 잤니?" 메링 부인이 말했다.

"네, 엄마." 토시가 말했다. "이제 우리 예쁜 귀염둥이가 집에 안전하게 있으니까요." 토시는 고양이를 껴안았다. "밤새 언니 옆에 꼭 붙어서 코하고 잘 잤죠, 우리 예쁜아?"

"토시!" 메링 부인이 날카롭게 외쳤다. 토시는 억울하다는 표정이었다.

잘 알 수는 없었지만 분명 뭔가 예절에 어긋난 모양이었다. 베리티에게 물어보면 알 수 있겠지.

메링 대령과 페딕 교수가 트라팔가르 해전에 관해 활기차게 대화를 나누며 조찬실에 들어섰다. "…27배에서 33배 정도가 많았습니다." 대령이 말했다.

"바로 그게 중요한 점이지요." 페딕 교수가 말했다. "만약 넬슨 제독이 없었다면 그 해전에서 졌을 거예요! 역사를 만드는 것은 개개인의 활동이지 맹목적인 힘이 아니라는 거죠! 개개인의 결정입니다!"

"안녕, 아빠." 대령에게 다가가 뺨에 키스하며 토시가 인사했다.

"그래. 잘 잤니?" 대령은 아주먼드 공주를 노려보았다. "여기 없어야 할 게 있구나."

"하지만 주주는 끔찍한 고생을 했어요." 토시는 뷔페장으로 고양이를 데려갔다. "보렴, 아주먼드 공주. 훈제 청어란다." 토시는 접시에 청어 한 조각을 올려놓더니 고양이와 함께 바닥에 내려놓고는 베인에게 도전하듯 웃어 보였다.

메링 부인이 남편에게 말했다. "안녕, 여보. 잘 주무셨어요?"

늑대 손잡이를 들고 아래를 살펴보며 대령이 말했다. "잘 잤다오. 당신은 어땠어요? 당신도 잘 잤소, 내 사랑?"

이 질문은 메링 부인이 학수고대하고 있던 말이었다. "아니요." 부인은 대답하고는 극적 효과를 높이기 위해 잠시 말을 멈추었다. "이 집에는 유령이 있어요. 제가 똑똑히 소리를 들었어요."

'빅토리아 시대의 집은 벽이 두꺼워서 누가 엿듣지도 못해요'라던 베리티의 말을 믿으면 안 된다는 걸 알면서도 대체 난 왜 그랬던 걸까.

토시가 잽싸게 물었다. "오, 엄마. 유령들은 어떤 소리를 내나요?"

메링 부인은 먼 산을 바라보는 듯한 표정을 지었다. "낯설기도 하고 숨

306

을 내쉬는 소리 같기도 해. 유령은 숨을 안 쉬지만 말이야. 그리고…." 부인은 마땅한 단어를 찾으려는 듯 잠시 말을 멈췄다. "…날카로운 비명에 뒤이어 길고 고통스러운 헐떡임이 들려왔지. 마치 영혼을 고문하는 듯하더구나. 정말로, 정말로 끔찍스러운 소리였어."

흠, 부인 말에 찬성해요.

"마치 나랑 의사소통하고 싶어 하는데 할 수 없었던 것 같았어." 부인이 말했다. "아, 이리토스키 여사님이 이곳에 있으면 좋으련만. 그분만 있으면 영혼과 이야기를 나눌 수 있을 텐데. 오늘 아침에 여사님에게 편지를 보내 이곳에 와달라고 할 생각이지만 아마도 오지 않을 거야. 여사님은 늘 자기 집에서만 일한다고 했거든."

뚜껑문과 잘 보이지 않는 철사, 비밀 연결 통로가 있는 곳에서만 일한다는 소리로군. 오히려 다행이었다. 적어도 내가 시릴을 숨겨줬다는 사실을 알아차리지는 못할 테니까.

"만약 이리토스키 여사님이 내가 들은 그 무서운 비명을 들을 수만 있다면 분명 우리에게 올 텐데 말이야. 베인, 세인트루웨즈 씨는 아직 내려오지 않았나요?"

"곧 내려오실 겁니다." 베인이 말했다. "개를 데리고 산책하러 가셨습니다."

아침 식사에 늦는데다 개를 데리고 산책까지라. 투 스트라이크로군. 비록 내가 예상했던 것보다 메링 부인이 화가 난 것 같지는 않지만 말이야.

"안녕하세요. 늦어서 죄송합니다." 테렌스가 들어왔다. 시릴은 곁에 없었다.

"괜찮아요." 밝게 웃으며 메링 부인이 말했다. "앉으세요, 세인트루웨즈 씨. 차와 커피, 어느 걸로 하시겠어요?"

"커피로 주십시오." 테렌스는 토시를 보며 활짝 웃었다.

"베인, 세인트루웨즈 씨에게 커피를 갖다드리세요." 메링 부인이 말했다.

"당신이 오셔서 너무나 잘되었어요. 당신과 일행분들은 교회 바자회 동안에 여기 머무르세요. 무척이나 재미있을 거예요. 우리는 코코넛 떨어뜨리기 게임이랑 점집을 운영할 거고 토시는 추첨식 판매로 팔 케이크를 구울 겁니다. 토시는 훌륭한 요리사인데다 배운 것도 많지요. 피아노도 치고 독일어와 프랑스어까지 하거든요. 그렇지, 우리 귀여운 토시야?"

"Oui(네), 엄마." 테렌스에게 웃어 보이며, 토시가 대답했다.

나는 의아한 표정으로 베리티를 바라보았다. 베리티는 어깨를 으쓱하더니 자신도 영문을 모르겠다는 표정을 지었다.

"페딕 교수님, 교수님 학생들을 며칠 빌렸으면 좋겠군요." 메링 부인이 말했다. "그리고 헨리 씨, 헨리 씨는 보물찾기를 맡아서 도와주셨으면 좋겠네요."

"헨리 씨는 미국에서 사셨다고 하네요." 베리티의 갑작스러운 말에, 나는 깜짝 놀라 베리티를 바라보았다.

"정말로요?" 테렌스가 말했다. "내게는 그런 말 안 했잖아요."

"그, 그게 제가 아팠을 때였어요." 내가 말했다. "그러니까… 미국에는… 치료차 간 거죠."

"그러면 아메리카 원주민도 보셨어요?" 토시가 물었다.

"저는 보스턴에 있었어요." 속으로 베리티를 저주하며, 나는 더듬더듬 대답했다.

"보스턴!" 메링 부인이 외쳤다. "폭스 자매를 아세요?"

"폭스 자매라니요?" 내가 말했다.

"마거릿 폭스와 케이트 폭스 양요. 심령 운동의 창시자들이죠. 톡톡 두드리는 방식으로 영혼들과 최초로 대화를 한 분들이에요."

"그런 분들이 있는 줄 알았으면 만나보았을 텐데 아쉽군요." 내가 대답했지만, 부인은 내 말은 듣지도 않고 이미 테렌스 쪽으로 주의를 돌리고 있었다.

"토시는 수도 예쁘게 잘 놓는답니다, 세인트트루웨즈 씨." 메링 부인이 말했다. "잡화 진열대에 내놓기 위해 토시가 수놓은 예쁜 베갯잇이 있으니까 꼭 한번 봐보세요."

"그걸 사 간 사람은 분명 달콤한 꿈을 꿀 겁니다. '완벽한 지복의 꿈이었나니, 너무나 아름다워서…'"[139] 테렌스는 말을 하더니 토시를 바라보곤 헤벌쭉 웃었다.

주위 사람들은 아랑곳하지 않고 여전히 트라팔가르 해전에서의 넬슨에 관해 이야기하던 대령과 교수는 의자를 뒤로 밀고 일어서서 한 명씩 중얼중얼 말했다. "먼저 일어서겠습니다."

"여보, 어디 가시게요?" 메링 부인이 말했다.

"양어지에 가려고. 페딕 교수님께 내 진줏빛 리언킨을 보여드릴 생각이라오."

"그러면 두꺼운 외투를 걸치고 나가세요. 울 스카프도 하시고요." 부인은 나를 돌아보았다. "제 남편은 폐가 약하고 코감기 증상이 있어요."

'시릴이랑 똑같군.' 나는 생각했다.

"베인, 대령님께 두꺼운 외투를 가져다드리세요." 부인이 말했지만, 대령과 교수는 이미 사라진 상태였다.

부인은 즉시 테렌스를 바라보며 말을 했다. "집안이 어느 지방 출신인가요, 세인트트루웨즈 씨?"

"켄트입니다." 테렌스가 말했다. "이 세상에서 가장 날씨가 좋은 곳이지요."

"실례해도 되나요, 이모? 장갑 넣는 상자를 마저 만들어야 하거든요." 냅킨을 접으며 베리티가 말했다.

"물론이지." 별 관심을 보이지 않은 채 부인이 말했다. "켄트에서는 오랫동안 사셨나요, 세인트트루웨즈 씨?"

베리티는 지나가면서 쪽지 접은 것을 내 무릎 위에 떨어뜨리고 갔다.

"1066년부터입니다. 물론, 그 이후로 계속 집을 개량했지만요. 대부분은 조지 왕조식입니다. 케이퍼빌러티 브라운[140]이 했죠. 언제 한번 와보세요."

나는 식탁 아래로 쪽지를 펴서 요령껏 살펴보았다. '서재에서 만나요.'

"가고말고요." 메링 부인이 진지하게 말했다. "그렇지, 토시?"

"Oui(네), 엄마."

---

139 토마스 헤인즈 베일리, '완벽한 지복의 꿈이었나니'
140 영국의 조경사로, 전통적인 영국적인 정원 스타일을 확립했다.

나는 틈을 노리고 있다가 말했다. "실례하겠습니다, 메링 부인." 나는 일어섰다.

"절대로 안 돼요, 헨리 씨." 메링 부인이 말했다. "조금도 드시지 않았잖아요! 포시 부인이 만든 뱀장어 파이 좀 먹어보세요. 어딜 가도 이런 맛은 또 못 찾는다니까요."

정말이었다. 그리고 베인이 부인의 지시로 내 접시에 듬뿍 담아준 케저리의 맛도 지독하긴 만만치 않았다(같이 준 삽처럼 커다란 숟가락은 케저리용 숟가락이 분명했다.)

약간의 뱀장어와 될 수 있는 한 적은 양의 케저리를 먹은 다음, 나는 베리티를 찾기 위해 방을 빠져나왔다. 비록 서재가 어디인지는 몰랐지만 말이다. 베리티가 본다는 추리 소설에 나오는 도표 같은 거라도 있어야 했다.

나는 몇 군데 방문을 열어본 다음에야 바닥부터 천장까지 책으로 가득 차 있는 곳에 있는 베리티를 발견했다.

"왜 이렇게 늦었어요?" 베리티가 말했다. 베리티는 조개껍데기와 아교 단지로 잔뜩 어질러진 탁자 옆에 앉아 있었다.

"구역질 나는 음식을 먹었어요. 말로 표현할 수조차 없더군요. 그리고 미국에 관한 질문에 대답해야 했죠. 대체 무슨 생각으로 내가 미국에 있었다고 말한 거죠? 난 미국에 대해서는 아무것도 몰라요."

"그 사람들도 그래요." 베리티는 침착하게 말했다. "그래도 뭔가 해야만 했어요. 당신은 아무런 준비 학습도 없이 이곳에 왔기 때문에 온 사방 천지가 실수할 거리라고요. 이곳 사람들은 미국인을 야만인으로 여기니, 당신이 포크를 잘못 집어 든다고 할지라도 미국에서 오래 살았기 때문이라고 생각하며 넘어갈 거예요."

"그런 뜻이 있는 줄은 몰랐군요. 고마워요."

"앉으세요. 전략을 짜야만 해요."

나는 문을 바라보았다. 손잡이에 구식 열쇠가 꽂혀 있었다. "문을 잠글까요?"

"그러지 않아도 돼요." 베리티는 납작한 분홍색 조개껍데기를 집어 들며 말했다. "여기에 들어올 사람은 베인밖에 없으니까요. 메링 부인은 책 읽는 데 반대하거든요."

"그러면 이 책들은 어디에서 온 건가요?" 나는 갈색, 진홍색 장정의 책들을 가리켰다.

"샀죠." 베리티는 아교를 조개껍데기 위에 바르며 대답했다.

"뭘 사요?"

"서재 전체를요. 던세이니 경에게서요. 채티스번 부인 밑에서 일하기 전에 베인이 모셨던 분이지요. 채티스번 집안은 메링 부인이 베인을 훔쳐 온 곳이기도 하고요. 하지만 제 생각에는 베인 스스로가 이곳으로 오려고 했을 거예요. 이 책들 때문에요." 베리티는 조개껍데기를 상자에 붙였다. "앉아요. 만약 누가 들어온다면 이걸 도와주는 척하고 있으면 돼요." 베리티는 다 완성한 상자를 들어 보였다. 상자는 여러 가지 크기의 하트 모양으로 생긴 조개껍데기로 덮여 있었다.

"정말로 끔찍한 물건이로군요." 내가 말했다.

"빅토리아 시대 전체가 아주 이상한 취미를 가지고 있어요." 베리티가 말했다. "이게 머리카락 화환이 아닌 걸 다행으로 생각하세요."

"머리카락 화환요?"

"죽은 사람의 머리카락으로 꽃을 만들어 화환을 꾸미는 거예요. 여기 가장자리에는 나전 장식을 하세요." 베리티가 내게 장갑 상자를 들어 보였다. "그다음엔 무늬개오지를 한 줄로 붙이세요." 베리티는 아교 단지를 내쪽으로 밀었다. "메링 부인이 왜 갑자기 테렌스에게 친절하게 구는지 그 이유를 베인에게서 들었어요. 부인은 테렌스의 이름을 영국 귀족 연감에서 찾았대요. 테렌스는 부자인데다 귀족의 조카라는군요."

"부자요? 보트 빌릴 돈조차 없었는데요?"

"귀족들은 늘 빚을 져요." 베리티는 대합 껍데기를 바라보며 말했다. "하지만 테렌스는 켄트에 있는 사유지에서 해마다 5천 파운드를 받는데다, 귀족 작위 양위 순위도 두 번째예요. 그래서…." 베리티는 대합 껍데기를 내려놓고 말을 계속했다. "…우리가 최우선으로 해야 할 일은 토시와 테렌스를 서로 떼어놓는 거예요. 메링 부인이 중매하기 어렵게 말이죠. 오늘 아침에 토시는 잡동사니 판매장에 내놓을 물건들을 모으러 다닐 거예요. 그래서 당신을 토시와 함께 보내려고요. 그러면 적어도 반나절은 둘을 떼어놓을 수 있어요."

"테렌스는 어쩌고요?" 내가 말했다.

"스트리틀리로 가서 바자회에 쓸 종이 초롱을 구해오라고 할 거예요. 그리고 당신은 토시와 함께 있으면서 혹시 'C'로 시작하는 젊은 남자를 알고 있는지 알아봐줬으면 좋겠어요."

"당신이 이미 주변 사람들을 조사했잖아요." 내가 말했다.

베리티는 고개를 끄덕였다. "내가 알아낸 사람은 커든 씨하고 캡 씨, 이렇게 둘뿐이에요. 캡 씨는 늘 고양이를 빠뜨려 죽이는 농부죠."

"천생연분인 것 같군요. 커든 씨는 어때요?"

"그 사람은 결혼했어요." 베리티가 침울하게 말했다. "C로 시작하는 이름은 많아요. 가령 디킨스의 소설들을 봐요. 데이비드 커퍼필드, 마틴 처즐윗, 밥 크래칫."

"훌륭한 크라이턴[141]도 있죠." 내가 말했다. "그리고 루이스 캐럴도요. 아니 그 사람은 안 되겠군요. 본명이 아니니까요. 토머스 칼라일, 길버트 키스 체스터턴. 모두가 좋은 남편감이죠. 내가 토시와 함께 있는 동안 당신은 뭘 할 계획이죠?"

"토시의 방에 가서 일기장을 찾아볼 거예요. 토시가 일기장을 숨겨놓았는데, 그걸 찾을 시간이 별로 없었어요. 제인이 방에 계속 들락거리거든요. 하지만 오늘 아침에는 모두가 바자회 준비로 바쁠 테니까 누가 방해하지 않을 거예요. 만약 일기장을 찾지 못하면 옥스퍼드로 가서 필적 전문가에게 뭔가 알아낸 것은 없는지 물어볼까 해요."

"그러면 워더에게 당신이 아주먼드 공주를 구해서 강하했을 때 편차가 얼마나 생겼는지 물어보세요." 내가 말했다.

---

141 《피터 팬》의 작가인 제임스 매튜 베리의 희곡 《훌륭한 크라이턴》의 주인공으로 집사이다.

"아주먼드 공주를 구해서 옥스퍼드에 갔을 때 말인가요?" 베리티가 말했다. "돌아가는 강하에서는 편차가 전혀 없었어요."

"아니요. 당신이 이곳에 와서 고양이를 봤던 강하 때 말이에요."

"알았어요. 지금 당장 움직이는 게 좋겠군요." 베리티는 코르크를 아교 항아리에 찔러 넣더니 일어나서 종을 울려 베인을 불렀다.

베인이 나타나자 베리티가 말했다. "베인, 즉시 마차를 준비한 다음, 조찬실로 와주세요."

"그렇게 하겠습니다, 아가씨." 베인이 말했다.

"고마워요, 베인." 베리티는 조개껍데기로 덮인 상자를 들고 조찬실로 앞장서 갔다.

메링 부인은 여전히 테렌스를 심문하고 있었다. "어머나, 무척이나 예쁘구나!" 베리티가 들고 온 상자를 보더니 메링 부인이 감탄했다.

"아직도 준비할 게 많아요, 이모." 베리티가 말했다. "저는 정말로 잡동사니 판매가 성공하길 바라고 있거든요. 목록을 가지고 계세요?"

"제인을 불러서 가져오라고 하렴." 메링 부인이 말했다.

"제인은 깃발 천을 가지러 사제관에 갔어요, 이모." 메링 부인이 목록을 가지러 방을 나가자마자 베리티는 테렌스에게 말했다. "세인트트루웨즈 씨, 제 일도 좀 도와주실 수 있으세요? 진열대 사이에 걸 종이 초롱이 아직 도착하지 않았어요. 스트리틀리로 가서 좀 가져와주지 않으시겠어요?"

"베인이 가도 돼요." 토시가 말했다. "세인트트루웨즈 씨는 오늘 아침에 저와 함께 채티스번가에 가기로 했어요."

"이모가 베인을 보내지 않으실 거야. 베인은 차 파는 천막을 세워야 하거든. 헨리 씨가 너와 함께 갈 거야." 그리고 베리티는 막 들어오고 있는 집사를 향해 말했다. "베인, 잡동사니 판매용 기증품을 담을 수 있는 바구니를 헨리 씨에게 가져다주세요. 마차는 준비되었나요?"

"네, 아가씨." 베인은 대답을 마치고 방을 나갔다.

"하지만…." 뾰로통해진 토시가 입을 열었다.

"여기 주소가 있어요. 그리고 종이 초롱 주문장도요. 부탁해요." 베리티는 테렌스에게 종이 한 장을 내밀더니 토시가 뭐라고 더 항의하기 전에 테렌스를 거실 밖으로 떼밀었다.

베인은 바구니를 들고 왔으며 토시는 모자와 장갑을 가지러 나갔다. "왜 헨리 씨가 종이 초롱을 가지러 가면 안 되는지 모르겠어." 토시가 계단을 올라가며 베리티에게 투덜대는 소리가 들려왔다.

"떨어져 있을수록 정다워지는 거야." 베리티가 말했다. "물방울무늬 베일이 달린 모자를 쓰고 가서 로즈 채티스번에게 보여주렴."

베리티는 다시 계단을 내려와 방으로 들어왔다. 내가 말했다. "실력이 대단하신데요."

"슈라프넬 여사에게서 교훈을 좀 얻었죠." 베리티가 말했다. "채티스번가에 가면 엘리엇 채티스번이 언제 집으로 돌아오는지 알아봐주세요. 엘리엇은 지금 당신이 입고 있는 옷의 주인이에요. 앨리엇이 남아프리카로 간 뒤로 몰래 토시와 편지를 주고받을 수도 있어요. 아, 토시가 오네요."

토시는 물방울무늬 베일을 쓰고 손가방과 양산을 든 채 주름 장식을 펄럭이며 계단을 내려왔고, 우리는 모두 각기 목적지를 향해 출발했다.

베인이 우리를 쫓아 달려왔다. "모자 가져가십시오, 선생님." 베인은 숨을 헐떡이며 내게 밀짚모자를 내밀었다.

지난밤 강에 떠 있는 모습을 본 게 마지막이었던 내 밀짚모자였다. 그때만 해도 모자는 흠뻑 젖은 상태였고 달려 있던 리본은 빛바랜 파란색으로 변해가고 있었다. 하지만 베인이 어떻게든 복원시키려고 노력한 덕분에 리본은 원래의 밝은 파란색으로 돌아왔고 밀짚도 깨끗하고 보송보송했다.

"고마워요, 베인." 내가 말했다. "영영 잃어버린 줄로만 알았어요."

모자를 쓰고 나니 금방 말쑥해진 느낌이 들었으며, 이런 상태라면 토시와 테렌스를 떼어놓는 일은 말할 것도 없고, 토시가 나에게 반하게 만들 수도 있을 것만 같았다.

"갈까요?" 나는 말하고 토시에게 내 팔을 내밀었다.

토시는 물방울무늬 베일을 통해 나를 바라보았다. "베리티 언니가 그러는데 헨리 씨는 밀짚모자를 쓰면 좀 모자라 보인데요." 토시가 눈으로 내 모습을 가늠하며 말했다. "하지만 저는 그 정도로 나쁘지는 않다고 생각해요. 그냥 어떤 남자들은 모자 쓰는 법을 모를 뿐이겠죠. '센트 투웨에스 아찌가 밀집 모잘 쓰면 멋져 보이져? 젤로 머찐 아찌라고 생각하지 안나여?' 하고 주주가 오늘 아침에 내게 말하더군요."

아기 말투가 끔찍하다고 생각하긴 했지만, 고양이를 흉내 내며 아기 말투를 하는 건….

나는 좀 더 생산적인 결과를 얻기 위해 주제를 바꿨다. "이 근처에 살았던 친구 한 명을 학교에서 알게 되었죠. 그런데 지금 그 이름이 뭐였는지 기억나지 않는군요. 'C'로 시작하는데."

"엘리엇 채티스번 아닌가요?"

"아니요, 아니에요. C로 시작하기는 하지만요."

"학교에서 알게 되었어요?" 입술을 내밀며 토시가 말했다. "당신, 이튼 고등학교에 다녔어요?"

"네, 이튼요." 안 될 게 뭐가 있겠는가?

"프레디 로렌스라는 사람이 있지만 해로우 고등학교에 다녔어요. 테렌스와 함께 학교에 다녔나요?"

"키가 약간 큰 친구였어요. 크리켓을 잘했는데."

"그리고 'C'자로 이름이 시작하고요?" 토시는 곱슬거리는 머리를 가로저었다. "아무도 생각나지 않는군요. 테렌스는 크리켓을 잘하나요?"

"노를 잘 저어요." 내가 말했다. "수영도요. 수영을 무척 잘하더군요."

"아주먼드 공주를 구했으니까 무척이나 용감할 거예요." 토시가 말했다. "'테렌쓰 아찌가 세상에서 젤로 힘쎈 기산거 맞져? 마자요, 마자' 하고 아주먼드 공주가 말하더군요."

채티스번가에 가는 내내 이런 식이었지만, 둘 다 테렌스에 관해 아는 사실이 거의 전무했기에 아무래도 좋았다.

"다 왔군요." 토시가 말하더니 거대한 신고딕 양식의 건물로 가는 길로 들어섰다.

흠, 어쨌든 여기까지 살아남았으니까 남은 아침 시간은 좀 더 쉽겠지.

토시는 현관에 들어섰다. 나는 토시가 초인종을 울리길 기다렸지만, 순간 지금이 빅토리아 시대라는 사실을 떠올리고는 내가 초인종을 울리고 한 발 뒤로 물러서 집사가 문을 열기를 기다렸다.

"안녕하십니까? 실례지만, 누구신지요?" 문을 연 이는, 핀치였다.

14

"이것은 같은 경기가 아니다.
완전히 다른 경기이고 그것이 문제이다."

― 〈크로케 경기에 대해〉, 대럴 프랜시스 재녁

갑작스러운 출현 ― 지브스 ― 화원에서 ― 킥킥거림 ― 드레스에 대한 설명 ― 비만 고양이 ―
섹스와 폭력 ― 핀치는 말을 해줄 권한이 없다 ― 미국 서부 지방의 전설들 ― 사람들의 다락방에
쌓여 있는 놀라운 보물들 ― 다시 집으로 돌아오다 ― 준비 학습을 하다 ― 문명화된 게임 ―
나쁜 소식 ― 이상한 나라의 크로케 ― 좀 더 나쁜 소식

무슨 말을 했는지 그리고 어떻게 그 집에 들어갔는지 기억이 확실치가
않다. 그 상황에서 내가 간신히 할 수 있는 일이라고는 엉겁결에 "핀치! 대
체 여기서 뭘 하는 거죠?" 하고 묻지 않는 것뿐이었다.

핀치가 이곳에서 무엇을 하고 있는지는 분명했다. 집사로 일하고 있었
다. 그리고 또한, 모든 집사 가운데 최고의 집사였던 P. G. 우드하우스의
'지브스'를 그대로 따라 하고 있다는 점도 명확했다. 건방진 분위기에 또박
또박한 발음 그리고 특히 아래로 깔아 누르는 듯한 포커페이스의 표정까
지. 핀치는 마치 그전에는 날 한 번도 만난 적이 없다는 듯한 그런 표정을
지었다.

핀치는 깍듯하게 인사를 하더니 우리를 안으로 안내했다. "여기서 잠시
기다려주십시오. 곧 돌아오겠습니다." 말을 마친 핀치가 계단을 올라가기
시작했지만, 이미 채티스번 부인과 네 명의 딸들이 벌써 계단을 황급히 내
려오며 조잘대고 있었다. "이게 누구야, 토시구나. 어서 오렴!"

채티스번 부인이 계단 발치에 섰고, 딸들은 계단 한 칸에 한 명씩 섰다.

채티스번 부인을 포함한 다섯 명은 모두 들창코에 갈색을 띤 금발이었다.

"이 젊은 신사분은 누구니, 토시?" 채티스번 부인의 물음에 소녀들은 킥킥거렸다.

"헨리 씨입니다, 마님." 핀치가 대신 대답했다.

"아, 이분이 네 고양이를 찾아주신 분이로구나." 채티스번 부인이 말했다. "아비테지 신부님에게서 모두 다 들었어."

"어머, 아니에요!" 토시가 말했다. "우리 불쌍한 아주먼드 공주를 찾아주신 분은 세인트트루웨즈 씨예요. 헨리 씨는 세인트트루웨즈 씨의 친구분이시고요."

"아, 그렇구나." 채티스번 부인이 말했다. "만나 뵙게 되어 '정말' 반가워요, 헨리 씨. 제 소중한 화원(花園)을 소개해드리죠."

지난 며칠 동안 사람들이 썼던 뚱딴지같은 표현에 익숙해진 나는 이제는 당황스러운 느낌조차 들지 않았다.

부인은 나를 계단으로 안내했다. "제 딸들이랍니다, 헨리 씨." 부인은 계단 위에 있는 소녀들을 한 명씩 가리키며 말했다. "로즈, 아이리스, 팬지, 그리고 막내 에글런타인이죠. 제 아름다운 꽃다발이자…." 부인은 내 팔을 잡아끌며 말을 이었다. "운수 좋은 신사분들의 결혼 부케죠."

소녀들은 모두 각자의 꽃 이름이 불릴 때마다 킥킥거리더니, 결혼 부케라는 말을 듣자 다시 한번 킥킥댔다.

"거실에 다과를 준비할까요? 메링 양과 헨리 씨는 걸어오시느라 피곤하실 겁니다." 핀치가 말했다.

"그런 생각을 해내다니 정말 훌륭해요, 핀치." 채티스번 부인은 나를 오른쪽에 있는 문으로 이끌었다. "핀치는 세상에서 제일가는 집사예요. 핀치는 모든 걸 다 염두에 두고 있죠."

채티스번가의 거실은 메링가의 거실과 완전히 똑같았다. 꽃무늬가 있다는 점을 빼고 말이다. 카펫은 백합으로 온통 뒤덮였고 램프는 봉선화와 수선화로 치장되었으며, 방 중앙에 놓인 대리석 탁자에는 양귀비가 그려진 꽃병이 있었고 그 안에는 분홍 작약이 꽂혔다.

거실 안은 메링가의 거실만큼이나 복잡해서, 의자에 앉으라는 부인의 권유에 히아신스와 금잔화의 미로를 통과하고 나서야 진짜 장미처럼 실감 나게 레이스를 뜬 천을 씌운 의자에 앉을 수 있었다.

나는 조심스레 의자에 앉았고(장미 가시에 찔릴 것 같은 기분이 들었다), 채티스번 부인의 네 딸은 꽃장식이 된 맞은편 소파에 나란히 앉았다.

나는 지금 잠깐 이들을 만난 경험만으로도, 열 살쯤 되어 보이는 막내 에글런타인을 제외한 모두가 말 한마디 한마디마다 킥킥거리며 웃는다는 사실을 알 수 있었다.

예를 들어, "핀치는 보석 같은 존재랍니다!" 하고 채티스번 부인이 말을 하자, 그 말이 끝나기 무섭게 소녀들은 킥킥거렸다. "무척이나 유능하죠. 심지어 우리 자신이 뭘 원하는지 알기도 전에 미리 그 일을 하거든요. 전에 일했던 집사와는 완전히 달라요. 그 사람 이름이 뭐였지, 토시?"

"베인이요." 토시가 말했다.

"아, 그래, 베인." 부인은 콧방귀를 뀌며 말했다. "집사에게 딱 어울리는 이름이지. 비록 내가 늘 생각하는 건, 집사는 이름이 아니라 능력이 훌륭해야 한다는 거지만 말이야. 베인의 능력은 합격점은 되지만 완벽하다고는 절대로 할 수 없지. 내 기억으로 베인은 늘 책을 읽었으니까. 핀치는 절대로 글을 읽지 않아요." 부인은 자랑스럽게 말했다.

"핀치를 어디서 알게 되셨어요?" 토시가 물었다.

"그게 가장 놀랄 만한 부분이지 뭐니." 채티스번 부인이 말했다. (킥킥거림) "일일 바자회에 쓸 화장대 보를 드리러 교구 신부님을 찾아갔는데, 그 집 거실에 앉아 있더구나. 고용하고 있던 가족들이 모두 인도로 갔는데 핀치는 카레에 민감해서 같이 갈 수가 없었대."

카레에 민감하다니 핑계 하나 끝내주는군.

"교구 신부님이 이렇게 말씀하셨지. '집사를 구하는 곳이 없나요?' 상상할 수 있겠니? 이건 운명이야." (킥킥거림)

"뭔가 상당히 이상한 방식으로 구하셨네요." 토시가 말했다.

"아, 물론 남편이 인터뷰했는데, 핀치는 온통 칭찬으로 가득한 추천장

들을 가지고 있었지."

분명 그 추천장을 써준 사람들도 가족들과 함께 인도로 떠났겠지.

"토시, 네 어머니가 내 집사였던…." 부인은 생각에 잠기며 인상을 찌푸렸다. "또 그 이름을 잊어버렸네…."

"베인이요." 토시가 말했다.

"…베인을 훔쳐 가서 나는 무척이나 화가 났었지만, 완벽한 대체 인물을 찾았는데 내가 어떻게 계속 화를 낼 수가 있겠니?"

그 완벽한 대체 인물이 컷글라스 디캔터[142]와 잔을 담은 꽃무늬 쟁반을 들고 왔다. "커런트 코디얼[143]이네!" 채티스번 부인이 외쳤다. "멋져! 내 말이 무슨 뜻인지 알겠지?"

핀치는 코디얼을 잔에 따라 사람들에게 건네주었다.

"헨리 씨, 세인트트루웨즈 씨와 같은 학교에 다니시나요?" 채티스번 부인이 물어왔다.

"네. 옥스퍼드의 베일리얼 칼리지에 다니고 있습니다."

"결혼하셨어요?" 에글런타인이 물었다.

"에글런타인!" 아이리스가 말했다. "결혼했는지를 물어보는 건 실례야."

"언니가 토시 언니에게 먼저 물어봤잖아." 에글렌타인이 말했다. "언니가 속삭이는 걸 들었단 말이야."

"쉿!" 아이리스는 카네이션처럼 볼이 붉어졌다. (킥킥거림)

"잉글랜드 어디에서 오셨나요, 헨리 씨?" 채티스번 부인이 물었다.

주제를 바꿔야 할 시점이었다. "아드님의 옷을 빌려주신 것에 감사드립니다." 코디얼을 홀짝이며 내가 말했다. 뱀장어 파이보다는 맛있었다. "아드님은 여기 계신가요?"

"음, 아니에요." 채티스번 부인이 말했다. "메링가에서 못 들으셨나요? 엘리엇은 지금 남아프리카에 가 있지요."

"광산 기사로 일하고 있어요." 토시가 자진해 대답했다.

---

142 포도주 등을 따르는 데 쓰는 마개 있는 유리병
143 알이 잘고 씨가 없는 건포도로 만든 음료

"방금 그 아이로부터 편지를 받았어요." 채티스번 부인이 말했다. "그게 어디 있지, 팬지?"

소녀들은 모두가 일어서더니 한참을 킥킥거리며 편지를 찾았다.

"여기 있습니다, 마님." 핀치가 부인에게 편지를 내밀었다.

부인은 편지를 읽었다. "'사랑하는 어머니, 아버지 그리고 꽃들에게. 드디어 약속드렸던 대로 길게 편지를 써 보냅니다.'" 아무래도 편지 전체를 읽으려는 것이 분명했다.

"아드님이 무척이나 보고 싶으시겠군요. 곧 돌아오나요?" 편지 읽는 걸 방해할 생각으로 내가 물었다.

"2년간의 의무 기간이 끝날 때까지는 안 돌아와요. 아직도 여덟 달이나 남았죠. 물론 누이 가운데 한 명이 결혼한다면 결혼식에 참가하기 위해 당연히 오겠지만요." (킥킥거림)

부인은 편지를 계속 읽기 시작했다. 두 번째 문단을 듣고 나니 이 집 아들 엘리엇은 자기 누이들처럼 멍청한데다 평생 자기 자신 말고는 그 누구도 사랑할 수 없으리라는 확신이 들었다.

세 번째 문단을 듣고 나니 토시가 엘리엇에게 전혀 관심이 없다는 확신이 들었다. 토시는 무척이나 지루한 표정이었다.

네 번째 문단을 들으면서부터 나는 왜 엘리엇에게 로도덴드론[144]이나 머그워트[145] 같은 이름을 붙이지 않았는지 궁금해하며, 거실에 있는 고양이를 바라보았다.

보라색으로 비스듬히 수놓은 발판에 누운 고양이는 너무나 거대해서, 발판 가장자리로 보라색이 약간 보일 뿐이었다. 녀석은 노란색 털에 더 진한 노란색 줄무늬가 있었으며, 털빛보다 더 진한 노란색 눈에 졸림을 가득 담은 채 나를 바라보았다. 내가 느끼기 시작한 바로 그 심정이었다. 코디얼과 채티스번 부인의 낭독 때문이었다. 뮤칭스 엔드로 돌아가고 싶은 생각이 굴뚝같았다. 나무 그늘이나 해먹에 누워 있으면 좋으련만.

144 진달래 속의 식물
145 쑥

"바자회에는 뭘 입고 올 거니, 로즈?" 채티스번 부인이 세 번째 페이지로 편지지를 넘기느라 잠깐 낭송을 멈춘 사이, 토시가 물었다.

로즈는 킥킥대더니 말했다. "레이스가 들어간 푸른색 베일을 입을 거야."

"나는 하얀색 점이 찍힌 망사를 입을 테야." 팬지가 말하자 다른 소녀들은 앞쪽으로 몸을 숙이고 수다를 떨기 시작했다.

에글렌타인은 발판 쪽으로 가더니 고양이를 들어서 내 무릎 위에 올려놓았다. "우리 고양이예요. 마멀레이드 양이죠."

"마멀레이드 '부인'이라고 해야지, 에글런타인." 채티스번 부인이 말했다. 고양이도 요리사처럼 경칭이 있는지 궁금해졌다.

"안녕하세요, 마멀레이드 부인?" 고양이의 턱 아래를 가볍게 어루만지며 내가 말했다. (킥킥거림)

"토시 언니는 뭘 입을 거야?" 아이리스가 물었다.

"아빠가 런던에서 사다주신 새 드레스를 입을 거야." 토시가 말했다.

"어머, 어떤 건데?" 팬지가 물었다.

"내 일기장에다 써놓았어." 토시가 말했다.

그 내용을 해독하려고 또 그 불쌍한 필적 전문가는 몇 주일을 고생하겠군.

"핀치, 저 바구니를 가져다줘요." 토시의 말에 핀치가 바구니를 가져오자 토시는 수놓은 천 아래에서 금 자물쇠가 채워진 코르도바 가죽 장정의 책을 꺼냈다.

이로써 우리가 없는 사이에 저 일기장을 훔쳐보겠다는 베리티의 희망은 물거품이 된 거였다. 집으로 돌아가는 길에 저 일기장을 바구니에서 슬쩍할 수 있을까.

토시는 허리춤에서 정교한 금사슬을 조심스레 풀어 그 끝에 달린 조그만 열쇠로 일기장의 자물쇠를 연 뒤, 다시 공들여 허리에 금사슬을 묶었다.

어쩌면 핀치더러 훔쳐달라고 부탁할 수도 있겠어. 아니, 어쩌면 벌써 그럴 생각을 하고 있는지도 모르지. 채티스번 부인 말로는 핀치가 사람 마음을 읽을 수 있다니까 말이야.

토시가 일기장을 읽었다. "흰색 미뇨네트 오건디에 속치마는 라일락무늬

322

의 비단이다. 보디스의 앞쪽에는 레이스가 달렸고 끝부분에는 헬리오트로프, 라일락, 빙카의 부드러운 빛으로 염색한 비단을 써서 제비꽃과 물망초 모양으로 만든 주름 장식이 달려 있고…"

드레스에 대한 설명은 채티스번 부인이 읽어주던 편지보다도 더 길었다. 나는 고양이나 열심히 쓰다듬었다.

마멀레이드 부인은 덩치가 클 뿐만 아니라 뚱뚱하기까지 했다. 배는 불룩한데다 이상하게도 여기저기가 멍울이 져 있었다. 나는 고양이에게 무슨 병이 있는 게 아니길 빌었다. 2040년대에 고양이를 멸종시킨 전염병의 초기 형태가 빅토리아 시대부터 존재했었다는 기억이 났기 때문이다.

"…옆에는 장미 매듭이 옆에 붙어 있는 자색 플리트 띠가 있다." 토시가 일기를 읽었다. "치마는 우아하게 주름이 잡혔고 둘레에는 같은 꽃으로 장식되어 있다. 소매는 주름이 들어갔고 어깨와 팔꿈치에도 주름 장식이 있다. 그리고 라일락꽃 모양의 리본을…."

나는 고양이를 쓰다듬으면서 배 쪽을 조심스레 만져보았다. 종양이 몇 개 있었다. 하지만 만약 이 증상이 렙토바이러스 때문에 나타난 것이라면 초기 단계였다. 녀석은 기분이 좋은 듯, 가르랑거리면서 행복하다는 듯 앞발을 쭉 내밀어 가볍게 내 바지를 할퀴었다.

아무래도 아직도 사고의 둔화 증상에서 회복하지 못한 게 분명해. 비록 녀석의 몸뚱이는 터지기 일보 직전처럼 보이기는 하지만 아파서 그러는 게 아니….

"하느님 맙소사." 내가 말했다. "이 고양이는 임…." 갑자기 뭔가 뾰족한 것이 내 목 뒷덜미를 때리는 바람에 나는 말을 삼키고야 말았다.

내 뒤에서 핀치가 말했다. "죄송합니다만, 마님. 어떤 신사분께서 헨리 씨를 만나러 오셨습니다."

"나를요? 하지만 나는…." 또다시 뭔가가 내 목뒤를 찔렀다.

"그러면 잠시 실례하겠습니다." 나는 가볍게 인사를 하고는 핀치를 따라 문으로 갔다.

"헨리 씨는 2년간 미국에서 사셨대요." 방을 나설 때, 토시가 하는 말이 들려왔다.

"아하." 채티스번 부인이 말했다.

핀치는 복도를 지나 서재로 안내하더니 문을 열고 나를 들여보낸 뒤, 자신도 따라 들어왔다.

"알아요. 숙녀들 앞에서는 '하느님'이라는 단어가 들어간 감탄사를 쓰면 안 된다는 걸 말이에요. 그래도 그런 거로 때릴 필요는 없잖아요." 목덜미를 문지르며 내가 말했다.

"그 말을 해서 그런 게 아닙니다, 선생님." 핀치가 말했다. "하신 말씀은 맞지만요. 예의 바른 모임에서는 그런 말을 하면 안 되죠."

"그런데 대체 뭐로 때린 거죠? 곤봉인가요?" 목뼈를 조심스레 만지면서 내가 물었다.

"쟁반입니다, 선생님." 핀치는 주머니에서 치명적으로 보이는 작은 은쟁반을 꺼내 보였다. "다른 방법이 없었습니다, 선생님. 우선은 선생님을 말려야 했으니까요."

"뭘 말려요?" 내가 말했다. "그리고 당신은 대체 여기서 뭘 하는 거죠?"

"저는 던워디 교수님께서 시킨 일을 하기 위해 이곳에 왔습니다."

"무슨 일인데요? 베리티와 나를 돕는 건가요?"

"아닙니다, 선생님." 핀치가 말했다.

"좋아요. 그럼, 왜 여기 있는 거죠?"

핀치는 불편한 표정을 지었다. "그걸 말씀드릴 권한이 제게는 없습니다, 선생님. 그저 제가 여기에 온 이유는…." 핀치는 뭔가 마땅한 단어를 찾는 듯했다. "…연관된 임무 때문입니다. 저는 선생님과는 다른 시간 행로에 있고, 그러므로 아직 선생님이 발견하지 못한 정보를 취급할 수 있습니다. 만약 제가 그걸 선생님께 말해버린다면 선생님의 임무를 방해하는 것이 됩니다."

"그러면 목 뒷덜미를 때리는 건 방해가 아니고요? 아무래도 목뼈가 부러진 것 같아요."

"고양이의 상태에 관해 말하려는 선생님을 말려야만 했습니다. 빅토리아 시대에 혼성 모임에서 성(性)에 관해 이야기하는 것은 엄청난 금기 사항입니다. 선생님은 그걸 알지 못했으니까 선생님 잘못이라고 할 수는 없겠지요. 제대로 준비 학습을 하지 않고 오셨으니까요. 제대로 준비도 안 된데다 시차 증후군까지 걸린 선생님을 이곳으로 보내는 건 잘못된 일이라고 저는 던워디 교수님께 말씀드렸습니다만, 던워디 교수님께서는 선생님만이 아주 먼드 공주를 돌려보낼 수 있는 단 한 사람이라고 확신하고 계셨습니다."

"확신해요? 왜요?"

"그걸 말씀드릴 권한이 제게는 없습니다."

"그리고 난 성에 관해서 아무런 말도 하지 않았어요. 내가 말하려고 했던 것은 그저 고양이가 임신….”

"성과 관련된 모든 것을 포함해서입니다, 선생님." 핀치는 목소리를 낮추더니 내 쪽으로 몸을 숙였다. "이 시대의 여자들은 결혼 첫날밤이 되기 전에는 성에 관해 완벽하게 무지합니다. 그래서 저분들에게 커다란 충격이 될까 봐 걱정되었습니다. 여자의 가슴이나 몸매에 관해서 절대로 언급해서는 안 되며 여성의 다리에 대해서 말할 때도 하체라고 돌려 말합니다."

"그러면 내가 어떻게 말해야 하는 거죠? 고양이 배가 불러온다고 할까요? 아니면 수가 늘겠다고 할까요?"

"그 주제에 관해서는 그 어떤 것도 말하면 안 됩니다. 이 시대에서는 사람은 물론이고 동물이 임신한 사실도 일부러 무시합니다. 절대로 언급해서는 안 되는 겁니다!"

"그러면 새끼 고양이가 태어나서 이곳저곳을 뛰어다니게 되어도 무시해야 하는 건가요? 아니면 다리 밑에서 주워 왔는지 물어봐야 하는 건가요?"

핀치는 불편한 표정을 지었다. "이유가 더 있습니다, 선생님. 우리는 이곳에서 필요 이상의 관심을 끌지 말아야 합니다. 또 다른 모순을 만들고 싶지 않으니까요."

"모순요? 무슨 말이지요?"

"그걸 말씀드릴 권한이 제게는 없습니다. 거실로 돌아가시면 고양이에 관해서는 그 어떤 것도 말씀하지 않으시길 바랍니다."

핀치는 자신이 멍청한 주인 버티를 보좌하는 지브스라도 된 듯이 말했다. "당신은 제대로 준비 학습을 하고 왔군요." 나는 감탄하며 말했다. "빅토리아 시대에 관해서 언제 배운 거예요?"

"그걸 말씀드릴 권한이 제게는 없습니다." 핀치가 만족하는 표정으로 말했다. "하지만 제가 마치 이 직업을 위해서 태어난 것 같다는 말씀을 드릴 수는 있겠군요."

"흠, 당신이 그렇게 이 직업에 자신이 있으면, 내가 저기 돌아가서 무슨 말을 해야 하는지 알려주세요. 나를 찾아온 사람이 누구냐고 물으면 뭐라고 대답해야 하죠? 나는 여기에 아는 사람이 아무도 없어요."

"그건 문제가 되지 않습니다, 선생님." 장갑 낀 손으로 서재 문을 열면서 핀치가 말했다.

"문제가 안 되다니요? 무슨 뜻이죠? 뭔가 대답을 해야만 해요."

"아닙니다, 선생님. 저 사람들은 선생님이 왜 바깥에 나가야만 했는지에 전혀 관심이 없습니다. 저분들은 선생님이 없는 자리에서 선생님에 관해 이야기할 기회가 생겨서 좋을 뿐이지요."

"나에 관해 이야기해요?" 내가 놀라 물었다. "내 정체에 관해서요?"

핀치는 머리끝부터 발끝까지 완벽한 집사의 표정을 지으며 대답했다. "아닙니다, 선생님. 선생님과의 결혼 가능성에 관해서 말입니다." 핀치는 나를 이끌고 복도를 걷더니 가볍게 인사를 하고는 장갑 낀 손으로 문을 열었다.

핀치 말이 맞았다. 방 안은 갑자기 쥐 죽은 듯이 조용해지더니 간헐적으로 킥킥거리는 웃음소리만 들려왔다.

채티스번 부인이 말했다. "조금 전까지 토시는 당신이 죽을 뻔한 경험에 관해 이야기해줬어요, 헨리 씨."

내가 '임신'이라는 말을 할 뻔했을 때를 말하는 건가?

"보트가 뒤집혔을 때요." 팬지가 열의를 보이며 말했다. "하지만 그건 당신이 미국에서 겪은 모험담에 비하면 아무것도 아닐 거라는 생각이 드는군요."

"머리 가죽을 벗겨본 적이 있나요?" 에글런타인이 물었다.

"에글런타인!" 채티스번 부인이 외쳤다.

핀치가 다시 거실에 들어왔다. "실례합니다, 마님. 메링 양과 헨리 씨가 이곳에서 점심을 드실 계획인지요?"

"아, 그러세요, 헨리 씨! 미국에 관해 모든 걸 듣고 싶어요." 네 명의 소녀들이 합창했다.

나는 융숭한 점심 대접을 받으며 19세기에 관해 언젠가 들었던 강의를 참고삼아 역마차와 아메리카 원주민 도끼 이야기를 해주었다. '이럴 줄 알았으면 좀 더 주의 깊게 강의를 듣는 거였는데.' 핀치를 힐끔거리며 나는 생각했다. 핀치는 내 앞에 식사를 날라주며 귀에다 대고 "세 갈퀴 포크를 쓰십시오." 하는 식으로 제대로 된 도구를 알려주었으며, 계속해서 찬장 옆에 서 있으면서 내가 "모닥불 주변에 둘러앉아 우리는 아메리카 원주민들이 어둠 속에서 북을 둥둥둥 치는 소리를 듣고 있었죠." (킥킥거림) 하는 식으로 사람들의 주의를 끌면 조심하라는 눈치를 주기도 했다.

점심 후, 아이리스, 로즈, 팬지는 셔레이드 게임[146]을 같이 하자고 졸라 댔지만, 토시는 가봐야 한다고 말하곤 일기장을 조심스레 잠그더니 바구니 대신 들고 있던 손가방에 넣었다. "어머, 하지만 조금 더 있을 수 있잖니?" 채티스번 부인이 간청했다.

토시는 교구 신부에게서 물건을 받아 올 것이 남아 있다고 말했다. 정말 고마운 소리였다. 나는 점심 식사 때 커런트 코디얼과 함께 헥[147]과 클라레를 마신데다 시차 증후군의 여파까지 겹쳐서 어디서 한숨 자고 싶은 생각 밖에는 들지 않았다.

"바자회 때에 뵐 수 있나요, 헨리 씨?" 아이리스는 말을 하더니 다시 킥킥댔다.

'아무래도 그럴 것 같아서 걱정이군요.' 사제관이 멀지 않기를 바라며 나는 생각했다.

사제관까지는 그리 멀지 않았다. 하지만 우선 우리는 먼저 월리스 미망인 집에 들러야만 했다(소스 그릇과 줄이 두 개 끊어진 밴조를 받아 왔다). 다음

---

146 몸짓을 보고 단어를 알아맞히는 게임
147 독일 라인 지방산 백포도주

에는 미들마치 씨 집에 들렀다(주둥이 부분이 부서진 주전자, 양념 병 하나씩과 몇 장이 없는 '작가 알아맞히기' 게임 카드 한 벌을 받았다). 그다음에는 스티긴스 양 집에 들렀다(새장, 운명의 여신 조각상 한 벌, 《거울 나라의 앨리스》 한 권, 생선 나이프, '마게이트 여행 기념'이라고 새겨진 도자기 골무를 받았다).

채티스번 부인이 이미 우리에게 모자핀 받침, 털실로 붓꽃과 스위트피 수를 놓은 쿠션, 개의 머리가 새겨진 지팡이를 주었기 때문에 바구니는 거의 가득 찼으며 이 물건들을 집까지 가지고 갈 생각을 하니 눈앞이 캄캄했다. 다행이라면, 교구 신부가 기부한 물건은 금박 틀에 들어 있는 금이 간 커다란 거울 하나뿐이라는 사실이었다.

"거울은 베인을 보내 가져가게 하겠어요." 토시가 신부에게 말을 하고 우리는 집으로 향했다.

집으로 돌아오는 길은 갈 때와 똑같았다. 그저 내가 들고 가야 할 짐이 엄청난데다 무척이나 피곤하다는 점만 빼고 말이다. 토시는 주주와 '용감한 테렌쯔 아찌'에 관해 조잘댔다. 나는 내 이름이 C로 시작하지 않는다는 사실이 너무나 기뻤으며 어서 빨리 해먹을 찾아 눕고 싶을 따름이었다.

건물로 접어드는 길 끄트머리에서 우리를 맞이한 베인은 내게서 바구니를 받아 들었고 시릴은 우리를 향해 반갑게 달려왔다. 하지만 왼쪽으로 비뚤게 달리는 녀석의 버릇은 여전해서, 시릴은 내가 아닌 토시의 발로 달려들었고 토시는 깜짝 놀라 외쳤다. "어머나, 이런 나쁜 장난꾸러기 같으니. 못된 녀석!" 토시는 연달아 비명아지를 내뱉었다.

"이리 와, 시릴. 가자!" 내가 손뼉을 치며 말하자 녀석은 기분 좋은 듯 몸뚱이 전체를 실룩거리며 느릿느릿 걷기 시작했다. "내가 보고 싶었냐, 친구?"

"오호, 여행자들이 돌아왔군요." 잔디밭에서 손을 흔들며 테렌스가 외쳤다. "'오랫동안 비워두었던 집의 순백 벽으로 돌아오도다.'[148] 딱 맞춰 오셨군요. 크로케 시합을 위해 베인이 문을 세우고 있던 참이었거든요."

[148] 윌리엄 모리스, '제이슨의 삶과 죽음'

"크로케 시합이요? 재미있겠다!" 토시가 외치더니 옷을 갈아입기 위해 뛰어갔다.

"크로케 시합이라니요?" 베리티에게 내가 물었다. 베리티는 풀밭에 말뚝을 박는 베인을 바라보고 있었다.

"크로케 아니면 정구를 해야 하는데, 정구를 어떻게 하는지 당신이 모를 것 같았어요." 베리티가 말했다.

"나는 크로케도 공부하지 않았어요." 줄무늬를 넣은 나무망치를 보며 내가 말했다.

"아주 쉬운 경기예요." 노란색 공을 건네주며 베리티가 말했다. "망치로 공을 쳐서 문을 통과시키면 돼요. 채티스번가에 갔던 일은 어떻게 되었어요?"

"버펄로 빌[149]과 함께 정찰병으로 일한 이야기를 해주다가 팬시 채티스번과 약혼을 했죠."

베리티는 웃지 않았다. "C 아무개 씨에 관해서는 뭐 좀 알아내셨어요?"

"엘리엇 채티스번은 여덟 달 뒤에나 돌아온다는군요." 나는 '친구 이름이 기억나지 않는다'는 식으로 토시에게서 C 아무개 씨에 대한 정보를 얻어내려 한 방법을 베리티에게 설명해주었다. "토시는 기억나는 사람이 없는 모양이에요. 하지만 가장 흥미로운 일은 그게 아니라….".

토시가 분홍색과 흰색, 그리고 페퍼민트 줄무늬가 요란한 세일러 드레스를 입고 커다란 분홍색 나비넥타이를 하고는 팔에 아주먼드 공주를 안은 채 뛰어왔다. "주주는 공을 지켜보는 걸 너무나 좋아해요." 고양이를 땅 위에 내려놓으며 토시가 말했다.

"쫓아다니는 것도 좋아하잖아." 베리티가 말했다. "헨리 씨와 내가 한편이 될 테니까 너와 세인트트루웨즈 씨가 한편이 되렴."

"세인트트루웨즈 씨, 우리가 한편이에요!" 베인에게 지시를 내리고 있던 테렌스에게 달려가며 토시가 외쳤다.

"토시와 테렌스를 떼어놓는 게 우리 목적인 줄 알았는데요?" 내가 말했다.

---

149 본명은 윌리엄 프레드릭 코디. 미국의 군인으로, 뒷날 흥행사로 명성을 얻었다.

"맞아요." 베리티가 말했다. "하지만 당신에게 할 이야기가 있거든요."

"나도 할 이야기가 있어요." 내가 말했다. "채티스번가에 가서 내가 누굴 만났는지 상상도 못 할 겁니다. 핀치가 거기 있었어요."

"핀치요?" 베리티는 얼빠진 표정으로 말했다. "던워디 교수님의 비서요?"

나는 고개를 끄덕였다. "채티스번가의 집사로 일하고 있더군요."

"그곳에는 웬일이래요?"

"말 안 하려고 하더군요. '연관된 임무'라고 하면서, 자세히 말하면 우리 임무를 방해하게 된대요."

"준비됐어요?" 기둥 쪽에서 토시가 외쳤다.

"거의 다 돼가." 베리티가 말했다. "좋아요. 시합의 규칙은 아주 간단해요. 공을 쳐서 여섯 개의 삼주문(三柱門)에 두 번씩, 바깥쪽에 있는 네 개의 고리문, 그리고 가운데 있는 고리문에 통과시키고 반대 방향으로 다시 하면 점수를 얻어요. 순서마다 한 번씩 칠 수 있어요. 만약 공이 삼주문을 통과하면 한 번 더 칠 수 있고요. 만약 당신 공이 다른 공과 부딪치면 두 번을 더 칠 수 있어요. 당신 공이 한 번에 고리문을 두 개 지난다면 한 번밖에 더 칠 수가 없고, 공을 친 다음에는 다음 고리문을 통과할 때까지 그 공을 다시 칠 수 없어요. 첫 번째 문일 경우에는 예외이고요. 그리고 당신이 쳤던 공을 치면 기회를 잃게 돼요."

"준비 다 됐어요?" 토시가 외쳤다.

"거의." 베리티가 대답했다. "저기가 경계선이에요." 나무망치로 가리키며 베리티가 말했다. "동, 서, 남, 북이요. 저게 야드 라인이고 저게 보크 라인이에요. 잘 알아들었어요?"

"완벽히요." 내가 말했다. "어느 색깔이 내 건가요?"

"빨간색이요." 베리티가 말했다. "저기 출발선에 서서 시작하는 거예요."

"준비됐어요?" 토시가 외쳤다.

"됐어." 베리티가 끄덕이며 말했다.

"제가 먼저 할게요." 토시는 말하더니 우아하게 상체를 구부려 잔디 위에 공을 내려놓았다.

그래, 어려울 게 뭐 있겠어? 토시가 샷을 준비하는 모습을 보며 나는 생각했다. 푸른 풀밭에서 긴 드레스를 입은 젊은 여성과 아이들이 노는 빅토리아 시대의 점잖은 경기인데 말이야. 문명화된 경기라고.

토시는 몸을 돌리더니 테렌스에게 예쁘게 웃어 보이고는 곱슬머리를 흔들었다. "잘 쳤으면 좋겠네요." 토시는 공을 강타해 두 개의 철문을 통과시켜서 잔디밭 중간까지 보내버렸다.

토시는 놀랐다는 듯이 웃으며 말했다. "한 번 더 치는 거죠?" 그러고는 또 한 번 강타를 날렸다.

이번에는 그늘에서 엎어져 자는 시릴을 맞힐 뻔했다.

"무효예요." 토시가 말했다. "시릴의 코에 맞았어요." 토시가 말했다.

"시릴은 코가 없어. 내 차례야." 베리티가 나무망치로 공을 첫 번째 고리문 뒤로 놓으며 말했다.

베리티는 토시처럼 강력한 타구를 날리지는 못했지만 그렇다고 살짝 치지도 않았다. 공은 첫 번째 철문을 통과했고, 다음번 타구에서는 토시의 공에서 50센티미터쯤 떨어진 곳에 떨어졌다.

"당신 차례예요, 세인트트루웨즈 씨." 토시는 테렌스에게 말을 하고는 자기 공 쪽으로 걸어가 긴 치마로 공을 가렸다. 테렌스가 공을 친 뒤 토시는 테렌스에게 다가갔는데, 그사이 토시의 공은 베리티의 공에서 1미터는 족히 떨어져 있었다.

나는 베리티에게 다가갔다. "토시가 속였어요." 내가 말했다.

베리티는 고개를 끄덕였다. "나는 토시의 일기장을 찾을 수가 없었어요." 베리티가 말했다.

"알아요. 몸에 지니고 있더라고요. 일기장을 꺼내서 채티스번가 소녀들에게 자기 드레스에 대한 설명을 읽어줬죠."

"당신 차례예요, 헨리 씨." 나무망치에 기대어 토시가 말했다.

베리티는 나무망치를 잡는 법에 관해서는 아무런 말도 해주지 않았고, 나 역시 다른 사람들이 어떻게 잡는지 신경 써서 보지 않았다. 나는 삼주문 옆에 공을 내려놓고 나무망치를 크리켓 라켓 잡는 식으로 잡았다.

"파울!" 토시가 외쳤다. "헨리 씨의 공은 철문에서 충분한 거리만큼 떨어지지 않았어요. 기회를 잃었어요."

"그렇지 않아." 베리티가 말했다. "공을 나무망치의 머리 길이만큼 뒤로 옮겨놓으세요."

나는 베리티 말대로 한 다음, 어느 정도 올바른 방향으로 쳤다고 생각했지만 고리문을 통과시키지는 못했다.

"내 차례예요." 토시는 베리티의 공을 완전히 코트 바깥으로 쳐내 장애물 안으로 집어넣었다. "미안." 토시는 시치미 떼며 선웃음을 짓더니 테렌스의 공에도 같은 행동을 했다.

"문명화된 경기라고 말하지 않았어요?" 베리티의 공을 꺼내 오기 위해 장애물 밑으로 기어들어 가며 내가 말했다.

"간단하다고 했지요." 베리티가 대답했다.

나는 공을 집어 들었다.

"계속 공을 찾는 척하세요." 베리티가 속삭였다. "나는 토시의 방을 뒤져본 다음 옥스퍼드로 갔어요."

"당신이 강하할 때 편차가 얼마나 있었는지 알아냈어요?" 줄기 사이로 엿보며 내가 물었다.

"아니요." 베리티가 진지한 표정으로 말했다. "워더가 너무 바빴거든요."

'워더는 늘 바쁘다며 투덜댄다'고 내가 말하려는 순간, 베리티가 재빨리 말을 이었다. "그 신참 말이에요. 이름을 모르겠네요. 당신이랑 캐러더스와 같이 일하던 사람요. 여하튼 그 사람이 과거에 갇혔다더군요."

"호박밭에 말인가요?" 개를 떠올리며 내가 물었다.

"아니요, 코번트리에요. 파편 더미를 뒤지는 작업을 끝마치고 돌아오게 되어 있었는데 돌아오지 않았대요."

"그 친구, 아마 네트가 어디 있는지 찾지 못했을 거예요." 회중전등을 못 켜서 쩔쩔매던 장면을 생각하며 내가 말했다.

"캐러더스도 그렇게 말했지만, 던워디 교수님하고 루이스는 그게 모순과 연관이 있다고 걱정하더군요. 그래서 그 신참을 찾아오라고 캐러더스를 보냈어요."

"언니 차례야." 토시가 조바심을 내더니 우리 쪽으로 걸어오기 시작했다. "아직 못 찾았어요?"

"여기 있네요." 나는 소리를 치며 장애물 바깥으로 빠져나와 공을 높이 치켜들었다.

"아까 여기에 있었어요." 토시가 발로 가리킨 자리는 아까 있던 자리에서 몇 킬로미터는 떨어졌을 법한 곳이었다.

"하트의 왕비와 게임을 하는 것 같군요." 나는 말을 하고는 베리티에게 공을 넘겨주었다.

다음에 돌아온 세 번에 걸친 내 차례에서 내 유일한 목적은 베리티가 했던 것처럼 공을 코트의 같은 쪽으로 보내는 것이었지만, 어느 순간이고 '저 여자아이의 목을 잘라라'[150]라고 외칠 것만 같은 토시 때문에 내 목적은 번번이 좌절되었다.

"알아냈어요." 토시의 타구가 테렌스의 공을 내 정강이 쪽으로 정확하게 날려 보낸 뒤(바로 그 자리는 시릴이 누워 있던 자리였다. 시릴은 잔디 저쪽으로 자리를 옮긴 상태였다), 나는 쩔뚝거리며 베리티에게 다가가며 말했다. "C 아무개 씨는 토시가 크로케 경기를 하며 만든 부상자를 치료하러 오는 의사일 게 분명해요. 그 밖에 또 뭘 알아냈나요?"

베리티는 신중히 샷을 준비했다. "테렌스가 누구와 결혼했는지 알아냈어요."

"제발 토시라고는 하지 말아주세요." 성한 발로 서서 정강이를 문지르며 내가 말했다.

"아니에요." 베리티가 말했다. 베리티가 친 공은 철문을 깨끗하게 통과했다. "토시가 아니에요. 모드 페딕이더군요."

"하지만 그건 잘된 거잖아요? 그러면 나 때문에 테렌스와 모드가 만나지 못했다고 잘못될 게 없는 거잖아요."

150 《이상한 나라의 앨리스》에서 하트의 왕비가 버릇처럼 하는 말

베리티는 허리띠에서 종이를 한 장 꺼내서 내게 몰래 쥐여줬다.

"이게 뭐죠?" 상의의 가슴주머니에 쑤셔 넣으며 내가 말했다. "모드가 쓴 일기장 일부인가요?"

"아니요." 베리티가 말했다. "모드는 아마도 빅토리아 여인을 통틀어서 일기를 쓰지 않은 유일한 여성일 거예요. 그건 모드가 자기 여동생에게 보낸 편지예요."

"당신 차례예요, 헨리 씨!" 토시가 외쳤다.

"두 번째 문단이요." 베리티가 말했다.

나는 붉은색 공을 힘껏 쳐서 테렌스의 공을 지나 라일락 숲으로 보냈다.

"어허, 안됐네요!" 테렌스가 말했다.

나는 고개를 끄덕이고는 공을 쫓아 라일락 숲으로 달려갔다.

"안녕, 내 친구여. '안녕! 아무리 우리가 약속하고 희망하고 믿을지라도 그 아픈 단어 속에는 절망이 숨 쉬고 있도다.'[151] 테렌스는 나무망치를 흔들며 흥겹게 외쳐댔다.

나는 공을 발견해 줍고는 라일락 숲 중앙으로 들어갔다. 편지를 펴보았다. 정교하고도 세심한 글씨체였다.

'사랑하는 이자벨에게. 네 약혼 소식을 듣고 너무나 기뻤어. 로버트는 멋진 청년이지. 테렌스와 나처럼 너도 행복했으면 좋겠구나. 로버트를 처음 만난 곳이 로맨틱하지 못한 철물상 계단이라서 속상하다고 했지? 너무 고민하지 말렴. 나와 테렌스가 처음 만난 곳은 기차역이었어. 나는 아멜리아 고모와 옥스퍼드 기차역의 플랫폼에서….'

나는 멍하니 서서 편지를 내려다보고 있었다. 옥스퍼드 기차역의 플랫폼이라니.

'…절대로 로맨틱한 장소라고 할 수 없는 곳이지만, 짐수레와 스티머 트렁크가 있는 가운데서도 나는 그이가 내 진정한 한쪽이라는 사실을 금세 깨달았어.'

---

151 조지 고든 바이런 경, '해적선'

하지만 그렇지 않았다. 내가 그 장소에 있었고 모드와 모드의 고모는 마차를 타고 떠나버렸다.

"못 찾았어요?" 테렌스가 외쳤다.

나는 황급히 편지를 접어서 주머니에 쑤셔 넣었다. "찾았어요." 나는 덤불 속을 헤치고 나왔다.

"이 자리에 있었어요." 토시는 발로 완전히 엉뚱한 장소를 가리켰다.

"고마워요, 메링 양." 나는 말하고 공을 나무망치의 머리 길이만큼 뒤쪽에 공을 놓은 다음 다시 칠 준비를 했다.

"당신 차례는 끝났어요. 이제 내 차례예요." 토시가 자기 공 쪽으로 가며 말했다. 토시는 강타를 날려 내 공을 다시 라일락 숲으로 보내버렸다.

"로키."[152] 토시가 달콤하게 웃으며 말했다. "두 번 더 칠 수 있어요."

"정말 멋진 여성이지요?" 내 공 찾는 것을 도와주며 테렌스가 말했다.

'천만의 말씀.' 나는 생각했다. '그리고 설사 그렇다 할지라도 당신은 저 여자와 사랑에 빠지면 안 되게 되어 있어. 당신은 모드와 사랑에 빠지게 되어 있다고. 기차역에서 모드를 만날 운명이었는데 모든 게 내 잘못이야. 내 잘못. 내 잘못.'

"헨리 씨, 당신 차례예요." 토시가 조급하게 말했다.

"아." 나는 무턱대고 가장 가까이에 있는 공을 쳤다.

"파울이에요, 헨리 씨. 아웃이에요." 토시가 조급하게 말했다.

"뭐가요?"

"저 공을 치면 안 돼요, 헨리 씨." 토시가 말했다. "이미 한 번 쳤잖아요. 모든 철문을 돌 때까지 당신은 저 공을 더 이상 치면 안 된다고요."

"이런." 나는 대신 삼주문을 목표로 삼았다.

"저 문이 아니에요. 그냥 문을 건너뛰려고 하면 파울로 간주하겠어요." 금발을 설레설레 흔들며 토시가 말했다.

"미안해요." 나는 정신을 집중하려 애썼다.

---

152 크로케 경기에서 자기 공으로 상대방 공을 맞혔을 때 외치는 말

"헨리 씨는 미국식 규칙에 익숙하셔." 베리티가 말했다.

나는 베리티 옆으로 걸어가 토시가 샷을 준비하는 광경을 지켜보았다. 토시는 마치 당구를 치듯 공이 어떤 방향으로 튕겨 나갈지를 계산하고 있었다.

베리티가 입을 열었다. "더 문제가 되는 사실은 테렌스와 모드의 손자 가운데 한 명이 제2차 세계대전 당시 영국 공군 조종사였다는 점이에요. 베를린으로 최초의 폭격을 나갔어요."

"테렌스!" 토시가 말했다. "당신의 짐승 때문에 내가 더블 로키를 못 하겠어요."

테렌스는 순순히 시릴을 치웠다. 토시는 나무망치로 어떤 공이 서로 부딪칠지 그 가능성을 타진해보고 있었다.

나는 그곳에서 서서 토시가 샷을 준비하는 과정을 멍하니 지켜보았다. 베리티는 아무런 말도 하지 않았다. 사실 아무 말도 필요 없었다. 나는 최초의 베를린 폭격에 관한 모든 내용을 알고 있었다. 그 사건은 영국 본토 항공전이 한창인 1940년 9월에 일어났는데 애초에 히틀러는 자기 조국에 폭격이 일어나지 않으리라고 단언했었고, 폭격을 받자 런던에 전면적인 폭격을 할 것을 명령했다. 그리고 11월, 코번트리에 폭격이 있었다.

토시는 나무망치를 휘둘렀다. 토시가 친 공은 내 공을 맞히더니 방향을 바꿔 베리티의 공을 맞히고는 철문으로 곧장 들어갔다.

그 폭격 덕분에 수적 열세에도 영국 공군은 살아남을 수 있었다. 만약 독일 공군이 민간인으로 그 폭격 대상을 바꾸지 않았다면 영국 본토 항공전에서 독일이 승리했을 것이다. 그리고 히틀러가 침공해 왔을 것이고.

15

"실 하나만 잡아당겨도 천은 망가지리.
일천 개의 건반에서 단 하나만 부순다 해도
그 고통스레 거슬리는 음은 전체를 울리리."

— 존 그린리프 휘티어

한밤의 방문자들 — 화재 — 타이타닉호와 유사한 점들이 더 나타나다 — 영혼 — 몽유병 —
진주만 — 물고기 — 일꾼과의 대화 — 핀치 — 못된 짓을 꾸미다 —
베리티와 함께 강에서 보트를 타다 — 라틴어로 청혼할 때의 장점과 단점 —
나폴레옹의 건강 문제 — 잠 — 문학과 현실의 유사점 — 발표

뮤칭스 엔드에서 보내는 두 번째 밤은 첫 번째 밤만큼이나 평안했다. 테렌스는 나와 토시가 채티스번가에 갔다 오면서 토시가 자신에 관해 무슨 이야기를 했는지 말해달라고 내 방에 찾아와서는 토시의 눈이 '여명의 별'[153]처럼 아름답지 않으냐는 따위의 이야기를 해댔으며, 테렌스가 돌아가고 나서는 시릴을 데리러 계단을 내려갔다 와야 했다. 그다음에는 베인이 코코아를 들고 찾아와서 미국인들은 모두가 총을 가지고 다니느냐고 물었다. 나는 아니라고 대답했다.

"저는 또한 미국에서는 사람들이 사회적 계급에 관해 별 관심이 없으며, 그 장벽이 이곳보다 덜하다는 이야기도 들었습니다."

나는 총과 계급이 무슨 관계가 있는 건지 궁금해하면서 혹시 베인이 범죄자의 삶을 꿈꾸는 건 아닌가 하는 생각이 들었다.

"그곳은 분명히 모든 사람이 자신의 꿈을 찾을 자유가 있는 곳이지요."

---

153 윌리엄 워즈워스, '완벽한 여인'

내가 말했다. "그리고 이룰 수도 있고요."

"앤드루 카네기라는 기업가가 광부의 아들이라는 말이 사실인가요?" 베인의 질문에 내가 그렇다고 대답하자, 베인은 코코아를 따라주고는 아주 먼드 공주를 찾아줘서 고맙다며 다시 한번 고마움을 표했다. "아주먼드 공주가 돌아와서 메링 아가씨가 즐거워하는 모습을 보니 무척이나 기분이 좋습니다."

내 생각에 토시가 행복한 이유는 크로케 경기에서 모든 사람을 혼내주었기 때문인 듯했지만 차마 그렇게 말하지는 못했다.

"보답의 차원에서 제가 뭔가 해드릴 일이 있으면…."

'베를린으로 가서 폭격을 해줄 수는 없겠죠?' 나는 생각했다.

크로케 경기의 막바지에 이르러서 토시가 테렌스의 공을 이리저리 못살게 굴고 있는 동안, 베리티는 이제 더 이상의 모순이 일어나게 하면 안 된다면서 나더러 모드의 편지를 확실하게 없애라고 했다. 그래서 나는 베인이 방을 나가자마자 문을 잠그고 창문을 연 다음, 편지를 등유 램프의 불꽃 위에 놓았다.

편지지는 가장자리가 오그라들면서 타올랐다. 그 순간, 불이 붙은 편지지 일부가 책상 위에 있는 드라이플라워 다발 쪽으로 날아갔다. 나는 의자에 부딪혀가면서 불꽃을 잡기 위해 펄쩍 뛰며 손을 힘차게 휘둘렀지만, 불꽃을 드라이플라워 쪽으로 더 가까이 가게 했을 뿐이었다.

'멋지군. 모순이 일어나지 않게 하려다가 집을 태우겠어.'

나는 다시 한번 손을 휘둘렀지만 불타는 편지지는 내 손이 닿지 않는 곳에서 빙빙 회전하며 천천히 마루로 떨어졌다. 나는 불꽃이 떨어지는 곳으로 손바닥을 펴고 몸을 날렸지만 그 전에 이미 불꽃은 사그라지면서 재만 남았다.

그리고 문을 긁는 소리가 들려와 문을 열어보니 베리티와 아주먼드 공주였다. 고양이는 즉시 베개로 뛰어들더니 베개와 함께 축 퍼졌고 베리티는 침대 끄트머리에 앉았다.

"있잖아요." 내가 말했다. "당신이 또다시 미래로 갔다 올 필요는 없다고 생각해요. 지난 24시간 동안 이미 두 번이나 갔다 왔잖아요. 그리고⋯."

"벌써 갔다 온걸요. 그리고 좋은 소식이 있어요." 행복한 웃음을 지으며 베리티가 말했다.

"진짜로 좋은 소식이에요? 아니면 시차 증후군 때문에 그냥 행복한 건가요?" 의심을 담은 목소리로 내가 말했다.

"좋은 소식이에요." 베리티는 대답하더니 얼굴을 찌푸렸다. "적어도 그 사람들은 그렇게 말했어요. 나는 테렌스의 손자와 폭격에 관해 뭔가 알아낸 게 있는지를 물어봤거든요. 루이스 말로는 베를린 폭격은 분기점이 아니라는군요. 비행장이나 베를린에서는 시간 여행 편차의 증가가 없었대요. 그리고 폭격에 관한 모의실험도 수행해보았는데 테렌스의 손자는 역사에 장기적인 영향을 전혀 끼치지 않았다는군요. 저 코코아, 내가 마셔도 되나요?"

"네." 내가 말했다. "왜 영향을 안 끼쳤대요?"

베리티는 침대에서 가볍게 일어나 협탁으로 갔다. "왜냐하면, 81개의 폭격 계획 가운데 29개가 베를린 폭격이었거든요." 코코아를 따르며 베리티가 말했다. "조종사 한 명이 결과를 바꿀 수는 없을 거예요. 특히 히틀러가 보복 폭격을 결심한 이유는 폭격으로 큰 피해를 보았기 때문이 아니라 자기 조국에 폭탄이 떨어질 수 있다는 두려움 때문이었거든요. 그리고 그 이후로 세 번의 공습이 더 있었어요." 베리티는 컵과 받침 접시를 가지고 침대 가장자리에 앉았다.

나는 공습이 네 번 있었다는 사실을 까맣게 잊고 있었다. 만세! 그건 완충 장치가 있다는 뜻이었다.

"그뿐만이 아니에요." 코코아를 홀짝이며 베리티가 말했다. "던워디 교수님 말씀에 따르자면, 모든 증거로 미루어볼 때 나치의 공군 사령관 괴링은 이미 런던을 폭격하기로 결심을 굳힌 상태였고, 베를린 폭격은 단순히 핑계에 지나지 않았다는군요. 그러니 그 손자에 대해서는 걱정할 필요가 없어요. 전쟁의 결과를 전혀 바꾸지 못할 테니까요. 다만⋯."

'다만'이라는 단어가 거슬렸다.

"…폭격과 관련해서 우리가 알아야만 하는 분기점이 있어요. 8월 24일에 독일 폭격기 두 대가 우연히 런던을 폭격한 사건이지요."

그 사건에 대해서는 나도 이미 알고 있었다. 페딕 교수가 주장하는 개인 행동의 한 예였다. 그리고 사고와 우연의 한 예이기도 했다. 그 두 대의 독일 폭격기는 로체스터에 있는 비행기 제조창과 템스 헤이븐에 있는 기름 저장 탱크를 폭격하기 위한 대대적 폭격 편대의 일부였다. 편대를 이끄는 폭격기에는 레이더가 있었지만 다른 폭격기들은 그렇지 못했고, 이들 폭격기 가운데 두 대는 동료들과 헤어지면서 방공포 세례를 만나게 되었으며 이 때문에 자신들이 싣고 있던 폭탄을 투하하고 도망가버렸다. 불행히도, 그 폭격기들은 런던 상공을 날고 있었으며 그들이 버린 폭탄은 세인트가일즈 교회와 크리플게이트를 부수면서 민간인을 죽였다.

그 앙갚음으로 처칠은 베를린 공습을 했고, 베를린 공습에 대한 복수로 히틀러는 런던 폭격을 명령했다. 마치 고양이는 쥐를 잡고 쥐는 다시….

"던워디 교수님과 루이스는 테렌스의 손자와 두 대의 독일 폭격기 사이에서 아무런 연관도 발견하지 못했대요." 코코아를 홀짝이며 베리티가 말했다. "하지만 이에 대해 세밀히 조사하고 있어요. 그리고 그 손자가 영국 공군 조종사였기 때문에 그 사람이 한 행동, 예를 들어 독일 공군 폭격기를 격추했다거나 하는 행동이 중요할 가능성도 있어요. 그 점에 대해서도 조사를 하고 있고요."

"그러면 그사이에 우리는 뭘 해야 하는 거죠?"

"할 수 있는 모든 일을 해야죠. 가능하다면 테렌스를 옥스퍼드로 보내 모드를 만나게 해야 하고요. 당신이 내일 페딕 교수를 만나서 옥스퍼드로 돌아가 누이와 조카딸을 만나야 하지 않겠느냐고 설득해줬으면 좋겠어요. 나는 테렌스를 설득할 거고, 기회를 봐서 일기장에 다시 한번 도전해볼 생각이에요."

"그게 좋은 방법 같아요?" 내가 말했다. "생각해봤는데, 우리가 사는 세계는 혼돈계예요. 즉 원인과 결과가 선형적이 아니라는 말이죠. 어쩌면 우리가 모순을 고치려고 하는 행동이 일을 더 복잡하게 만드는 걸지도 몰라요. 타이타닉호를 생각해봐요. 만약 그때 빙산을 피하려고 하지 않았다면 배는….”

“빙산과 정면으로 충돌했겠죠.” 베리티가 말했다.

“맞아요. 그러면 배는 손상을 입었겠지만 가라앉지는 않았을 거예요. 배를 돌리려고 하는 바람에 빙산이 배의 방수 구획실을 찢어버린 거고, 그 때문에 배는 돌처럼 가라앉은 거죠.”

“당신 생각은 토시와 테렌스가 그냥 약혼하게 내버려두자는 건가요?” 베리티가 말했다.

“모르겠어요.” 내가 말했다. “어쩌면 그 둘을 찢어놓으려는 행동을 멈추면, 테렌스는 토시가 진짜로 어떤 여자인지 깨닫고 자신의 열병에서 깨어날지도 몰라요.”

“그럴 수도 있겠죠.” 케이크를 열심히 먹으며 베리티가 말했다. “하지만 또 한편으로는, 만약 누군가가 타이타닉호에 처음부터 충분한 수의 구명보트를 실었다면 물에 빠져 죽은 사람은 없었을 거예요.” 베리티는 코코아를 다 마시고 잔과 받침 접시를 협탁에 갖다 놓았다.

“2018년의 시간 여행 편차는 어때요? 왜 그런 결과가 생겼는지 알아냈다던가요?” 내가 물었다.

베리티는 고개를 저었다. “비트너 부인은 아무것도 기억하지 못하더군요. 2018년은 후지사키 교수가 학생 시절 모순이 일어날 가능성에 관한 연구를 막 시작한 해였고, 만약 편차가 너무 커지면 자동으로 네트가 닫히도록 바꾸었지만, 그때는 9월이었죠. 편차가 증가한 시기는 4월이에요.”

베리티는 문을 열고 바깥을 살펴보았다. “어쩌면 내일 아침 C 아무개 씨가 바자회 준비를 도와주러 올지도 모르고, 그러면 우리는 아무 일 안 해도 되겠죠.” 베리티가 속삭였다.

“아니면 우리는 빙산과 부딪칠 수도 있고요.” 내가 속삭였다.

베리티가 나가자마자, 나는 핀치에 대해 아무것도 묻지 않았다는 사실을 깨달았다.

베리티가 자신의 방으로 안전하게 돌아갈 수 있게끔 5분 동안 기다린

다음, 가운을 걸치고 살금살금 조심스레 복도를 지나갔다. 나는 어둠 속에서도 라오콘(나는 라오콘이 처한 상황에 공감할 수 있었다), 양치류 화분, 다윈 흉상, 우산꽂이 등 모든 장애물을 조심하며 움직였다.

나는 베리티의 방문을 살살 두드렸다.

베리티는 즉시 문을 열었다. 놀란 표정이었다. "당신은 여기 오면 안 돼요." 베리티는 말하며 메링 부인 방이 있는 쪽 복도를 초조한 눈으로 살펴보았다.

"미안해요." 나는 조그맣게 속삭이고 방 안으로 미끄러지듯 들어갔다.

베리티는 조심스레 문을 닫았다. 찰칵하고 문 닫히는 소리가 조그맣게 들렸다. "무슨 일인데요?" 베리티가 속삭였다.

"핀치가 여기서 뭘 하는지 알아냈나 해서요."

베리티는 걱정스러운 표정으로 말했다. "던워디 교수님도 아무 말 안 해주려고 하더군요. 핀치가 당신에게 한 말과 같은 말을 했어요. '연관된 계획'이라고 말이죠. 아주먼드 공주를 물에 빠뜨려 죽이려고 온 거 같아요."

"뭐라고요?" 속삭여야 한다는 사실을 깜빡하고 내가 소리쳤다. "핀치가요? 농담하지 마세요."

베리티는 고개를 저었다. "필적 전문가가 아주먼드 공주에 대한 언급의 일부를 해독했어요. '물에 빠져 죽은 불쌍한 아주먼드 공주…'라고 씌어 있었어요."

"하지만 고양이를 잃어버린 동안에 쓴 내용일지도 모르잖아요? 그리고 왜 하필이면 핀치를 보내요? 핀치는 파리 한 마리도 죽이지 못하는 사람인데요."

"모르겠어요." 베리티가 말했다. "아마 우리를 믿을 수 없는데다 그쪽에서 보낼 수 있는 사람은 이제 핀치밖에 없는 모양이죠."

닥치는 대로 사람을 채용하려는 슈라프넬 여사의 경향을 생각해보면 당연히 그럴 수 있겠다는 생각이 들었다. "하지만 그렇다고 해도 핀치를요?" 여전히 이해가 안 된 내가 말했다. "그리고 만약 그 일을 하기 위해서 왔다면, 왜 이 집이 아니라 채티스번 부인 집으로 간 거죠?"

"메링 부인이 핀치를 훔칠 것으로 예상했나 보죠, 뭐."

"당신은 강하를 너무 많이 했어요. 이 문제에 관해서는 내일 계속 이야기해요." 나는 말을 마치고 칠흑같이 어두운 홀을 살펴본 다음, 살금살금 문을 빠져나왔다.

베리티는 내 뒤에서 조용히 문을 닫았고 나는 복도를 걷기 시작했다. 그리고 우산꽂이를 지나….

"여보!" 메링 부인이 소리쳤다. 갑자기 복도가 불빛으로 밝아졌다. "이럴 줄 알았어요!" 메링 부인이 등유 램프를 들고 나타났다.

계단 끄트머리까지 달려가기에는 너무나 먼 거리인데다 그쪽에서는 촛불을 들고 베인이 올라오고 있었다. 베리티의 문 앞이라는, 범죄자라는 누명을 쓰기에 알맞은 이 장소를 벗어날 시간마저 없었다. 던워디 교수가 보장했던 빅토리아 시대에는 이런 상황이 없었는데.

아래층으로 책을 가지러 갔다 왔다고 말하면 어떨까 하는 생각을 해보았다. 촛불도 없이 말이다. 그렇다면 책은? 엉뚱하게도, 《월장석》에 나오는 인물처럼 나도 몽유병에 걸렸다고 주장하면 어떨까 하는 생각도 들었다.

"저는…." 내가 무언가 변명하려 했지만, 메링 부인에 의해 중단됐다.

"이럴 줄 알았어요!" 메링 부인이 말했다. "당신도 들은 거죠, 헨리 씨, 그렇죠?"

컬 클립을 한 토시가 방문을 열고 빼꼼히 내다보았다. "무슨 일이에요, 엄마?"

"영혼이야!" 메링 부인이 말했다. "헨리 씨도 들었지. 그렇죠?"

"네." 내가 말했다. "저도 그것 때문에 막 나온 참이었습니다. 도둑인 줄 알았는데 아무도 없었습니다."

"당신도 들었어요, 베인?" 메링 부인이 다그치듯 물었다. "똑똑 두드리는 소리가 아주 약하게 나더니 그다음에는 속삭이는 소리였는데."

"못 들었습니다, 마님." 베인이 말했다. "저는 거실에서 내일 아침 식사에 쓸 은식기를 준비하고 있었습니다."

"하지만 당신은 들었죠, 헨리 씨." 메링 부인이 말했다. "당신이 들었다는 걸 난 알아요. 내가 복도에 나왔을 때 당신 얼굴이 백지장처럼 창백했으니까요. 똑똑 두드리는 소리가 났고 그다음에는 속삭임이 들렸고 그다음에는…."

"영혼의 신음 소리였죠." 내가 말을 보탰다.

"그거예요!" 메링 부인이 말했다. "한 명 이상의 영혼이 와서 서로 대화를 나눈 게 틀림없어요. 뭔가 보셨나요, 헨리 씨?"

"흰색으로 가물거리는 빛이 보였습니다." 베리티가 문을 닫는 모습을 부인이 봤을 경우에 대비해 내가 말했다. "잠시 보이더니 사라지더군요."

"오!" 메링 부인이 흥분해 말했다. "여보! 이리 와보세요! 헨리 씨가 유령을 봤어요."

메링 대령은 대답하지 않았고 부인이 대령을 다시 부르기까지, 잠시 복도는 조용해졌다. 그사이 시릴의 코 고는 소리가 복도를 둥둥 떠다녔다. 아직 위기 상황이었다.

"저기요!" 슈라프넬 여사의 초상화 위쪽 벽을 가리키며 내가 말했다. "저 소리 들리세요?"

"들려요!" 메링 부인은 가슴에 손을 파묻으며 말했다. "무슨 소리 같은가요?"

"종소리 같군요." 나는 되는 대로 꾸며 말했다. "흐느끼는 소리 같기도…."

"맞아요." 메링 부인이 말했다. "다락방이에요. 베인, 다락방 문을 열어요. 올라갈 테니까."

이 시점에서 마침내 베리티가 실내복 자락을 움켜쥐고 졸린 눈을 하며 나타났다. "무슨 일이죠, 이모?"

"네가 정자에서 이틀 전에 봤다던 영혼이 나타났어!" 메링 부인이 말했다. "지금 다락방에 있어!"

바로 그때 시릴이 엄청난 소리로 코를 골았고, 그 소리가 내 방 쪽에서 들려온다는 사실은 너무나도 뚜렷했다.

베리티는 순간, 천장을 쳐다봤다. "저도 들었어요!" 베리티가 말했다. "위쪽에서 영혼의 걸음 소리가 들려요."

우리는 이후 2시간 동안 다락방에서 거미줄을 뒤집어쓰며 사라진 흰색

빛을 찾아다녔다. 메링 부인은 유령을 찾지 못했지만, 잡동사니 판매장에 내놓을 수 있는 진홍색 유리로 된 과일 접시 하나, 에드윈 랜시어 경의 '협곡의 군주' 석판화 한 장, 좀이 슨 호랑이 가죽 깔개 한 장을 찾아냈다.

부인은 불쌍한 베인에게 이 물건들을 아래로 내려놓으라고 명령했다. "놀라워요, 정말 놀라워. 다락방에서 이런 보물들을 찾을 수 있다니. 그렇죠, 헨리 씨?" 부인은 무척이나 기뻐하며 말했다.

"음…." 하품하며 나는 얼버무렸다.

"아무래도 유령은 이 집을 떠난 것 같습니다만…." 베인이 다락방으로 다시 올라오며 말했다. "그게 아니래도 우리가 계속 왔다 갔다 하면 유령에게 겁만 줄 것 같습니다."

"당신 말이 맞아요, 베인." 부인의 말에 마침내 우리는 잠을 자러 갈 수 있었다.

우리가 복도로 내려왔을 때, 나는 시릴이 다시 코를 골면 어쩌나 하고 걱정을 했지만 내 방에서는 아무런 소리도 들려오지 않았다. 시릴과 아주먼드 공주는 침대 중앙에 꼿꼿이 서서 서로 코를(시릴의 코도 코라고 한다면 말이지만) 맞대고 눈싸움하고 있었다.

"눈싸움하지 마." 나는 가운을 벗고 침대로 기어들어 가며 말했다. "코고는 것도 안 돼. 제멋대로 누워 침대를 다 차지하는 것도 안 되고."

개나 고양이가 사람 말을 알아들을 리가 없지. 대신에 녀석들은 침대에서 빙빙 돌며 상대방의 꼬리를(시릴의 꼬리도 꼬리라고 할 수 있다면 말이지만) 킁킁거리더니 서로를 노려보았다.

"누워서 자!" 나는 녀석들을 꾸짖고는 어둠 속에서 침대에 누웠다. 앞으로 무엇을 해야 하는지에 대한 걱정과 함께 런던 폭격에 관한 생각이 머릿속을 맴돌았다.

그 사건이 분기점이라는 주장은 일리가 있었다. 그 사건에는 단 두 대의 폭격기만 관련되었기 때문에 사건의 진행 방향을 바꾸기 위해서는 아주 작은 계기만 있어도 될 것이다. 조종사들은 표식을 알아보고 자신들이 어디에 있는지 깨달았을 수도 있었다. 또는 어디 호박밭이나 영국 해협에 폭탄을 떨어뜨렸든가 아니면 폭격기가 방공포에 격추되었을 수도 있었다. 또는 아무도 알아차리지 못하는 더 작은 사건일 수도 있었다. 이 세계는 혼돈계이니 말이다.

그러므로 우리가 무엇을 해야 하고 무엇을 하지 말아야 하는지, 테렌스와 모드의 결혼에 어떤 영향을 끼칠지에 대해서 그 무엇도 알 도리가 없었다.

시릴과 아주먼드 공주는 여전히 침대 위를 돌아다니고 있었다. "누워 자라니까!" 놀랍게도 내 말을 듣고 시릴은 내 발치에 털썩 엎드렸다. 아주먼드 공주는 그런 시릴에게 걸어가서 머리 옆에 자리를 잡고 앉더니 시릴의 코를 잽싸게 한 대 때렸다. 시릴은 기분이 상한 듯 일어나 앉았고, 아주먼드 공주는 자기 자리에서 기지개를 켰다.

만약 그렇게 간단하기만 하다면 말이다. 작용과 반작용. 원인과 결과. 하지만 혼돈계에서는 일의 결과가 늘 뜻하는 대로 되지만은 않는 법.

저녁때 내가 태우려고 했던 편지를 보라. 그리고 '네바다' 전함을 생각해보자. 그 전함은 진주만 공습의 1차 공격대에 공격받았지만 가라앉지 않았다. 전함은 엔진을 가동해 진주만을 빠져나가 작전을 펼치려 했다. 하지만 그 결과, 전함이 해협에서 거의 가라앉는 바람에 진주만 전체의 통행을 몇 달 동안 막아버리게 되었다.

다른 한편으로는, 오파나 기지의 레이더 기술자가 진주만 공습이 일어나기 거의 50분 전인 오전 7시 5분에 자기 상관에게 전화해 정체불명의 비행기들이 북쪽으로부터 수없이 많이 다가온다는 보고를 올렸다. 하지만 상관은 아무 일도 아니니 무시하라고 말하고는 다시 잠을 잤다.

그리고 휠러 비행장의 예도 있었다. 미국은 사보타주를 피해 모든 전투기를 비행장 한가운데에 모아놓았다. 그 덕분에 일본군 제로 전투기는 정확히 2분 30초 만에 비행장에 있던 비행기를 전부 다 파괴할 수 있었다.

슈라프넬 여사의 모토는 '신은 사소해 보이는 바로 그곳에 계신다'이지만, 내 모토는 순식간에 '일을 하든 안 하든 망칠 뿐이다'가 되어버렸다.

나는 아침 식사 시간이 될 때까지도 진주만에 대해 생각하고 있었다. 토시는 아주먼드 공주를 안고 뷔페장 옆에 서서 은그릇의 뚜껑을 하나씩 열었다가 실망한 표정으로 다시 닫았다.

토시에게 어떤 연민을 느낀 것은 이번이 처음이었다. 불쌍한 사람. 아침 식사로 시시하고 비참한 음식들을 먹어야만 하는 운명이라니. 학교에 가는 것도 안 되고 그렇다고 무슨 의미 있는 일을 할 수도 없고 더구나 뱀장어 파 이까지 먹어야만 하다니. 그동안 내가 토시에게 너무 못되게 굴었다고 생각하고 있을 즈음, 토시는 울부짖는 늑대 그릇 뚜껑을 쾅 닫더니 그릇 옆에 있는 은종을 집어 들고 격렬하게 흔들어댔다.

즉시 베인이 나타났다. 베인의 팔에는 코코넛이 한 아름 안겨 있었고, 어깨에는 기다란 보랏빛 천을 둘렀다. "부르셨습니까, 아가씨?" 베인이 말했다.

"오늘 아침에는 왜 생선 요리가 없죠?" 토시가 말했다.

"내일 있을 바자회에 쓸 케이크와 과자를 만드느라 포시 부인이 바빠서 요." 베인이 말했다. "그래서 제가 네 가지 요리면 충분할 거라고 했습니다."

"하지만 충분치 않아요." 토시가 땍땍거렸다.

제인이 장식된 덮개를 한 아름 안고 오더니 토시에게 가볍게 무릎 굽혀 인사를 하고는 황급히 말했다. "죄송합니다, 아가씨. 베인 씨, 사람들이 차 판매용 천막을 가져왔고 스티긴스 양의 하인은 여벌의 의자를 어디에 놓아 야 하느냐고 묻는데요?"

"고마워요, 제인." 베인이 말했다. "곧 간다고 전해주세요."

"네." 제인은 대답을 마치고 가볍게 머리를 숙여 인사한 뒤 방을 나갔다.

"구운 송어를 먹고 싶어요. 포시 부인이 바쁘다니까 당신이 준비해주세 요." 내가 만약 베인이었다면 들고 있던 코코넛으로 머리를 한 방 때려줬을 텐데.

베인은 그냥 사납게 노려보기만 하는 모습이 포커페이스를 유지하려고 애를 쓰는 게 분명했다. "아가씨 뜻대로 하겠습니다." 베인은 고양이를 바라 보았다. "만약 제가 말하는 것을 허락하신다면, 아가씨의 반려동물에게 생선 을 먹게 하는 것은 동물에게 안 좋습니다. 그건 그저…."

"나는 말하는 것을 허락하지 않았어요." 토시가 고압적으로 말했다. "당 신은 하인이에요. 즉시 구운 송어 요리를 가져와요."

"아가씨 뜻대로 하겠습니다." 베인은 코코넛을 떨어뜨리지 않기 위해 곡예를 하며 방을 나갔다.

"은접시에 담아 오세요." 토시가 베인의 뒤통수에 대고 외쳤다. "그리고 테렌스의 그 못된 개를 묶어두세요. 오늘 아침에도 우리 예쁜 주주를 쫓아 다니려고 하더라고요."

좋아, 결정했어. 우리가 참견하는 것이 시공 연속체에 어떤 악영향을 끼치든 간에 토시가 테렌스와 결혼하게끔 놔두지는 않겠어. 시릴이, 그리고 베인이 쓸데없이 괴로움을 참고 견뎌내며 살아가야 하는 우주 따위는 지옥으로 꺼지라 해.

나는 페딕 교수가 있는 2층으로 달려갔다. 교수는 방에 없었지만, 테렌스가 자기 방에서 면도하고 있었다.

"생각해봤는데요." 거품솔로 얼굴에 비누 거품을 바르고 있는 테렌스를 홀린 듯 바라보며 내가 말했다. "페딕 교수님이 옥스퍼드를 떠난 지가 벌써 사흘이나 되었잖아요. 그런데 우리는 아직도 러니미드로 가지 못했어요. 그러니 그곳에 오늘 정도에는 갔다가 내일은 옥스퍼드로 돌아가야만 해요. 그러니까 내 말은, 우리가 여기 있으면 잡동사니 판매장이나 기타 모든 것에 방해만 된다는 거죠."

"메링 양에게 바자회를 도와주겠다고 약속한걸요." 위험천만해 보이는 면도칼로 뺨을 긁으며 테렌스가 말했다. "조랑말 타기 코너를 맡아주길 바라더군요."

"우리는 오늘 오후 기차로 교수님을 옥스퍼드까지 모셔다드릴 수 있어요." 내가 말했다. "그리고 바자회 때까지 시간 맞춰 돌아오면 돼요. 교수님의 누이와 조카딸이 교수님을 보고 싶어 할 게 분명하잖아요."

"전보를 보냈잖아요." 턱을 면도하며 테렌스가 말했다.

"하지만 그분들이 그리 오래 머물지는 않을 거예요." 내가 말했다. "교수님이 먼 데서 온 친척분들을 만나지 못하는 건 너무하잖아요."

테렌스는 내 말에 확신이 안 서는 표정을 지었다.

인용구를 말하기 딱 알맞은 시점이라고 생각하고 내가 말했다. "'시간은 유수와 같은 것, 일단 지나가면 다시는 돌아오지 않으리.'"

테렌스는 목덜미를 면도날로 어루만지며 만족스러운 목소리로 말했다. "맞아요. 하지만 페딕 교수님의 친척 같은 사람들은 영원히 머무를 거예요." 테렌스는 수건으로 남은 비누 거품을 닦아냈다. "파란 스타킹을 신는 그 조카는 아마도 여자 대학교 설립이나 참정권 획득 같은 주장을 하려고 왔을 거예요. 학기 내내 옥스퍼드에 머무르겠죠. 현대 여성이라니! 메링 양이 구식 여성인 게 얼마나 다행인지. 수줍어하고 얌전하고 '우윳빛 가시에 맺힌 이슬처럼 달콤하고, 기쁨의 전율처럼 황홀한 그대여.'"[154]

가망이 없었다. 그래도 나는 몇 분간 더 시도한 다음, 방을 나와 페딕 교수를 설득하러 갔다.

하지만 그럴 수 없었다. 메링 부인이 양어지로 가는 길에 숨어 있다가 나를 잡아서 마을에 벽보를 붙이고 오라고 했으며, 일을 마치고 돌아왔을 때는 거의 정오가 다 되었다.

베리티는 잔디에 있는 사다리에 올라가서 일꾼들이 망치질하는 간이 판매장 사이에 종이 초롱을 달고 있었다.

"일기장을 찾았나요?"

"아니요." 베리티는 끔찍하다는 듯이 말했다. "구석구석은 물론이고 주름 장식 하나하나까지 샅샅이 뒤져보았지만, 아무것도 없었어요." 베리티는 사다리에서 내려왔다. "테렌스 쪽은 어때요?"

나는 고개를 저었다. "어디 있는데요?" 간이 판매장을 둘러보며 내가 말했다. "토시와 함께 있나요?"

"아니요." 베리티가 말했다. "메링 부인이 테렌스를 고링으로 보내 낚시터에서 줄 상품을 사 오라고 시켰어요. 그리고 토시는 채티스번가에 모자용 리본을 빌리러 갔어요. 오후 내내 여기에 없을 거예요."

"리본요?"

베리티는 고개를 끄덕였다. "연한 자줏빛과 푸른색 중간쯤 되는 라일락

154   로버트 번즈, '에든버러로 보내는 인사말'

색 차양이 필요하다고 토시에게 말했어요. 라벤더 블루가 약간 들어가야 한다면서요. 그리고 채티스번의 딸들은 당신에 관해 모든 걸 물어보겠죠. 토시와 테렌스는 티타임까지는 안전하게 떨어져 있을 거예요."

"잘됐군요." 내가 말했다. "오후에는 페딕 교수를 설득해볼 생각입니다."

"말도 안 되는 소리!" 메링 부인의 목소리 때문에 나는 거의 심장 마비에 걸릴 뻔했다. 슈라프넬 여사의 목소리와 너무나도 똑같았다. "바자회는 내일이에요! 그때까지는 내 수정 구슬이 있어야 한단 말이에요!"

나는 일을 하는 것처럼 보이기 위해 종이 초롱을 들고 모직 제품 판매대 뒤에서 고개를 내민 채로 반쯤 완성된 점집 코너를 엿보았다.

프록코트에 실크햇 그리고 판매원용 앞치마를 두른 일꾼 한 명이 마차에서 움찔거리며 내렸다. 그 사람은 공손하게 말했다. "펠펌 앤 먼캐스터 상점은 이런 불편을 끼쳐 드린 것에 대해 심히 죄송스럽게 생각하며, 최선의 노력을 기울여…."

"불편?" 메링 부인이 고함쳤다. "우리는 지금 재건축 모금을 하려는 거예요!"

나는 베리티에게 돌아갔다. "수정 구슬이 도착하지 않았다네요."

"당신, 그게 있으면 무슨 일이 일어날지 내다볼 수 있다고 생각하고 있군요." 베리티가 웃으며 말했다. "만약 페딕 교수를 잡을 생각이라면 서둘러야 할 거예요. 대령과 함께 낚시를 떠날 모양이니까요."

"오후 4시까지 여기에 준비해놓으세요." 메링 부인이 우렁찬 목소리로 말했다.

"하지만 부인. 그건…."

"4시 정각이요!"

"페딕 교수가 어디에 있는지 아세요?" 나는 베리티에게 물었다.

"서재에 있을 거예요." 베리티는 종이 초롱을 들더니 사다리에 올라가기 위해 치마를 약간 들어 올렸다. "페딕 교수는 배녹번 전투[155]에 대한 자

---

155 1314년 6월 23~24일에 있었던 전투로, 로버트 더 브루스가 이끄는 스코틀랜드인들이 에드워드 2세의 영국군에 맞서 독립을 쟁취했다.

료를 찾고 있어요." 베리티는 다시 사다리를 한 칸 내려왔다. "당신이 핀치에 관해 말한 것을 계속 생각해봤는데, 당신 말이 맞아요. 핀치는 고양이를 빠뜨려 죽일 그런 유형의 사람은 아니에요." 베리티는 손을 이마에 댔다. "나는 시차 증후군이 심해지면 제대로 생각을 못 하거든요."

"그 기분 나도 알죠." 내가 말했다.

"하지만 시차 증후군이 아니래도 핀치가 여기서 뭘 하는지는 도저히 짐작할 수가 없군요." 베리티가 말했다. "짐작 가는 거 있으세요?"

나는 머리를 저었다.

"필적 감정가가 혹시 뭔가를 발견했는지 가볼 생각이에요." 베리티가 말했다. "그리고 핀치에 관해서도 알아봐야겠어요. 던워디 교수님은 말씀 안 해주시겠지만, 워더를 통해 알아낼 수 있을지도 몰라요."

나는 고개를 끄덕이고는 페딕 교수를 찾아 길을 떠났다. 또다시 메링 부인이 숨어 있다가 나를 잡지 못하도록 빙 돌아서 갔다.

교수는 서재에도, 응접실에도 없었다. 나는 혹시 하는 마음에 마구간에 갔다가 제인에게 교수의 행방을 아는지 물어보기 위해 집으로 걸음을 옮겼다.

돌아오는 도중에 보니 핀치가 제인과 함께 하인용 휴게실에서 나오고 있었다. 핀치가 뭔가 말하자 제인은 키득거리더니 핀치가 멀어지는 모습을 웃으며 지켜보면서 앞치마를 흔들어댔다.

나는 제인에게 다가갔다. "제인, 핀치가 여기엔 웬일이죠?"

"내일 바자회에 쓸 록 케이크를 가져오셨어요." 아쉬운 듯 핀치의 뒷모습을 바라보며 제인이 말했다. "저분이 우리 집사였으면 좋겠어요. 베인 씨는 저만 보면 평생 하녀로만 살 거냐, 책을 좀 읽어야지 않겠냐면서 나 자신을 개발하려면 어떻게 해야 하는지 훈계를 늘어놓곤 하시죠. 하지만 핀치 씨는 언제나 친절하고 비판은 없이 그냥 재미있는 이야기만 해주세요."

"무슨 이야기를 했죠?" 나는 스쳐 지나가듯 물어보았다.

"그냥 이것저것이요. 내일 있을 바자회랑 내일 제가 케이크를 살 수 있을지 뭐 이런 이야기와 아주먼드 공주가 사라졌던 일에 대한 것들요. 핀치

씨는 특히나 아주먼드 공주에 관심이 많아서 이것저것 모든 걸 묻더군요."

"아주먼드 공주요?" 내가 날카롭게 말했다. "핀치가 뭐라고 했나요?"

"아, 그냥 물에 빠져 죽지 않아서 얼마나 다행인지 모르겠다면서, 새끼를 낳은 적이 있느냐, 스티긴스 양 말에 따르자면 무척 예쁜 고양이라더라, 아주먼드 공주의 새끼 고양이를 스티긴스 양이 키우고 싶어 하더라, 고양이가 메링 양과 늘 함께 붙어 있느냐 아니면 가끔 혼자서도 나돌아다니느냐 뭐 이런 거요."

"고양이를 보고 싶다고 하던가요?"

"그랬어요." 제인이 말했다. "하지만 고양이를 찾을 수가 없었죠. 아주먼드 공주가 대령님의 금붕어를 잡아먹길 좋아한다고 말해드렸어요." 갑자기 제인은 자신이 누구와 이야기하는지를 깨달은 듯했다. "제가 그분과 이야기를 한 게 나쁜 짓은 아니지요, 선생님? 저희는 계속 일하고 있었어요."

"아, 괜찮아요." 내가 말했다. "잡동사니 판매장에 쓸 골동품 장식장을 가져왔는지 궁금해서 물어본 거예요."

"아니요, 선생님." 제인이 말했다. "록 케이크만 가져왔습니다."

"그랬군요." 나는 양어지를 향해 걷다가 제인의 시선을 벗어나자 미친 듯이 달려갔다. 베리티가 옳았다. 핀치는 아주먼드 공주를 뒤쫓아 온 것이었다.

나는 메링 부인이 여전히 아까 그 일꾼에게 고함을 질러대고 있는 잔디밭을 가로질러 베리티가 종이 초롱을 달던 지점을 지나갔다. 사다리는 그자리에 있었지만, 베리티는 보이지 않았다. 벌써 옥스퍼드로 간 건가?

나는 정자로 통하는 라일락 숲을 전력 질주로 지나서 둑에 이르는 길에 도착했다. 아주먼드 공주의 모습은 물론이고 녀석이 강에 던져졌다는 아무런 흔적조차 보이지 않았다. 나는 다시 한번 몇 분이라는 시간이 얼마나 커다란 차이를 가져올 수 있는지에 대해 뼈저리게 느꼈다.

"아주먼드 공주!" 나는 길을 따라 내려가며 소리치다 화원을 가로질러 바위 정원으로 들어섰다.

양어지는 바위 정원의 중간에 벽돌로 테두리를 두른 곳으로, 수면은 수

런으로 덮였다. 연못 옆에는 시릴이 앉아 있었고 가장자리에는 아주먼드 공주가 앉아서 앞발을 물에 담그고 조심스레 움직였다.

"정지!" 내가 외치자 시릴은 펄쩍 뛰어오르더니 죄지은 얼굴을 했다.

아주먼드 공주는 내게는 아무런 관심도 보이지 않고 마치 견지낚시라도 하듯 물에 발을 담그고 있었다.

"좋아, 너희 둘." 내가 말했다. "너희를 현행범으로 체포한다. 따라와." 나는 아주먼드 공주를 안아 들고 집으로 걸음을 옮겼다. 시릴은 내 뒤에서 고개를 푹 수그리고 터벅터벅 따라왔다.

"부끄러운 줄 알아야지!" 나는 시릴에게 말했다. "범죄의 유혹에 넘어가 다니 말이야. 만약 베인이 널 발견했으면 무슨 일이 일어났을지 알기나 하 는 거야?" 그 순간, 정자 옆의 네트가 연결된 곳에서 희미한 빛이 보였다.

나는 주변에서 이 광경을 목격하는 사람이 아무도 없길 바라며 걱정스 러운 눈으로 주위를 둘러보았다. 빛은 점차 밝아졌고 시릴이 으르렁대며 뒷걸음질 치기 시작했다.

정자 옆에서 베리티가 나타나더니 주변을 둘러보았다. "네드!" 나를 발 견한 베리티가 말했다. "이런 곳에서 만나다니 정말 기쁘군요."

"뭘 알아냈나요?" 내가 말했다.

"시릴을 데려오셨군요." 시릴의 머리를 쓰다듬어 주며 베리티가 말했 다. "우리 예쁜 아가 주주도 왔구나." 아주먼드 공주를 받아 팔로 어르면서 속삭였다. 베리티는 아주먼드 공주의 발에 대고 손가락을 흔들다가 장난스 레 톡톡 건드렸다. "울 이쁜이 주인 아가씨가 그러케 애기처럼 말하는 걸 어떠케 보고만 이쓸까요? 또 그럼 맴매해주세여. 아라쩌?"

"베리티." 내가 말했다. "당신 괜찮아요?"

"멀쩡해요." 여전히 고양이 발을 가지고 놀며 베리티가 대답했다. "테렌 스는 어디 있어요?" 잔디밭을 향해 걸음을 옮기면서 베리티가 물었다. "테 렌스에게 말해야겠어요. 토시와 결혼하면 이 우주가 위험에 빠지게 되기 때문에 그러면 안 된다고요. 더구나…." 베리티는 여기에서 목소리를 낮췄 다. "토시는 크로케 경기에서 속임수를 썼잖아요."

"강하를 몇 번이나 한 거죠?" 내가 다그쳐 물었다.

베리티는 얼굴을 찌푸렸다. "열여섯 번요. 아니, 여덟 번. 열두 번." 베리티는 나를 빤히 바라보았다. "당신도 알겠지만, 별로예요."

"뭐가 말인가요?" 나는 베리티가 걱정스러웠다.

"당신의 밀짚모자 말이에요. 그걸 쓰면 당신은 피터 윔지 경처럼 보여요. 특히 그렇게 앞쪽으로 비스듬히 쓰면 말이죠." 베리티는 잔디로 걸어갔다.

나는 베리티로부터 아주먼드 공주를 받아서 땅바닥에 대충 내려놓고는 베리티의 팔을 잡았다.

"토시를 찾아야 해요." 베리티가 말했다. "걔한테 할 말이 몇 가지 있거든요."

"좋은 생각이 아니에요." 내가 말했다. "잠시 앉아서 한숨 돌리죠. 정자에서요." 나는 베리티를 정자로 데려갔다.

베리티는 순순히 따라왔다. "당신을 처음 봤을 때 피터 윔지 경을 닮았다고 생각했어요. 그 밀짚모자를 쓰고 있는 모습이… 아니 그때가 처음이 아니로군요." 베리티가 책망하듯 말했다. "처음 만났던 곳은 던워디 교수님의 사무실이었죠. 그때 당신은 온몸이 검댕으로 뒤덮여 있었어요. 하지만 그래도 여전히 멋있었어요. 비록 입을 헤벌리고 있긴 했지만 말이죠." 베리티는 이상하다는 눈빛으로 나를 바라보았다. "원래 콧수염이 있었던 가요?"

"아니요." 정자의 계단으로 베리티를 안내하며 내가 말했다. "이제 옥스퍼드에서 무슨 일이 있었는지 설명해봐요. 왜 열두 번이나 강하해야만 했죠?"

"일곱 번이에요." 베리티가 말했다. "루이스가 1888년 5월부터 8월 사이에 일어나는 강하에서 편차가 얼마나 생기는지를 알고 싶어 했거든요. 편차가 급격히 증가하는 영역을 찾고 있어요." 베리티는 좀 더 조리에 맞게 말했고, 나는 시차 증후군이라는 것이 일시적인 영향만 있는 것이 아닌가 하는 생각이 들었다.

"루이스는 우리가 일으킨 모순이 패턴에 맞지 않는다고 했어요." 베리티가 말했다. "모순을 중심으로 편차가 급격히 증가하는 영역이 있어야 한대요. 나폴레옹이 워털루 전투에서 왜 졌는지 아세요? 비가 왔어요. 양동이로 퍼붓듯이요."

아니, 내 생각이 틀린 모양이로군. 일시적인 영향이 아닌 게야.

"루이스는 그 모든 강하에 왜 당신만을 보낸 거죠?" 내가 물었다. "캐러더스를 보낼 수도 있잖아요?"

"그 사람을 데려올 수가 없었어요."

"아니, 데려올 수 없던 사람은 신참이었잖아요." 내가 말했다.

베리티는 세차게 고개를 저었다. "캐러더스예요."

베리티가 진실을 말하는 것인지 아니면 헷갈리는지 알 수가 없었다. 아니면 우리가 실은 같은 일에 관해 이야기하고 있지만, 시차 증후군으로 인한 청각 장애, 시력 저하, 이명 현상 때문에 베리티가 완전히 딴소리를 하는지도 몰랐다.

"베리티, 당신은 쉬어야…" 어디에서? 베리티에게 필요한 것은 잠이지만 여기부터 집까지 펼쳐진 지뢰밭을 피해 무사히 베리티를 데려갈 수는 없었다. 아비테지 신부는 하인들을 감독하기 위해 잔디밭에 있을 테고, 메링 부인은 아비테지 신부를 감독할 테고, 토시는 채티스번 부인 집에서 일찌감치 돌아와서 같이 크로케 경기를 할 숙맥 한 쌍을 찾고 있을 것이다.

마구간? 그곳도 안 된다. 마구간에 가기 위해서는 여전히 잔디밭 모퉁이를 지나가야만 했다. 이곳 정자에 머물면서 벤치에 누워 잠시 쉬도록 하는 것이 최상의 방법인 듯했다.

"그랜드 디자인이라는 개념이 뭐가 잘못되었다는 건지 알고 싶군요." 양어지 쪽에서 페딕 교수의 목소리가 들려왔다. "물론 오버포스는 그랜드 디자인을 상상도 못 하죠. 그자의 머릿속에 들어 있는 디자인, 즉 계획이라는 개념은 자기 개에게 나무 타는 법을 가르쳐 지나가는 무고한 사람에게 뛰어들게 하는 겁니다."

"일어나요, 베리티." 베리티를 일으켜 세우며 내가 말했다. "여기 있으면 안 돼요."

"어디로 가는 거죠?" 베리티가 말했다. "잡동사니 판매장으로 가는 건 아니죠? 나는 잡동사니 판매장이 싫어요. 조개껍데기며 장식용 술, 자수, 태팅 레이스, 덩굴무늬, 유리구슬 모두가 지긋지긋해요. 왜 그 사람들은 우리를 그냥 가만 내버려두지 않는 거죠?"

"우리는 그랜드 디자인의 일부이기 때문에 그것을 볼 수가 없습니다." 아까보다 훨씬 가까이서 페딕 교수의 목소리가 들려왔다. "베틀에 감겨 있는 실이 천의 무늬를 볼 수 있겠습니까? 군인이 자신이 싸우고 있는 전장의 전략에 관해 알 수 있겠습니까?" 나는 서둘러 베리티를 정자에서 끌어내 라일락 숲 뒤로 갔다.

"이리 와요." 나는 베리티가 어린아이라도 되는 양, 손을 잡았다. "지금 출발해야 해요. 이쪽으로요."

나는 베리티를 라일락 숲 뒤, 강으로 난 길로 데려갔다. 시릴과 아주먼드 공주가 우리 뒤를 따라왔다. 아주먼드 공주는 걸어가고 있는 우리 발에 감겨 와 거치적거렸다.

"시릴, 테렌스를 찾아봐." 낮은 목소리로 내가 말했다.

"좋은 생각이군요." 베리티가 말했다. "테렌스에게 할 말이 몇 가지 있거든요. '테렌스, 당신은 개를 싫어하는 여자와 어떻게 사랑에 빠질 수가 있지요?' 하고 말할 작정이에요."

우리는 예선로에 들어섰다. "쉬잇." 나는 페딕 교수의 목소리에 귀 기울였다.

"예술과 역사를 통해서 우리는 그랜드 디자인을 일견할 수 있지요." 페딕 교수가 말했다. 교수의 목소리는 아까보다 멀리서 들렸다. "하지만 한순간뿐입니다. '그 어느 누가 하느님의 판단을 헤아려 알 수 있으며, 그 어느 누가 하느님의 길을 더듬어 찾아낼 수 있겠습니까'"[156] 교수의 목소리가 흐

---

156 〈로마서〉, 11장 33절

릿해져갔다. 아마도 집 쪽으로 가고 있는 모양이었다.

"모드 양은 개를 좋아한다는 데에 걸겠어요." 베리티가 말했다. "사랑스러운 여자죠. 일기장도 숨기지 않고 애국심도 강…."

부두에는 아무도 없었다. 나는 베리티와 함께 서둘러서 강으로 통하는 길로 들어섰다.

"더구나 모드는 자기 이름을 딴 시까지 있어요. '정원으로 오소서, 모드, 나는 여기 문에 홀로 있다오.' 테니슨의 시예요. 테렌스는 테니슨을 인용하길 좋아하죠. 그리고 모드가 비명을 지를 때는 진짜로 비명을 지르지 아기 비명처럼 지르지는 않을 거예요. 어머, 보트를 탈 건가요?"

"맞아요. 앉아요." 보트 타는 것을 도와주며 내가 말했다.

베리티는 선미에 서서 약간씩 휘청이며 생각에 잠긴 표정으로 강을 내려다보았다. "피터 윔지 경은 해리엇과 보트를 탔죠." 베리티가 말했다. "둘은 오리에게 먹이를 줬어요. 우리도 오리에게 먹이를 줄 건가요?"

"장담하죠." 밧줄을 풀며 내가 말했다. "앉아요."

"오, 보세요." 베리티는 강기슭을 가리켰다. "타고 싶은 모양이네요. 예쁘지 않아요?"

고개를 들어 기슭을 바라보니 시릴과 아주먼드 공주가 작은 부두에 나란히 서 있었다.

"시릴이 타도 되나요?" 베리티가 물었다.

만약 저 녀석들을 태웠다가 물에 뛰어들 경우, 사체 두 구를 건져내야 한다고 생각하니 그리 내키지 않았다. 한편으로는 만약 우리가 저 녀석들을 데려간다면 대령의 '블랙 무어'는 무사할 수 있다. 그리고 만약 핀치가 아주먼드 공주를 물에 빠뜨려 죽일 생각으로 온 거라면 우리와 함께 있는 게 더 안전할 것이다.

"타도 돼요." 시릴의 두 발을 보트로 끌어 올리며 내가 말했다.

아주먼드 공주는 갑자기 몸을 홱 돌리더니 아름다운 꼬리를 빳빳하게 치켜세우고 양어지 쪽으로 걸음을 옮겼다.

"어, 그러면 안 돼." 나는 고양이를 낚아채서 여전히 서 있는 베리티에게 맡긴 다음, 밧줄을 마저 풀기 시작했다.

"앉아요." 나는 베리티에게 말하고 보트를 출발시켰다. 베리티는 쿵 하고 자리에 앉았다. 고양이는 여전히 베리티에게 안겨 있었다. 나는 보트에 뛰어들어 노를 잡고 강 중앙으로 저어 갔다.

하류로 향한다면 더 빨리 갈 수 있겠지만, 그러자면 집과 잔디밭 쪽을 지나쳐야만 했다. 누구에게도 목격당하고 싶지 않았다. 나는 보트를 상류로 향하게 한 다음, 뮤칭스 엔드에서 멀어지기 위해 가능한 한 빨리 노를 저었다. 강에는 많은 사람이 보트를 타고 있었다. 그 가운데 한 명이 우리에게 흥겹게 손을 흔들어댔고 베리티가 이에 화답했다. 나는 손을 흔든 사람이 채티스번 부인의 딸들 가운데 한 명이 아니길 빌며 더 빨리 노를 저었다.

강 위에 있으면 안전하리라고 생각했지만, 이런 오후 시간에는 수많은 사람이 보트를 타거나 낚시를 위해 강으로 나온다는 사실을 까맣게 잊고 있었다. 우리가 있는 곳이 안전하지 않다는 사실이 분명했기에 나는 보트로 갈 수 있는 지류나 후미진 곳이 없는지 찾아보았다.

"오리를 먹이러 간다고 말했던 기억이 나는데요." 베리티가 비난하듯 말했다. "피터 윔지 경과 해리엇은 오리를 먹였어요."

"약속해요. 꼭 할게요." 내가 말했다. 저쪽 둑에는 가지가 축 늘어져 거의 강물에 닿을 정도가 된 버드나무들이 서 있었다. 나는 강을 가로질러 그쪽으로 갔다.

"첫눈에 사랑에 빠진다는 말을 믿으세요?" 베리티가 말했다. "나는 믿지 않았어요. 하지만 당신이 그곳에서 온몸이 검댕으로 뒤덮여 있는 모습을 보았을 때…. 그런데 오리에게 '언제' 먹이를 줄 거죠?"

나는 버드나무 아래로 노를 저어 간 뒤, 노로 둑을 밀어 배를 옆으로 댔다. 되도록 둑에 가까이 있기 위해서였다. 버드나무 가지는 우리를 폭 감싼 채 물가에 늘어져, 연둣빛 휴식처가 되어주었다. 나뭇잎 사이로 보이는 햇빛은 마치 네트가 열릴 때의 그 빛 같았다.

나는 노를 놓고 축 늘어져 있는 가지에 밧줄을 가볍게 맸다. 이곳이라면 안전하겠지.

"베리티." 별 소용이 없으리라는 사실을 알면서도 혹시나 하는 마음에 물어보았다. "옥스퍼드에서 뭔가를 알아냈나요?"

베리티는 모자에 달린 리본을 아주먼드 공주에게 흔들며 놀고 있었다.

"필적 전문가와 이야기를 나눠봤어요?" 내가 계속 물었다. "C 아무개 씨가 누구인지 알아냈대요?"

"네." 베리티가 말했다.

"그래요?" 내가 말했다. "C 아무개 씨가 누구라던가요?"

베리티는 얼굴을 찌푸렸다. "몰라요. 내가 그랬다고 말한 건…, 이야기를 나눠봤어요." 베리티는 모자를 벗더니 달려 있던 리본 하나를 끄르기 시작했다. "그 사람 말로는 일곱 자에서 열 글자 사이고 끝 글자는 'N' 아니면 'M'이라는군요."

그렇다면 칩스 선생님은 아니겠군. 루이스 캐럴도 아니고 말이야.

"아주먼드 공주에 관한 내용을 찾는 건 그만두고, 우선은 C 아무개 씨에 관한 자료와 코번트리로 여행한 내용에 집중하라고 말해두었어요." 베리티가 말했다. 베리티는 리본을 다 끄르더니 아주먼드 공주 코앞에다 흔들어댔다.

"잘했어요." 내가 말했다. "그리고 캐러더스가 코번트리에 갇혔다고 했잖아요. 혹시 신참을 말하는 거 아니었어요?"

"아니에요." 리본을 가지고 놀며 베리티가 대답했다. 고양이는 뒷발로 서서는 하얀 앞발로는 리본을 툭툭 쳐댔다. "신참은 구해냈어요. 게다가, 이건 다른 문제예요." 베리티는 리본을 위아래로 흔들어댔다. 무슨 일인지 살펴보려고 시릴이 다가갔다.

"뭐가 다른데요?" 내가 참을성 있게 물었다.

시릴은 흔들리는 리본에 코를 킁킁댔다. 고양이는 그런 시릴의 코를 잽싸게 한 대 치더니 다시 리본을 치며 놀기 시작했다. "신참은 네트가 어디 있는지 찾지 못한 거였어요." 베리티가 말했다. "네트가 열렸는데도 말이죠. 하지만 이제는 네트가 열리지를 않아요."

"캐러더스를 데려오려고 했을 적에 네트가 열리지 않았어요?" 확실히 하려고 내가 물었더니 베리티가 고개를 끄덕였다.

루이스 말에 따르면, 네트가 열리지 않는 것은 모순이 심해진다는 신호였다.

"여러 번 시도해봤다던가요?"

"모든 방법을 다 써봤어요." 베리티는 리본을 잽싸게 잡아당기며 대답했다. 고양이가 리본을 잡으러 휙 뛰어오르는 바람에 보트가 흔들렸다. "심지어 루이스는 워털루 전투도 시도해봤어요."

아까도 베리티가 워털루 전투에 관해 뭔가 말했지만, 그때는 그저 잡담인 줄로만 알아들었다. "루이스가 정확히 뭘 했는데요?"

"상황을 바꿔본 거죠." 리본을 가만히 들고 있으면서 베리티가 말했다. 아주먼드 공주는 베리티를 쳐다보며 뛰어오를 채비를 했다. "우구몽의 문을 열고, 데를롱의 군대를 데려왔죠. 나폴레옹이 악필이었다는 사실을 알고 계세요? 토시가 일기장에 쓴 글씨보다 더할 거예요. 아무도 해석할 수 없죠."

베리티는 갑자기 리본을 홱 잡아당겼다. 아주먼드 공주는 리본을 잡으려 펄쩍 뛰어올랐다. 보트가 흔들렸다. "내 생각에 나폴레옹이 전투에서 진 건 치질 때문이에요."

루이스가 워털루 전투로 무엇을 했든지 간에 기다려야만 했다. 시간이 지나도 베리티의 상태는 좋아지지 않는 듯했다. 이런 상태의 베리티를 데리고 돌아갈 수는 없었고, 내가 볼 때 유일한 해결책은 잠을 자는 것뿐이었다.

"나폴레옹은 치질 때문에 말을 탈 수가 없었어요." 베리티가 말했다. "그래서 플뢰루스에서 밤을 보낸 거고요. 그래서 전투에서 진 거죠."

"그래요, 당신 말이 맞을 거예요." 내가 말했다. "그러니까 이쪽에 누워서 좀 쉬세요."

베리티는 계속해서 리본을 흔들어댔다. "끔찍하죠. 그렇게 작은 일이 중요한 역할을 한다고 생각하면요. 내가 아주먼드 공주를 구한 것처럼 말이죠. 그런 일로 전투에서 질 줄 누가 알았겠어요?"

"베리티, 누워서 좀 쉬라니까요." 나는 엄격한 목소리로 말하며 리본을 빼앗았다.

"그럴 수 없어요. 토시의 일기장도 훔쳐야 하고 C 아무개 씨가 누구인지도 알아내야 하고 그다음에 던워디 교수님에게 보고도 하러 가야 해요. 인과모순을 고쳐야죠."

"그런 일 따위는 나중에 해도 돼요." 내가 말했다. "그러니까 우선 한숨 자도록 해요." 나는 뱃머리에서 살짝 곰팡이가 핀 쿠션을 꺼내 자리에 올려놓았다. "여기에 좀 누워요."

베리티는 순순히 자리에 누워 베개 위에 머리를 올려놓았다. "피터 경도 낮잠을 잤죠." 베리티가 말했다. "해리엇은 잠자는 그 사람을 지켜보며 자신이 피터 경을 사랑한다는 사실을 깨닫게 되었어요."

베리티는 다시 일어나 앉았다. "물론 나는 그 사실을 《맹독》의 2페이지를 읽는 순간부터 알아차렸지만, 해리엇은 그 사실을 알기까지 수많은 책에 출현해야만 했어요. 해리엇은 자기가 피터 경과 함께 있는 것은 탐정 일을 하면서 암호를 해독하고 미스터리를 풀기 위해서라고 늘 말하지만, 나는 해리엇이 피터 경을 사랑한다는 사실을 알고 있었어요. 피터 경은 라틴어로 청혼했어요. 다리 밑에서요. 미스터리를 푼 다음에 말이죠. 미스터리를 풀기 전에는 청혼하면 안 돼요. 그게 추리 소설의 법칙이죠."

베리티는 한숨을 쉬었다. "너무해요. 피터 경이 '*Placetne, magistra*(여인이여, 마음에 드십니까)?' 하고 청혼하자 해리엇은 '*Placet*(찬성)' 하며 청혼을 받아들였어요. 괴짜 옥스퍼드 교수들이 '네'라고 말하는 방식이죠. 나는 그 말을 사전에서 찾아봐야만 했어요. 나는 사람들이 라틴어를 쓰는 게 너무 싫어요. 그리고 좀 전의 라틴어는 당신에게 해석해주지 않겠어요. 어제 페딕 교수가 제게 뭐라고 했는지 아세요? '*Raram facit mixturam cum sapientia forma*'[157]라고 하더군요. 그게 무슨 뜻인지 모르겠어요. 내 생각에는 그랜드

---

157 '미모와 지혜를 겸비하는 경우는 드물다.'

디자인에 관한 내용인 거 같아요. 네드, 당신은 그랜드 디자인이 있다고 믿나요?"

"그건 나중에 이야기해요. 우선은 여기 누워요." 베개를 두드리며 내가 말했다.

베리티는 다시 자리에 누웠다. "하지만 라틴어로 청혼을 하는 건 로맨틱하죠. 그렇게 하게 된 이유는 밀짚모자 때문이라고 생각해요. 해리엇은 자리에 앉아 피터 경이 자는 모습을 지켜보았죠. 밀짚모자를 쓰고 있는 피터 경은 너무나 멋있어 보였어요. 콧수염도요. 당신 수염 약간 한쪽으로 기울어졌어요. 아세요?"

"네." 나는 블레이저코트를 벗어 베리티의 어깨에 걸쳐주었다. "이제 눈을 감고 쉬어요."

"당신도 내가 자는 모습을 지켜볼 건가요?" 베리티가 말했다.

"당신이 자는 모습을 지켜볼게요."

"좋아요." 베리티는 말하더니 눈을 감았다.

몇 분이 흘렀다.

"모자 좀 벗어 보실래요?" 베리티가 졸린 목소리로 말했다.

나는 싱긋 웃으며 그러마 하고 밀짚모자를 벗어 자리에 놓았다. 베리티는 모로 누워 몸을 웅크리고는 손을 뺨 아래 대고 눈을 감았다. "벗어도 별 도움이 안 되네요." 베리티가 중얼거렸다.

시릴은 보트 바닥에 엎드려 있었고, 아주먼드 공주는 앵무새처럼 내 어깨에 자리를 잡고 가르릉거렸다.

나는 베리티를 바라보았다. 눈 밑에는 다크서클이 졌고, 베리티는 지난 이틀 동안 나보다도 더 잠을 못 자면서 전략을 짜며 온종일 강하해야만 했다. 그리고 옥스퍼드에서 테렌스의 후손을 찾아다니고 필적 전문가와 이야기하며 얼마나 오랜 시간을 보냈는지 그 누가 알겠는가? 불쌍한 사람 같으니.

시릴과 아주먼드 공주 역시 둘 다 잠들었다. 나는 몸을 앞으로 숙여 무릎에 팔꿈치를 괴고 손으로 턱을 받친 채 베리티가 자는 모습을 지켜보았다.

보트는 내게도 잠자기 알맞은 환경이었다. 보트는 부드럽게 흔들렸으며 나뭇잎 사이로 비치는 햇빛은 부드러운 명암을 만들며 명멸했다. 베리티는 평화롭고 고요하게 자고 있었고, 그 얼굴에는 평온함과 침범할 수 없는 휴식이 깃들었다.

그리고 나는 인정해야만 했다. 내가 얼마나 잠을 많이 잤던지 상관없이, 그리고 베리티의 잠 못 잔 모습이 아무리 엉망으로 보인다 할지라도, 베리티는 내게 여전히 나이아스처럼 보이리라는 사실을. 녹갈색 눈을 감고 입을 반쯤 벌린 채 곰팡이 낀 쿠션에 침을 질질 흘리고 있다 할지라도, 베리티는 내가 본 가운데 최고로 아름다운 피조물이었다.

"'그 여인의 얼굴은 아름다웠다네.'"[158] 테렌스와 달리, 내 인용은 시의 적절하다는 생각과 함께 내가 속삭였다.

어느 순간 나도 잠이 들었고 또다시 어느 순간 내 머리가 손에서 벗어난 모양이었다. 내 팔꿈치가 무릎에서 미끄러지는 순간, 나는 몸을 바로 세웠다. 내 어깨에 앉아 있던 아주먼드 공주가 야옹거리면서 잠이 깬 것에 짜증을 내더니 내 옆자리로 뛰어내렸다.

베리티와 시릴은 여전히 잠들어 있었다. 아주먼드 공주는 입을 쩍 벌리고 하품하더니 늘어지게 기지개를 켠 다음, 보트 가장자리로 가서 강물을 바라보았다. 녀석은 앞발을 뱃전에 대더니 흰색의 우아한 앞발을 강물에 담갔다.

버드나무를 통해 내비치는 어렴풋한 햇빛은 아까보다 더 비스듬히 내리쬐고 있었으며 황금빛 기운이 돌기 시작했다. 나는 회중시계를 꺼내 열어보았다. III시에서 30분이 지났다. 이제는 누군가가 우리를 찾기 전에 돌아가야만 했다. 벌써 우리를 찾고 있지 않다면 말이지만.

나는 베리티를 깨우기가 싫었다. 잠들어 있는 베리티의 모습은 너무나 평화로워 보였고, 뭔가 기분 좋은 꿈이라도 꾸는 듯 입가에는 가벼운 웃음을 머금고 있었다. "베리티." 나는 부드럽게 말하면서 베리티의 어깨를 흔들어 깨우기 위해 몸을 앞으로 숙였다.

---

158 알프레드 테니슨, '샬롯의 여인'

그때 갑자기 첨벙거리는 소리와 함께 물이 튀었다. 나는 황급히 보트 가장자리를 살펴보았다. "아주먼드 공주!" 내 외침에 시릴이 놀란 듯 벌떡 일어났다.

고양이는 흔적조차 보이지 않았다. 나는 소매를 걷고 뱃전 바깥으로 몸을 내밀었다. "아주먼드 공주!" 나는 고양이를 찾기 위해 강물 속으로 손을 넣어 더듬어보았다. "넌 빠져 죽으면 안 돼! 들려? 널 구하려고 온 우주를 위험에 처하게 만들었단 말이야!" 순간, 아주먼드 고양이가 물속에서 솟아오르더니 보트 쪽으로 헤엄쳐 오기 시작했다. 녀석의 털은 흠뻑 젖은 채 몸에 찰싹 달라붙었다.

나는 고양이의 목덜미를 잡고 안으로 잡아당겼다. 아주먼드 공주는 물에 빠진 생쥐처럼 변해 있었다. 시릴은 무슨 일인지 궁금하다는 듯 느릿느릿 다가왔다. '이 녀석은 즐거워하는 게 분명해.' 나는 생각했다.

손수건을 꺼내 고양이의 물기를 훔쳐주었지만 별 효과가 없었다. 뱃머리에 담요나 깔개라도 있는지 살펴보았지만, 아무것도 없었다. 내 블레이저코트를 쓰는 수밖에.

나는 블레이저코트를 베리티의 어깨에서 조심스레 들어내 아주먼드 공주를 감싼 뒤, 물기가 마를 때까지 문질러댔다. "넌 낚시 때문에 죽을 거야. 알아?" 블레이저코트로 등과 꼬리를 문지르며 내가 말했다. "알겠지만, 고양이 목숨은 아홉 개밖에 없어. 그런데 넌 내가 아는 것만 해도 여섯 개를 썼어." 나는 꼬리를 문질렀다. "좀 더 안전한 취미로 바꿀 필요가 있겠어. 담배를 피운다든지 말이야."

아주먼드 공주는 몸부림을 치기 시작했다. "아직 덜 말랐어." 나는 말하고 계속해서 녀석을 문질렀다.

고양이는 계속해서 몸부림을 쳐댔고, 잠시 뒤 나는 블레이저코트를 벗겨내고 녀석을 풀어줬다. 녀석은 꼴 같지 않은 위엄을 부리며 시릴을 지나 자리 한가운데로 가 앉더니 자기 몸을 핥기 시작했다.

나는 블레이저코트를 말리기 위해 뱃머리에 펼쳐놓고 다시 회중시계를 들여다보았다. IV시 15분 전이었다. 이 모든 소동에도 베리티는 곤하게 잠

364

들어 있었지만, 이제는 정말 깨워야 할 시간이었다. 나는 찰칵하고 회중시계를 닫았다.

베리티가 눈을 뜨더니 졸린 목소리로 말했다. "네드, 내가 잠이 들었나요?"

"맞아요. 기분은 좀 나아졌어요?"

"나아져요?" 베리티가 멍한 목소리로 말했다. "내게… 무슨 일이 있었는데요?" 베리티는 일어나 앉았다. "네트를 통과해 여기에 돌아온 게 기억나고…." 베리티의 눈이 휘둥그레졌다. "시차 증후군에 걸렸었군요, 그런 거죠? 5월부터 8월까지의 모든 강하를 저 혼자 했어요." 베리티는 이마에 손을 짚었다. "얼마나 심각했어요?"

나는 싱긋 웃었다. "내가 본 최악의 경우였죠. 기억 안 나요?"

"전혀요." 베리티가 말했다. "모든 게 흐릿해 보이고 배경에는 사이렌 같은 소리가 들려오고…."

"공습경보 해제 신호 같은 소리가 들리죠." 내가 말했다.

"맞아요. 그리고 씩씩거린달까 드르렁거린달까 하는…."

"그건 시릴이 낸 소리예요." 내가 말했다.

베리티는 고개를 끄덕였다. "여기가 어디죠?" 버드나무와 강물을 둘러보며 베리티가 물었다.

"뮤칭스 엔드에서 상류로 1킬로미터쯤 올라왔어요." 내가 말했다. "당신은 잠을 좀 자기 전에는 누구를 만날 수 있는 상황이 아니었거든요. 이제는 좀 나아졌어요?"

"으하암." 베리티는 기지개를 켰다. "그런데 왜 아주먼드 공주가 이렇게 흠뻑 젖었어요?"

"물고기를 잡다가 빠졌죠." 내가 말했다.

"어머." 베리티는 하품했다.

"좀 나아진 게 확실해요?" 내가 말했다.

"네. 많이 좋아졌어요."

"좋아요." 밧줄을 풀며 내가 말했다. "그러면 돌아가는 게 좋겠군요. 티타임이 다 되어가거든요." 나는 노를 잡고 버드나무 아래를 빠져나와 강 중앙으로 배를 저어 갔다.

"고마워요." 베리티가 말했다. "내 상태가 꽤 엉망이었을 거예요. 내가 뭐 부끄러운 짓을 한 건 아니죠?"

"그냥 나폴레옹이 워털루 전투에서 진 게 치질 때문이라고만 했어요." 하류 쪽으로 노를 저으며 내가 대답했다. "하지만 그 이론을 페딕 교수와 메링 대령에게 말했다가는 큰일 나겠죠."

베리티가 웃었다. "당신이 나를 보트에 태운 게 이해가 되네요. 루이스가 워털루 전투에 대해 무슨 일을 했는지 내가 말했나요?"

"제대로 말해주지는 않았어요." 내가 말했다.

"루이스는 워털루 전투에 대한 모순 실험을 하고 있어요." 베리티가 말했다. "워털루 전투는 아주 세밀하게 분석이 되었죠. 그 전투에 대한 정교한 모의실험이 20세기 연구실에서 있었거든요." 베리티는 몸을 앞으로 숙였다. "루이스는 그 모형에 역사의 결과를 바꿀 수 있는 인과모순을 집어넣었어요. 알고 있겠지만, 만약 나폴레옹이 미셸 네 사령관에게 악필이 아닌 제대로 읽을 수 있는 편지를 보냈다면 무슨 일이 일어났겠어요? 만약 데를롱이 부상을 당했다면요?"

"만약 나폴레옹이 치질에 걸리지 않았다면 어떻게 되었는가 말인가요?"

베리티는 고개를 저었다. "역사학자가 할 수 있는 일은 메시지를 바꿔치기한다거나 머스킷 총을 발사하는 것 정도예요. 그렇게 해서 루이스는 우리 모순에서 일어나는 편차와 그 결과를 비교하고 있어요."

"그래서요?"

"루이스는 막 시작한 상태예요." 베리티가 방어하는 목소리로 말했다. "그리고 모두가 이론적인 것일 뿐이죠." 내게 말하고 싶지 않다는 뜻이었다.

"당신이 강하했을 때 시간 편차가 얼마였는지 워더에게 물어봤어요?" 내가 물었다.

"네." 베리티가 말했다. "9분이었어요."

9분이라.

"5월에서 8월 사이로 했던 강하에서는 얼마나 되었나요?"

"다 달라요. 평균은 16분이었죠. 그동안 빅토리아 시대로 했던 강하에서 있었던 편찻값과 일치해요."

보트가 뮤칭스 엔드에 거의 도착했다. 회중시계를 꺼내 보았다. "티타임까지는 집에 도착해 있어야만 해요. 그래야만 어떤 질문도 받지 않겠죠. 만약 뭐라고 묻는다면 잡동사니 판매장 광고를 붙이기 위해 스트리틀리까지 노를 저어 갔다 왔다고 해요." 나는 축축해진 블레이저코트를 입었고 베리티는 머리를 매만지더니 모자를 썼다.

16분이라. 하지만 베리티의 경우에는 9분이었다. 만약 베리티의 강하가 평균적인 편차를 보였다면 고양이를 구하기에 너무 일찍 또는 너무 늦게 도착했을 것이고, 따라서 모순이 일어나지 않았을 것이다. 그리고 9분이라는 편차를 볼 때, 분명히 그 한계까지는 여유가 있었다. 그런데 왜 네트는 편차를 평균 정도로 증가시키지 않은 걸까? 아니면 모순이 일어나기 전에 닫히지 않은 걸까? 그리고 캐러더스의 경우에는 왜 닫혀버린 걸까?

부두까지는 이제 몇백 미터밖에 남지 않았다. "운이 따라줘서 아무도 우리가 강에 갔다 온 걸 모르길 빌자고요." 부두로 들어서며 내가 말했다.

"운이 안 따르는 것 같군요." 베리티가 말했다.

나는 뒤를 돌아보았다. 토시와 테렌스가 강둑으로 달려오며 손을 흔들었다.

"어머, 언니. 무슨 일이 있었는지 모를 거예요!" 토시가 외쳤다. "세인트 트루웨즈 씨와 저 약혼했어요!"

16

"…그리고 특별히 규칙도 없는 것 같아.
만일 있다고 해도 관심 두는 사람도 없어.
그리고 넌 모든 게 다 살아 있다는 것이
얼마나 혼란스러운지 모를 거야."

—《이상한 나라의 앨리스》

비가 올 확률 — 또 다른 백조 — 사람들이 잡동사니 판매장에서 사는 물건 —
3번, 7번, 13번, 14번, 28번 — 내 미래에 대한 예언을 듣다 — 일이란 겉보기와는 다른 법 —
다른 세상으로 출발하다 — 워털루 전투 — 글씨를 알아볼 수 있도록 쓰는 것의 중요성 —
운명의 날 — 15번 — 계획 — 예상치 못한 출발

"당신 잘못이 아니에요." 베리티가 말했다. 이튿날 아침, 베리티와 나는
잡동사니 판매장을 준비하고 있었다. 메링 부인이 '가슴설레는 뉴스'라 했
던 그 소식을 들은 뒤로 우리 둘만 있기는 처음이었다.

"내 잘못이에요." 파란색과 흰색이 칠해진 풍차가 그려진 나막신을 판
매대에 놓으며 베리티가 말했다. "아무리 루이스가 원했다고 해도, 강하를
너무 많이 했어요."

"당신은 뭐든 이 상황에 도움이 될 방법을 찾으려 애썼을 뿐이에요." 달
걀삶개 포장을 끄르며 내가 말했다. "테렌스와 토시 둘만 있게 한 사람은
바로 나예요." 나는 달걀삶개를 판매대 위에 올려놓았다. "그리고 테렌스에
게 그런 생각을 불어넣은 사람도 나고요. 당신도 지난밤에 테렌스가 하는
말을 들었잖아요. 만약 내가 '시간은 유수와 같다'느니 '기회를 놓친다'느니
말로 부추기지 않았다면 테렌스는 절대로 청혼하지 않았을 거예요."

"당신은 내가 말한 대로 행동했을 뿐이에요." 접이식 부채를 꺼내며 베
리티가 말했다. "타이타닉호를 돌려요, 네드. 걱정하지 마세요. 빙산과 부

딪치지 않을 테니까요.' 하고 내가 말했죠."

"아직 준비가 안 되었나요?" 메링 부인의 말에 우리 둘은 깜짝 놀라 펄쩍 뛰어올랐다. "바자회를 열 시간이 거의 다 되었어요."

"곧 준비가 끝나요." 양상추 꼭지처럼 생긴 수프 그릇을 정돈하며 베리티가 대답했다. 메링 부인은 걱정스러운 눈으로 우중충한 하늘을 쳐다보았다. "헨리 씨, 설마 비가 오지는 않겠죠?"

'올 리가 없지요. 운명의 여신이 내 편일 리가 있겠어요?' 나는 생각했다.

"안 올 겁니다." 파올로와 프란체스카[159]가 새겨진 동판화 포장을 벗기며 내가 대답했다. 비극적 최후를 맞은 또 다른 커플이었다.

"다행이네요." 앨버트 공의 흉상에 쌓인 먼지를 털어내며 부인이 말했다. "오, 저기 세인트트루웨즈 씨가 보이는군요. 가서 조랑말 타기에 관해 의논해야겠어요."

나는 메링 부인이 테렌스를 공습하는 모습을 흥미롭게 지켜봤다. 부인은 빅토리아 시대 복장에서 없어선 안 될 부풀린 소매와 주름 장식과 장미꽃 장식, 레이스 장식이 된 푸른빛 가든파티용 드레스를 입고 그 위에 빨강, 노랑, 보라색 줄무늬의 가운을 가볍게 걸쳤으며, 이마에는 커다란 타조 깃털을 꽂은 넓은 벨벳 띠를 둘렀다.

"메링 부인은 오늘 점쟁이 역할을 할 거예요." 베리티는 왜가리 모양의 바느질용 가위를 꺼내놓으며 말했다. "부인이 내 운명을 점쳐줄 때 주교의 새 그루터기가 어디에 있는지 물어볼 생각이에요."

"여기에 있을지도 몰라요. 딱 알맞은 곳이잖아요." 윌리스 미망인이 준 밴조를 놓을 만한 자리를 찾으며 내가 대답했다.

베리티는 판매대에 늘어놓은 물건들을 바라보았다. "정말로 잡동사니군요." 베리티는 콧수염 컵[160]을 잡동사니 더미 위에 올려놓으며 말했다.

---

159 파올로 말라데스타와 프란체스카 다 라미니. 프란체스카는 집안의 정략결혼을 통해 불구인 남편과 결혼했으나 시동생 파올로와 사랑에 빠지고, 사실을 알게 된 남편에게 둘 다 살해당한다. 단테의 《신곡》에 등장한다.
160 콧수염이 젖지 않도록 컵 안에 구멍 뚫린 반달 모양 덮개가 달린 컵

나는 못마땅한 눈으로 잡동사니 더미를 바라보았다. "뭔가 여전히 부족하군요." 나는 토시가 담당하고 있는 가판대로 가서 펜닦개를 가져와 문진과 주석 병정 사이에 끼워 넣었다. "됐어요. 완벽해졌네요."

"토시가 테렌스와 약혼했다는 점만 빼면요." 베리티가 말했다. "토시가 오후 내내 채티스번가에 있으리라고 생각하면 안 되는 거였는데."

"문제는, 그 둘이 약혼하게 된 게 누구 잘못이냐가 아니라 앞으로 우리가 어떻게 해야 하는가이겠죠." 내가 말했다.

"이제 우리는 뭘 해야 하죠?" 조그마한 할리퀸과 컬럼바인[161] 입상(立像)의 자리를 바꾸며 베리티가 물었다.

"어쩌면 어젯밤 테렌스는 푹 자고 나서 정신을 차린 다음에 자신이 얼마나 끔찍한 실수를 저질렀는지 깨달았을지도 몰라요."

베리티는 고개를 저었다. "그래 봤자 소용없어요. 빅토리아 시대 사람들은 약혼을 거의 결혼만큼이나 진지하게 여겨요. 신사가 파혼을 선언하는 것은 끔찍한 수치죠. 토시가 먼저 파혼하자고 하지 않는 다음에야, 테렌스가 약혼을 깨뜨릴 방법이란 없어요."

"그러기 위해서는 토시가 C 아무개 씨를 만나야 한다는 뜻이고, 그 말은 곧 우리가 그 친구를 찾아내야 한다는 뜻이군요. 더 빠르면 빠를수록 좋고요." 내가 말했다.

"우리 가운데 한 명이 던워디 교수님에게 가서 보고하고 필적 전문가가 그 친구의 이름을 해독했는지 알아봐야 한다는 뜻도 되고요."

"그리고 우리 가운데 한 명은 내가 되어야 해요." 굳은 의지를 담은 목소리로 내가 말했다.

"하지만 만약 슈라프넬 여사가 당신을 발견하면 어떡해요?"

"그런 위험은 감수해야죠." 내가 말했다. "당신은 어디든 더 이상 가면 안 돼요."

"꽤 괜찮은 방법인 듯하군요." 이마를 짚으며 베리티가 말했다. "어제

---

161 얼룩무늬의 타이츠를 입은 중세 무언극 등의 어릿광대와 그 애인

보트를 타며 말했던 내용 가운데 몇 가지가 기억나요." 베리티는 머리를 들었다가 다시 숙였다. "나는 그냥 그저 피터 윔지 경과 당신 모자에 관해 이야기하려고 했다는 사실을 알아줬으면 좋겠어요. 시차 증후군과 호르몬 불균형 때문이에요. 전혀 다른 뜻은…."

"이해해요." 내가 말했다. "그리고 나도 제정신이 든 다음에는 당신이 나를 물기 어린 팔로 끌어안고 깊고 깊은 물 속으로 끌고 들어갈 아름다운 나이아스로 보이지는 않았어요. 게다가…." 나는 이 대목에서 빙긋 웃었다. "팬지 채티스번과 나는 이미 서로를 약속한걸요."

"그렇다면 약혼 선물을 사두는 게 좋겠군요." 베리티는 금박 레이스와 분홍색 스토크 꽃으로 치장된 도자기를 들어 올렸다. 도자기에는 자그마한 구멍들이 나 있었다.

"그게 뭐죠?"

"나도 몰라요." 베리티가 말했다. "뭔가를 사야만 한다는 건 알고 있죠? 만약 아무것도 사지 않으면 메링 부인이 절대 용서하지 않을 거예요."

베리티는 백조 모양의 고리버들 바구니를 들어 보였다. "이건 어때요?"

"아니요, 됐어요." 내가 말했다. "시릴과 나는 백조라면 지긋지긋하거든요."

베리티는 뚜껑이 달린 조그마한 주석 상자를 꺼냈다. 설탕을 입힌 제비꽃이 들어 있던 상자였다. "이건 아무도 안 살 거예요."

"그건 잘못 알고 있는 거예요." 나는 방수 처리된 《구식 소녀》[162]의 포장을 풀어 디도와 아이네이아스[163] 비슷한 인물이 새겨진 책 버팀대 사이에 놓았다. 디도와 아이네이아스 역시 불운한 결말을 맺은 한 쌍이었지. 유명한 커플 가운데 결혼하고 정착해서 행복하게 잘 산 인물들은 없는 건가?

"사람들은 잡동사니 판매장에서는 뭐든지 사요." 내가 말했다. "피난 온 아이들 돕기 자선 시장에서는 판매대 위로 떨어진 나뭇가지를 사가는 여자도 봤어요."

"고개를 돌리지 마세요." 베리티가 말을 하더니 갑자기 목소리를 낮춰

---

162 《작은 아씨들》의 작가 루이사 메이 올콧의 소설
163 카르타고의 여왕 디도와 로마의 시조 아이네이아스

속삭였다. "저기 당신 약혼녀가 이쪽으로 오네요."

나는 나를 향해 돌진해 오는 팬지 채티스번을 향해 돌아섰다. "어머, 헨리 씨." 팬지는 킥킥대더니 말을 이었다. "이리 오셔서 장신구 판매대 준비하는 것 좀 도와주세요." 팬지는 나를 끌고 장식 달린 의자 커버와 태팅 레이스 손수건이 담긴 상자들을 진열하는 곳으로 데려갔다.

"제가 만들었어요." 팬지는 크로셰 뜨개질로 팬지 꽃무늬를 넣은 슬리퍼 한 쌍을 보여줬다. "삼색제비꽃이에요. 꽃말은 '당신을 생각합니다'랍니다."

"아, 그렇군요." 나는 건성으로 대답하고, 책갈피를 하나 샀다. 책갈피에는 '재물을 땅에 쌓아두지 말아라. 땅에서는 좀먹거나 녹이 슬어 망가지며 도둑들이 뚫고 들어와 훔쳐 간다. 〈마태복음〉 6장 19절'이라고 수가 놓여 있었다.

"안 돼요, 안 돼요, 안 돼, 헨리 씨." 메링 부인이 십자뜨기 다탁보를 들고 있는 내게 총천연색 맹금처럼 돌진해 왔다. "당신은 여기에 있으면 안 돼요. 저쪽에 당신이 필요해요."

부인은 나를 데리고 뜨개질한 제품 판매소와 낚시터, 코코넛 떨어뜨리기 대회장, 잔디밭 끄트머리에 세워진 차 파는 천막을 지나쳐 잔디밭 너머 나무 구조물 안에 모래가 있는 구역으로 갔다. 베인은 작은 삽날로 모래밭을 30센티미터쯤 되는 정사각형으로 나누고 있었다.

"보물찾기하는 곳이에요, 헨리 씨." 부인은 내게 두꺼운 종이 한 뭉치를 건네줬다. "이건 번호판이고요. 실링 가진 거 있나요, 헨리 씨?"

나는 지갑을 뒤져 손바닥에 주화를 쏟았다.

부인은 모든 주화를 다 가져갔다. "3실링은 아차상으로 주세요." 부인은 은화 세 개를 골라내 내 손에 다시 놓으며 말했다. "나머지는 모직물 판매장에서 잔돈으로 쓰면 딱 좋겠군요."

부인은 내게 금화 하나를 다시 돌려주며 말했다. "그리고 이게 필요할 거예요. 이곳에서 뭔가 물건을 사야 할 테니까요."

메링 부인은 슈라프넬 여사와 친척이 확실했다.

"어느 곳에 아차상을 묻고 어느 곳에 대상을 넣을 건지는 헨리 씨가 결정하세요. 아무도 못 보게 하시고요. 그리고 귀퉁이에 있는 사각형이랑 잘 알려진 숫자들, 즉 3, 7, 13은 피하세요. 사람들이 제일 먼저 택하는 숫자들이니까요. 보물이 일찌감치 나와버리면 우리는 성당 재건 기금을 마련할 수 없잖아요. 12 이하의 숫자도 피하세요. 아이들은 늘 자기 나이에 해당하는 숫자를 택하니까요. 그리고 14도 피하세요. 오늘이 6월 14일이고 사람들은 늘 날짜에 해당하는 숫자를 택하거든요. 한 번에 하나씩만 파보게 하시고요. 베인, 대상은 어디에 있죠?"

"여기 있습니다, 마님." 베인이 갈색 종이로 싼 꾸러미를 내밀었다.

"가격은 사각형 하나를 선택할 때 2펜스를 받고, 세 개를 선택할 때는 5펜스를 받으세요." 메링 부인이 말했다. "그리고 이건 대상이에요." 메링 부인은 꾸러미를 싼 종이를 벗겼다.

부인은 내게 이플리의 제분소가 그려진 접시를 내밀었다. 접시에는 '템스강에서의 즐거운 한때'라고 적혀 있었다. 애빙던에서 모브캡을 썼던 늙은 여인이 내게 팔려고 했던 것에 씌어 있던 것과 똑같은 문구였다.

"베인, 삽은 어디에 있죠?" 메링 부인이 물었다.

"여기 있습니다, 마님." 베인은 내게 삽과 써레를 건네주며 설명했다. "보물을 숨긴 다음 모래를 평평하게 하십시오."

"베인, 지금 몇 시죠?" 메링 부인이 물었다.

"10시 5분 전입니다, 마님." 베인이 대답했다. '기절이라도 할 작정인가?' 나는 생각했다.

"이런, 아직 준비가 다 안 됐는데!" 메링 부인이 외쳤다. "베인, 페딕 교수님께 가서 낚시터 판매장에 관해 설명해드리고 내 수정 구슬을 가져와요. 헨리 씨, 우물쭈물할 시간이 없어요. 지금 당장 보물을 숨기세요."

나는 모래를 파기 시작했다.

"그리고 28도 피하세요. 작년에 대상이 숨겨져 있던 숫자거든요. 16도요. 그건 여왕님의 생일이에요."

부인이 사라진 뒤, 나는 보물을 숨기기 시작했다. 베인은 서른 개의 사각형을 만들어놓았다. 16, 28, 3, 7, 13, 14 그리고 1부터 12를 제거한다 이

거로군. 모퉁이에 있는 숫자는 말할 것도 없고 말이야. 별 선택의 여지가 없겠군.

나는 혹시 누군가가 몰래 숨어서 '템스강 여행 기념품'을 탐내는 사람은 없는지 주위를 조심스레 둘러본 다음, 29, 23, 26번 사각형에 각각 3실링 주화를 하나씩 넣었다. 아니 26번은 모퉁이에 있잖아. 21번으로 바꾸자. 그리고 그 자리에서 서서 사람들이 가장 고를 것 같지 않아 보이는 번호가 뭘까 결정하려 애썼다. 그러면서 한편으로 머릿속에서는 바자회가 시작하기 전에 던워디 교수에게 가서 보고할 시간이 있을까 하는 생각이 떠다녔다.

내가 고민하는 동안, 뮤칭스 엔드의 교회 종소리가 울리기 시작했고 메링 부인은 비명아지를 질렀다. 공식적으로 바자회가 시작됐다. 나는 급히 대상을 18번에 묻고 모래를 고르게 폈다.

"7번이요." 뒤에서 어린아이 목소리가 들려왔다. 뒤를 돌아보았다. 분홍색 드레스에 커다란 나비넥타이를 한 에글런타인 채티스번이었다. 에글런타인은 양상추 모양 수프 그릇을 들고 있었다.

"아직 열지 않았는걸." 나는 다른 몇 군데의 모래를 더 고른 다음, 번호를 꽂기 위해 몸을 구부렸다.

"7번을 파보고 싶어요." 5펜스를 내밀며 에글런타인이 말했다. "세 번 고를 수 있는 거죠? 우선 7번을 파볼래요. 제 행운의 숫자예요."

내가 아이에게 삽을 건네주자 에글런타인은 수프 그릇을 내려놓고 몇 분 동안이나 모래를 팠다.

"또 다른 사각형을 파고 싶니?" 내가 물었다.

"아직 다 안 팠어요." 아이는 한참을 더 파 내려갔다.

에글렌타인은 일어서서 사각형들을 둘러봤다. "모퉁이에는 절대 없어요." 에글렌타인이 말했다. "그리고 14일 리도 없고요. 오늘 날짜니까 말이죠. 12로 할래요. 이번 생일에 제 나이죠."

에글런타인은 한참을 팠다. "상을 묻어놓은 게 확실한가요?" 의심스러운 눈초리로 내게 물었다.

"그래. 3실링하고 대상을 묻어두었지."

"실제로는 자기가 챙겼으면서 묻어두었다고 말을 할 수도 있겠죠." 에글렌타인이 말했다.

"묻혀 있어. 세 번째로는 어느 사각형을 파보고 싶니?"

"모르겠어요." 에글런타인은 내게 삽을 넘겨주며 말했다. "잠시 생각해볼래요."

"원하시는 대로 하시죠, 아가씨." 내가 말했다.

에글런타인은 내게 손을 내밀었다. "2펜스 돌려주세요. 더 안 할래요."

이 아이도 슈라프넬 여사와 무슨 관계가 있는 건 아닌지 궁금해졌다. 어쩌면 겉으로는 아닌 것 같기는 하지만 엘리엇 채티스번이 결국은 C 아무개 씨인 건 아닐까?

"잔돈이 없는걸." 내가 말했다.

에글런타인은 잔뜩 골을 냈고, 나는 모래를 평평하게 고르고 나무에 기대어 서서 다른 손님들을 기다렸다.

아무도 오지 않았다. 다들 잡동사니 판매장 구석구석을 먼저 둘러보는 모양이었다. 이곳 일은 너무나 한산해서, 만약 에글런타인이 나머지 2펜스로 어느 사각형을 고를까 고민하며 내 주위를 맴돌지만 않았다면 나는 몰래 강하고 올 수도 있을 지경이었다.

그리고 에글런타인이 마음을 단단히 먹고 마침내 17번을 파보고 난 뒤, 아이가 계속해서 나를 주시하고 있었다는 사실이 밝혀졌다. "아무도 안 볼 때 아저씨가 상품을 옮겨놓을지도 모르잖아요. 그래서 제가 죽 지켜보고 있었어요." 장난감 삽을 휘두르며 에글런타인이 말했다.

"하지만 네가 계속 지켜보고 있었다면," 내가 알아듣게 말했다. "어떻게 내가 상품을 옮겨놓을 수 있었겠니?"

"모르겠어요." 에글렌타인이 험악하게 말했다. "하지만 그런 게 틀림없어요. 그렇다고밖에 설명할 수가 없어요. 상품은 늘 17번에 묻혀 있어요."

'이제 돈이 떨어졌을 테니 제발 다른 데로 좀 가주렴.' 하지만 내 소원과 달리 아이는 계속 곁에 붙어 있으면서 어떤 남자아이가 와서 6번(아이의 나이였다)과 그 엄마가 14번(오늘 날짜였다)을 고르는 모습을 지켜보았다.

"어쩌면 상품을 하나도 묻어놓지 않았을지도 모르겠군요." 상품을 타지 못했다고 흐느껴 울면서 돌아가는 남자아이를 지켜보며 에글런타인이 말했다. "묻어놓았다고 말만 하는지도 모르잖아요."

"조랑말을 타고 싶지 않니? 거기 가면 세인트트루웨즈 씨가 조랑말을 태워줄 거야."

"조랑말은 아이들이나 타는 거예요." 경멸하는 말투였다.

"그러면 점은 쳐봤니?" 내가 계속 시도했다.

"네. 미래에 긴 여행을 할 운이라고 점쟁이 아줌마가 말하더군요."

'빠르면 빠를수록 좋을 텐데.' 나는 생각했다.

"잡화 판매대에 가면 아주 예쁜 펜닦개가 있단다." 나는 꿋꿋하게 계속 권했다.

"펜닦개는 필요 없어요." 에글렌타인이 말했다. "나는 대상 상품을 원해요." 에글렌타인은 이후로도 페딕 교수가 올 때까지 30분 동안 매서운 눈으로 나를 지켜보았다.

"러니미드 평원과 똑같아 보이는군." 가판대와 차 파는 천막을 친 잔디밭을 가리키며 교수가 말했다. "천막 안의 영주들과 평원을 가로질러 펼쳐져 있는 깃발들. 존왕과 그 일행이 도착하길 기다리는 장면 같아."

"러니미드 이야기가 나와서 말인데요." 내가 말했다. "강 하류로 갔다가 교수님의 누님과 조카 따님을 만나러 옥스퍼드로 돌아가야 하지 않을까요? 교수님을 보고 싶어 할 게 틀림없을 텐데 말이죠."

"흥!" 페딕 교수가 말했다. "시간은 많아. 그 둘은 여름 내내 머물 거고, 메링 대령이 주문한 빨간 점박이 은빛 탠초가 내일 도착할걸세."

"테렌스와 제가 내일 기차로 교수님을 모시고 교수님 댁으로 가겠습니다. 두 분을 잠시 만나고 다시 돌아오면 빨간 점박이 은빛 탠초를 보실 수 있습니다."

"그럴 필요 없네." 페딕 교수가 말했다. "모드는 능력 있는 아이야. 그 아이 혼자서도 잘하리라고 믿고 있어. 그리고 테렌스가 가려고 할지도 의문일세. 메링 양과 약혼했으니 말이야." 교수는 고개를 저었다. "이렇게 급작스러운 약혼은 절대 찬성할 수가 없지. 자네 생각은 어떤가, 네드?"

"작은 물 주전자가 손잡이는 큰 법이죠."[164] 에글런타인을 바라보며 내가 말했다. 에글런타인은 뒷짐을 진 채 보물찾기 장소 옆에 서서 사각형을 열심히 바라보고 있었다.

"귀여운 아이더군. 하지만 역사에 관해서는 아무것도 몰라." 페딕 교수는 아무런 눈치도 채지 못했는지 계속 이야기했다. "넬슨이 스페인 무적함대와 싸우다 졌다고 생각하더라고."

"파보실 건가요?" 에글런타인이 교수에게 다가와 물었다.

"파다니?" 페딕 교수가 말했다.

"보물 말이에요." 에글렌타인이 말했다.

교수는 작은 삽을 집어 들며 말했다. "슐리만 교수가 트로이 유적을 발굴했듯이 말이군. *Fuimus Troes, fuit Ilium*(우리는 트로이 사람들이었다. 일리움이 있었다)."

"우선 2펜스를 내셔야만 해요. 그리고 숫자를 고르세요." 에글런타인이 말했다.

"숫자를 고르라고?" 2펜스를 꺼내며 교수가 말했다. "그거 좋지. 마그나 카르타에 서명했던 연도와 날짜였던 15를 고르지. 1215년 6월 15일이었지."

"그건 내일이군요." 내가 말했다. "서명했던 날 러니미드에 간다면 정말로 멋지겠군요. 누님과 조카 따님에게 러니미드에서 만나자고 전보를 치세요. 내일 아침이면 보트를 타고 그곳으로 갈 수 있을 겁니다."

"관광객이 너무 많아." 교수가 말했다. "낚시터를 다 망쳤지."

"15번은 별로예요. 저라면 9번을 고르겠어요." 에글런타인이 말했다.

"받으렴. 네가 파주려무나." 삽을 아이에게 내밀며 교수가 말했다.

"그러면 상품은 제가 가져도 되나요?" 에글렌타인이 물었다.

"언제나 전리품은 나눠 가져야지." 페딕 교수가 말했다. "*Fortuna belli semper anticipiti in loco est*(전리품은 언제나 나눠 가져야 한다)."

---

164 '아이들은 귀가 밝다'는 뜻의 속담으로, 아이 앞에서 말조심하라는 의미이다.

"만약 15번에 아무것도 없으면 저는 뭘 얻게 되나요?"

"차 파는 천막에서 레모네이드와 케이크를 사주마." 페딕 교수가 말했다.

"15번이 아닌 게 분명한데." 에글런타인은 투덜거리면서 15번을 팠다.

페딕 교수는 아이를 지켜보며 말했다. "6월 15일, 운명의 날이지. 나폴레옹은 1814년 6월 15일에 벨기에로 군대를 이끌고 진격했다네. 만약 나폴레옹이 플뢰루스가 아닌 리니에서 공격했다면 웰링턴 공작과 블뤼허 장군의 군대를 서로 갈라놓을 수 있었고 결국 워털루 전투에서 승리했을걸세. 6월 15일, 역사를 완전히 바꿔버린 날이지."

"15번이 아니라고 제가 말했죠? 아무래도 제 생각에는 여기 어디에도 상품이 묻혀 있지 않을 거예요. 레모네이드와 케이크는 언제 먹으러 가나요?"

"원한다면 지금 가자꾸나." 페딕 교수는 에글런타인의 팔을 잡고 차 파는 천막 쪽으로 갔다. 이제야 던워디 교수에게 가서 보고할 수 있겠군.

나는 정자 쪽으로 걸음을 옮겼지만 세 발짝도 떼기 전에 채티스번 부인이 나타나 가로막았다. "헨리 씨, 에글런타인 못 보셨어요?"

나는 부인에게 에글런타인은 차 파는 천막 쪽으로 갔다고 말해주었다.

"메링 양과 세인트트루웨즈 씨가 약혼했다는 기쁜 소식은 들으셨겠죠?" 채티스번 부인이 말했다. 나는 그렇다고 대답했다.

"전 언제나 6월은 약혼하기에 딱 알맞은 달이라고 생각했답니다. 헨리 씨는 어떻게 생각하세요? 그리고 주위에는 사랑스러운 아가씨들이 너무나도 많지요. 헨리 씨가 이번 달에 약혼한다 할지라도 저는 놀라지 않을 거예요."

나는 채티스번 부인에게 에글런타인은 차 파는 천막 쪽으로 갔다고 한 번 더 말했다.

"고마워요. 아 참, 만약 핀치를 보거든 오븐 요리 판매장에 파스닙 와인이 거의 떨어져 간다고 좀 말해주세요."

"알겠습니다, 채티스번 부인." 내가 말했다.

"핀치는 정말이지 아주 훌륭한 집사예요. 무척이나 사려가 깊지요. 이번 행사에 쓸 씨앗 케이크를 준비하기 위해 스토스터까지 그 먼 길을 걸어서 갔다 왔지 뭐예요. 짬만 나면 구석구석을 돌아다니며 이번 행사에 내놓을 맛난 음식들을 찾아다녔고요. 어제는 딸기를 구하려고 블리턴 씨네 농장에도 갔다 왔어요. 정말로 놀라울 따름이죠. 지금까지 고용한 가운데 최고의 집사예요. 전 누가 핀치를 훔쳐 가지는 않을까 밤낮으로 노심초사예요."

상황을 들어보니 그럴 법한 걱정이라는 생각과 함께, 핀치가 스토스터에 가서 무엇을 했으며 블리턴 씨 농장에는 또 무슨 목적으로 갔는지 궁금해졌다. 그리고 대체 채티스번 부인은 언제쯤 자리를 비켜줄 생각인지도.

부인은 떠났지만 그 전에 팬지와 아이리스가 킥킥거리며 나타나더니 2펜스씩을 내고 3번과 13번을 골랐다(둘의 행운의 숫자였다). 이 둘이 사라지기까지 거의 30분이 걸렸고 언제 다시 에글런타인이 돌아올지 몰랐다.

나는 진입로를 한달음에 지나 조랑말 타는 곳으로 달려가서 테렌스에게 몇 분간만 보물찾기하는 곳을 봐줄 수 없냐고 부탁했다.

"어떻게 하면 되는데요?" 테렌스가 미심쩍어하며 물었다.

"사람들에게 2펜스를 받고 삽을 건네주면 돼요." 에글런타인 이야기는 건너뛰었다.

"알았어요." 나무에 조랑말을 묶으며 테렌스가 말했다. "이 일에 비해서는 쉬워 보이는군요. 오늘 아침 내내 차였거든요."

"조랑말한테요?" 조랑말을 경계하며 내가 말했다.

"애들한테요."

나는 테렌스에게 보물이 어디에 숨겨져 있는지 알려주고 삽을 건넸다. "15분 뒤에 돌아올게요." 내가 약속했다.

"오래오래 있어도 괜찮아요." 테렌스가 말했다.

나는 테렌스에게 고맙다고 말하고 정자로 향했다. 그리고 그곳에 거의 도착할 뻔했다. 라일락 숲을 막 지날 무렵, 아비테지 신부가 나를 발견하고 말을 걸었다. "바자회는 재미있나요, 헨리 씨?"

"굉장히요." 내가 말했다. "저는…."

"점은 치셨어요?"

"아직 아니요." 내가 말했다. "저는…."

"그러면 지금 당장 해보세요." 신부는 내 팔을 잡더니 점치는 천막으로 끌고 갔다. "점집과 잡동사니 판매장은 이 행사의 하이라이트죠."

신부는 나를 홍자색 깃발이 펄럭이는 자그마한 천막으로 떼밀고 들어갔다. 천막 안에는 메링 부인이 수정 구슬을 놓고 앉아 있었다. 펠펌 앤 먼캐스터 상점을 협박해 제시간에 도착한 모양이었다.

"앉으세요." 메링 부인이 말했다. "복채를 내세요."

나는 부인이 내게 남겨줬던 금화를 건넸다. 부인은 거스름돈으로 은화 몇 개를 돌려주더니 수정 구슬에 손을 얹고선 음침한 목소리로 말했다.

"보여요…." 메링 부인이 음산한 목소리로 말했다. "…당신은 명이 아주 길어 보이는군요."

'길어 보이는 거지 길다는 건 아니로군.' 나는 생각했다.

"보여요…. 긴… 아주 긴 여행…. 뭔가를 찾고 있군요. 커다란 가치가 있는 물건인가요?" 부인은 눈을 감고 손으로 이마에 십자가를 그렸다. "유리가 흐릿하군요…. 당신이 원하는 걸 찾을 수 있을지 안 보여요."

"그게 어디에 있는지는 볼 수 없는 거죠? 보이나요?" 수정 구슬을 들여다보기 위해 몸을 앞으로 숙이며 내가 말했다.

부인은 수정 구슬에 손을 올려놓으며 말했다. "아니요…. 일이란 겉보기와는 다른 법. 볼 수가… 없어요…. 잔뜩 구름이 끼었네요…. 그 중앙에는… 아주먼드 공주!"

나는 30센티미터는 족히 뛰어올랐을 것이다.

"아주먼드 공주! 이 장난꾸러기 같으니라고!" 가운 아래로 손을 뻗으며 부인이 말했다. "넌 여기 오면 안 돼, 이 장난꾸러기 고양이야. 헨리 씨, 얘 좀 제 딸아이에게 돌려보내주시겠어요? 여기 있으면 분위기를 망치거든요."

부인은 가운에 발톱을 걸고 있는 아주먼드 공주를 내게 건네주었다. "언제나 말썽이라니까."

나는 아주먼드 공주를 들고 잡동사니 판매장으로 가서 베리티에게 좀 지키고 있으라고 말했다.

"던워디 교수님이 뭐라고 하던가요?" 베리티가 물었다.

"아직 가지도 못했어요. 메링 부인에게 습격당했거든요." 내가 말했다.

"그렇지만 부인 말로는 내 미래에 긴 여행이 기다리고 있다는군요. 그 여행을 지금부터 시작하면 되겠죠."

"부인은 내 미래에서는 결혼식을 보았다고 하더군요." 베리티가 말했다. "토시와 C 아무개 씨의 결혼식이길 바랄 뿐이에요."

나는 판매대 뒤로 가서 아주먼드 공주를 베리티에게 맡긴 다음, 쏜살같이 예선로를 지나 정자가 있는 라일락 숲에 숨어 네트가 열리길 기다렸다.

✳

네트가 열리기까지 한참이 걸렸고 그사이 나는 혹시라도 에글런타인이나 신부에게 잡히지 않을까 염려가 되었으며, 마침내 네트가 희미하게 빛을 낼 때는 이제 슈라프넬 여사에게 붙잡히지 않을까 하는 걱정이 들었다.

나는 혹시라도 실험실에 슈라프넬 여사가 있다면 즉시 도망갈 태세를 취하며 몸을 웅크리고 네트로 들어갔다. 여사는 없었다. 적어도 내가 볼 수 있는 영역에서는 말이다. 실험실은 마치 전략 사령실로 바뀐 것처럼 보였다. 내가 앉아 있던(그게 며칠 전이더라?) 쪽의 벽에는 엄청나게 거대한 컴퓨터가 들어와 네트 콘솔이 왜소해 보일 지경이었다. 네트가 쓰지 않는 공간 대부분은 모니터와 3차원 스택 스크린들로 가득 차 있었다.

워더는 콘솔 앞에서 신참을 들볶고 있었다.

"캐러더스가 말했죠. '또다시 널 남겨 두고 먼저 떠나는 모험을 할 순 없어. 네트로 들어가.' 그것밖에는 모릅니다." 신참이 말했다.

"캐러더스가 당신을 뒤따르기 전에 무슨 일을 할 건지 아무 말도 하지 않았나요?" 워더가 물었다. "뭔가를 검사한다든지?"

신참은 고개를 저었다. "'바로 쫓아가겠어'라고만 했습니다."

"다른 사람은 없었고요?"

신참은 다시 고개를 저었다. "사이렌이 울렸습니다. 그래서 그 지역에는 아무도 남아 있지 않았어요. 모든 게 불타버렸죠."

"사이렌이 울렸다고요?" 워더가 말했다. "공습 중이었나요? 폭탄이 떨어져…." 그제야 워더는 내가 있다는 사실을 깨달았다. "여기서 뭐 하는 거죠?" 워더가 말했다. "베리티는 어쩌고요?"

"심각한 시차 증후군에 걸려 있죠. 당신들 덕분에요." 베일을 걷고 나오며 내가 말했다. "던워디 교수님은 어디에 있죠?"

"필적 전문가와 함께 코퍼스 크리스티 칼리지에 있어요." 워더가 말했다.

"던워디 교수님에게 가서 내가 여기 있으며 지금 당장 이야기를 나누고 싶어 한다고 말해줘요." 나는 신참에게 말했다.

워더가 얼굴을 붉히며 화를 냈다. "난 지금 캐러더스에게 무슨 일이 일어났는지를 알아내야만 해요. 당신이 여기 와서 이래라저래라할…."

"중요한 일이에요." 내가 말했다.

"캐러더스도 그렇다고요!" 워더가 딱딱거렸다. 워더는 신참에게 돌아섰다. "그 지역에서 뒤늦게 터진 폭탄은 없었나요?"

신참은 잘 모르겠다는 표정으로 워더와 나를 번갈아 바라보았다. "잘 모르겠습니다."

"모른다니, 무슨 뜻이죠?" 워더가 화를 내며 말했다. "그 지역에 있던 건물이며 잔해들에 관해 말해봐요. 불안정하던가요? 모른다는 말은 하지 말고요!"

"던워디 교수님을 모셔 오겠습니다." 신참이 말했다.

"좋아요." 워더가 쏘아붙였다. "갔다가 곧장 오세요. 몇 가지 질문할 게 더 있으니까요."

신참은 위기를 모면하고 연구실을 빠져나가다가 책과 비디오, 디스켓을 한 무더기 들고 들어오던 루이스와 거의 부딪칠 뻔했다. "와, 잘됐군요." 나를 본 루이스가 말했다. "당신들 둘에게 보여줄 게…." 루이스는 주위를 두리번거렸다. "베리티는 어디 있죠?"

"1888년에요." 내가 말했다. "베리티는 당신이 보낸 그 강하 때문에 시차 증후군에 걸렸어요."

들고 있던 짐을 떨어뜨리지 않고 내려놓으려 애쓰며 루이스가 말했다. "하지만 그 강하 실험들로는 아무것도 밝혀내지 못했어요. 아무런 의미가 없었죠. 사건이 일어난 주변에는 편차가 증가하는 지역이 생기죠. 이쪽으로 오세요. 보여드릴게요."

루이스는 나를 끌고 컴퓨터 장치로 가다가 갑자기 멈추더니 콘솔로 가서 워더에게 말했다. "헨리 씨가 강하했던 곳의 편차가 얼마였죠?"

"그런 걸 계산할 시간이 없어요." 워더가 말했다. "나는 지금 캐러더스를 구하는 일로 바쁘다고요!"

"알아요, 알아." 방어하듯 손을 들어 올리며 루이스가 말했다. "그래도 제발 한 번만 계산해주세요, 네?"

루이스는 내게 돌아섰다. "헨리 씨, 당신에게 보여줄 것이…."

"내 강하에서 일어난 편차라니 무슨 말이죠?" 내가 말했다. "돌아오는 강하에는 원래 편차가 없잖아요."

"베리티가 마지막으로 돌아왔던 강하에선 편차가 있었어요." 루이스가 말했다.

"그 이유를 알아냈어요?"

"아직 모릅니다." 루이스가 말했다. "연구 중이죠. 이리 오세요. 우리가 하는 일을 보여드리죠." 루이스는 컴퓨터 장치로 나를 끌고 갔다. "베리티가 워털루 전투 모의실험에 관해 이야기해주던가요?"

"약간요."

"좋아요. 역사적인 사건에는 너무나 많은 요소가 들어가 있어서 정확한 컴퓨터 모형을 만드는 것이 몹시 어렵지만 워털루 전투는 예외죠. 그 전투에 관해서는 아주 사소한 부분까지 모든 사건을 조사, 분석했거든요." 루이스는 재빠르게 타자하며 말을 이었다. "또한, 그 전투에는 전투의 향방을 완전히 다르게 할 수 있는 몇 개의 분기점과 수많은 요소가 들어 있죠. 16일과 17일에 휘몰아친 격렬한 폭풍우라든가 그루시 장군이 나폴레옹의…."

"악필을 알아보지 못했죠." 내가 말했다.

"바로 맞췄어요. 특히 나폴레옹이 데를롱에게 보낸 거였죠. 그래서 우구몽을 차지하는 데 실패했고요." 루이스는 키를 몇 개 더 치고는 자기 뒤쪽에 있는 스크린들을 바라보기 위해 몸을 돌렸다.

"됐어요. 이 지점이 우리가 살펴보고 있는 곳이에요." 라이트펜을 집어 들고 중앙 스크린으로 가며 루이스가 말했다. "이건 실제로 일어난 워털루 전투 그대로를 모의실험 한 겁니다."

스크린은 회색의 얼룩덜룩한 영역을 3차원으로 보여주었다. "이 지점이 워털루 전투입니다." 루이스는 라이트펜을 켜더니 3차원 얼룩의 중앙을 가리켰다. "그리고 이곳은 전투가 영향을 미치는 시공간 영역이지요." 루이스는 가장자리를 가리켰다.

"여기는 카트르 브라 전투, 이곳은 웨이버 전투, 이곳은 나폴레옹 친위대가 돌진하다 퇴각한 곳입니다." 루이스는 라이트펜으로 이곳저곳을 계속해서 가리켰다.

하지만 내 눈에는 회색 얼룩밖에 보이지 않았다. 의사가 MRI 사진을 보여줄 때면 항상 느끼던 바로 그 느낌이 들었다. '여기가 폐이고 이곳이 심장이며….' 의사가 아무리 이런 식의 설명을 해대도 내 눈에는 아무것도 보이지 않았다.

"저는 이 모형에 모순을 삽입해서 그 결과가 어떻게 나오는지를 보았습니다." 루이스가 말했다.

루이스는 왼쪽에 있는 스크린으로 자리를 옮겼다. 내 눈에는 중앙에 있는 것과 똑같아 보였다. "예를 들어, 나폴레옹은 데를롱에게 편지를 보내서 리니 쪽으로 군대를 옮기라고 했지만, 그 편지는 알아볼 수가 없었어요. 그래서 데를롱은 군대를 나폴레옹의 전방이 아닌 좌측 측면 뒤쪽으로 배치했고, 그 결과 적들과 싸우지 못하게 되었죠. 저는 여기에 가상의 역사학자를 투입했습니다." 루이스는 회색 점을 가리켰다. "역사학자는 나폴레옹의 편지를 읽을 수 있는 필체로 대체했고 보시다시피 그 뒤로 상황은 급격하게 변했습니다."

이해가 안 가면 외우는 수밖에.

"모순이 도입되자 시스템은 스스로 모순을 해결하려 하면서 여기," 루이스는 라이트펜으로 스크린 한곳을 가리키며 계속 말했다. "이 지점에서 편차가 급격히 증가하기 시작했습니다. 여기 약간 낮은 레벨과, 여기 모순이 일어난 영역을 둘러싼 곳, 그리고 이곳의 좀 작은 지역에서 말이죠."

나는 알아듣는 척하려 애쓰며 스크린을 실눈으로 바라보았다.

"이 경우, 시스템은 거의 즉시 자체적으로 교정할 수 있었습니다. 데를롱은 자기 부관에게 명령을 내렸고, 부관은 중위에게 명령을 내렸지만 중위는 포병전을 펼치라는 말을 듣지 못한 채, 군대를 결국 나폴레옹의 좌측으로 보내 상황은 원래의 패턴으로 돌아오게 됩니다."

루이스는 라이트펜으로 꼭대기에 늘어선 스크린들을 가리켰다. "저는 여러 가지 변수들을 다양하게 적용해보았습니다. 여기를 보면, 역사학자가 우구몽 문의 자물쇠를 부숩니다. 여기를 보면, 역사 연구가 보병의 총을 고장 나게 해서 르토르가 죽지 않게 상황을 바꾼 것입니다. 그리고 여기에서는 역사학자가 블뤼허와 웰링턴이 주고받던 메시지를 가로채게 해보았습니다." 루이스는 스크린을 차례로 가리켰다. "각 상황에 따라 그 영향은 크게 달라지며, 시공간 연속체가 자체 교정을 하는 데 얼마나 오래 걸리는지도 큰 차이가 있습니다."

루이스는 다른 스크린들을 더 가리켰다. "자체 교정이 되기까지 이 경우에는 몇 분, 이 경우에는 이틀이 걸렸으며 두 경우에는 모순과 그 영향의 심각성 사이에 직접적인 관계가 나타나지는 않아 보입니다." 루이스는 왼쪽 아래에 멀리 떨어진 스크린을 가리키며 말을 이었다. "이 경우에는 자멸적인 전술을 막기 위해 억스브리지를 쏴 죽였지만, 즉시 부사령관이 그 책임을 맡아서 결국 같은 결과를 가져오게 됩니다."

"한편," 루이스는 두 번째 줄의 스크린을 가리켰다. "이 경우에는 역사학자를 프로이센 병사로 변장시켜 리니 전투에서 체포당하게 하였더니 자체 교정의 영역은 4개 연대와 블뤼허 자신을 포함할 정도로 커졌습니다."

루이스는 중앙 스크린으로 자리를 옮겼다. "이 경우, 우리는 라에생트에서 일어난 상황을 바꾸어보았습니다. 포탄에 의해 초가지붕에 불이 붙자 사람들이 줄지어서 물이 가득 찬 솥을 건네며 불을 끄려고 했죠. 저는 이 지점에 역사학자를 보내 솥을 훔치도록 해보았습니다. 이 일로 인해 커다란 모순이 일어났는데, 재미있는 것은 자체 교정이 이곳과 이곳에서만 편차를 증가시킨 게 아니라 바로 이곳, 1814년 이전에도 편차를 증가시켰다는 점입니다." 루이스는 스크린의 꼭대기를 가리켰다.

"사건이 일어나기 전으로 돌아가 교정을 한단 말인가요?"

"네. 1812년 겨울, 강한 눈보라가 나타나 라에생트의 앞쪽 도로에 수레들이 지나간 바퀴 자국이 깊게 파이게 됩니다. 이 때문에 이 길을 지나던 달구지들은 싣고 가던 짐의 일부를 떨어뜨리게 되죠. 이 가운데는 맥주가 가득 찬 나무통들도 있었습니다. 이걸 하인 하나가 발견하고는 라에생트에 있는 자기 집으로 가져갑니다. 그리고 화재가 일어나자 이 맥주통의 윗부분을 깨부순 뒤 맥주통을 사라진 솥 대용으로 써서 화재는 진압되고 모순이 치유되게 됩니다."

루이스는 컴퓨터로 돌아가더니 몇 개의 키를 더 눌러 새로운 화면이 나타나게 했다. "이 경우는 그나이제나우[165]가 리에지로 후퇴하는 거고 이건 역사학자가 대포를 진흙에서 꺼내도록 돕는 모형인데 이것들 역시 과거에서 자체 교정을 보입니다."

"그 때문에 베리티를 5월로 강하시킨 건가요? 모순이 일어나기 전에 스스로 교정하리라고 생각해서요?"

"하지만 당신의 경우를 빼고는 편차가 전혀 없었습니다." 실망한 목소리였다. 루이스는 스크린을 향해 손을 저으며 계속 이야기했다. "이 모든 것들은 자체 교정이 크든 작든 상관없이 동일한 기본 패턴을 보여줍니다. 중심부에서는 급격한 편차가 발생하고, 중간 영역에서는 보통 정도의 편차가, 그리고 멀리 떨어진 곳에서는 아주 좁은 지역에서만 편차가 나타나죠."

"우리 경우와는 전혀 일치하지 않는군요." 스크린을 노려보며 내가 말했다.

"그렇습니다." 루이스가 말했다. "일치하지 않죠. 베리티의 강하에서 편차는 9분이었으며 중심부 근처의 어느 곳에서도 급격한 편차의 증가는 찾을 수 없었습니다. 단 하나의 편차는 2018년에 모여 있는데 중심부에서 그토록 멀리 떨어져 있음에도 불구하고 예상치보다 무척이나 큰 값을 보입니다."

---

[165] 아우구스트 나이트하르트 폰 그나이제나우, 나폴레옹 전쟁 때의 프로이센 육군 원수

루이스는 컴퓨터로 가서 뭔가를 쳐서 넣고는 왼쪽 스크린으로 돌아왔다. 루이스 앞의 스크린이 약간 변했다. "가장 가까운 경우가 이것입니다." 루이스가 말했다. "역사학자에게 대포를 발사하게 해서 웰링턴 공작을 죽게 만들어봤습니다."

루이스는 라이트펜을 찾기 위해 주머니를 뒤졌지만 찾지 못하자 손가락으로 스크린을 가리켰다. "여기 보이시죠? 여기랑 여기에서 편차가 급격히 증가하지만, 그 정도 편차의 증가로는 모순을 해결하는 데 충분하지 못하기 때문에 이곳과 이곳 그리고 이곳에서는 사건이 다른 방향으로 발전하며 역사의 원래 궤도와 어긋남이 발생하게 됩니다." 루이스는 중심에서 가까운 세 점을 가리켰다. "그리고 이곳에서 편차의 양은 급격히 떨어지게 되고 이 지점을 보시면…." 루이스는 더 멀리 떨어진 지점을 가리켰다. "…모순의 해결은 불가능하게 되고 네트는 제 기능을 작동하지 못하며 역사의 진행 경로는 바뀌게 됩니다."

"그래서 나폴레옹이 워털루 전투에서 이기게 되는 거로군요."

"맞습니다. 여기서 우리의 경우와 유사한 것을 볼 수 있습니다." 루이스는 좀 더 짙은 회색을 가리켰다. "이곳에서는 중심부에서 거의 70년이나 떨어진 곳에서 편차의 증가가 일어나는 부분이 나타납니다. 그리고 이곳…." 루이스는 약간 밝은 회색 점을 가리키며 말을 이었다. "중심부에서 얼마 떨어지지 않았는데도 편차가 거의 없습니다."

"하지만 중심부에서는 여전히 급격한 편차의 증가가 나타나고요." 내가 말했다.

"맞습니다." 루이스가 음울하게 말했다. "우리가 모의실험 해본 모든 경우는 그랬습니다. 우리의 실제 경우만 빼고요."

"하지만 적어도 모순이 일어날 수 있다는 가능성은 보여준 셈이군요. 그 정도만 해도 대단한 거죠."

"뭐라고요?" 루이스가 멍하니 말했다. "이 모든 것은 그저 수학적인 모의실험일 뿐입니다."

"알아요. 하지만 지금 보여준 건, 만약 역사학자가…."

루이스는 격렬하게 고개를 저었다. "만약 우리가 역사학자를 워털루 전투로 보내 편지를 가로채거나 말을 쏴 죽이거나 방향을 알려주려고 한다면 네트는 열리지 않습니다. 지난 40년간 역사학자들이 노력해왔지요. 하지만 그 누구도 워털루 전투에 2년 이내, 혹은 150킬로미터 안쪽으로 접근한 적이 없습니다." 루이스는 흥분해 스크린들을 향해 손을 내저었다. "이들 모의실험은 모두 네트에 안전장치가 없다는 가정 아래 한 것입니다."

그러니까 우리는 시작점으로 다시 돌아온 셈이로군.

"베리티의 강하에서 무엇인가가 네트의 안전장치를 없앴을 수 있나요? 아니면 제대로 작동하지 못하게 했다던가 말이죠."

"그게 우리가 맨 처음 검사해본 사항이죠. 완벽하게 정상적인 강하였습니다. 아무런 이상한 징후도 없었어요."

그 순간 걱정스러운 얼굴로 던워디 교수가 들어왔다. "늦어서 미안하네. 필적 전문가를 만나 이름이나 날짜 따위의 뭔가 더 알아낸 게 있는지 보고 왔어."

"알아냈다던가요?" 내가 물었다.

"신참은 어디 있나요?" 던워디 교수가 대답도 하기 전에 워더가 말을 자르고 들어왔다. "교수님과 함께 돌아오기로 했는데요."

"성당으로 보내서 슈라프넬 여사를 잡아두라고 했어. 네드가 여기 있는 동안 오지 못하도록 말이야."

신참이 그 일을 제대로 할 거라 믿느니 그 친구가 길을 제대로 찾는 걸 믿는 게 낫지. 결국 여기를 가능한 한 빨리 떠야 한다는 말이군.

"필적 전문가가 C 아무개 씨의 이름을 알아냈습니까?"

"아니. 이름이 여덟 글자라는 사실과 코번트리로 간 사람들 명단을 알아냈고 지금은 날짜를 알아내는 중이야."

그 정도가 어딘가. "가능한 한 빨리 일을 처리해야 합니다." 내가 말했다. "테렌스와 토시가 어제 약혼을 했거든요."

"이런, 맙소사." 던워디 교수는 말하더니 앉을 곳이라도 찾는 듯 주변을 둘러보았다. "빅토리아 시대 사람들은 약혼을 아주 진지하게 여기는데." 던워디 교수가 루이스에게 말했다.

던워디 교수는 내게 돌아섰다. "네드, 자네와 베리티는 C 아무개 씨가 누군지 아무런 실마리도 얻지 못했어?"

"못 얻었습니다. 그리고 아직 일기장도 입수하지 못했고요." 내가 말했다. "베리티는 그 C 아무개라는 작자가 오늘 있는 교회 바자회에 나타나길 빌고 있더군요."

나는 또 뭔가 더 이야기해야 할 것이 있는지 생각해내려 애를 썼다. "루이스, 돌아오는 강하에 대해 뭔가 말하지 않았나요?"

"아, 그랬죠. 워더!" 루이스는 콘솔 앞에서 격렬하게 키보드를 내리치고 있는 워더를 향해 소리쳤다. "아직 편차를 알아내지 못했나요?"

"나는 지금….."

"알아요, 알아. 캐러더스를 데려오려고 하는 중이라는 걸요." 루이스가 말했다.

"아니요." 워더가 말했다. "핀치를 데려오는 중이에요."

"그건 미뤄도 되잖아요." 루이스가 말했다. "네드가 돌아왔을 때의 편차가 필요해요."

"알았어요!" 세라핌이 1백 개의 눈알을 번득이며 말했다. 세라핌은 30초 정도 격렬하게 키보드를 두들겨댔다. "3시간 8분이군요."

"3시간!" 내가 말했다.

"베리티의 마지막 강하 때보다는 낫군. 그 경우에는 이틀이었어."

루이스는 손바닥을 위로 향하더니 어깨를 으쓱했다. "모의실험에서는 이런 경우가 없었어요."

뭔가 떠오르는 게 있었다. "오늘이 무슨 요일이죠?"

"금요일요." 루이스가 말했다.

"봉헌식까지 9일 남았어." 던워디 교수는 잠시 생각하더니 말을 이었다. "11월 5일이지."

"9일이라고요?" 내가 말했다. "맙소사! 당연히 주교의 새 그루터기가 어디 있는지는 알아내지 못했겠죠?"

던워디 교수는 고개를 끄덕였다. "일이 잘 안 풀려가는군. 그렇지 않은 가, 클레퍼맨 소위?"

"잘 풀린 게 하나 있습니다." 루이스는 재빨리 컴퓨터로 돌아가 키를 몇 개 눌렀다. "베를린 폭격에 대한 시나리오를 몇 가지 돌려봤습니다." 스크린들에 흐릿한 회색 얼룩이 나타나며 약간씩 다른 패턴을 띠었다. "표적이 사라진 경우, 비행기가 격추된 경우, 조종사가 총탄에 맞은 경우, 심지어는 조종사와 비행기를 다 제거해보기도 했지만 그 어떤 것도 결과에는 영향을 주지 못했습니다. 런던은 여전히 폭격당하더군요."

"그것참 좋은 소식이로군." 얼굴을 찌푸리며 던워디 교수가 말했다.

"어쨌든 아무 결과가 없는 것보다는 낫네요." 나도 내 말을 믿을 수 있으면 좋겠다는 생각이 들었다.

네트가 희미하게 반짝이더니 핀치가 나타났다. 핀치는 워더가 베일을 들어 올릴 때까지 기다렸다가 던워디 교수에게 곧장 가서 말을 했다. "무척이나 좋은 소식을 가지고 왔…" 핀치는 말을 멈추고 나를 바라보았다. "교수님 연구실에 가 있겠습니다." 핀치는 황급히 방을 나섰다.

"핀치가 무슨 일을 하는 건지 알고 싶습니다." 내가 말했다. "아주먼드 공주를 다시 물에 빠뜨려 죽이려고 보내신 건가요?"

"빠뜨려 죽여요?" 루이스가 말하더니 소리 내 웃기 시작했다.

"그런 건가요?" 내가 다그쳐 물었다. "말을 할 권한이 없다는 소리 따위는 하지 마세요."

"우리에게는 핀치의 임무가 뭔지 말할 권한이 없어." 던워디 교수가 말했다. "하지만 한 가지 말해주자면, 아주먼드 공주는 절대로 안전하며 핀치가 임무를 제대로 마치고 나면 그 결과에 자네도 기뻐할 거야."

콘솔 앞에 앉아 있던 워더가 짜증을 듬뿍 담은 목소리로 말했다. "만약 헨리 씨를 돌려보내려면 지금 보내야만 해요. 그래야 30분 동안 중단되었던 캐러더스 구출 작업을 계속할 수 있어요."

"필적 전문가가 결과를 알아내자마자 알려주셔야 합니다." 나는 던워디 교수에게 말했다. 오늘 저녁이나 내일 아침에 오도록 하겠습니다."

던워디 교수는 고개를 끄덕였다.

"시간이 없어요." 워더가 말했다. "저는 해야 할 일이…."

"알았어요." 나는 말을 마치고 네트로 걸어갔다.

"어느 시간으로 돌아가고 싶으세요?" 워더가 물었다. "당신이 떠났을 때로부터 5분 뒤로 맞춰줄까요?"

워즈워스의 무지개 같은 희망이 갑자기 솟구쳐 올랐다.[166] "내가 원하는 어느 때로든지 갈 수 있단 말인가요?"

"이건 '시간 여행'이잖아요!" 워더가 말했다. "당신과 농담 따먹…."

"4시 30분으로요." 재수가 좋으면 20분 정도 편차가 생길 거고 그러면 바자회는 완전히 끝나 있을 테지.

"4시 30분요?" 워더가 덤빌 듯한 표정으로 말했다. "누군가가 당신을 찾지 않겠어요?"

"아니요." 내가 말했다. "테렌스는 조랑말 태우는 곳으로 안 가도 되니까 기뻐할 거예요."

워더는 어깨를 으쓱하고는 좌표를 맞추기 시작했다. "네트 안으로 들어가세요." 워더는 말하고 '전송' 스위치를 눌렀다.

✳

네트가 희미하게 빛났고 나는 밀짚모자와 넥타이를 매만진 후 기분 좋게 바자회로 성큼성큼 걸어갔다. 여전히 구름이 끼었고 해가 보이지 않아 몇 시인지 알 수 없었지만(내 시계는 소용이 없었다), 조금 한산해진 듯했다. 적어도 3시 30분은 되었겠지. 나는 아무것도 보고할 것이 없다고 보고하기 위해 베리티가 있는 잡동사니 판매장으로 갔다.

베리티는 그곳에 없었다. 가판대는 로즈와 아이리스가 지키고 있었으며 내게 설탕 깨는 데 쓰는 은망치를 팔려고 했다.

"베리티 언니는 차 파는 천막에 있어요." 하지만 그곳에도 베리티는 없

---

166 워즈워스, '무지개', "하늘의 무지개를 바라볼 때마다 내 가슴 설레느니…."

었다.

대신에 시릴이 그곳에서 누가 혹시 샌드위치라도 떨어뜨리지 않을까 하며 기다리고 있었다. 하는 모양을 보니 아마도 온종일 그곳에 있었다는 느낌이 들었다. 나는 녀석에게 건포도 롤빵을 사준 뒤 록 케이크와 차 한 잔을 사서 보물찾기하는 곳으로 돌아갔다.

"금방 돌아왔네요." 테렌스가 말했다. "오래오래 있다 와도 된다고 했잖아요?"

"지금 몇 시죠?" 기운이 쭉 빠지며 내가 말했다. "내 시계는… 멈췄거든요."

"'그건 최상급의 버터라고요.'"[167] 테렌스가 인용했다. "12시 5분이에요. 조랑말 타는 곳을 잠깐 맡아줄 생각은 혹시 없어요?" 혹시나 하는 표정으로 테렌스가 말했다.

"아니요." 내가 말했다.

테렌스는 시무룩한 표정으로 조랑말 타는 곳을 향해서 갔고, 나는 차와 록 케이크를 먹으며 운명의 불공평함에 대해 생각했다.

무척이나 긴 오후였다. 언니를 졸라 5펜스를 타낸 에글런타인은 오후 내내 모래 옆에 쪼그리고 앉아서 전략을 짜고 있었다.

"어떤 사각형에도 대상이 묻혀 있지 않다고 생각해요." 2펜스를 내고 2번을 고른 뒤 에글런타인이 말했다.

"묻혀 있어." 내가 말했다. "내 손으로 묻은걸. 네가 믿든 안 믿든 말이야."

"아저씨를 믿어요." 에글런타인이 말했다. "아저씨가 상품을 묻는 걸 아비테지 신부님이 보셨대요. 하지만 여기에 아무도 없을 때 누군가가 훔쳐 갔을 수도 있어요."

"온종일 지키고 있었는걸."

"우리가 이야기하고 있는 틈을 타서 살금살금 다가와 몰래 훔쳐 갔을 수도 있어요."

아이는 다시 쪼그리고 앉았고, 나는 다시 록 케이크를 먹었다. 이 록 케

---

167 《이상한 나라의 앨리스》. 다과회에 참석한 모자 장수가 날짜를 물었을 때 산토끼가 대답하는 대목

이크는 영국 공군을 위한 기도식 및 오븐 요리 장터 때 산 놈보다 더 단단했다. 나는 주교의 새 그루터기에 관한 생각에 잠겼다.

만약 아무도 보고 있지 않을 때 누군가가 살금살금 다가가 그걸 몰래 훔쳐 갔다면? 아무도 그런 물건을 원하지 않을 거라고 내 입으로 말했지만, 잡동사니 판매장에서 사람들이 사는 물건들을 보라. 결국은 도둑이 훔쳐 갔을 수도 있었다. 아니면 베리티 말대로 공습이 있기 전에 누군가가 들고 나갔을지도 모른다. 공습 기간에 그 물건이 성당에 있었을까, 없었을까? 모래에 그려진 사각형을 보며 나는 생각했다. 오직 두 가지 가능성밖에 없었다. 그리고 어느 경우이든 어딘가에는 있어야만 했다. 하지만 어디란 말인가? 18번? 25번?

1시 30분이 되자 아비테지 신부가 교대하러 온 덕분에 나는 제대로 된 점심을 먹고 바자회를 둘러볼 수 있었다. '제대로 된 점심'에는 어묵 샌드위치(반은 시릴에게 주었다)와 차가 나왔고 식사를 마친 후 나는 가판장을 둘러보았다. 낚시터에서는 붉은 유리 반지를 상품으로 탔으며 주위를 둘러보며 퀼트로 만든 차 보온 주머니, 안을 파내고 클로버를 채운 오렌지 향료알, 악어 모양으로 구운 도자기, 송아지 발 젤리 한 통을 산 다음 베리티에게 날짜와 C 아무개 씨가 누구인지 모른다고 말하고 보물찾기 장소로 돌아왔다. 에글런타인이 보이지 않는 틈을 타서 나는 악어 모양 도자기를 9번에 묻었다.

오후 시간이 지나가고 있었다. 사람들은 4번, 16번, 21번, 29번을 골랐고 마침내 묻어놓은 3실링짜리 두 개를 찾아냈다. 에글런타인은 5펜스를 다 잃고는 분해서 발을 동동 굴렀다. 어느 순간, 베인이 아주먼드 공주를 데리고 와서 내 팔에 안겼다.

"잠시만 봐주실 수 있으십니까, 선생님?" 베인이 말했다. "메링 양께서 저보고 코코넛 떨어뜨리기를 맡아서 하라고 하셨는데 아주먼드 공주를 잠시라도 혼자 내버려둘 수가 없군요." 엄격한 눈으로 고양이를 내려보며 베인이 말했다.

"둥근눈 진줏빛 리언킨을 또 잡아먹었나요?" 내가 말했다.

"네, 선생님."

모래로 가득한 커다란 상자 역시 녀석에게는 좋은 장소 같아 보이지 않았다. "성모 마리아 축일 잡동사니 판매장에서 봤던 삼색 고양이처럼 잡화 판매대 위에서 온종일 자고 있을 순 없는 거야?" 내가 말했다.

"야옹." 녀석은 자기 코를 내 손에 문질러댔다.

나는 아주먼드 공주를 쓰다듬어 주면서 생각했다. 물에 빠져 죽지 않았을 때 중요한 존재가 된 게 얼마나 유감인지. 만약 그랬다면 내가 고양이를 돌려놓으려 할 때 네트는 꽁꽁 닫혀 열리지 않았을 것이고, 그러면 내가 고양이를 데리고 있을 수 있었을 테니 말이다.

물론, 내가 진짜로 아주먼드 공주를 키울 수는 없었다. 내가 데려가면 어떤 억만장자가 아주먼드 공주를 차지하겠지만, 아무리 복제한다 할지라도 고양이 한 마리로는 멸종한 종 전부를 대체할 수 없다. 어쨌거나 그래도 정말로 예쁜 고양이야. 귀 뒤쪽을 긁어주며 나는 생각했다. 물론 진줏빛 리언킨을 잡아먹는 점은 빼고 말이지만. 페딕 교수의 푸른색 이중아가미 처브를 잡아먹은 점도 빼야겠군.

핀치가 허둥지둥 다가왔다. 핀치는 주위를 서둘러 살펴보더니 내 쪽으로 몸을 숙이고 말했다. "던워디 교수님으로부터 메시지를 가져왔습니다. 드디어 필적 전문가가 코번트리로 가는 날짜를 알아냈다는 말을 전하라고 하셨습니다. 교수님이…."

"엄마가 저보고 세 번 더 해보라고 하셨어요." 갑자기 어디선가 불쑥 에글런타인이 나타나 말했다. "그러면 바자회가 끝나고 오셔서 5펜스를 주시겠대요."

핀치는 짜증 나는 표정으로 에글런타인을 바라보았다. "어디 조용히 이야기를 나눌 만한 곳이 없겠습니까, 선생님?"

"에글런타인." 내가 말했다. "몇 분 동안만 보물찾기를 맡아주지 않겠니?"

에글런타인은 고결하게 고개를 저었다. "나는 보물을 찾고 싶어요. 보물찾기를 맡으면 상을 탈 수가 없어요. 2번을 고를래요."

"미안하구나." 내가 말했다. "이분이 너보다 먼저란다. 핀치 씨, 어느 사각형을 고르시겠습니까?"

"사각형이라뇨?" 핀치가 물었다.

"보물찾기 말입니다." 모래 상자를 가리키며 내가 말했다. "서른 개의 사각형이 있고 대부분의 사람은 '날짜'를 고르죠." 순간, 나는 한 달이 31일까지 있을 수 있다는 생각이 떠올라 황급히 덧붙였다. "만약 그 날짜가 여기 숫자에 있다면 말이지만요. 어떤 특별한 '날짜'를 생각하고 계십니까, 핀치 씨?"

"아하," 무슨 말인지 알아차린 핀치가 말했다. "날짜요. 저는 그러니까⋯."

"저 아저씨는 돈을 내지 않았어요. 우선 2펜스를 내야 해요."

핀치는 주머니를 뒤졌다. "이런, 돈이 하나도⋯."

"집사는 한 번은 공짜로 할 수 있습니다." 내가 말했다.

"불공평해요." 에글런타인이 울부짖었다. "집사는 왜 한 번을 공짜로 할 수 있죠?"

"그게 교회 일일 바자회의 법칙이란다." 내가 말했다.

"하지만 메링 부인의 집사에게는 공짜로 시켜주지 않았잖아요?" 에글런타인이 말했다.

"코코넛 떨어뜨리기를 공짜로 했지." 나는 삽을 핀치에게 건네주었다. "'날짜'가 어떻게 되지요, 핀치 씨."

"15번으로 하겠습니다, 헨리 씨." 핀치가 잽싸게 말했다.

"15요?" 내가 말했다. "확실합니까?"

갑자기 에글런타인이 끼어들었다. "아저씬 15번을 고를 수 없어요. 이미 다른 사람이 고른 숫자예요. 그리고 16번과 17번도요. 다른 사람이 이미 고른 숫자는 고를 수 없어요. 그게 규칙이에요."

"15입니다." 핀치가 힘주어 말했다.

"하지만 그건 불가능합니다." 내가 말했다. "15는 내일 날짜예요."

"그리고 아저씬 6번이나 22번도 고를 수 없어요." 에글런타인이 말했다. "내가 그 숫자를 고를 생각이니까요."

"확실한 겁니까?" 내가 물었다.

"그렇습니다, 선생님." 핀치가 대답했다.

"달은 어떻습니까? 7월이나 8월은 아닙니까?" 아닌 걸 알면서도 내가 물었다. 베리티가 이플리에서 내게 해준 말로는 코번트리에 가는 달은 6월이었다.

"구석에 있는 숫자 가운데 하나를 고를래요. 3번이나 1번이요." 에글런타인이 말했다.

"그리고 15라는 게 정말 확실한가요? 내일요?"

"그렇습니다, 선생님." 핀치가 말했다. "던워디 교수님께서 즉시 선생님에게 알려드리라고 저를 보내셨습니다."

"베리티에게는 내가 말하지요." 내가 말했다. "핀치, 가게를 닫아주세요."

"그러면 안 돼요." 에글런타인이 울부짖었다." 난 세 번의 기회가 남았어요."

"이 아이에게 세 번 더 기회를 준 다음 가게를 닫아주세요." 나는 둘 중 누군가가 항의하기 전에, 그리고 메링 부인이나 채티스번가의 소녀들이 날 잡지 못하도록 뒷길로 빙 돌아 잡동사니 판매대로 갔다.

베리티는 중산모를 쓴 팔자수염의 청년에게 줄 없는 밴조를 팔고 있었다. 나는 청년이 떠날 때까지 가장자리가 톱니 모양인 바퀴와 구부러진 칼날 한 쌍이 달린 정체를 알 수 없는 기구를 들고 살펴보는 척하고 있었다.

"킬브레스 씨예요." 베리티가 말했다. "K로 시작하는 이름이었죠."

"필적 전문가가 코번트리로 떠나는 날짜를 알아냈어요." 나는 누군가가 와서 우리를 방해하기 전에 잽싸게 말했다. "6월 15일이라는군요."

베리티는 고개를 저었다. "하지만 그건 불가능해요. 15일은 내일이에요."

"내 생각도 그래요."

"어떻게 그걸 알았죠? 또다시 갔다 왔어요?"

"아니요. 핀치가 와서 말해줬어요."

"확실하대요?"

"네. 이제 우린 어떻게 해야 하죠?" 내가 말했다. "내일 아침이 되었을 때 그냥 코번트리로 가자고 할 수는 없잖아요. 구경 가자고 할까요?"

베리티는 고개를 저었다. "이런 행사 다음 날에는 채티스번가 사람들, 아비테지 신부, 윌리스 미망인과 함께 평가회를 할 텐데 코번트리로 가서 그걸 놓치고 싶어 하진 않을 거예요. 평가회는 바자회 하이라이트인걸요."

"물고기는 어때요?" 내가 말했다.

"물고기요?"

"메링 대령과 페딕 교수에게 말해서 그곳에 송어나 뭐 그런 게 사는 여울이나 연못이 있다고 말해보죠. 코번트리가 강에 인접해 있잖아요? 대령과 페딕 교수는 물고기와 관련된 거라면 사족을 못 쓰잖아요."

"모르겠어요." 베리티가 생각에 잠겨 말했다. "하지만 당신 말을 듣고 보니 떠오르는 게 있군요. 당신, 발가락으로 소리를 낼 수는 없겠죠?"

"뭐라고요?"

"폭스 자매가 쓴 방법이에요. 맘 쓰지 마세요. 우리는…." 베리티는 뭔가를 찾는 듯 잡동사니 판매용 물건들을 뒤지기 시작했다. "어, 잘됐네요. 여기 있어요." 베리티는 설탕 입힌 제비꽃이 들어 있던 금속 상자를 집어 들었다.

"이거, 사세요." 베리티는 그 금속 상자를 내밀며 말했다. "저는 돈이 없거든요."

"왜요?"

"좋은 수가 있어요." 베리티가 말했다. "사세요. 5펜스예요."

나는 베리티에게 순순히 1실링을 건네주었다.

"그거 내가 사려고 했는데요." 갑자기 어디선가 불쑥 에글런타인이 나타나 말했다.

"보물찾기를 하는 줄 알았는데?" 내가 말했다.

"그랬죠." 에글런타인이 말했다. "10번, 11번, 27번을 골랐어요. 어디에도 보물은 없었고요. 사실, 어느 번호에도 없다고 생각해요. 난 아저씨가 보물을 묻어놓지도 않았다고 생각해요." 에글런타인은 베리티에게 돌아섰다. "오늘 아침에 언니에게 저 상자를 사고 싶다고 제가 말했잖아요."

"이젠 안 돼." 베리티가 말했다. "헨리 씨가 벌써 사셨는걸. 자, 착하지. 가서 메링 부인 좀 찾아주렴. 부인이랑 할 이야기가 있어."

"단추를 담아놓기에 딱 알맞은 크기란 말이에요. 그리고 오늘 아침에 내가 사겠다고 말했잖아요."

"예쁜 책을 갖지 않겠니?" 베리티는 에글런타인에게 《구식 소녀》를 내밀었다.

"여기 2펜스가 있어." 내가 말했다. "메링 부인을 모셔 오면 보물이 어디 있는지 말해주지."

"그건 규칙에 어긋나요." 에글런타인이 말했다.

"힌트를 주는 건 괜찮아." 나는 몸을 구부리고 에글런타인의 귀에 대고 속삭였다. "워털루 전투야."

"날짜예요, 연도예요?"

"그건 네가 알아내야지."

"은화가 묻힌 번호에 대한 힌트를 주실래요?"

"그건 안 돼." 내가 말했다. "자, 메링 부인을 모셔 온 뒤에 보물찾기하러 가렴."

에글런타인은 자리를 떴다.

"빨리요. 아이가 돌아오기 전에요." 내가 말했다. "좋은 수란 게 뭐죠?"

베리티는 내가 들고 있던 금속 상자를 가져가더니 몸통과 뚜껑을 떼어내서 마치 심벌즈라도 되는 듯 양손에 들더니 가볍게 서로를 부딪쳤다.

"강신회요." 베리티가 말했다.

"강신회요?" 내가 말했다. "그게 좋은 수예요? 에글런타인이 상자를 못 사게 한 게 다 미안해지네요."

"메링 대령과 페딕 교수는 물고기라면 사족을 못 쓴다고 당신이 말했잖아요?" 베리티가 말했다. "마찬가지로, 메링 부인은 영혼이나 강신회라면…."

"강신회라고?" 다채로운 색깔의 외투를 입고 달려오며 메링 부인이 말했다. "강신회를 하자는 거니, 베리티?"

"네, 이모." 베리티는 황급히 상자와 뚜껑을 종이에 싸서 백조 모양의 고리버들 바구니에 집어넣더니 둘 다 내게 넘겨줬다.

"좋은 물건 사셨다고 생각하실 거예요, 헨리 씨." 베리티는 말을 마치고 메링 부인 쪽으로 돌아섰다. "헨리 씨가 조금 전에 말했는데, 한 번도 강신

398

회에 참석해보신 적이 없다는군요."

"정말이세요, 헨리 씨?" 메링 부인이 말했다. "오, 그럼 헨리 씨를 위해서라도 한번 자리를 마련해야만 하겠군요. 아비테지 신부님께도 참석할 수 있는지 물어봐야겠네요. 아비테지 신부님!" 부인은 아비테지 신부를 찾아 서둘러 자리를 떴다.

"상자를 줘보세요." 베리티가 속삭였다.

나는 몸을 약간 돌려 내가 베리티에게 종이로 싼 상자를 넘겨주는 모습을 아무도 보지 못하도록 했다. "이걸로 뭘 하려고요?"

"영혼을 부르려고요." 베리티는 속삭이더니 자기 손가방에 집어넣었다. "오늘 밤, 우리는 영혼으로부터 코번트리로 가라는 메시지를 받을 거예요."

"그게 먹혀들어 갈 거라고 자신해요?" 내가 말했다.

"이리토스키 여사나 D. D. 홈, 폭스 자매, 플로렌스 쿡의 경우에는 먹혀들었어요. 과학자인 윌리엄 크룩스와 아서 코난 도일조차도 속았고요. 메링 부인은 당신이 영혼이라고 생각했었죠. 우리의 경우에도 먹혀들 거예요. 잘못될 일이 뭐가 있겠어요?"

메링 부인이 가운을 펄럭이며 부산하게 왔다. "아비테지 신부님은 케이크 추첨 판매장을 지키고 있더군요. 나중에 물어봐야겠어요." 부인은 내 팔을 끌며 말을 계속했다. "정말이지, 헨리 씨. 멋진 강신회가 될 거예요. 벌써 영혼이 이 근처를 맴돌고 있는 걸 느낄 수 있군요."

하지만, 부인 뒤로 다가와 입을 열 기회를 기다리는 이는 베인이었다.

"어쩌면 지난밤에 당신이 들었던 소리의 그 영혼과 같은 영혼일지도 몰라요, 헨리… 무슨 일이지요, 베인?" 메링 부인이 짜증을 내며 말했다.

"이리토스키 여사님 때문입니다, 마님."

"그래, 그래서요? 그분이 어쨌다고요?"

"여기 와 계십니다."

17

"죽음의 계곡으로… 광명 부대는 돌진하네."

— 알프레드 테니슨

현관에서 — 소환 — 베인이 짐을 끄르고는 흥미로운 물건을 발견하다 — 부엌에서 —
제인의 천리안에 대한 놀라운 일화 — 강신회 준비 — 나폴레옹의 처지를 충분히
이해하게 되다 — 보석 — 영혼 간의 결투 — 영혼 현시

이리토스키 여사는 아홉 개의 짐과 검은색 에나멜 칠이 된 커다란 캐비닛 그리고 데 베키오 백작과 함께 현관에서 기다리고 있었다.

"이리토스키 여사님!" 메링 부인이 격정적으로 소리 질렀다. "이렇게 놀랍고 기쁠 수가! 그리고 백작님께서도! 베인, 어서 가서 대령님께 손님이 오셨다고 이리 좀 나오시라고 전해요! 남편이 얼마나 기뻐할까! 제 조카는 아시죠?" 메링 부인이 베리티를 가리키며 말했다. "그리고 이쪽은 헨리 씨예요."

우리가 메링 부인을 따라 위로 올라가는데 베리티가 투덜거렸다. "저 여자는 뭐 하러 여기에 온 걸까요? 절대로 자기 집을 안 떠날 줄 알았는데."

"만나서 저엉말로 반갑습니다, 시뇨르 헨리." 데 베키오 백작이 내게 머리 숙여 인사하며 말했다.

"왜 오신다고 저희에게 미리 알려주지 않으셨나요?" 메링 부인이 말했다. "베인이 역으로 마중 나갈 수도 있었는데요."

"저 자신도 어젯밤까진 오게 될 줄 몰랐습니다." 이리토스키 여사가 말

했다. "제가 내세에서 메시지를 받기 전까지는요. 그 누가 영혼의 부름을 무시할 수 있겠어요."

이리토스키 여사의 생김새는 내 기대와는 많이 달랐다. 여사는 작은 키에 땅딸보였고, 코는 작고 동그랬으며, 회색 머리는 헝클어졌고, 다소 너덜너덜해진 갈색 드레스를 입고 있었다. 모자도 허름하니 해졌으며, 모자 위의 깃털은 마치 수탉 꽁지에서 뽑아 온 것만 같았다. 내 생각엔 메링 부인이 멸시하리라고 생각되는 부류의 사람이었다. 그러나 실제로 메링 부인은 멸시는커녕 이리토스키 여사의 비위를 맞추고 있었다.

"영혼으로부터의 메시지!" 메링 부인이 양손을 꽉 쥐며 말했다. "너무나 스릴이 넘쳐요! 영혼들이 뭐라고 하던가요?"

"가라!" 이리토스키 여사가 연기하듯이 말했다.

"아반띠(Avanti, 가라)! 영혼이 톡톡 치는 소리로 탁자 위에 그렇게 썼어요. '가라'고." 데 베키오 백작이 말했다.

"'어디로 갑니까?' 하고 제가 영혼에게 물었습니다." 이리토스키 여사가 말했다. "그러고는 영혼이 제게 톡톡 치는 소리로 대답해주길 기다렸죠. 하지만 침묵이 흐를 뿐이었어요."

"실렌치오(Silencio, 침묵)." 백작이 도움을 주려는 듯이 말했다.

"'어디로 갑니까?' 제가 다시 영혼들에게 물었죠." 이리토스키 여사가 말했다. "그리고 갑자기, 거기 제 앞의 탁자 위에 하얀빛이 나타나더니 자꾸만 자라나서는 마침내 그게…." 여사는 극적으로 말을 끊었다가 다시 입을 열었다. "…당신의 편지가 되더군요."

"내 편지!" 메링 부인이 격렬한 어조로 내뱉었고, 나는 부인 쪽으로 다가갔다. 부인이 다시 기절해 우리 손에 쓰러지는 게 아닌지 걱정했지만, 부인은 잠시 비틀거리다가 정신을 되찾았다. 메링 부인이 내게 말했다. "제가 본 영혼들에 관해 여사님께 편지를 썼었어요. 그랬더니 영혼들이 여사님을 제게 보내준 거예요!"

"영혼들이 부인에게 뭔가를 말하려 하고 있어요. 영혼의 존재가 느껴져요. 여기 지금 우리 사이에 있어요." 이리토스키 여사가 말하며 천장을 응시하였다.

　토시와 테렌스와 베인도 천장을 쳐다보았다. 메링 대령은 굉장히 짜증을 냈다. 대령은 부츠가 달린 방수 바지를 입고 손에는 고기 잡는 그물을 들고 있었다. "이게 다 뭐 하는 짓이오?" 대령이 투덜거렸다. "중요한 일이 아니면 큰일 날 줄 아시오. 페딕 교수님과 몬머스 전투에 관해 토론 중이었단 말이오."

　"메링 아가씨, 아모르 미아(*amor mia*, 내 사랑)." 백작이 즉각 토시에게 다가가며 말했다. "다시 만나서 정말 기쁩니다." 백작이 토시의 손에 키스하려는 듯 몸을 굽혔다.

　"안녕하십니까?" 테렌스가 토시 앞으로 나서며 뻣뻣하게 손을 내밀었다. "테렌스 세인트루웨즈라고 합니다. 메링 양의 약혼자죠."

　백작과 이리토스키 여사가 눈길을 교환했다.

　"여보, 누가 왔는지 짐작도 못 하실 거예요!" 메링 부인이 말했다. "이리토스키 여사님, 제 남편을 소개하겠어요. 메링 대령이십니다!"

　"메링 대령님, 저희를 초대해주셔서 감사합니다." 이리토스키 여사가 인사하며 고개를 움직이자 모자의 수탉 깃털들이 대령을 향해 위아래로 정신없이 흔들거렸다.

　"으흐흠." 대령이 콧수염 사이로 불만을 중얼거렸다.

　"제가 영혼을 봤다고 말했잖아요, 여보." 메링 부인이 말했다. "이리토스키 여사님은 우리를 위해 영혼들과 접촉하기 위해 오셨어요. 여사님 말씀이 지금도 영혼들이 우리 사이에 있대요."

　"어떻게 그럴 수 있다는 건지, 원." 메링 대령이 투덜거렸다. "이 빌어먹을 현관에는 영혼 따위를 위한 공간이라곤 없는데 말이야. 우리에겐 집이란 게 있단 말이오. 왜 저 가방들까지 다 함께 여기서 이러고 있어야 하는 건지 모르겠군."

　"오, 물론이에요." 메링 부인은 현관이 얼마나 붐비는지 그제야 알아차린 듯했다. "이리 오세요, 이리토스키 여사님, 그리고 백작님. 함께 서재에 들어가도록 해요. 베인, 제인더러 차를 가져오라고 해요. 그리고 이리토스키 여사님과 데 베키오 백작님의 짐을 그분들 방으로 올려다드려요."

"캐비닛도 말입니까, 마님?" 베인이 물었다.

"캐비…." 메링 부인은 입을 열다가 놀란 듯이 짐 무더기를 바라보았다. "세상에, 이렇게 많은 짐이라니! 긴 여행이라도 가시나요, 이리토스키 여사님?"

여사와 백작이 다시 눈길을 교환했다. "누가 알겠어요?" 이리토스키 여사가 말했다. "영혼들이 어디로 가라고 하면, 저는 그저 복종할 뿐인걸요."

"오, 물론이죠." 메링 부인이 말했다. "필요 없어요, 베인. 강신회 때문에 캐비닛이 필요하실 거예요. 응접실에 놔둬요."

나는 도대체 저 캐비닛이 오토만과 난로 가리개와 난초 사이의 어디에 어울릴 수 있을 것인지 궁금해졌다.

"그리고 나머지 짐들은 위층으로 나르세요." 메링 부인이 계속 말했다. "그다음엔 짐들을 풀어드려요."

"아니에요!" 이리토스키 여사가 날카롭게 외쳤다. "제 짐은 제가 풀고 싶어요. 심령장(心靈場) 때문에 그래요, 아시겠지만요."

"물론이죠." 메링 부인은 아마도 우리와 만만치 않게 '심령장'이 무엇인지 전혀 몰랐겠지만 대답했다. "차를 드신 후에 여사님을 정원에 모시고 나가는 게 어떨까 해요. 제가 처음으로 그 영혼을 본 장소를 보여드리겠어요."

"아니에요!" 이리토스키 여사가 말했다. "긴 여행 때문에 제 힘이 굉장히 소진되어 있어요. 아, 기차 여행이란!" 여사는 몸서리쳤다. "차를 마신 후, 쉬어야겠어요. 내일 집과 정원을 자세히 보여주세요."

"물론이죠…." 메링 부인이 실망한 듯한 목소리로 말했다.

"영혼의 소재를 파악하기 위해 뮤칭스 엔드를 조사하겠어요." 이리토스키 여사가 말했다. "분명히 여기에 영적인 존재가 있어요. 통신을 시도할 겁니다."

"아아, 상상만 해도 멋지군요!" 토시가 말했다. "영혼 현시도 볼 수 있을까요?"

"아마도." 이리토스키 여사가 대답하며 손을 다시 이마로 가져갔다.

"피곤하신 것 같네요, 이리토스키 여사님." 메링 부인이 말했다. "앉아서 차를 좀 드셔야겠요." 메링 부인은 여사와 백작을 서재로 데려갔다.

"왜 제게 데 베르미첼리[168] 백작에 관해 말하지 않았죠?" 그들의 뒤를 따르며 테렌스가 토시에게 진지하게 물었다.

"데 베키오예요." 토시가 말했다. "백작님은 너무나 잘생겼어요, 안 그래요? 아이리스 채티스번이 그러는데 이탈리아 남자들은 모두 잘생겼다더군요. 정말 그렇다고 생각해요?"

"영혼이라고?" 대령이 넓적다리에 그물을 철썩 내리치며 말했다. "허튼소리! 멍청하고 말도 안 되는 것들뿐이야!" 대령은 쿵쿵대며 몬머스 전투에 관한 이야기로 돌아갔다.

못마땅한 눈치로 짐들을 바라보던 베인 역시 허리 숙여 인사하고는 복도를 따라 부엌으로 가버렸다.

✳

"어쩌죠? 이제 우린 어떻게 해야 하죠?" 사람들이 모두 가버리자 베리티에게 내가 물었다.

"우린 오늘 밤을 위해 준비해야죠." 베리티가 말했다. "아주먼드 공주가 들어 있던, 그 뚜껑 덮인 바구니가 그 난파선에서 살아남았다고요?"

"네." 내가 말했다. "내 옷장 안에 있어요."

"좋아요." 베리티가 말했다. "가서 바구니를 가져다가 응접실에 놔두세요. 난 잡동사니 판매장에서 샀던 상자를 가터벨트에 꿰매야겠어요." 베리티는 계단을 오르기 시작했다.

"아직도 이리토스키 여사와 여기서 강신회를 가질 생각이에요?"

"15일은 바로 내일이에요. 더 나은 수가 있어요?"

"그냥 코번트리로 짧게 소풍 갔다 오자고 토시에게 제안하면 안 될까요? 이플리로 교회를 보러 갔던 것처럼 말이에요."

---

168 베르미첼리는 스파게티보다 가는 국수의 이름

"토시는 이플리에 교회를 보러 간 게 아니라 테렌스를 보러 갔던 거예요. 그리고 토시가 하는 말을 들었잖아요. 정원을 조사하고 영혼 현시를 볼 생각에 온통 들떠 있어요. 토시는 절대로 그런 일을 볼 기회를 놓치려 하지 않을 거예요."

"데 베키오 백작은 어때요?" 내가 말했다. "그 사람이 C 아무개 씨가 아닐까요? 딱 알맞은 때에 나타나기도 했고, 만일 가명을 가지고 있을 만한 사람이 있다면 바로 백작이잖아요."

"절대 아니에요." 베리티가 말했다. "토시는 50년간이나 C 아무개 씨와 행복한 결혼 생활을 했다는 거, 기억해요? 데 베키오 백작이 토시와 결혼한다면 그자는 토시의 돈을 석 달 만에 모두 흥청망청 써버린 뒤 토시를 밀라노에 버려둘 거예요."

동의할 수밖에 없었다. "저 둘이 여기서 뭘 하려는 걸까요?"

베리티가 얼굴을 찡그렸다. "몰라요. 난 이리토스키 여사가 절대로 집을 떠나서는 강신회를 열려 하지 않았던 이유가 자기 집에 뚜껑문이나 비밀 통로 같은 모든 무대 장치를 꾸며놓아서라고 생각했었는데…." 베리티는 캐비닛의 문을 열었다. "하지만 부인이 보여준 속임수 중 몇 가지는 다른 곳에서도 보일 수 있는 모양이군요." 베리티는 문을 닫았다. "어쩌면 부인이 여기서 조사할 게 있는 것 같아요. 알잖아요. 서랍을 몰래 뒤지고, 편지를 읽고, 가족사진을 훔쳐보고 하는 거 말이에요."

베리티는 '로몬드 호수'라고 적힌 나무 간판 옆에 서 있는 한 쌍의 연인 사진을 집어 들었다. 베리티는 손가락 끝을 이마에 갖다 댔다. "'중산모를 쓴 남자가 보여요. 그 남자가 서 있는 곳은… 물이 고인 곳 옆인데… 호수 같군요. 그래, 확실히 호수예요.' 그러면 메링 부인이 소리를 지르는 거죠. '그건 조지 삼촌이야!' 이게 바로 저 둘이 하려는 거지요. 저 잘 속는 이들을 확신시키기 위해 정보를 수집하는 거. 사실, 메링 부인의 경우에는 어떤 확신이 더 필요하진 않지만요. 부인은 아서 코난 도일보다도 더 중증이에요. 이리토스키 여사는 아마도 '쉬는 시간 동안' 침실로 숨어들어서 강신회용 탄약을 모을 생각일 거예요."

"어쩌면 우리를 위해 토시의 일기장을 훔치게 할 수도 있겠군요." 내가 말했다.

베리티는 가볍게 웃음 지었다. "핀치가 일기장에 관해 정확히 뭐라고 말했지요? 분명히 15일이라고 했어요?"

"핀치 말로는, 필적 전문가가 날짜를 해독해냈는데 그게 15일이었다고 던워디 교수님이 우리에게 전하라고 했대요."

"그 필적 전문가가 어떻게 해독해냈는지도 핀치가 말하던가요? 대여섯 번, 기껏해야 여덟 번쯤 쳐다보고 해독했다고 했을걸요. 그리고 만일 그게 16일이나 18일이라면, 우리에게 아직 시간이 있다는 건데…. 가서 물어봐야 겠군요. 만약 메링 부인이 내가 어디 갔느냐고 물어보면, 아비테지 신부님께 강신회에 오시라고 전하러 갔다고 말해주세요. 그리고 50센티미터쯤 되는 철사 두 개를 구할 수 있는지 한번 알아보시고요."

"뭐에 쓰려고요?"

"강신회 때 쓰려고요. 핀치가 당신 짐에 탬버린을 꾸려주지는 않았겠죠?"

"없어요." 내가 말했다. "정말 또 강하하려고요? 어제 일어난 일을 기억해봐요."

"아니요. 채티스번 댁에 가서 핀치에게 확인할 작정이에요. 그 필적 전문가가 아니라요." 베리티는 장갑을 손에 꼈다. "그리고 난 완전히 회복됐어요. 이제는 당신이 전혀 매력적이지 않아요." 베리티는 당당하게 정문을 나가버렸다.

＊

나는 내 방으로 올라와 뚜껑 덮인 바구니를 꺼내 응접실에 갖다두었다. 베리티가 이걸로 무엇을 하려는지 말하지 않았기에, 나는 바구니를 벽난로와 불꽃막이 사이에 얹어놓았다. 그곳이라면 베인이 캐비닛을 가지고 들어왔을 때 바구니를 발견하고는 치워버릴 가능성이 없었다.

다시 복도로 나오자 베인이 이제는 짐을 모두 치워버린 현관에서 날 기다리고 있었다.

"얘기 좀 나눌 수 있을까요, 선생님?" 베인은 걱정스러운 얼굴로 서재 쪽을 바라보았다. "개인적으로 말입니다."

"물론이죠." 나는 대답하고 베인을 내 방으로 데려갔다. 더 이상 베인이 미국의 상황에 관해 묻지 않길 바라면서.

나는 등 뒤로 침실 문을 닫았다. "설마 아주먼드 공주를 다시 강에 던진 건 아니겠죠?"

"아닙니다, 선생님." 베인이 말했다. "이리토스키 여사에 관해 말하려는 겁니다. 그분 짐을 풀면서 몇 가지 심히 문제가 될 만한 것들을 발견했습니다, 선생님."

"이리토스키 여사가 스스로 자기 짐을 풀겠다고 했던 거로 기억하는데요."

"귀부인은 절대로 스스로 짐을 풀지 않습니다. 여사의 트렁크를 열자, 몇 가지 이상한 물건들이 나오더군요. 막대기, 트럼펫, 종, 석판, 자동 연주 기능이 있는 아코디언, 철사, 검은 천과 베일용 천 몇 마, 그리고 마술 속임수 책 따위 말입니다. 그리고 이런 게 나왔습니다!" 베인은 내게 작은 병을 건넸다.

나는 큰 소리로 병 딱지를 읽었다. "벌맨표 발광 페인트."

"아무래도 이리토스키 여사가 진짜 영매가 아니고 그저 사기꾼에 지나지 않는 것 같다는 생각이 듭니다." 베인이 말했다.

"그럴 수도 있죠." 나는 뚜껑을 열었다. 푸르스름한 액체가 담겨 있었다.

"이리토스키 여사와 데 베키오 백작이 메링가에 무슨 나쁜 의도를 품고 있는 게 아닌가 걱정이 됩니다. 안전을 위해 메링 마님의 보석들을 치워두는 예방 조처를 했습니다."

"잘하셨습니다." 내가 말했다.

"하지만 가장 걱정되는 것은 메링 아가씨에 대한 이리토스키 여사의 영향입니다. 아가씨가 여사와 백작의 사악한 계획의 희생물이 되는 것은 아닌지 두렵습니다." 베인은 진심으로 걱정하며 격노했다. "차를 마실 때 이리토스키 여사가 메링 아가씨의 손금을 보고 있었습니다. 여사가 아가씨께 미래에 결혼 운이 있다고 하더군요. '외국인과의 결혼 운이 있다'고요. 메링 아가씨는 감수성이 예민하십니다." 베인은 진지하게 말을 이었다. "메링 아가씨는 이성적으로 따져보거나 논리적으로 감정을 다스리는 훈련을 받아본 적이 없습니다. 저는 아가씨가 바보 같은 일을 저지르지는 않을지 걱정이 됩니다."

"진심으로 메링 양을 걱정하는군요, 그렇죠?" 나는 놀라 말했다.

베인의 목이 확 붉어졌다. "아가씨에겐 결점이 많습니다. 허영심이 강하고 바보 같고 멍청하죠. 그런 면들은 열악한 교육 환경에서 기인하는 겁니다. 아가씨는 버릇없이 응석받이로 키워졌죠. 하지만 마음만은 순수합니다." 베인은 난처해 어쩔 줄을 몰라 했다. "아가씨는 세상에 대해서 아는 게 너무 없습니다. 그래서 제가 선생님을 찾아온 겁니다."

"브라운 양과 저도 똑같이 걱정하고 있어요. 그래서 백작과 이리토스키 여사에게서 메링 양을 피신시키기 위해, 내일 코번트리로 가는 소풍에 저희와 동행해달라고 설득할 계획입니다."

"오, 정말 훌륭한 계획입니다." 베인의 얼굴이 밝아졌다. "만일 제가 도울 일이 있다면…."

"우선, 이리토스키 여사가 이걸 잃어버린 걸 알기 전에 어서 돌려놓는 게 좋을 것 같군요." 나는 애석해하며 벌맨표 발광 페인트 병을 베인에게 건네주었다. 강신회 때 탁자 위에 '코번트리'라고 쓰기에 딱 적격인데, 아쉽군.

"알겠습니다, 선생님." 베인이 페인트 병을 받아 들며 대답했다.

"그리고 은식기가 있는 찬장을 잠가두는 게 좋겠군요."

"이미 그렇게 했습니다, 선생님. 감사합니다, 선생님." 베인이 문 쪽으로 몸을 돌렸다.

"베인." 내가 말했다. "당신이 할 수 있는 일이 있어요. 저는 데 베키오가 진짜 백작이 아니라고 확신합니다. 제 생각엔, 그 사람이 가명을 써서 여행하고 있을 가능성이 있습니다. 데 베키오의 물건을 풀면서 혹시 어떤 문서나 편지가 있는지…."

"무슨 말인지 알겠습니다, 선생님." 베인이 말했다. "그리고 만일 또 제가 할 수 있는 일이 있다면, 선생님. 알려만 주십시오." 베인이 잠시 말을 멈추었다. "저는 오로지 메링 아가씨를 위하는 마음뿐입니다."

"알고 있어요." 나는 대답하고는 강하고 가는 철사를 찾아 부엌으로 내려갔다.

✳

"철사요? 뭐에 쓰시게요, 선생님?" 제인이 손을 앞치마에 닦다가 되물었다.

"제 커다란 여행 가방을 묶으려고요." 내가 말했다. "걸쇠가 고장이 나서요."

"베인 씨가 고쳐줄 텐데요." 제인이 말했다. "참, 오늘 밤에 강신회가 열리죠? 그럼 그 여사님 일행도 참석할까요?"

"네." 내가 말했다.

"그 사람들이 트럼펫을 갖고 있을까요? 제 여동생 섀런이 런던서 일할 적에 주인이 강신회를 열었는데 트럼펫이 탁자 바로 위에 둥둥 떠서는 '밤의 어둠이 내리네'를 연주했대요!"

"트럼펫이 있을지는 잘 모르겠군요." 내가 말했다. "베인이 데 베키오 백작의 짐을 푸느라 바쁜 것 같아 방해하지 않을 생각입니다. 50센티미터쯤 되는 철사 두 개가 있으면 하는데요."

"삼실을 한 뭉치 드릴게요." 제인이 말했다. "그거면 되지 않을까요?"

"안 됩니다." 나는 대답하면서, 베인에게 이리토스키 여사의 트렁크에서 몇 가지를 훔치라고 말해둘걸 하고 후회했다. "철사여야만 해요."

제인이 서랍을 열더니 온통 뒤져대기 시작했다. "제가 천리안이 있어요. 왜 있잖아요, 제 어머니도 그게 있었어요."

"으음." 나는 제인의 말에 대꾸하면서, 서랍 안에 쌓여 있는 온갖 분류 불가능한 기구들의 거대한 무더기를 바라보았다. 그러나 철사는 없었다.

"숀이 옷깃을 망가뜨렸을 때 저는 꿈에서 그걸 몽땅 봤지요. 저는 뭔가 나쁜 일이 일어날라치면 그때마다 아랫배 안쪽에 이상한 느낌이 와요."

'이 강신회 같은 일?' 나는 생각했다.

"어젯밤엔 꿈에서 커다란 배를 봤어요. 들어보세요. 제가 오늘 아침에 요리사에게 이 집의 누군가가 여행을 갈 거라 했거든요. 그리고 나선 오늘 오후에 이리토스키 여사님 일행이 나타났어요. '기차'를 타고 말이죠! 오늘 저녁에 강신회를 열겠죠?"

'정말로는 안 열렸으면 좋겠습니다. 베리티가 뭐라고 생각할지는 모르지만 말이죠.' 나는 속으로 중얼거렸다.

✳

"계획하고 있는 게 정확히 뭐죠? 베일이나 뭐 그런 거로 차려입을 건 아니겠죠?" 베리티가 저녁 식사 직전에 돌아오자, 나는 바로 질문을 던졌다.

"아니에요." 베리티가 속삭였다. 유감스럽다는 듯이 들렸다. 우리는 식사하러 들어가길 기다리며 응접실의 프렌치도어 바깥에 서 있었다. 소파에서는 메링 부인이 시릴의 코 고는 소리를 토시와 함께 '끔찍한 고통에서 우러나오는 영혼의 비명!'으로 재창조하는 중이었다. 페딕 교수와 대령은 벽난롯가 구석에서 낚시 이야기로 테렌스의 넋을 빼고 있었다. 그래서 우리는 조용히 이야기해야만 했다. 이리토스키 여사와 백작은 아직 아래층에 내려오지 않았는데, 아마도 여전히 '쉬고 있는' 모양이었다. 나는 베인이 그들 손에 현행범으로 붙잡히지 않길 기원했다.

"내 생각에 가장 좋은 방법은 일을 복잡하게 꾸미지 않는 거예요." 베리티가 말했다. "철사는 구해왔어요?"

"네. 제인의 천리안을 1시간 반 동안 경험한 끝에요. 철사는 어디에 쓰려고요?" 나는 재킷에서 철사를 꺼냈다.

"탁자를 움직일 때요." 우리는 응접실에서 보지 못하도록 몸을 살짝 돌렸다. "각각 끝을 구부려 갈고리를 만들어주세요. 그리고 강신회가 시작하기 전에 철사를 소매에 하나씩 넣으세요." 베리티가 말했다. "그리고 불이 꺼지면 손목 있는 데까지 철사를 꺼내서 탁자에 고리를 거세요. 그렇게 하면 옆 사람과 손을 잡은 상태에서도 탁자를 들어 올릴 수 있을 거예요."

"탁자를 들어 올린다고요?" 나는 철사를 다시 재킷 안에 넣으며 물었다.” 무슨 탁자요? 응접실에 있는 그 육중한 자단목 탁자 말인가요? 어떤 철사도 그런 걸 들어 올릴 순 없을걸요.”

“있어요. 가능해요.” 베리티가 말했다. “지레의 원리로 드는 거죠.”

“어떻게 알아요?”

“추리 소설에서 읽었어요.”

물론 그랬겠지. “만일 내가 그러고 있는데 누가 날 알아채면요?”

“그럴 리 없어요. 어두워서 안 보일 거예요.”

“만일 누가 불을 켜달라고 하면요?”

“불은 영혼이 형체화되는 걸 막게 되어 있어요.”

“거참 편리하군요.” 내가 말했다.

“지극히 편리하지요. 불신자가 있어도 영혼은 나타날 수 없어요. 혹은 만일 누가 영매나 참가자 중 누군가를 방해하려고 해도 그렇고요. 그러니 아무도 당신이 탁자를 들어 올리는 중에 당신을 현장에서 잡을 수 없어요.”

“내가 탁자를 들어 올릴 수 있다면 말이겠지요. 그 탁자는 1톤은 나갈 것 같은데요.”

“클림슨 양도 해냈어요.《맹독》에서요. 그래야 했죠. 피터 경은 시간에 쫓기고 있었거든요. 그리고 우리도 그래요.”

“핀치에게 날짜는 다시 확인해봤어요?” 내가 말했다.

“네. 고생 좀 했죠. 베이커네 농장까지 온종일 걸어야 했거든요. 핀치는 아스파라거스를 사러 거기에 갔더라고요. 핀치가 뭘 하려는 건지 도대체 알 수가 없어요.”

“숫자가 분명히 15였대요?”

“아라비아 숫자로 쓴 게 아니었대요. 그냥 글자로 썼다는군요. 하지만 ‘f’가 두 개, ‘e’가 두 개인 수는 하나밖에 없어요. 15(fifteen)요. 분명히 6월 15일이에요.”

“6월 15일.” 난로 가에서 페딕 교수가 하는 말이 들려왔다. “카트르 브라 전투 전날 밤이었죠. 그리고 그 치명적인 실수가 워털루의 재난을 낳은 겁니다. 나폴레옹이 미셸 네 장군을 믿고 카트르 브라 전투를 맡기는 실수를 저지른 게 바로 그날이었죠. 운명적인 날이었습니다."

"운명적인 날이 될 거예요. 분명히요. 만일 토시를 코번트리에 데려가지 못한다면 말이죠." 베리티가 낮은 목소리로 중얼거렸다. "우리가 할 일은 이거예요. 당신이 탁자를 한두 번쯤 들어 올린 다음에 이리토스키 여사는 영혼의 존재가 나타났는지 물어볼 거고, 그럼 내가 한 번 톡톡 소리를 내서 그렇다고 대답할 거예요. 그러면 여사는 내게 누군가에게 줄 메시지를 갖고 있느냐고 물을 거고 그럼 난 철자를 불러주는 거지요."

"철자를 불러줘요?"

"톡톡 소리를 내서요. 영매가 알파벳을 읊으면 영혼이 원하는 글자에서 톡톡 치는 거예요."

"좀 시간 낭비처럼 보이는데요. 내 생각에 내세에서는 모든 걸 알고 있을 것 같은데. 좀 더 효과적인 통신 방법을 써서 나타내도 좋지 않을까요?"

"그렇게 했어요. 위저 점판[169]으로요. 하지만 그건 1891년에야 발명이 될 테니 우린 그걸 쓸 수 없어요."

"톡톡거리는 소리를 어떻게 낼 건데요?"

"잡동사니 판매장에서 샀던 상자를 뚜껑과 본체로 나눠서 각기 가터벨트에 꿰매놓았어요. 내가 무릎을 맞부딪치면 무척 근사한 울림소리가 '퉁퉁' 하고 울릴 거예요. 위층 내 방에서 시험해봤어요."

"소리를 내고 싶지 않을 때는 어떻게 하죠? 예를 들어, 저녁 식사 중이라든지 말이에요." 베리티의 치마를 내려다보며 내가 질문을 던졌다.

"한쪽 가터벨트를 다른 쪽보다 높이 끌어올려 놓았어요. 우리가 강신회 탁자에 둘러앉은 다음에 가터벨트를 같은 위치로 끌어내릴 거예요. 당신이 할 일은 이리토스키 여사가 톡톡 소리를 못 내게 막는 거죠."

"그 여자도 상자를 가지고 있어요?"

"아니요. 이리토스키 여사는 발로 해요. 마치 폭스 자매처럼 발끝을 부딪쳐서 소리를 내는 거죠. 당신이 다리로 여사의 다리를 누르고 있으면, 여

---

169 점괘를 나타나게 하는 널빤지로, 심령학에서 주로 쓰인다.

사는 움직이는 게 들킬까 봐 소리를 내지 못할 거예요. 최소한 내가 '코번트리로 가라'고 모두 신호를 보낼 때까지는 말이에요."

"이게 성공할 거라고 확신해요?"

"클림슨 양은 성공했어요." 베리티가 말했다. "게다가, 성공한 게 틀림없어요. 핀치 말 들었잖아요. 토시의 일기에 토시가 15일에 코번트리에 갔다고 나오잖아요. 그러니 토시는 그곳에 간 게 틀림없어요. 그러니 우리가 토시를 그곳에 가게 한 게 분명해요. 따라서 강신회는 성공한 게 틀림없고요."

"말도 안 돼요." 내가 말했다.

"지금은 빅토리아 시대예요. 여자는 말이 안 되는 말을 해도 돼요." 베리티가 내 팔에 자기 팔을 채듯이 걸었다. "이리토스키 여사와 백작이 오고 있어요. 저녁 드시러 들어가실까요?"

✳

우리는 저녁 식사를 시작했다. 식사는 석쇠에 구운 혀가자미, 양갈비구이, 나폴레옹에 대한 끝없는 가정(假定)으로 구성되어 있었다.

"플뢰루스에서 밤을 보내서는 안 되었던 겁니다." 메링 대령이 말했다. "만일 나폴레옹이 카트르 브라로 진군했더라면 그 전투는 24시간 먼저 일어났을 거고, 그러면 웰링턴과 블뤼허는 절대로 군대를 합치지 못했을 겁니다."

"허튼소리!" 페딕 교수가 말했다. "폭풍우가 지나간 뒤 땅이 마르길 기다렸어야 했어요. 진흙탕 속으로 전진해서는 안 됐어요."

심히 불공평해 보였다. 이들은 결과를 이미 알고 있는 유리한 입장에 있지만, 나폴레옹은 달랑 전투 보고서 몇 장에, 베리티와 나는 물에 젖어 쭈글쭈글해진 일기장의 날짜 하나에 의지해 나아가야 했다.

"어리석은 생각입니다!" 메링 대령이 말했다. "그날 좀 더 일찍 공격해 리니를 차지했어야 하는 건데. 그렇게만 했다면 워털루에서의 참패는 없었을 겁니다."

"인도에 나가 계실 때 분명 여러 훌륭한 전투들을 보셨겠지요, 대령님?" 이리토스키 여사가 끼어들었다. "수많은 멋진 보물도요. 혹시 집에 가져오신 게 있으신가요? 인도 국왕이 가지고 있던 에메랄드라든가, 우상의 눈에서 몰래 빼내 온 금단의 월장석이라든가 말이에요."

"뭐라고요?" 메링 대령이 콧수염 밑으로 흥분해 침을 튀기며 말을 받았다. "월장석? 우상?"

"예, 아시잖아요, 아빠." 토시가 말했다. "《월장석》이요. 소설요."

"하! 들어본 적도 없어." 대령이 중얼거렸다.

"윌키 콜린스가 쓴 거예요." 토시도 굽히지 않고 이야기했다. "월장석이 사라지는데, 탐정과 유사(流砂)가 나오고, 그 영웅이 월장석을 훔치는 건데, 그 사람은 자신이 그걸 가지고 있는 줄 모르고 있는 거죠. 꼭 읽어보세요."

"지금 네가 얘기한 그 결말에 요점이라곤 없잖으냐." 메링 대령이 말했다. "그리고 보석 박힌 우상 따위는 없어."

"하지만 남편은 제게 아주 예쁜 루비 목걸이를 선물했죠." 메링 부인이 말했다. "베나레스에서 가져왔어요."

"루비!" 이리토스키 여사는 재빨리 데 베키오 백작에게 눈짓을 보냈다. "정말요?"

"시뇨라(signora, 귀부인)에게 루비 따위가 무슨 소용이 있겠습니까. 따님처럼 멋진 보석을 이미 갖고 있는데 말이죠. 따님은 마치 다이아몬드 같습니다. 아니, 마치 자피로 페르페토(zaffiro perfetto, 완벽한 사파이어)와도 같습니다. 여기선 뭐라고 하죠? 한 점 흠 없는 사파이어라고 하나요?"

나는 베인을 바라보았다. 베인은 으스스한 표정으로 수프를 상에 올리고 있었다.

"이리토스키 여사님께선 인도 국왕의 영혼과 접촉한 적이 있으시죠." 메링 부인이 말했다. "오늘 밤 강신회에서도 영혼 현시가 있을 거라고 보시나요, 이리토스키 여사님?"

"오늘 밤요?" 이리토스키 여사는 깜짝 놀란 듯했다. "아니요, 아니에요. 오늘 밤은 강신회를 할 수 없어요. 내일도 그렇고요. 이런 일은 급하게 진행하면 안 돼요. 저 자신을 영적으로 준비할 시간이 필요합니다."

'당신의 트럼펫을 짐에서 꺼내야 하니까 말이야.' 나는 속으로 중얼거렸다. 베인처럼 음울한 표정을 기대하며 베리티 쪽을 바라보았으나 베리티는 조용히 수프를 마시고 있을 뿐이었다.

"그리고 아마도 여기선 영혼 현시가 힘들 거 같아요." 이리토스키 여사가 계속 이야기했다. "눈으로 볼 수 있는 현상은 오로지 우리가 입구라고 부르는 곳 근방에서만 일어날 수 있습니다. 입구란 세계와 저 너머 세계를 잇는 연결점을 말하는 거랍⋯."

"하지만 여기에도 입구가 있어요." 메링 부인이 끼어들었다. "분명해요. 제가 집과 정원에서 영혼을 봤어요. 여사님께서 오늘 밤 강신회를 열어주시면 분명 모두 영혼 현시를 볼 수 있을 거라고 전 확신해요."

"이리토스키 여사님을 너무 지치게 하면 안 돼요." 베리티가 말했다. "여사님 말씀이 옳아요. 기차 여행은 사람을 피곤하게 만들죠. 여사님의 놀라운 심령력에 너무 많은 부담을 지우면 안 되죠. 여사님 없이 오늘 밤 강신회를 진행해야 할 것 같네요." 베리티가 말했다.

"저 없이요?" 이리토스키 여사가 차갑게 말을 받았다.

"여사님의 심령력을 이렇게 보잘것없고 사적인 일에 쓰도록 강요할 생각은 추호도 없어요. 힘을 회복하시면 그때 '진짜' 강신회를 열도록 하죠."

이리토스키 여사는 입을 벌렸다가 닫고는 다시 입을 벌렸다. 꼭 메링 대령의 둥근눈 진줏빛 리언킨처럼 보였다.

"생선 드시겠습니까?" 베인이 혀가자미가 담긴 큰 접시를 들고 이리토스키 여사 위로 허리를 굽히며 물었다.

1라운드는 우리의 승리였다. 강신회도 이렇게 되면 좋으련만.

✴

9시가 되자 아비테지 신부가 도착했고, 나는 이어지는 소개와 인사를 틈타 소매에 철사를 집어넣을 수 있었다. 그 후 우리는 모두(이리토스키 여사와 메링 대령만 빼고. 여사는 다소 거만하게 양해를 구하고는 위층으로 올라가 버렸다. 그러자 메링 대령도 "쓸데없는 소리야!" 하고 투덜대고는 신문을 읽으러 서재로 가버렸다.) 떼를 지어 응접실로 들어가 자단목 탁자 주변에 둥그렇게 앉았다. 자단목 탁자는 다시 보아도, 지렛대가 있든 없든 간에 내가 들어 올릴 가능성이라고는 도대체 없어 보였다.

베리티가 내게 자기 옆에 앉으라고 손짓해 보였다. 옆으로 가서 앉자 곧 무릎에 무게감이 느껴졌다.

"이게 뭐죠?" 테렌스와 백작 그리고 아비테지 신부가 모두 토시 옆에 앉기 위해 머리를 쥐어짜고 있는 동안 내가 베리티에게 속삭였다.

"아주먼드 공주가 든 바구니요." 베리티도 속삭였다. "내가 신호를 보내면 여세요."

"무슨 신호요?" 질문에 곧바로 정강이에 날카로운 아픔이 돌아왔다.

백작과 아비테지 신부가 싸움에서 승리하여 테렌스는 아비테지 신부와 메링 부인 사이에 앉게 되었다. 페딕 교수는 내 옆에 앉았다. "나폴레옹도 심령술에 관심이 있었죠." 교수가 말했다. "기자의 대(大)피라미드에서 강신회를 열기도 했습니다."

"서로 손을 맞잡아야 합니다." 백작이 토시에게 말하며 토시의 손을 자기 손으로 감쌌다. "이렇게요…."

"맞아요, 맞아. 모두 손을 맞잡아야 해요." 메링 부인이 말했다. "어머나, 이리토스키 여사님!" 부인이 외쳤다.

이리토스키 여사가 넓은 소매에 길고 하늘거리는 보라색 옷을 입고 문간에 서 있었다. "오늘 밤 당신의 길잡이로 봉사하라는 영혼의 부름을 받았어요." 이리토스키 여사가 손등을 이마에 갖다 댔다. "그건 제 의무예요. 제가 얼마나 많은 희생을 대가로 치러야 하든 간에요."

"와주셔서 너무 기뻐요!" 메링 부인이 말했다. "이리 와서 앉으세요. 베인, 이리토스키 여사님께 의자를 가져다드려요."

"아니에요, 아니에요." 이리토스키 여사는 페딕 교수의 자리를 가리켰다. "엑토플라즘의 기운이 이 자리로 모이고 있어요." 페딕 교수가 순순히 자리를 바꿔주었다.

여사의 한쪽 옆은 베리티가 아니라 데 베키오 백작이었는데, 이는 한 손을 자유롭게 쓸 수 있다는 뜻이었다. 그리고 다른 쪽 옆자리는 나였기에, 나는 탁자를 들어 올리느라 더욱 힘든 시간을 보내게 될 게 뻔했다.

"여긴 너무 밝아요." 이리토스키 여사가 말했다. "반드시 어두워야 해요." 이리토스키 여사는 응접실을 둘러보았다. "내 캐비닛은 어디 있죠?"

"그러게요. 베인!" 메링 부인이 말했다. "캐비닛을 여기에 갖다두라고 했잖아요."

"예, 마님." 베인이 고개 숙여 인사하며 말했다. "문짝 하나가 고장 나서 잘 닫히지 않길래 수리하려고 부엌으로 치워두었습니다. 이제 다 고쳐놓았습니다. 지금 여기로 가지고 올까요?"

"됐어요!" 이리토스키 여사가 말했다. "필요 없을 것 같네요."

"알겠습니다." 베인이 말했다.

"오늘 밤엔 영혼 현시가 없을 거란 느낌이 와요." 이리토스키 여사가 말했다. "영혼이 저하고만 얘기하고 싶어 하는군요. 손을 맞잡으세요." 여사가 낙낙한 보랏빛 소맷자락을 탁자 위에 드리우며 명령했다.

나는 여사의 오른손을 맞잡은 다음, 손에 힘을 꽉 주었다.

"안 돼요!" 여사가 손을 비틀어 빼내며 말했다. "살짝 쥐어요."

"정말 죄송합니다." 내가 말했다. "이런 일이 처음이라서요."

이리토스키 여사는 다시 내 손에 자기 손을 올려놓았다. "베인, 불을 꺼 주세요." 여사가 말했다. "영혼은 오로지 촛불 속에서만 우리와 만날 수 있어요. 초를 가져와요. 여기로요." 이리토스키 여사가 자신의 팔꿈치 근처에 있는 꽃병 받침대를 가리켰다.

베인이 초에 불을 밝히고 다른 불은 모두 껐다.

"어떤 일이 있어도 불을 켜지 마세요." 이리토스키 여사가 명령했다. "또, 영혼이나 영매를 만지려 하면 안 됩니다. 아주 위험해요."

토시가 킥킥거렸고 이리토스키 여사는 기침을 하기 시작했다. 여사는 내 손을 놓고는 자기 손을 입으로 가져갔다. 나는 얼른 그 기회를 틈타 손목에서 철사를 빼내 탁자 아래에 고리를 걸었다.

"죄송해요, 목이 그만." 이리토스키 여사가 말하고는 다시 내 손으로 자기 손을 밀어 넣었다. 만약 베인이 불을 켜기만 했다면 이 손은 더할 나위 없는 위험에 처했을 텐데. 나는 내가 쥐고 있는 이 손이 데 베키오 백작의 손이라고 내기를 해도 좋았다. 물론 불이 켜지면 말할 것 없이 내 속임수도 드러나겠지만.

내 오른편에서 희미하게 옷 스치는 소리가 났다. 베리티가 가터벨트를 제 위치로 끌어올리고 있었다.

"저는 아직 한 번도 강신회에 참석해본 적이 없었어요." 베리티가 내는 소리를 숨기기 위해 내가 큰 소리로 말했다. "나쁜 소식을 듣게 되진 말아야 할 텐데. 안 그렇습니까?"

"영혼은 자신의 의지에 따라 말합니다." 이리토스키 여사가 말했다.

"정말 흥분되지 않아요?" 메링 부인이 말했다.

"조용히." 이리토스키 여사가 음침한 목소리로 말했다. "영혼이시여, 우리는 저세상에서 당신을 불러냈습니다. 여기 다가와 우리 운명을 말해주세요."

촛불이 꺼졌다.

메링 부인이 비명을 질렀다.

"조용히." 이리토스키 여사가 말했다. "영혼이 오고 있어요."

몇 명이 기침하는 사이 긴 침묵이 흘렀다. 그리고 베리티가 내 정강이를 걷어찼다. 나는 베리티의 손을 놓고 무릎으로 손을 옮겨 바구니 뚜껑을 열어젖혔다.

"뭔가를 느꼈어요." 베리티가 말했다. 하지만 그건 거짓말이었다. 아주 먼드 공주가 내 발을 스치고 지나가는 중이었다.

"저도 느꼈습니다. 잠시 후 아비테지 신부가 말했다. "차가운 바람 같은 것이 지나갔어요."

"어머!" 토시가 말했다. "저도 방금 느꼈어요."

"거기 영혼이 오셨습니까?" 이리토스키 여사가 말하자 나는 앞으로 몸을 기울여 손목으로 탁자를 들어 올렸다.

놀랍게도, 탁자가 실제로 움직였다. 아주 조금. 하지만 토시와 메링 부인이 비명아지를, 테렌스가 소리를 지르게 하기에는 충분했다. "이럴 수가!" 테렌스가 소리 질렀다.

"거기 계신다면, 영혼이시여," 이리토스키 여사의 목소리가 화난 듯이 들렸다. "저희에게 말씀하소서. '그렇다'라면 한 번, '아니다'라면 두 번을 치소서. 당신은 우호적인 영혼이시옵니까?"

나는 숨을 들이마셨다.

'짤깍.' 상자가 부딪치는 소리가 들렸고, 나는 추리 소설을 믿기로 했다.

"당신은 '기치와사'이십니까?" 이리토스키 여사가 물었다.

"그 사람의 영혼이 조종하고 있는 거예요." 메링 부인이 설명했다. "붉은 아메리카 원주민 추장이지요."

'짤깍, 짤깍.'

"당신은 제가 요전 날 밤에 본 그 영혼이신가요?" 메링 부인이 물었다.

'짤깍.'

"그럴 줄 알았어." 메링 부인이 말했다.

"당신은 누구십니까?" 이리토스키 여사가 차갑게 물었다.

침묵이 흘렀다. "영혼은 우리가 알파벳을 말해주길 원하고 있어요." 베리티가 말했다. 어둠 속에서도 이리토스키 여사가 베리티를 쏘아보고 있는 것이 느껴졌다.

"알파벳을 써서 우리와 이야기하길 원하십니까?" 메링 부인은 흥분하고 있었다.

'짤깍.' 그리고 두 번째 짤깍하는, 좀 다른 소리가 또 한 번 났다. 누군가가 손가락 관절을 꺾는 듯한 소리였다.

"알파벳 방식으로 이야기하길 원치 않으시는군요?" 메링 부인이 혼란스러운 듯이 말했다.

'짤깍,' 그리고 정강이에 느껴지는 날카로운 아픔.

"원한다는군요." 내가 급히 말했다. "A, B, C…."

'짤깍.'

"C. 어머, 이리토스키 여사님, 여사님께서 저희더러 바다를 조심하라고 하셨잖아요." 토시가 말했다.

"그다음엔?" 메링 부인이 말했다. "어서 계속해요, 헨리 씨."

이렇게 제멋대로 흘러가는 동안은 계속할 수 없었다. 나는 의자에서 몸을 앞으로 기울인 다음, 이리토스키 여사의 치마에 닿을 때까지 왼쪽 다리를 뻗었다. 그러고는 여사의 발에 내 발을 대고 꽉 눌렀다. "ABCDEFGHIJKLMNO…." 나는 재빨리 읊어가면서 다리를 여사 쪽으로 단단히 붙였다.

'짤깍.'

이리토스키 여사가 발을 뒤로 뺐고, 나는 내 손을 여사 무릎 위에 대고 강하게 누르면 무슨 일이 벌어질까 궁금해졌다.

하지만 너무 늦었다. "ABCD…." 메링 부인이 알파벳을 말하기 시작했고 짤깍 소리가 다시 울렸다.

"C-O-D?" 메링 부인이 말했다.

"대구(cod)로군, '가두스 칼레리아스(*Gadus callerias*).' 웨일스 대구 떼는 참 흥미로운 변종이지." 페딕 교수가 말했다.

"'조금만 더 빨리 걸을래, 대구가 달팽이에게 말…'"[170] 테렌스가 인용구를 읊조렸다.

"코드, 코들, 코디." 아비테지 신부가 물었다. "당신은 버펄로 빌 코디의 영혼인가요?"

"아니에요!" 나는 누군가가 짤깍이기 전에 얼른 외쳤다. "이게 뭔지 제가 알아요. 이건 C가 아니라, G예요. C와 G는 거의 비슷해 보이잖아요." 나는 여기 모인 사람들이 이 글자들이 써진 게 아니라 말해진 것임을, 그리고 불린 알파벳에서 서로 가까이 있지도 않음을 지적하지 않길 바라며 말을 내뱉었다. "G-O-D. '고다이바(Godiva)'라고 말하려나 봐요. 당신은 레이디 고다이바의 영혼인가요?"

아주 명확한 '짤깍.' 감사하게도 우리는 원래 계획대로 돌아올 수 있었다.

"레이디 고다이바?" 메링 부인이 의심스러워하며 말했다.

토시가 말했다. "아무것…도 안 입고 말을 탔던 그 여자요?"

170 《이상한 나라의 앨리스》

"토시!" 메링 부인이 말했다.

"레이디 고다이바는 아주 경건한 분이었어요." 베리티가 말했다. "그분은 오로지 자기 백성들을 위하는 마음뿐이었죠. 그런 분의 메시지라면 분명 아주 긴급한 일일 거예요."

"맞습니다." 이리토스키 여사의 발을 꽉 누르며 내가 대답했다. "무슨 말씀을 하려고 하시나요, 레이디 고다이바? ABC⋯."

'짤깍.'

이번엔 이리토스키 여사가 끼어들어 짤깍거리지 못하도록 어떤 틈도 주지 않기로 결심하고, 나는 다시 빠른 속도로 알파벳을 지껄여대기 시작했다.

"ABCDEFGHIJK⋯."

가능한 한 가장 빠른 속도로 불러나갔지만, M에 이르자 날카로운 짤깍 소리가 울려 퍼졌다. 무척 화가 나서 발을 부서뜨리면서 내는 듯한 소리였다. 나는 그 소리를 무시하고 O까지 계속 밀고 나갔다. 하지만 아무 소용이 없었다.

"M." 메링 부인이 말했다. "CM이에요."

"CM으로 시작하는 단어가 어떤 게 있죠?" 테렌스가 말했다.

"'오라(come)'라고 말하려고 했던 걸까요?" 토시가 말했다.

"그래, 그렇구나." 메링 부인이 말했다. "하지만 우리가 어디로 오길 바랐던 걸까? ABC⋯." 베리티가 C에 딱 맞춰 짤깍거렸다. 하지만 그게 우리에게 무슨 소용이 될지 의심스러웠다. 아직 코번트리(Coventry)의 'V'는 물론이고 'O'도 제대로 해내지 못했는데.

"A⋯." 메링 부인이 말했다.

나는 이리토스키 여사의 발을 꽉 짓눌러 버렸지만 이미 한발 늦은 뒤였다. '짤깍.' 이번 짤깍임에는 분노가 가득 담겨 있었고, 그 소리를 내느라 이리토스키 여사의 발가락 하나가 부러지지는 않았을까 하는 생각이 들 정도였다.

"C-A⋯."

"고양이(cat)." 이리토스키 여사가 말했다. "영혼이 메링 부인의 고양이에 대한 소식을 알려주려 하는군요." 여사의 목소리가 갑자기 확 바뀌었다. "내가 네게 아주먼드 공주에 대한 소식을 가져왔느니라." 여사는 낮고 허스키한 목소리로 말했다. "그 고양이는 여기 내세에서 우리와 함께 있느니라…"

"아주먼드 공주가 내세에 있어요?" 토시가 말했다. "그럴 리 없어요! 갠…."

"그 아이가 죽은 걸 너무 슬퍼하지 말거라. 그 아이는 여기에서 행복하게 잘 지내고 있느니라."

바로 그 순간 아주먼드 공주가 탁자 위로 뛰어올랐다. 사람들은 겁을 집어먹었고, 토시는 비명아지를 내지르는 게 깜짝 놀란 듯했다.

"오, 나의 아주먼드 공주!" 토시가 기쁨에 넘쳐 말했다. "네가 절대 죽지 않았을 줄 알았어. 왜 그 영혼은 애가 죽었다고 말한 거죠, 이리토스키 여사님?"

대답을 기다릴 틈을 주지 않고 내가 말했다. "그 메시지는 'cat'이 아니었던 거죠. C-A… 우리에게 무슨 말을 하려고 하십니까, 영혼이시여?" 나는 최대한의 속도로 알파벳을 읊어 나갔다. "ABCDEFGHIJKLMNOPQRSTUV…."

베리티가 짤깍거리자 토시가 말했다. "C-A-V? 이런 철자로 뭐가 있죠? '동굴(cave)'? 우리가 동굴에 가길 원하는 걸까요?"

"카브(cahv)?" 도와주려 내가 끼어들었다. "커브(cuhv)?"

"코번트리(Coventry)예요." 메링 부인이 말했다. 나는 부인에게 뽀뽀라도 해주고 싶은 심정이었다. "영혼이시여, 우리가 코번트리로 가길 원하십니까?"

강렬한 '짤깍' 소리 한 번.

"코번트리의 어디로 말입니까?" 이리토스키 여사의 신발 위로 온몸의 무게를 실어 누르며 내가 말했다. 그러고는 전속력으로 알파벳을 읊어나가기 시작했다.

베리티는 현명하게도 '세인트(Saint)'라는 단어 대신 M, I, 그리고 C에서 짤깍거렸다. 얼마나 더 오래 이리토스키 여사를 잡아둘 수 있을지 불안해져서 내가 입을 열었다. "세인트마이클(St. Michael)?" 긍정의 '짤깍.' 내가 다시 물었다. "저희가 세인트마이클 교회로 가길 바라십니까?" 다시 한번 '짤깍.' 나는 발을 거둬들였다.

"세인트마이클 교회." 메링 부인이 말했다. "오, 이리토스키 여사. 우리 내일 아침 제일 먼저 거기부터…."

"쉿!" 이리토스키 여사가 말했다. "악의를 품고 있는 영혼이 여기 있는 게 느껴져요." 나는 여사의 발을 찾아 이리저리 내 발을 휘둘렀다.

"당신은 사악한 영혼입니까?" 이리토스키 여사가 말했다.

나는 베리티가 다시 짤깍거려주길 기다렸으나 황급한 바스락 소리가 들려올 뿐이었다. 상자를 다시 무릎 위로 원위치시킨 게 분명했다.

"믿지 않는 자에 의해 조종되고 있나요?" 이리토스키 여사가 물었다.

'짤깍.'

"베인, 불을 가져와요. 영혼이 아니면서 짤깍 소리를 내는 자가 있어요." 여사가 명령조로 말했다.

이제 나는 손목에서 뻗어 나와 있는 철사 때문에 잡힐 것이다. 나는 이리토스키 여사의 (혹은 백작의) 손에서 내 손을 잡아 빼려 했으나, 그게 누구 손이든지 간에 무시무시한 힘으로 내 손을 붙들고 있었다.

"베인! 불을 가져와요!" 이리토스키 여사가 명령했다. 여사는 성냥을 그어 초에 불을 밝혔다.

그때 갑자기 프렌치도어로부터 일진광풍이 불어오더니 촛불이 휙 꺼졌다.

토시가 비명을 질렀고 테렌스마저 숨을 헐떡였다. 모두 크게 부풀어 오른 커튼 쪽을 바라보았다. 소리가 들려왔다. 낮은 신음 소리 같았다. 그리고 커튼 뒤로 빛나는 무엇인가가 나타났다.

"신이시여!" 아비테지 신부가 말했다.

"영혼 현시예요." 메링 부인이 헐떡이며 말했다.

그 형체는 열려 있는 프렌치도어 쪽으로 천천히 공중에 떠서 움직여 오고 있었다. 출입구로 살짝 방향을 비틀어 오고 있는 그 형체는 소름 끼치는 푸르스름한 빛을 발산했다.

내 손을 쥐고 있던 손에서 힘이 빠져나갔다. 나는 죽으라고 철사를 소매 속 팔꿈치 부분까지 쑤셔 넣었다. 내 옆에서 베리티가 치마를 말아 올리고는 손을 뻗어 상자를 내 오른쪽 부츠 쪽으로 급히 미는 것이 느껴졌다.

"데 베키오 백작님, 가서 불을 켜세요!" 이리토스키 여사가 말했다.

"우나 판타스마(Una fantasma, 귀신이다)!" 백작이 고함지르며 십자가를 그었다.

베리티가 몸을 꼿꼿이 세우고는 내 손을 잡았다. "오, 영혼이시여, 당신은 레이디 고다이바의 영혼이십니까?"

"데 베키오 백작님." 이리토스키 여사가 말했다. "내가 가스등을 켜라고 말했죠!"

형체가 프렌치도어에 닿았다. 그러자 형체는 점점 커지는 것 같더니 얼굴 모양이 되었다. 베일에 가려진 얼굴에 커다란 검은 눈. 그리고 뭉개진 코. 또 뺨.

내 손을 쥐고 있는 베리티의 손이 작게 경련을 일으켰다. "오, 영혼이시여." 베리티가 평정을 잃지 않은 목소리로 말했다. "저희가 코번트리로 가길 바라십니까?"

형체가 천천히 문에서 뒤쪽으로 물러났다. 그리고 나선 돌아서더니 사라져버렸다. 마치 검은 천에 덮이듯이 서서히. 그리고 프렌치도어가 쿵 하고 닫혔다.

"우리에게 코번트리로 가라고 명령하는 겁니다." 내가 말했다. "영혼의 소환을 어길 수는 없어요."

"봤어요?" 데 베키오 백작이 말했다. "끔찍했어요. 정말 끔찍했다고요!"

"나는 직접 세라핌을 본 겁니다." 아비테지 신부가 미칠 듯이 기뻐하며 말했다.

불이 켜졌다. 베인이 대리석 상판 탁자 위 램프 옆에서 불꽃을 조정하며 조용히 서 있었다.

"오, 이리토스키 여사님!" 메링 부인이 카펫 위로 무너지며 외쳤다. "제 사랑하는 어머니의 얼굴을 보았어요!"

18

"지금까지 내 모든 경험을 통틀어… 그토록 시시한 일은 처음이었다."

— 윌키 콜린스, 《월장석》

하룻밤의 단잠 — 가명 — 갑작스러운 출발 — 여러 개의 가명 — 이리토스키 여사의 미래를 예언하다 — 펜닭개의 수수께끼가 풀리다 — 살인 무기로서의 주교의 새 그루터기 — 강도질 — 루비의 수수께끼가 풀리다 — 일기장의 수수께끼가 풀리다 — 출발이 미뤄지다 — 코번트리로 가는 기차에서 — 좌절

아주먼드 공주의 도움을 받아 시릴에게서 벌맨표 발광 페인트를 지워내는 데 60분이라는 시간과 벤젠 반 통 이상이 소요되었다. 그러느라 우리는 벤젠 냄새에 취한 모양이었다. 왜냐하면 내가 기억하는 그다음 일은, 베인이 나를 흔들며 이렇게 말하고 있었기 때문이다. "깨워서 죄송합니다, 선생님. 하지만 벌써 6시가 넘었고 메링 대령님께서 대령님과 페딕 교수님을 7시에 깨워달라고 어제 부탁하셨습니다."

"으음." 나는 잠에서 깨어나려 애쓰며 신음을 내뱉었다. 시릴이 이불 속으로 더 깊이 파고들었다.

"지미 슬럼킨입니다, 선생님." 베인이 세숫대야에 뜨거운 물을 부으며 말했다.

"뭐가요?"

"백작의 진짜 이름 말입니다. 지미 슬럼킨입니다. 여권에 그렇게 씌어 있었습니다."

슬럼킨이라. 이로써 백작도 신비에 싸인 C 아무개 씨의 후보에서 탈락

425

이로군. 어쩌면 잘된 일인지도 모를 일이다. 하지만 나는 적어도 한 명이라도 용의자가 있었으면 싶었다. 베리티가 말했던 피터 경이나 푸아로 씨에게는 용의자가 너무 많아서 문제였다. 용의자가 단 한 명도 없던 추리 소설이 있었는지 기억해낼 수가 없었다.

나는 일어나 앉아 발을 침대 위로 뻗었다. "그 이름이 S로 시작하나요, 아니면 혹시 C로 시작하나요?"

베인이 면도칼을 똑바로 정리해두다가 돌아서서 이상하다는 눈빛으로 나를 바라보았다. "뭐라고 하셨습니까, 선생님?"

"슬럼킨. 그게 철자가 S로 시작하나요, 아니면 C로 시작하나요?"

"S자로 시작합니다." 베인이 말했다. "왜 그러십니까, 선생님?"

"이리토스키 여사가 메링 양더러 이름이 C로 시작하는 누군가와 결혼할 거라고 말했거든요." 나는 사실을 아주 약간 왜곡하여 말했다.

베인이 다시 면도칼 쪽으로 돌아섰다. "그렇습니까? 아마도 카운트 (count)[171]의 C가 아닐까요."

"아니에요." 내가 말했다. "여사가 아주 명확하게 'C 아무개 씨'라고 말한걸요. 혹시 이름이 C자로 시작하는, 그런 조건에 맞는 신사분 혹시 모르세요?"

"신사분요?" 베인이 말했다. "모르겠습니다, 선생님."

나는 면도를 마치고 옷을 차려입은 다음, 시릴을 침대에서 쫓아내려 애썼다. "이번엔 널 안 데려간다."

"오늘 아침엔 바깥이 조금 춥고 흐립니다." 인생에 도대체 도움이 안 되는 베인이 말했다. "코트를 입으시는 게 좋겠습니다."

"흐리다고요?" 내가 온몸으로 힘겹게 시릴을 침대 가장자리까지 밀어내며 말했다.

"그렇습니다, 선생님." 베인이 말했다. "꼭 비가 내릴 것만 같습니다."

171 영국 이외의 국가에서 백작을 부르는 호칭

＊

베인이 과장한 게 아니었다. 밖은 꼭 당장에라도 비가 퍼부을 것만 같았다. 꼭 12월 중순에 여기 도착한 것 같다는 생각이 들기 시작했다. 시릴이 바깥 냄새를 한번 맡아보더니 집 안으로 다시 튀어 들어가버렸다. 나는 계단을 반이나 올라가서야 시릴을 잡아서 내려올 수 있었다. "마구간도 그렇게 춥지 않아." 내가 말했지만, 그건 새빨간 거짓말이었다. 마구간 안은 얼어 죽을 것만 같은데다 어둡기까지 했다. 마부도 늦잠을 잔 게 분명했다.

나는 손을 더듬어 성냥과 램프를 찾아 불을 켰다. "안녀엉." 베리티가 말했다. 베리티는 짚 무더기 위에 올라앉아 발을 흔들고 있었다. "어디 있었어요?"

"여기 나와서 뭐 하는 거죠?"

"이리토스키 여사와 데 베키오 백작이 4시에 떠났어요. 역까지 데려다 달라고 마부에게 뇌물을 먹이더라고요."

시릴. 도움 없이는 계단 한 층도 못 올라간다고 주장하던 이놈이 짚 무더기 위로 펄쩍 뛰어오르더니 베리티의 무릎으로 파고들었다.

"안녀엉, 시릴." 베리티가 말했다. "데 베키오 백작이 C 아무개 씨일 거라는 당신 생각이 맞을지도 모르겠다고 생각했어요. 그래서 그 사람들을 쫓아가봤지만, 토시를 데려가진 않더군요."

"백작은 C 아무개 씨가 아니에요." 내가 말했다. "그 사람 이름은 지미 슬럼킨이에요."

"나도 알아요." 베리티가 시릴의 귀 뒤를 긁어주며 말했다. "탐 히긴스라고도 알려졌지요. 드 파노 백작, '족제비' 웩스포드라는 이름도 있고요. 그 사람들이 떠난 뒤에 조사를 해봤어요. 런던 경찰국 문서철도 조사했죠. 그 사람들이 왜 여기 왔는지도 알아냈어요."

"사전 탐사차?"

"아마도요." 베리티가 말했다. 시릴이 한숨을 내쉬며 몸을 뒤집었다. 베리티는 시릴의 배를 긁어주었다. "그저께 밤에 이리토스키 여사가 자기 능

427

력을 입증해 보이려고 심령연구협회를 위해 특별 강신회를 열었던 것 같아
요. 협회 사람들이 여사의 손과 발을 묶어 여사를 캐비닛에 넣고 잠갔지요.
그러고 나서 클레오파트라의 영혼이 나타나서 탬버린을 치고 탁자 주위를
돌며 춤췄고, 도중에 회원들을 만지면서 바다를 조심하라고 말했어요."

베리티가 내게 씩 웃어 보였다. "불행하게도, 심령연구협회 회원 중 하
나가 클레오파트라의 매력에 너무나 매료된 나머지, 이리토스키 여사의 경
고를 무시하고 클레오파트라의 손목을 잡고 자기 무릎으로 끌어당겼어요."

"그래서 그다음에는요?"

"영혼이 그 회원의 머리를 잡아당기며 그 사람을 때렸죠. 그 사람은 비
명을 질렀고 바로 그때 또 다른 심령연구협회 회원이 불을 켜고 캐비닛을
열었더니…."

"캐비닛은 너무나 이상하게도 비어 있었겠죠."

"그리고 클레오파트라의 베일을 찢고 보니, 이리토스키 여사였던 거예
요. 사흘 뒤에 여사와 공범자는 프랑스로 항해를 떠났고, 거기서 '아무나
다 믿는' 샤를 리셰[172]에게도 정체가 들통났죠. 그다음엔 콜카타로 가서 인
도의 고행자에게서 새로운 속임수를 배웠대요. 1922년에는 미국으로 건너
갔지만 사기꾼이라는 사실을 해리 후디니[173]에게 들키게 되자 옥스퍼드로
돌아왔는데, 아서 코난 도일이 여사를 가리켜 '내가 본 중에 가장 위대한
영매이다. 영매로서의 재능에 대해서는 한 치의 의심도 있을 수 없다'고 말
했다는 거 아니겠어요."

베리티는 시릴을 다정하게 바라보았다. "우리가 토시를 안전하게 C 아
무개 씨와 맺어주게 되면 널 데려가고 싶구나." 베리티가 시릴의 귀 뒤를
긁어주며 말했다.

베리티가 개구쟁이 같은 얼굴로 날 바라보았다. "농담한 거예요. 더 이
상 인과모순을 일으킬 수는 없죠. 그래도 불도그는 갖고 싶어요."

172 프랑스의 생리학자로 1913년 노벨상을 받았다. 심령 현상에도 관심이 많아서 '엑토플라즘'이
라는 단어를 만들기도 했다.
173 탈출 마술로 유명한 미국의 마술사

"나도 그래요." 내가 말했다.

베리티가 고개를 휙 숙이고 말했다. "아직 캐러더스를 구해내지 못했더군요. 네트가 계속 안 열린대요. 워더는 그걸 일시적인 차단 현상으로 생각해요. 그래서 가속 장치를 써서 4시간 단위로 훑어가고 있죠."

"어떻게 해서 인과모순이 네트의 방어 장치를 통과할 수 있었는지 루이스는 밝혀냈나요?" 내가 물었다.

"아니요. 대신에 어째서 나폴레옹이 워털루 전투에서 졌는지는 알아냈어요." 베리티가 씩 웃고는 좀 더 진지한 어조로 다시 입을 열었다. "그리고 드디어 인과모순을 만드는 데 성공했고요."

"그래요?" 내가 말했다. "왜 진작 말 안 했어요?"

"그저 모의실험 상의 모순일 뿐인걸요. 원했던 종류도 아니었고요. 자기 교정의 일부로 발생한 일이었어요. 한 역사학자에게 웰링턴을 죽이게 한 그런 모의실험 중 하나였죠. 두 번째 역사학자를 모의실험에 투입했더니 그 사람은 첫 번째 역사학자가 웰링턴을 쏘는 데 사용하려 했던 라이플 총을 훔쳐내서 네트를 통해 가져오는 데 성공하기까지 했어요. 그 결과 인과모순을 일으키기는커녕 오히려 방지하게 되었지만요. 하지만 루이스 말이, 최소한 네트를 통해 무언가를 가져오는 게 이론적으로는 가능하다는 것이 증명되었다고 당신께 전하라더군요. 비록 그 실험 결과가 우리의 경우에는 적용되지 않겠지만요."

이론적으로는 가능하다라…. 하지만 웰링턴을 죽이기 위한 첫 번째 역사학자를 처음 장소에 데려다 놓기 위해 네트를 여는 문제는 아직 해결되지 않고 있었다.

"그리고 또요?"

"없어요. 우리가 가까스로 토시를 코번트리로 가도록 설득한 것에 루이스와 던워디 교수님이 기뻐하더군요. 두 사람은 사건이 일어난 주변에서 편차가 증가하는 곳을 찾을 수 없다는 사실이 인과모순의 효과가 단기적이라는 증거이며, 토시를 세인트마이클 교회에 제시간에 가도록 하면 모순이 고쳐질 거라고 기대하고 있어요."

베리티가 다시 고개를 휙 숙였다. "만일 그게 사실이라면 우리는 여기 일을 끝마치고 나서 슈라프넬 여사를 대면해야만 하는 거죠. 그리고 나는 주교의 새 그루터기 찾는 일을 돕겠다고 당신과 약속했잖아요. 그래서 네드, 당신을 기다리기로 있었죠."

베리티는 시릴을 무릎에서 내려놓고 펜과 잉크, 종이 몇 장을 주머니에서 꺼내어 짚 더미 위에 늘어놓았다.

"이게 다 뭐죠?" 내가 물었다.

"주교의 새 그루터기에 일어났을 수 있는 모든 가능성에 대한 리스트를 만들어보려고요. 피터 윔지 경과 해리엇 베인도《시체는 누구?》라는 책에서 리스트를 만들었어요."

"모든 가능성을 늘어놓고 말고 할 건더기가 어디 있어요?" 내가 말했다. "연속체의 혼돈계, 기억나요?"

베리티는 내 말을 무시했다. "애거사 크리스티의 추리 소설에 보면, 언제나 꼭 놓치고 지나가는 가능성이 하나 있고 그게 바로 미스터리의 해법이죠. 자, 봐요." 베리티가 펜을 잉크에 담그며 말했다. "첫 번째, 주교의 새 그루터기는 공습 기간에 성당에 있었고, 화재에 의해 파괴되었다. 두 번째, 성당에 있었는데 화재를 이겨냈다. 그러고는 성당 잔해 사이에서 발견되었다." 바쁘게 써 내려가며 베리티가 계속 말했다. "세 번째, 공습 때 구출되었다."

나는 고개를 저었다. "건져낸 거라곤 오직 깃발 하나와 촛대 두 쌍, 나무 십자가 하나, 그리고 제례서뿐이었어요. 목록에 있잖아요."

"모든 가능성을 적어보는 거예요." 베리티가 말했다. "불가능한 가능성은 나중에 제거해나갈 거고요."

'지금까지 나온 세 가지가 다 제거 대상이에요.' 내가 속으로 중얼거렸다.

"네 번째." 베리티가 말했다. "공습에도 부서지지 않았다. 비록 무슨 이유에선가 목록에는 남지 못했을지라도 말이죠. 그리고 어딘가에 보관되어 있는 거죠."

"아니에요." 내가 말했다. "성당이 팔릴 때, 비트너 부인이 성당 안을 모조리 검사했지만, 거기엔 없었어요."

"피터 경은 해리엇이 리스트를 만드는 동안 토를 달지 않았어요." 베리티가 말했다. "다섯 번째, 공습 때 교회 안에 있지 않았다. 11월 10일에서 14일 사이의 어느 시점에 치워진 거죠."

"왜요?" 내가 말했다.

"안전하게 보관하려고요. 동쪽 창문과 함께."

나는 고개를 저었다. "루시 햄튼 사제관에 조사차 가봤어요. 그 사람들이 가지고 있는 코번트리 물건이라곤 오직 그 창문뿐이었어요."

"음, 좋아요. 안전하게 보관하기 위해서 누군가가 그 주교의 새 그루터기를 자기 집에 가져갔다면요? 혹은 뭐 광을 낸다거나 등의 어떤 일을 위해 그날 밤 우연히 성당 밖에 있게 되었다면?"

"만일 그랬다면, 왜 그 사람이 도로 그걸 되돌려놓지 않았겠어요?"

"모르죠." 베리티가 입술을 잘근잘근 씹으며 말했다. "어쩌면 그 누군가가 공습 때 고성능 폭탄을 맞고 죽어서, 그걸 물려받은 사람은 그 물건이 성당 거라는 걸 몰랐을지도요."

"혹은 그 사람이 혼자 이런 생각을 했는지도 모르죠. '코번트리 사람들에게 이런 짓을 할 순 없어. 그 사람들은 이미 성당을 잃고서 괴로워하고 있어. 그 사람들에게 주교의 새 그루터기라는 괴로움까지 줄 순 없어.' 하고 말이죠."

"좀 진지해져 봐요." 베리티가 말했다. "만약에 폭탄이나 뭐 그런 거로 인해 공습 때 주교의 새 그루터기가 파괴되었기 때문에 돌려놓을 수 없었던 거라면요?"

나는 고개를 저었다. "고성능 폭탄이라 할지라도 주교의 새 그루터기를 파괴할 순 없어요."

베리티가 펜을 내동댕이쳤다. "오늘 코번트리에 가게 되어서 정말 다행이에요. 가보면 주교의 새 그루터기를 실제로 볼 수 있을 테니까요. 설마 당신 말처럼 그토록 끔찍할 리는 없어요."

베리티는 깊은 생각에 잠긴 것 같았다. "주교의 새 그루터기가 범죄에 말려들었다면요? 살인 무기로 쓰여서 피가 묻은 거예요. 그래서 범죄자들이 살인에 관해 사람들이 눈치채지 못하게 하려고 그걸 훔친 거고요."

"추리 소설을 너무 많이 읽었군요." 내가 말했다.

베리티는 펜을 다시 잉크에 담갔다. "만일 그게 성당에 보관되어 있긴 한데, 포의《도둑맞은 편지》에 나오는 것처럼 어떤 다른 물건의 안에 숨겨져 있다면요?" 베리티는 써 내려가기 시작하다가 멈추더니 펜을 보며 눈살을 찌푸렸다. 그러고는 주머니에서 오렌지빛 달리아 모양의 펜닦개를 꺼냈다.

"뭐 하는 거죠?" 내가 말했다.

"펜을 닦으려고요." 베리티는 달리아 안에 펜을 꽂더니 겹겹의 천에 대고 펜에 묻은 잉크를 닦아냈다.

"펜닦개로군요." 내가 말했다. "펜닦개! 그래, 그건 펜을 닦는 데 쓰는 물건이었어요!"

"맞아요." 베리티가 수상쩍은 눈초리로 날 바라보며 말했다. "펜촉에 잉크가 뭉쳐 있었어요. 놔뒀으면 종이에 얼룩이 졌을 거예요."

"물론이고말고요! 그래서 당신은 펜닦개로 펜을 닦은 거고요!"

"강하를 얼마나 많이 한 거죠, 네드?" 베리티가 말했다.

"당신은 정말 멋진 여자예요, 알아요?" 난 베리티의 어깨를 움켜쥐며 말했다. "1940년 이후로 줄곧 날 괴롭혀 온 수수께끼를 당신이 풀어줬어요. 정말 키스라도 해주고…."

그때 집 쪽에서 등골이 오싹해지는 비명이 들렸다. 시릴은 발에 얼굴을 묻어버렸다.

"방금 무슨 소리죠?" 베리티가 실망한 얼굴로 물었다.

나는 베리티의 어깨를 놔주었다. "매일 하는 그 기절일까요?"

베리티가 일어나 치마에서 지푸라기를 털어내기 시작했다. "이 일 때문에 우리가 코번트리에 못 가게 되면 안 되는데." 베리티가 말했다. "당신이 먼저 가보세요. 난 부엌을 통해서 들어갈게요."

432

✳

"여보!" 메링 부인이 새된 목소리로 소리 지르고 있었다. "오, 여보!"

나는 집 쪽으로 가면서 메링 부인이 골동품 사이에 쓰러져 있는 게 아닌가 생각했지만, 그렇지 않았다. 부인은 실내복을 입고는 계단 중간쯤에 서서 난간을 꽉 움켜쥐고 있었다. 오페라에 나오는 사람처럼 머리를 두 갈래로 딴 부인은 벨벳 안감을 댄 텅 빈 상자를 흔들어대고 있었다.

"내 루비!" 부인은 대령을 향해 울부짖었다. 대령은 거실에서 아침을 먹다 나왔는지, 아직도 손에 냅킨을 쥔 채였다. "루비를 도둑맞았어요!"

"그럴 줄 알았어!" 대령은 충격을 받아 말까지 더듬었다. "영매 따위를 집에 들이지 말아야 했어!" 대령이 냅킨을 바닥에 내동댕이치며 외쳤다. "도둑놈들!"

"오오, 여보." 메링 부인이 보석함을 가슴에 껴안으며 말했다. "설마 정말로 이리토스키 여사가 이런 짓을 했으리라고 믿는 건 아니시겠죠?"

토시가 모습을 드러냈다. "무슨 일이에요, 엄마?"

"토시, 가서 네 보석이 없어진 게 있는지 좀 확인해보렴!"

"내 일기!" 토시가 소리 지르며 급히 뛰어가다가 베리티와 거의 충돌할 뻔했다. 베리티는 뒷계단으로 올라온 게 분명했다.

"무슨 일이죠?" 베리티가 말했다. "왜들 그래요?"

"도둑을 맞았어!" 대령이 확신을 담아 대답했다. "당장 그 '이리오시오' 인지 '저리가시오'인지 하는 여자와 백작이란 작자더러 내려오라고 해!"

"갔는데요." 베리티가 말했다.

"가?" 메링 부인이 숨을 헐떡였고 당장에라도 계단 아래로 곤두박질칠 것만 같았다.

나는 위로 질주해 올라갔고 베리티는 미친 듯이 계단을 내려왔다. 그러고는 메링 부인을 계단 아래로 부축해 응접실로 데려왔다. 우리는 흐느껴 우는 부인을 말갈기 소파에 뉘었다.

토시가 숨을 몰아쉬며 계단 꼭대기에 나타났다. "오, 엄마. 제 석류석 목걸이가 없어졌어요!" 토시가 소리 지르며 계단에서 후닥닥 내려왔다. "그리고 제 진주와 자수정 반지도요!" 그러나 토시는 응접실로 들어오는 대신 복도로 사라졌다가 잠시 후 손에 일기장을 쥐고 다시 나타났다. "하느님, 감사합니다. 일기장을 서재에 숨겼었어요. 아무도 신경 쓰지 않는 책들 사이에요!"

베리티와 나는 서로를 바라보았다.

"탁자나 두들기는 허튼짓이 결국 백해무익일 줄 내가 진작 알았다니까! 베인은 어디 있지? 베인을 불러!"

베리티가 종을 울리려 줄 쪽을 향했다. 그러나 베인은 이미 이빨 빠진 도자기 단지를 들고 와 있었다.

"그건 내려놓고, 가서 경관을 불러오게." 메링 대령이 명령했다. "아내의 목걸이가 사라졌어."

"내 자수정 반지도요." 토시가 말했다.

"제가 어젯밤 세척하려고 마님의 루비와 다른 보석들을 치워두었습니다. 마님께서 마지막으로 보석을 걸치실 때 보니 빛이 좀 탁해 보였습니다." 베인은 단지에 손을 넣었다. "식초와 베이킹소다 물에 밤새 담가두었습니다." 그러고는 루비 목걸이를 꺼내 메링 대령에게 건네주었다. "막 원래 있던 보석함으로 돌려놓으려던 참이었습니다. 마님께 말씀드리려 했지만, 손님 때문에 정신없이 바쁘셨습니다."

"그럴 줄 알았어!" 메링 부인이 소파에서 말했다. "여보, 어쩜 이리토스키 여사를 의심할 생각을 할 수가 있어요?"

"베인, 은식기들을 조사해보게." 메링 대령이 말했다. "그리고 루벤스 그림도."

"그러겠습니다." 베인이 말했다. "마차는 언제 준비하면 좋겠습니까?"

"마차? 뭐 하러?" 대령이 말했다.

"우리를 코번트리에 데려가기 위해서죠." 토시가 말했다. "세인트마이클 교회에 갈 거예요."

"흥!" 메링 대령이 말했다. "쓸데없이 어딜 가. 바로 옆에 도둑들이 우글

거리고 있는데! 언제 그놈들이 돌아올지 몰라!"

"하지만 가야 해요." 베리티가 말했다.

"영혼이 우리를 불렀어요." 토시가 말했다.

"헛소리!" 메링 대령이 흥분하여 침을 튀기며 빠르게 말을 이었다. "우리가 몽땅 이 집을 비우게 한 다음, 자기네가 들어와 귀중품을 훔쳐내려고 만든 완전히 날조한 짓거리일 거야!"

"날조라고요?" 메링 부인이 위엄 있는 태도로 소파에서 몸을 일으키며 말했다. "당신 지금 우리가 어젯밤 받은 영혼의 메시지가 진짜가 아니라고 말씀하시는 건가요?"

메링 대령은 부인의 말을 무시했다. "마차 따위는 필요 없네. 그리고 말이 마구간에 잘 있는지나 확인하는 게 좋겠군. 무슨 일이 생겼을지…." 대령은 갑자기 한 대 맞은 듯한 표정이 되었다. "내 블랙 무어!"

내 생각에 이리토스키 여사가 아무리 루비를 훔치는 데 실패했다 하더라도 대령의 금붕어를 훔쳤을 가능성은 거의 없었다. 그러나 대령에게 이 생각을 말하는 건 별로 현명한 짓이 아닌 것 같았다. 나는 뒤로 물러나 대령이 문으로 튀어 나가게 길을 비켜주었다.

메링 부인이 소파로 다시 무너져 내렸다. "오, 네 아버지가 이리토스키 여사의 진실성을 의심하시다니! 여사가 이미 떠나서 이런 수치스러운 트집 잡기를 당하지 않으신 게 정말 다행이구나." 메링 부인은 말을 하다가 뭔가를 생각해낸 듯했다. "무슨 이유로 여사가 떠나가신 걸까, 베인?"

"저도 오늘 아침에야 그분들이 떠나신 것을 알았습니다." 베인이 말했다. "아마도 어제 밤중에 떠나신 것 같습니다. 저도 매우 놀랐습니다. 전 마님께서 오늘 아침 심령연구협회에 편지로 협회 분들께 '오셔서 영혼 현시를 참관해달라'고 부탁드릴 것으로 안다고 이리토스키 여사에게 말씀드렸고, 제 생각엔 분명 그 때문에라도 부인은 여기에 더 머무르실 거라고 여겼습니다. 하지만 아마도 다른 곳에서 긴급한 일이 있으셨나 봅니다."

"분명히 그러셨을 거야." 메링 부인이 말했다. "영혼의 소환을 거부할 수는 없으니 말이야. 하지만 우리 집에 심령연구협회가 온다니! 정말 그랬다면 얼마나 짜릿한 일이었을까!"

대령이 다시 돌아왔다. 팔 아래 아주먼드 공주를 끼고 험상궂은 표정을 하고 있었다.

"블랙 무어는 괜찮습니까, 대령님?" 나는 걱정스러운 어조로 물었다.

"당장은." 대령이 대답하고는 고양이를 마루에 내던졌다.

토시가 공주를 안아 올렸다.

"내 빨간 점박이 은빛 탠초가 도착하기 바로 전날 그 사람들이 왔다는 건 절대 우연이 아니야. 베인! 온종일 연못 옆에서 지켜줬으면 해. 그 작자들이 돌아올지도 몰라!"

"베인은 나와 같이 가야 해요." 메링 부인이 소파에서 몸을 일으키며 말했다. 양 갈래로 땋은 머리와 전투적으로 불꽃이 튀어 오르는 눈 때문에 메링 부인은 마치 발키리[174]처럼 보였다. "우리는 코번트리로 갈 거예요."

"허튼소리! 아무 데도 못 가오. 대신 여기서 전장을 지켜요!"

"그러면 우린 당신 없이 가겠어요." 메링 부인이 말했다. "영혼의 소환을 거부해선 안 돼요. 베인, 코번트리로 가는 다음 기차가 몇 시죠?"

"9시 4분입니다, 마님." 베인이 즉각 시간을 말했다.

"딱 좋군." 부인이 대령에게서 등을 돌리며 말했다. "8시 15분에 짐을 가져와요. 30분에 역으로 떠나도록 해요."

✳

베인은 그대로 했다. 그러나 우리는 아니었다. 9시 반에도 그랬고, 10시가 되어도 그랬다. 다행히 9시 49분에도 기차가 있었고, 10시 17분과 11시 5분에도 기차가 있었다. 걸어 다니는 기차 시간표인 베인이 우리가 한 차례씩 지연을 경험할 때마다 매번 다음 시간을 말해주었다.

지연되는 이유도 가지각색이었다. 메링 부인은 아침에 일어난 이 한편의 사건이 자신의 몸을 약화시켰다고 선언했고, 따라서 피를 넣은 소시지

---

174 북유럽 신화에서 주신인 오딘을 섬기며 전투에서 전사자를 선택하는 사신

와 케저리 그리고 닭 간으로 만든 순대로 아침 식사를 해 몸을 보충하기 전에는 떠날 수 없었다. 토시는 라벤더색 장갑을 찾을 수가 없었다. 제인은 숄을 잘못 가져다주었다. "아냐, 아냐. 6월에 캐시미어 숄은 너무 더워. 체크무늬 숄을 가져와. 덤펌린에서 사 온 거 있잖아."

"C 아무개 씨를 놓치게 될 거예요." 메링 부인이 모자를 또 바꿔 쓰는 동안, 현관에 서서 기다리던 베리티가 말했다.

"아뇨, 그렇지 않아요." 내가 말했다. "30분 뒤면 출발할 수 있을 거고, 그러면 11시 26분 기차를 탈 수 있어요. 그리고 일기장에 하루 중 언제 그 일이 일어났는지는 아무런 언급도 안 했어요. 안심해요."

베리티가 고개를 끄덕였다. "주교의 새 그루터기에 관해 생각해봤어요. 만약 누군가가 뭔가를 사람들이 못 훔치게 하려고 주교의 새 그루터기 안에 숨겼다면? 그리고 그 물건을 꺼내 가려고 다시 돌아왔는데 시간이 없어서 그냥 새 그루터기까지 몽땅 들고 갔다면요?" 베리티가 계단을 올려다보았다. "왜 저렇게 오래 걸리는 걸까요? 거의 11시가 다 됐는데 말이죠."

라벤더색 장갑을 끼고 라벤더색 프릴[175]이 잔뜩 달린 옷에 파묻힌 토시가 경쾌한 걸음걸이로 계단을 뛰어 내려왔다. 그러고는 열린 문밖을 내다보았다.

"꼭 비가 올 것만 같네요." 얼굴을 찌푸리며 토시가 말했다. "비가 내리면 아무것도 못 볼 텐데요, 엄마." 토시가 계단을 내려오는 메링 부인에게 말했다. "내일까지 기다려야 할 것 같아요."

"안 돼! 레이디 고다이바가 우리에게 뭔가 급한 말을 하려는 거면 어떡하려고?" 베리티가 말했다.

"정말 비가 올 것 같네." 메링 부인이 말했다. "베인이 우산을 챙겼나 모르겠네?"

"챙겼습니다." 내가 대답했다. 그리고 여행안내서와 점심 바구니와 방향염과 알코올램프와 메링 부인의 자수와 토시의 소설책, 테렌스의 테니슨

---

175 잔주름을 잡은 가늘고 긴 장식 천

시집, 심령 주간 잡지 〈영혼의 빛〉 몇 권과 잡다한 무릎 덮개와 깔개들까지도. 이 모든 걸 베인이 너무나도 잘 꾸렸기 때문에 두 대의 마차에는 여전히 공간이 남았다. 비록 그 타당한 이유는 페딕 교수가 대령과 함께 집에 남아 있기로 했기 때문이지만.

"저는 남아서 대령님과 테르모필라이 전투에 관해 몇몇 논점들을 같이 토론하고 싶습니다." 교수가 메링 부인에게 말했다.

"정 그러시다면, 비 올 때 그이가 밖에 있지 않게 해주세요." 부인은 남편에 대해 조금은 부드러워진 태도로 말했다. "독감에 걸리면 안 되니까요."

테렌스는 시릴을 부르더니 녀석을 마차 발판 위로 끌어 올렸다.

"세인트트루웨즈 씨." 메링 부인이 바그너식 어조로 말했다. "그 동물은 데려가면 안 돼요."

테렌스가 반쯤 끌어올리던 손을 멈췄다. 시릴의 뒷다리가 공중에서 대롱거리고 있었다. "시릴은 기차를 타면 완벽한 신사예요. 기차를 타고 안 가본 곳이 없지요. 런던, 옥스퍼드, 서식스 등 말입니다. 창밖을 내다보는 것을 좋아하고, 아시겠지만 지나가는 고양이나 여러 가지를 구경하는 것도 좋아하죠. 그리고 기차 승무원들과도 언제나 너무나 잘 지냅니다."

그러나 메링 부인과는 아니었다.

"객차 칸에 동물이 탈 자린 없어요." 부인이 말했다.

"그리고 저는 새 여행용 드레스를 입고 있고요." 토시가 라벤더색 장갑으로 프릴들을 가볍게 톡톡 치며 말했다.

"하지만 이 녀석이 무척 실망할 겁니다." 테렌스가 마지못해 시릴을 땅바닥으로 내려놓으며 말했다.

"말도 안 돼요!" 메링 부인이 말했다. "개는 감정 따위 못 느껴요."

"신경 쓰지 마라, 시릴." 페딕 교수가 말했다. "나와 함께 연못에나 가자꾸나. 난 언제나 개를 끔찍하게 좋아했어. 내 조카딸 모드도 그렇고. 식탁에서 개에게 밥을 먹이곤 하지." 페딕 교수와 시릴은 함께 걸어가 버렸다.

"들어오세요, 세인트트루웨즈 씨." 메링 부인이 말했다. "당신 때문에 기차 시간에 늦겠어요. 베인, 내 오페라 쌍안경 챙겼나요?"

우리는 마침내 10시 30분에야 역으로 출발했다. "잊지 마요." 마차에 오르는 베리티를 돕는데 베리티가 내게 말했다. "토시의 일기장에는 오로지 '코번트리로의 여행'이라고만 적혀 있어요. 여행 중의 언제인지는 말하고 있지 않아요. C 아무개 씨는 역이나 기차에서 만날 누군가일 수도 있어요."

✳

우리는 11시 9분에 역에 도착했다. 기차는 이미 가버렸다. 우리가 늦게 오기도 했지만, 마차에서 모두 내리고 짐을 부리는 데만 거의 10분이 소요된 탓이었다. 우리가 플랫폼에 나오자 그곳엔 아무도 없었다.

"왜 기차가 기다릴 수 없었는지를 모르겠네!" 메링 부인이 말했다. "몇 분 늦건 빠르건 별 차이도 없을 텐데 말이야. 정말 배려라곤 없다니까!"

"분명히 비가 와서 내 여행용 드레스를 망쳐놓을 거야." 토시가 하늘을 바라보며 안달복달했다. "오, 테렌스. 우리 결혼식 날에는 비가 오지 않으면 좋겠어요."

"'아아, 잔치의 날이여, 이리도 맑고, 이리도 화창하구나.'" 테렌스는 비록 여전히 인용구를 읊어대고 있었지만, 얼이 빠진 채 뮤칭스 엔드 쪽만 바라보고 있었다. "만약 비가 온다면, 페딕 교수님이 시릴을 밖에 놔두지 말아야 할 텐데."

"이런 날씨엔 교수님과 그이가 낚시하지 말아줬으면 좋겠어요." 메링 부인이 말했다. "그이는 폐가 약해서 어떻게 될지 몰라요. 작년 봄에는 참으로 지독한 감기에 걸렸죠. 2주일이나 침대에 누워 있었는데, 그 무시무시한 기침이라니! 의사 말로는 폐렴이 안 된 게 기적이랬어요. 헨리 씨, 가서 기차가 올 기색이 있는지 좀 살펴보고 오세요."

나는 기차가 올 기미가 있는지 살피러 플랫폼의 끝까지 걸어갔다. 갔다가 돌아오자 베리티가 사람들과 좀 떨어진 곳에 서 있었다. "주교의 새 그루터기에 관해 생각 중이었어요. 《월장석》에 보면, 보석은 자기가 보석을 훔친 줄도 모르는 사람에 의해 옮겨져요. 이 사람은 몽유병으로 돌아다니다가 보석을 다른 물건 속에 집어넣고는 두 번째 인물이 그 사람에게서 보석을 훔쳐내죠. 만일 그걸 가져간 사람이…?"

"몽유병 환자가 있었다?" 내가 말했다. "코번트리 성당에?"

"아니요. 그 사람들은 자기들이 범죄를 저지르고 있는지도 몰랐어요."

"정확히 지난주에 몇 번이나 강하를 한 거죠?" 내가 물었다.

베인이 최소한 일흔은 되어 보이는 짐꾼을 데리고 다시 나타났고, 이들은 마부와 함께 우리 짐을 마차에서 플랫폼 가장자리로 옮겨놓기 시작했다. 베리티는 탐색의 눈길로 짐꾼을 뜯어보았다.

"아니에요." 내가 말했다. "토시는 C 아무개 씨와 50년 넘게 결혼 생활을 했어요. 이 말의 뜻은 저 짐꾼이 100년하고도 20년은 살아야 한다는 거지요."

"기차가 오는 기색이 있던가요, 헨리 씨?" 메링 부인이 소리쳤다.

"아니요, 그런 것 같지 않은데요." 나는 부인에게로 걸어가며 대꾸했다.

"기차는 대체 어디에 가 있는 거지?" 메링 부인이 말했다. "기차가 늦는게 무슨 징조가 아니었으면 좋겠는데. 헨리 씨, 마차는 갔나요?"

"우린 오늘 코번트리로 가야만 해요." 베리티가 말했다. "만일 우리가 영혼의 메시지를 무시한다면, 이리토스키 여사가 우리를 어떻게 생각하겠어요?"

"그분 자신도 영혼의 메시지를 받고 응답하여 한밤중에 떠나게 될 줄 전혀 모르고 계셨잖아요." 빌어먹을 기차가 어서 와주길 바라며 내가 말했다. "그리고 우리가 코번트리에 닿을 때쯤이면 날씨가 분명 화창해질 거라고 믿어 의심치 않아요."

"또, 코번트리에 멋진 것들이 얼마나 많다고요." 베리티가 말했다. 하지만 말하고 나자 어떤 멋진 것도 머릿속에 떠오르지 않는 게 분명했다.

"푸른색 염료." 내가 말했다. "코번트리는 '코번트리 푸른색 염료'로 유명하죠. 그리고 리본도요."

"혼숫감으로 좀 샀으면 좋겠네요." 토시가 말했다.

"페딕 교수님은 가끔 정신을 놓는 경향이 있어요." 테렌스가 생각에 잠겨 말했다. "시릴을 깜박하고 연못에다 두고 들어오진 않겠죠, 어떻게 생각해요?"

"담청색 리본이라, 그거 내 신혼여행 모자에 잘 어울릴 것 같네요." 토시가 말했다. "혹은 파스텔톤 하늘색도 괜찮을지 몰라. 엄마, 어떻게 생각하세요?"

"왜 기차들이 일정표대로 딱딱 제시간에 맞춰 도착하질 않고 우리를 몇 시간씩 기다리게 하는 거지?" 메링 부인이 말했다.

내내 그런 식으로 시간이 흘러갔다. 기차는 증기를 쉭쉭 인상적으로 내뿜으며 정확히 11시 32분에 도착했다. 베리티는 사실상 모두를 기차로 떠다밀었고, 그러면서도 C 아무개 씨처럼 보이는 사람들 한 명 한 명에 눈빛을 번득였다.

베인은 메링 부인을 부축해 계단에 오르고 칸막이 객실에 드는 것을 도와준 후, 우리 짐을 싣는 짐꾼을 감독하기 위해 도로 뛰어 내려갔다. 제인은 메링 부인이 의자에 앉는 것을 도운 다음 오페라 쌍안경과 자수를 건네고, 손수건과 숄을 챙겨주고선 무릎 굽혀 인사하고 계단을 내려갔다.

"제인이 어디 가는 거죠?" 나는 제인이 급히 플랫폼을 내려가 기차 뒤쪽으로 뛰어가는 것을 바라보며 베리티에게 물었다.

"이등석 칸으로 가는 거예요." 베리티가 말했다. "하인은 고용주와 함께 여행할 수 없거든요."

"그러면 뭘 하려면 하인이 없는데 어떻게 하죠?"

"아무것도 안 해요." 베리티가 말하더니 치맛자락을 쥐고 계단을 오르기 시작했다.

확실히 아무것도 하지 않았다. 베인은 모든 짐을 싣자마자 잽싸게 돌아와 메링 부인에게 무릎 덮개를 씌워준 다음, 더 필요한 것이 있는지 부인에게 물었다.

"쿠션을 가져와요." 메링 부인이 말했다. "이 기차 의자는 무척 불편하군요."

"알겠습니다, 마님." 베인이 대답하고는 한달음에 사라졌다. 1분도 안 되어 돌아온 베인은 헝클어진 머리에 헉헉거리면서 무늬가 있는 쿠션을 들고 있었다.

"레딩에서 오는 기차는 복도식입니다, 마님." 베인이 헐떡였다. "하지만 이 기차에는 칸막이 객실만 있습니다. 하지만 제가 역에 멈출 때마다 마님을 시중들겠습니다." 베인이 숨을 헐떡이며 말했다.

"코번트리로 가는 직행열차는 없나요?" 부인이 말했다.

"있습니다, 마님." 베인이 말했다. "10시 17분에 있었죠. 기차가 이제 곧 출발할 겁니다, 마님. 더 필요한 것 있으십니까?"

"그래요, 베데커 여행안내서를 가져와요. 그리고 내 발 아래에 놓을 깔개도요. 이 기차 객실 상태는 정말 열악하군요."

메링 부인은 영국 지하철을 타본 적이 없는 게 분명했다. 자신이 속한 시대, 특히 교통수단에 감사할 줄 모르는 것은 어느 시대에나 나타나는 보편적인 현상이다. 20세기의 불만은 비행 취소와 자동차 기름값이었고, 18세기의 불만은 진흙이 질퍽거리는 도로와 노상강도였다. 페딕 교수의 그리스 시대에 대한 불만은 의심할 여지 없이 고집 센 말과 바퀴가 빠지는 전차에 관한 것이겠지.

나는 이전에도 기차를 타본 적이 있었다. 가장 최근에는 주교의 새 그루터기가 동쪽 창문과 함께 거기에 있나 확인차 1940년대의 햄튼 루시에 갔을 때였다. 그러나 그 기차는 병사들로 꽉 차고 창문도 등화관제용 커튼으로 가려져 있었다. 모든 부속품은 군수품을 만들기 위해 제거된 뒤였다. 그리고 비록 그때가 전시가 아니었다 할지라도, 그때의 기차에 비하면 이 기차는 호화롭기 그지없었다.

높은 등받이가 달린 의자는 초록색 무명 벨벳이 씌워졌고, 윗벽에는 꽃 그림을 새겼으며 반짝반짝 광이 나는 마호가니 널빤지를 댔다. 호화로운 초록색 플러시 천 커튼이 창문에 걸렸고 양 벽면에 걸린 선반 위 가스등은 조각된 유리갓에 덮여 있었다. 그리고 머리 위 선반이니 난간이니 팔걸이니 커튼 고리니 모두가 반짝반짝 광이 나는 놋쇠로 만들어졌다.

결단코 지하철과는 견줄 바가 아니었다. 기차가 흔들거리며 천천히 앞으로 나아갈 때는(베인은 마지막으로 여행안내서와 깔개를 배달하고 다시 이등석 칸으로 부지런히 돌아가고 있었다), 그리고 속도를 한층 높여 아름답고 안개가 촉촉이 긴 시골을 지날 때는 결단코 불평할 만한 것이 못 되었다.

그러나 이런 풍경도 메링 부인이 창으로 날아드는 그을음에 관해 불평하는 것을 막진 못했다(테렌스가 창문을 닫았다). 그리고 부인은 곧 객실의 답답함에 대해 불평했고(테렌스가 다시 창문을 열고는 커튼을 쳤다), 날이 침침하고 기차가 덜컹거리고 베인이 갖다준 쿠션이 딱딱하다며 불평했다.

부인은 기차가 멈추고 출발하고 혹은 커브를 돌 때마다 비명아지를 질러댔고 승무원이 기차표를 받으러 들어왔을 때는 큰 비명을 질렀다. 승무원은 짐꾼보다도 나이가 들어 보였지만 베리티는 승무원의 명찰을 읽기 위해 몸을 앞으로 기울이고 있다가 승무원이 가고 나자 다시 시름에 젖어 의자로 푹 주저앉았다.

✳

"승무원 이름이 뭐였어요?" 기차를 갈아타기 위해서, 베리티가 레딩역에 내리는 것을 도우며 내가 물었다.

"에드워즈요." 베리티가 플랫폼을 두리번거리며 말했다. "토시랑 결혼할 것 같은 사람 혹시 안 보이나요?"

"저쪽에 있는 크리펜[176]은 어때요?" 나는 안색이 창백하고 내성적으로 보이는 젊은이를 턱짓하며 말했다. 젊은이는 끊임없이 철로를 주시하며 신경질적으로 목덜미에서 손가락을 못 떼고 있었다.

"크리펜의 어떤 아내도 50년간이나 함께 결혼 생활을 하진 못했어요." 베리티가 긴 구레나룻에 몸집이 크고 성말라 보이는 남자가 천둥 치는 듯한 소리로 고함지르는 것을 바라보며 말했다. "짐꾼! 짐꾼!" 하지만 아무 소용도 없었다. 유능한 집사 베인은 이미 기차가 미처 멈추기도 전에 짐꾼들을 모조리 징집하여 메링가의 짐 부리는 일을 지휘하고 있었다.

"저 사람은 어때요?" 나는 세일러복을 입은 다섯 살쯤 되어 보이는 소

---

176 할리 하비 크리펜. 의사로 첫 번째 부인과 사별 후 재혼했으나 아내를 살해하고 정부(情婦)와 도주하다 체포되어 교수형을 당했다.

년을 가리켰다.

밀짚모자를 쓰고 콧수염을 기른 젊은 남자가 플랫폼으로 뛰어 들어오더니 정신없이 주위를 둘러보았다. 베리티가 내 팔을 움켜잡았다. 그 남자는 메링 부인, 제인과 함께 서 있는 토시를 보더니 토시를 향해 활짝 웃으며 걸어가기 시작했다.

"호러스!" 세 귀부인이 모여 있는 또 다른 무리에서 한 소녀가 손을 흔들었고, 호러스라 불린 남자는 소녀에게로 달려가 늦게 마중 나온 것에 거창하게 사과하기 시작했다.

나는 나 때문에 테렌스가 운명적인 만남을 놓치게 된 것에 죄책감을 느끼며 테렌스를 바라보았다.

젊은 남자는 세 귀부인과 함께 떠났고 긴 구레나룻을 기른 남자는 직접 자기 짐을 움켜쥐고 뛰어나갔으며, 플랫폼에는 우리를 제외하고는 역무원을 조심스레 바라보고 있는 크리펜만 남게 되었다.

하지만 비록 이 남자나 밀짚모자를 쓴 젊은이가 갑자기 토시에게 홀딱 빠졌다 할지라도 토시는 눈치도 못 챘을 것이었다. 토시는 결혼식을 계획하느라 매우 바빴다.

"부케에는 오렌지꽃을 꽂을 거예요." 토시가 말했다. "아니면 흰 장미나요. 어느 게 나을까요, 테렌스 씨?"

"'가냘픈 가지에 달린 장미꽃 두 송이, 달콤한 영감이 넘쳐흐르나니.'"[177] 테리어 종 개를 안고 있는 여자를 갈망하는 눈빛으로 바라보며 테렌스가 인용구를 읊었다.

"아, 하지만 오렌지꽃은 향기가 너무나 달콤해요."

"기차가 너무 많아." 메링 부인이 말했다. "이렇게 많은 기차를 다 어디에 쓴담."

베인은 마침내 모두를 더욱 화려한 기차 객실에 모시고 모든 물건을 옮겨 실었고, 기차는 코번트리로 출발했다. 몇 분 지나지 않아, 훨씬 젊고 무

177 제임스 몽고메리, '장미'

척이나 잘생긴 승무원이 복도를 따라 걸어와서 기차표에 구멍을 뚫었다. 토시는 혼수 계획에 깊이 빠져 승무원에게 제대로 눈길 한번 주지 않았다. 토시가 저렇게 테렌스와 함께 결혼식 계획을 짜는 데 푹 빠져 있으니, 어디 코번트리에 닿아도 C 아무개 씨에게 과연 눈길이나 줄까? 주교의 새 그루터기를 보기는 할는지?

토시는 할 것이다. 해야만 했다. 코번트리로의 여행이 토시의 인생을 바꾸고, 토시의 증증증손녀에게 우리의 인생을 비참하게 만들 영감을 줄 것이었다.

몇 킬로미터를 간 뒤, 베인이 와서 우리의 무릎 위에 하얀 리넨 냅킨을 펼치고 호화로운 점심을 대접하였다. 그 덕에 모두 상당히 기운이 났다(아마도 베인만 빼고. 베인은 우리에게 콜드 로스트비프와 오이 샌드위치를 대접하고 메링 부인에게는 새 손수건과 또 다른 장갑, 재봉 가위 그리고 이유는 알 수 없지만 기차 시간표를 갖다 바치느라 일등석 칸과 이등석 칸 사이를 대략 2백 번은 오갔다).

테렌스는 창밖을 내다보다가 날씨가 개고 있다고 우리에게 알렸고 그다음엔 코번트리가 보인다고 말했다. 그러고 나자 제인과 베인이 미처 물건들을 챙기기도 전에, 심지어 메링 부인의 무릎 덮개를 개기도 전에, 우리는 코번트리의 플랫폼 위에 서 있었다. 날씨는 개지도 않았고, 갤 것 같지도 않았다. 공기 중엔 미세한 안개가 떠다녔고 도시의 윤곽이 흐릿하게 회색으로 보였다.

테렌스는 이 상황에 적절한 시를 생각해내서 큰 소리로 낭독하였다. "'나는 코번트리에서 기차를 기다렸지, 세 첨탑의 도시…'"[178] 갑자기 테렌스가 인용을 멈췄다. 혼란스러워 보였다. "잠깐만, 어디에 첨탑 세 개가 있다는 거지? 두 개밖에 안 보이는데."

나는 테렌스가 가리키는 쪽을 바라보았다. 첨탑이 하나, 둘, 그리고 높은 상자 모양의 구조물이 회색 하늘을 배경으로 서 있었다.

178 알프레드 테니슨, '고다이바'

"세인트마이클 교회의 첨탑은 수리 중입니다." 베인이 한 꾸러미의 깔개와 숄을 상대로 분투하며 말했다. "짐꾼이 말하길 그 교회는 지금 대규모 개보수 작업에 들어가 있습니다."

"왜 레이디 고다이바가 우리에게 얘기했는지 이제야 설명이 되는군요." 메링 부인이 말했다. "영혼이 쉴 자리를 방해받은 게 분명해요."

안개가 이슬비로 변했고, 토시가 비명아지를 질렀다. "내 여행용 드레스가!"

베인이 나타나 우산을 펴들었다. "지붕이 있는 마차를 구해놓았습니다, 마님." 그는 메링 부인에게 말하고는 테렌스와 내게 숙녀분들을 부축해달라고 말했다.

점심 바구니와 깔개, 그리고 숄과의 전장(戰場)에 떨어진 제인과는 나중에 교회에서 만나기로 하고, 우리는 마을로 마차를 몰았다. 말은 발굽을 달가닥거리며 좁은 벽돌 길을 달렸다. 길가에는 오래된 반 목제 건물들이 길 위를 약간 굽어보며 늘어서 있었다. 문 위에 페인트칠 된 간판을 달고 있는 튜더 양식의 여관, 리본과 자전거를 파는 벽돌로 지은 작은 상점, 창문에 세로로 창살이 달렸고 높은 굴뚝이 있는 더 작은 집들이 보였다. 이것이 예전의 코번트리였다. 이 모든 것이 1940년 11월 그 밤에 성당과 함께 화재로 인해 파괴될 것이다. 하지만 축축하고 조용한 거리를 달각달각 달려가고 있노라니 도무지 그러한 광경이 상상이 되질 않았다.

마부는 세인트메리 스트리트의 길모퉁이에서 말을 세웠다. 이 거리는 하워드 주임 사제와 그의 작은 성가대가 불타는 성당에서 구해낸 촛대와 십자가 그리고 연대기를 들고 행진했던 곳이다.

"기리 매켜서리 당췌 갈 수가 업꼬마니라." 마부의 말은 워낙 사투리가 심해 도무지 알아먹을 수가 없었다.

"저 사람 말로는, 더 이상 마차가 갈 수가 없답니다." 베인이 통역했다. "성당으로 가는 길이 막혀 있다고 합니다."

나는 앞으로 몸을 숙였다. "마부더러 이 거리를 되돌아 나가서 리틀파크 스트리트로 가자고 말하세요. 그쪽으로 가면 교회의 서쪽 문으로 연결

446

됩니다."

베인이 마부에게 전했다. 마부는 머리를 저으며 뭔가 알 수 없는 말을 하긴 했지만, 방향을 돌려 얼 스트리트로 돌아가기 시작했다.

"아아, 벌써 영혼이 느껴져요." 메링 부인이 가슴을 움켜쥐며 말했다. "뭔가가 일어나려 하고 있어요. 난 알아요."

우리는 리틀파크 스트리트를 돌아서 성당으로 향했다. 길 끝 쪽으로 탑이 보였다. 우리가 기차역에서 세 번째 첨탑을 볼 수 없던 것도 무리는 아니었다. 첨탑은 아래에서 3분의 1 정도 위치부터 꼭대기까지 모두 나무 비계가 씌워져 있었다. 첨탑에 푸른색 비닐 대신 회색의 타르 칠을 한 천이 드리워져 있는 점만 빼면 지난주에 머튼 칼리지의 보행자용 문에서 본 모습 딱 그대로였다. 슈라프넬 여사는 스스로 생각하고 있는 것보다 더 진실을 잘 구현하고 있었다.

교회 뜰에 쌓여 있는 붉은 사암 벽돌 무더기와 모래 더미마저도 똑같았기에 나는 교회로 가는 길이 모조리 봉쇄된 것은 아닌가 걱정이 되었다. 그러나 그렇진 않았다. 마부는 서쪽 문 바로 앞에까지 마차를 끌고 갈 수 있었다. 서쪽 문 위에는 커다랗게 손으로 쓴 팻말이 걸려 있었다.

"이플리의 교구 위원이 여기에 왔다 간 모양이네요." 나는 말하면서 다음 팻말로 눈길을 옮겼다.

'개보수를 위해 6월 1일부터 7월 31일까지 문을 닫습니다.'

19

“사랑은 팔자소관.”

— 필립 제임스 베일리

“닫혔네요!” 토시가 말했다.

“닫혔어요?” 나는 말을 하고 베리티를 살폈다. 베리티의 얼굴에서 핏기가 가시고 있었다.

“닫았다니(closed).” 메링 부인이 말했다. “딱 이리토스키 여사님의 말 그대로군요. ‘조심하라’던 말과 그 ‘C’자 말이에요. 여사님이 우리에게 경고하려 했던 거예요.”

그 말을 입증이라도 하듯 이슬비가 떨어지기 시작했다.

“닫았을 리가 없어.” 베리티가 믿을 수 없다는 표정으로 팻말을 바라보며 웅얼거렸다. “어떻게 닫을 수가 있지?”

“베인.” 메링 부인이 말했다. “다음 기차가 몇 시에 있죠?”

‘베인이 모르게 하소서.’ 나는 속으로 중얼거렸다. 베인이 다음 기차 시간을 모르고 있다면 우리는 베인이 역으로 도로 달려가 시간표를 알아보고 돌아올 때까지 최소한 15분은 벌 수 있을 것이고, 그 시간이면 뭔가 방법을 생각해볼 만도 했다.

하지만 우리가 상대하고 있는 사람은 베인이었다. 지브스의 선조임이 분명한 집사. 그리고 지브스는 언제나 모든 것을 알고 있다.

"2시 8분입니다, 마님." 베인이 말했다. "레딩행입니다. 2시 46분에는 고링행 급행열차도 있습니다."

"2시 8분 기차를 타기로 해요." 메링 부인이 말했다. "고링은 너무 진부해요."

"하지만 레이디 고다이바는 어쩌시고요?" 베리티가 절박한 목소리로 말했다. "레이디 고다이바가 이모께서 코번트리로 오길 바란 데는 분명 이유가 있었을 거예요."

"난 그게 정말로 레이디 고다이바의 영혼이었는지 무척이나 의심이 가. 특히 그때 상황에서는 말이야." 메링 부인이 말했다. "난 악의를 품은 영혼이 활동 중이라고 했던 이리토스키 여사님 말이 맞았다고 생각하거든. 베인, 마부더러 역으로 가자고 하세요."

"잠깐만요!" 나는 소리 지른 다음 마차에서 풀쩍 뛰어내려 거침없이 진흙탕 속으로 돌진했다. "금방 돌아올게요. 거기서 기다리세요." 나는 말을 마치고 탑 벽을 끼고 나아갔다.

"도대체 어디 가는 거죠?" 메링 부인의 목소리가 들려왔다. "베인, 가서 헨리 씨에게 당장 이리로 돌아오라고 해요."

나는 비에 젖을까 봐 코트 깃을 부여잡고 교회 모퉁이를 죽어라 뛰어 돌았다.

잔햇더미와 복구 현장의 기억을 되살려, 나는 성당 남쪽 면에 문이 하나 있으며 북쪽에도 문이 있다는 사실을 떠올렸다. 그리고 만일 필요하다면 누군가가 응답할 때까지 제의실 문을 미친 듯이 두들겨댈 생각이었다.

하지만 그럴 필요는 없었다. 남쪽 문은 열려 있었고 일꾼 하나가 비를 긋기 위해 현관문 안쪽에 서 있었다. 일꾼은 성직자용 깃을 단 옷을 입은 젊은 남자와 말다툼 중이었다.

"22일까지는 채광층이 완성될 거라 약속했잖아요. 오늘이 벌써 15일인데 당신은 아직 새 신도용 좌석에 니스 칠을 시작도 안 했어요." 안색이 창백하고 눈이 부리부리한 신부가 말하고 있었다. 아마도 눈이 부리부리한 것은 저 일꾼 때문이겠지만.

일꾼은 마치 예전에 이 모든 말을 모조리 들어본 적이 있는데 다시 한번 듣고 있다는 표정이었다. "니스 칠언 아적 시자커지 못하는디, 먼지때매 먼저 채강층이 끈나야 혀요."

"허, 그러면 채광층을 어서 끝내요."

일꾼이 고개를 흔들었다. "빌이 와서 강철도리를 너어야 헐 수 있는디요."

"허 참, 그 사람은 언제 돌아오는데요? 다음 주 토요일까지는 일이 끝나야 해요. 그날 우리 교회의 바자회가 있단 말입니다."

일꾼은 신부에게 독특한 몸짓으로 어깨를 으쓱거렸다. 3주 전 어느 전기 기사가 슈라프넬 여사에게 했던 어깻짓과 똑같았다. 여사가 여기 없어 참 유감이라는 생각이 들었다. 여사라면 분명 매섭게 귀싸대기를 올려붙였을 것이고, 그러면 일은 금요일이면 끝나게 될 것을. 어쩌면 목요일.

"낼일 수도 있고 담달일 수도 있고. 당췌 새 의자가 뭐땀시 필요헌지 모르겠는디. 옌날에 쓰던 칸맥이 의자가 딱 조아부런는데."

"당신이 신부이거나 현대 교회 건축의 전문가라면 그렇게 해보세요." 신부가 점점 더 눈을 부릅뜨며 말했다. "아니면 시키는 대로 하세요. 다음 달은 절대 안 됩니다. 개보수는 22일까지 끝나야 해요."

일꾼은 축축한 현관에 침을 퉤 뱉더니 교회 안으로 어슬렁거리며 돌아가버렸다.

"실례합니다." 나는 신부마저 사라지기 전에 잽싸게 그 앞으로 달려갔다. "교회 구경을 좀 하고 싶은데 괜찮을까 모르겠습니다."

"앗, 안 됩니다!" 마치 예기치 못하게 들이닥친 손님을 맞아 깜짝 놀란 주부처럼 신부가 주위를 정신없이 두리번거리며 말했다. "저희는 지금 채광층과 종탑을 개보수하는 중입니다. 교회는 7월 31일까지는 공식적으로 폐쇄 상태이니 그 이후에 오시면 교구 신부님께서 기꺼이 안내해드릴 겁니다."

"그러면 너무 늦어요." 내가 말했다. "그리고 저희가 보러 온 건 개보수 물품입니다. 뮤칭스 엔드의 교회에 절실하게 필요하거든요. 제단이 분명 매우 오래된 것이죠?"

"아, 하지만." 신부가 미적거리며 대답했다. "제단은 교회 바자회에 내놓으려고 준비하고 있어서, 그리고…."

"교회 바자회!" 내가 말했다. "정말 놀라운 우연의 일치로군요! 메링 부인께서도 뮤칭스 엔드에서 막 바자회를 열었었지요."

"메링 부인요?" 신부가 마치 도망이라도 치고 싶은 듯 문 쪽을 돌아보며 말했다. "아, 하지만 교회는 지금 귀부인들을 모실 만한 상태가 아닙니다. 성가대석이나 제단은 전혀 보실 수 없을 겁니다. 온통 톱밥과 연장투성이라서요."

"그분들께서는 전혀 마음 쓰지 않으실 겁니다." 나는 신부와 문 사이로 내 몸을 확고하게 들이밀며 말했다. "톱밥이야말로 정녕코 그분들이 보러 오신 거거든요."

베인이 우산을 들고 뛰어와서 건네주었다. 나는 우산을 베인에게 돌려주었다. "가서 마차를 여기로 오라고 하세요." 내가 베인에게 말했다. "메링 부인께 교회를 구경할 수 있게 되었다고 말씀드리고요."

내가 신부를 설득한 건 슈라프넬 여사나 그 선조의 주위를 맴돌다 보면 일이 되게 하는 방법을 한두 가지는 배울 수 있다는 살아 있는 증거였다.

"서둘러요!" 내가 재촉하자 베인은 이슬비 속으로 전력 질주해 뛰쳐나갔다. 그리고 곧이어 이슬비는 굵은 빗발로 바뀌었다.

"제 생각엔 이런 때에 구경이라니 정말 추천하고 싶지 않습니다." 신부가 말했다. "일꾼이 새로 성가대석 난간을 설치하고 있고, 저도 바자회의 수예품 코너 물품 문제로 샤프 양과 만날 약속이 있어서요."

"분명 잡동사니 판매를 하게 될 겁니다." 내가 말했다.

"잡동사니 판매요?" 신부가 어리둥절한 목소리로 말했다.

"최신 유행하는 바자회 방식이죠. 아, 저기 오시네요." 마차가 다가오자 나는 계단을 급히 뛰어 내려가 얼른 베리티의 손을 잡아채서 마차 밖으로 끌어냈다. "얼마나 행운인지 몰라요! 세인트마이클 교회가 드디어 문을 열었어요. 신부님도 교회를 구경시켜 주겠다고 하셨고요." 그리고 나는 작은 목소리로 중얼거렸다. "어서 서둘러요. 신부 마음이 바뀌기 전에."

베리티는 경쾌한 걸음걸이로 신부에게 다가가 밝게 웃음 지어주고 문 안쪽을 뚫어지라 바라보았다. "어머, 와서 이것 좀 봐, 토시." 베리티는 토시에게 말하고는 교회 안쪽으로 고개를 쑥 집어넣었다.

테렌스는 토시가 마차에서 내려 교회로 들어가는 것을 도와주었고, 나는 베인이 메링 부인의 머리 위로 내게 건네준 우산을 받아 받쳐 들고 부인을 부축하였다.

"오, 맙소사." 부인이 걱정스럽게 구름을 바라보며 말했다. "날씨가 이렇게 험악하다니. 폭풍이 밀려오기 전에 집으로 출발해야 할 것 같군요."

"일꾼들이 그러는데 영혼을 봤다고 합니다." 내가 잽싸게 말했다. "한 명은 영혼을 본 뒤에 병이 나 집에서 앓고 있다는군요."

"정말 놀랍군요!" 메링 부인이 말했다.

우리가 들어가려 하자, 어쩔 줄 몰라 하며 자기 손을 쥐어뜯며 문간에 서 있던 신부도 우리와 동행하였다. "세인트마이클 교회에 엄청나게 실망하시게 되는 것은 아닌지 심히 염려됩니다, 메링 부인." 신부가 말했다. "저희는…."

"…연례 바자회를 준비하고 있다는군요, 메링 부인. 신부님께 부인의 달리아 모양 펜닦개에 관해 꼭 말씀해주세요." 나는 뻔뻔스럽게도 이렇게 말하면서, 교묘하게 신부를 비키며 부인을 교회 안으로 데리고 들어갔다. "정말 솜씨 좋게 만드신데다 아름답기까지 하더군요."

내 말이 끝나자 하늘에서 콰르릉하고 굉장한 천둥소리가 울려 퍼졌고, 나는 이렇게 거짓말을 하다가는 천벌로 벼락을 맞고 말리라고 확신했다.

"오, 맙소사." 메링 부인이 말했다.

동시에 신부가 입을 열었다. "교회를 방문하기에는 때가 좀 불길하지 않나 싶군요. 교구 신부님도 안 계시고, 샤프 양도 그렇…."

나는 "잠깐만 구경할게요, 아주 잠깐만이라도. 이미 여기까지 왔으니까요." 하고 말하려 했지만 그럴 필요가 없었다. 하늘에서 두 번째 천둥이 울리면서 하늘에 구멍이라도 뚫린 듯 엄청나게 비가 쏟아지기 시작했다.

메링 부인과 신부는 빗물이 튀기는 것을 피해 교회 안쪽으로 뒷걸음질 쳤다. 베인, 언제나 모든 것이 준비된 이 남자는 앞으로 나아가더니 문을 닫았다. "잠시 여기에 머무셔야 할 것 같습니다, 마님." 베인이 말하자 내 귀에 베리티가 안도의 한숨을 내쉬는 것이 들렸다.

"어쩔 수 없군요." 신부가 말했다. "여러분이 계시는 이곳이 본당입니다. 보시는 바와 같이 저희는 교회를 개보수하는 중입니다." 신부가 톱밥이나 어지러운 상태에 관해 말한 것은 절대 과장이 아니었다. 마치 공습이라도 당한 것 같았다. 성단소는 임시 판자 울타리로 막혔고, 신도용 좌석은 타르 칠을 한 먼지투성이 방수천으로 덮여 있었다. 성가대석 앞에는 목재 더미 가 쌓였는데 그 더미에서 커다란 탕탕 소리가 울려 퍼졌다.

"저희는 교회를 현대화하는 중입니다." 신부가 말했다. "장식이 형편없 이 시대에 뒤떨어져 있거든요. 종탑을 현대식 편종(編鐘)으로 바꾸고 싶었 지만, 개보수 위원회에서 승인하지 않았습니다. 고루하기가 이루 말할 수 없죠. 하지만 저는 예배당들을 정신없게 만드는 회랑과 오래된 무덤, 비석 대부분을 치우자고 위원회를 설득할 수 있었습니다." 신부가 눈알을 굴렸 다. "몇몇은 14세기 것까지 있거든요. 그저 교회 미관만 해칠 뿐이지요."

신부는 토시에게 다소 의미심장한 웃음을 지어 보였다. "본당을 둘러보 시겠습니까, 메링 양? 완전 신품인 전기등을 달았습니다."

베리티가 내 곁으로 다가와 속삭였다. "저 신부의 이름을 알아내세요."

"계획들이 모두 완수되고 나면 교회는 완전히 현대적 교회로 거듭나 앞 으로 수백 년은 문제없을 겁니다." 신부가 말했다.

"52년이지." 내가 중얼거렸다.

"뭐라고 하셨습니까?" 신부가 말했다.

"아무것도 아닙니다." 내가 말했다. "탑도 현대화하는 중인가요?"

"예. 탑과 첨탑을 완전히 새로 씌우는 중입니다. 여기는 걷기에 좀 험합 니다, 여러분." 신부는 토시에게 자신의 팔을 내밀었다.

메링 부인이 그 팔을 잡았다. "지하실은 어디 있나요?" 메링 부인이 물 었다.

"지하실이요?" 신부가 말했다. "저쪽입니다. 하지만 지하실은 현대화하고 있지 않습니다." 신부는 임시 판자 울타리 쪽을 가리켰다.

"내세를 믿으시나요?" 메링 부인이 말했다.

"저는… 물론이죠." 신부가 당황하여 말했다. "성직자니까요." 신부는 이제 토시를 향해 아예 드러내놓고 웃고 있었다. "물론 지금은 보조 신부에 불과합니다만, 내년에는 서식스에서 승직 급여를 받을 듯합니다."

"아서 코난 도일을 아시나요?" 메링 부인이 계속 캐물었다.

"저는… 네." 신부는 더욱더 당황한 표정으로 말했다. "제 말은,《주홍색 연구》를 읽었다는 거죠. 아주 긴장감 넘치는 이야기더군요."

"심령술에 관해 쓴 글들은 안 읽어보셨나요? 베인!" 부인이 문 옆에서 우산을 단정하게 세워놓고 있던 집사를 불렀다. "〈라이트〉지 중에서 코난 도일의 편지가 실려 있는 편을 가져와요."

베인은 고개를 끄덕이고 육중한 문을 열고는 옷깃을 부여잡고 대홍수의 와중으로 사라졌다.

메링 부인이 신부에게로 돌아섰다. "신부님께서는 당연히 이리토스키 여사에 관해 들어보셨겠죠?" 부인은 신부를 지하실 쪽으로 몰고 가며 말했다.

신부는 혼란스러워하는 것 같았다. "그분이 잡동사니 판매장과 어떤 관련이 있습니까?"

"이리토스키 여사님 말이 맞았어. 여기서 영혼의 존재가 느껴져." 메링 부인이 말했다. "여기 세인트마이클 교회의 유령 이야기 같은 것을 혹시 알고 계시나요?"

"그게, 사실은…." 신부가 말했다. "탑에 나타났다는 영혼에 대한 전설이 있죠. 그 전설은 14세기까지 거슬러 올라갑니다, 제가 알기로는요." 신부는 메링 부인과 함께 임시 판자 울타리 너머 내세로 사라졌다.

토시는 따라가야 할지 말지 머뭇거리며 그 둘 뒤를 바라보고 있었다.

"와서 이것 좀 봐요, 토시." 놋쇠로 만든 기념패 앞에 서 있던 테렌스가 말했다. "저버스 스크로프 경의 기념비군요. 뭐라고 쓰여 있는지 제가 읽을 테니 잘 들어봐요. '여기 봄부터 가을까지 정처 없이 떠돌아다니던 불쌍한 테니스공이 잠들다.'"

토시는 다소곳하게 다가와서 비문을 읽은 뒤, 이 성당을 세운 보토너가의 사람들에게 헌정된 작은 놋쇠판을 바라보았다.

"재미있기도 해라!" 토시가 말했다. "들어보세요. '윌리엄과 애덤이 탑을 세웠고, 앤과 메리가 첨탑을 세웠다. 윌리엄과 애덤이 교회를 세웠고, 앤과 메리가 성가대석을 만들었다.'"

토시는 계속 나아가 데임 메리 브리지맨과 일라이저 샘웰 부인에게 헌정된 커다란 대리석 기념비와 '잃어버린 양의 비유'를 그린 유화를 구경했다. 우리는 계속해 본당을 돌며 판자와 모래주머니를 밟고 넘어 다녔고 예배당마다 차례로 멈춰 서 구경했다.

"아, 정말 안내서가 있으면 좋겠어요." 토시가 퍼벡산 질 좋은 대리석으로 만든 세례반을 보며 얼굴을 찡그렸다. "안내서가 없으니 뭘 봐야 좋을지 어떻게 알겠어요?"

토시와 테렌스는 캐퍼 예배당으로 옮겨 갔다. 베리티는 멈춰 서더니 내 코트 자락을 슬쩍 잡아당겼다. "이야기 좀 해요." 베리티가 속삭였다.

나는 제임스 1세 시대 의상을 입은 여자의 놋쇠 기념패 앞에 멈춰 섰다. 기념패에는 '모든 미덕으로 다른 이들을 잘 북돋웠던 존경받는 활동가, 앤 수엘을 기리며, 1609년'이라고 쓰여 있었다.

"슈라프넬 여사의 조상임이 분명해요." 베리티가 말했다. "그나저나 신부 이름은 알아냈어요?"

'도대체 그럴 기회가 언제 있었단 말인가?' 나는 속으로 생각했다. "그 사람이 C 아무개 씨라고 생각하는 건가요?" 내가 말했다. "토시에게 푹 빠진 것 같더군요."

"남자들은 다 토시에게 빠지죠." 테렌스의 팔에 매달려 킥킥대고 있는 토시를 바라보며 베리티가 말했다. "문제는 토시가 그 남자에게 반하는가 하는 거죠. 주교의 새 그루터기는 봤어요?"

"아직요." 나는 본당을 훑어보며 말했다. 성가대석 임시 판자 울타리 앞의 꽃은 검소한 놋쇠 꽃병에 꽂혔고, 캐퍼 예배당 안의 장미는 톱밥에 뒤덮인 채로 은그릇에 담겨 있었다.

"그건 어디에 놓이게 되어 있나요?"

"1940년 가을에는 스미스 예배당의 파클로스 스크린 앞쪽이었어요." 내가 말했다. "1888년 여름에는, 나도 몰라요. 어디에든 있을 수 있어요." 저 초록색 방수천 중 하나의 아래에나 임시 판자 울타리의 뒤 어딘가도 포함해서 말이다.

"신부가 돌아오면 어디 있는지 물어봐야 할 것 같아요." 베리티가 걱정 스럽게 말했다.

"안 돼요." 내가 말했다.

"왜 안 되죠?"

"첫째, 베데커 여행안내서에 나올 만한 종류의 물건이 아니에요. 우리가 변장한 것처럼 보통의 여행자라면, 그런 물건에 대해서는 들어본 적도 없을 거예요. 둘째, 아직은 주교의 새 그루터기가 아니거든요. 그 물건은 1926년부터 '주교의 새 그루터기'라고 불리게 되었어요."

"그전까진 뭐라고 불렸는데요?"

"다리 달린 화려한 주철 항아리였겠죠. 아니면 그냥 과일 담는 굽 달린 접시라고 불렸을 수도 있겠군요."

나무판자 울타리 뒤에서 들려오던 망치 소리가 갑자기 그치고 나지막이 욕하는 소리가 들려왔다.

베리티는 스테인드글라스 창문을 가리키고 있는 토시와 테렌스를 바라보고는 내게 물었다. "1926년에 무슨 일이 일어났는데요?"

"'여성 제단 봉사회'라고 유난히 일을 많이 벌이는 단체가 있었어요. 그 모임에서 누군가가 새 그루터기를 사자고 제안했죠. 당시에 유행하던 기다란 도자기 꽃병으로요. 주교는 성당 운영을 위해 비용 절감책을 막 세운 뒤였고, 꽃병을 사자는 제안은 그 자리에서 투표에 부친 다음, 부결됐어요. '새로 꽃병을 사는 것은 필요 없는 지출이며, 어딘가에 우리가 쓸 수 있는 뭔가가 있을 것이다. 그러니 20년간이나 지하실에 처박혀 있던 다리 달린 화려한 주철 항아리를 쓰자.' 뭐, 이런 식이었죠. 그래서 이 꽃병은 좀 비꼬는 어조로 '주교가 언급했던 새 그루터기'로 불리게 되었고 결국은 그 말이 줄어서….”

“주교의 새 그루터기가 된 거로군요. 하지만 만일 토시가 보았을 당시에 그게 주교의 새 그루터기가 아니었다면, 슈라프넬 여사는 토시가 본 게 뭔지 어떻게 알게 되었죠?”

“토시는 자기가 본 걸 몇 년에 걸쳐 일기장에 상당한 양으로 세부를 묘사했고, 그래서 슈라프넬 여사가 처음에 그 프로젝트를 제안하며 그 묘사된 것이 뭔지 확인하기 위해 1940년 봄으로 역사학자를 한 명 보냈어요.”

“그 역사학자가 훔쳐 갔을 수도 있지 않았을까요?” 베리티가 물었다.

“절대, 아니에요.”

“어떻게 그렇게 자신해요?”

“그게 바로 나였거든요.”

“언니.” 토시가 외쳤다. “와서 우리가 찾아낸 것 좀 보세요.”

“아마 우리 없이 주교의 새 그루터기를 찾아낸 모양이로군요.” 내가 말했다. 그러나 토시가 말한 것은 기념비에 지나지 않았고, 그 기념비에는 포대기에 싸인 갓난아기 네 명이 일렬로 새겨져 있었다.

“정말 정교하지 않아요?” 토시가 말했다. “이 귀여운 아기들 좀 봐요.”

남쪽 문이 열리고, 베인이 젖은 곳을 닦으며 코트 안쪽으로는 〈라이트〉지를 꽉 움켜쥔 채 문으로 들어왔다.

“베인!” 토시가 불렀다.

베인이 물 자국을 길게 끌며 다가왔다. “부르셨습니까, 아가씨?”

“여기 너무 추워요. 내 페르시안 숄을 가져와요. 술이 달린 분홍색으로요. 그리고 베리티 언니 것도요.”

“어머, 난 필요 없어요. 전혀 춥지 않아요.” 베리티가 베인의 흠뻑 젖은 모습을 동정하는 눈빛으로 바라보며 말했다.

“말도 안 돼요.” 토시가 말했다. 두 개 다 가져와요. 그리고 숄이 젖지 않게 조심해요.”

“알겠습니다, 아가씨.” 베인이 말했다. “마님께 책을 가져다드리자마자 바로 숄을 가져다드리겠습니다."

토시가 입을 삐죽거렸다.

"어머, 이것 좀 봐, 토시." 토시가 베인에게 '지금 당장' 숄을 가져오라고 명령하기 전에 베리티가 끼어들었다. "미세리코르디아[179]에 일곱 가지 은총에 관한 내용이 새겨져 있네." 토시는 베리티의 말을 듣고는 검은 대리석으로 만든 비석과 격자 모양으로 된 둥근 천장, 지독히도 길고 알아보기 힘든 비문이 새겨진 기념비를 지나 거들러 예배당으로 들어가며 감탄사를 연발했다.

베리티가 기회를 잡아 나를 앞으로 밀어내며 속삭였다. "만일 그게 여기 없으면 어쩌죠?"

"여기 있어요. 1940년까지는 어디로 가지 않아요."

"내 말은, 만일 인과모순 때문에 여기 없으면 어쩌냐고요? 만일 사건이 바뀌어서 이미 봉안당으로 옮겨졌거나 잡동사니 판매장에서 팔려버렸다면요?"

"바자회는 다음 주예요."

"1940년에 그게 있던 곳이 어느 통로라고 했죠?" 베리티가 본당 뒤쪽으로 움직이며 말했다.

"이 통로요." 나는 베리티를 따라잡으려 애쓰며 말했다. "스미스 예배당 앞이요. 하지만 그렇다고 해서 지금도 그게 여기 있으리라곤…." 나는 갑자기 말을 멈췄다. 그것이 여기 있었다.

사람들이 왜 주교의 새 그루터기를 바로 이곳에 두었는가는 아주 명백했다. 1888년에 본당의 이쪽 부분에는 빛이 매우 침침했으며, 기둥 하나가 성당의 나머지 부분과 이쪽 사이를 막고 있었다.

그리고 여성 봉사회의 한 부인은 크고 늘어지는 작약과 휘감는 담쟁이 덩굴로 주교의 새 그루터기 상단, 즉 켄타우로스와 스핑크스 부분을 가림으로써 자신이 할 수 있는 최선을 다했다. 또한 주교의 새 그루터기는 현재 훨씬 새것이었고 따라서 훨씬 반짝였다(반짝임 덕분에 세부 묘사가 잘 안 보이는

179 일어섰을 때 의지가 되는 성직자석 뒤에 있는 돌출부

데 도움이 되었다). 이러한 이유들 때문에 주교의 새 그루터기는 본래 모습보다 훨씬 덜 엉망으로 보였다.

"하느님 맙소사. 이게 그거인가요?" 베리티의 목소리가 부채꼴 천장에서 앞뒤로 메아리쳤다. "정말 끔찍하군요."

"그래요. 그 점은 이미 다들 잘 아는 사실이죠. 그러니 목소리 좀 낮추세요." 나는 본당 뒤쪽에 있는 일꾼 두 명을 가리켰다. 푸른색 셔츠에 거메진 목도리를 한 일꾼 한 명은 판자를 한 무더기에서 다른 무더기로 옮기고 있었다. 두 번째 사람은 입에 못을 가득 물고 톱질 모탕에 가로질러 뉘어놓은 판자에 큰 소리로 망치질하는 중이었다.

"미안해요. 그냥 좀 충격적이었어요. 전에 한 번도 본 적이 없거든요." 베리티가 무척이나 미안해하며 속삭였다. 베리티는 장식 중 하나를 조심스럽게 가리켰다. "이게 뭐죠, 낙타인가요?"

"유니콘이요." 내가 말했다. "낙타는 이쪽에 있어요. 여기, 요셉이 이집트로 팔려 가는 묘사 옆에요."

"저건 뭐예요?" 주철로 된 장미와 가시 화환 위의 큰 무리를 가리키며 베리티가 물었다.

"스코틀랜드의 여왕인 메리의 처형 장면이죠." 내가 말했다. "빅토리아 시대 사람들은 묘사적인 예술을 좋아했어요."

"그리고 파란만장한 걸 좋아했겠죠." 베리티가 말했다. "슈라프넬 여사가 일꾼들에게 다시 만들게 하면서 어려움을 겪고 있는 것도 당연하군요."

"내가 스케치를 했어요." 내가 말했다. "내 생각에 일꾼들은 도덕적인 이유에서 그 일을 거부했을 거예요."

베리티는 머리를 한쪽으로 기울이며 골똘히 이리저리 뜯어보았다. "이게 해마는 아니겠죠?"

"넵튠의 전차예요." 내가 말했다. "그리고 여기 이건 홍해를 가르는 장면이고요. 레다[180]와 백조 옆에 있는 장면이요."

180 스파르타의 여왕으로 백조로 변한 제우스와 사랑에 빠진다.

베리티는 손을 뻗어 백조의 쭉 편 날개를 만져보았다. "부서질 리 없다는 당신 말이 맞는군요."

나는 주철의 강건함을 바라보며 고개를 끄덕였다. 지붕이 그 위로 무너진다 해도 아마 흠집조차 내지 못할 것이다.

"끔찍해 보이는 것들은 절대 파괴되지 않아요." 베리티가 계속 말했다. "그게 법칙이에요. 세인트판크라스역은 공습에도 멀쩡했어요. 그리고 앨버트 기념비도요. 끔찍하게 생겼잖아요."

동감이었다. 위를 덮고 있는 작약과 담쟁이덩굴조차 그 사실을 가릴 순 없었다.

"어머! 제가 이제껏 본 중에 가장 아름다운 물건이에요!" 토시가 우리 뒤에 와서 기뻐 어쩔 줄 몰라 하며 말했다.

토시는 주름 장식을 펄럭이며 테렌스를 끌고 오더니 턱밑으로 장갑 낀 손을 꼭 쥔 채 주교의 새 그루터기를 보고 있었다. "아아, 테렌스. 지금까지 본 것 중에 가장 정교하지 않아요?"

"글쎄요…." 테렌스가 모호한 말투로 대답했다.

"이 사랑스러운 큐피드들을 좀 봐요! 그리고 제물로 바쳐지는 이삭의 모습도요! 오! 오!" 토시는 일련의 비명아지를 내뱉었고 그 소리 때문에 망치질하던 일꾼이 짜증을 내며 올려다보았다. 일꾼은 토시를 보자 바닥에 못을 내뱉고는 동료를 팔꿈치로 슬쩍 찔렀다. 동료는 톱질에서 고개를 들고 올려다보았다. 망치질하던 일꾼이 톱질하던 동료에게 뭔가를 말하자 그 남자는 갑자기 맥없이 웃어 보였다. 일꾼은 모자에 가볍게 손을 대며 토시에게 인사하였다.

"무슨 말을 하려는지 알아요." 나는 베리티에게 중얼거렸다. "저 사람들 이름을 알아 오라는 거죠?"

일꾼들은 자신들이 추파를 던진 것에 대해 내가 신부에게 보고할 거라고 여겼기에 이름을 알아 오는 데 조금 시간이 걸렸다. 그러나 내가 돌아왔을 때까지도 토시는 여전히 주교의 새 그루터기에 대해 흥분하는 중이었다.

"오, 보세요!" 토시가 작게 소리 질렀다. "살로메예요!"

"일꾼들 이름은 위지와 배젯이더군요." 베리티에게 내가 속삭였다. "신부 이름은 뭔지 모르더라고요. 일꾼들은 신부를 그냥 왕눈이라고 불러요."

"여기도 보세요." 토시가 흥분해 외쳤다. "세례 요한의 머리와 쟁반이에요!"

비록 일이 매우 잘 풀리는 중이긴 했지만, 아직 토시에게 인생의 전환점이 되는 일이 벌어진 것 같지는 않았다. 토시는 잡동사니 판매장에서도 중국 나막신에 대해 지금처럼 '오오', '아아' 소리를 질러댔다. 스티긴스 양의 십자수가 놓인 바늘쌈에 대해서도. 그리고 비록 토시가 (기둥 쪽 면에 있는 '넵튠과 그의 전차' 위쪽에 묘사된) 동방 박사의 출현 부분을 보고 인생의 전환점이 될 만한 감동을 하고 있지만, 대체 C 아무개 씨는 어디 있단 말인가?

"오, 나도 하나 있었으면 좋겠군요." 토시가 감격해 말했다. "우리가 결혼해서 살게 될 아름다운 집에 놓고 싶어요. 딱 이런 거로요!"

"좀 큰 거 같지 않아요?" 테렌스가 말했다.

남쪽 문이 쾅 하고 열리며 베인이 들어왔다. 베인은 난파한 헤스페러스 호에서 빠져나온 듯한 모양새를 하고는 방수천에 싼 꾸러미를 들고 있었다.

"베인!" 토시가 부르자 베인은 철벅거리며 우리 쪽으로 다가왔다.

"숄을 가져왔습니다, 아가씨." 베인은 신도용 좌석 귀퉁이에서 좌석 위의 방수천을 뒤로 접고 꾸러미를 내려놓은 다음 풀기 시작했다.

"베인, 이거 어떻게 생각해요?" 토시가 주교의 새 그루터기를 가리키며 말했다. "지금까지 본 중에 가장 아름다운 예술 작품이라는 데 찬성하시겠죠?"

베인은 눈에서 물방울을 떨어내며 허리를 펴고 그것을 바라보았다.

베인이 소매를 비틀어 짜는 동안 상당한 침묵이 흘렀다. "아니요."

"아니라고요?" 비명아지를 지르며 토시가 말했다.

"네." 베인이 곱게 접어 완벽하게 물기를 차단해둔 숄을 꺼내기 위해 방수천을 풀며 좌석으로 몸을 굽혔다. 그는 다시 허리를 펴더니 코트 안에 손을 넣어 축축한 손수건을 꺼내 손을 닦고, 좌석 귀퉁이 가에서 분홍색 숄을 들어 올렸다. "숄 여기 있습니다, 아가씨." 베인이 토시에게 숄을 내밀며 말했다.

"지금은 필요 없어요." 토시가 말했다. "'아니요'라니 무슨 뜻이죠?"

"제 말은 이 조각품이 무시무시한 악취미에서 비롯된, 천박한 착상에다 졸렬한 디자인이고, 싸구려로 만들어졌다는 뜻입니다." 베인은 말하며 숄을 조심스레 접어서 다시 꾸러미에 넣기 위해 몸을 구부렸다.

"어쩜 감히 그런 식으로 말할 수가 있죠?" 토시의 두 뺨이 붉게 물들었다.

베인이 허리를 폈다. "죄송합니다, 아가씨. 제 의견을 물으시는 줄 알았습니다."

"그랬어요. 하지만 저 물건이 아름답다고 말할 줄 알았죠."

베인이 살짝 고개를 숙였다. "원하시는 대로 대답하겠습니다, 아가씨." 베인은 무표정한 얼굴로 조각품을 바라보았다. "무척 아름답군요."

"그런 식의 대답을 원하는 게 아니잖아요." 토시가 작은 발을 굴러가며 말했다. "어쩜 이게 아름답지 않다고 생각할 수가 있죠? 정교하게 조각된 숲속의 작은 아기들을 봐요! 그리고 입에 딸기나무 잎을 물고 있는 이 귀엽고 작은 참새도!"

"원하시는 대로 대답하겠습니다, 아가씨."

"그런 식으로 말하지 마세요." 주름 장식이 분노로 펄럭였다. "어째서 이게 악취미라고 말하는 거죠?"

"여기," 베인이 주교의 새 그루터기 쪽으로 손을 뻗었다. "이 부분이 난잡하고 부자연스럽습니다. 그리고…." 베인은 날카롭게 숲속의 아기들을 바라보았다. "…역겹도록 감상적입니다. 미적으로 훈련되지 않은 중산층의 호감을 사기 위해 의도된 것입니다."

토시는 테렌스에게 돌아섰다. "베인이 저런 말을 하게 놔둘 건가요?" 토시는 의견을 굽히지 않았다.

"약간 난잡하긴 해요." 테렌스가 말했다. "그리고 저건 뭘 묘사하려 했던 걸까요?" 미노타우로스를 가리키며 테렌스가 덧붙여 말했다. "말? 아니면 하마?"

"사자예요. 안드로클레스[181]가 사자 발에서 가시를 빼주고 있잖아요."

---

181 로마 전설에 나오는 노예로, 이전에 구해준 사자와 경기장에서 재회하였다.

토시가 격분하며 말했다.

나는 베리티를 바라보았다. 베리티는 입술을 깨물며 웃음을 참고 있었다.

"그리고 절대로 역겹도록 감상적이지 않아요." 토시가 베인에게 말했다.

"원하시는 대로 대답하겠습니다, 아가씨."

때마침, 나무판자 울타리 뒤쪽에서 나온 신부와 메링 부인 덕분에 베인은 절체절명의 위기를 모면할 수 있었다.

"로마의 기병대라니." 베리티가 중얼거렸다.

"포도송이를 쥐고 있는 바쿠스 바로 아래에 말이죠." 나도 중얼거리며 대답했다.

"바자회 때 잡동사니 판매장을 여는 걸 고려해주시길 기대합니다." 메링 부인이 말하며 신부를 우리 쪽으로 밀어붙였다. "사람들은 잡동사니 판매장에 내놓을 만한 수많은 보물을 다락방에 갖고 있죠."

메링 부인이 주교의 새 그루터기를 보고 멈춰 섰다. "예를 들어 이런 것 말이죠. 아니면 우산꽂이 같은 것들요. 꽃병은 정말 유용해요. 우리도 폭포가 그려진 중국 꽃병이 있었는데 우리 바자회에서 얼마에 팔았냐면…."

토시가 끼어들었다. "신부님이 보시기에도 이게 아름답죠, 그렇죠?" 토시가 신부에게 말했다.

"네." 신부는 말했다. "저는 이걸 현대 예술의 정점에 도달해 있는 작품의 한 예라고 생각합니다. 훌륭하게 묘사되었고 높은 도덕적 색채를 띠고 있죠. 특히 이집트에 내린 일곱 가지 재앙에 대한 묘사가요. 몇 년 전 에밀리 제인 트룹쇼 부인이 돌아가셨을 때 그 집에서 기증한 겁니다. 에밀리 부인이 만국 박람회에서 샀는데 그분께서 가장 아끼던 물건이었죠. 교구 신부님은 가족더러 기증하지 말라고 말렸습니다. 교구 신부님께서는 이 물건이 그 가족의 소유물로 남아 있어야 한다고 생각했지만, 가족들은 확고했습니다."

"제가 본 것 중에 가장 아름다운 물건이에요." 토시가 말했다.

"전적으로 동의합니다." 신부가 말했다. "이걸 보면 저는 늘 앨버트 기념비를 떠올리죠."

"저도 앨버트 기념비를 무척 좋아해요." 토시가 말했다. "거피 부인이 엑토플라즘에 관해 강연하는 것을 들으러 켄싱턴에 가면서 흘끗 보고는, 아빠가 절 데리고 그걸 보러 가주실 때까지 도무지 흥분을 가라앉힐 수가 없었어요. 저는 그 모자이크와 도금한 첨탑이 너무 좋아요!" 토시가 두 손을 꼭 쥐었다. "그리고 만국 박람회의 목록을 읽는 왕자의 조상은 또 어떻고요!"

"그건 특별한 기념물이죠." 테렌스가 말했다.

"그리고 절대 부서지지 않고." 베리티가 중얼거렸다.

"4개 대륙을 묘사하고 있는 그 조각들은 특히 잘 만들어졌다고 생각합니다. 하지만 제 생각에 아시아와 아프리카는 아가씨들께 적합하지 않은 것 같습니다." 신부가 말했다.

토시가 예쁘게 얼굴을 붉혔다. "코끼리가 정말 정교하다고 느꼈어요. 그리고 위대한 과학자와 건축가들을 조각한 프리즈 장식도요."

"세인트판크라스 기차역을 보신 적이 있으신가요?" 신부가 말했다. "제가 보기엔 그 역시 건축의 비범한 본보기입니다. 아마도 교회에서 하는 수리 작업을 보고 싶어 하실 것 같은데요?" 신부가 토시에게 물었다. "물론 앨버트 기념비와 맞먹을 순 없지만, J. O. 스콧[182]도 훌륭한 작품을 남겨놓았죠." 신부는 토시의 팔을 잡고 성가대석 쪽으로 안내했다. "회랑을 깨끗하게 치우고 칸막이식 신도용 좌석도 모두 치워뒀습니다."

신부는 계속해 토시의 팔을 붙들고는 위쪽 채광층의 아치를 가리켰다. "스콧은 각 목재 들보에 강철 도리를 끼워 넣어 채광층 벽을 꽉 붙들어 좀 더 견고하게 만들었죠. 이건 현대 건축 자재가 구식의 돌과 나무보다 얼마나 뛰어난지를 입증하는 고전적 예입니다."

"어머나, 저도 그렇게 생각해요." 토시가 열정적으로 맞장구쳤다.

사실 그것은 타이타닉호가 방향을 틀어보려던 시도의 고전적 예라고 할 수 있었다. 11월 14일 밤 성당에 불이 났을 때 강철 도리는 구부러지고 휘어져, 채광층의 아치와 안쪽의 열주를 함께 붕괴시키며 무너져 내렸다. 저 도리만 없었다면 교회는 계속 서 있었을 것이었다. 좀 더 튼튼하게 만들기

182　빅토리아 시대의 건축가. 앨버트 기념관과 세인트판크라스 기차역은 J. O. 스콧의 아버지인 J. J. 스콧 경이 설계했다.

464

위한 개보수를 받지 않은 바깥쪽 벽과 탑은 무사했다.

"개보수를 끝내고 나면 지금부터 몇백 년은 간직될, 현대에 걸맞은 교회를 갖게 될 겁니다. 탑 위에서 진행 중인 개보수 현장도 보시겠습니까?" 신부가 말했다.

"어머, 좋아요." 토시가 곱슬머리를 예쁘게 찰랑거리며 고개를 끄덕였다.

남쪽 문가에서 소리가 나 쳐다보니 회색 드레스를 입은 젊은 여성이 서 있었다. 기다란 코의 이 여성은 커다란 바구니를 들고 라이플 총소리 같은 또각또각 발소리를 내며 큰 걸음으로 본당을 가로질러 주교의 새 그루터기 쪽으로 다가왔다.

뭔가 잘못하다 들킨 표정으로 신부가 말했다. "샤프 양, 이분들을 소개할게요. 이쪽은⋯."

"바자회 때문에 이걸 전달하러 왔을 뿐이에요." 샤프 양이 말했다. 샤프 양은 바구니를 신부에게 와락 밀쳤다가 신부가 토시의 팔을 잡은 것을 보고는 바구니를 다시 뺏었다. "펜닭개예요. 두 타죠. 제의실에 놔둘게요." 샤프 양이 돌아섰다.

"오, 하지만 좀 더 있다가 가시잖고요?" 신부가 토시의 팔에서 자기 팔을 풀어내려 애쓰며 말했다. "메링 양, 여기 델피니엄 샤프 양을 소개하지요."

나는 저 여성이 채티스번가와 친척 관계가 아닌지 궁금해졌다.[183]

"바자회 때의 상품 진열대 배치에 관해 정말로 함께 얘기하고 싶었습니다, 샤프 양." 신부가 말했다.

"전 바자회에 참석하지 못할 것 같군요. 이건 제의실에 놔둘게요." 샤프 양이 다시 말했다. 그러고는 돌아서서 라이플 총소리를 내며 본당을 가로질러 돌아가기 시작했다.

"세인트판크라스 기차역에 가보고 싶지 않아요, 엄마?" 토시가 말했다. 문이 쾅 하고 큰 소리를 내며 난폭하게 닫혔다.

"신고딕 양식의 빛나는 표본이죠." 신부가 약간 움찔거리며 말했다. "건

---

183 델피니엄은 제비고깔꽃이라는 뜻이다.

축물은 사회를 반영해야 한다고 생각합니다. 특히 교회와 기차역이요."

"어머, 저도 그렇게 생각해요." 토시가 말했다.

"나…." 메링 부인이 입을 열었고 토시와 신부는 함께 부인을 보기 위해 돌아섰다. 메링 부인은 주교의 새 그루터기를 바라보고 있었는데, 얼굴에 기묘하고 주저하는 듯한 표정이 서렸다.

"왜 그래요, 엄마?" 토시가 물었다.

메링 부인은 불안하게 가슴에 손을 얹고 살짝 얼굴을 찡그렸다. 사람들이 이가 깨졌는지 아닌지를 확인하려 할 때 짓는 그런 표정이었다.

"어디 편찮으십니까?" 테렌스가 부인의 팔을 붙들며 말했다.

"아니에요." 메링 부인이 말했다. "그냥 너무 이상한 느낌이… 그러니까…." 부인은 다시 얼굴을 찡그렸다. "저걸 보고 있었는데…." 부인이 가슴에 얹고 있던 손을 들어 주교의 새 그루터기 쪽으로 흔들었다. "그리고 갑자기, 그러니까…."

"영혼의 메시지를 받으셨군요?" 토시가 말했다.

"아냐, 메시지가 아니야." 메링 부인은 마치 혀로 이를 핥는 듯한 표정을 지으며 말했다. "그게… 정말 이상한 느낌이…."

"어떤 전조가 느껴졌어요?" 토시가 부인을 재촉했다.

"그래." 메링 부인이 생각에 잠겨 대답했다. "있잖니…." 부인은 마치 꿈을 기억해내려는 것처럼 얼굴을 찌푸리고는 돌아서서 주교의 새 그루터기를 응시했다. "그게… 당장 집으로 가자."

"어머, 아직 가시면 안 돼요." 베리티가 말했다.

"부인과 보물찾기에 관해 정말 함께 얘기를 나누고 싶었습니다." 신부가 실망한 표정으로 토시를 바라보며 메링 부인에게 말했다. "그리고 그 잡화 테이블의 배치에 관해서도요. 차라도 좀 드시고 가실 수 없으시겠습니까?"

"베인!" 메링 부인이 둘을 다 무시하며 말했다.

"네, 마님." 남쪽 문 옆으로 물러나 있던 베인이 대답했다.

"베인, 당장 집으로 돌아가겠어요." 메링 부인이 말하고는 본당 저편에 있는 베인 쪽으로 걷기 시작했다.

베인이 서둘러 우산을 들고 부인을 마중 나왔다. "무슨 일이 있었습니까?" 베인이 말했다.

"영혼의 경고를 받았어요." 메링 부인은 조금 정신을 차린 듯했다. "다음 기차가 언제죠?"

"11분 뒤입니다." 베인이 즉각 대답했다. "하지만 완행입니다. 레딩으로 가는 다음 급행열차는 4시 18분이 되어야 있습니다."

"마차를 불러요." 메링 부인이 말했다. "먼저 역에 가서 우리가 갈 때까지 기차를 기다리라고 해요. 그리고 그 우산 접어요. 실내에서 우산을 펴고 있으면 불운이 와요. 불운이 온다고요!" 부인이 심장을 움켜잡았다. "오, 너무 늦게 되면 어떡하지?"

베인은 우산을 접느라 분투하고 있었다. 내가 우산을 빼앗아 들자 베인은 감사의 표시로 고개를 끄덕이고는 달려 나가 역으로 출발했다.

"좀 앉으시겠어요, 이모?" 베리티가 물었다.

"아니, 됐어." 메링 부인이 손을 내저으며 말했다. "가서 마차가 아직 여기 있는지 좀 봐주렴. 아직도 비가 오니?"

그랬다. 그리고 마차도 아직 있었다. 테렌스와 마부가 부인이 계단을 내려오는 것을 도운 다음, 부인과 부인의 여행용 스커트를 마차 안으로 구겨 넣었다.

나는 신부와 악수하는 기회를 놓치지 않았다. "교회를 보여주셔서 정말 감사했습니다, 성함이…?" 내가 말했다.

"헨리 씨!" 메링 부인이 마차에서 날 불렀다. "기차 놓치겠어요."

남쪽 문이 쾅 하고 열리더니 샤프 양이 나타나 잽싸게 우리를 지나 계단을 내려가서는 베일리 스트리트 쪽으로 갔다. 신부가 샤프 양의 뒷모습을 바라보았다.

"안녕히 계세요." 토시가 창밖으로 기대며 말했다. "세인트판크라스 기차역에 너무나 가보고 싶어졌어요."

나는 마차 계단에 발을 얹으며 한 번 더 시도했다. "교회 바자회에 행운이 가득하시길 빕니다, 성함이…?"

"감사합니다." 신부는 얼이 빠져 말했다. "안녕히 가십시오, 메링 부인, 메링 양. 대단히 죄송합니다만…." 신부는 얼빠진 상태로 대답하고는 서둘러 샤프 양의 뒤를 쫓아갔다. "샤프 양!" 신부가 외쳤다. "기다려요! 델피니엄! 기다리라니까요!"

"성함을 못 들은 것 같은…." 내가 창밖으로 몸을 내밀며 말했다.

"헨리 씨!" 메링 부인이 날카롭게 말했다. "마부, 출발해요!" 그리고 우리는 달각거리며 그곳을 떠났다.

20

"모든 사람은 결국 자신만의 워털루 전투를 치르게 되어 있다."

— 웬델 필립스

퇴각 — 역무원의 이름을 알아내려고 애쓰다 — 메링 부인이 느낀 전조와 숄에 대한 여러 가지 해석들 — 숄 — 성직자들의 가명 — 에글런타인의 미래가 예고되다 — 존 폴 존스 — 불행히도, 원기를 북돋우는 효과가 있는 차 — 공간 이동 — 신문 — 부채 — 또 한 번의 기절 — 베인의 구원 — 충격적인 머리기사

집으로 가는 길은 나폴레옹의 워털루 전투에서의 퇴각과 거의 유사했다. 엄청난 공포, 서두름, 혼란, 그리고 그 뒤로 이어진 무기력과 절망까지. 역으로 가는 대혼란 속에 하마터면 제인을 떼어놓고 갈 뻔했으며, 메링 부인은 기절할 것만 같다며 우리를 위협해댔고, 게다가 하필이면 우리가 기차로 가는 바로 그때 또다시 폭우가 쏟아졌다. 테렌스는 우산을 펴려고 끙끙대다가 하마터면 토시의 눈을 찌를 뻔했다.

베인은 무시무시한 힘으로 기차를 붙잡고 있었다. "서두르세요. 기차가 떠나려고 합니다." 나는 메링 부인이 마차에서 내리는 것을 도우며 말했다.

"안 돼요, 안 돼. 우리가 타기 전엔 못 떠나요." 부인이 정말로 급박한 목소리로 말했다. "내 전조가⋯."

"그러면 서둘러야겠네요." 베리티가 부인의 다른 쪽 팔을 붙들며 말했고, 우리는 플랫폼을 지나 일등석 칸으로 부인을 재촉해 몰고 갔다.

그때까지 베인과 말다툼하고 있던 역무원은 스커트와 주름 잡힌 양산 때문에 낑낑대는 토시를 보더니 당장 말다툼을 그만두고 정중하게 모자에

살짝 손을 대 인사하며 토시의 승차를 도왔다. "알아요. 저 역무원 이름을 알아내오면 되겠죠." 나는 베리티에게 툴툴거렸다.

짐꾼을 찾을 시간이 없었다. 테렌스와 나는 상류 계급의 관습도 무시하고 바구니, 여행용 손가방, 꾸러미, 깔개 따위를 움켜잡았고, 제인은 마차에서 내려 짐들을 이등석 칸에 막무가내로 던져 넣었다.

내가 마부에게 돈을 주러 가자 마부는 잽싸게 돈을 낚아채고는 마치 블뤼허 장군의 프로이센 군대가 뒤를 쫓기라도 하는 듯 플랫폼 쪽으로 도망가버렸다. 기차가 움직이기 시작하면서 무거운 바퀴가 천천히, 하지만 가속을 내며 움직였다. 역무원은 등 뒤로 손을 뒷짐 진 채 플랫폼 가에서 뒤로 물러났다. "이름이 어떻게 되나요?" 나는 달리느라 헐떡이며 역무원에게 물었다.

역무원이 뭐라고 대답했는지 몰라도, 그 대답은 기차의 기적 소리에 완전히 파묻혀 버렸다. 기차가 속도를 높이기 시작했다.

"뭐라고요?" 내가 소리쳤다. 기적 소리가 다시 삐익 울렸다.

"뭐라고요?" 역무원이 소리쳤다.

"당신 이름요." 내가 말했다.

"네드!" 테렌스가 일등석 칸의 승강 계단에서 외쳤다. "어서 와요!"

"갑니다. 이름이 어떻게 되냐니까요!" 나는 역무원에게 외치고 승강 계단 쪽으로 뛰어올랐다.

발이 승강 계단에서 미끄러졌다. 나는 오른손으로 놋쇠 난간을 붙잡았고 잠시 잠깐 거기에 매달려 있었다. 테렌스가 내 왼팔을 붙잡고 날 계단 위로 끌어 올렸다. 나는 난간을 붙들고 돌아다보았다. 역무원이 세워진 옷깃 사이로 머리를 움츠린 채 역 쪽으로 총총히 걸어가고 있었다.

"당신 이름요!" 나는 빗속에서 소리 질렀지만, 역무원은 이미 역 안으로 사라진 뒤였다.

"도대체 뭐 하는 거예요?" 테렌스가 말했다. "하마터면 안나 카레니나[184]처럼 끝장날 뻔했어요."

"아무것도 아니에요." 내가 말했다. "우리 객실이 어디죠?"

"뒤에서 세 번째요." 테렌스는 대답하고 복도로 향했다. 복도에는 베리티가 이제는 빠른 속도로 우리에게서 멀어지고 있는 플랫폼을 바라보며 서 있었다. 텅 빈 플랫폼 위에 비가 쏟아지고 있었다.

"'당신의 운명은 우리 모두의 운명, 어느 삶이든 어느 정도 비는 내리는 법, 어둡고 쓸쓸한 날들이 있는 법.'"[185] 테렌스는 한마디 읊더니 객실 문을 열었다. 메링 부인이 레이스로 장식된 손수건을 코에 갖다 댄 채로 쿠션 위에 거의 무너지다시피 주저앉아 있었다.

"혹시 인생이 바뀌는 경험을 한 게 토시의 어머니가 아닌 게 확실해요?" 나는 베리티에게 속삭였다.

"헨리 씨, 이리 와 앉으세요. 베리티, 너도." 메링 부인이 손수건을 흔들며 말했다. 파르마 바이올렛 꽃의 향이 확 풍겨 왔다. "그리고 문을 닫아요. 외풍이 들고 있잖아요."

우리는 안으로 들어가서 문을 닫고 모두 자리에 앉았다.

"'집으로 가는 즐거운 길, 가슴이 뛰네.'" 테렌스가 모두를 향해 웃으며 인용구를 읊었다.

하지만 테렌스 본인을 제외하고는 아무도 웃지 않았다. 메링 부인은 손수건에 코를 훌쩍이고 있었고 베리티는 걱정스러운 얼굴이었으며, 구석에 웅크리고 앉은 토시는 단호한 표정으로 테렌스를 바라보고 있었다.

만일 토시가 인생을 바꿀 만한 경험을 했다면 분명 저런 표정을 짓고 있을 리가 없었다. 토시는 피곤하고 뾰로통했으며 빗물에 젖었다. 주름 잡힌 오건디 천은 흐느적해져서 팔랑거리지 않았고 금발 머리는 곱슬거리며 부풀어 오르기 시작했다.

"최소한 차는 마실 수도 있었어요, 엄마." 토시는 언짢은 목소리로 말했다. "신부님은 우리에게 차를 마시자고 청하려 했어요. 분명해요. 기차가 이거 하나만 있는 게 아니잖아요. 5시 36분 것을 탔다면 차 마실 시간은 충분했을 거예요."

184 톨스토이의 소설 《안나 카레니나》의 주인공. 기차에 몸을 던져 자살한다.
185 롱펠로, '비 내리는 날'

"사람이 무시무시한 전조를 받게 되면, 차 마시는 일 따위로 지체하면 안 되는 거야." 메링 부인은 말했다. 분명 좀 기분이 나아진 듯했다. 부인이 손수건을 흔들었고 다시 제비꽃 향이 한줄기 휙 불어왔다. "우리와 함께 와야 한다고 그이에게 그렇게도 얘기했었건만."

"받으신 전조에서 위험에 빠진 인물이 이모부라고 분명히 그러던가요?" 베리티가 물었다.

"아니." 메링 부인이 대답하고는 다시 그 기묘한, 혀로 이를 만져보는 듯한 표정을 지어 보였다. "그게, 뭔가… 물이…." 부인이 작게 비명을 질렀다. "만일 그이가 연못에 빠져 익사했으면 어쩌지? 새로운 금붕어가 오늘 온다고 했는데." 부인은 손수건을 코에 대고 헐떡이며 다시 쿠션에 무너져 내렸다.

"아빠는 헤엄칠 줄 아시잖아요." 토시가 말했다.

"연못가 돌에 머리를 부딪쳤을 수도 있어." 메링 부인이 집요하게 말했다. "뭔가 무서운 일이 일어났어. 난 느껴져!"

그렇게 느끼는 건 부인뿐만이 아니었다. 나는 곁눈질로 베리티를 바라보았다. 베리티는 절망에 빠진 표정으로 조용히 앉아 있었다. 우리는 얘기를 나누어야만 했다.

"뭘 가져다드릴까요, 메링 부인?" 내가 말했다. 베리티를 어떻게 객실 밖으로 끌어낼 수 있을지 알 수 없었다. 아마 철도 승무원더러 베리티에게 메시지를 전해달라고 할 수 있을지도 몰랐다. 어쨌든 미리 걱정할 필요는 없었다. "여기가 좀 추운 것 같아요. 무릎 덮개라도 가져다드릴까요?"

"그래요, 춥군요." 메링 부인이 말했다. "베리티, 가서 제인에게 내 스코틀랜드산 숄을 갖다달라고 해주렴. 토시, 넌 필요하지 않니?"

"네?" 토시가 창밖을 내다보며 무관심한 어조로 되물었다.

"네 숄 말이다. 필요하지 않아?"

"필요 없어요!" 토시가 세찬 어조로 말했다.

"말도 안 되는 소리." 메링 부인이 말했다. "여긴 춥다니까." 메링 부인은 토시에게 한소리 하더니 다시 베리티에게 말했다. "토시의 숄도 가져오라고 하렴."

"예, 이모." 베리티가 대답하고 밖으로 나갔다.

"여기 참 춥죠." 내가 말했다. "승무원더러 난로를 갖다달라고 부탁할까요? 아니면 발 아래 놓을 데운 벽돌이라도?"

"괜찮아요. 도대체 왜 숄이 필요 없다는 거니, 토시?"

"전 차를 마시고 싶어요." 토시가 창문을 바라보며 말했다. "엄마, 제가 미적인 면에서 부족하다고 생각하세요?"

"물론 아니야." 메링 부인이 말했다. "넌 프랑스어도 할 줄 알잖니. 어디 가세요, 헨리 씨?"

나는 객실 문에서 손을 뗐다. "그저 바깥 공기 좀 쐬려고 잠깐 나갔다 올까 하고요." 나는 증거 삼아 파이프를 꺼내며 말했다.

"말도 안 돼요. 밖에는 비가 퍼붓고 있어요."

나는 좌절하며 앉았다. 베리티가 곧 돌아올 테고 그럼 우리는 기회를 놓치게 될 것이다. 코번트리에서 기회를 놓쳤던 것과 똑같은 방식으로.

"세인트트루웨즈 씨." 메링 부인이 말했다. "가서 베인에게 차를 좀 가져다달라고 해줘요."

"제가 하지요." 나는 부인이 제지하기 전에 얼른 객실 밖으로 나왔다. 베리티는 이미 숄을 가지고 돌아오는 길일 것이다. 만일 베리티가 이등석 칸의 끝까지 오기 전에 만날 수만 있다면, 우리는….

끝에서 두 번째 칸에서 손이 하나 뻗어 오더니 내 소매를 붙잡고 나를 안쪽으로 홱 잡아당겼다. "어디 있었던 거예요?" 베리티가 물었다.

"메링 부인에게서 빠져나오기가 쉽지 않았어요." 나는 객실 문을 닫기 전에 이쪽으로 오는 사람이 없나 확인하기 위해 복도를 한번 둘러보았다.

베리티가 문의 차양을 내렸다. "진짜 문제는, 이제 우리가 뭘 해야 하는 거죠?" 베리티가 의자에 앉았다. "난 토시를 코번트리에 데려가기만 하면 될 거라고 믿었어요. 토시는 주교의 새 그루터기를 보게 될 거고, 이름이 뭐가 되든 간에 C로 시작하는 그런 사람도 만나게 될 거며, 결국 인생이 바뀌어서 인과모순은 고쳐질 거라고 말이죠."

"그렇게 되었는지 아닌지 우리는 알 수 없지요. 토시의 인생이 바뀌었는데 우리가 아직 모르고 있는 것뿐일 거예요. 레딩역 플랫폼에서의 남자들도 있고, 그 역무원도 있고, 신부도 있었잖아요. 그리고 꼭 크리펜처럼 생긴 남자도 있었죠. 또 시릴도 있고. 시릴도 이름이 C로 시작한다는 걸 잊으면 안 돼요."

베리티는 미소조차 짓지 않았다. "토시는 시릴이 코번트리에 가지도 못하게 했어요, 기억나요?"

나는 베리티 맞은편에 앉았다. "개인적으로, 그 신부에게 걸겠어요." 내가 말했다. "내 취향으로는 눈이 좀 너무 튀어나오고 젠체하긴 하지만, 토시의 취향이 얼마나 형편없는지, 그리고 신부가 얼마나 토시에게 집적댔는지 이미 충분히 봤잖아요. 신부는 내일 이런저런 핑계, 가령 심령 현상을 믿기로 했다거나 코코넛 떨어뜨리기나 뭐 그런 거에 조언을 바란다는 따위의 이유를 대며 뮤칭스 엔드에 나타날 거고, 둘이 사랑에 빠져서 토시가 테렌스를 헌신짝 버리듯 차버린 다음, 그다음은 알겠지만 교회에 결혼 예고를 내는 거지요. 메링 양과 그 누구냐…."

"돌트 씨요." 베리티가 말했다.

"완전히 딱 들어맞는 이론이에요." 내가 말했다. "베리티, 당신도 그 둘이 앨버트 기념관에 관해 이야기하는 내용을 들…."

"이름이 돌트라니까요. D-O-U-L-T." 베리티가 말했다. "돌트 신부."

"진짜예요?"

내 물음에 베리티가 우울하게 고개를 끄덕였다. "마차에서 메링 부인이 내게 이름을 말해줬어요. '훌륭한 젊은이더구나, 돌트 신부님은. 하지만 지혜가 부족하더라. 내세의 논리를 말해주려고 했더니 거절하지 뭐야.' 하고요."

"돌트라는 이름인 게 확실한…."

"가령 '콜트' 같은 이름이 아니겠냐 이거죠?" 베리티가 고개를 저으며 말했다. "확실해요. 그 신부는 C 아무개 씨가 아니에요."

"뭐, 그럼, 레딩역 플랫폼에서의 남자들 중 하나였겠네요. 아니면 뮤칭스 엔드에 있는 신부이거나요."

"그 사람 이름은 아비테지였어요."

"그건 그 사람이 한 말이죠. 가명을 쓰고 있을지도 모르잖아요."

"가명이라고요? 그 사람은 성직자예요."

"알아요. 교회는 특히 젊은이 특유의 부정행위나 경범죄를 용서하지 않으니까, 그게 왜 그 사람이 가짜 이름을 써야 했나 하는 이유가 될 수도 있죠. 그리고 언제나 뮤칭스 엔드에만 머무른다는 것도 신부가 토시에게 관심 있다는 걸 보여주잖아요? 그런데 말이 나왔으니 말인데, 토시가 신부들에게 특히 인기가 있는 이유가 뭐죠?"

"신부들은 모두 주일 학교와 교회 바자회를 도와줄 아내를 원하니까요."

"잡동사니 판매장도 포함해서 말이죠." 내가 툴툴거렸다. "나도 알고 있어요. 아비테지 신부는 강신술에 관심이 있어요. 낡은 교회를 바꾸는 것에도. 그 사람은⋯."

"어쨌든 그 신부는 C 아무개 씨가 아니에요. 내가 찾아봤어요. 그 사람은 에글런타인 채티스번과 결혼하게 되어 있어요."

"에글런타인 채티스번이라고요?"

베리티가 고개를 끄덕였다. "1897년에요. 노리치에 있는 세인트앨번스 교회의 주교 신부가 되죠."

"그 역무원은요?" 내가 말했다. "이름은 못 알아냈어요. 그 사람은⋯."

"토시는 그 사람에게 아예 눈길도 주지 않았어요. 온종일 누구에게든 조금의 관심도 기울이지 않더군요." 베리티는 지친 듯 의자에 등을 기댔다. "인정하자고요, 네드. 인생을 바꾸는 사건은 일어나지 않았어요."

너무나 실망한 듯 보여 나는 베리티를 기운 나게 해줘야겠다는 생각이 들었다. "일기에는 토시가 코번트리에서 인생을 바꾸는 경험을 했다고 쓰여 있진 않았어요. 그저 '나는 우리가 코번트리에 갔던 그날을 절대 잊지 못할 것이다'라고만 되어 있죠. 어쩌면 집에 오는 길에 그 일이 일어났을지도 몰라요. 메링 부인은 뭔가 끔찍한 일이 일어날 거라는 전조를 받았잖아요." 나는 말하고는 베리티에게 웃어 보였다. "아마 기차 사고 같은 게 있었을지도 요. 그리고 C 아무개 씨가 토시를 사고 차량에서 끌어낼 거고요."

"기차 사고라…." 베리티가 간절한 목소리로 말했다. 베리티는 일어나 숄을 집어 들었다. "메링 부인이 우리를 찾으러 사람을 보내기 전에 돌아가는 게 좋겠군요." 베리티가 단념했다는 듯한 목소리로 말했다.

나는 문을 열었다. "뭔가 사건이 일어날 거예요. 두고 봐요. 아직 일기장이 있잖아요. 그리고 그게 뭐가 됐든 간에 핀치가 꾸미는 그 계획도 있고 말이죠. 또 뮤칭스 엔드까지는 아직 여덟 정거장이나 더 가야 하고 기차도 갈아타야 해요. 토시는 아마 레딩역의 플랫폼에서 C 아무개 씨와 부딪치게 될 거예요. 아니면 아마 이미 만났을지도 모르죠. 당신이 돌아오지 않아서 당신을 찾으러 부인이 토시를 보냈고, 기차가 커브를 돌 때 흔들리는 바람에 토시는 넘어지며 C 아무개 씨의 팔에 안긴 거예요. 견딜 수 없다는 표정으로 냅다 기댄 거죠. 그런데 그 사람이 우연히도 주교의 새 그루터기의 조각가였고, 그래서 토시는 바로 지금 그 사람의 객실에 있을 거예요. 빅토리아 시대의 예술에 관해 이야기하면서 말이죠."

하지만 그렇지 않았다. 우리가 객실로 돌아왔을 때 토시는 아직도 원래의 구석 자리에서 시무룩하게 창밖의 비를 바라보고 있었다.

"드디어 왔군." 메링 부인이 말했다. "어디에 있었던 거니? 거의 얼어 죽는 줄 알았구나."

베리티가 서둘러 숄을 메링 부인의 어깨에 둘러주었다.

"차를 가져다달라고 베인에게 전했나요?" 메링 부인이 물었다.

"막 그렇게 하려던 참이었습니다." 나는 문손잡이에 손을 얹으며 말했다. "가던 길에 브라운 양을 만나 다시 동행해드렸죠." 나는 말을 마치고 밖으로 달아났다.

✳

나는 베인이 토인비의 《18세기 영국 산업 혁명 강의》나 다윈의 《인간의 유래와 성선택》에 깊이 빠져 있는 모습을 보게 될 줄 알았다. 그러나 베인은 옆자리에 책을 펼쳐놓은 채 창밖의 비를 응시하고 있었다. 자신의 미적 취향의 분출과 그것이 가져올 결과에 대해 생각하고 있는 게 분명했다. 왜냐하면 우울한 목소리로 이렇게 말했던 것이다. "헨리 씨, 미국에 관해 질문 좀 해도 괜찮겠습니까? 거기 계셨으니까요. 미국이 기회의 땅이라는 것이 사실입니까?"

정말로 19세기를 공부했어야만 했는데. 내가 기억하는 거라곤 남북전쟁과 몇 차례의 골드러시가 전부였다. "그곳은 분명히 모든 사람이 자신의 의견을 자유로이 말할 수 있는 나라죠." 내가 말했다. "그리고 실제로 그렇게 하고요. 특히 서쪽 주들에서요. 메링 부인이 차를 원하십니다." 나는 베인에게 말하고는 객차 뒤편의 승강 계단으로 나와 파이프를 들고 담배 피우는 척하며 그곳에서 비를 바라보며 서 있었다. 비는 안개 자욱한 이슬비로 잦아들었다. 짙은 구름이 우리가 달려왔던 진흙탕 길 위로 음울하게 드리웠다. 파리로 퇴각하는 나폴레옹의 모습 그대로였다.

베리티가 옳았다. 인정해야 했다. C 아무개 씨는 레딩역이든 어디든 간에 나타나지 않을 것이다. 우리는 예정된 날, 예정된 곳에 토시가 있게 함으로써 찢어진 시공 연속체를 기워 수선하려 했다. 하지만 혼돈계에서 단순한 찢김 따위는 없다. 모든 사건은 다른 모든 사건과 연결되어 있다. 베리티가 템스강으로 걸어 들어갔을 때, 내가 기차역으로 가고 있었을 때, 수십 아니 수천 가지의 사건들이 영향을 받았다. 1888년 6월 15일 C 아무개 씨의 행방도 포함해서 말이다. 우리는 한순간 모든 인연의 실을 끊어버렸고, 시간과 공간을 엮는 베틀에 걸린 직물은 산산이 찢겨버렸다.

"'직물이 이리저리 휘날리고, 내게 저주가 내리는구나, 하고 샬롯의 여인이 울부짖었다.'" 내가 큰 목소리로 말했다.

"호, 그게 뭐죠?" 한 남자가 문을 열고 승강 계단으로 나오면서 말했다. 풍채가 좋고 턱수염 없이 긴 구레나룻을 상당하게 기른 남자가 담배를 꾹꾹 눌러 넣은 해포석(海泡石) 파이프를 들고 있었다. "저주라고 하셨나요?" 남자가 파이프에 불을 붙이며 말했다.

"테니슨이죠." 내가 말했다.

"시로군요." 남자가 딱딱거렸다. "돼먹지 않은 헛소리의 일종이라고 생각합니다. 예술, 조각, 음악, 이런 게 실제 사회에서 무슨 소용이 있단 말입니까?"

"바로 그렇습니다." 내가 손을 내밀며 말했다. "네드 헨리입니다. 처음 뵙겠습니다."

"아서 T. 밋포드라고 합니다." 남자가 내 손을 으스러지라 쥐며 말했다.

뭐, 밀져야 본전이니까.

"저주를 믿지 마십시오." 맹렬하게 파이프를 빨아 대며 남자가 말했다. "운명이니, 숙명이니 그런 것도 말입니다. 모두가 돼먹지 않은 헛소리지요. 운명은 자기가 만들어나가는 겁니다."

"당신 말이 맞길 빕니다." 내가 말했다.

"물론 내 말이 맞아요. 웰링턴을 봐요."

나는 파이프를 난간에 대고 쳐서 담배를 밑으로 떨어뜨린 다음, 객실로 걷기 시작했다. 웰링턴을 보라. 그리고 오를레앙의 잔 다르크도… 그리고 존 폴 존스[186]도. 모든 게 끝난 듯 보였을 때 그들은 모두 성공했다.

그리고 연속체는 보기보다 훨씬 튼튼했다. 편차와 보완 및 완충 장치가 되어 있었다. '어딘가에서 당신을 놓친다 할지라도, 다른 곳에서 만나게 된다'는 말 그대로였다. 만약 그렇다면, 내가 베리티에게 한 말이 옳을 수도 있었다. 그리고 C 아무개 씨는 레딩역의 플랫폼에 나타날 것이다. 아니면 바로 이 순간 우리의 객실 안에 있을 수도 있었다. 표를 검사하거나 사탕과자를 팔기 위해서 말이다.

하지만 객실에 C 아무개 씨는 없었다. 대신 베인이 있었다. 베인은 자기로 된 둥근 찻잔을 나눠주며 차를 따르고 있었다. 그리고 불행히도 그 차 덕분에 메링 부인은 기운을 회복한 듯했다. 부인은 똑바로 앉아 두르고 있던 격자무늬 숄을 매만진 다음 모두를 끔찍하게 만들기 시작했다.

"토시." 메링 부인이 말했다. "바르게 앉아서 차를 마시렴. 차를 마시자고 한 건 바로 너였잖니. 베인, 레몬은 안 가져왔나요?"

"역에서 파는 사람이 있는지 찾아보겠습니다, 마님." 베인이 말하고는

---

186 스코틀랜드 출생의 미 해군 장교로 미국 독립 전쟁 때 큰 공을 세웠다.

자리를 떴다.

"기차는 또 왜 이렇게 오랫동안 서 있는 거지?" 메링 부인이 말했다. "급행을 탔어야 했어. 베리티, 이 숄은 하나도 안 따뜻하구나. 제인에게 캐시미어 숄을 가져오라고 했어야지."

기차가 움직이기 시작했고 몇 분 후 베인이 다시 나타났다. 죽어라 뛰어야 했던 듯했다. "유감스럽게도 레몬을 파는 곳이 없었습니다, 마님." 베인이 주머니에서 우유 한 병을 내보이며 말했다. "우유 좀 드시겠습니까?"

"병든 소에서 짠 우유인지 알게 뭐예요? 모를 일이지. 차가 미적지근하군요."

메링 부인이 또 다른 희생자를 찾아 우리를 훑어보는 동안 베인은 알코올램프를 꺼내 물을 더 데우기 시작했다. "세인트트루웨즈 씨," 메링 부인이 시집 뒤로 숨어 있던 테렌스에게 말했다. "여긴 책 읽기엔 너무 어두워요. 눈 나빠지겠어요."

테렌스는 마치 자기가 한 일이 어떤 영향을 미치는지 이제야 막 알게 된 사람처럼 책을 덮고 주머니에 넣었다. 베인이 램프에 불을 붙이고 차를 좀 더 따랐다.

"다들 재미없는 사람들이네요." 메링 부인이 말했다. "헨리 씨, 미국에 관해 말해줘요. 채티스번 부인에게 들었는데, 당신이 서부에서 원주민들과 싸우셨다면서요?"

"간단히 말하자면 그렇죠." 나는 부인이 다음에는 머리 가죽 벗기는 것에 관해 묻지 않을까 궁금해하며 대답했다. 그러나 부인의 질문은 내 예상을 빗나갔다.

"서부에 계실 때 샌프란시스코에서 에우사피아 남작 부인의 강신회에 한 번이라도 참석해보셨나요?" 메링 부인이 물었다.

"유감스럽게도 못 해봤습니다." 내가 말했다.

"안타깝군요." 부인은 말했다. 내가 여행지에서 가장 볼 만한 걸 놓쳤다고 생각하는 게 분명했다. "에우사피아 부인은 공간 이동으로 유명하죠."

"공간 이동이라뇨?" 테렌스가 물었다.

"먼 곳에서 공중을 통해 물체를 이동시키는 거죠." 부인이 말했다.

'바로 그거야.' 나는 생각했다. '주교의 새 그루터기에 바로 그런 일이 일어났던 거야. 샌프란시스코의 강신회로 공간 이동되었던 거지.'

"…꽃이며 사진이며요." 메링 부인이 말했다. "그리고 한번은 중국에서 거기까지 참새 둥지를 공간 이동시켜 온 적도 있었어요. 안에 참새까지 든 둥지를 말이죠!"

"그게 중국 참새인지 어떻게 아십니까?" 테렌스가 미심쩍어하며 말했다. "중국어로 짹짹거리진 않잖아요, 그렇죠? 캘리포니아 참새가 아닌지 어떻게 알죠?"

"미국의 하인들은 주제 파악을 못 한다는 게 사실인가요, 헨리 씨?" 토시가 베인을 바라보며, 내게 말했다. "그리고 마치 하인이 주인과 동등하기나 한 것처럼, 안주인이 실제로 하인들에게 교육이나 예술에 관해 의견을 말하게 허락한다는 것도 사실인가요?"

꼭 온 우주가 바로 여기 이 객실 안에서 붕괴하는 것만 같았다. "저는… 그러니까…." 내가 말했다.

"영혼을 보셨어요, 이모?" 베리티가 화제를 바꿀 생각으로 말했다. "전조를 느끼셨을 때 말이에요."

"아니, 그게…." 부인이 입을 열고는 이상한, 내면으로 정신을 쏟는 듯한 표정을 다시 지었다. "베인, 이 징글맞은 기차가 역을 몇 개나 더 지나가야 하죠?"

"여덟 정거장입니다, 마님." 베인이 말했다.

"집에 닿기도 전에 얼어 죽겠어. 가서 차장에게 스토브를 가져오라고 해요. 그리고 내 무릎 덮개도 가져오고."

기타 등등, 기타 등등. 부인의 불평은 끝도 없이 이어졌다. 베인은 무릎 덮개와 메링 부인의 발에 놓을 데운 벽돌도 가져왔고 메링 부인이 모두에게 안겨준 두통에 쓸 가루약도 가져왔지만, 부인은 가루약을 자기가 다 가져가버렸다.

"결혼한 뒤에도 개를 기를 생각이 아니었으면 좋겠군요." 부인이 테렌스에게 말하고는 눈이 아프다며 램프를 끄라고 했다. 다음 역에서 부인은 베인에게 신문을 사 오라고 시켰다. "내 전조에 의하면 뭔가 무서운 일이 일어날 거예요. 아마 강도가 들었을지도 몰라요. 아니면 불이 났거나."

"엄마의 징조는 물과 관련된 건 줄 알았는데요." 토시가 말했다.

"불은 물로 끄잖니." 부인이 위엄 있게 말했다.

또다시 거의 기차를 놓칠 뻔했던 것 같은 자세로 베인이 들어왔다. "신문입니다, 마님."

"〈옥스퍼드 크로니클〉 말고 〈타임스〉를 가져왔어야죠." 메링 부인이 신문을 옆으로 펼치며 말했다.

"신문팔이 소년이 〈타임스〉를 갖고 있지 않았습니다." 베인이 말했다. "흡연칸에 한 부 있는지 알아보겠습니다."

메링 부인이 다시 의자에 주저앉았다. 테렌스가 버려진 〈옥스퍼드 크로니클〉을 집어 들어 읽기 시작했다. 토시는 다시 무관심한 표정으로 창밖을 내다보기 시작했다.

"공기가 갑갑하네." 메링 부인이 말했다. "베리티, 내 부채를 가져오렴."

"네, 이모." 베리티는 정중히 말하고 횅하니 달아나버렸다.

"이 기차는 왜 자꾸만 과도하게 난방하는 거죠?" 메링 부인이 손수건으로 부채질하며 말했다. "이렇게 야만적인 환경에서 여행해야 한다니 정말이지 수치스럽군요." 부인은 테렌스가 쥐고 있는 신문에 흘끗 눈길을 보냈다. "정말 모르겠네, 어째서…."

부인이 멍하니 테렌스를 바라보며 말을 멈췄다.

토시가 올려다보았다. "왜 그래요, 엄마?"

메링 부인이 일어나 문 쪽으로 비틀대며 뒷걸음질 쳤다. "강신회가 있던 그날 밤." 부인이 말하고는 죽은 듯이 기절해버렸다.

"엄마!" 토시가 벌떡 일어나며 소리쳤다. 테렌스는 신문 너머로 이쪽을 보고는 놀라 신문을 놓쳤고, 신문은 촤라락 소리를 내며 바닥에 떨어졌다.

메링 부인은 다행히도 머리는 플러시 천을 씌운 의자에 박고 두 팔은 양쪽으로 늘어뜨리면서, 문에 걸쳐 비스듬히 넘어졌다.

테렌스와 나는 부인을 안아 올려 그럭저럭 의자에 눕혔고, 그러는 내내 토시는 우리 옆에서 안절부절못했다.

"아아, 엄마! 일어나세요!" 토시가 부인의 축 늘어진 몸을 굽어보며 말했다.

토시가 부인의 모자를 벗기더니(별 효과가 없어 보였다), 뺨을 가볍게 치기 시작했다. "오, 제발 일어나요, 엄마!"

아무 응답이 없었다.

"말 좀 해봐요, 엄마!" 토시가 부드럽게 뺨을 두들기며 말했다. 테렌스는 떨어뜨렸던 신문을 주워들어 그것으로 부인에게 부채질하기 시작했다.

아직도 아무런 응답이 없었다.

"가서 베인을 불러오는 게 좋겠어요." 나는 테렌스에게 말했다.

"맞아요, 베인!" 토시가 말했다. "베인이라면 어떻게 해야 할지 알 거예요."

"맞아요." 테렌스가 토시에게 신문을 넘겨주고 바삐 복도로 뛰어나갔다.

"엄마! 말 좀 해보세요!" 토시는 테렌스가 떠난 자리에서 부채질을 계속하며 말했다.

메링 부인이 눈을 깜박거리며 떴다. "여기가 어디지?" 부인이 힘없이 말했다.

"어퍼 엘름스코트와 올드햄 정선 사이요." 토시가 말했다.

"레딩으로 가는 기차 안입니다." 내가 다시 말해주었다. "괜찮으세요?"

"오, 엄마. 우린 정말 소스라치게 놀랐어요!" 토시가 말했다. "어떻게 된 거예요?"

"어떻게?" 메링 부인이 앉으려 애쓰며 되풀이해 말했다. 부인은 머리를 만졌다. "내 모자는 어디 있니?"

"여기요, 엄마." 토시가 내게 신문을 건네주고 모자를 집으며 말했다. "기절하셨어요. 또 다른 전조를 받으셨어요?"

"전조?" 메링 부인이 모자를 다시 핀으로 머리에 고정하려 애쓰며 막연하게 말했다. "난 기억이….."

"테렌스를 보고 있다가 마치 영혼이라도 보신 것처럼 말을 멈추셨어요.

482

그러고는 기절해서 바닥에 쓰러지셨고요. 레이디 고다이바였나요?"

"레이디 고다이바?" 바짝 늙어버린 듯한 목소리로 메링 부인이 입을 열었다. "갑자기 고다이…." 부인이 말을 멈췄다.

"엄마?" 토시가 걱정스러운 목소리로 말했다.

"기억이 나는구나." 메링 부인이 말했다. "우리가 아주먼드 공주 소식을 영혼에게 물으니까 문이 열리면서…." 부인의 목소리가 점점 높아졌다. "…꼭 바로 그때 마치… 난 네 고양이가 익사했었는지 물었…."

그리고 불이 꺼지듯 부인은 다시 의식을 잃어버렸다. 머리는 플러시 천을 씌운 의자 팔걸이 위에 비스듬히 떨구었고 모자는 코 위로 풀썩 떨어졌다.

"엄마!" 토시가 새된 비명을 질렀다.

"방향염 있는 사람 없어요?" 나는 메링 부인을 받쳐 올리며 물었다.

"제인에게 있어요. 제가 가서 가져올게요." 토시가 복도를 황급히 뛰어갔다.

"메링 부인," 나는 한 손으로 부채를 부치고 다른 한 손으로는 부인을 똑바로 받치며 말했다. 부인은 한쪽으로만 쓰러지는 경향이 있었다. "메링 부인!" 나는 코르셋을 느슨하게 해주어야 할지 아니면 최소한으로 목깃만 풀어줘야 할지 고민하다가 토시를 기다리기로 했다. 또는 베리타라도. 도대체 어디들 갔단 말인가?

문이 쾅 하고 열리면서 테렌스가 헉헉대며 뛰어 들어왔다. "베인이 아무데도 없어요. '그 사람은 죽을 운명을 타고난 인간들의 시야에서 사라졌도다.' 아마 공간 이동이라도 한 모양이에요." 테렌스는 흥미롭다는 듯이 메링 부인을 바라보았다. "아직도 기절하신 상태예요?"

"다시 기절하셨어요." 내가 부채를 부치며 말했다. "왜 이렇게 됐는지 혹시 모르나요?"

"전혀요." 테렌스가 맞은편 의자에 앉으며 말했다. "제가 신문을 읽고 있는데 부인이 갑자기 절 뱅코의 유령[187]이라도 되는 듯이 보시더라고요.

187 《맥베스》의 등장인물

'지금 내가 보고 있는 이것, 내 쪽으로 손잡이가 향한 이것은 단검이 아닌 가?'[188] 이 경우엔 그저 단검이 아니라 〈옥스퍼드 크로니클〉이었을 뿐이죠. 그리고 불이 꺼지듯 정신을 잃으신 거죠. 뭘 읽든 그거야 제 자유죠, 안 그 래요?"

나는 고개를 저었다. "부인은 아주먼드 공주에 관해 뭔가 말하려 했어 요, 그리고 영혼에 대해서도요."

베리티가 부채를 들고 들어왔다. "무슨 일이…." 베리티가 멍해져서 물 었다.

"또 기절하셨어요." 내가 말했다. "토시가 방향염을 가지러 갔어요."

토시가 허둥지둥 들어오고, 뒤이어 베인이 들어왔다.

"제인은 어딨죠?" 나는 토시를 흘끗 쳐다보고는 말했다. "방향염 가져왔 어요?"

"베인을 데려왔어요." 서두르느라 토시의 뺨이 발갛게 물들어 있었다.

베인은 즉각 임무를 넘겨받아 메링 부인 앞에 무릎 꿇고 모자를 벗었다. 그러고는 단추를 끌렀다. "세인트트루웨즈 씨, 창문을 여세요. 헨리 씨, 좀 비켜주시면 좋겠는데요."

"조심하세요." 나는 메링 부인의 팔을 놓으며 말했다. "우측으로 기우는 경향이 있어요." 하지만 베인은 이미 부인의 양어깨를 붙들고 있었다. 나는 여전히 접힌 신문을 쥔 채 물러나 베리티 옆에 섰다.

"그러면 이제…." 베인이 말하며 부인의 머리를 부인의 무릎 사이로 눌 렀다.

"베인!" 토시가 말했다.

"오." 메링 부인이 말하며 일어나 앉으려 했다.

"깊게 숨을 들이쉬세요." 베인이 계속해 손을 메링 부인 목뒤에 단단히 받치며 말했다. "그거예요. 깊이 들이쉬세요. 좋아요." 베인은 메링 부인을 앉게 했다.

---

188 셰익스피어, 《맥베스》

"무슨…." 메링 부인이 어리둥절해하며 말했다.

베인이 코트 주머니에서 휴대용 브랜디와 자기 찻잔을 꺼냈다. "드세요." 베인이 부인의 장갑 낀 손을 잔 쪽으로 가져오며 명령했다. "그겁니다, 좋아요."

"좀 나으세요, 엄마?" 토시가 말했다. "왜 기절하셨어요?"

메링 부인이 브랜디를 또 한 모금 홀짝거렸다. "기억이 안 나…. 어쨌든 간에 지금은 훨씬 낫구나." 부인이 찻잔을 베인에게 건네며 물었다. "뮤칭스 엔드까지 얼마나 남았죠?"

내 옆에 서 있던 베리티가 속삭였다. "어떻게 된 거죠?"

"전혀 모르겠어요. 테렌스가 신문을 읽고 있었는데…." 나는 설명을 위해 신문을 들었다. "갑자기 부인이…." 나는 말을 멈추고 마치 맥베스처럼 신문을 응시했다.

템스강의 보트로 인한 교통 혼잡에 관한 기사 바로 아래에 두 번째 기사가 나와 있었다.

'베일리얼 칼리지 소속 교수 사망.' 그리고 그 밑에는 좀 더 작은 문자로, 그러나 여전히 상당히 잘 읽히는 글자로(이 신문은 〈타임스〉가 아니라 〈옥스퍼드 크로니클〉이었으니까) 이렇게 쓰여 있었다.

'템스강에서 사고로 매슈 페딕 역사학부 교수 별세.'

21

"내게 저주가 내리는구나,
하고 샬롯의 여인이 울부짖었다."

— 알프레드 테니슨

설명과 방어 — 또 다른 전조 — 우리의 육체를 의심받다 — 뇌우 — 전보의 수수께끼가 풀리다 — 집에서 보내는 조용한 저녁 시간 — 도착 — 어린 시절의 별명 — 잡동사니 판매장을 전통으로 삼다 — 로마 제국 쇠망사

여행의 나머지 시간은 설명과 방어로 점철되었다. "페딕 교수님이 누님에게 전보를 보냈다고 당신이 말했잖아요?" 테렌스가 말했다.

"나도 그런 줄로만 알고 있었어요." 내가 말했다. "교수님께 전보를 보내셨냐고 물었더니, 그랬다고 대답하면서 노란색 영수증을 보여주셨거든요."

"그렇다면 돈을 내는 걸 잊었다거나 뭐 그런 일이 있었나 보군요. 장례식은 내일 10시예요."

"이리토스키 여사는 내게 경고했었어요." 메링 부인은 베인이 부인을 위해 가져온 쿠션 세 개와 접은 담요에 기대어 말했다. "바다를 조심하라고 했죠. 그건 페딕 교수님이 물에 빠져 죽을 걸 미리 이야기해준 거예요!"

"하지만 교수님은 빠져 죽지 않았어요!" 내가 말했다. "모든 건 오해입니다. 교수님은 강에 빠졌지만, 테렌스와 제가 건져냈죠. 오버포스 교수님이 페딕 교수님을 찾다가 발견하지 못하자 물에 빠져 죽은 거라고 오해한 게 틀림없어요."

"강에 빠져요?" 메링 부인이 말했다. "보트가 뒤집힌 줄로 알았는데요?"

"보트가 뒤집히긴 했죠." 테렌스가 말했다. "하지만 그건 이튿날에 일어난 일이에요. 우리는 물이 튀기는 소리를 듣고 다윈이 그랬다고 생각했죠. 왜냐하면 강둑을 따라서 나무들이 줄지어 늘어서 있었거든요. 하지만 다윈이 아니었어요. 강에 빠진 건 페딕 교수님이었고, 마침 다행히도 우리가 제때 그곳에 도착해서 교수님을 구했기에 망정이지 안 그랬으면 물에 빠져 돌아가셨을 거예요. 운명이죠. '오, 행운의 끄트머리를 움켜쥔, 행복한 운명이여!'[189] 왜냐하면 우리가 도착하는 사이 교수님은 이미 강물에 세 번이나 가라앉았다가 떠올랐고, 우리는 그 빌어먹을 놈의 시간에…."

"세인트트루웨즈 씨! 여기는 숙녀들이 있는 곳이에요." 메링 부인이 소리쳤다. 이제는 제정신을 차린 게 분명했다.

테렌스는 억울한 표정을 지었다. "어, 죄송합니다. 이야기하다가 흥분해서 그만. 저는…."

메링 부인은 거만하게 고개를 끄덕였다. "페딕 교수님이 강에 빠졌다고 하셨나요?"

"그게 사실, 오버포스 교수님이랑 역사를 논의하시다가, 그러니까 페딕 교수님께서…."

나는 듣기를 그만두고 메링 부인이 자신에게 내려지는 전조를 보던 식으로 벽을 멍하니 바라보았다. 누군가가 뭔가를 말했었는데…. 갑자기 내 머릿속에서는 베리티의 말대로 우리가 완전히 엉뚱한 방향에서 일을 풀려고 하고 있다는 생각과 함께 미스터리의 해답이 그 단서와 함께 퍼뜩 떠올랐지만, 떠올랐을 때만큼이나 빨리 머릿속에서 사라져 버렸다. 누군가가 말해준 뭔가였는데…, 누가 말했던 걸까? 메링 부인? 테렌스? 나는 실눈으로 테렌스를 바라보며 기억을 더듬었다.

"…그리고 페딕 교수님은 율리우스 카이사르가 역사와 무관하지 않다고 하셨고, 그때 오버포스 교수님이 강에 떨어지셨습니다."

"오버포스 교수님이요?" 베리티에게 방향염을 가져오라는 신호를 보내

189 알프레드 테니슨, '회상'

며 메링 부인이 외쳤다. "강에 빠진 건 페딕 교수님이라고 했잖아요?"

"사실은 빠진 게 아니라 떠밀린 겁니다." 테렌스가 말했다.

"떠밀려요?"

소용이 없었다. 내 예감이 무엇이 되었든 이미 지나간 일. 그리고 이제는 끼어들 시간이 되었다.

"페딕 교수님은 미끄러져서 강물에 빠지신 겁니다." 내가 말했다. "우리는 교수님을 구해서 집으로 모셔다드리려고 했지만, 우리와 함께 하류로 가겠다고 고집을 피우셨죠. 그래서 우리는 교수님께서 누님에게 자신의 계획에 관해 전보를 보낼 수 있도록 애빙던에 멈췄지만, 분명 그 전보가 어디로 사라진 걸 겁니다. 그리고 교수님이 사라지게 되자 교수님의 누님은 교수님께서 돌아가신 거로 착각한 겁니다. 하지만 사실은 교수님은 우리와 함께 살아 계시는 거고요."

내 말에 메링 부인은 방향염을 한번 깊게 들이마셨다. "당신들과 함께?" 부인은 뭔가를 생각하는 눈으로 테렌스를 바라보았다. "서늘한 광풍이 몰아쳤고, 내가 눈을 떠보니 당신들이 어둠에 잠긴 문 앞에 서 있었어요. 당신들 모두 영혼인지 아닌지 내가 어찌 알죠?"

"자요, 만져보세요." 테렌스가 손을 내밀며 말했다. "'단단하고도 단단한 육체여.'"[190] 부인은 테렌스의 소매를 조심스레 잡았다. "보세요." 테렌스가 말했다. "진짜잖아요."

메링 부인은 확신하지 못하는 표정을 지었다. "케시 쿡의 영혼도 뼈와 살을 만질 수 있었죠. 강신회에서 크룩스 씨가 케시 쿡의 허리에 손을 둘러본 뒤, 케시가 사람 같다고 말했으니까요."

아아, 이 일에도 설명이 이어졌다. 그 영혼들이 무명천 옷을 입은 사람들과 기이하게 유사하다는 사실에 관해서도. 그리고 이런 식의 논리라면 테렌스나 페딕 교수 그리고 내가 영혼이 아니라는 증거를 댈 방법이 없었다.

---

190 'Too, too solid flesh.' 셰익스피어의 《햄릿》에 나오는 구절. 원래는 '타락할 대로 타락한 육신이여'라는 뜻이지만 본문에서는 문자 그대로 해석하여 만질 수 있는 육신이라는 뜻으로 썼다.

"그리고 아주먼드 공주를 데리고 왔지." 자기 이론을 계속 발전시키며 부인이 말했다. "이미 내세로 갔다고 이리토스키 여사가 말해준 고양이를 데리고 왔단 말이야."

"아주먼드 공주는 유령이 아니에요." 베리티가 말했다. "오늘 아침에도 이모부의 블랙 무어를 잡아먹으려는 아주먼드 공주를 베인이 양어지에서 잡았어요. 그렇죠, 베인?"

"네, 아가씨." 베인이 말했다. "무슨 사고를 치기 전에 제가 아주먼드 공주를 데려왔습니다."

나는 베인을 바라보며 혹시 이 친구가 또다시 아주먼드 공주를 템스강 중앙에 던져 버린 건 아닌지, 아니면 그 현장에서 들켜서 베리티에게 엄청난 욕을 먹은 건 아닌지 궁금해졌다.

"아서 코난 도일이 말하길, 영혼은 내세에서도 우리와 마찬가지로 먹고 마시고 한댔어요." 메링 부인이 말했다. "그리고 내세는 우리 세계와 똑같다고도 했지요. 그저 내세가 더 순결하고 행복하며, 신문에는 사실이 아닌 것은 절대로 실리지 않는다는 말도요."

우리가 기차를 갈아타기 위해 레딩에 내릴 때까지 이런 이야기가 계속되다가, 역에 도착한 뒤로는 페딕 교수의 행동이 얼마나 염치없는지에 대한 성토가 벌어졌다.

"친척들에게 그런 끔찍한 고통을 안겨주다니!" 메링 부인은 플랫폼에서서 베인이 짐과 씨름하는 모습을 지켜보며 말했다. "창가에 앉아서 친척들은 교수님이 돌아오길 간절히 기다리다가 시간이 지나면서 모든 희망을 잃고 슬퍼했겠죠. 정말로 잔인해요! 만약 페딕 교수님이 자기의 사랑스러운 친척들에게 그토록 잔인한 행동을 저지른 사람인 걸 미리 알았더라면 우리 집에 도움을 청하러 왔을 때 절대로 문을 열어주지 않았을 거예요. 절대로!"

"미리 전보를 보내 페딕 교수님께 앞으로 다가올 폭풍우에 대해 경고해야 하는 거 아닐까요?" 기차에 오르며 나는 베리티에게 속삭였다.

"제가 부채를 가지러 갔을 때 객실에 누가 들어오지 않았나요? 누구든

489

지 말이에요." 우리 앞에서 가고 있는 토시와 테렌스를 지켜보며 베리티가 말했다.

"아무도 안 들어왔어요." 내가 말했다.

"그러면 토시가 그곳에 계속 있었어요?"

"메링 부인이 기절하자 베인을 부르러 나갔어요." 내가 말했다.

"얼마나 나가 있었죠?"

"베인을 불러올 정도의 시간이었어요." 나는 대답을 하고는 베리티의 풀 죽은 얼굴을 바라보았다. "토시는 복도에서 누군가와 부딪쳤을 거예요. 그리고 아직 집에 도착한 게 아니잖아요. 여기에서 누군가를 만날 거예요. 아니면 뮤칭스 엔드역에서라도요."

하지만 토시를 객실까지 안내해준 안내원은 적어도 일흔 살은 되어 보였고, 비가 내리는 뮤칭스 엔드역에는 사람은커녕 영혼 하나조차 보이지 않았다. 집에서도 마찬가지였다. 메링 대령과 페딕 교수를 제외하고는 아무도 없었다.

미리 전보를 쳤어야 하는 건데.

✳

"정말로 멋진 생각을 해냈다오." 메링 대령은 비를 맞으면서도 반갑게 우리를 맞이했다.

"여보, 당신 우산은 어디에 있죠?" 대령이 뭐라 더 말을 하기도 전에 메링 부인이 말을 끊고 들어왔다. "외투는 또 어디에 있고요?"

"필요 없어요." 대령이 말했다. "조금 전 새로 데려온 붉은 점박이 은빛 탠초를 보기 위해 나갔다 들어왔지. 조금도 안 젖었어요." 글쎄, 온몸이 축축한데다 콧수염까지 축 늘어져 있는 상태가 안 젖은 거라고 정의한다면, 안 젖은 거겠지. "우리 생각을 말해주고 싶어서 더 참을 수가 없구면. 너무나 근사한 거라오. 당신에게 말해주려고 곧장 온 거요. 그렇지요, 교수님? 그리스!"

우산을 받쳐주며 서 있던 베인의 도움으로 마차에서 내린 메링 부인은 아직은 교수의 육신이 진짜인지 가짜인지 확신이 가지 않는다는 듯 조심스러운 눈으로 페딕 교수를 바라보았다. "그리스를 어디에 바르려고요?" 메링 부인이 남편에게 물었다.

대령은 활기차게 말을 이었다. "테르모필라이, 마라톤, 헬레스폰트, 살라미스 해협. 그리스 지역에서 일어났던 전투에 관해 알 방법이 떠올랐다오. 지형을 볼 수 있는 단 한 가지 방법. 군대를 생각해봐요."

불길한 천둥소리가 들려왔지만, 대령은 이를 무시했다. "가족을 위한 휴가를 떠납시다. 파리에다가 토시의 혼숫감을 주문해요. 이리토스키 여사를 방문합시다. 오늘 이리토스키 여사에게서 전보를 받았는데 해외로 간다고 합디다. 즐거운 여행일 거요." 대령은 말을 멈추곤 웃으면서 부인의 반응을 기다렸다.

메링 부인은 적어도 우선은 교수가 살아 있다고 믿기로 한 모양이었다. "말씀해보세요, 교수님. 이 여행을 떠나기 전에 여행을 떠난다고 교수님의 가족에게 알리실 생각이었나요? 아니면 지금까지 해오신 대로 가족들이 교수님을 애도하게 하실 생각이었나요?"

"애도라니요?" 코안경을 꺼내며 교수가 물었다.

"무슨 말이오, 여보?" 대령이 물었다.

또다시 극도로 불길한 천둥소리가 들려왔다.

"여보." 메링 부인이 말했다. "당신은 품 안에서 독사를 보살피고 있었어요." 메링 부인은 비난의 화살이라도 되는 양 손가락으로 페딕 교수를 가리켰다. "이분은 자신을 믿고 보살펴준 사람을 속였어요. 그뿐만 아니라 자신의 사랑스러운 가족까지도 속였죠."

페딕 교수는 코안경을 벗더니 안경알을 통해서 부인을 바라보았다. "독사라니요?"

순간 내 머릿속으로 이러다가 우리가 오늘 밤새 여기에 서 있어야 할 것 같다는 느낌과 함께, 페딕 교수는 자신에게 떨어진 재앙이 무엇인지 도저히 감조차 잡지 못할 것이라는 생각이 스치고 지나갔다. 이 상황에서 내가 끼어들어야 하는 게 아닐까? 특히나 지금처럼 다시 비가 내리고 있는 상황에선 말이다.

나는 베리티를 힐끔 바라보았지만, 베리티는 누구라도 곧 찾아오기를 기대하듯 텅 빈 진입로를 보고 있었다.

"페딕 교수님…." 내가 입을 열었지만, 메링 부인이 〈옥스퍼드 클로니클〉을 교수에게 들이밀며 말했다.

"여기를 읽어 보세요." 부인이 명령했다.

"물에 빠져 죽다니?" 페딕 교수는 코안경을 썼다가 다시 벗어들며 말했다.

"누님에게 전보를 보내셨어요?" 테렌스가 물었다. "저희와 함께 템스강 하류로 간다고 쓰셨어요?"

"전보?" 교수는 모호하게 말하더니 마치 그 답이 뒷면에라도 있다는 듯 〈옥스퍼드 크로니클〉을 뒤집었다.

"애빙던에서 보내셨던 전보 말이에요." 내가 말했다. "전보를 보내셨냐고 제가 여쭀을 때 그러셨다고 대답하셨잖아요."

"전보." 페딕 교수가 말했다. "아하, 맞아. 이제 기억나는군. 마롤리 박사에게 전보를 보냈어. 마그나 카르타의 서명에 대한 논문의 저자이지. 그리고 빈에 있는 에델스바인 교수에게도 한 통 보냈네."

"교수님 누님과 조카 따님에게도 한 통 보내시기로 하셨잖아요." 테렌스가 말했다. "교수님 소재를 알리기 위해서요."

"아이고, 이런." 페딕 교수가 말했다. "하지만 모드는 똑똑한 아이일세. 내가 집에 돌아오지 않는다면 어디론가 탐험을 떠났다는 걸 깨닫고 있을 거야. 노면 전차에 치여 죽었을지도 모른다고 생각해서 안달복달하는 그런 평범한 여자들과는 다르단 말이지."

"하지만 교수님 친척분은 교수님이 노면 전차에 치였다고 생각한 게 아니에요." 메링 부인이 말했다. "그분들은 교수님이 물에 빠져 돌아가셨다고 생각하고 있어요. 장례식은 내일 10시고요."

"장례식이라고요?" 교수는 신문을 자세히 들여다보았다. "10시에 식이 있음. 크라이스트 처치 성당." 페딕 교수가 신문을 읽었다. "왜 장례식을 치러야 하는 거지? 난 죽은 게 아닌데."

492

"그건 교수님 주장이고요." 메링 부인은 아직도 의심쩍은 모양이었다.

"즉시 전보를 보내세요." 교수의 팔을 한번 만져봐야겠다고 부인이 말하기 전에 내가 먼저 입을 열었다.

"그래요, 즉시요." 메링 부인이 말했다. "베인, 필기구를 가져와요."

베인이 허리를 굽혀 인사를 하고 말했다. "서재에서 쓰시는 것이 더 편하실 겁니다." 베인 덕분에 우리는 드디어 집 안으로 들어올 수 있었다.

베인은 펜과 잉크, 종이 그리고 고슴도치 모양의 펜닦개를 가져오더니 잠시 뒤 차, 스콘, 버터 머핀을 은쟁반에 받쳐 왔다. 페딕 교수는 자기 누이와 크라이스트 처치 칼리지의 학장에게 한 통씩 전보를 썼고 테렌스는 이 전보를 부치기 위해 마을로 갔으며, 베리티와 나는 테렌스가 없는 사이 조찬실에 숨어들어 우리의 다음 행동에 대한 음모를 꾸몄다.

"어떻게 된 일이죠?" 베리티가 말했다. "역에는 아무도 없었어요. 여기에도요. 요리사에게 물어봤어요. 온종일 아무도 오지 않았다는군요. 비가 그치는 대로 던워디 교수님에게 가서 우리는 실패했다고 말해야 할 거 같아요."

"아직 오늘 하루가 다 지난 건 아니에요." 내가 말했다. "아직 저녁 식사와 그 이후 시간도 있어요. 수프를 마시는 중에 어디선가 벼락같이 C 아무개 씨가 나타나서 자기와 토시는 부활절 때 몰래 약혼한 사이라고 할지도 모르잖아요."

"당신 말이 맞을지도 모르겠군요." 하지만 베리티가 내 말을 믿는 것 같지는 않았다.

저녁 식사 시간에도 메링 부인이 계속해서 자신의 예감에 관해 이야기한 것만 빼고는 아무런 일이 없었다. 부인은 이제 아주 공들인 거짓말까지 덧붙여 말하기 시작했다. "내가 교회에 서 있는데, 레이디 고다이바의 영혼이 내 앞에 나타나더군요. 나는 너무 놀라 그 자리에서 꼼짝도 못 하고 있었는데, 레이디 고다이바는 빛나는 섬섬옥수를 들어 올리며 경고했어요. '일이란 겉보기와는 다른 법'이라고 말이죠."

남자들은 한데 모여 시가와 포트 와인을 즐기며 평소와 다를 바 없는 평온한 시간을 보냈다. 새로 산 붉은 점박이 탠초의 가치에 대해 메링 대령이 장황하게 설명한 것을 제외한다면 말이다. 그런 뒤 다 함께 여자들 쪽으로 가서 합류했을 때, 나는 혹시라도 토시, 베리티, 메링 부인이 어디선가 나타난 '난파한 선원'이나 '상속권을 박탈당한 공작'을 중심으로 둘러앉아 그가 어떻게 이 험한 폭풍우를 뚫고 이 집에 올 수 있었는지에 대해 이야기를 듣고 있지는 않을까 은근히 기대했지만, 메링 대령이 열어준 접이문 틈으로 보니 메링 부인은 등받이가 있는 긴 의자에 길게 쓰러져 있었으며(다시 기운을 차렸는지 향기 나는 손수건을 코에 대고 깊이 숨을 들이켰다), 토시는 필기용 책상 앞에 앉아 일기를 쓰고 있었고 베리티는 의자에 앉아서 아직도 미련을 못 버린 듯 나를 열렬히 바라보았다. 나와 함께 난파한 선원이라도 같이 들어오길 원하듯 말이다.

누군가가 현관문을 두드리는 소리가 들려오자 베리티는 자수를 떨어뜨리며 반쯤 일어났지만, 테렌스가 전보를 부치고 돌아온 것이었다.

"교수님께서 누님에게 보내신 전보에 답장까지 받아왔습니다." 젖은 외투와 우산을 베인에게 넘겨주며 테렌스가 말했다. 테렌스는 노란 봉투 두 개를 페딕 교수에게 넘겨줬다.

교수는 코안경을 더듬거리며 찾더니 봉투를 뜯어 전보를 꺼내곤 큰 소리로 읽기 시작했다. "'삼촌, 소식을 듣게 되어 너무 기뻐요. 잘 계실 줄 알고 있었어요. 사랑을 담아, 조카가.'"

"사랑스러운 모드." 페딕 교수가 말했다. "당황하지 않을 줄 알았다니까. 제대로 교육받으면 여자도 지적인 존재가 될 수 있다는 증거지."

"교육받았다고요?" 토시가 물었다. "조카가 학교에 다녔나요?"

페딕 교수가 고개를 끄덕였다. "미술, 수사학, 고전 문학, 수학을 배웠다네." 페딕 교수는 또 다른 봉투를 뜯었다. "자네가 배운 음악이나 수예 따위 쓸데없는 것은 안 배웠지." 페딕 교수는 두 번째 전보를 큰 소리로 읽기 시작했다. "'페딕 교수, 어찌 된 건가? 장례식 준비됐음. 꽃다발과 운구 인원도 이미 준비됐음. 9시 32분 기차로 오길 바람. 오버포스 교수가 송덕문을 읽기로 내정됐음.' 오버포스가?" 페딕 교수는 벌떡 일어섰다. "지금 당장 옥스퍼드로 떠나야겠네. 다음 기차는 언제인가?"

"오늘 저녁에는 옥스퍼드로 가는 기차가 더 이상 없습니다." 걸어 다니는 기차 시간표인 베인이 말했다. "첫 번째 기차는 헨리에서 내일 아침 7시 14분에 출발합니다."

"그걸 타야겠군." 페딕 교수가 말했다. "베인, 지금 당장 내 짐을 꾸려주게나. 오버포스, 그자는 송덕문을 읽어줄 인물이 아니야. 아마 내 역사 이론을 깎아내리고 자신의 이론을 옳다고 할걸세. 그 친구는 하빌랜드 체어를 차지하려고 안달이니까 말이야. 자연력! 집단! 살인자!"

"살인자요?" 메링 부인이 비명을 질렀고, 나는 이제 또다시 죽음과 삶에 관한 이야기를 처음부터 반복해야 하는 건가 하는 생각이 들었지만, 페딕 교수는 부인이 방향염을 요청할 기회조차 주지 않았다.

"그 사람의 역사 이론에는 살인이라는 것이 들어가지 않지요. 오버포스의 이론에 따르자면 마라가 살해당한 사건이나 탑 속에 갇혔던 두 어린 왕자의 살해 사건[191], 단리 공의 살해 사건[192] 같은 것은 역사에 아무런 영향도 주지 못하지요. 개인의 행동은 역사에 아무런 영향을 주지 못한다고 주장하니까요. 오버포스의 이론에서 명예나 질투, 어리석음, 행운 따위는 아무런 문제가 되지 못하지요. 그런 것들은 사건의 전개에 아무런 영향도 주지 못한다고 주장합니다. 토머스 모어 경이나 사자왕 리처드나 마르틴 루터도요."

교수는 계속 이런 내용의 말을 주절거렸고 메링 부인은 한두 번쯤 말을 가로채려 했지만 결국 포기하고 긴 의자에 털썩 주저앉았다. 메링 대령은 자기 신문을 펼쳐 들었고(〈옥스퍼드 크로니클〉이 아니었다), 손으로 턱을 괴고 있던 토시는 커다란 카네이션 펜닦개로 장난을 치고 있었으며, 테렌스는 불 쪽으로 다리를 쭉 폈다. 아주먼드 공주는 내 무릎에서 잠이 들었다.

또다시 빗방울이 창문을 때렸고 벽난로에서는 탁탁 소리가 났으며 시릴

191 리처드 3세의 조카들. 리처드 3세가 죽였다는 설이 있지만 정확한 범인은 알려지지 않았다.
192 헨리 스튜어트 단리는 메리 여왕의 사촌이자 두 번째 남편으로, 여왕과 불화가 있던 중 살해당했으나 범인은 잡히지 않았다.

의 코 고는 소리가 들려왔다. 베리티는 입을 꼭 다물고 자수를 놓으면서 벽 난로 장식 위에 놓인 금박 장식의 시계를 주시했다. 시계는 정지해 있는 듯 보였다.

"헤이스팅스 전투에서 해럴드왕은 눈에 화살을 맞고 죽었죠." 페딕 교수가 말했다. "그 행운의 화살 한 방에 전투의 결과가 결정되었습니다. 이런 행운에 대해 오버포스 이론이 어떻게 설명할 수 있겠습니까?"

다시 누군가가 현관문을 큰 소리로 두드리는 바람에 베리티는 자수를 놓던 바늘에 손가락을 찔렸다. 테렌스는 눈을 끔뻑이며 일어섰고, 벽난로 에 장작을 넣고 있던 베인이 일어서서 문을 열기 위해 현관으로 다가갔다.

"이런 시간에 누구일까요?" 메링 부인이 말했다.

제발 C 아무개 씨이길.

"자연력! 집단!" 페딕 교수는 계속해서 열을 올렸다. "이런 이론으로 하르툼[193] 공성을 어떻게 설명할 수 있겠습니까?"

현관 쪽에서 베인과 또 다른 남자의 목소리가 들려왔다. 나는 손가락을 빨고 있는 베리티를 흘낏 돌아보곤 객실 문을 바라보았다.

"아비테지 신부님이 오셨습니다." 베인이 들어와서 말했고, 모자 테두리에서 빗물을 떨어뜨리며 신부가 따라 들어왔다.

"이렇게 늦게 찾아와서 정말로 죄송합니다." 모자를 베인에게 건네주며 신부가 말했다. "하지만, 이번 바자회가 얼마나 성공적이었는지 빨리 말씀 드려야만 할 것 같아서요. 저는 로어 헤지베리에서 열린 빈민 자선 위원회에 참석하고 왔습니다. 모두 우리의 성공에 웅성거리고 있습니다. 저는 이번 성공은 전적으로 메링 부인이 생각해내신 잡동사니 판매장 때문이라고 여기고 있습니다. 치체스터 신부님은 불쌍한 소녀 돕기 한여름 바자회에 잡동사니 판매장을 운영하실 계획입니다."

"치체스터 신부님이라고요?" 몸을 앞으로 숙이며 내가 물었다.

---

193 수단의 수도. 1885년에 민족주의자 알 마디를 추종하는 마디스트 반란군들이 이곳을 포위 공격, 당시 수단 총독이었던 영국인 소장 찰스 조지 고든을 살해하고 마을을 파괴했다. 1898년 영국군에 의해 재탈환되었다.

"네." 아비테지 신부가 말했다. "그분께서는 그 사업을 위해 메링 부인의 도움을 얻을 수 있는지 알고 싶어 하십니다. 그리고 물론 메링 양과 브라운 양의 도움도요." 신부는 열렬히 말했다.

내가 말했다. "치체스터 신부라… 그분 성함을 들어본 듯하군요. 젊고 미혼에 검은 콧수염을 기르고 계시죠?"

"치체스터 신부님이요?" 아비테지 신부가 말했다. "세상에, 아닙니다. 아흔 살은 되셨습니다. 적어도요. 중풍 때문에 약간 고생하고 계시죠. 하지만 아직도 좋은 일에는 소매를 걷어붙이고 나서십니다. 그리고 내세에 관해서도 상당히 관심을 보이시고요."

"당연하지." 메링 대령이 신문을 보면서 중얼거렸다. "벌써 한 발은 그쪽에 들여놓고 있을 테니 말이야."

"최후의 심판은 지금 당장에라도 닥칠 수 있습니다." 아비테지 신부가 불만스러운 표정으로 말했다. "'너희는 하느님을 두려워하고 그분께 영광을 돌려라. 하느님께서 심판하실 때가 이르렀다.' 〈요한계시록〉, 14장 7절."

정말 밥맛없는 친구로군. 까다롭고 꼴불견에 유머 감각까지 없다니. 토시에 딱 알맞은 짝이었다. 더구나 이 상황에서 오늘 내로 별다른 사람이 나타날 것 같지도 않았다.

"아비테지 신부님, 그게 당신의 공식 이름인가요?" 내가 물었다.

"무슨 말씀인지?" 아비테지 신부가 말했다.

"요즘에는 많은 사람들이 여러 개의 이름을 가지고 있거든요." 내가 말했다. "에드워드 번 존스, 엘리자베스 배럿 브라우닝, 에드워드 불워 리튼 하는 식으로요. 그래서 아비테지라는 이름도 '아비테지 컬페퍼'나 '아비테지 처트니' 같은 이름을 줄여 부르는 게 아닐까 생각했습니다."

"아비테지가 제 공식 이름입니다." 허리를 쭉 펴며 신부가 말했다. "유스터스 히어로니머스 아비테지죠."

"그러면 애칭이나 뭐 그런 것은 없었나요? 어릴 적에 불리던 거 없었나요? 제 누나가 절 부르던 애칭은 컬스(curls)였죠. 제 곱슬머리 때문에요. 당신도 곱슬머리였나요?"

497

"저는 세 살 때까지는 머리카락이 거의 없었어요."

"아하, 그럼 처클(chuckle, 빙그레)이라는 애칭은 없었어요? 아니면 처비(chubby, 토실토실)?"

"헨리 씨." 메링 부인이 말했다. "아비테지 신부님은 바자회의 결과를 이야기하는 중이었어요."

"아, 계속하겠습니다." 아비테지 신부는 주머니에서 가죽 공책을 꺼내며 말했다. "경비를 제하고 수익은 18파운드 4실링 8펜스로, 벽에 칠을 하고도 연단까지 새로 할 수 있습니다. 심지어는 성모 예배실에 유화를 사서 걸어놓을 수도 있게 되었습니다. 어쩌면 홀먼 헌트[194]의 것으로 말이죠."

"예술의 목적이 무엇이라고 생각하세요, 아비테지 신부님?" 돌연 토시가 입을 열었다.

"교화와 훈계죠." 아비테지 신부가 바로 대답했다. "모든 예술은 도덕을 말해야만 합니다."

"'세상의 빛'[195]처럼 말이죠." 토시가 말했다.

"맞습니다." 신부가 말했다. "'볼지어다, 내가 문밖에 서서 두드리노니.' 〈요한계시록〉 3장 20절이죠." 아비테지 신부는 메링 부인에게 말을 걸었다. "그래서 말인데, 부인께서 도와주실 거라고 치체스터 신부님께 말씀드려도 될까요?"

"죄송해서 어쩌죠." 메링 부인이 말했다. "우리는 모레 토퀘이로 떠날 건데."

베리티는 망연자실한 표정으로 고개를 들었고 대령은 신문을 내려놓았다.

"제가 신경과민이거든요." 메링 부인이 페딕 교수를 날카롭게 쏘아보며 말했다. "지난 며칠 동안 너무나 많은 일이 일어났어요. 폴레이 박사께 진찰을 받아야 할 것 같아요. 아마 신부님도 그분에 관해서 들어보셨을 거예요. 심령술의 전문가죠. 엑토플라즘에도요. 그리고 저희는 그곳에서 켄

---

194 영국의 미술가로 라파엘 전파의 중요한 구성원
195 윌리엄 홀먼 헌트의 그림으로 〈요한계시록〉 3장 20절에서 영감을 얻어 그렸다.

트로 바로 가서 세인트트루웨즈 씨의 부모님을 만나 결혼식에 대해 의논할 겁니다."

"아, 그러시군요." 아비테지 신부가 말했다. "하지만 8월까지는 돌아오셨으면 좋겠군요. 이번 여름 바자회가 이토록 성공적이었기 때문에 성 바르톨로메오 축일에도 바자회를 열 생각이거든요. 물론 점쟁이도 있어야 하고요. 잡동사니 판매장도요. 채티스번 부인은 휘스트 카드놀이를 하자고 하셨지만, 저는 그 부인에게 잡동사니 판매장은 '전통'이 될 운명을 타고났다고 말씀드렸죠. 이 모든 것이 메링 부인 덕분입니다. 저는 벌써 잡동사니 판매장에 내놓을 물건들을 모으고 있습니다. 스티긴스 양은 신발장을 기증해주셨고, 제 대고모님은 '네이즈비 전투' 동판화를 보내주셨어요!"

"아, 맞아, 네이즈비!" 페딕 교수가 말했다. "루퍼트 왕자[196]의 기병대가 있었지. 간발의 차이로 성공에서 실패로 떨어진 고전적인 예일세. 그 모든 게 신중하게 생각하지 않아서 그런 거야."

잠시 생각 없이 하는 행동에 따르는 위험에 관한 토론이 있은 다음, 아비테지 신부는 축복 기도를 내려주고 집을 떠났다.

토시는 거의 집중하고 있지 않은 듯했다. "좀 피곤하네요." 토시는 베인이 아비테지 신부를 배웅하러 나가자마자 입을 열었다. 토시는 대령과 부인에게 자러 가겠다며 키스했다.

"창백해 보이는구나." 메링 부인이 말했다. "바닷바람을 쐬면 좋아질 거야."

"네, 엄마." 토시는 뭔가 다른 생각을 하는 듯했다. "안녕히 주무세요." 토시는 2층으로 올라갔다.

"이제 모두 잘 시간이군요." 메링 부인은 일어서며 말했다. "오늘은 우리모두에게 정말로 길고도…." 이 대목에서 부인은 송곳 같은 눈으로 페딕 교수를 노려보았다. "여러 가지 사건이 많았던 날이었어요. 그리고 여보, 내일아침 일찍 교수님과 함께 가주세요."

"페, 페, 페딕 교수님과 동행하라고?" 메링 대령이 더듬거리며 말했다.

---

196 청교도혁명 때 가장 유능한 왕당파 지휘관이었지만 네이즈비 전투에서 크게 패했다.

"붉은 점박이 은빛 탠초 곁을 떠날 수 없단 말이오."

"페딕 교수님에게서 한시라도 눈을 떼고 싶지 않으실걸요." 부인이 굳은 결의를 보이며 말했다. "페딕 교수님이 또 어디론가 사라져서 친척들과 연락 두절이 되면 그 책임을 지고 싶지는 않으실 텐데요?"

"물론, 그건 안 되지." 메링 대령이 단념하고 말했다. "즐거운 마음으로 집까지 바래다 드리겠습니다, 교수님."

가족들이 베인과 함께 기차 시간에 관한 이야기를 나누는 동안 나는 베리티에게 가서 속삭였다. "내일 아침 시릴을 마구간으로 돌려보낸 다음, 보고하러 갔다 올게요."

베리티는 맥이 빠진 채 대답했다. "알았어요." 베리티는 아직도 C 아무개 씨가 나타나길 기다리는 듯 마지막으로 주위를 한번 둘러보았다. "안녕히들 주무세요." 베리티는 인사를 하고 2층으로 올라갔다.

"이리 와, 시릴. 마구간으로 갈 시간이야." 테렌스는 시릴에게 말을 하며 의미심장한 눈으로 나를 바라봤지만 나는 전혀 주의를 기울이지 않았다.

나는 토시가 일기장을 놓고 간 책상을 보고 있었다.

"금방 올라갈게요." 나는 책상으로 쓱 미끄러지듯 다가가며 말했다. "읽을 책을 찾아보고 싶군요."

"책! 요즘에는 너무나 많은 사람이 책을 읽는다니까." 메링 부인이 말을 마치고는 방을 휩쓸며 사라졌다.

"이리 와, 시릴." 테렌스가 말했다. 시릴은 휘청거리며 일어섰다. "아직도 바깥에 비가 오나요, 베인?"

"네, 선생님." 베인이 문을 열어주며 말했다.

"피켓의 공격!" 페딕 교수가 메링 대령에게 말을 하며 함께 방을 나섰다. "미국의 게티즈버그 전투를 생각해보세요. 생각 없이 한 행동의 또 다른 좋은 예이지요. 피켓의 공격에 대해 오버포스가 어떻게 설명을 할 수 있단 말입니까?"

나는 응접실 문을 닫고 부랴부랴 책상으로 달려갔다. 일기장은 펼쳐진 채 펜과 카네이션 모양의 펜닦개에 의해 페이지의 아랫부분 3분의 2 정도가 가려져 있었다. 페이지 맨 위에는 흘러가는 글씨로 '6월 15일'이라고 쓰였고 그 아래에는 '오늘 우리는 코번트리에 갔…'이라고 적혀 있었다.

나는 펜닦개를 들어 올렸다. '…다 왔다.'가 끝이었다. 그 뒤로는 아직 아무런 말도 쓰이지 않았다. 토시가 오늘 겪었던 멋진 경험에 대해 뭐라고 썼든 간에 아직은 일기장에 쓰지 않은 상태였지만 어쨌거나 일기장에 C 아무개 씨에 대한 실마리가 들어 있을 수 있었다.

나는 일기장을 덮고 책꽂이에서 기번이 쓴 《로마 제국 쇠망사》1, 2권을 빼내 샌드위치처럼 토시의 일기장을 끼워 넣고는 응접실을 나오려고 몸을 돌렸다.

베인이 그곳에 서 있었다. "귀찮지 않으시도록 메링 양의 일기장은 제가 가져다드리겠습니다, 선생님." 베인이 말했다.

"잘됐군요." 기번의 책 사이에서 일기장을 꺼내며 내가 말했다. "그냥 가져다주려고 집은 것뿐이에요."

"원하시는 대로 하십시오, 선생님."

"아니에요. 괜찮아요." 내가 말했다. "당신이 가져다주세요. 잠자기 전에 산책이나 좀 하는 게 낫겠군요." 빗줄기가 프렌치도어를 내리치고 있는 상황에서 산책이라니 말도 안 되는 소리였으며, 토시에게 일기장을 가져다주려고 집은 것이라는 말과 마찬가지로 산책하겠다는 말도 안 믿을 게 뻔했다. 하지만 베인은 다시 한번 대답할 뿐이었다. "원하시는 대로 하십시오, 선생님."

"오늘 밤에 누가 방문한 사람이 있나요?" 내가 말했다. "아비테지 신부님을 빼고 말이에요."

"없습니다, 선생님."

"아니면 부엌문으로 들어온 사람은요? 행상인은 없었어요? 아니면 폭풍우를 피해 온 사람이라든가 말이죠."

"없습니다, 선생님. 또 뭐 없으십니까, 선생님?"

흠, 또 뭐 없군요. 그리고 몇 년 뒤가 되면 어떻게 되는 거지? 독일 공군은 영국 공군을 해치우고 도버 해협 쪽으로 들어올 것이고, 토시와 테렌스의 손자는 해변과 해협, 크라이스트 처치 풀밭, 이플리에서 싸우겠지만 아무런 소용이 없겠지. 독일군은 버킹엄 궁전 발코니에 나치 깃발을 걸고는 무릎을 곧게 편 걸음걸이로 뮤칭스 엔드와 옥스퍼드, 코번트리를 행진할 테고. 그래, 그렇게 되면 적어도 코번트리는 불에 타지 않을 수도 있겠군. 의회 건물만 부서지겠지. 문명사회하고 말이야.

그리고 결국 시공간은 스스로를 교정하겠지. 히틀러 휘하의 과학자가 시간 여행법을 알아내지 못한다면.

"또 뭐 없으십니까, 선생님?" 베인이 다시 물었다.

"없어요. 그게 다군요." 나는 말을 마치고는 현관문을 열기 위해 몸을 돌렸다.

비가 내리고 있었으며, 왠지 비를 맞고 감기에 걸리고 싶은 기분이었다. 나는 밖으로 발을 딛기 시작했다.

"감히 허락도 받지 않고 제 마음대로 세인트트루웨즈 씨의 친구를 선생님 방으로 옮겨놓았습니다, 선생님." 베인이 말했다.

"잘했어요." 나는 고마워하며 말했다. 나는 열었던 현관문을 다시 닫고 베인을 지나쳐 계단으로 올라가기 시작했다.

"선생님." 베인이 말했다.

"네?" 베인이 무슨 말을 하려고 했든 간에, 마음속으로는 훨씬 더 깊은 생각을 했을 것이 틀림없었다.

"좋은 책입니다." 베인이 말했다. "《로마 제국 쇠망사》요."

"덕성 계발과 교육상 유익하죠." 나는 대답을 하고는 잠을 자러 갔다.

22

"그리고 입 맞춰주오, 케이트!
일요일이면 우리는 부부가 되오."

― 페트루치오

아침이 되니 기분이 한결 나아졌다. 새벽 6시, 시릴을 데리고 바깥에 나와
보니 비는 멎었고 하늘은 푸르렀으며 촉촉한 풀은 다이아몬드처럼 빛났다.

시간 여행은 선천적으로 장래가 밝았다. 비록 임무에 한 번 실패한다 할
지라도 또 다른 기회는 무수히 많을 터. 아니 내게 기회가 없다 할지라도
누군가에게는 기회가 있을 터. 아마도 일주일이나 1년쯤 뒤, 필적 전문가
는 마침내 일기장을 해석하는 데 성공할 것이고, 그 내용을 바탕으로 캐러
더스나 워더 또는 또 다른 멍청한 신참이 6월 15일로 돌아가서 C 아무개
씨가 제때에 나타나도록 일 처리를 하겠지.

비록 우리는 임무에 성공하지 못했지만 바로 이 순간에 옥스퍼드에서는
워털루와 자체 교정에 대한 수수께끼를 풀었을지도 모른다. 그리고 바로
이 순간 루이스와 던워디 교수는 누군가를 보내 내가 옥스퍼드 기차역으로
가지 못하도록 해서, 내가 테렌스를 만나 그의 사랑을 방해하는 일이 없도
록 했을 수도 있다. 아니면 페딕 교수와 오버포스 교수를 갈라놓았을지도
모르고. 아니면 애초부터 베리티가 템스강으로 들어가 아주먼드 공주를 구

하지 못하게 했을지도 모른다. 아니면 시차 증후군에서 회복하도록 나를 제1차 세계대전 당시로 보냈을 수도 있고.

고양이는 강기슭으로 헤엄쳐 나왔을 것이고 테렌스는 모드를 만났을 것이며 독일 공군은 런던을 폭격하겠지. 그리고 나는 결코 베리티를 만나지 못하겠지. 우주를 구하기 위해서 지불하는 작은 대가이다. 우주를 구하는데 그 정도 희생은 감수해야지.

그렇다 하더라도 나는 아무런 아쉬움도 못 느낄 것이다. 왜냐하면 나는 아예 베리티를 만나지 못했을 테니까. 갑자기 나는 혹시 자신의 진짜 사랑을 만나지 못했다는 사실을 테렌스가 알고 있을지 궁금해졌다. 만약 테렌스가 그 사실을 알게 되면 어떤 느낌을 받을까? 늘 인용하는 빅토리아 시대의 시구에서 말하는 감상적인 슬픔일까? 아니면 마음 어디 한구석이 왠지 허전한 느낌? 아니면 알게 모르게 모든 사물이 우울해 보일까?

나는 시릴을 데리고 마구간으로 갔다. 아주먼드 공주가 우리를 따라왔다. 아주먼드 공주는 젖은 풀밭을 으스대며 걸었다. 꼬리를 하늘 높이 치켜들고 시릴의 뒷다리와 내 발목 사이를 주기적으로 오락가락하면서. 그때 마구간에서 무슨 소리가 들려오더니 커다란 마구간 문이 삐걱거리며 열렸다.

"숨어." 나는 아주먼드 공주를 안아 들고 부엌문의 은신처로 몸을 숨겼다. 방금 깬 듯한 마구간지기가 문을 열었고 마부는 두 마리 말이 끄는 마차를 몰고 나왔다. 페딕 교수와 메링 대령을 역까지 태우고 갈 마차였다.

나는 집 쪽을 바라보았다. 베인은 짐을 현관 계단에 내놓는 중이었다. 페딕 교수는 대학 가운을 입고 대학모를 쓴 채 물고기가 든 주전자를 배로 받쳐 안고 베인 뒤에 서서 테렌스와 이야기를 나누고 있었다.

"따라와." 나는 시릴에게 속삭이고 마구간 옆으로 다가가기 시작했다. 아주먼드 공주가 내 팔에서 빠져나가려고 거세게 꿈틀대기에 나는 녀석을 땅바닥에 내려놓았다. 녀석은 잔디밭을 마치 화살처럼 달려갔다. 나는 시릴을 데리고 마구간지기가 드나드는 문으로 다가갔다.

"여기서 잔 것처럼 보여야 해." 내 말이 떨어지자마자 시릴은 즉시 마대자루로 올라가 세 바퀴 정도 빙빙 돌더니 푹 쓰러져 큰 소리로 코를 골기 시작했다.

"그래, 잘하고 있군." 나는 마구간을 나왔다. 그리고 테렌스와 마주쳤다.

"시릴은요?" 테렌스가 말했다.

"방금 데리고 내려왔어요." 내가 말했다. "왜요? 뭔가 잘못되었나요? 메링 부인이 저를 봤나요?"

테렌스는 고개를 저었다. "베인이 오늘 아침 찾아오더니 메링 대령님이 아파서 저더러 페딕 교수를 옥스퍼드까지 모시고 갔으면 좋겠다고 말하더군요. 어제 송어 낚시를 하다가 감기에 걸리신 모양인데, 메링 부인은 페딕 교수님을 꼭 집까지 바래다주고 싶은 모양이에요. 사실, 맞는 생각이죠. 교수님은 헤이스팅스 전투를 떠올리게 하는 장소라면 어디든 상관없이 기차에서 내리실 테니까요. 제가 시릴을 데리고 가는 게 좋겠어요. 이곳을 잠시 떠나 있는 것이 시릴에게는 휴식이 될 거 같거든요." 테렌스는 잠시 말을 멈추더니 계속 이었다. "…게다가, 어제 시릴은 코번트리에 가지 않았잖아요. 지금 마구간에 있나요?"

"건초 더미 옆에 있어요." 하지만 테렌스가 마구간 문을 열자 시릴은 바로 문 앞에 서서 그 뚱뚱한 몸을 마구 흔들어대고 있었다.

"기차 타고 여행하고 싶지 않나, 친구?" 테렌스와 시릴은 행복하게 집 쪽으로 걸어갔다.

나는 마차가 출발하고 베인이 집으로 들어갈 때까지 기다렸다가, 마구간지기가 졸린 눈을 비비며 돌아오기 전에 화단과 크로케 경기장, 금련화 꽃아치를 지나 정자로 달려갔다.

＊

그곳에 누군가가 있었다. 나는 가지가 축 늘어진 버드나무 주변을 돌아 라일락 숲 뒤로 왔다. 어둑어둑한 물체가 벤치의 한쪽에 웅크리고 있었다. 이런 시간에 누가 여기에 와 있는 걸까? 메링 부인이 유령을 찾으러 온 걸까? 아니면 배웅을 마친 베인이 책을 읽기 위해 온 건가?

나는 좀 더 자세히 보기 위해 라일락 가지를 손으로 젖히다가 블레이저코트와 플란넬 바지에 물벼락을 맞았다. 웅크리고 있는 이가 누구인지는 모르겠지만, 망토를 두르고 머리에는 두건을 쓰고 있었다. 토시인가? 자신의 인생을 바꿔놓을 연인을 만나기 위해 기다리고 있는 건가? 아니면 그 수수께끼의 C 아무개 씨인가?

이 거리에서는 누구인지 얼굴을 알아볼 수가 없었다. 나는 정자의 다른 쪽으로 가볼 필요가 있었다. 나는 조심스레 가지를 놓고(또다시 물벼락을 맞았다) 뒷걸음질 치다가 하필이면 아주먼드 공주를 질끈 밟고 말았다.

"야아오옹!" 아주먼드 공주의 비통한 울음소리에 그 인물은 망토를 움켜쥐고 벌떡 일어섰다. 그 바람에 두건이 젖혀졌다.

"베리티!" 내가 말했다.

"네드?"

"야아옹!" 아주먼드 공주가 울었다. 나는 아주먼드 공주를 끌어안고 어디 다친 데는 없는지 살펴보았다. 녀석은 야옹거리며 가르랑거리기 시작했다.

나는 녀석을 들고 라일락 숲을 빙 돌아 베리티가 서 있는 곳으로 갔다. "여기서 뭐 하는 거예요?"

베리티는 메링 부인이 말하는 영혼처럼 창백한 표정이었다. 베리티는 외출용이 분명한, 흠뻑 젖은 망토를 걸치고 그 안으로 흰색 잠옷을 입고 있었다.

"도대체 여기에 얼마나 오랫동안 있었던 거예요?" 내가 말했다. 아주먼드 공주가 내 품에서 발버둥 치기 시작했다. 나는 녀석을 내려놓았다. "당신이 보고할 필요는 없다니까요. 시릴을 데려다준 다음에 내가 보고하겠다고 말했잖아요. 던워디 교수님이 뭐라고….." 나는 베리티의 얼굴을 보았다. "무슨 일 있어요?"

"네트가 열리지 않아요."

"무슨 뜻이에요? 열리지 않는다니요?"

"3시간 동안이나 여기에 있었어요. 열리지 않을 거예요."

"여기 앉아서 무슨 일이 일어났는지 정확히 말해봐요." 벤치를 가리키며 내가 말했다.

"열리지 않았다니까요!" 베리티가 말했다. "어제 잠이 안 오는데다 빨리 보고를 하는 게 좋겠다 싶었어요. 그러면 사람들이 깨기 전에 돌아올 수 있을 줄 알았죠. 그래서 강하 지점에 왔는데 네트가 열리지 않았어요."

"강하 지점이 아닌 게 아니고요?"

"아니, 여기가 맞아요. 희미하게 반짝이는 빛이 보이잖아요. 하지만 내가 그 안으로 들어서도 아무런 일이 일어나지 않았어요."

"뭔가를 잘못한 건 아니고요? 바른 장소에 서 있었던 게 확실해요?"

"이곳저곳에 다 서봤어요." 짜증을 내며 베리티가 말했다. "열리지 않아요!"

"알았어요, 알았어." 내가 말했다. "누가 지켜볼 확률은 없었어요? 누군가가 당신을 보지 않았을까요? 메링 부인이나 베인이나 아니면…."

"그 생각도 해봤어요. 두 번째 시도해본 다음, 강으로 내려갔다가 양어지에도 가보고 꽃밭에도 가봤지만 아무도 없었어요."

"뭔가 이 시대의 물건을 걸친 건 아니고요?"

"그 생각도 해봤어요. 하지만 이 잠옷은 내가 가져온 짐 속에 있던 거였고 수선했다거나 단추를 달았다거나 하지도 않았어요."

"그러면 당신 때문에 그런지도 몰라요." 내가 말했다. "내가 해볼게요."

"그 생각은 해보지 못했네요." 좀 기운을 차린 목소리로 베리티가 말했다. "곧 다음 강하가 있을 거예요."

베리티는 나를 데리고 정자를 빠져나가더니 분홍색 작약 송이들 옆의 잔디밭으로 갔다. 잔디밭은 벌써 희미하게 빛나고 있었다. 나는 급히 내가 입은 옷을 검사해보았다. 블레이저코트, 플란넬 바지, 양말, 신발, 셔츠는 모두 내가 가져온 것들이었다.

공기가 희미하게 빛이 났고, 나는 잔디 한가운데로 들어갔다. 빛이 점차 밝아졌다. "당신이 시도했을 때도 이랬나요?"

갑자기 빛이 사라졌다. 응축된 물방울들이 작약 위에서 반짝였다.

"네." 베리티가 말했다.

"아마도 내 옷깃 때문일 거예요." 나는 옷깃을 떼어내 베리티에게 건네쳤다. "내가 가져온 것과 엘리엇 채티스번에게서 빌려 온 것이 구별이 안 되더라고요."

"당신 옷깃이 문제가 아니에요." 베리티가 말했다. "소용없어요. 우리는 여기에 갇힌 거예요. 캐러더스처럼요."

갑자기 내 눈앞에는 내가 이곳에서 영원히 크로케 경기를 하고 아침 식사로 케저리를 먹으며, 갈색의 강물에 손을 담그고 리본 장식한 모자 아래로 나를 바라보는 베리티를 태우고 템스강에서 보트를 타는 모습이 스치고 지나갔다.

"미안해요, 네드. 이 모든 것이 내 잘못이에요."

"우리는 갇힌 게 아니에요." 내가 말했다. "좋아요. 우리 한번 해리엇과 피터 경이 되어서 모든 가능성을 생각해봅시다."

"이미 모든 가능성에 관해 다 생각해보았어요." 베리티가 굳은 표정으로 말했다. "그리고 아귀가 맞는 단 하나의 가능성은 모든 것이 망가졌다는 거예요. 루이스가 말했던 것처럼요."

"말도 안 돼요." 내가 말했다. "인과모순이 일어난 뒤 시공 연속체가 붕괴하기까지는 오랜 시간이 걸려요. 모델을 봤잖아요. 1940년에는 붕괴할 수 있겠지만, 인과모순이 일어난 지 고작 일주일 뒤는 아니에요."

베리티는 내 말을 믿고 싶은 표정이었다.

"좋아요." 나는 허풍을 치며 자신 있게 말했다. "우선 집에 가서 옷을 갈아입어요. 그런 다음 당신은 우리 둘 다의 평판을 더럽히고, 그러면 나는 당신과 결혼할 수밖에 없는 거죠."

적어도 내 말에 웃기는 했다. "그리고 아침을 먹읍시다. 당신이 사라졌다고 메링 부인이 수색대를 파견하기 전에 말이에요. 아침 식사 후에는 부인에게 스케치하러 가겠다고 말을 한 다음, 이곳으로 와서 나를 기다리세요. 나는 핀치에게 가서 뭔가 의견을 듣고 올 테니까요."

베리티는 고개를 끄덕였다.

"아마도 별일 아닐 거예요. 사소한 문제인데 워더가 아직 알아차리지 못했을 수도 있죠. 아니면 캐러더스를 데려올 때까지 귀환 강하를 모두 금지해놓았을지도 모르고요. 이유가 무엇이든 간에 진상을 알아내야겠죠."

베리티는 다시 고개를 끄덕였다. 조금은 기운을 차린 모습이었다. 나는 채티스번의 옷깃을 다시 달기 위해 옷을 벗었다. 조금 전 내 입으로 한 말이 사실이면 좋겠는데. 그리고 빅토리아 시대의 사람들이 이토록 서로 간에 멀리 떨어져 살지 않았으면 좋았을 텐데.

✳

주름 장식이 달린 앞치마를 입고 모자를 쓴 하녀가 문을 열어줬다.

"글래디스, 핀치 씨와 이야기하고 싶은데요. 집사 말이에요." 가빴던 숨을 어느 정도 고른 뒤, 내가 말했다. 나는 마라톤 전투 결과를 보고하기 위해 스파르타에서 내내 뛰어온 주자 같은 느낌이 들었다. 아마 그 친구는 메시지를 전달한 다음에 죽지 않았던가? "핀치 씨가 있나요?"

"죄송합니다, 선생님." 하녀는 제인보다도 더 위태위태하게 무릎을 굽혀 인사를 했다. "채티스번 내외분은 집에 안 계십니다. 명함을 두고 가시겠습니까?"

"아니, 내가 보고 싶은 사람은 핀치 씨예요. 안에 있나요?"

글래디스는 이런 경우에 대해서는 교육받지 않은 게 분명했다.

"원하신다면 명함을 놓고 가셔도 됩니다." 글래디스는 소용돌이 장식이 돋을새김 되어 있는 은쟁반을 내밀었다.

"채티스번 내외분은 어디로 가셨죠?" 내가 포기하지 않고 계속 말했다. "핀치 씨가 그분들을 모시고 갔나요?"

글래디스는 완전히 넋이 빠진 표정이었다. "채티스번 내외분은 집에 안 계십니다." 말을 마치고 글래디스는 내 눈앞에서 문을 닫았다.

나는 집을 돌아 부엌으로 가서 문을 두드렸다. 또 다른 하녀가 대답했다. 이번 하녀는 삼베로 된 앞치마를 입고 스카프를 두르고 감자 깎는 칼을 들고 있었다.

"집사인 핀치 씨와 이야기를 나누고 싶은데요, 글래디스." 내가 말했다.

"채티스번 내외분은 집에 안 계십니다." 이번 하녀 역시 불친절한 반응

509

을 보이지는 않을까 걱정이 들었지만, 하녀는 덧붙여 말했다. "도닝턴에 가셨습니다. 성 마가 기념 수예 판매장이요."

"내가 이야기를 나누고 싶은 사람은 핀치 씨예요. 안에 있나요?"

"아니요." 하녀가 말했다. "양배추를 사러 리틀 러쉬레이드로 가셨어요. 양배추를 담아올 커다란 바구니를 들고 오늘 아침에 떠나셨습니다."

"언제요?" 혹시 따라잡을 수 있을까 해서 내가 물어봤다.

"아침 식사 전입니다. 어두컴컴할 때였어요. 길 아래에 있는 갬의 농장 양배추에 무슨 문제가 있는지 저는 모르겠습니다만, 핀치 씨께서는 채티스번 마님의 식탁에는 오직 최상급만 올라와야 한다고 하셨습니다. 저는 양배추는 다 같은 거라고 말했죠." 하녀는 인상을 짓더니 말을 계속했다. "출발한 지 적어도 3시간은 되었습니다."

걸어서 3시간이라. 쫓아갈 수도 없는 노릇이었고 그렇다고 해서 여기서 기다린다고 핑계를 대도 될 만큼 빨리 돌아올 것 같지도 않았다. "핀치 씨가 돌아오면 메링가에서 헨리가 찾아왔었으며, 찾아와주십사 한다고 전해주세요."

하녀는 고개를 끄덕였다. "돌아오시면 완전히 지쳐 있을 테지만, 전해 드리겠습니다. 어젯밤 같은 상황을 보내놓고서도 왜 하필이면 오늘 출발하기로 하셨는지 모르겠어요. 마멀레이드 부인이 어젯밤에 새끼 고양이를 낳았는데 새끼를 숨겨놓는 바람에 한참을 찾아야 했거든요."

나는 성에 관해 이야기하는 것이 하인 계층에게는 허용되는 것인지 아니면 새끼 고양이는 말해도 되는 화제인지 궁금해졌다.

"지난번에는 지하 저장실에 숨겨놓았죠." 하녀가 말했다. "일단 새끼 고양이가 눈을 뜨고 나면 빨빨거리고 돌아다니기 때문에 모두 다 찾아서 물에 빠뜨려 죽일 수가 없어요. 그리고 그 저번에는 고양이를 어디에 숨겨놓았는지 찾을 수도 없었어요. 마멀레이드 부인은 정말로 교활해요."

"그랬군요. 자, 핀치 씨가 돌아오면 즉시 내가 했던 말을 전해주세요." 밀짚모자를 쓰며 내가 말했다.

"또 그 저번에는 팬지 아가씨의 바느질 상자였어요. 그리고 그전에는

2층 벽장에 있는 속옷 서랍이었고요. 그 교활한 고양이는 사람들이 자기 새끼를 데려가려 한다는 사실을 잘 알고 있어서 정말 이상한 곳에 새끼들을 숨기곤 하죠. 지난겨울에 메링 부인의 고양이가 새끼를 낳았을 때는 포도주 창고에 숨겨놓는 바람에 찾는 데 거의 3주일이나 걸렸다고요! 마침내 새끼를 찾았을 때는 크리스마스였고 새끼를 모두 잡느라 무척이나 시간이 걸렸죠. 제가 윌리스 미망인 밑에서 일했을 때는 고양이가 오븐에다 새끼를 숨겨놓기도 했어요!"

나는 똑똑한 엄마 고양이에 대한 일화 몇 가지를 더 들은 다음, 부리나케 정자로 돌아왔다.

처음에는 베리티의 모습이 보이지 않기에 내가 자리를 비운 사이에 다시 시도해서 성공한 줄로 알았지만, 베리티는 정자 저쪽 편 나무 아래에 앉아 있었다. 베리티는 내가 처음 보았을 때 입었던 하얀 드레스를 입고 스케치북을 보며 우아하게 목을 구부리고 있었다.

"뭐라도 소득이 있었어요?" 내가 말했다.

"아니요." 베리티가 일어섰다. "핀치는 어디에 있나요?"

"이웃 마을로 양배추를 사러 갔대요." 내가 말했다. "돌아오면 즉시 메링가로 와달라고 메시지를 남겨 두었어요."

"메시지라…." 베리티가 말했다. "그거 좋은 생각이네요. 메시지를 보내 볼 수 있겠군요." 베리티는 사색에 잠긴 표정으로 스케치북을 내려다보았다. "네트를 통과할 때 무슨 종이 같은 거 가져오지 않았죠?"

나는 고개를 저었다. "내가 가져온 건 보트가 뒤집혔을 때 몽땅 사라졌어요. 아니, 잠깐만요. 지폐가 있군요." 나는 지폐를 주머니에서 꺼냈다. "그런데 뭘 쓰려고요?"

"1밀리리터쯤 되는 탄소는 시공간에서 중요한 물질이 아니길 바라보자고요." 베리티는 목탄을 집어 들며 말했다.

"그건 너무 두꺼워요." 내가 말했다. "집으로 돌아가 펜과 잉크를 가져올게요. 다음 랑데부는 언제죠?"

"지금이요." 베리티는 희미하게 빛나고 있는 공기를 가리키며 말했다.

집까지 미친 듯 뛰어갔다 온다 해도 시간이 부족했다. '빠져나갈 수 없음'이라는 내용과 우리의 좌표를 휘갈겨 쓸 시간은 없는 건 말할 필요도 없고. "다음번까지 기다려야만 하겠군요."

베리티는 내 말을 건성으로 들으며, 잔디에서 점차 밝게 빛나는 지점을 바라보고 있었다. 베리티는 잔디 중앙으로 들어서더니 내게 연필과 스케치북을 건네줬다.

"보이죠?" 베리티가 말했다. 빛은 곧바로 흐릿해졌다. "여전히 열리지 않을 거예요." 그리고 베리티는 희미하게 반짝이던 빛 덩어리와 함께 사라졌다.

＊

'이 문제는 이렇게 해결이 되었군.' 아직 시공 연속체가 붕괴하지는 않았고, 우리는 여기에 갇히지 않았다. 나는 케저리가 끔찍이도 싫었고 크로케 경기라면 넌더리가 났다. 게다가 세인트마이클 교회를 시발로 해서 이번 여름 내내 잡동사니 판매장과 바자회가 연이어 열릴 거란 생각을 하니 정신이 아득해졌다. 그랬다가는 최악이지.

나는 회중시계를 보았다. IX시에서 30분이 지나 있었다. 누군가가 나를 발견하고 여기서 뭐 하고 있느냐고 묻기 전에 집으로 돌아갈 필요가 있었다. 그리고 만약 재수가 좋다면 울부짖는 수사슴 그릇에 든 맵게 양념한 콩팥이나 훈제 청어를 먹을 수 있겠지.

나는 암석정원으로 출발했고 하마터면 베인과 마주칠 뻔했다. 베인은 으스스한 눈길로 템스강을 바라보고 있었다. 나는 혹시 아주먼드 공주가 강 중앙에서 하얀 발을 들고 발버둥을 치고 있지는 않은지 살펴보았다.

고양이의 모습은 보이지 않았지만, 베인은 금방이라도 나를 발견할 수 있었다. 잎이 옷을 스치지 않도록 조심하면서 라일락 숲 안으로 몸을 숙이고 들어가는 순간, 나는 아주먼드 공주를 거의 밟을 뻔했다.

"야옹." 고양이가 큰 소리로 울었다. "야옹."

베인은 몸을 돌리더니 얼굴을 찌푸리며 곧장 라일락 쪽을 바라봤다.

"야아…." 아주먼드 공주의 울음소리에 나는 입술에 손가락을 대며 '쉬잇' 하고 조용하게 말했다. 고양이는 내 다리에 몸을 문대면서 더 큰 소리로 야옹댔다. 나는 고양이를 집어 올리기 위해 몸을 구부리다가 죽은 나뭇가지에 머리를 부딪쳤다. 탁하는 소리와 함께 마른 나뭇잎이 요란한 소리를 냈다.

베인이 라일락 쪽으로 걸어오기 시작했다. 나는 변명거리를 생각했다. 크로케 공을 잃어버렸다고 해야 하나? 아침 9시에 혼자서 크로케 경기를 하고 있었다는 게 말이 되나? 몽유병? 아니지. 나는 옷을 제대로 입고 있잖아. 나는 정자를 바라보며 그곳까지 거리는 얼마이며 다음 랑데부까지 시간은 얼마나 남았는지를 가늠해보았다. 둘 다 너무 멀었다. 그리고 아주먼드 공주는 어쩌고? 그 녀석은 어슬렁거리다가 '또 다른' 인과모순을 일으킬 수도 있었다. 차라리 크로케 공을 잃어버렸다고 하는 편이 낫겠군.

"야옹." 아주먼드 공주가 큰 소리로 울었고 베인은 라일락 관목을 헤치기 위해 손을 들어 올렸다.

"베인, 지금 당장 이리 오세요." 예선로에서 토시의 목소리가 들려왔다. "당신과 할 이야기가 있어요."

"네, 아가씨." 베인은 대답하더니 토시가 서 있는 곳으로 갔다. 토시는 주름 장식에 레이스 달린 옷을 입고 일기장을 든 채 서 있었다.

나는 그 틈을 이용해 아주먼드 공주를 들고 라일락 숲 더 깊은 곳으로 들어갔다. 아주먼드 공주는 내 가슴팍에 꼭 달라붙더니 큰 소리로 가르랑거리기 시작했다.

"네, 아가씨?" 베인이 말했다.

"내게 사과하세요." 토시가 오만하게 말했다. "어제처럼 내게 말할 권리가 당신에겐 없어요."

"아가씨 말씀이 맞습니다." 베인이 엄숙하게 말했다. "제 생각을 말하다니 제가 주제넘었습니다. 의견을 말해달라고 요청받았다 해도 말입니다. 어제 제 행동에 대해 사과드립니다."

"야아…." 아주먼드 공주가 울었다. 나는 둘이 나누는 대화를 엿듣느라 계속해서 고양이를 쓰다듬는다는 것을 깜빡했다. 아주먼드 공주는 자기 발을 살포시 내 손 위에 올려놓았다. "야아옹."

토시는 미친 듯이 주변을 둘러보았고, 나는 숲으로 더 깊숙이 들어갔다.

"그 물건이 훌륭한 예술품이었다고 인정하세요." 토시가 말했다.

한참 동안 정적이 흐른 뒤, 베인이 조용히 입을 열었다. "원하시는 대로 대답하겠습니다, 아가씨."

토시의 뺨이 확 붉어졌다. "그건 내가 원하는 것이 아니에요. 돌트 신부님은 그것이…." 잠깐의 정적. "…'현대 예술의 정점에 도달해 있는 작품의 한 예'라고 하셨어요. 내 일기장에 그대로 적어놓았죠."

"네, 아가씨."

토시의 뺨은 더욱더 붉어졌다. "감히 성직자의 의견에 반대하는 건가요?"

"아닙니다, 아가씨."

"제 약혼자인 세인트루웨즈 씨는 그 물건이 '비범하다'고 평했어요."

"네, 아가씨." 베인은 차분히 말했다. "그 말씀뿐이십니까, 아가씨?"

"아니요. 더 할 말이 있어요. 그 물건이 악취미적이며 구역질 나도록 감상적이라고 한 말을 취소할 것을 명령하겠어요."

"원하시는 대로 대답하겠습니다, 아가씨."

"내가 원하는 대로가 아니라니까요." 토시가 발을 구르며 말했다. "그런 식으로 말하지 마세요."

"알겠습니다, 아가씨."

"세인트루웨즈 씨와 돌트 신부님은 신사분들이세요. 어떻게 감히 당신이 그분들의 의견에 반대할 수가 있나요? 당신은 일개 하인일 뿐이에요!"

"네, 아가씨." 베인이 힘없이 대답했다.

"윗사람들에게 그렇게 건방지게 굴면 해고할 거예요."

또다시 긴 정적이 흐른 뒤 베인이 입을 열었다. "일기장에 뭐라고 쓰든, 해고를 몇천 번을 하든 진실은 변하지 않습니다. 갈릴레오는 고문의 위협 아래 자신의 주장을 취소했지만 그렇다고 해서 태양이 지구 주위를 돌게 되지는 않았습니다. 아무리 아가씨께서 저를 해고하신다 할지라도 그 꽃병은 여전히 천한 물건이며 제 의견은 여전히 옳고, 아가씨의 취향은 천박한 겁니다. 일기장에 뭐라고 쓰신다 할지라도 말입니다."

"천박해요?" 얼굴이 새빨개지며 토시가 말했다. "어떻게 감히 당신의 주인에게 그런 식으로 말을 할 수가 있죠? 당신은 해고예요." 토시는 오만한 태도로 집 쪽을 가리켰다. "지금 당장 짐을 싸도록 하세요."

"네, 아가씨. *E pur si muove*(그래도 지구는 돈다)."

"뭐라고요?" 새빨개진 얼굴로 화를 내며 토시가 말했다. "지금 뭐라고 했죠?"

"저를 해고하셨으니, 저는 더 이상 하인의 신분이 아니고 그러니 이제는 자유로이 말할 권리가 있다고 했습니다." 베인이 침착한 어조로 말했다.

"당신은 내게 감히 그런 식의 말을 할 수 있는 위치가 아니에요." 토시는 무기라도 되듯 일기장을 흔들며 말했다. "지금 당장 떠나세요."

"주제넘지만 아가씨에게 진실을 이야기해드리겠습니다." 베인이 심각한 표정으로 말했다. "제가 보기에 아가씨는 진실을 들을 만한 자격이 있으니까요. 저는 언제나 진심으로 오직 아가씨가 잘되기만을 바랐습니다. 아가씨는 풍족한 환경이라는 축복을 받고 태어났습니다. 재산, 지위가 있고 아름다울 뿐 아니라 맑은 마음과 예리한 감수성과 깨끗한 영혼을 지니셨죠. 그런데도 아가씨는 그러한 재산을 크로케 경기와 오건디 천 그리고 겉보기에만 번드르르한 예술품에 탕진하고 있습니다. 아가씨는 과거의 위대한 영혼들이 가득한 서재는 멀리하면서 샬롯 욘지나 에드워드 불워리튼 같은 사람이 쓴 멍청한 소설이나 읽고 계십니다. 과학을 공부할 기회가 있음에도 아가씨는 기껏해야 무명옷을 입은 마술사와 이야기하거나 인광화나 보고 앉아 있습니다. 고딕 건축물의 영광을 마주하고서도 싸구려 복제품에나 감탄사를 연발하며, 진실을 마주하고도 응석받이 어린이처럼 발자국이나 찍어대고 동화나 이야기해달라고 졸라대고 있습니다."

장엄한 연설이었으며, 베인의 말이 끝나면 토시가 일기장으로 베인의 머리를 후려친 뒤, 주름 장식을 너풀거리며 길을 휩쓸고 지나가리라 나는 생각했다. 하지만 아니었다. "내가 맑은 마음의 소유자라고 생각하나요?"

"그렇습니다. 적절한 교육과 훈련을 받는다면 아가씨께서는 훌륭한 사람이 될 수 있습니다."

라일락 숲 중간에 있는 내 위치에서는 그 둘의 얼굴이 잘 보이지 않았고, 나는 둘의 모습을 보는 게 중요하다는 느낌이 들었다. 나는 나무가 좀 드문 쪽으로 자리를 옮겼다. 그러고는 핀치와 정면으로 마주쳤다. 나는 깜짝 놀라 하마터면 아주먼드 공주를 떨어뜨릴 뻔했다. 아주먼드 공주는 구슬프게 울부짖었고 핀치는 비명을 질렀다.

"쉬잇." 나는 둘 모두에게 말했다. "핀치, 채티스번가에 내가 남긴 메시지를 받았나요?" 내가 속삭였다.

"아니요. 저는 옥스퍼드에 다녀왔습니다." 핀치는 희색이 만연한 얼굴로 말했다. "제 임무가 완전히 성공했다고 말씀드릴 수 있어서 정말로 기쁘군요."

"쉬잇." 내가 속삭였다. "목소리를 낮추세요. 집사와 토시가 논쟁을 벌이고 있어요."

"논쟁요?" 핀치는 입술을 오므리며 말했다. "집사는 자기 고용주와 논쟁하면 안 됩니다."

"하지만 지금 하고 있어요." 내가 말했다.

핀치가 라일락 숲 안에서 바스락거렸다. "마침 잘 만났습니다." 핀치는 양배추로 가득한 바구니를 들어 올리며 말했다. "베리티 씨는 어디에 있죠? 두 분 모두와 할 이야기가 있습니다."

"베리티가 어디에 있냐니요? 무슨 뜻이죠? 지금 막 실험실에 갔다 왔다면서요?"

"그렇습니다."

"그러면 그곳에서 만나지 않았어요? 베리티는 조금 전에 떠난걸요."

"실험실로요?"

"물론 실험실이죠." 내가 말했다. "네트를 통과하기 전에 얼마 동안 그곳에 있었죠?"

"1시간 반입니다." 핀치가 말했다. "제 임무의 다음 단계를 논의하는 동안 아무도 네트를 통과해 오지 않았습니다."

"당신이 모르게 도착할 수는 없었나요?" 내가 말했다. "논의하는 사이에 말이에요."

"아니요. 우리는 네트 바로 옆에 서 있었고, 캐러더스 문제 때문에 워더 양은 콘솔을 아주 주의 깊게 지켜보고 있었습니다." 핀치는 잠시 생각하다가 내게 물었다. "혹시 네트에 무슨 문제가 있지 않았습니까?"

"문제라고요?" 목소리를 낮춰야 한다는 사실을 잊은 채 내가 말했다. "지난 5시간 동안 그 빌어먹을 걸 열려고 애를 썼어요!"

"쉿." 핀치가 말했다. "목소리를 낮추십시오." 하지만 이제 우리의 목소리가 문제가 아니었다. 베인과 토시는 서로 고함을 지르는 단계에까지 이른 것이다.

"그리고 이제 테니슨을 인용하는 것은 그만둬요!" 토시가 격렬하게 외쳤다.

"테니슨이 아닙니다." 베인이 외쳤다. "윌리엄 셰익스피어라는 훌륭한 사람이고 충분히 인용할 만한 분입니다. '당신의 그런 조그만 목소리로 내가 겁먹으리라 생각하십니까? 내가 땅을 뒤흔드는 대포 소리, 하늘에 울려 대는 천둥소리는 안 들어본 줄 아십니까?'"[197]

"네트가 열리지 않았다고요?" 핀치가 말했다.

"그 때문에 내가 메시지를 남긴 거예요." 내가 말했다. "우리 둘 모두에게 열리지 않았어요. 베리티는 오늘 새벽 3시부터 노력을 했죠." 갑자기 어떤 생각이 내 머릿속을 스치고 지나갔다. "여기서 옥스퍼드로 언제 갔죠?"

"2시 30분입니다."

"베리티가 시도하기 직전이군요. 편차는 얼마나 되었어요?"

"없었습니다." 핀치가 걱정스러운 표정으로 말했다. "오, 이런. 루이스 씨가 이런 비슷한 일이 일어날 수 있다고 말했습니다."

"이런 비슷한 일이라니요?"

---

[197] 셰익스피어, 《말괄량이 길들이기》

"그분이 모의실험 한 워털루 전투 모형 가운데 인과모순 때문에 네트가 이상해진 경우가 있었습니다."

"어떤 이상인데요?" 다시 목소리를 높이며 내가 물었다.

"열리지 않거나 목적지로 가지 않았습니다."

"목적지로 가지 않았다니 그게 무슨 뜻이죠?"

"두 개의 모의실험에서, 회귀 강하를 하려던 역사학자가 엉뚱한 곳으로 가게 되었습니다. 위치 편차 정도가 아니라 완전히 다른 시공간이었죠. 예를 들어, 1872년의 멕시코로 떨어졌습니다."

"던워디 교수님에게 가서 보고해야겠군요." 강하 지점으로 가며 내가 말했다. "언제 이곳에 도착했죠?"

"9시 40분입니다." 핀치는 내 뒤를 쫓아 달려오며 회중시계를 꺼냈다. "12분 전이군요."

잘됐군. 다음번 강하까지는 4분밖에 남지 않았으니까. 나는 정자에 도착해서 베리티가 섰던 그 지점으로 갔다.

핀치가 걱정스러운 듯 말했다. "이게 좋은 방법이라고 생각하십니까, 선생님? 만약 네트가 제대로 작동하지 않는다면…."

"멕시코든 어디든 여하튼 베리티는 신만이 아는 장소로 갔어요." 내가 말했다.

"하지만 잘못된 장소에 도착했다는 사실을 알면 즉시 돌아오지 않을까요?"

"네트가 열리지 않는다면 그럴 수가 없죠." 베리티가 서 있던 정확한 장소를 찾기 위해 애를 쓰며 내가 말했다.

"그렇군요." 핀치가 말했다. "그러면 저는 뭘 해야 합니까, 선생님? 저는 리틀 러시레이드에 갔다 오는 거로 되어 있습니다. 하지만 저는…." 핀치는 바구니를 가리켰다.

"그 양배추를 채티스번가에 갖다주고 다시 이리로 와서 저를 만나요. 만약 제가 이 장소에 없으면 던워디 교수님에게 가서 무슨 일이 일어났는지 말해주시고요."

"알겠습니다." 핀치가 말했다. "만약 네트가 열리지 않으면요, 선생님?"

"열립니다." 나는 단호하게 말했다.

"네, 선생님." 핀치는 바구니를 들고 황급히 길을 떠났다.

나는 혹시라도 희미한 빛이 보이지 않을까 하여 잔디를 열심히 들여다보았다. 나는 아직도 고양이를 안고 있었지만, 그냥 내려놓을 수는 없었다. 그랬다가는 혹시라도 마지막 순간에 고양이가 네트로 들어올 수도 있었고, 그러면 우리가 원치 않는 또 다른 인과모순이 일어날 수도 있기 때문이었다.

네트가 열리기까지는 아직 3분이 남았다. 나는 라일락 덤불을 밀며 토시와 베인이 있던 곳으로 돌아갔다. 두 사람이 볼 수 있는 곳에 고양이를 내려놓을 생각이었다.

상황은 조금도 나아지지 않은 듯했다. 토시가 말했다. "어떻게 당신이 감히!" 토시가 말했다.

"'아니, 그러지 마시오. 오시오, 케이트. 오시오!'" 베인이 말했다. "'그토록 못마땅하게 보지 마시오.'"[198]

"어떻게 감히 당신이 나를 케이트라고 부를 수 있죠? 내가 마치 당신처럼 일개 하인이라도 된다는 것처럼 말이에요!"

나는 쪼그리고 앉아서 아주먼드 공주를 놓아주었다. 녀석이 숲을 슬슬 빠져나가 토시 쪽으로 가기에 나는 강하 지점으로 잽싸게 돌아갔다.

"당신이 얼마나 무례하게 굴었는지 내 약혼자에게 이야기하겠어요." 토시가 소리쳤다. 토시는 아주먼드 공주를 알아차리지 못한 모양이었다. "세인트트루웨즈 씨와 내가 결혼하면 그분을 의회로 진출하게 해서 하인들은 책을 읽거나 생각을 하지 못하게 하는 법을 통과시키도록 하겠어요."

가느다랗게 윙 하는 소리가 들려왔고 공기가 희미하게 빛났다. 나는 그 빛 중앙으로 들어섰다.

"그리고 당신이 내게 한 모든 말을 내 일기장에 적어놓겠어요." 토시가 말했다. "그래서 내 아이들, 내 아이의 아이들에게 교양이 없다는 것이 무

198 셰익스피어, 《말괄량이 길들이기》

엇인지, 무례함과 야만이란 무엇이며 상식이 없… 당신 뭐 하는 거예요?"

네트가 환히 빛나기 시작해서 나는 감히 바깥으로 빠져나올 수가 없었다. 나는 고개를 쭉 빼고는 라일락 숲 저편을 보려고 애썼다.

"뭐 하는 거예요?" 토시의 비명이 들렸다. "내려놔요!" 일련의 비명아지. "지금 당장 내려놔요!"

"저는 언제나 진심으로 오직 아가씨가 잘되기만을 바랄 뿐입니다." 베인이 말했다.

나는 점점 밝아지는 빛을 보며 베리티가 강하한 후 얼마나 지났는지를 가늠해봤다. 그리 길지는 않았지만, 다음 강하가 있을지 없을지 모르는 상황에서 다음을 기다리는 위험을 감수할 수는 없었다. 게다가 베리티가 어떤 위험한 곳으로 떨어졌는지 모르는 상태였다. 더구나 1870년대의 멕시코는 혁명기이지 않은가?

"이 일로 당신을 감옥에 넣을 거예요!" 누가 누군가의 가슴을 쿵쿵 때리는 듯한 소리가 연이어 들려왔다. "이 건방지고, 징글맞고 야만스러운 깡패야!"

"'이렇게까지 해서 저 미치광이 같은 고집을 꺾어야겠냐 말이야. 말괄량이를 휘어잡는 묘안이 있거든 누구든지 좀 나서서 가르쳐주시길.'"[199]

내 주변의 공기는 빛으로 가득 찼다. "아직 안 돼." 내 말에 마치 응답이라도 하듯 빛이 조금 약해졌다. "안 돼!" 나는 네트가 열리길 원하면서 동시에 열리지 않았으면 했다.

"내려놓으라고요!" 토시가 명령했다.

"원하시는 대로, 아가씨." 베인이 말했다.

네트를 둘러싼 빛이 번쩍하며 나를 휘감았다. "기다려!" 네트가 닫히는 순간 내가 말했고, 나는 풍덩 소리를 들은 듯했다.

[199] 셰익스피어, 《말괄량이 길들이기》

23

“노 저을 줄 알아?”
앨리스가 말하고 있을 때, 양이 뜨개질바늘 한 쌍을 건네며 물었다.
“응, 약간. 하지만 땅에서랑 뜨개질바늘로는….”
앨리스가 이렇게 말을 하는 사이 갑자기 앨리스가 쥐고 있던
뜨개질바늘이 노로 변했으며, 양과 앨리스는 강둑 사이를
둥둥 떠가는 작은 보트 속에 앉아 있었다.
그러니 앨리스는 최선을 다해 노를 저을 수밖에 없었다.

— 루이스 캐럴

내가 어디에 도착했든지 간에 실험실은 아니었다. 방은 베일리얼 칼리지의 오래된 강의실과 비슷했다. 벽에는 칠판이, 그 위에는 두루마리식의 오래된 지도가 걸렸으며 문에는 테이프로 붙여놓은 공지 사항들이 빼곡히 들어차 있었다.

하지만 이곳은 일종의 실험실 용도로 쓰이는 곳이 분명했다. 기다란 금속 테이블 위에는 원시적인 디지털 프로세서 컴퓨터와 모니터가 줄지어 늘어섰는데, 모두 회색, 노란색, 주황색 전선들 그리고 어댑터들과 연결되어 있었다.

나는 방금 통과해 온 네트를 돌아보았다. 분필로 그려놓은 원 안에 보호 테이프로 X자가 그려져 있을 뿐이었다. 그 뒤쪽으로는 축전기, 다이얼과

손잡이가 달린 금속 상자, 기다란 PVC 파이프, 두꺼운 케이블, 잭, 저항기 따위가 두꺼운 은박 테이프로 함께 묶여 무시무시한 형상이었으며, 전선과 구리선이 더 무시무시한 모습으로 연결되었다. 이 모든 것이 네트의 기계 장치인 게 분명했지만, 이런 기묘한 물건으로는 시간 여행은커녕 길 하나 건너가는 것조차 상상할 수 없었다.

무서운 생각이 머릿속을 내려쳤다. 만약 어찌 되었든 간에 이곳이 정말 로 내가 도착해야 할 실험실이라면? 만약 모순 때문에 테렌스와 모드의 결혼이나 베를린 폭격만 변경된 게 아니라면?

나는 문으로 성큼성큼 걸어갔다. 문에 붙은 공지 사항에 2057년이라고 쓰여 있지 않기를 바라며. 그리고 또한 독일어가 아니기를.

아니었다. 제일 위쪽 공지 사항에 '브로드 스트리트, 팍스 로드, 네필드 칼리지 주차장에는 주차가 금지되어 있음. 위반할 시에는 견인하겠음'이라 고 씌어 있었다. 꼭 파시스트 같은 말이었지만 주차 관리실은 언제나 파시스트 같은 말을 하니까. 하지만 공지 사항이나 그 옆에 붙은 기차 시간표 어디에도 나치 문장은 보이지 않았다. 커다란 분홍색 공지문에는 '제2학기의 수업료 납부 기간이 지났습니다. 아직 납부하지 않은 분은 출납원을 찾아오십시오'라고 적혀 있었다.

그리고 그 아래에는 필연적으로 이런 게시물이 있었다. '전염병으로 발생한 고아들을 돕기를 위한 세인트마이클 교회 잡동사니 판매가 교회 북문에서 열림. 4월 5일 오전 10시부터 오후 4시까지. 싼 물건, 중고 물건, 귀중품.'

어쨌든 분명 나치가 지배하는 영국은 아니로군. 전 세계적 전염병도 여전히 일어난 상태이고 말이야.

나는 게시물들을 살펴보았다. 다가오는 잡동사니 판매장 개최 날짜를 제외하고는 연도나 날짜에 대한 아무런 정보도 없었다. 하지만 그 날짜마저도 확실하지 않았다. 나는 예전에, 붙은 지 1년도 넘은 공지 사항을 베일리얼 칼리지의 게시판에서 본 적도 있었다.

나는 창문으로 가서 모퉁이의 테이프를 떼어내고 종이를 옆으로 젖혔다. 아름다운 봄볕이 내리쬐고 있는 베일리얼 칼리지의 뜰이 보였다. 예배당 바깥의 라일락들은 활짝 피었고 안뜰 중앙에는 거대한 너도밤나무가 막 잎을 틔우고 있었다.

원래 내가 있던 곳의 안뜰 중앙에는 밤나무가 서 있었고 수령이 적어도 30년은 되어 보였다. 즉 이곳은 2020년 이전이지만 전 세계적인 유행병이 있었던 뒤이며, 기차 시간표가 붙어 있다는 뜻은 옥스퍼드에 지하철이 들어오기 전이라는 뜻이었다. 시간 여행이 발명된 뒤이고. 그러면 2013년에서 2020년 사이겠군.

나는 컴퓨터가 있는 곳으로 왔다. 중앙의 모니터가 '리셋을 누르시오'라며 깜박이고 있었다.

시키는 대로 하자 네트 위에 있던 베일이 둔탁한 소리를 내며 내려왔다. 베일은 투명하지 않은, 먼지가 낀 붉은 벨벳으로서 아마추어 연극에나 쓸 법해 보였다.

'목적지는?' 화면이 깜박였다. 2010년대에는 어떤 좌표 시스템을 쓰는지 알 수가 없었다. 던워디 교수는 시간 여행이 개발되던 초창기, 풀하스키 좌표나 안전장치, 매개 변수 검사 같은 것은 존재하지도 않았으며 어디로 가는지 또는 돌아올 수 있는지 아무런 지식도 없이 무작정 시간 여행을 하던 때의 이야기를 해준 적이 있었다. 좋았던 옛 시절이었다.

하지만 적어도 컴퓨터에 원시적인 암호가 안 나오는 게 어딘가? 나는 '현재 위치는?'이라고 쳐서 넣었다.

화면이 텅 비더니 다시 깜박였다. '에러.'

나는 1분쯤 생각하다 '도움말'이라고 쳐서 넣었다.

또다시 화면이 텅 비더니 그대로 계속 텅 비어 있었다. 훌륭하군.

나는 기능 키들을 눌러보았다. 화면이 깜박이기 시작했다. '목적지는?'

문에서 소리가 들렸다. 나는 어디 숨을 곳이 없는지 두리번거렸다. 네트를 빼고는 숨을 만한 곳이 없었다. 적당하진 않았지만, 별수가 없었다. 나는 붉은 벨벳 커튼 뒤로 뛰어 들어가서 커튼을 닫았다.

문밖에 있는 사람이 누군지는 모르겠지만 들어오는 데 어려움이 있는 모양이었다. 한참을 덜컹거리는 소리와 함께 지렛대 쓰는 소리가 나더니 문이 열렸다.

나는 네트 중앙으로 물러서서 꼼짝하지 않고 서 있었다. 문이 닫히는 소리가 들리더니 조용해졌다.

나는 조용히 서서 귀를 기울였다. 아무 소리도 나지 않았다. 문에 있던 사람이 누군지 모르겠지만, 여하튼 마음을 바꾸고 돌아간 건가? 나는 가장자리로 조심스레 발걸음을 옮겨서 커튼을 1밀리미터쯤 열어보았다. 아름다운 젊은 여성이 문가에 서서 입술을 깨물고 나를 정면으로 바라보고 있었다.

나는 뒤로 물러서고 싶은 마음을 꾹 눌렀다. 나를 보는 게 아니었다. 네트를 보고 있는 것도 아닌 듯했다. 그 여자는 자기 생각에 정신이 팔려 있었다.

여자는 종아리까지 오는 하얀 드레스를 입고 있었다. 1930년대 이후 어느 시대나 볼 수 있는 옷이었다. 비록 여자는 길고 붉은 머리칼을 21세기식으로 묶어내렸지만, 그 모습을 통해 시간대를 추정할 수는 없었다. 2050년 대의 역사학자들 역시 저 여인 같은 복장을 하고 있었으며 땋은 머리에 댕기를 달고 관 모양의 머리 장식 따위, 강하에 방해되지 않도록 긴 머리칼을 고정할 만한 것은 무엇이든 하고 있었다.

토시보다 나이가 어려 보였지만, 실제론 그렇지 않을 가능성도 컸다. 결혼반지를 끼고 있었다. 여인을 보고 있자니 누군가가 어렴풋이 떠올랐다. 여인이 짓고 있는 단호한 표정이 베리티를 생각나게 했지만, 베리티는 아니었다. 슈라프넬 여사나 그 선조도 아니었다. 혹시 잡동사니 판매장에서 만났던 사람인가?

나는 누구와 비슷한지 떠올리려 애를 쓰며 눈을 가늘게 뜨고 여인을 바라보았다. 머리 빛깔이 달랐다. 좀 더 밝은색이 아니었나? 아마 붉은 기가 도는 금발이 아니었나?

여인은 예전에 베리티가 그랬듯이 겁먹고 화가 난, 단연한 표정으로 한참 동안 서 있더니 컴퓨터가 있는 쪽으로 급히 걸어가 내 시야에서 사라졌다.

다시 침묵. 나는 조용히 자판을 치는 소리에 귀를 기울이며 그녀가 강하를 준비한다거나 베일을 들어 올리는 명령을 내리는 것이 아니길 빌었다.

이 각도에서는 아무것도 볼 수가 없었다. 나는 조심스레 자리를 약간 옮겨 커튼을 열고 바깥을 엿보았다. 여인은 결연한 표정으로 컴퓨터 앞에 앉아 화면을 뚫어지라 노려보았다.

여인의 얼굴에는 베리티의 얼굴에서는 결코 볼 수 없었던, 테렌스가 토시와 약혼했다고 우리에게 말을 했을 당시에도 볼 수 없었던 그러한 무모할 정도의 필사적인 표정이 서렸다.

문에서 소리가 들렸다. 여인은 몸을 돌려 즉시 문 쪽으로 다가갔다. 그리고 다시 시야에서 사라졌다. 이번에 문밖에 있던 사람은 열쇠가 있는 듯했다. 내가 원래의 자리로 돌아왔을 때는 어떤 남자가 문을 열고 서서 여인을 바라보고 있었다.

남자는 청바지에 남루한 스웨터를 입고 안경을 끼고 있었다. 밝은 갈색 머리칼은 어중간한 길이였으며(어느 시대에나 어울릴 수 있도록 역사학자들이 흔히 하는 스타일이었다), 남자의 얼굴 또한 어디에선가 본 듯한 낯익은 얼굴이었다. 아마도 남자가 짓고 있는 표정 때문에 그런 생각이 드는 것에 불과하겠지. 그랬다. 베리티가 늘 짓는 그런 표정이었다.

남자는 한 손에 두꺼운 종이 뭉치와 서류철을 들었으며, 다른 한 손에는 여전히 연구실 열쇠를 들고 있었다.

"안녕, 제임스." 여자가 내 쪽에 등을 보이며 말했다. 저 여자의 얼굴도 볼 수 있으면 좋겠는데.

"여기서 뭐 하는 거야?" 들려오는 목소리는 내 목소리만큼이나 잘 알고 있는 것이었다. 맙소사! 내 눈앞에 있는 남자는 던워디 교수였다.

제임스 던워디 교수! 던워디 교수는 내게 종종 시간 여행 초창기에 관한 이야기를 해주었지만, 나는 늘 던워디 교수는 던워디 교수일 거라고만 생각했다. 빼빼 말랐다거나 우물쭈물하는 모습은 상상조차 해본 적이 없었다. 젊은 시절 또한 마찬가지였다. 아니면 이루어질 수 없는 사랑에 빠졌다거나.

"너랑 이야기하러 왔어." 여자가 말했다. "쇼지랑도. 쇼지는 어디에 있어?"

"학과장과 또다시 이야기하고 있어." 던워디 교수, 아니 젊은 시절의 제임스는 테이블로 가더니 들고 있던 종이 뭉치와 서류철을 한쪽 끝에 내려놓왔다.

나는 두 사람이 가만히 좀 있으면 좋겠다고 생각하면서 엿보는 구멍을 바꿨다.

"시기가 안 좋은 때에 온 거야?" 여자가 말했다.

"최악의 시기에 온 거지." 내려놓은 더미에서 뭔가를 찾으며 제임스가 말했다. "네가 비티와 결혼해서 떠난 뒤로 역사학과장이 새로 부임했거든. 아놀드 P. 래시터 씨야. P는 프루던스(prudence)의 약자야. 이름 그대로 엄청나게 조심스럽고 신중한 사람이지. 너무나 조심스러워서 지난 석 달간 우리는 단 한 번의 강하도 하지 못했어. 그 사람은 '시간 여행의 작동 원리를 완전히 알지 못한 상태로 여행하면 안 된다'고 말하더군. 그 뜻은 신청 용지를 쓰고 쓰고 또 써야 한다는 거지. 래시터 학과장은 강하하기 전에 완벽한 분석을 끝내길 원하고 있어. 그래야만 허가를 내줄 수 있대. 매개 변수 점검, 편차 그래프, 충격 확률 통계, 안전도 검사…." 제임스는 뒤지던 행동을 멈췄다. "그런데 어떻게 실험실에 들어올 수가 있었지?"

"열려 있었어." 거짓말이었다. 나는 여자의 얼굴을 볼 수 있을까 하는 마음에 고개를 돌려 보았다.

"끝내주는군." 제임스가 말했다. "만약 '조심' 씨가 알게 되면 열 좀 내겠는데." 제임스는 원하던 서류철을 찾아 더미에서 끄집어냈다. "그런데 왜 비티 주교는 여기에 오지 않은 거야?" 거의 덤비듯이 제임스가 물었다.

"성공회에 항의하기 위해 런던에 갔어."

제임스의 표정이 바뀌었다. "코번트리 성당이 중요하지 않다는 발표를 들었어." 제임스가 말했다. "유감이야, 리지."

코번트리. 리지. 던워디 교수가 이야기를 나누고 있는 여자는 코번트리 성당 마지막 주교의 아내인 리지 비트너였다. 코번트리에서 내가 인터뷰를 한 연약한 백발의 여인이었다. 저 여자의 머리칼이 좀 더 옅은 색깔이어야 한다는 내 생각이 이상할 게 하나도 없었다.

"불필요하대." 리지가 말했다. "성당이 불필요하면 그다음에는 종교가 불필요해지고 그다음에는 예술과 진실이 그렇게 되겠지. 역사는 말할 것도 없고." 리지는 가려놓은 창 쪽으로 다가갔고 다시 모습이 보이지 않았다.

'제발 가만히 좀 서 있으면 안 될까?' 나는 생각했다.

"너무 불공평해." 리지가 말했다. "브리스틀 대성당은 남겨두기로 했어. 알잖아. 브리스틀을 말이야!"

"왜 코번트리 성당에서는 예산을 절감하지 않았어?" 말을 하며 자리를 옮기는 바람에 제임스 역시도 볼 수 없었다.

"성공회에서는 모든 교회와 성당의 재정 자립도가 75퍼센트는 돼야 한다고 결정했어. 그러려면 관광객이 있어야 하지. 그런데 관광객들은 무덤이나 보물들에만 관심이 있어. 캔터베리에는 베케트가 있고 윈체스터에는 제인 오스틴과 투르네산(産) 검은 대리석 세례반이 있으며 런던에는 탑과 마리 튀소 부인[200]의 무덤이 있는 세인트마틴 인 더 필즈 교회가 있어. 우리도 보물이 있었지. 아쉽게도 1940년에 있었던 독일 공군의 폭격에 모두가 부서지고 말았지만 말이야." 씁쓸한 목소리였다.

"새로운 성당에는 세례당의 창이 있잖아." 제임스가 말했다.

"그래. 또 한편으로는 불행히도 공장 창고처럼 보이는 교회와 엉뚱한 방향으로 나 있는 스테인드글라스와 추하디추한 태피스트리도 있어. 19세기 중반은 예술이나 건축물이 발달한 시기가 아니야."

"사람들이 구 성당의 잔해를 보러 오지 않아?"

"그러는 사람들도 있기는 해. 하지만 충분하지 않아. 비티는 코번트리가 역사적 중요성이 있는 특별한 경우라고 재정 위원회를 설득하려 애썼지만 먹혀들지 않았어. 제2차 세계대전은 너무나 먼 과거의 일이야. 기억하는 사람이 거의 없지." 리지는 한숨을 쉬었다. "항의하러 간 것도 소용없을 거야."

"그러면 어떻게 되는 건데? 문을 닫아야 하는 거야?"

리지는 고개를 저었을 게 틀림없었다. "문을 닫을 여유도 없어. 교구는 너무나 빚이 많거든. 팔아야만 해." 리지는 갑자기 내가 볼 수 있는 곳으로 이동하더니 내 쪽으로 얼굴을 돌렸다. "'내세의 교회'에서 사겠다는 제안을

---

200 프랑스의 밀랍 인형 제작자로, 튀소 밀랍 인형 박물관의 창립자

했어. 뉴에이지 분파야. 위저판, 영혼 현시, 죽은 자와의 대화 같은 것들로 무장했지. 그쪽에 성당을 팔면 남편은 죽고 말 거야."

"그러면 네 남편은 직장을 잃게 되는 거야?"

"아니. 종교가 중요한 역할을 하지 못한다는 뜻은 성직자를 구하기 어렵다는 뜻이기도 해. 가라앉는 배에는 쥐들이 도망쳐서 쥐가 없잖아. 솔즈베리 성당의 수사 신부직을 제안받았어." 리지가 힘없이 말했다.

"잘됐네." 제임스가 좀 심하게 좋아하며 말했다. "솔즈베리 성당은 폐쇄 명단에 들어 있지 않잖아?"

"웅." 리지가 말했다. "귀한 물건들이 많이 있거든. 터너의 그림도 있고. 그 사람이 코번트리로 와서 그림을 그려놓지 않은 게 너무나 아쉬워. 하지만 넌 이해하지 못할 거야. 비티는 코번트리 성당을 판다는 사실을 참을 수 없어 해. 비티는 원래 성당을 짓는 데 일조했던 토마스 보토너의 자손이란 말이야. 남편은 성당을 구하기 위해서라면 무슨 일이든 할 거야."

"그리고 넌 비티를 위해서라면 무슨 일이든 할거고."

"웅. 그럴 거야." 제임스를 응시하며 리지가 말했다. 리지는 깊은 한숨을 내쉬었다. "그 때문에 널 보러 온 거야. 부탁할 게 있거든." 리지는 제임스 쪽으로 성큼 다가갔고 둘은 다시 내 시야가 미치지 않는 곳으로 이동했다.

"네가 네트를 이용해 사람들을 성당이 불타던 당시로 보내줄 수 있겠다고 생각했어. 그러면 사람들은 성당이 어떤 의미이며 얼마나 중요한지를 알게 될 거야."

"사람들을 과거로 보낸다고?" 제임스가 말했다. "관광객은커녕 연구를 위해서 과거로 갈 때도 '조심' 씨와 드잡이해야 하는 판이야."

"관광객을 보내자는 말이 아니야." 리지가 상처받았다는 듯한 목소리로 말했다. "선발된 몇몇만 보내자는 이야기지."

"재정 위원회 사람들을?"

"그리고 비디오 기자 몇 명하고. 여론만 우리 편이 된다면, 만약 그 사람들이 직접 자기 눈으로 본다면 코번트리 성당이 얼마나 중요한 곳인지를 깨닫게…."

제임스가 고개를 설레설레 흔든 게 틀림없었다. 왜냐하면 리지는 말을 멈추고는 전술을 바꿨기 때문이다. "공습이 있던 당시로 돌아갈 필요는 없어." 리지는 재빠르게 말했다. "공습 뒤의 잔해가 있던 시기나 아니면 구 성당으로 가도 돼. 성당 안에 아무도 없는 한밤중이어도 괜찮고. 만약 오르간과, 죽음의 무도에 대한 조각이 새겨진 미세리코르디아와 15세기에 만든 나무 십자가를 보기만 한다면 사람들은 코번트리 성당이 사라졌다는 것이 어떤 의미였는지 단박에 알게 되고 다시는 그런 일이 되풀이되지 않도록 할 거야."

"리지." 여지없는 제임스의 목소리를 듣고 리지는 자기 제안이 불가능하다는 사실을 알았다. 옥스퍼드 대학에서는 한 번도 관광을 목적으로 시간 여행을 허가한 적이 없었다. 좋았던 옛 시절이었을지라도 말이다. 그리고 관광을 목적으로는 네트 역시 열리지 않았다.

리지는 그것을 알고 있었다. "넌 이해하지 못해." 리지는 절박한 목소리로 말했다. "내 남편은 죽고 말 거야."

문이 열리고 작고 비쩍 마른 동양인 청년이 들어왔다. "제임스, 매개 변수를 다 산정⋯."

청년은 말을 멈추고 리지를 바라보았다. 옥스퍼드에 있는 사람들은 모두가 리지에게 상당한 매력을 느끼는 모양이었다. 마치 줄레이카 돕슨[201]처럼 말이다.

"안녕, 쇼지." 리지가 말했다.

"오랜만이야, 리지." 쇼지가 말했다. "여기는 웬일이야?"

"'조심' 씨와의 만남은 어땠어?" 제임스가 물었다.

"생각한 그대로지 뭐." 쇼지가 말했다. "이제는 시공 편차에 대해 걱정하더군." 쇼지는 래시터 학과장의 목소리를 본떠 까다롭고 젠체하는 말투로 말하기 시작했다. "'그 기능이 뭐죠? 왜 그렇게 편차가 들쭉날쭉하죠? 행동을 취하기 전에 모든 가능한 결과를 생각해봐야 합니다.'" 쇼지는 원래

---

[201] 막스 비어봄이 쓴 동명의 소설에 나오는 아름다운 여주인공

자신의 목소리로 말을 했다. "래시터 학과장은 새로운 강하를 허가해주기 전에, 이전에 있었던 모든 강하로부터 편차의 패턴을 완벽하게 분석할 것을 원하고 있어." 쇼지는 내 시야를 벗어나 컴퓨터 쪽으로 갔다.

"농담하지 마." 제임스가 쇼지를 따라가며 말했다. "그러려면 6개월이나 걸려. 이러다가 우리는 아무 곳에도 못 가."

"바로 그걸 노리는 것 같아." 쇼지는 중앙 컴퓨터 앞에 앉아 자판을 치며 말했다. "우리가 아무 곳에도 못 가면 위험할 일도 없잖아. 그런데 왜 베일이 내려와 있지?"

베일리얼 칼리지의 실험실에 과거나 미래에서 온 시간 여행자가 갑자기 나타났었다는 기록은 없었다. 즉 내가 이곳에서 잡히지 않았거나 아니면 뭔가 지금 이 사람들을 속여 넘길 수 있는 그럴듯한 거짓말을 꾸며 내야 한다는 뜻이었다. 나는 뭔가 거짓말 거리를 생각해내려고 애를 썼다.

"만약 우리가 아무 곳에도 가지 못하면 시간 여행에 대해서 어떻게 배울 수가 있겠어?" 제임스가 말했다. "학과장에게 과학은 실험을 동반한다고 말해줬어?"

쇼지는 자판을 두들기며 다시 래시터 학과장의 까다로운 목소리를 흉내 내며 말했다. "'우리는 화학 실험에 관해 이야기하는 것이 아닐세, 후지사키. 시공 연속체에 관해 이야기하는 거라네.'"

미적미적 커튼이 올라가기 시작했다.

"나도 연속체가 뭔지는 알아." 제임스가 말했다. "하지만…."

"제임스." 여전히 시야에서 보이지 않는 곳에 있는 리지가 말을 하자 둘 다 그쪽으로 얼굴을 돌렸다. "적어도 래시터 학과장에게 부탁은 해보지 않을래? 코번트리 성당이…."

✳

나는 어느샌가 블랙웰 서점의 한쪽 구석에 서 있었다. 책이 가득한 거무스름한 나무 벽을 알아차리는 데 한참이 걸렸으며 잠시 나는 내가 2057년으로 돌아왔고 실험실로 돌아가려면 그냥 브로드 스트리트로 뛰어나가면 되리라고 생각했다. 하지만 서가의 모퉁이를 돌아서자마자 일이 그렇게 쉽지 않다는 사실을 깨달았다. 블랙웰 서점 창밖에는 눈이 내리고 있었으며 셸도니안 극장의 앞에는 다임러가 주차된 것이 보였다.

21세기가 아니었으며 주위를 둘러본 결과, 20세기 말도 아니었다. 터미널도, 염가 문고본도, 잡지나 신문을 철해놓은 것들도 보이지 않았다. 대부분 책은 겉표지가 없고 푸른색, 초록색, 갈색 양장본이었다.

그리고 점원인 듯한 여자가 손에 공책을 들고 귀에는 노란 연필을 꽂은 채 내 쪽으로 다가오고 있었다.

모퉁이로 몰래 돌아가기에는 너무 늦었다. 점원이 벌써 나를 보았다. 다행히 여자들 옷과 달리 남자들이 입는 옷은 시간이 지나도 그리 유행을 타지 않았으며, 밀짚모자나 플란넬 바지 따위는 옥스퍼드에서 여전히 볼 수 있었다. 비록 이런 겨울에는 흔치 않겠지만 말이다. 운만 따라준다면 어리숙한 1학년 학생으로 통할 수도 있겠지.

여자는 희미하게 반짝이는 짙은 남색의 드레스를 입고 있었다. 베리티라면 아마도 정확한 달과 연도까지도 맞췄겠지만 내 눈에 20세기 중반 복장은 다 그게 그거 같아 보였다. 1950년대인가? 아니, 땋은 뒤 단단히 틀어 올린 머리에는 연필을 꽂았고, 신발에는 레이스 장식이 되어 있었다. 1940년대 초인가?

아니었다. 창문은 멀쩡한데다 등화관제용 커튼도 없었고 문가에는 모래주머니도 없었으며 전후 시대라고 보기에는 점원의 모습이 너무나 여유로워 보였다. 1930년대로군.

베리티가 원래 맡고 있던 시대가 1930년대였다. 아마도 네트가 실수해서 예전에 베리티를 보냈던 시대 가운데 어떤 곳으로 보낸 모양이었다. 어쩌면 베리티가 이곳에 있을 수도 있었다.

아니, 베리티는 이곳에 있을 수 없었다. 내 옷은 어찌어찌 통용되겠지만, 베리티가 입고 있던 길고 깃이 높은 드레스와 올린 머리가 이곳에서 통할 리가 없었다.

베리티가 인과모순을 일으키지 않고 갈 수 있는 시공간 영역은 퍽 제한

되어 있으며, 다행히도 그 대부분은 문명화된 곳이었다.

"도와드릴까요, 선생님?" 내 콧수염을 뭔가 못마땅하다는 눈빛으로 보면서 점원이 말을 걸어왔다. 콧수염을 잊고 있었네. 1930년대에는 남자들이 깨끗하게 면도하고 다니던가? 에르퀼 푸아로는 콧수염이 있지 않았나?

"도와드릴까요, 선생님?" 여자가 좀 더 엄격한 목소리로 다시 물어왔다. "뭔가 특별히 찾고 있는 책이 있으십니까?"

"네." 내가 말했다. 일천…구백…삼십…몇 년경 블랙웰 서점에는 무슨 책들이 있었을까? 《반지의 제왕》? 아니, 그 책은 더 뒤에 나왔지. 《굿바이 미스터 칩스》? 그 책은 1934년에 발간되었지만 지금 여기는 몇 년일까? 점원이 들고 있는 판매 장부에는 날짜가 쓰여 있겠지만 나는 그걸 볼 수가 없었으며, 내가 가장 원하지 않는 일은 바로 또 다른 인과모순을 만들어 그로 인해 우주가 붕괴하는 것이었다.

《로마 제국 쇠망사》를 주세요." 나는 안전하게 말하기로 했다. "기번이 쓴 거요."

"그 책은 2층에 있습니다." 점원이 말했다. "역사 분야에요."

2층으로 올라가고 싶지 않았다. 강하 지점에서 멀리 떨어지면 안 된다. 이 층은 무슨 분야일까? 지금부터 80년 뒤에는 메타픽션과 자비출판 분야가 이곳에 있겠지만 지금도 그럴지는 의문이었다. 《거울 나라의 앨리스》? 만약 아동문학 분야가 벌써 분리되어 있으면 어떻게 하지?

"2층으로 올라가는 계단은 저쪽입니다, 선생님." 귀 뒤에서 연필을 뽑아 가리키며 여자가 말했다.

"제롬의 《보트 위의 세 남자》는 있나요?" 내가 말했다.

"확인해보겠습니다." 여자는 말을 하고 뒤쪽으로 가기 시작했다.

"부제가 '개는 말할 것도 없고'예요." 나는 여자 뒤쪽에 대고 소리를 치고는 그녀가 서가를 돌아 사라지자마자 원래 내가 있던 모퉁이로 쏜살같이 돌아왔다.

나는 네트가 열렸거나 아니면 적어도 희미하게 빛을 내며 열릴 준비를 하고 있으리라고 반쯤 기대했지만, 천장부터 바닥까지 늘어선 책꽂이 어디에도 그런 기미는 보이지 않았다. 그리고 지금이 몇 연도인지에 대한 단서도 전혀 보이지 않았다.

책들을 꺼내 첫 번째 쪽을 열어보았다. 1904년. 1930년. 1921년. 1756년. 책의 문제는 바로 이런 것이다. 책은 시대를 타지 않는다. 1892년. 1914년. 연도 미상. 책장을 넘겨보았다. 여전히 연도 미상. 나는 책을 다시 앞으로 넘겨 제목을 보았다. 이상할 것도 없었다. 메링 대령과 페딕 교수가 바로 어제 읽었던 헤로도토스의《역사》였다.

문에서 종이 땡땡하고 울렸다. 나는 베리티가 들어오길 바라며 조심스레 모퉁이를 돌아서 살펴보았다. 모피 어깨걸이를 걸치고 모자를 약간 기울여 쓴 중년의 여인 셋이었다.

그들은 문안에서 멈추고 마치 반려동물이라도 되는 듯 자신들의 모피에서 눈을 꼼꼼히 털어내고는 비음 섞인 목소리로 이야기를 나누기 시작했다.

"…그래서 그 남자와 눈이 맞아 달아난 거야!" 오른편에 있는 여자가 말했다. 그녀의 모피는 아주먼드 공주를 납작하게 만들어놓은 것처럼 보였다. "너무 낭만적이지 뭐야."

"하지만 그 남자는 농부잖아!" 가운데 있는 여자가 말했다. 그녀의 모피는 시릴과 똑 닮아 보였다.

"난 그 남자가 농부여도 상관없어." 세 번째 여자가 말했다. "그 여자가 그 남자와 결혼해서 너무 기뻐." 세 번째 여인이 걸친 여우 모피는 셋 중 가장 좋아 보였으며, 여우의 머리에는 유리 눈알이 반짝였다. "만약 결혼하지 않았다면 그 여자는 아직도 옥스퍼드에 잡혀서 교회 위원회와 잡동사니 판매장에서 봉사나 하고 있었을 거야. 그런데 내가 사려고 했던 게 뭐였더라? 블랙웰 서점에 가면 꼭 사다주겠다고 오늘 아침에 해럴드에게 약속했는데. 그게 뭐였더라?"

"난 내 대자(代子)의 생일 선물로 뭔가를 사야 해." 어깨에 시릴을 걸치고 있는 여자가 말했다. "뭘 사야 하지? '앨리스'를 사는 게 좋겠어. 애들이 그런 책을 왜 좋아하는지 난 도무지 모르겠더라. 압운도 안 맞는 시에 등장인물들은 이유도 없이 이리저리 뛰어다니기만 하는 건데. 나타났다 사라지고 말이야."

"어머, 이것 좀 봐!" 여우 모피의 여자가 말했다. 그녀는 진열장에서 파란색 겉표지가 씌워진 책을 꺼냈다. 여자는 여우 모피와 같은 색깔의 장갑을 낀 손으로 제목을 가리고 있었지만 나는 작가의 이름을 볼 수 있었다. 애거사 크리스티였다.

"이 여자의 최신작, 읽어봤어?" 여우 모피의 여자가 다른 여자에게 물었다.

"아니." 어깨에 시릴을 이고 있던 여자가 대답했다.

"응." 아주먼드 공주가 대답했다. "그게 어떻게 되냐 하면 말이지…."

"말하지 마." 여우 모피의 여자가 장갑 낀 손을 들어 주의를 주었다. "결말부를 말하지 마." 그녀는 시릴 쪽을 보았다. "코라는 늘 결과를 미리 말해서 읽는 재미를 망쳐. 《애크로이드 살인 사건》 기억나?"

"그건 달라, 미리엄. 네가 먼저 신문에서 왜 그렇게 야단들인지 알고 싶어 했잖아." 아주먼드 공주가 변명하듯 말했다. "난 누가 살인자인지를 말하지 않고는 설명할 방법이 없었어. 어쨌든 간에, 이 책은 《애크로이드 살인 사건》과는 달라. 이 책에는 누군가가 한 소녀를 죽이려고 해. 아니, 적어도 그렇게 하려고 한다고 생각하지. 사실은…."

"결과를 말하지 말라니까." 작은 여우가 말했다.

"그럴 생각이 아니었어." 아주먼드 공주가 점잔을 빼며 말했다. "내가 말하려던 것은 그저 네가 범인이라고 생각하던 사람이 실은 범인이 아니었으며, 일이란 겉보기와는 다르다는 거였어."

"《만년필 수수께끼》처럼 말이지." 시릴을 드리운 여자가 말했다. "제일 처음 일어난 사건이 실은 두 번째로 일어난 사건이라는 사실이 밝혀지는 거지. 첫 번째 사건은 몇 년 전에 일어났고 말이야. 첫 번째 사건이 일어난 건 아무도 모르고 살인자는…."

"결말을 말하지 마!" 작은 여우가 여우털 장갑으로 귀를 막으며 외쳤다.

"…집사야." 시릴이 말했다.

"네가 그 책을 읽은 줄 몰랐어." 귀를 막았던 손을 내리며 작은 여우가 말했다.

"안 읽었어. '범인은 언제나 집사야." 그리고 불이 나갔다.

✳

하지만 분명 낮이었고, 전기가 나갔다 할지라도 블랙웰 서점의 창문으로 충분한 빛이 들어와야만 했다.

나는 앞의 책꽂이 쪽으로 손을 뻗어 천천히 더듬어보았다. 써늘하고 돌처럼 단단한 게 만져졌다. 나는 조심스레 앞으로 걸음을 옮겼다. 그러다가 거의 고꾸라질 뻔했다.

내 한쪽 발은 허공에 붕 떠 있었다. 나는 비틀거리며 뒤로 물러서 단단한 곳에 앉았다. 계단이었다. 나는 거칠거칠한 돌벽을 더듬거리며 아래로 내려갔다. 계단은 쐐기 모양의 나선형이었으며, 그 뜻은 내가 있는 곳이 탑이라는 소리였다. 아니면 지하 감옥이거나.

공기는 차가웠으며 곰팡내가 났다. 적어도 지하 감옥은 아니라는 증거였다. 지하 감옥에서는 훨씬 고약한 냄새가 나니까. 하지만 만약 이곳이 탑이라면 위쪽 어딘가로 나 있는 창을 통해 빛이 들어와야만 했지만, 그렇지 않았다. 나는 코앞에 있는 내 손도 볼 수가 없었다. 지하 감옥인 게 분명해.

아니면, 희망 사항이긴 하지만, 갈피를 못 잡고 있는 현재의 여행으로 생긴 시차 증후군 때문에 내가 완전히 눈이 멀게 되었거나.

나는 주머니에서 성냥을 찾아 벽에 그었다. 완전히 희망 사항이었군. 바위벽과 돌계단이 흐릿하게 보였다. 지하 감옥이 확실했다. 즉 내가 있는 곳이 2018년의 옥스퍼드가 아니라는 뜻이었다. 1933년도 아니고.

17세기에는 지하 감옥이 무수했다. 12세기부터 16세기도 마찬가지였다. 그 이전의 영국에는 돼지우리나 초라한 오두막이 대부분이었다. 끝내 주는군. 중세의 노르만식 지하 감옥에 갇히다니.

아니면 런던탑 모퉁이거나. 그런 경우라면 몇 분 뒤에 관광객들이 떼를 지어 올라오겠지. 하지만 어쩐지 그러리라는 생각은 들지 않았다. 희미한 성냥 불빛 아래 보이는 계단은 갓 만든 듯했으며 벽을 더듬어보았지만 보호 난간도 없었다.

"베리티!" 나는 어둠 속을 향해 고함을 쳤다. 내 목소리만 돌벽에 부딪혀 메아리쳐 왔고 아무런 응답도 들리지 않았다.

나는 두 손을 벽에 대고 발끝으로는 좁은 계단의 끝을 느끼며 조심스레 올라가기 시작했다. 하나, 둘. "베리티! 여기 있어요?"

침묵. 다음 계단을 밟기 위해 발을 들었다. "베리티!"

계단에 한 발을 올려놓았다. 체중을 실었다. 나는 중심을 잡기 위해 허우적거리다가 벽을 긁으며 미끄러졌다. 나는 두 계단 미끄러졌고 한쪽 무릎을 세게 찧었다.

만약 베리티가 이곳에 있다면 이 소리를 들었을 게 틀림없었다. 다시 외쳐보았다. "베리티!"

세차게 날개를 퍼드득거리는 소리와 함께 뭔가가 곧장 내게로 달려드는 듯했다. 박쥐였다. 끝내주는군. 나는 한 치 앞도 보이지 않는 허공에 팔을 휘둘렀다.

퍼드득거리는 소리가 커졌다. 암흑 속에서 시력을 집중해보았지만, 아무것도 볼 수 없었다.

퍼드득거리는 소리는 곧장 내 쪽으로 다가왔다. 날개가 내 팔을 스치고 지나갔다. 끝내주는군. 박쥐도 앞을 볼 수 없으니 말이야. 나는 팔을 마구 저어댔으며, 지나가는 박쥐들의 퍼드득거리는 소리는 극도로 커졌다가 잦아들었다. 나는 아주 천천히 그리고 조용히 주저앉았다.

좋아. 여기 앉아서 네트가 열리길 기다리는 것이 현명한 행동이지. 캐러더스처럼 영구히 갇히지 않길 빌었다.

"하지만 이러고 있는 사이에도 베리티는 어디선가 헤매고 있을 텐데!" 나는 외치자마자 즉시 후회했다. 박쥐 떼들이 다시 내게 덤벼들었고, 조용해지기까지 족히 5분은 걸렸다.

나는 계속 가만히 앉아서 귀를 기울였다. 이 지하 감옥이 완전히 방음 처리가 되었거나, 지금이 19, 20, 21세기가 아닌 게 분명했다. 산업 혁명 이후, 세상은 진정한 정적에 휩싸인 적이 없었다. 빅토리아 시대조차 기차와

536

증기선이 앞다퉈 소음을 냈고, 도시는 얼마 지나지 않아 마차가 덜컹거리는 소리와 말발굽 소리로 가득했다. 그리고 20세기와 21세기에는 언제나 전자 제품이 윙윙거리는 소리가 들렸다. 하지만 여기서는 박쥐들이 다시 잠자리로 돌아간 뒤 아무런 소리도 들리지 않았다.

이제 뭘 해야 하나? 조금만 더 이곳을 탐험하려 했다가는 나 자신이 온전치 못할 것 같았고 네트가 열리더라도 알아차리지 못할 것이다. 네트가 열린다는 가정 아래서이긴 하지만.

나는 주머니를 뒤져 성냥과 시계를 꺼냈다. X시에서 30분이 지나 있었다. 워더는 뮤칭스 엔드에서 30분 간격으로 네트가 열리도록 조종했었고, 나는 아까 실험실에서 20분 정도밖에 있지 않았으며 블랙웰 서점에서 있던 시간은 15분 정도였다. 즉 네트는 지금 당장에라도 열릴 수 있었다. 아니, 캐러더스를 생각해보면 영원히 안 열릴 수도 있지.

그럼 그사이에 뭘 하지? 여기 앉아서 암흑 속을 멍하니 바라보고 있을까? 베리티에 대해서 걱정이나 하고 있을까? 아니면 주교의 새 그루터기에 무슨 일이 일어났는지 추측해볼까?

베리티에 따르면 탐정은 일하기 위해 몸을 움직일 필요가 없었다. 탐정은 편안한 안락의자(또는 지하 감옥)에 앉아서 '잿빛 뇌세포'를 이용해 수수께끼를 풀기만 하면 됐다. 그리고 내 앞에는 차고 넘칠 만큼 많은 수수께끼가 있었다. 대체 누가 주교의 새 그루터기를 훔치려고 했을까? C 아무개 씨는 누구이며 어쩌자고 아직 나타나지 않은 걸까? 핀치는 무슨 임무를 맡은 걸까? 나는 지금 중세에 와서 뭘 해야 하는 걸까?

한 가지에 대해서는 명확한 답이 있었다. 베리티와 나는 실패했으며 시공간은 붕괴하기 시작했다. 캐러더스는 코번트리에 잡혀 있고 귀환 강하에서는 편차가 증가했으며 베리티는…. 나는 결코 베리티가 강하하게 해서는 안 되는 거였다. 네트가 열리지 않았을 때 무슨 일이 벌어지고 있는지 눈치챘어야 하는 건데. 토시가 C 아무개 씨를 만나지 못했을 때 무슨 일이 벌어질 것인지 알아챘어야 했다.

지금 경우는 루이스가 실험한 워털루 모형에서 최악의 상황으로서, 인과모순이 너무 심해져 시공간이 완전히 망쳐진 것이었다. 루이스가 무정형의 회색 이미지를 가리키며 말하던 기억이 났다. "여기를 보세요. 그리고 여기도요. 이곳에서는 시공 편차가 급격하게 증가하지만 인과모순을 제거하지 못하게 되고, '여기'를 보면 안전핀이 제 역할을 하지 못하고 네트는 오동작하기 시작해서 역사의 진행 경로가 바뀌게 되는 겁니다."

역사의 진행 경로. 테렌스는 모드 대신 토시와 결혼하고, 테렌스와 모드의 손자 대신 다른 비행사가 베를린으로 임무를 띠고 날아갈 것이다. 그 비행사는 목표를 착각하거나 방공포에 격추되거나 그것도 아니면 엔진 소리가 이상하다고 생각해서 기수를 돌리고 다른 비행기들이 뭔가 명령을 받았을 거라는 생각으로 그 비행기를 따라가게 되거나, 그것도 아니라면 그 비행사 때문에 다른 비행기들은 이틀 전 독일군 비행사가 그랬던 것처럼 길을 잃게 되거나, 아니면 테렌스와 모드의 손자가 없는 세상에서는 어찌어찌해서 비행기의 개발이나 영국의 휘발유량 또는 기상 따위에 영향을 주게 되겠지. 그래서 폭격은 절대 일어나지 않게 되는 거고 말이야.

그리하여 독일 공군은 복수를 위해 런던을 폭격하지 않겠지. 코번트리로 폭탄이 떨어지지도 않고. 그러니 성당 복원 계획도 없고. 슈라프넬 여사는 베리티를 1888년으로 보내지 않겠지. 그래서 인과모순은 계속 커지게 되어 임계점이 지나면 네트는 붕괴해서 캐러더스를 코번트리에 가둬두고 나는 점점 더 엉뚱한 곳으로 보내지겠지. 고양이 한 마리로 인해서 우주의 운명은 완전히 바뀌게 되겠지.

점점 추워졌다. 블레이저코트 깃을 세웠다. 트위드였으면 좋았을 텐데.

그런데 만약 이게 최악의 시나리오라면 왜 베리티의 강하에서는 편차가 커지지 않은 걸까? 루이스가 말했었다. "여기를 보세요. 모순이 생긴 중심 부근에서는 시공간 편차가 급격하게 증가하는 영역이 꼭 생깁니다." 우리 경우만 빼고는 말이다.

첫 번째 강하에서 편차는 9분이었고, 다른 강하의 경우에는 2분에서 30분 사이의 편차를 보였으며 빅토리아 시대로 갔던 강하에서 평균 편차는 14분이었다. 편차가 증가한 영역은 두 군데뿐이었고, 그 가운데 하나는 울트라 때문이었다.

나는 외투를 벗어 담요처럼 몸을 둘둘 말고서는 벌벌 떨며 울트라에 대해 생각했다.

울트라 작전에도 안전장치가 있었다. 첫 번째 방어 수단은 비밀의 유지였다. 하지만 만약 누설될 경우에는 두 번째 방어 수단이 효력을 발휘하게끔 되어 있었다. 북아프리카에서 일어났던 경우처럼 말이다.

연합군은 울트라 작전 덕분에 롬멜 장군에게 연료를 운송해주던 수송선을 격침시켰지만, 혹시 암호가 누설된 게 아닌지 독일군이 의심을 품을 수도 있다는 판단하에 일부러 정찰기를 보내 독일의 수송선에 목격당하도록 했다. 이 때문에 나치는 수송선이 연합군 정찰기에 들켰기 때문에 침몰당했다고 생각했다.

한 번의 예외는 있었다. 짙은 안개로 인해 수송선은 정찰기를 볼 수가 없었으며, 롬멜 장군에게 연료가 전달되지 못하도록 해야 한다는 강박 관념에 사로잡힌 나머지 영국 공군과 해군 모두가 수송선을 파괴하기 위해 나타났고, 덕분에 위장 전술이 들통날 뻔했다.

그래서 울트라의 담당 수뇌부는 비밀이 새어 나가지 않게 하려고 몰타 섬의 항구에 소문을 낸 다음, 쉽사리 해독할 수 있는 가짜 메시지를 존재하지도 않는 간첩에게 보내고 독일군이 이 메시지를 가로채게끔 일을 꾸몄다. 그 메시지에는 수송선에 대한 정보를 준 데 대한 노고를 치하하며 그 공로로 승진시킨다는 내용이 들어 있었다. 나치는 6개월 동안 소문을 추적하며 간첩을 잡으려 애를 썼고 덕분에 연합군 측은 울트라의 존재를 숨길 수 있었다.

만약 그 계획이 실패했더라면 연합군 측은 뭔가 다른 방법을 생각해냈을 것이다. 그리고 만약 모든 계획이 실패로 돌아갔다 할지라도 자그마한 허점이 생기는 중이 아닌, 완전히 일이 커진 다음에야 실패로 돌아갔을 것이다.

아무리 인과모순이 심하다 할지라도, 시공 연속체는 그것을 막으려고 했어야만 했다. 그런데 대신 9분의 편차를 주었을 뿐이었고, 그 9분의 편차로 인해 베리티는 고양이를 구할 수 있는 정확한 시기에 도착했다. 사실 5분만 일찍 또는 늦게 도착했더라도 모든 일이 벌어지는 것을 방지할 수 있었다. 시공간은 인과모순이 벌어지기를 기다리고 있다가 모순이 일어나는 순간 기절해 버린 듯했다. 마치 메링 부인처럼 말이다.

베리티는 아귀가 맞지 않는 사소한 사실을 하나 찾아보자고 말했지만 내가 보기엔 모두 아귀가 맞지 않았다. 만약 시공 연속체가 스스로를 교정하기 위해 노력한다면 왜 메링 부인이 이리토스키 여사에게 자문을 구하기 전에 나를 뮤칭스 엔드로 보내 고양이를 돌려주도록 하지 않았을까? 왜 사흘이나 늦게 도착하도록 해서 테렌스가 모드를 만나는 그 순간에 방해하게끔 했을까? 그리고 가장 중요한 점은 왜 네트는 저절로 닫힐 수 있었으면서도 이 모든 모순이 일어나게끔 방관하고 있었을까 하는 것이었다.

루이스는 말했다. "이 모든 것이 가상의 시나리오라는 점을 이해하셔야 합니다. 이 모든 경우, 실제로는 네트가 열리지 않습니다."

워털루 근처는 어느 지점으로도 가는 것이 불가능했다. 포드 극장이나 프란츠 요제프가도 마찬가지였다. 만약 고양이가 역사의 진행 경로에 그토록 중추적인 역할을 한다면 왜 뮤칭스 엔드 근처로 가는 것은 불가능하지 않았을까? 왜 편차의 증가가 필요했던 베리티의 강하에서는 편차의 증가가 나타나지 않았으며, 2018년 4월의 옥스퍼드에는 왜 그토록 컸단 말인가? 그리고 만약 편차가 모든 것을 멀리 떨어지도록 해준다면 나는 어떻게 통과해 온 것인가?

2018년의 실험실에 그 해답이 있었으면 좋았겠지만, 그 편차를 일으킨 원인이 무엇이든 간에 제임스 던워디나 쇼지 후지사키와는 아무런 상관이 없는 것이 분명했다. 그 둘은 강하를 한 적이 없으니까.

물론 에르퀼 푸아로가 이곳에 있다면 이 이해할 수 없는 인과모순의 수수께끼는 물론이거니와 탑 안의 어린 왕자들을 죽인 사람은 누구이며 잭더 리퍼의 정체는 무엇인지, 또는 세인트폴 대성당을 날려버린 범인이 누구인지 밝혀내리라는 데에 의심의 여지가 없었다. 하지만 푸아로나 피터 윔지 경은 이곳에 없으며, 만약 그들이 이곳에 있다면 나는 그들의 외투를 빼앗아 내 무릎을 덮고 싶은 심정이었다.

이런 상상에 빠져 있으면서 나는 칠흑 같은 어둠 사이로 뭔가를 볼 수 있었다. 돌 틈에 발라놓은 회반죽인 듯했고, 내가 그걸 볼 수 있다는 건 어디선가 빛이 들어온다는 뜻이었다.

나는 벽에 바짝 붙어서 보았지만 그 빛, 아니 어둠 속을 가르는 '약간'의 틈은 위쪽 어디선가 내려오는 횃불과 달리 깜박이거나 커지지 않았다.

랜턴에서 나오는 황적색 빛도 아니었다. 아니, 빛이라고 하기보다는 어둠 속을 회색으로 만들어준다는 표현이 더 들어맞았다. 정말로 시차 증후군에 다시 걸린 모양이었다. 또 다른 가능성을 떠올리기까지 5분은 족히 걸렸으니 말이다. 칠흑 같은 어둠에 싸여 있는 것은 지금이 한밤중이고 내가 탑 안에 있기 때문이겠지. 그리고 바깥으로 나가려면 내려가야 하는 거고.

한 발을 내딛는 순간 나는 또다시 굴러떨어질 뻔하다가 허우적거리며 가까스로 몸을 추슬렀다. 이곳에서 한 30분쯤 기다리고 있으면 내가 갈 곳을 볼 수 있게 되고 그러면 적어도 굴러떨어져 죽지는 않겠지.

나는 계단에 걸터앉아 머리를 벽에 기대고 회색이 커지는 것을 지켜보고 있었다.

이 어둠으로 인해 나는 이곳이 지하 감옥이라는 가정을 했고, 그 결과 모든 사물을 잘못 본 거였다. 인과모순에 대해서도 우리는 그렇게 행동한 것이 아니었을까? 그렇게 하면 안 되는 가정을 했던 것은 아니었을까?

역사는 잘못된 가정들로 가득 차 있었다. 나폴레옹은 미셸 네 장군이 카트르 브라를 장악했다고 판단했고, 히틀러는 연합군이 칼레로 진격해 오리라고 여겼으며, 해럴드왕의 군대는 정복왕 윌리엄의 부하들이 자신들을 함정으로 끌어들이는 것이 아니라 퇴각하는 것이라고 오해했다.

인과모순에 대해서 우리가 무슨 잘못된 가정을 하지는 않았을까? 베리티의 강하에서 있었던 편차의 부족부터 2018년에서 있었던 과도한 편차까지 모든 것을 설명해줄 관점이 있지 않을까? 아주먼드 공주와 캐러더스와 주교의 새 그루터기와 지긋지긋한 그 모든 잡동사니 판매장과 신부들에 관해 아귀를 딱 맞춰줄 만한 그러한 방법은 없을까? 개는 말할 것도 없고.

✳

잠이 든 모양이었다. 눈을 떠보니 한낮이었고 계단에서 누군가가 올라오고 있었다.

나는 좁은 탑 안을 두리번거리며 어디 숨을 곳이 없나 찾아보다가 위쪽으로 총알같이 뛰기 시작했다.

다섯 계단을 올라간 뒤에야 강하 지점을 기억해두려면 올라간 계단 수를 세어야 한다는 생각이 떠올랐다. 여섯, 일곱, 여덟, 나는 속으로 숫자를 세며 계단을 올라갔다. 아홉, 열, 열하나. 나는 걸음을 멈추고 귀를 기울였다.

"아직또 다 안됐딴 마리에요?" 여자의 목소리가 들려왔다.

중세 영어 같았다. 이곳이 중세라고 생각했던 내 짐작이 맞았군.

"뵈테너 마님, 느께하고 인는 게 아닙미다." 남자의 목소리가 들려왔다.

"이번 주까지 다 대야 한다고요." 여자가 말했다.

"그러케는 안 됨다." 남자가 말했다.

저 둘이 무슨 이야기를 나누고 있는지 다 알아들을 수는 없었지만, 가장 최근에 세인트마이클 교회의 남쪽 문 앞에서 들었던 것을 포함해 이런 식의 대화는 그전에도 수없이 많이 들어왔다. 어떤 일인지는 모르겠지만 하여튼 여자는 왜 그 일이 제대로 되지 않았는지를 따져 묻고 있으며 남자는 변명을 하고 있겠지. 그리고 (슈라프넬 여사의 선조일 게 틀림없을) 여자는 자신은 그런 변명에는 관심이 없으며 잡동사니 판매장이 열리는 시각까지 모든 일을 준비해놓으라고 말하고 있는 거겠지.

"그러케는 안 됨다, 뵈테너 마님. 그러려며는 여기 지그메 인는 사람들 말고도 더 잇써야 합니다." 남자가 말했다.

"아라써요, 그루웬스…." 여자가 말했다.

돌에 돌이 부딪히는 소리가 들려오더니 여자가 투덜거렸다. "저걸 보라고요, 그루웬스! 개단이 헐겁따고요."

여자는 계단이 헐겁다며 남자에게 고함을 지르고 있었다. 잘됐군. 이참에 남자보고 물러가라고 했으면 좋겠는데.

542

"당신은 내가 하는 마를 무시하고 이써요." 여자가 말했다.

"천마니 말쓰미십니다." 일꾼이 여자를 달랬다.

그 둘은 여전히 내 쪽으로 다가오고 있었다. 나는 어디 숨을 만한 곳이 없을까 하는 생각으로 탑 꼭대기를 바라보았다.

"꼭 해노케쑴니다. 미드세요, 뵈테너 마님."

보토너. 저 여자가 코번트리 성당의 첨탑을 만든 앤 보토너였던가 메리 보토너였던가 하는 그 사람인가? 그럼 이게 그 탑인가?

나는 다시 계단 숫자를 세면서 소리를 내지 않도록 조심스레 올라가기 시작했다. 열아홉, 스물.

꼭대기에는 단상이 있었고 그 너머로 빈 공간이 보였다. 종, 아니 적어도 종들이 들어갈 장소였다. 나는 이제야 내가 있는 시공간을 확실하게 알 수 있었다. 이곳은 코번트리 성당의 탑이며 지금은 탑이 세워진 1395년이었다.

두 사람의 소리가 들리지 않았다. 나는 계단으로 돌아가 임시로 두 칸을 내려가보았다. 그리고 거의 그 둘과 마주칠 뻔했다.

뵈테너 마님과 남자는 바로 내 밑에 있었다. 하얀 두건을 쓴 머리가 보였다. 나는 연단이 있던 곳까지 돌아가 계단에 발을 올려놓는 순간, 잘못해서 비둘기를 밟을 뻔했다. 비둘기는 키익거리며 날아오르더니 박쥐처럼 날개를 펄럭이며 나를 지나 단상 쪽으로 날아갔다.

"쉬! 쉬! 이 고야칸 놈드라!" 뵈테너 마님이 외쳤다.

나는 가쁜 숨을 고르고 도망칠 준비를 하며 기다렸지만 두 사람은 더 이상 다가오지 않았다. 그 둘의 목소리는 이상하게 메아리쳤다. 단상 저쪽으로 간 듯했다. 잠시 뒤 나는 두 사람을 지켜볼 수 있는 곳으로 살금살금 다가갔다.

남자는 갈색 셔츠에 가죽 레깅스를 입고 있었으며 곤혹스러운 표정이었다. 남자는 고개를 저었다. "안댐니다, 메리 마님. 저거도 나흐른 걸림니다."

메리 보토너였군. 나는 비트너 주교의 선조를 궁금한 눈으로 바라보았다. 여자는 홍갈색 시프트 드레스를 입었고 커다란 소매 안쪽으로는 노란색 속옷이 보였으며 금속 벨트를 느슨하게 하고 있었다. 리넨으로 된 여자의 두건은 포동포동한 중년의 얼굴을 단단히 여몄으며 그녀의 모습은 내게 누군가를 떠올리게 했다. 슈라프넬 여사? 메링 부인? 아니, 좀 더 나이 든 사람인데. 백발인 사람인가?

여인은 머리 위에 있는 뭔가를 가리키며 말했다. "저거또 그묘일까지 해노으세요."

일꾼은 격렬하게 고개를 저었다. "그로케 할 수가 엄씁니다, 뵈테너 마님."

여자는 발을 굴렀다. "하라면 하세요, 그루웬스." 여자는 연단을 휩쓸고 지나 계단으로 향했다.

나는 다시 올라갈 준비를 하면서 몸을 숨겼다. 하지만 논의는 이제 끝난 듯했다.

"뵈테너 마님…." 여자 뒤를 따라가며 일꾼이 간청했다.

나는 그들보다 한 바퀴 정도 거리를 유지하면서 뒤를 살금살금 따라 내려갔다.

"도저히 그러케…?" 여자 뒤를 따라가며 일꾼이 말했다.

나는 거의 강하 지점까지 돌아왔다.

"이건 모지요?" 여자가 말했다.

나는 호기심에 그것이 보일 때까지 한 계단 한 계단씩 내려왔다. 메리 보토너는 벽에 있는 무엇인가를 가리켰다.

"이건 다시 만드러요." 여자의 머리 위쪽으로 후광 비슷한 희미한 빛이 보였다.

하고 많은 시간 중에 왜 하필이면 지금 네트가 열리고 있단 말인가?

"뵈테너 마님…." 일꾼이 말했다.

"시키는 대로 하새요." 메리 보토너가 앙상한 손가락으로 벽을 가리키며 말했다.

빛은 점점 더 밝아졌다. 어느 순간이라도 두 사람 가운데 한 명이 저 모습을 볼 수 있었다.

"미꼬 이께써요!" 여자가 말했다.

'어서, 어서. 고칠 수 있다고 말해.' 나는 생각했다.

여자는 말을 마치고 마침내 계단 아래로 내려가기 시작했다. 일꾼은 눈을 굴리더니 불룩한 배에 둘렀던 허리띠를 졸라매고 여자 뒤를 따라가기 시작했다.

두 계단. 세 계단. 메리 보토너의 두건 쓴 머리가 코너를 돌아 사라지는가 했더니 갑자기 다시 불쑥 나타났다. "이를 다 마칠 때까지는 계야기 끝난 게 아니라고요."

더 이상 기다릴 수가 없었다. 저 사람들이 나를 본다 할지라도 말이다. 중세의 사람들은 천사를 믿고 있었고, 재수만 좋다면 나를 천사로 생각하겠지.

빛이 점점 더 밝아지고 있었다. 나는 끽끽거리며 날개를 펴고 날아오르는 비둘기를 뛰어넘으며 계단을 달려 내려갔다.

"아라씀니다…." 일꾼이 마지못해 대답하던 순간 두 사람은 고개를 돌렸고, 나를 보았다.

메리 보토너가 자기 몸에 십자가를 그렸다. "성모 마리아시여…."

나는 벌써 닫히고 있는 네트로 뛰어들었고, 실험실의 타일 바닥에 사지를 쭉 뻗은 채 누워 있었다.

24

"우리는 더 이상 아무런 일도 할 수 없다는…
끔찍한 경악과 공포를 느꼈다."

— 하워드 주임 사제

실험실에서 — 한참이 지연된 도착 — 편집자에게 보내는 편지 — 탑에서 —
내가 위치한 시공간을 확인하다 — 대성당에서 — 아무런 생각 없이 행동하다 — 시가 —
드래곤 — 퍼레이드 — 경찰서에서 — 방공호에서 — 고 피쉬 게임 — 마침내 베리티를
발견하다 — "우리의 아름답고도 아름다운 성당이여!" — 해답

'제발 2057년이기를, 2018년이 아니라.' 나는 고개를 들어 살펴보았다.
'좋았어. 제대로 왔군.' 워더가 나를 굽어보며 일으켜 세우려고 팔을 내밀었다.

워더는 도착한 사람이 나라는 것을 알아차리더니 허리를 펴고는 두 손
으로 허리를 받쳤다. "여기서 뭐 하고 있는 거죠?" 워더가 캐묻듯 말했다.

"여기서 뭘 하고 있냐고요?" 나는 일어나며 말했다. "내가 그 빌어먹을
1395년에 가서 뭘 했죠? 1933년의 블랙웰 서점에서는 무슨 일을 하고요?
그리고 베리티는 지금 어디에 있는 거죠?"

"네트에서 나오세요." 벌써 콘솔로 돌아간 워더는 자판을 치면서 말했
다. 네트에 내려져 있던 베일이 올라가기 시작했다.

"베리티가 어디에 있는지 찾아내요!" 워더에게 다가가며 내가 말했다.
"어제 출발했는데 어딘가 엉뚱한 곳으로 갔어요. 베리티는…."

워더는 손을 들어 조용히 하라고 시늉했다. "12월 11일, 오후 2시." 워더
는 콘솔의 마이크에 대고 말했다.

"무슨 말인지 못 알아듣고 있군요." 내가 말했다. "베리티가 사라졌어요.

네트에 무슨 문제가 생겼어요."

"조금만 기다려요." 워더는 화면에서 눈을 떼지 않았다. "오후 6시. 오후 10시. 캐러더스가 코번트리에 갇혀 있어요. 그리고 나는 지금 캐러더스를…."

"베리티는 지하 감옥에 갇혔을지도 몰라요. 아니면 헤이스팅스 전투가 벌어지는 한복판으로 떨어졌을 수도 있고요. 어쩌면 동물원의 사자 우리로 떨어졌을 수도 있어요! 베리티가 어디로 갔는지 찾아내요!" 나는 콘솔을 마구 두들기며 외쳤다.

"조금만 기다리라니까요." 워더가 말했다. "12월 12일. 오전 2시. 오전 6시…."

"그렇게는 안 돼요!" 나는 워더로부터 마이크를 치우며 말했다. "지금 당장 하라고요!"

워더는 화를 내며 일어섰다. "만약 당신이 지금 이 랑데부를 위태롭게 하는 행동을 한다면…."

던워디 교수와 루이스가 걱정스러운 얼굴로 들어왔다. 던워디 교수는 루이스가 들고 있는 포켓 단말기를 보고 있었다. 루이스가 말했다. "…그리고 이 영역이 편차가 증가하는 곳입니다. 보세요, 이곳이…."

"마이크를 돌려줘요." 워더가 화를 내자 던워디 교수와 루이스가 고개를 들었다.

"네드." 던워디 교수가 급히 나를 향해 다가오며 말했다. "코번트리는 잘 되었나?"

"아니요." 내가 말했다.

워더는 마이크를 낚아채가더니 다시 시간을 입력하기 시작했다.

"C 아무개 씨는 없었으며, '인생을 바꿀 경험'도 일어나지 않았어요. 베리티가 보고한다고 떠났지만, 이곳에 도착하지 않았습니다. 워더에게 베리티를 찾으라고 말 좀 해주세요."

"나는 지금 가속 모드 조작을 하고 있어요." 워더가 말했다.

"당신이 뭘 조작하는지는 관심 없어요." 내가 말했다. "그건 미룰 수 있잖아요. 지금 당장 베리티가 어디에 있는지 찾아내요!"

"조금만 기다리게, 네드." 던워디 교수는 조용히 말을 하며 내 팔을 잡아당겼다. "지금 캐러더스를 데려오려고 하는 중이야."

"캐러더스는 기다릴 수 있어요! 어찌 되었든 간에 캐러더스가 어디에 있는지는 알고 있잖아요! 베리티는 위치 파악조차 안 된단 말입니다!"

"무슨 일이 있었는지 말해봐." 던워디 교수가 말했다. 여전히 침착한 태도였다.

"네트가 붕괴하기 시작했습니다." 내가 말했다. "바로 그 일이 일어난 거예요. 코번트리에서 아무 일도 벌어지지 않았다고 보고하기 위해 베리티가 떠났는데, 실험실로 출발하고 얼마 지나지 않아 곧 핀치가 돌아오더니 베리티는 실험실에 도착하지 않았다고 하더군요. 그래서 저도 그 사건을 던워디 교수님에게 보고하려고 이곳으로 돌아오려고 했지만, 2018년의 실험실에 도착했다가 다시 1933년의 블랙웰 서점으로 가더니 그다음에는…."

"2018년의 실험실에 도착했었단 말인가?" 던워디 교수는 루이스를 바라보았다. "그 시대는 편차가 증가하는 영역인데. 그래, 무얼 보았지, 네드?"

"…그러고는 1395년, 코번트리 성당의 탑에 도착했습니다." 내가 말했다.

"목적지 기능 장애로군요." 루이스가 걱정스러운 표정을 지었다.

"오후 2시. 오후 6시." 스크린을 바라보며 워더가 말했다.

"네트가 붕괴하고 있어요." 내가 말했다. "베리티는 행방이 묘연하고요. 베리티에게 동조 작업을 해서…."

"워더." 던워디 교수가 말했다. "가속을 중지해. 우리는 베리티를…."

"기다리세요. 지금 다른 일을 하고 있어요." 워더가 말했다.

"지금 당장 베리티 킨들에게 동조를 해." 던워디 교수가 말했다.

"조금만…."

그리고 네트에서 캐러더스가 나타났다.

캐러더스는 지난번에 보았던 것과 똑같은 차림을 하고 있었다. 비 의용 소방대 작업복을 입고 비정규 헬멧을 쓰고 있었지만, 지난번과는 달리 검댕이 묻지 않았다. "드디어 성공이군." 양철 헬멧을 벗으며 캐러더스가 말했다.

워더는 네트로 달려가더니 베일을 헤치고는 캐러더스의 목을 감싸 안았다. "무척이나 걱정했어요!" 워더가 말했다. "괜찮아요?"

"신분증이 없어서 체포당할 뻔했고," 뒤를 살짝 돌아보며 캐러더스가 말했다. "고성능 폭탄이 늦게 터지는 바람에 거의 날아갈 뻔했지만, 다른 건 괜찮아요." 캐러더스는 워더의 팔을 풀었다. "네트에 무슨 문제가 생겼다고 생각했죠. 그래서 전쟁 기간 내내 그곳에 처박혀 있을 줄 알았어요. 대체 그동안 뭘 하고 있었던 거죠?"

"당신을 데려오려고 노력하고 있었죠. 우리도 네트에 문제가 생겼다고 추측했어요. 그래서 그 이유가 뭐든 간에 혹시 가속기를 쓰면 당신을 꺼내 올 수 있지 않을까 생각했죠." 워더는 캐러더스와 팔짱을 꼈다. "괜찮은 게 확실해요? 뭐 먹을 것 좀 가져다줄까요?"

"이제 베리티를 데려오세요. 당장요!" 내가 말했다. "지금 당장 동조 작업을 해요!"

던워디 교수가 고개를 끄덕였다.

"알았어요!" 워더는 투덜대더니 콘솔 쪽으로 육중하게 걸어갔다.

"돌아오는 데 아무런 문제도 없었던 거죠?" 루이스가 캐러더스에게 물었다.

"3주일 동안 네트가 열리지 않았던 일만 뺀다면, 없었어요." 캐러더스가 대답했다.

"내 질문은, 이곳에 도착하기 전에 어디 다른 곳에 먼저 도착하지 않았느냐 하는 거예요."

캐러더스는 고개를 저었다.

"그리고 혹시 네트가 왜 열리지 않았는지에 대해 그 이유를 모르나요?"

"몰라요." 캐러더스가 말했다. "늦게 터진 폭탄은 강하 지점에서 백 미터쯤 떨어진 곳에서 터졌어요. 아마도 그 때문일 거라고 짐작했죠."

나는 콘솔로 다가갔다. "아직 안 되었어요?"

"아직요." 워더가 말했다. "그리고 그렇게 나를 내려보고 있지 마세요. 집중이 안 되니까."

나는 캐러더스에게 돌아갔다. 캐러더스는 루이스가 모의실험을 해놓은 곳에 있는 의자에 앉아 부츠를 벗고 있었다.

캐러더스는 무척이나 더러운 양말을 벗으며 말했다. "좋은 소식을 가져온 것이 하나 있다면, 주교의 새 그루터기는 그 파편 더미에 없었다고 슈라프넬 여사에게 분명하게 말할 수 있다는 거야. 성당을 이 잡듯 뒤졌지만 주교의 새 그루터기는 그곳에 없었어. 하지만 공습 중에는 그곳에 있었어. 꽃 담당 부서장인 샤프라는 이름의 노처녀를 만났는데, 뭐, 그런 여자 있잖아, 반백의 머리칼에다 기다란 코에 억센 사람 말이야. 여하튼 그 여자가 그날 오후 5시에 본 기억이 있다고 했어. 샤프 양은 강림절 바자회와 군대 위문품 준비 위원회가 끝난 뒤 집으로 돌아가는 길이었는데, 주교의 새 그루터기에 담겨 있던 국화가 시들고 있는 걸 보고는 뽑아버렸다는군."

나는 워더를 바라보며 캐러더스의 말을 건성으로 듣고 있었다. 워더는 자판을 두들기다가 화면을 노려보곤 의자에 기대어 생각에 잠기더니 다시 자판을 두드렸다. '베리티가 어디에 있는지 모르는 거로군.' 나는 생각했다.

"그래서 자네 생각으로는 불이 났을 때 그게 부서졌다는 건가?" 던워디 교수가 물었다.

"제 생각으로는 그렇습니다." 캐러더스가 말했다. "그리고 다른 사람들도 그렇게 생각하고 있습니다. 그 심술쟁이 노처녀 샤프 양만 뺀다면요. 그 여자는 누군가가 그걸 훔쳐 갔다고 주장하더군요."

"공습 중에 말이야?" 던워디 교수가 물었다.

"아니요. 그 여자가 말하길, 자신은 공습경보 사이렌이 울리자마자 돌아와서 성당을 지켰대요. 그러니까 주교의 새 그루터기는 5시에서 8시 사이에 누가 훔쳐 간 게 틀림없다더군요. 그리고 훔쳐 간 사람이 누구든 간에 공습이 있을 걸 미리 알았을 거라고 했어요."

스크린에 숫자들이 빠르게 올라갔다. 워더는 몸을 앞으로 숙이고 잽싸게 자판을 두드렸다. 내가 물었다. "동조 작업을 마쳤어요?"

"하고 있어요." 짜증을 내며 워더가 대답했다.

"그 여자는 완전히 머리가 맛이 갔어요." 캐러더스는 한쪽 양말을 마저 벗어 부츠에 쑤셔 넣으면서 말했다. "공습 중에 성당 근처에 있던 사람이면 가리지 않고 의심을 하고 따져 묻더니, 성당지기의 처남이 범인이라고 혐의를 두곤 그것에 관해 지역 신문의 편집자에게 편지를 보내기까지 했어요. 그 여자 때문에 여러 사람 고생했죠. 저는 조사고 나발이고 할 필요도 없었어요. 그 여자가 그 모든 것을 다 했거든요. 만약 누군가가 주교의 새 그루터기를 훔쳤다면, 그 여자가 못 찾았을 리가 없다고 확신해요."

"찾았어요." 워더가 말했다. "베리티는 코번트리에 있어요."

"코번트리요?" 내가 말했다. "언제요?"

"1940년 11월 14일요."

"어디요?" 내가 말했다.

워더가 자판을 두드리자 좌표가 나타났다.

"성당이군요." 내가 말했다. "시각은요?"

워더는 자판을 더 두드렸다. "오후 8시 5분요."

"공습 중이잖아요." 나는 네트로 다가갔다. "저를 보내주세요."

"만약 네트가 제대로 작동하지 않으면…." 루이스가 말했다.

"베리티가 그곳에 있어요." 내가 말했다. "공습 한가운데 말이에요."

"보내." 던워디 교수가 말했다.

"전에도 시도했었어, 기억 안 나?" 캐러더스가 말했다. "그곳에는 아무도 가까이 갈 수가 없었어. 너를 포함해서 말이야. 네가 무슨 생각을 하고 있는지는…."

"네 작업복하고 헬멧을 줘." 내가 말했다.

캐러더스는 던워디 교수를 바라보더니 작업복과 헬멧을 벗기 시작했다.

"베리티는 뭘 입고 있었지?" 던워디 교수가 물어왔다.

캐러더스는 내게 작업복을 건네줬고 나는 그것을 트위드 재킷 위에 입었다. "목이 긴 하얀 드레스요." 나는 말을 하면서 그동안 내가 잘못된 가정을 하고 있었다는 사실을 깨달았다. 베리티가 입은 옷은 공습과 같은 상황에서 인과모순을 만들지 않을 것이다. 당시 사람들은 그런 것에 관심을 둘 상황이 아니었다. 아니, 관심을 보이더라도 잠옷이라고 생각하겠지.

"자, 받아요." 루이스는 내게 버버리 레인코트를 건네줬다.

"5분마다 네트를 열어주세요." 나는 레인코트를 받아 들고 네트 안에 들어섰다. 워더가 베일을 내렸다.

"만약 호박밭에 도착하거든 왼쪽에 헛간이 있다는 걸 잊지 마." 캐러더스가 말했다.

네트가 빛을 내기 시작했다.

캐러더스가 말했다. "개를 조심해. 그리고 농부의 아내도…."

✳

나는 내가 출발했던 바로 그곳에 서 있었다. 칠흑 같은 암흑 속이었다. 주변이 불빛 하나 없이 어둡다는 것은 내가 떠났던 그 이튿날, 아니면 천 일 뒤나 만 일 뒤, 여하튼 중세의 어느 시기로 떨어졌다는 뜻이었다. 그리고 그사이에 베리티는 공습 현장 한가운데에 홀로 있다는 뜻이기도 하고. 그런데도 내가 할 수 있는 일이란 겨우 이곳에서 서서 그 빌어먹을 네트가 다시 열리길 기다리는 것뿐이었다.

"안 돼!" 나는 소리치며 돌을 주먹으로 내리쳤다. 그리고 내 주위의 세상이 폭발했다.

쉬익 하는 소리와 함께 우지끈 쿵쾅, 지축이 흔들리더니 동쪽에서 방공포의 폭음이 들려왔다. 어둠은 백갈색으로 밝아졌다가 붉은색으로 변했으며 아래쪽에서 나는 연기 냄새를 맡을 수 있었다.

"베리티!" 이번에는 계단 숫자를 기억해야겠다는 다짐과 함께 종들이 있는 쪽으로 뛰어 올라갔다. 그곳에는 겨우 주변을 식별할 정도의 빛과 함께 희미한 연기 내음이 둘러싸고 있었다.

나는 종루에 도달한 뒤 계단 쪽을 향해 힘껏 소리쳤다. "베리티! 거기 있어요?"

위쪽 탑에서 비둘기들이 힘차게 날갯짓하며 내 얼굴로 날아들었다. 600년 전에 내가 잠을 깨웠던 그 비둘기들의 후손임이 틀림없었다.

베리티는 그곳에 없었다. 나는 내가 처음 도착했던 계단에 이를 때까지 계속 베리티를 불렀다. 나는 아래쪽으로 내려가며 다시 계단을 헤아리기 시작했다.

서른하나. 서른둘. "베리티!" 내 고함은 비행기의 윙윙거리는 소리와 섞여버렸고, 이제 와서 별 쓸모도 없는 사이렌 소리가 울리기 시작했다.

쉰셋. 쉰넷. 나는 계속 헤아렸다. "베리티! 어디 있어요?"

나는 맨 아래 계단에 도착했다. 쉰여덟. 이 숫자를 기억하자고 나는 스스로에게 다짐을 한 뒤 탑 문을 열고 서쪽 현관을 향해 갔다. 이곳에는 연기 냄새가 더욱 심했으며, 마치 시가라도 태우는 듯한 독한 향이 났다.

"베리티!" 나는 탑의 안쪽 문을 열며 소리쳤다. 본당이 나왔다.

교회는 십자가 불빛만 제외하고는 어두웠으며 채광창을 통해 붉은빛이 흘러들어왔다. 나는 지금 몇 시인지 가늠해보았다. 대부분의 폭발음과 사이렌 소리는 북쪽에서 들려오는 듯했다. 오르간 근처에는 연기가 자욱했지만 먼저 폭격을 맞은 거들러 예배당에는 화염이 보이지 않았다. 즉 8시 30분 이후는 아니며 베리티는 이곳에 기껏해야 몇 분 정도 있었다는 뜻이었다.

"베리티!" 내 목소리가 어두운 교회당을 메아리쳤다.

소이탄이 맨 처음 떨어진 곳은 머서 예배당이었다. 나는 회중전등을 가져왔으면 좋았을 거라고 생각하며 성가대석으로 향하는 중앙 복도를 걸었다.

방공포 소리가 멈추는가 싶더니 다시 들려오기 시작했으며 비행기 소리는 더욱 커졌다. 바로 옆 동쪽에서 '쿵, 쿵, 쿵' 하는 폭탄 소리가 들려오더니 창문을 통해 화려한 불빛이 흘러들어왔다. 전체 유리창의 반은 스테인드글라스로서, 깨지지 않도록 안전한 곳에 치워놓은 상태였기에 그 부분들은 나무판자나 새까만 종이로 가려져 있었다. 하지만 북쪽의 유리창 세 개는 아직 손상되지 않은 상태로 남았으며, 이 창을 통해 들어오는 푸르스름한 불꽃이 순간적으로 교회를 붉고 푸른색으로 창백하게 비추었다. 어디에도 베리티의 모습은 보이지 않았다. 대체 어디로 간 걸까? 나는 베리티가 강하 지점 근처에서 머물러 있기를 바랐지만 아마도 공습에 겁을 먹고 어디 안전한 곳으로 피신한 모양이었다. 하지만 그곳이 어디란 말인가?

비행기의 윙윙거리는 소리는 점점 더 거세게 들려왔다. "베리티!" 내가 소음을 뚫고 외치는 순간, 우박이 떨어질 때처럼 천장에서 달칵 소리가 들려오더니 잘 알아들을 수 없는 고함이 들려왔다.

화재 감시원들이 천장에서 소이탄을 발견한 모양이었다. 베리티가 저 사람들 소리를 듣고 어디 안 보이는 곳으로 숨은 건가?

머리 위로 와르르 쿵쾅거리는 소리와 함께 핑 하는 굉음이 들려왔다. 눈을 들어 천장을 쳐다보았다. 훌륭한 행동이었다. 안 그랬으면 소이탄에 정면으로 맞을 뻔했으니 말이다.

소이탄은 신도용 좌석에 떨어지더니 쉬익거리며 나무로 된 신도용 좌석 위로 불꽃을 내뿜기 시작했다. 나는 신도용 좌석에 꽂혀 있던 찬송가 책을 이용해 소이탄을 바닥으로 집어 던졌다. 소이탄은 복도를 굴러 반대편에 있는 신도용 좌석 끄트머리께로 갔다.

나는 소이탄을 발로 걷어찼지만 벌써 신도용 좌석은 연기를 내고 있었다. 소이탄은 살아 있는 것처럼 꿈틀대며 불꽃을 내뿜었다. 소이탄은 또다시 장궤틀을 후려쳤고, 하얀 불꽃이 일어나기 시작했다.

소화기가 필요하다는 생각에 주변을 급히 둘러보았지만 모두 지붕으로 가져간 모양이었다. 남쪽 문에 모래 양동이가 걸려 있었다. 나는 급히 달려가 양동이를 집어 들었다. 모래가 들어 있어야 할 텐데…, 있었다.

나는 본당으로 다시 달려와 소이탄과 불이 붙은 장궤틀에 모래를 끼얹고는 뒤로 물러서 불이 꺼지길 기다렸다.

꺼지지 않았다. 나는 발을 써서 소이탄을 복도 한가운데로 밀어놓고 장궤틀에 붙은 불이 꺼졌는지를 확인해보았다. 나는 모래 양동이를 떨어뜨렸고, 양동이는 신도용 좌석 쪽으로 데굴데굴 굴러갔다. 그 성당지기는 내일 저 양동이를 발견하고 눈물을 흘리겠지.

나는 내가 무슨 행동을 했는지를 생각하며 양동이를 바라보았다. 나는 아무런 생각도 없이 행동한 것이었다. 베리티가 고양이를 쫓아 강물에 들어갔듯이 말이다. 하지만 이곳에는 역사의 진행 경로를 바꿀 기회가 없었다. 독일 공군은 이미 인과모순을 교정하고 있었다.

나는 머서 예배당을 쳐다보았다. 불꽃이 이미 나무로 된 천장을 핥고 있었으며 아무리 많은 수의 모래 양동이를 가져온다 해도 불을 끌 수는 없었다. 앞으로 2시간 뒤에는 성당 전체가 불에 타버릴 것이다.

거들러 예배당 바깥에 뭔가 떨어진 듯 쿵 소리가 들려왔고, 잠깐 빛이 밝아져 왔다. 빛이 사라지기 전, 나는 어린아이가 그 앞에서 무릎을 꿇고 있는 모습이 새겨진 15세기의 나무 십자가를 볼 수 있었다. 30분 뒤, 하워드 주임 사제는 불꽃 너머로 타오르고 있는 십자가를 목격할 것이며, 교회의 동쪽 부분은 완전히 불에 휩싸이리라.

"베리티!" 내 외침은 어두운 성당에 메아리쳤다. "베리티!"

"네드!"

나는 미친 듯 주위를 둘러보았다. "베리티!" 나는 고함을 치며 중앙 통로로 돌아왔다. 본당 뒤쪽으로 달려가며 고함을 쳤다. "베리티!" 나는 다시 고함을 치고는 조용히 귀를 기울였다.

"네드!"

교회 바깥이었다. 남쪽 문이 있는 곳이었다. 나는 장궤틀에 발부리를 걸리면서 신도용 좌석 사이를 빠져나와 남쪽 문이 있는 곳으로 갔다.

바깥에는 많은 사람이 모여서 걱정스러운 눈으로 성당 지붕을 바라보고 있었으며, 모퉁이에는 억세 보이는 두 명의 젊은이가 주머니에 손을 꽂은 채 가로등에 기대어서 서쪽 편에서 일어난 화재에 관해 이야기를 나누고 있었다. "이 시가 냄새는 뭐지?" 키 큰 쪽은 마치 날씨라도 묻는 것처럼 차분하게 말했다.

"브로드게이트 모퉁이에 담배 가게가 있잖아." 키가 작은 쪽이 말했다. "전부 타버리기 전에 좀 훔쳐 올 수도 있겠군."

"성당 바깥으로 나오는 여자 한 명 못 봤습니까?" 나는 가까이에서 스카프를 하고 서 있는 중년의 여자에게 물어보았다.

"불이 붙지는 않겠죠? 어떻게 생각해요?" 여자가 물었다.

'붙어요.' 나는 생각했다. "화재 감시원이 위에 있습니다. 교회 바깥으로 달려 나오는 여자 못 봤어요?"

"못 봤어요." 여자는 말을 마치고는 지붕을 보기 위해 자리를 옮겼다.

나는 베일리 레인까지 뛰어갔다가 다시 성당 옆쪽으로 가보았지만, 베리티의 흔적은 보이지 않았다. 베리티는 다른 문으로 나온 모양이었다. 제의실 쪽 문은 아니었다. 그 문으로는 화재 감시원이 드나들었다. 그렇다면 서쪽 문이겠지.

나는 서쪽 문으로 달려갔다. 그곳에도 사람들이 잔뜩 모여 있었다. 현관 안쪽에는 여자애 세 명을 데리고 있는 여인 한 명, 그리고 담요를 두른 노인 한 명, 하녀 복장을 한 소녀 한 명이 있었다. 문 앞에는 여성 봉사회 완장을 두른, 머리가 희끗희끗하고 뾰족한 코의 여인이 팔짱을 끼고 서 있었다.

"마지막 몇 분 사이에 누가 성당에서 나오는 것을 못 보셨습니까?" 내가 물었다.

"화재 감시원 빼고는 성당에 아무도 들어가지 못하게 했어요." 질책하는 듯한 여자의 목소리를 듣자 누군가와 많이 닮았다는 생각이 또다시 들었지만, 지금 그런 것에 정신을 팔 때가 아니었다. "빨간 머리이고, 길고 흰색… 흰색 잠옷을 입고 있어요." 내가 말했다.

"잠옷이요?" 여자는 말도 안 된다는 듯한 표정이었다.

땅딸막한 공습 대비대 감시원이 다가왔다. "이곳에 있으면 안 됩니다. 소방대가 성당의 불을 끄려면 공간이 필요합니다." 감시원이 말했다. "저를 따라오십시오."

아이들을 데리고 있던 여자는 가장 어린 아이를 안아 들고 현관을 나섰다. 노인도 발을 질질 끌며 여인 뒤를 따라갔다.

"이리 와요." 감시원이 하녀에게 말했지만, 하녀는 겁에 질려 몸이 굳은 모양이었다. "당신도 오세요, 샤프 양." 공습 대비대 감시원은 반백의 여자에게 손짓했다.

"아무 곳에도 안 가요." 샤프 양은 더욱 호전적으로 팔짱을 끼며 말했다. "나는 여성 봉사회 부회장이자 꽃 담당 부서장이에요."

"당신이 누구든 상관없습니다." 감시원이 말했다. "저는 소방대가 불을 끌 수 있도록 이곳에서 사람들을 대피시키라는 명령을 받았습니다. 남쪽 문에 있던 사람들은 다 피신시켰고 이제 당신들 차례예요."

"이봐요, 혹시 빨간 머리 여자를 못 보셨나요?" 내가 끼어들어 감시원에게 물었다.

"도둑이 들지 못하도록 이 문을 지키라는 명령을 받았어요." 몸을 곧게 펴며 여인이 말했다. "나는 공습이 시작될 때부터 여기 있었으며, 성당을 지키는 데 필요하다면 밤새도록 여기에 서 있을 거예요."

"나는 이 문 쪽을 비워야 합니다." 감시원도 몸을 쭉 펴고 대답했다.

두 사람의 말다툼을 보고 있을 시간이 없었다. 나는 그 둘 사이를 막아서서 몸을 곧게 폈다. "전 실종된 여자를 한 명 찾고 있습니다. 빨간 머리죠. 흰색 잠옷을 입었고요."

"경찰서에 가서 물어봐요." 감시원이 대답했다. 감시원은 내가 지나온 길을 가리켰다. "세인트메리 스트리트로 가보세요."

나는 잽싸게 걸음을 옮기면서도 누가 이길지 궁금했다. 나는 꽃 담당 부서장 쪽에 걸었다. 그런데 저 여자가 누구와 닮은 거지? 메리 보토너? 슈라프넬 여사? 블랙웰 서점에서 본 모피를 걸치고 있던 여자 가운데 한 명인가?

감시원은 남쪽 문에 모인 사람들을 피신시켰다고 했지만 제대로 하지는 못한 모양이었다. 그곳에는 아까와 마찬가지로 사람들이 많았고, 아까의 두 젊은이는 여전히 가로등 기둥을 짚고 있었다. 나는 성당 남쪽을 따라 베일리 레인을 지나 경찰서로 향하다가 행진 중인 한 무리의 사람들을 발견했다.

예전 자료에서 경찰 경사가 '엄숙한 행진'이라고 써놓은 걸 읽은 기억이 났다. 화재 감시원들은 성당에서 귀중한 물건들을 구해내면 안전을 위해 경찰서로 가져갔다. 하지만 그 글을 읽을 때, 나는 마음속으로 하워드 주임 사제가 워릭셔 연대 깃발을 들고 이끌고, 사람들은 촛대와 성배, 제병 상자를 들고 보폭에 맞춰 걸으며 뒤쪽에는 십자가를 들고 행진하는 모습을 그렸다. 그래서 처음에 나는 내가 본 무리가 누구인지 알아보지 못했다.

'행진'이 아니었다. 그 모습은 워털루 전투에서 진 뒤, 뭔가를 챙겨 도망가던 오합지졸의 그것이었다. 사람들은 허둥지둥 뛰다가 걷기를 반복했으며 성당 참사 회원은 양손에 촛대와 제의 뭉치를 들었다. 10대로 보이는 소년은 성배와 소화용 손 펌프를 들었고, 주임 사제는 창이라도 내밀듯 깃발을 앞으로 내밀고는 질질 끌리는 깃발에 발이 걸려 비틀거렸다.

나는 마치 퍼레이드라도 구경하듯 그 사람들을 바라보다가 베리티가 말했던 가능성이 퍼뜩 떠올랐다. 하지만 아무도 주교의 새 그루터기를 들고 있지 않았다.

사람들은 경찰서로 뛰어 들어갔다. 아마도 들고 있던 그 귀중한 물건들을 빈자리에다 대충대충 쌓아놓는 모양이었다. 사람들은 경찰서에 들어가자마자 나와서 바로 제의실 쪽으로 달려왔다.

성당 계단 중간에서 화재 감시원들을 만난 푸른색 작업복의 대머리 남자는 고개를 설레설레 흔들었다. "상황이 좋지 않습니다. 연기가 너무 많습니다."

"복음서와 사도 서간들을 구해야 합니다." 하워드 주임 사제는 대머리 남자를 밀치고 문을 빠져나갔다.

"빌어먹을 소방대는 왜 안 오는 거죠?" 10대로 보이는 소년이 말했다.

"소방대?" 성당의 참사 회원이 하늘을 보며 말했다. "빌어먹을 영국 공군은 어디에 있는 거지?"

10대 소년은 경찰서에 가서 소방대에게 다시 한번 더 전화하겠다며 세인트메리 스트리트로 달려갔다. 나는 소년의 뒤를 따라 경찰서로 갔다.

사람들이 구해 낸 보물들은 경사의 책상 위에 애처롭게 쌓여 있었으며, 깃발은 벽에 아무렇게나 기대었다. "다시 해보세요. 성단소 지붕이 다 타고 있어요." 소년이 경사에게 말하는 사이, 나는 화재 감시원이 구해온 물건들을 살펴보았다. 촛대, 나무 십자가, 낡은 성공회 기도서가 몇 권 쌓였고, 헌금 봉투와 소년 성가대들이 입는 소백의(小白衣)가 자그맣게 놓여 있었다. 이런 것들은 목록에 들어 있지 않았다. 하워드 주임 사제가 목록에 빠뜨린 물건들이 얼마나 되는지 궁금해졌다. 하지만 아무리 살펴보아도 주교의 새 그루터기는 보이지 않았다.

소년이 쏜살같이 튀어 나갔다. 경사는 전화를 집어 들었다. "빨간 머리 여자를 못 보셨나요?" 경사가 소방대에 전화를 걸기 전에 내가 먼저 말을 걸었다.

경사는 수화기를 든 채 머리를 흔들었다. "방공호에 있을 것 같군요."

그래, 방공호. 공습을 피해 있을 만한 논리적인 장소였다. 베리티는 이런 상황에서 바깥에 나와 있을 정도로 멍청하지 않았다. "가장 가까운 방공호가 어디에 있죠?"

"리틀파크 스트리트로 가봐요." 수화기를 놓으며 경사가 말했다. "베일리를 지나 왼쪽으로 꺾어지면 됩니다."

나는 고개를 숙여 감사를 표하고 경찰서를 나섰다. 불길은 더 가까이 다가오고 있었다. 하늘은 오렌지빛 연기로 가득했으며 트리니티 성당 정면에는 노란색 불길이 활활 타올랐다. 탐조등이 하늘을 가로지르며 순간순간 밝아지고 있었다. 또한, 믿을 수 없게도 점점 추워졌다. 나는 달리면서 차가운 손에 입김을 불었다.

방공호를 찾을 수 없었다. 블록 중간에 있는 집은 폭탄을 정통으로 맞아 폐허가 되어 연기가 자욱했고, 그 옆의 과일 가게는 불길에 휩싸였다. 거리의 다른 곳은 어둠에 잠긴 채 조용했다.

"베리티!" 나는 외치면서도 혹시라도 폐허 더미 밑에서 대답이 들려올까 봐 걱정이 되었다. 나는 거리로 돌아가 혹시 방공호 표시가 붙은 건물은 없는지 주의 깊게 살펴보다가, 길 한복판에 쓰러진 방공호 표지판을 찾아냈다. 나는 허망하게 주위를 돌아보며 표지판이 어느 방향에서 날아왔는지 가늠해보려고 애를 썼다. "여보세요! 누구 없어요?" 나는 구석구석을 누비며 소리쳤다.

길 끝부분에 도달했을 무렵 마침내 나는 방공호를 발견했다. 방공호는 위치상으로 보자면 성당 바로 옆에 있었으며, 반지하여서 폭격은 물론이거니와 추위조차 피할 수 없어 보였다.

방공호는 좁고 더러웠으며 아무런 가구도 없었다. 벽에는 모래주머니를 쌓아놓았고 스무 명은 되어 보이는 사람들이(어떤 사람들은 목욕용 가운을 입고 있었다) 더러운 바닥에 그냥 앉아 있었다. 칸델라[202]가 한쪽 기둥에 매달린

---

202 금속이나 도기로 만든 주전자 모양의 호롱에 석유를 채워 켜는 등

채, 폭탄이 터질 때마다 심하게 흔들렸으며, 그 아래에는 방한용 귀마개를 하고 파자마를 입은 작은 남자아이가 어머니와 카드놀이를 하고 있었다.

나는 어스레한 방공호를 살펴보며 베리티를 찾았다. 베리티는 보이지 않았다. 베리티는 어디에 있단 말인가?

"하얀 잠옷을 입고 있는 여자 한 명 못 보셨나요?" 내가 말했다. "붉은 머리 여자요."

사람들은 마치 내 말을 못 들은 것처럼 멍하니 있었다.

"6 가지고 있어요?" 작은 남자아이가 물었다.

"그래." 카드를 건네주며 남자아이의 어머니가 말했다.

성당의 종이 울리기 시작했고, 종소리는 꾸준히 울리는 방공포의 포효와 고성능 폭탄이 터지는 굉음 너머로 울려 퍼졌다. 9시였다.

종소리에 모두 고개를 들었다. "성당에서 종이 울려요." 천장 쪽을 쳐다보며 소년이 말했다. "퀸 가지고 있어요?"

"아니." 소년의 어머니는 자기 손을 보다가 다시 천장을 쳐다보았다. "고피쉬.[203] 종소리가 들리는 걸 보니 성당은 무사한 모양이로구나."

여기서 나가야만 했다. 나는 문으로 가서 거리로 통하는 계단을 올라갔다. 종은 맑게 울리며 시각을 알렸다. 머리 위로 비행기가 윙윙거리며 성당이 불타고 있는 동안에도 코번트리의 사람들은 성당의 종이 시각을 알리며 밤새도록 울리는 소리를 듣고는 안심하고 있겠지.

남쪽 문에 모여 있던 사람들은 성당 지붕의 불길을 잘 보기 위해 거리를 건너왔다. 아까의 두 젊은이는 여전히 가로등 옆에 서 있었다. 나는 그 둘에게 달려갔다.

"소용없어." 키 큰 쪽이 말했다. "그 사람들은 그걸 지금 꺼내 오지 않을 거야."

"젊은 여자를 찾고 있는데요. 그러니까 붉은…." 내가 말했다.

"우리도 그래요." 키 작은 쪽이 말하고는 둘이서 웃어댔다.

---

203 Go Fish. 게임에서 상대방이 요구하는 카드가 없을 때 외치는 용어

"붉은 머리예요." 내가 못 들은 척하며 계속 말했다. "하얀색 잠옷을 입고 있어요."

예상했던 대로, 둘은 내 말을 듣고는 다시 웃어댔다.

"여기 어디 방공호에 있을 것 같은데 방공호가 어디 어디에 있는지 알 수가 없군요."

"리틀파크 스트리트 쪽에 하나 있어요." 키 큰 쪽이 말했다.

"그곳은 벌써 갔다 왔어요." 내가 말했다. "거기엔 없었어요."

그 둘은 잠시 생각에 잠겼다. "고스포드 스트리트에 하나 있지만, 그쪽에는 갈 수 없어요." 작은 쪽이 말했다. "낙하산 지뢰가 떨어졌거든요. 길이 막혔어요."

"지하실에 있을 수도 있겠군요." 키 큰 쪽이 말을 하더니 내 표정을 보고는 덧붙였다. "성당 지하실요. 그곳에 방공호가 있거든요."

맞다. 지하실. 공습이 있던 날, 수십 명의 사람이 그곳에 피신해 있었다. 그 사람들은 머리 위에서 성당이 불타고 있는 동안 11시까지 그곳에 머물러 있다가 바깥쪽 계단을 통해 나왔다.

나는 멍하니 있는 사람들을 밀치고 남쪽 문으로 들어가 계단을 올라갔다. "들어가면 안 돼요!" 스카프를 두른 여자가 소리쳤다.

"구조반이에요." 나는 뒤에 대고 소리치며 달려갔다.

성당의 서쪽 끝은 여전히 어두웠지만, 지성소와 성단소에는 충분한 빛이 있었다. 제의실은 불타오르고 있었고 거들러 예배당과 그 위의 채광창에는 구릿빛 연기가 가득했다. 캐퍼 예배당에 들어서자 불길이 길 잃은 어린양을 안고 있는 예수가 그려진 유화를 핥고 있었다. 본당에서는 불타고 있는 예배 순서지가 공중을 떠다니며 재를 날렸다.

나는 슈라프넬 여사의 청사진을 기억하려고 애썼다. 지하실은 북쪽 복도에 있는 세인트로렌스 예배당 아래에 있었다. 드레이퍼 예배당 서쪽에 바로 인접해 있는 곳이었다.

나는 불을 내뿜으며 떠다니는 예배 순서지를 피하며 본당을 통과해 갔다. 계단이 어디에 있더라. 성서대 왼쪽이었지.

저 앞쪽, 성가대석에서 뭔가 움직이는 것이 보였다.

"베리티!" 나는 본당을 달려가며 소리쳤다.

뭔가가 성가대석을 지나 지성소 쪽으로 휙 지나갔다. 성가대석 사이로 순간 흰색이 보였다.

소이탄이 지붕 위로 거칠게 떨어지는 소리에 나는 천장을 올려다보고 성가대석으로 돌아왔다. 내가 봤던 물체는, 진짜로 뭔가를 봤는지 확신이 들지 않았지만, 어디론지 사라졌다. 드레이퍼 예배당의 입구 위쪽으로는 예배 순서지 한 장이 상승 기류를 타고 올라갔다가 떨어졌다.

"네드!"

나는 주위를 돌아봤다. 뒤쪽 멀리서 베리티의 목소리가 희미하게 들려오는 듯했지만, 성당 안에 가열된 공기 때문에 잘못 들은 것일 수도 있었다. 나는 성가대석으로 달려갔다. 성가대석과 지성소에는 아무도 없었다. 드레이퍼 예배당으로부터 흘러들어온 예배 순서지가 빙빙 돌며 떠다니다가 불이 붙어 타오르면서 제단 방향으로 가라앉았다.

"네드!" 베리티가 고함치는 소리가 들려왔고, 이번에는 잘못 들은 것이 아니었다. 베리티는 성당 바깥에 있었다. 남쪽 문 방향이었다.

나는 쏜살같이 계단을 내려와 지붕을 지켜보는 사람들과 기둥 옆에 서 있던 두 젊은이를 지나치며 베리티의 이름을 외쳤다. "베리티!"

거의 즉시 베리티를 발견할 수 있었다. 베리티는 리틀파크 스트리트를 반쯤 지난 곳에 공습 대비대 감시원과 진지하게 이야기하고 있었다. 베리티가 입은 하얀 드레스는 찢어진 채 땅에 질질 끌렸다.

"베리티!" 내가 소리쳤지만, 소음이 너무나 심했다.

"아니요, 당신은 이해하지 못해요." 베리티는 감시원에게 소리치고 있었다. "방공호를 원하는 게 아니에요. 콧수염을 기른 젊은 남자를 찾고…."

"아가씨, 저는 이 지역에 있는 모든 민간인을 피신시키라는 명령을 받았습니다." 감시원이 말했다.

"베리티!" 나는 거의 베리티의 귀 옆에서 외쳤다. 나는 베리티의 팔을 잡았다.

베리티가 고개를 돌렸다. "네드!" 베리티는 내 팔에 뛰어들었다. "계속 찾아다녔어요."

"나도요." 내가 말했다.

"여기에 있으면 안 됩니다." 감시원이 엄격하게 말했다. "이 지역은 관계자만 있을 수 있습니다. 민간인은 이곳에 있을 수…." 호루라기 소리와 함께 길게 꼬리가 늘어지는 비명이 들려오는 바람에 감시원이 하는 말을 들을 수 없었다. 그러고는 갑작스러운 폭발음과 함께 먼지와 벽돌이 날아다니는 가운데 감시원이 사라졌다.

✳

"이봐요!" 내가 외쳤다. "감시원! 감시원!"

"오, 안 돼!" 베리티는 소용돌이치는 먼지를 밀어내려는 듯, 손을 휘저으며 외쳤다. "감시원은 어디로 간 거죠?"

"이 아래에 있어요." 나는 미친 듯이 벽돌 더미를 파헤치며 말했다.

"찾을 수가 없어요." 벽돌을 옆으로 던지며 베리티가 말했다. "아니, 잠깐, 여기 손이 보여요! 팔도요!"

감시원은 베리티의 손을 격렬하게 뿌리치고 일어서더니 작업복에 묻은 먼지를 털어 냈다.

"괜찮아요?" 베리티와 나는 이구동성으로 물어보았다.

"물론 괜찮고말고요." 감시원은 콜록거리며 대답했다. "고맙다고 할 줄 알았나요? 이봐요, 민간인들! 당신들은 지금 자신들이 무슨 일을 하고 있는지 몰라요. 그런 식으로 벽돌을 집어 던지다가는 사람을 죽일 수도 있어요. 공습 대비대의 임무를 방해하는 것은 위법 행위로서 처벌을…."

머리 위로 비행기가 다시 윙윙거리며 지나갔다. 나는 하늘을 쳐다보았다. 번쩍번쩍하는 빛에 하늘이 밝아졌으며 또다시 날카로운 호루라기 소리가 들려왔다.

"여기서 피하는 게 좋겠군요." 내가 말했다. "이리 내려가요!" 나는 베리티를 데리고 지하실 계단을 내려가 좁은 방공호로 통하는 문으로 들어섰다.

"괜찮아요?" 베리티를 바라보며 내가 말했다. 베리티의 머리칼은 한쪽으로 쏠렸고 찢어진 드레스는 검댕으로 얼룩졌다. 얼굴 역시 마찬가지였으며 왼손에는 피가 방울져 있었다. "다쳤어요?" 피 묻은 손을 들어보며 내가 물었다.

"아니요. 성당에 있는 아치에 부딪혔어요. 어두운데다 내가 어, 어디로 가고 있는지 볼 수가 없었거든요. 도, 도시 전체가 불에 타고 있는데 어떻게 이토록 추, 추울 수가 있죠?"

"자요, 이걸 입어요." 나는 레인코트를 벗어 베리티의 어깨를 감싸줬다. "루이스가 챙겨 준 거예요."

"고마워요." 덜덜 떨며 베리티가 말했다.

또다시 폭음소리와 함께 머리 위로 먼지가 비처럼 쏟아져 내렸다. 나는 베리티를 감싸 안고 현관 쪽으로 데리고 갔다. "폭격이 좀 가라앉을 때까지 여기서 기다렸다가 성당에 들른 뒤 이곳을 벗어나 좀 더 따뜻한 곳으로 갑시다." 나는 베리티를 웃기려고 가볍게 떠들었다. "우리는 일기장도 훔쳐야 하고, 토시의 남편도 찾아줘야 해요. 여기 근처에 누군가가 있어서…." 나는 불타오르고 있는 하늘을 향해 팔을 휘저었다. "…아기 말투와 아주먼드 공주를 위해 이 모든 것을 바꾸리라고 생각하는 건 아니겠죠? 난 그렇게 생각하지 않아요."

별 효과가 없었다. "오, 네드." 베리티는 울음을 터뜨렸다.

"왜 그래요?" 내가 말했다. "공습 중에 농담하지 말았어야 한다는 걸 알아요. 나는…."

베리티는 고개를 저었다. "그게 아니에요. 오, 네드. 우리는 뮤칭스 엔드로 돌아갈 수 없어요. 여기에 갇혔어요." 베리티는 내 가슴에 얼굴을 파묻었다.

"캐러더스처럼 말인가요? 캐러더스는 구출됐어요. 우리도 구출될 거예요."

"아니요. 당신은 내 말이 무슨 뜻인지 몰라요." 베리티는 눈물이 그렁그렁한 눈으로 나를 바라보며 말했다. "우리는 강하를 할 수가 없어요. 불이…."

"무슨 뜻이죠?" 내가 말했다. "탑은 불타지 않았어요. 탑과 첨탑은 불타지 않은 유일한 건물이에요. 물론 꽃 담당 위원회의 드래곤이 서쪽 문을 지키고 있지만 우리는 남쪽 문을 통해서….”

“탑이요?” 베리티가 멍하니 물었다. “무슨 말이죠?”

“탑을 통해 오지 않았어요?”

“아니요. 지성소를 통해 왔어요. 네트가 다시 열리길 기다리며 거의 1시간 정도 그곳에 있었는데 불이 나기 시작했고, 화재 감시원에게 발각될까 봐 겁이 나서 바깥에 나와서 당신을 찾아….”

“내가 여기에 있다는 걸 어떻게 알았죠?”

“내가 어디에 있는지 아는 즉시, 당신이 오리라는 사실을 알고 있었어요.” 진심으로 하는 말이었다.

“하지만….” 나는 지난 2주일 동안 이 지점에 도착하기 위해 많은 사람이 무던히 노력했지만 아무도 성공하지 못했다는 사실을 말해주려 했다. 하지만 아무래도 말하지 않는 게 좋겠다는 생각이 들었다.

“그래서 성당으로 돌아갔는데, 지성소가 불에 타고 있었어요. 그리고 불길 속에서는 네트가 열리지 않을 거고요.”

“당신 말이 맞아요.” 내가 말했다. “하지만 그곳을 통해 갈 필요가 없어요. 나는 탑을 통해 왔고, 탑은 불길에 약간 그을렸을 뿐이에요. 탑으로 가려면 본당을 지나가야만 해요. 그러니 움직이는 게 좋겠어요.”

“잠깐만요.” 베리티는 레인코트를 제대로 입은 뒤 허리띠를 풀어서 찢어져 질질 끌리는 스커트를 무릎 높이로 고정했다. “이제 1940년에 통용될까요?” 베리티는 레인코트 단추를 잠그며 말했다.

“멋지군요.” 내가 말했다.

우리는 계단을 올라가서 성당으로 돌아갔다. 동쪽 끝부분의 지붕은 불길에 싸여 있었다. 그리고 마침내 소방대가 도착했다. 소방차는 모퉁이에 주차했고, 우리는 뒤얽힌 호스와 오렌지빛 웅덩이를 넘어 남쪽 문으로 갔다.

“소방수들은 어디에 있나요?” 남쪽 문에 모여 있는 사람들 무리에 도착했을 때 베리티가 물었다.

“물이 없어요.” 얇은 스웨터를 입은, 열 살 남짓 되어 보이는 소년이 대답했다. “독일 공군이 수도 시설을 파괴했어요.”

"소방수들은 다른 소화전을 찾으러 프라이어리 로우로 갔어요."

"물이 없다니." 베리티가 중얼거렸다.

우리는 성당을 쳐다보았다. 지붕 상당 부분이 화염에 휩싸인 채 후진 쪽으로 불꽃을 뿜어냈고, 깨진 유리창 안으로 불길이 활활 타오르고 있었다.

"우리의 아름답고 아름다운 성당이여!" 우리 뒤에 서 있던 남자가 말했다.

소년은 내 팔을 잡아끌었다. "불에 다 타버리겠죠?"

성당은 불에 다 타버릴 것이다. 10시 30분경, 소방대는 마침내 쓸 수 있는 소화전을 발견하지만, 그때는 이미 지붕이 완전히 불에 탄 후였다. 소방수들은 지성소와 성모 예배소에 호스를 끌어와 불을 끄려고 시도하지만 물은 금방 동나버린다. 곧 지붕은 불길에 휩싸이고 J. O. 스콧이 뒤틀림을 막기 위해 아치 위에 설치했던 강철 막대들은 열에 의해 구부러지고 녹아 흐르게 될 것이며, 15세기의 아치와 지붕은 제단과 조각 장식된 미세리코르디아와 헨델의 오르간, 아이가 그 발치에 무릎을 꿇고 있는 모습이 새겨진 나무 십자가 위로 무너져 내릴 것이다.

'우리의 아름답고 아름다운 성당이여.' 나는 항상 이 성당을 주교의 새 그루터기와 같은 부류, 즉 짜증 나는 고물 정도로 취급하면서 세상에는 훨씬 더 아름다운 성당들이 많다고 생각해왔다. 하지만 지금 여기 서서 불길이 치솟고 있는 성당을 지켜보고 있자니 새롭게 현대풍으로 추하게 지은 성당이 하워드 주임 사제에게 어떤 의미로 다가왔는지 이해할 수 있었다. 헐값으로 성당을 팔아넘기는 게 리지 비트너에게 어떤 의미인지, 왜 슈라프넬 여사가 성공회, 역사학과 교수진, 코번트리시 위원회나 세상의 모든 것들과 싸우길 마다치 않으면서까지 성당을 다시 세우려고 하는지 이해할 수 있었다.

나는 베리티를 내려다보았다. 베리티의 얼굴에서는 소리 없이 눈물이 흐르고 있었다. 나는 베리티의 어깨를 감싸 안았다. "우리가 할 수 있는 일이 없을까요?" 베리티가 절망에 빠져 말했다.

"우리는 성당을 다시 세울 겁니다. 새것처럼요."

하지만 그 이전에 우리는 성당 안으로 들어가 탑으로 올라가야만 했다. 하지만 어떻게?

여기 모인 사람들은 우리가 무슨 핑계를 대든 간에 불타고 있는 성당 안으로 들어가는 것을 어떻게든 막을 것이며, 서쪽 문은 드래곤이 지키고 서 있었다. 그리고 더 기다리고 있으면 있을수록 불길로 인해 본당을 가로질러 탑으로 통하는 문을 통과하기 어려워질 것이다.

　　방공포가 쿵쿵거렸다. "또 다른 소방대가 도착했다!" 누군가의 외침에 물이 없음에도 불구하고 모두, 가로등에 기대고 있던 놈팡이 두 명조차도 성당 동쪽 끝으로 달려갔다.

　　"기회예요." 내가 말했다. "더 이상 기다릴 수 없어요. 준비되었나요?"

　　베리티는 고개를 끄덕였다.

　　"기다려요." 나는 찢어진 베리티의 치맛단에서 너덜거리는 기다란 천 조가리 두 개를 찢어냈다. 나는 몸을 웅크리고 소방 호스로 생긴 웅덩이에 천을 담갔다. 물은 얼음처럼 차가웠다. 나는 물에 적신 천을 짜서 베리티에게 하나를 내밀며 말했다. "이걸로 입과 코를 가려요. 안으로 들어가면 본당 뒤쪽으로 곧장 가서 벽을 따라가요. 만약 우리가 헤어지게 되면, 탑의 문은 서쪽 문 바로 안쪽, 당신의 왼쪽에 있다는 사실을 명심해요."

　　"헤어지다니요?" 천으로 코와 입을 가리며 베리티가 물었다.

　　"이걸로는 당신 오른손을 감싸요." 내가 명령했다. "아마도 문손잡이가 뜨거울 거예요. 강하 지점은 쉰여덟 계단을 올라가야 있어요. 탑으로 통하는 문에 도착할 때까지 나오는 계단은 포함하지 말고요."

　　나는 남은 천으로 내 손을 감쌌다. "무슨 일이 일어나든 계속 앞으로 가야만 해요. 준비됐어요?"

　　베리티는 고개를 끄덕였다. 마스크 위로 보이는 녹갈색 눈에는 굳은 결의가 담겨 있었다.

　　"내 뒤로 서요." 내가 말했다. 나는 조심스레 오른편 문을 살짝 열었다. 불길은 없고 청동색 연기만이 너울거리며 새어 나왔다. 나는 문에 기대어 안을 들여다보았다.

　　상황은 내가 생각했던 것만큼 나쁘지 않았다. 성당의 동쪽 끝은 연기와 화염으로 잘 보이지 않았지만, 이쪽은 그렇게 연기가 많지 않아 충분히 주변을 볼 수 있었다. 이쪽 지붕은 아직 건재한 모양이었다. 스미스 예배당 쪽에는 창문 하나를 제외하고 다른 유리창들은 다 깨졌으며 바닥은 빨강, 파랑의 유리 조각들로 뒤덮여 있었다.

"유리를 조심해요." 나는 베리티를 내 앞으로 밀며 말했다. "깊이 숨을 들이쉬고 출발해요! 나는 뒤를 따라갈게요." 나는 문을 활짝 열어젖혔다.

베리티는 불길에 주춤하면서도 앞장서 달려갔고, 문에 도착해서는 힘껏 손잡이를 잡아당겼다.

"탑으로 가는 문은 왼쪽이에요." 이렇게 불길이 으르렁대는 속에서 내 말이 들릴 것 같지는 않았지만 나는 힘껏 소리쳤다.

베리티는 문을 잡고 멈춰 서 있었다.

"올라가요!" 나는 외쳤다. "날 기다리지 말아요!" 그리고 나는 마지막 남은 몇 미터를 달리기 시작했다. "올라가요!"

우르르 쾅쾅거리는 소리가 들려왔고, 나는 고개를 돌려 지성소 쪽을 바라보았다. 채광창 아치 가운데 하나가 부서지는 모양이었다. 다시 귀가 먹을 정도의 붕괴음이 들려왔고, 스미스 예배당의 유리창이 파편들을 흩뿌리며 산산이 부서졌다.

나는 날아오는 파편을 피해 머리를 숙이고 팔로 얼굴을 가리는 와중에도 이상하다는 생각이 들었다. '이건 고성능 폭탄인데. 하지만 그건 불가능한 일이야. 성당은 직격탄을 맞은 적이 없어.'

하지만 직격탄을 맞은 듯했다. 폭발로 인해 성당이 흔들렸고 백색광이 내부를 환히 밝혔다.

나는 충격에 비틀거리다 균형을 잡고 본당 너머를 바라보았다. 폭발로 인한 충격으로 성당은 순간적으로 연기가 사라졌고 번쩍거리는 잔광 속에서 나는 모든 것을 목격할 수 있었다. 불길이 삼켜버린 강단 위로 조상(彫像)이 보였다. 그것의 손은 물에 빠진 사람의 손 같아 보였다. 어린이 예배당의 좌석이며 더할 나위 없이 귀중한 미세리코르디아가 기묘한 노란색 불꽃을 내며 타고 있었다. 캐퍼 예배당의 제단이, 스미스 예배당 앞에 있는 파클로스 스크린이.

"네드!"

나는 앞으로 달려갔다. 하지만 몇 걸음 가지 못해 성당이 흔들렸고 불타오르는 들보가 스미스 예배당 앞쪽의 신도용 좌석을 가로지르며 무너져 내렸다.

"네드!" 절박하게 외치는 베리티의 목소리가 들렸다. "네드!"

J. O. 스콧이 강철 도리로 강화시켜놓았을 게 분명한 또 다른 들보가 신도용 좌석의 첫 번째 줄을 가로지르며 무너져 내렸다. 무너진 들보는 시커먼 연기를 내뿜으며 성당의 북쪽 부분을 가려버렸다.

별문제가 아니야. 이미 충분히 봐놓았으니까.

나는 문을 통과해 탑으로 통하는 문으로 들어가 불길에 휩싸인 계단을 올라갔다. 슈라프넬 여사에게는 뭐라고 말해야 할까. 좀 전의 폭발로 인한 빛 덕분에 나는 모든 것을 다 볼 수 있었다. 벽에 걸린 놋쇠 기념패, 성서대에 걸린 빛나는 독수리. 새까매진 기둥. 그리고 파클로스 스크린 정면의 북쪽 통로에는 텅 비어 있는 단철 꽃 받침대가 있었다.

결국, 안전을 위해 옮겨놓은 모양이었다. 아니면 고철로 쓰라고 기증해 버렸든지. 아니면 잡동사니 판매장에서 팔렸든지 말이다.

베리티가 소리쳤다. "네드! 서둘러요. 네트가 열리고 있어요!"

슈라프넬 여사가 틀렸다. 주교의 새 그루터기는 성당에 없었다.

25

"아니." 해리스가 말했다.
"휴식과 변화를 원한다면 바다 여행만 한 게 없지."

―《보트 위의 세 남자》, 제롬 K. 제롬

탑으로 돌아오다 ― 아몬틸라도 통 ― 식기실, 부엌, 마구간에서, 그리고 걱정거리 ―
제인이 하는 말을 도저히 알아듣지 못하다 ― 젠다성의 포로 ― 기절하다. 하지만 이번에는
메링 부인이 아님 ― 테렌스, 시를 새롭게 이해하다 ― 편지 한 통 ― 놀라운 사실 ―
마지막으로 기절하다. 가구들까지도 ― 더 놀라운 사실

'삼세번에 얻는다'는 옛말이 늘 맞을 이유는 없는 법. 네트가 희미하게
빛을 내더니 우리는 또다시 칠흑 같은 어둠 속에 있었다. 비록 여전히 매캐
한 연기 냄새가 났지만, 소음은 들리지 않았다. 주위 온도가 적어도 10도는
더 내려간 듯했다. 나는 베리티를 감쌌던 팔 한쪽을 풀어 조심스레 벽을 만
져보았다. 돌이었다.

"움직이지 마세요." 내가 말했다. "여기가 어딘지 알고 있어요. 전에도
와봤어요. 코번트리 종탑이에요. 1395년이요."

"아니에요." 계단을 오르며 베리티가 대답했다. "여기는 메링가의 포도
주 저장고예요."

베리티가 두 계단 위쪽에 있는 문을 살짝 여니 빛이 들어왔다. 나무 계
단이며 거미줄이 쳐진 병 보관대가 보였다.

"낮이군요." 베리티가 속삭였다. 베리티는 문을 좀 더 열더니 머리를 내
밀고 주변을 살펴보았다. "이 길은 부엌으로 통해 있어요. 오늘이 아직도
16일이길 빌자고요."

"그 전에 1888년이 맞기를 먼저 빌죠." 내가 말했다.

베리티가 나를 힐끔 보며 말했다. "이제 무엇을 해야 하죠? 강하 지점을 빠져나가도 될까요?"

나는 고개를 저었다. "끝난 게 아닌지도 모릅니다. 돌아갈 수 있을지 없을지도 모르고요." 나는 베리티가 입고 있는 낡고 검댕이 묻은 하얀 드레스를 바라보았다. "그 옷들은 벗는 게 좋겠어요. 특히 레인코트는요. 그 옷은 2057년 물건이에요. 내게 주세요."

베리티는 레인코트를 벗었다.

"들키지 않고 방까지 갈 수 있겠어요?"

베리티는 고개를 끄덕였다. "뒤쪽 계단으로 올라가면 돼요."

"나는 우리가 도착한 시공간 위치를 확인해볼게요. 15분 뒤 서재에서 만나요. 거기서 계획을 세우죠."

베리티는 레인코트를 내게 건네줬다. "만약 우리가 일주일이나 한 달, 아니면 한 5년 정도 실종된 거로 되어 있으면 어떻게 하죠?"

"내세에 갔다 왔다고 하죠, 뭐." 베리티는 내 말에 웃지 않았다.

베리티가 으스스한 목소리로 말했다. "만약 토시와 테렌스가 이미 결혼 했으면요?"

"그 문제는 그때 가서 생각해요." 내가 말했다. "아니면 그냥 내버려두 든가요."

베리티가 나를 보며 웃었다. 이 세상 모든 웃음을 다 합치더라도 나를 이토록 설레게 하지는 못할 것이다. "날 찾으러 와줘서 정말 고마워요."

"명령만 내리십시오, 아가씨." 내가 말했다. "가서 깨끗한 옷으로 갈아 입어요."

베리티는 고개를 끄덕였다. "잠깐 있다가 나오세요. 우리가 같이 있는 모습을 들키지 않도록요."

베리티가 문을 열고 나가는 순간, 나는 14세기에서 발견한 사실을 베리티에게 말하지 않았다는 사실을 깨달았다.

"나는 토시의 일기장이 어떻게…." 하지만 베리티는 벌써 복도를 지나 뒤편 계단으로 올라가고 있었다.

나는 작업복을 벗었다. 작업복 덕분에 내 외투와 바지는 멀쩡했지만, 손이 무척 더러웠다. 분명 얼굴 역시 마찬가지일 것이다. 나는 포도주 저장고에 거울이 있었으면 좋겠다고 생각하며 손과 얼굴을 작업복 안감에 닦았다. 그리고 작업복과 레인코트를 한데 묶은 뒤 클라레 선반 뒤편에 쑤셔 넣었다.

나는 조심하면서 복도로 나왔다. 복도에는 네 개의 문이 있었고 그 가운데 하나는 바깥으로 연결되는 문일 것이다. 마지막 문은 초록색 모직 천으로 덮여 있었다. 그건 집 중앙부로 통한다는 뜻이었다. 나는 첫 번째 문을 열었다.

식기실이었다. 방에는 닦지 않은 접시와 냄비들이 신데렐라도 울고 갈 정도로 산처럼 쌓였고 더러운 신발들이 줄지어 있었다. 신발을 보니 지금은 잠자리에 들 시간은 지났지만 아직 사람들이 일어나기 전이라는 사실을 알 수 있었다. 잘된 일이었다. 베리티가 자기 침실로 가는 동안, 아무에게도 들키지 않을 것이라는 뜻이니 말이다. 하지만 다시 생각해보니, 신발은 아무런 증거도 되지 못했다. 뮤칭스 엔드에 도착했던 첫날 밤, 나는 시릴을 마구간에 몰래 데려놓아야 했고, 돌아오는 길에 문 바깥에서 신발을 닦고 있는 베인과 마주쳤지만 그때 바깥은 어두웠다. 그리고 베인은 모두가 잠이 든 다음에야 신발을 모았다. 하지만 지금은 분명히 아침이었다. 크고 작은 냄비에서는 김이 뿜어져 나오고 있었다.

신문도 없었으며 시공간을 확인할 만한 다른 실마리도 보이지 않았다.

바닥이 동으로 된 냄비가 하나 보였다. 냄비 안을 들여다보았다. 바닥에 비친 내 뺨에는 커다란 검댕 자국이 콧수염을 가로질러 가고 있었다. 나는 손수건을 꺼내 침을 뱉은 뒤 그걸로 얼굴을 닦고 머리를 정돈한 다음, 복도로 돌아와 곰곰이 따져 보았다. 첫 번째 문이 식기실이니까 다음 문은 부엌으로 통할 테고, 그렇다면 그 옆에 있는 문이 바로 바깥으로 통하는 문이겠군.

아니었다. 내가 고른 문은 부엌으로 통했고 제인과 요리사가 구석에서 속닥이고 있는 모습이 보였다. 나를 본 둘은 죄라도 지은 듯 갈라섰다. 요리사는 거대한 검은색 오븐으로 가더니 뭔가를 씩씩하게 젓기 시작했으며, 제인은 토스트용 포크에 빵을 몇 쪽 끼우더니 불 가로 들고 갔다.

"베인은 어디 있죠?" 내가 물었다.

제인은 펄쩍 뛰어올랐다. 토스트용 포크에서 빵이 떨어지더니 재 쪽으로 굴러가 밝은 빛을 내며 타올랐다.

"네?" 제인은 토스트용 포크를 마치 결투용 칼처럼 들고 내게 말했다.

"베인이요." 내가 다시 말했다. "베인에게 할 말이 있어요. 조찬실에 있나요?"

"아니요." 제인이 겁먹은 목소리로 말했다 "성모 마리아께 맹세컨대, 그분이 어디에 계신지 저는 몰라요, 선생님. 그분은 저희에게 아무런 말도 해주지 않았어요. 마님께서 저희를 해고하시려는 건 아니겠죠?"

"해고를 해요?" 나는 어리둥절해하며 물었다. "왜요? 무슨 일을 저질렀어요?"

"아니요. 하지만 마님께서는 저희가 모든 일을 다 알아야 한다고, 하인 휴게실이나 뭐 그런 곳에서 나오는 뜬소문들을 다 알고 있어야 하지 않았느냐고 말씀하실 거예요." 제인은 강조하려는 듯 토스용 포크를 흔들어댔다. "밸 씨가 식기실 담당 하녀 로즈와 도망쳤을 때 제 동생인 마거릿도 그런 말을 들었거든요. 애보트 부인은 모든 하인을 해고하셨더랬어요."

나는 토스트용 포크를 밀치며 물었다. "무슨 내용에 관해서 다 알아야 한단 말인가요?"

"짐작도 못 했어요." 요리사가 오븐 곁에서 말했다. "그렇게 고상한 척하고 명령만 내리더니. 역시 끝까지 가봐야 안다니까요."

무슨 말인지 알아들을 수 없었지만 캐고 있을 틈이 없었다. 나는 단도직입적으로 물어보았다. "지금 몇 시죠?"

제인은 다시 겁먹은 표정을 지었다.

"9시요." 요리사가 가슴에 핀으로 꽂아놓은 시계를 보고 대답했다.

"9시면 그걸 가져다드려야겠군요." 제인은 말을 하더니 갑자기 울음을 터뜨렸다. "그분은 아침 우편물이 도착할 때까지 기다린 다음에 그걸 가져다드리라고 했어요. 두 분에게 시간이 충분하도록요. 그리고 우편물은 늘 9시에 도착해요." 제인은 앞치마 단으로 눈물을 닦더니 결심을 굳힌 듯 몸을 곧게 폈다. "가서 우편물이 왔는지 보고 올게요."

나는 '뭘 가져다주라고 한 건데요?'라고 물으려고 했지만, 또다시 울음을 터뜨리며 알아듣지 못할 말을 할까 봐 겁이 나서 차마 묻지 못했다. 게다가 만약 오늘이 며칠인지를 묻는다면 무슨 답이 나올지 짐작조차 할 수 없었다. "베인에게 〈타임스〉를 가져다달라고 전해주세요. 서재에 있을게요." 나는 말을 마치고 바깥으로 나갔다.

✳

어쨌든 여전히 여름이었으며, 좀 더 자세히 살펴보니 6월이었다. 장미는 여전히 활짝 피었으며, 수없이 많은 펜닦개의 원형이 될 작약은 이제 막 피는 중이었다. 메링 대령은 삼베 부대를 메고 양어지로 가고 있었다. 언제나처럼 금붕어에 정신이 팔렸을 테지만 오늘 날짜를 확실히 알기 전에는 대령과 마주치고 싶지 않았다.

그래서 나는 집 옆으로 돌아갔다. 마부용 출입문으로 들어가 마구간을 통해 프렌치도어로 해서 응접실로 갈 생각이었다. 나는 마부용 출입문으로 살짝 들어갔다. 그러고는 하마터면 시릴에게 걸려 넘어질 뻔했다. 녀석은 삼베 부대 위에서 다리로 머리를 감싼 채 누워 있었다.

"너, 혹시 오늘 날짜가 며칠인지 알고 있지는 않겠지?" 내가 물었다.

뭔가 이상한 조짐이 느껴졌다. 시릴은 일어나지 않았다. 녀석은 그냥 머리만 들어 마치 '젠다성의 포로' 같은 표정으로 나를 바라보고는 다시 고개를 떨구었다.

"왜 그러는데? 뭐가 잘못된 거니, 시릴?" 나는 말을 하면서 시릴의 목걸이에 손을 뻗었다. "아픈 거야?" 개줄이 보였다.

"맙소사!" 나는 시릴에게 말했다. "테렌스는 아직 결혼하지 않은 거지?"

시릴은 절망적 눈초리로 계속해서 나를 바라보았다. 나는 개줄을 풀었다. "이리 와, 시릴." 내가 말했다. "여기서 나가자꾸나."

녀석은 비틀거리며 일어서더니 단념한 듯 내 뒤를 따라왔다. 나는 마구간을 나와 테렌스를 찾기 위해 집 주변을 둘러보았다. 테렌스는 부둣가의 보트에 앉아서 멍하니 강을 바라보고 있었다. 그리고 예전에 시릴이 보트를 지키라는 말을 들었을 때 그랬듯이, 테렌스는 고개를 푹 떨군 자세였다.

"여기서 뭘 하는 거예요?" 내가 물었다.

테렌스는 멍하니 고개를 들었다. "'거울은 여기저기 금이 가고, 직물은 이리저리 휘날리고.'"[204] 이 말로는 상황 파악을 할 수가 없었다.

"시릴이 마구간에 개줄로 묶여 있더군요." 내가 말했다.

"알아요." 시선을 고정한 채 테렌스가 말했다. "제가 어젯밤에 시릴을 데리고 몰래 위층으로 올라가다 메링 부인에게 들켰거든요."

그러니까 내가 떠난 뒤로 적어도 하루 밤낮이 지난 거로군. 재빨리 핑곗거리를 생각해내는 게 좋겠어. 테렌스가 내 행적을 묻기 전에 말이야.

하지만 테렌스는 그냥 강으로 시선을 돌릴 뿐이었다. "그분 말씀이 맞았어요. 일이 벌어지는 방식 말이에요."

"무슨 일이 어떻게 벌어졌는데요?"

"운명이요." 테렌스가 씁쓸하게 말했다.

"시릴이 개줄에 묶여 있었다니까요." 내가 말했다.

"시릴은 이제 마구간에 익숙해져야 해요." 테렌스가 멍하니 말했다. "토시는 집 안에서 '동물'을 키우는 데 반대하니까요."

"동물이요?" 내가 말했다. "우리는 지금 시릴을 말하고 있는 거예요. 그렇다면 아주먼드 공주는 어떻고요? 그 고양이는 베개까지 베고 자요."

"그날 아침에 종달새처럼 행복한 기분으로 깨어난 뒤, 자신에게 다가올 파멸에 대해 생각이나 해봤는지 궁금하군요."

"누구요?" 내가 말했다. "아주먼드 공주요?"

"나는 우리가 역에 도착할 때까지도 아무런 실마리도 눈치채지 못했어

204 알프레드 테니슨, '샬롯의 여인'

요. 페딕 교수님은 알렉산드로스 대제와 이소스 전투에 관해 이야기하시면서 세상에는 중대한 때가 있고 모든 일은 그것에 맞춰 돌아간다고 말씀하셨는데, 나는 그게 무슨 뜻인지 알지 못했어요."

"페딕 교수님을 옥스퍼드로 모셔다드린 거죠?" 갑자기 걱정되었다. "자갈 바닥을 뒤지고 다니시겠다고 중간에서 내리신 건 아니겠죠?"

"네." 테렌스가 말했다. "그분의 사랑스러운 친척들 품에 고이 모셔다드렸어요. 그분의 '사랑스러운' 친척의 품에 말이에요." 테렌스는 화가 난 듯 말을 되뇌었다. "딱 맞춰 간 거죠. 막 오버포스 교수님이 장례식 연설을 하고 있던 참이었거든요."

"뭐라고 하시던가요?"

"오버포스 교수님은 기절해버리셨어요. 정신이 드신 다음에는, 페딕 교수님 앞에 무릎을 꿇고 만약 페딕 교수님이 물에 빠져 돌아가셨더라면 결코 자신을 용서하지 못했을 거라고 했죠. 그리고 그동안 자신이 얼마나 잘못 알고 있었으며, 페딕 교수님의 의견이 옳았고 생각 없는 행동 하나가 역사의 모든 방향을 바꿀 수 있는지 알게 되셨다고요. 이제 자신은 곧장 집으로 돌아가서 다윈에게 더 이상 나무에서 뛰어내리지 말라고 하겠다고도 하시더군요. 그리고 어제는 페딕 교수님을 추천하면서 하빌랜드 체어의 후보에서 사퇴하셨어요."

"어제요? 옥스퍼드에는 언제 모셔다드린 거예요? 그제인가요?"

"어제였나? 아니면 영겁의 세월 전이었던가? 아니면 조금 전이란 말인가? '우리는 눈 깜짝할 사이에 홀연히 변화할 것이로다.'[205] 섬에서 어떤 여인이 사는데, 짜던 직물을 내버려두고 나간 뒤… 나는 그동안 시를 제대로 이해하지 못하고 있었어요. 그게 그저 말하는 방법의 하나라고 생각했죠."

"뭐가요?"

"시요. 사랑 때문에 죽는 모든 거요. 그래서 거울은 여기저기 금이 가 있는 거예요. 확실하게 말이죠." 테렌스는 슬픈 듯 곧장 고개를 저었다. "나

---

205 〈고린도 전서〉 15장 51절

는 왜 그 여인이 노를 저어 곧장 카멜롯으로 가서 랜슬롯에게 사랑한다고 말하지 않았는지를 이해할 수가 없었어요." 테렌스는 우울한 눈으로 강물을 바라보았다. "하지만 이제는 알아요. 그 남자는 이미 귀네비어와 약혼을 했기 때문이었어요."

뭐, 정확하게 하자면 귀네비어는 이미 아서왕과 결혼했기 때문에 다른 남자와 약혼할 수는 없었지만, 어찌 되었든 간에 뭔가 더 중요한 말이 나올 차례였다.

"시릴은 민감해서 개줄로 묶어놓으면 안 돼요." 내가 말했다.

"우리 모두 이미 사슬에 묶여 있는걸요. 운명의 굴레에 속박되어 희망도 없이 고통스러워하는 거죠. 운명!" 테렌스는 씁쓸하게 말했다. "오, 우리를 이토록 늦게 만나게 하다니, 야비한 운명이여. 나는 그 여인이 끔찍스러운 현대 여성인 줄로만 알고 있었어요. 블루머를 입고 파란색 스타킹을 신는 여자들 말이에요. 교수님은 제가 그 여인을 좋아할 거라고 말했어요. 기억하죠? 그 여인을 좋아할 거라고 말이에요!"

"모드군요." 이제야 무슨 말인지 감을 잡을 수 있었다. "페딕 교수님의 조카딸을 만났군요."

"그 여인은 옥스퍼드역 플랫폼에 서 있었어요. '내 가슴이 이제껏 사랑하고 있었단 말인가? 내 눈아, 제발 아니라고 부정해다오! 오늘 밤에야 비로소 나는 참된 아름다움을 보았노라.'"[206]

"기차 플랫폼이라…." 내가 감탄하며 말했다. "옥스퍼드역의 플랫폼에서 만났군요. 괜찮아요, 멋진걸요!"

"멋져요?" 테렌스가 씁쓸하게 내뱉었다. "'너무 늦게 당신을 사랑하게 되었습니다. 오, 과거에도 미래에도 언제나 아름다운 님이시여! 당신을 너무나도 늦게 사랑하게 되었습니다!'[207] 나는 메링 양과 약혼한 처지란 말입니다."

"하지만 파혼을 하면 되잖아요? 분명히 메링 양은 당신이 모드 양을 사

---

206 셰익스피어, 《로미오와 줄리엣》
207 성 아우구스티누스

랑하는 것을 알면서도 결혼하고 싶어 하지는 않을 거예요."

"나는 자유로이 누구를 사랑할 수 없어요. 나는 약혼 서약을 한 그 순간부터 메링 양만을 사랑하도록 구속되어 있고, 모드 양은 명예롭지 못한, 이미 다른 이와 사랑을 맹세한 나 같은 사람의 사랑을 원하지는 않을 거예요. 오, 만약 그날 옥스퍼드에서 내가 모드 양을 만났더라면 모든 일이 다르게 풀려…."

"실례합니다, 선생님." 제인이 우리에게 달려오더니 말을 가로챘다. 비스듬히 쓴 모자 아래로 붉은 머리카락이 흘러내렸다. "메링 대령님을 보셨나요?"

'오, 안 돼.' 내가 속으로 중얼거렸다. 메링 부인이 계단으로 올라가던 베리티를 잡은 거로군. "뭐가 잘못됐나요?" 내가 물었다.

"우선 대령님을 찾아야만 해요." 답이 안 되는 대답. "아침 식사 때 그걸 드리라고 했는데 지금 가보니 조찬실에 안 계세요. 편지들이랑은 다 와 있고요."

"메링 대령님은 양어지로 가시던데." 내가 말했다. "뭘 드린다는 거예요? 무슨 일이에요?"

"어머, 선생님, 두 분께서는 안으로 들어가시는 게 좋겠네요." 제인이 고뇌에 찬 목소리로 말했다. "그분들은 응접실에 계세요."

"누가요? 베리티요? 무슨 일이에요?" 내가 물었지만, 제인은 이미 스커트를 휘날리며 양어지 쪽으로 뛰어가고 있었다.

"테렌스?" 내가 급히 말했다. "오늘이 며칠이죠?"

"그게 무슨 상관이에요?" 테렌스가 말했다. "'내일, 내일, 내일이 종종걸음으로 하루하루 슬며시 다가와 바보들을 위해 죽음의 길을 환히 밝히고 있구나.'[208] 바보 같으니!"

"중요해요." 테렌스를 붙잡아 일으키며 내가 말했다. "오늘 날짜가 어떻게 되죠?"

208 셰익스피어, 《맥베스》

"6월 18일, 월요일요." 테렌스가 말했다.

이런, 맙소사. 우리는 사흘간이나 사라졌던 거로군!

나는 시릴을 데리고 집으로 향했다.

"'내게 저주가 내리는구나, 하고 샬롯의 여인이 울부짖었다.'" 테렌스가 인용했다.

✳

나는 정문에 도착하기도 전에 메링 부인의 목소리를 들을 수 있었다. "넌 정말로 큰일 날 일을 저질렀구나, 베리티. 내 사촌의 딸아이가 이토록 이기적이고 생각이 없는 아이인 줄은 정말로 몰랐어."

부인은 우리가 사흘간 사라진 걸 알고 있었지만 불쌍한 베리티는 그 사실을 알지 못했다. 나는 서둘러 복도를 지나 응접실로 향했고, 시릴도 열심히 따라왔다. 베리티가 뭔가를 말하기 전에 내가 먼저 말을 해야만 했다.

"나 혼자서만 환자를 돌봐야 했어." 메링 부인이 말했다. "나는 완전히 지쳤어. 사흘 밤낮을 병실에 있으면서 단 한 순간도 쉴 틈이 없었단 말이야."

나는 문손잡이에 손을 댔다. 잠깐. 사흘 밤낮을 병실에? 그렇다면 부인은 우리가 사라진 건 모르고 그저 도와주지 않았다고 혼을 내는 거로군. 그런데 누가 아팠던 거지? 토시인가? 코번트리에 갔다 온 뒤로 지치고 창백해 보이긴 했지.

나는 문에 귀를 대고 들었다. 평소와 달리 이번에는 좀 제대로 된 정보를 엿들을 수 있기를 기대하며 말이다.

"적어도 몇 분간이라도 환자 옆에 앉아 있어야지." 부인이 말했다.

"죄송해요, '이모." 베리티가 말했다. "감염되는 걸 걱정하실 거라고 생각했어요."

도대체 왜 사람들은 엿듣는 사람이 좀 더 제대로 알아들을 수 있도록 말하지 않는 걸까? 환자, 감염. 좀 더 구체적으로 이야기를 해주면 어디가 덧나기라도 하는 건가?

"그리고 토시가 자기만 곁에서 돌보겠다고 주장할 줄 알았어요." 베리티

579

가 말했다.

곁이라니? C 아무개 씨가 나타나자마자 병에 걸린 건가? 그리고 간호하던 토시와 사랑에 빠지고?

"토시를 병실에 보내는 건 꿈도 꾸지 못했다." 메링 부인이 말했다. "그 아이는 무척이나 민감하거든."

테렌스가 현관문을 열고 들어오는 모습이 보였다. 나는 정보를 얻든 못 얻든 들어가야 했다. 나는 시릴을 내려다보았다. 메링 부인은 분명 시릴이 왜 집에 들어와 있는지를 따져 물을 것이다. 하지만 다시 생각해보니 이런 상황에서 화제를 돌리기에 적당한 행동이기도 했다.

"토시는 간호를 하기에는 너무나 가냘프지." 메링 부인이 말하고 있었다. "그리고 만약 자기 아버지의 불쌍한 모습을 봤다면 충격으로 인해 몸을 상했을 거야."

자기 아버지의 불쌍한 모습이라. 그렇다면 아픈 사람은 메링 대령이로군. 하지만 그렇다면 대령은 양어지로 왜 간 걸까?

나는 문을 열었다.

"네가 이모부에게 그렇게 무심하리라고는 생각도 못 했구나, 베리티." 메링 부인이 말했다. "난 너에게 정말로 실망…."

"안녕하세요." 내가 말했다.

베리티는 고마운 눈으로 나를 바라보았다.

"오늘은 대령님 상태가 어떠신가요?" 내가 말했다. "더 나아지셨겠죠? 좀 전에 바깥에서 뵀거든요."

"바깥이요?" 가슴을 부여잡으며 부인이 말했다. "남편은 오늘 아침에 내려오지 말라는 의사의 명령을 들었어요. 그러다가 상태가 더 악화되면 어쩌려고 그러는지. 세인트트루웨즈 씨." 부인은 막 들어와 문가에서 비굴한 표정으로 멍하니 서 있는 테렌스에게 말했다. "그게 사실인가요? 제 남편이 바깥에 나가 있어요? 가서 즉시 남편 좀 데려다주세요."

테렌스는 유순하게 바깥으로 나갔다.

"토시는 어디에 있는 걸까?" 메링 부인이 성을 내며 말했다. "왜 아직 내려오지 않는 거지? 베리티, 제인더러 토시를 데려오라고 좀 하려무나."

테렌스가 대령과 함께 나타났고, 그 뒤에 제인이 서 있었다.

"여보! 바깥에는 왜 나가신 거예요? 당신은 아파요."

헛기침하며 대령이 대답했다. "양어지에 가야만 했다오. 확인해야 해서. 일본산 데머킨 곁에 고양이가 어슬렁거리고 있을 생각을 하니 도저히 가만 있을 수가 없었지. 게다가 저 주책없는 여자애만 만나지 않았더라면…, 저 아이 이름이 생각이 안 나는구려. 그러니까…."

"콜린이요." 베리티가 기계적으로 대답했다.

"제인이요." 베리티를 노려보며 메링 부인이 대답했다.

"즉시 이곳에 와야 한다고 말하더구먼." 메링 대령이 말했다. "정신이 없게 만들더군. 대체 무슨 일이요?"

대령이 제인을 돌아보자 제인은 침을 꿀떡 삼키더니 훌쩍임을 가라앉힌 다음 숨을 깊게 들이켜고는 편지가 놓인 은쟁반을 내밀었다.

"아니, 이게 뭐지?" 대령이 말했다.

"편지입니다, 대령님." 제인이 말했다.

"왜 베인이 가져오지 않은 거지?" 메링 부인이 제인에게 캐물었다. 부인은 은쟁반에서 편지를 집어 들었다. 부인은 봉투를 열며 말했다. "이리토스키 여사가 보낸 편지가 틀림없어요. 왜 그렇게 갑자기 떠나야만 했는지에 대한 설명이 들어 있을 거예요." 메링 부인은 제인에게 말했다. "베인더러 이리 오라고 좀 하렴. 토시도 내려오라고 하고. 이 편지 내용을 듣고 싶어 할 테니 말이야."

"네, 마님." 제인은 대답하고는 달아나버렸다.

"주소를 동봉해줬으면 좋았을 텐데요." 메링 부인은 여러 장 겹친 편지지를 펼치며 말했다. "우리가 코번트리에서 만난 영혼들에 관해 이야기해줄 수 있게 말이에요." 부인은 인상을 찡그렸다. "어, 이건 이리토스키 여사가 보낸 편지가 아니…." 부인은 말을 멈추고 조용히 편지를 읽어 내려갔다.

"누가 보낸 편지요, 여보?" 대령이 말했다.

"오!" 메링 부인은 죽은 듯이 기절해버렸다.

✳

이번에는 진짜로 기절한 것이었다. 메링 부인은 넘어지며 찬장에 부딪히고, 화분에 담긴 종려나무를 부러뜨리고, 깃털 장식을 덮어놓은 유리 돔을 깨더니 마지막으로는 벨벳을 입힌 발받침 위로 쓰러졌다. 편지지들이 부인의 주변으로 어지러이 날아다녔다.

테렌스와 나는 부인에게 달려갔다. "베인!" 메링 대령이 설렁줄을 잡아당기며 고함쳤다. "베인!" 베리티는 부인의 머리를 쿠션으로 받치고 편지지로 부인의 얼굴을 부치기 시작했다.

"베인!" 메링 대령이 계속 소리쳤다.

제인이 두려워하는 표정으로 문을 열었다.

"지금 당장 베인더러 이리 오라고 하게." 대령이 부르짖었다.

"안 됩니다, 대령님." 제인은 앞치마를 비비 꼬며 대답했다.

"안 된다고?" 대령이 소리쳤다.

제인은 움찔하며 대령에게서 멀어졌다. "베인 씨는 갔습니다, 대령님."

"가다니, 무슨 소리야? 어딜 갔단 말인가?" 대령이 캐물었다.

제인은 앞치마를 비비 꼬아 완전히 매듭을 만들어놓았다. "편지요." 제인은 매듭 끝을 비틀면서 말했다.

"무슨 말이야? 우체국에 갔다는 말인가? 그러면 가서 데려와." 대령은 손을 저어 제인을 방 바깥으로 내보냈다. "그 빌어먹을 이리토스키 같으니! 여기에서 사라져서까지 내 아내 속을 뒤집어놓는군! 빌어먹을 심령론자 같으니라고!"

"우리 딸이⋯." 메링 부인은 눈꺼풀을 파르르 떨면서 말했다. 부인은 베리티가 부쳐 주고 있는 편지에 초점을 맞췄다. "오, 편지! 운명의 편지⋯." 그리고 부인은 다시 기절했다.

제인은 방향염을 들고 뛰어 들어왔다.

"베인은 어디 있지?" 메링 대령이 큰 소리로 말했다. "데리러 가지 않은 건가? 그리고 토시더러 당장 내려오라고 하게. 엄마를 보살펴야 하니까 말

582

이야.”

제인은 금박 의자에 앉더니 앞치마로 얼굴을 가리고는 엉엉 울기 시작했다.

“이보게, 이보게, 왜 그러는 건가?” 메링 대령이 헛기침하며 제인에게 말했다. “일어나라고….”

메링 부인은 베리티의 팔을 힘없이 잡으며 말했다. “베리티, 저 편지. 읽어보렴. 차마 내 입으로는….”

베리티는 부채질하는 것을 멈추고 편지를 바로잡았다. “‘사랑하는 아빠, 엄마….’” 베리티는 여기까지 읽더니 마치 기절할 듯한 표정을 지었다.

나는 베리티 쪽으로 다가가려 했지만, 베리티는 나를 보며 아무 말 없이 고개를 가로젓고는 계속해 편지를 읽었다. “‘사랑하는 아빠, 엄마. 두 분께서 이 편지를 읽으실 때쯤이면 저는 이미 결혼한 여자가 되어 있을 거예요.’”

“결혼?” 메링 대령이 말했다. “무슨 소리야, ‘결혼’이라니?”

“‘…그리고 저는 그 이전 어느 때보다도 더 행복한 존재가 되어 있을 거예요. 이런 식으로 결정을 내리게 되어서 정말로 죄송하게 생각해요. 특히 아프신 아빠께요. 하지만 만약 두 분께서 저희 뜻을 아신다면 저희의 결혼을 반대하실까 봐 겁이 났어요. 그래도 제가 그랬던 것처럼, 두 분께서도 베인의 진실된 모습을 알게 되시면….’” 베리티는 잠깐 목이 막혔고 시체처럼 창백한 얼굴로 읽기를 계속했다. “‘…알게 되시면, 그이를 하인이 아닌 세상에서 가장 사랑스럽고, 친절하고, 훌륭한 사람으로 보시게 될 거고, 저희 둘을 용서하실 거라고 믿고 있어요.’”

“베인?” 메링 대령이 멍하니 말했다.

“베인.” 베리티가 한숨을 쉬었다. 베리티는 무릎에 편지를 떨어뜨리고 절망적인 눈으로 나를 바라보며 고개를 설레설레 흔들었다. “안 돼요. 그럴 수는 없어요.”

“토시가 집사와 눈이 맞아 달아난 건가요?” 테렌스가 말했다.

“오, 세인트트루웨즈 씨, 불쌍한 사람 같으니! 얼마나 상심이 크겠어요?" 메링 부인이 가슴을 쥐어뜯으며 울부짖었다.

테렌스는 상심한 것 같지 않았다. 테렌스는 마치 방금 한쪽 다리를 잃은 병사처럼, 또는 이제 집으로 돌아가는 배를 탈 거라는 이야기를 들었지만 아직 배를 타지 않은 병사처럼 멍한 표정을 짓고 있었다.

"베인이? 어떻게 이런 일이 일어날 수 있는 거지?" 메링 대령은 제인을 노려보며 말했다.

"계속 읽으렴, 베리티." 메링 부인이 말했다. "우리는 최악이 뭔지 알아야만 해."

"최악." 베리티는 편지를 집어 들며 중얼거렸다. "'엄마, 아빠 모두 어떻게 해서 이토록 빨리 일이 진행되었는지 궁금하시겠죠.'"

궁금한 정도가 아니었다.

"'이 모든 게 코번트리로 떠난 여행 덕분이었어요.'" 베리티는 더 이상은 차마 읽을 수 없다는 듯 읽기를 멈추었다.

메링 부인은 참을 수 없는지 베리티로부터 편지를 빼앗아 들었다. "'…코번트리로 떠난 여행 덕분이었어요. 이제 와 생각해보니 제 진실된 사랑을 찾아주려고 영혼이 인도한 여행이었어요.' 레이디 고다이바! 레이디 고다이바의 영혼이 이 모든 일의 주범이로군요!" 메링 부인은 다시 편지를 읽기 시작했다. "'그곳에 있는 동안 저는 다리 달린 화려한 주철 항아리에 무척이나 감탄했죠. 이제 와 생각해보면 모양과 디자인에 간결성이 결여된 아주 형편없는 물건이었지만요. 하지만 그때만 해도 저는 심미안이나 문학, 그리고 시에 대한 훈련을 받지 않은 상태로서 무지하고 생각 없는 응석받이였죠.

저는 베인에게…, 저는 아직 이 이름이 익숙하네요, 하지만 이제부터는 윌리엄 또는 사랑하는 남편이라는 호칭에 익숙해져야겠죠. 사랑하는 남편! 얼마나 달콤하고 귀중한 말인지! 여하튼 저는 다리 달린 주철 항아리에 대해 호평하며 그이에게도 제 의견에 동의할 것을 요구했죠. 하지만 그이는 동의하지 않았어요. 동의하지 않았을 뿐만 아니라 그 물건이 끔찍스럽다고까지 말을 하며 제가 무식해서 그런 물건을 좋아하는 거라고 했죠.

584

그전까지는 그 누구도 제 의견에 반대한 적이 없었어요. 제 주위에 있는 모든 사람은 항상 제 의견을 받아주며 제가 말하는 모든 일에 찬성했지요. 베리티 언니만 빼고요. 언니는 한두 번인가 제 잘못에 대해 지적하기는 했지만 저는 그게 노처녀 히스테리라고 생각했어요. 저는 언니 머리 모양을 좀 더 멋지게 바꿔줬지만, 남자들은 언니를 그리 마음에 들어 하지 않았어요. 정말 불쌍해요.'"

"배수진을 치는군." 내가 중얼거렸다.

"'이제 제가 결혼을 해서 어쩌면 헨리 씨는 베리티 언니에게 눈길을 줄 수도 있겠군요. 저는 언니와 헨리 씨를 어떻게든 잘 엮어줄 생각이었지만, 가엾게도 헨리 씨의 눈은 오직 저만 바라보고 있었어요. 언니와 헨리 씨는 잘 어울리는 한 쌍이 될 거예요. 잘생겼다거나 똑똑하지는 않지만, 언니와 잘 어울려요.'"

"갈수록 태산이군." 내가 중얼거렸다.

"'저는 누가 제 의견에 반대하는 데에 익숙하지 않아서 처음에는 화를 냈지만, 집으로 오는 길에 엄마가 기절했을 때 저는 그이를 데리러 갔지요. 그때 그이는 너무나도 기민하고 믿음직스럽게 어머니를 돌보았고 그 순간 저는 그이를 새로운 눈으로 보게 되었으며, 객차 안에서 사랑에 빠지게 된 거예요.'"

"모든 게 제 잘못이에요. 코번트리로 가자는 주장만 안 했어도…." 베리티가 중얼거렸다.

메링 부인이 읽기를 계속했다. "'하지만 저는 제 감정을 인정하기에는 너무나도 고집이 셌어요. 그리고 그 이튿날, 저는 그이에게 가서 제게 사과하라고 요구했죠. 그이는 제 요구를 거절했고 우리는 말다툼을 했고, 그이는 저를 강에다 집어 던졌고, 저에게 키스했어요. 아, 엄마, 너무나 로맨틱했어요! 제 사랑하는 남편이 읽어준 셰익스피어의 희곡《말괄량이 길들이기》의 한 장면 같았어요.'"

메링 부인은 편지를 바닥에 떨어뜨렸다. "책을 읽다니! 이 모든 사태의 원인은 그거예요! 여보, 당신은 책을 읽는 하인을 고용하지 말았어야 해요! 이 모든 게 당신 탓이에요. 늘 러스킨이니 다윈, 트롤럽[209] 따위를 읽다니! 트롤럽! 작가 이름이 무슨 그따위란 말이람! 그리고 그 사람 이름도요. 하인 이름은 잉글랜드식이어야만 해요. 베인은 '저는 던세이니 경을 모실 때부터 이 이름을 썼습니다'라고 하더군요. 하지만 여기서는 더 이상 그 이름을 쓰면 안 된다고 제가 말했죠. 하긴, 정찬 때 정장하길 거부하는 사람에게 뭘 기대하겠어요? 게다가 그 사람도 책을 읽어요. 그 꼴도 보기 싫은 사회주의자나 하는 짓이죠. 벤담[210]과 새뮤얼 버틀러[211]요."

"누굴 말하는 거요?" 헷갈린다는 표정으로 대령이 말했다.

"던세이니 경이요. 꼴도 보기 싫은 사람이지만 하트퍼드셔 절반을 상속받을 조카가 있으니까 토시는 귀족과 결혼할 수도 있었는데, 이제는… 이제는…."

메링 부인이 휘청거리자 테렌스가 방향염을 내밀었지만, 부인은 신경질을 내며 손을 저었다. "여보! 그렇게 앉아만 있지 말고, 뭔가 조처를 하세요! 너무 늦기 전에 그 둘을 말릴 방법이 있을 거예요!"

"너무 늦었어요." 베리티가 중얼거렸다.

"아닐 수도 있습니다. 그 둘은 오늘 아침에 떠났을 거예요." 편지를 주워 쭉 훑어보며 내가 말했다. 편지는 온갖 미사여구와 수십 개의 감탄 부호, 밑줄, 잉크 얼룩으로 가득 차 있었다. '잡동사니 판매장에서 펜닦개도 하나 안 사고 뭘 했담.' 별 상관없는 생각이 머릿속을 스치고 지나갔다.

나는 편지를 계속해서 읽어나갔다. "'저희를 말리려 하셔도 별 소용이 없어요. 이 편지를 읽으실 즈음, 저희는 벌써 서리에 있는 등록청에서 결혼식을 올리고 새로운 집을 향해 출발해 있을 테니까요. 제 사랑스러운 남편(아, 이 얼마나 소중한 단어인지!)은 저희가 케케묵은 계급 구조에 덜 얽매인 사회에서, 자신이 원하는 이름은 무엇이든 쓸 수 있는 나라에서 살면 행복

---

209 앤서니 트롤럽. 영국의 소설가로 대중적인 성공의 그늘에 가려 사후에도 오랫동안 문학성을 인정받지 못했다. '바셋셔'라는 가공의 영국 지방을 배경으로 한 연작소설이 유명하다.
210 제러미 벤담. 영국의 철학자, 경제학자, 법학자. 처음으로 공리주의를 설명한 인물이다.
211 영국의 소설가이자 비평가. 철저한 다윈주의자로 빅토리아 시대의 윤리 도덕을 비웃었다.

하리라고 생각했어요. 그래서 저희는 미국으로 가고, 제 남편(아, 정말로 달콤한 단어죠)은 그곳에서 철학자로서 살아갈 생각이에요. 아주먼드 공주는 데리고 갈게요. 도저히 아주먼드 공주를 제 곁에서 떼어놓을 수 없는데다 (그건 부모님도 마찬가지랍니다), 만약 점박이 금붕어에 관해 아빠가 아시면 아주먼드 공주를 죽이려 하실 거거든요.'"

"꼬리가 갈라진 진줏빛 리언킨? 그게 어떻게 됐는데?" 메링 대령은 의자에서 벌떡 일어나며 말했다.

"'아주먼드 공주는 그 점박이 금붕어를 잡아먹었어요. 오, 아빠. 저를 용서하셨듯 공주도 용서해주세요, 네?'"

"의절해야만 해요." 메링 부인이 말했다.

"그래야만 하겠군." 메링 대령이 말했다. "그 리언킨은 2백 파운드나 주고 산 거야!"

"콜린!" 메링 부인이 말했다. "아니, 그러니까, 제인! 그만 훌쩍거리고 당장 내 책상을 가져와. 그 아이에게 지금 이 순간부터 우리는 남남이 된다고 편지를 써야겠어."

"네, 마님." 제인은 앞치마로 콧물을 닦으며 대답했다. 나는 콜린/제인의 뒤를 따라가며 채티스번 부인이 자기의 모든 하녀들을 글래디스라고 부른다는 사실과 메링 부인이 베인에 대해 정확하게 무슨 말을 했는지 기억을 더듬었다. '저는 던세이니 경을 모실 때부터 이 이름을 썼습니다'라고 했다. 그리고 잡동사니 판매장에 내놓을 물건을 받으러 갔을 때 채티스번 부인이 뭐라고 했더라? '집사는 이름이 아니라 능력이 훌륭해야 한다.'

콜린/제인은 책상을 들고 훌쩍거리며 방으로 다시 돌아왔다.

"이 집에서 다시는 토시라는 이름을 말하지 말도록." 메링 부인이 책상 앞에 앉으며 말했다. "이 이후로 내가 그 이름을 말하는 걸 못 들을 거야. 그리고 토시의 모든 편지는 열지 말고 그대로 돌려보내." 부인은 펜과 잉크를 집었다.

"만약 편지를 뜯어보지 않는다면 그 아이의 주소를 모를 텐데 우리가 의절했다는 사실을 그 아이에게 어떻게 알려준단 말이오?" 메링 대령이 말했다.

"너무 늦은 거죠, 그렇죠?" 베리티가 으스스한 목소리로 내게 말했다. "우리가 할 수 있는 일은 이제 아무것도 없어요."

나는 듣고 있지 않았다. 나는 편지지를 그러모아 맨 마지막 부분을 찾아보았다.

"오늘부터 나는 상복을 입겠어요." 메링 부인이 말했다. "제인, 2층에 올라가서 내 검은색 봄버진을 다려놓거라. 여보, 누가 묻거든 우리 딸이 죽었다고 말하셔야 해요."

나는 편지의 끝부분을 찾아냈다. 토시는 '부모님께 용서를 비는 딸, 토시'라는 글과 함께 '토시'에는 줄을 그어 지워놓은 뒤, 결혼 후에 쓰는 이름으로 서명을 다시 해놓았다.

"들어봐요." 나는 베리티에게 말하고 편지를 읽기 시작했다.

"'그리고 꼭 세인트트루웨즈 씨께 전해주세요. 세인트트루웨즈 씨가 절 잊지 못하리라는 건 잘 알고 있지만, 그래도 노력해야만 하며, 베인과 저는 함께할 운명이었으니 저희의 행복을 시샘하지 말라고요.'"

"만약 토시가 정말로 도망쳐서 그 사람과 결혼했다면, 나는 파혼당한 게 되는 거로군요." 테렌스는 표정이 밝아지며 말했다.

나는 테렌스를 무시했다. "'제 사랑 윌리엄은 운명을 믿지 않지만, 우리 모두 자유의지를 갖고 태어났으며 아내 역시 스스로의 생각과 의견을 가져야만 한다고 생각해요. 제 생각엔 이 모든 게 운명이라는 말을 빼고는 달리 설명할 방법이 없어요. 만약 아주먼드 공주가 사라지지 않았다면 우리는 코번트리에 가지 않았을 테고…'"

"그만 하세요." 베리티가 말했다. "제발요."

"끝까지 다 들어봐요." 내가 말했다. "'…코번트리에 가지 않았을 테고, 저는 다리 달린 화려한 주철 항아리를 보지 못했을 테고 우리는 결코 함께 오지 못했을 거예요. 미국에 도착하면 편지 드릴게요. 부모님의 죄 많은 딸…'" 나는 마지막 부분을 강조해 읽었다. "'윌리엄 패트릭 캘러한 부인 (Mrs. William Patric Callahan) 드림.'"

26

"여기를 봐요! 완전히 엉뚱한 방향에서
일을 진행해왔다는 사실을 깨달았어요."

— 피터 윔지 경

용두사미 — 추리 소설의 결말은 어떻게 맺어지는가 — 메링 부인이 남편을 비난하다 —
그것이 뜻하는 바를 깨달음 — 시릴에게 행복한 결말이 나다 — 메링 부인이 베리티를
비난하다 — 강신회를 제안하다 — 짐 꾸리기 — 전조 — 메링 부인이 나를 비난하다 —
핀치에게는 여전히 자신의 임무에 관해 밝힐 권한이 없다 — 기차 기다리기 —
주교의 새 그루터기의 실종 — 그것이 뜻하는 바를 깨달음

인정한다. 우리의 경우, 애거사 크리스티의 추리 소설에서 에르퀼 푸아로가 모든 사람을 응접실에 모아놓은 뒤, 살인자가 누구인지를 밝혀 자신의 놀라운 추리력으로 모인 사람들을 놀라게 하는 식으로 사건이 끝맺음된 것은 아니라는 것을.

그리고 도로시 세이어스의 글에서처럼, 남자 주인공이 자신을 도와주는 여자 주인공에게 '그러니, 어때요, 해리엇? 우리는 즐거운 한 팀이었잖아요. 계속해서 같이 일하면 어떻겠어요?' 하고 말한 다음, 라틴어로 청혼을 하는 식도 물론 아니었다.

우리는 그런 훌륭한 탐정팀의 반도 따라가지 못했다. 우리는 사건을 풀지 못했다. 사건은 우리와 상관없이 해결되었다. 더 심각한 점은, 우리는 방해물이었으며 역사가 스스로를 교정하는 과정에서 오히려 가로막는 역할을 했다는 사실이다. 우주는 이런 식으로, 붕괴해버리는 대신 연인 둘을 도망시키는 방식으로 문제를 해결 지었다.

그렇다고 해서 투덜거리는 소리가 없었던 것은 아니다. 메링 부인은 엄

청나게 툴툴거렸다. 흐느끼고 통곡하고, 편지를 가슴에 껴안는 것은 말할 필요도 없고 말이다.

"오, 내 소중한 딸!" 메링 부인은 흐느꼈다. "여보, 그냥 그렇게 서 있지만 마세요. 어떻게 좀 해봐요."

대령은 심기가 불편한 듯 주위를 둘러보았다. "내가 뭘 할 수 있겠소, 여보? 토시의 편지에 따르자면 둘은 이미 배를 타고 있는데 말이오."

"몰라요. 그 둘을 잡아 오세요. 결혼을 취소시키세요. 해군에 전보를 보내세요!" 부인은 멈추어 서서 가슴을 움켜잡고 외쳤다. "이리토스키 여사는 제게 경고하려고 애썼어요! '바다를 조심하세요!'라고 하면서요."

"흥! 만약 정말로 내세와 무슨 접촉을 할 수 있다면 훨씬 더 자세히 경고를 해줬을 거요!" 대령이 말했다.

하지만 메링 부인은 듣고 있지 않았다. "코번트리에 갔던 날이에요. 저는 어떤 전조를 느꼈어요. 오, 만약 그게 무슨 뜻이었는지 깨달았다면 딸아이를 구할 수 있었을 텐데!" 부인이 떨어뜨린 편지가 팔랑거리며 바닥으로 떨어졌다.

베리티는 몸을 굽혀 편지를 집어 들었다. 베리티가 나지막이 편지를 읽었다. "'미국에 도착하면 편지 드릴게요. 부모님의 죄 많은 딸, 윌리엄 패트릭 캘러한 부인.' 윌리엄 패트릭 캘러한."

"세상에…." 베리티가 부드러운 목소리로 말했다. "집사가 범인이었군요."

베리티가 그 말을 할 때, 나는 무척이나 이상한 기분이 들었다. 마치 메링 부인이 말하던 어떤 전조랄까 아니면 발밑이 갑자기 움직이는 기분이랄까. 그리고 성당 건축 반대 시위자들과 머튼 칼리지의 보행자 문이 떠올랐다.

'집사가 범인이에요'라는 말 말고도 뭔가 더 있었는데…, 뭔가 중요한 게. 그 말을 누가 했더라? 추리 소설을 설명하며 베리티가 했었나? 이곳에 온 첫날 밤, 내 침대에 앉아 베리티가 말했었다. "범인은 집사였어요. 적어도 처음 출간된 백 권 정도에서는요. 등장인물 모두가 용의자이고 그중 가장 범인이 아닐 것 같은 인물이 범인이 되게 만들었죠. 하지만 백 권 정도 그런 상황이 되니까 집사는 더 이상 소용이 없었어요. 내 말은 그러니까, 집사가 가장 유력한 용의자가 되었다는 말이에요. 그래서 작가는 범인을 다른 직업으로 바꿔야만 했어요. 무기력한 노파나 교구 사제의 사랑하는 부인 등으로 말이죠. 하지만 그렇게 해도 독자들이 범인이 누군지 금방 알아내게 되자 작가들은 이번에는 탐정이 살인자 겸 해설자가 되도록…."

하지만 또 있는데…. 누군가 또 다른 사람이 '범인은 집사'라는 말을 했었다. 그런데 그게 누구였지? 이 방에 있는 사람은 아니었다. 《월장석》을 제외하고 장편 추리 소설이라는 장르는 아직 나오지도 않은 시기였다. 월장석. 월장석. 토시가 《월장석》에 대해 자신도 모르게 범죄를 저지르는 것에 관해 뭔가 말을 했었다. 그리고 뭔가 더 있었다. 뭔가 머릿속에서 맴돌고 있지만 기억이 나지 않는 게 있었다.

"그리고 이웃들에게는 뭐라고 말해요?" 메링 부인이 통곡했다. "채티스번 부인이 알면 뭐라고 하겠어요? 아비테지 신부님에게는요?"

한참 동안 메링 부인의 흐느끼는 소리만이 방 안을 채웠고, 이윽고 테렌스가 내 쪽을 보며 말했다. "이게 무슨 뜻인지 알겠어요?"

"오, 테렌스. 우리 불쌍한, 불쌍한 아이 같으니!" 메링 부인이 흐느꼈다. "1년에 5천 파운드를 쓰며 살 수 있었는데!" 대령은 흐느껴 우는 메링 부인을 데리고 방을 나갔다.

우리는 메링 부부가 계단을 올라가는 모습을 지켜보았다. 계단을 반쯤 올라갔을 때, 메링 부인이 남편의 품 안에서 휘청거렸다. "새 집사를 고용해야만 해요!" 부인은 절망적으로 말했다. "어디서 새 집사를 찾을 수 있을까요? 이 모든 게 당신 잘못이에요. 당신이 그때 아일랜드 출신 대신 잉글랜드 출신 집사만 구하게 했어도…." 부인은 털썩 주저앉아 흐느꼈다.

메링 대령은 부인에게 손수건을 건네주었다. "자, 자, 여보, 진정해요."

✳

메링 부부가 사라지자마자 테렌스가 말했다. "이게 무슨 뜻인지 알겠어요? 이제 난 약혼한 게 아니라고요. 모드와 결혼할 수 있는 몸이 되었어요.

591

'오, 즐거운 날이여! 켈루후! 켈라이!'"[212]

시릴은 이게 무슨 뜻인지 알아차린 게 확실했다. 시릴은 재빨리 일어나 앉더니 몸뚱이 전체를 흔들어대기 시작했다.

"넌 무슨 뜻인지 알겠지, 오랜 친구여?" 테렌스가 말했다. "네가 더 이상 마구간에서 잘 필요가 없다는 뜻이야."

'그리고 더 이상 아기 말투를 들을 필요도 없고.' 나는 생각했다. 아주먼드 공주를 참을 필요도 없고.

"이제부터는 평화로운 삶이 될 거야." 테렌스가 말했다. "집에서 재우고, 기차도 태우고, 네가 좋아하는 뼈다귀도 듬뿍 줄게! 모드는 불도그를 아주 좋아해."

시릴은 행복에 겨워 침을 질질 흘리며 활짝 웃었다.

"지금 당장 옥스퍼드로 가야겠어요. 다음 기차가 언제 있죠? 그 불쌍한 베인이 여기 없으니. 그 친구라면 알 텐데 말이에요." 테렌스는 계단을 뛰어 올라갔다. 층계 꼭대기에서 테렌스는 난간에 기대어 말했다. "모드 양은 절 용서하겠죠, 그렇죠?"

"엉뚱한 여자와 약혼한 거 말인가요?" 내가 말했다. "별문제 아니에요. 늘 있어온 일인걸요. 로미오를 보세요. 로미오도 한때 로잘린과 사랑에 빠졌었어요. 하지만 줄리엣은 그런 일로 괴로워하지 않았어요."

테렌스는 마치 연극이라도 하듯 베리티를 향해 팔을 뻗었다. "'내 가슴이 이제껏 사랑을 하고 있었나? 내 눈아, 제발 아니라고 부정하여라! 오늘 밤에야 비로소 나는 참된 아름다움을 보았노라.'"[213] 테렌스는 2층 복도로 사라졌다.

나는 베리티를 바라보았다. 베리티는 계단의 난간 기둥에 손을 짚고 서서 슬픈 눈으로 테렌스를 바라보고 있었다.

나는 이게 무슨 뜻인지 알아차렸다. 내일 아침이면 베리티는 1930년대로 돌아가겠군. 베리티는 다시 대공황 시대로 돌아가서 추리 소설을 읽을

---

212 루이스 캐럴, 《거울 나라의 앨리스》
213 셰익스피어, 《로미오와 줄리엣》

거고, 그 아름다운 붉은 머리는 페이지보이[214] 스타일로 할 테고, 내가 아직 한 번도 보지 못했던 그 긴 다리는 솔기가 달린 실크 스타킹으로 감싸겠지. 그리고 나는 베리티를 다시는 보지 못하겠지.

아니, 봉헌식 때 볼 수도 있겠군. 내가 허락받는다면. 내가 성당에서 주교의 새 그루터기를 발견할 수 없었다고 슈라프넬 여사에게 말할 때, 여사가 나를 잡동사니 판매장 담당으로 영원히 임명하지 않는다면 말이지.

만약 봉헌식에서 베리티를 만나면 무슨 말을 꺼내야 할까? 테렌스는 모드에게 그저 다른 사람과 사랑에 빠진 줄 알았다고 사과하면 됐다. 나는 그 막중한 임무를 맡은 상황에서 일이 해결되는 동안, 지하 감옥에 갇혀 있어서 유감이라고 사과해야만 했다. 자랑할 만한 일은 절대 아니었다. 잡화 가판대 뒤에 갇힌 것과 다를 바가 없었다.

"이 모든 게 그리울 거예요." 베리티는 여전히 계단에서 눈길을 떼지 못했다. "모든 상황이 제대로 해결되어 너무나 기뻐요. 시공간 연속체도 붕괴하지 않을…." 베리티는 나이아스의 그 아름다운 눈으로 나를 바라보았다. "인과모순이 고쳐진 거겠죠, 그렇죠?"

"9시 43분 기차가 있군요." 테렌스가 한 손에는 여행용 가방을, 다른 한 손에는 모자를 들고 흥에 겨워하며 계단을 내려왔다. "친절하게도 베인이 내 방에 기차 시간표를 두고 갔어요. 11시 2분에 도착하는군요. 가자, 시릴. 약혼하러 가야지. 어, 시릴이 어디 갔죠? 시릴!" 테렌스는 응접실로 사라졌다.

"네. 완전히 고쳐졌어요." 내가 베리티에게 대답했다.

"네드, 나 대신 보트를 자베즈에게 돌려주지 않을래요?" 테렌스는 시릴을 데리고 다시 나타나 말했다. "그리고 내 다른 짐들도 옥스퍼드로 좀 보내주시겠어요?"

"그러죠. 가세요." 내가 말했다.

테렌스는 내 손을 잡고 마구 흔들었다. "안녕. '친구여, 어이! 잘 있게

214 어깨 부근에서 안쪽으로 마는 머리 형태

나, 잘 있게나!' 다음 학기에 봐요."

"그… 그게 확실하지가 않아요." 내가 테렌스를 얼마나 보고 싶어 할지 깨달으며 대답했다. "잘 가렴, 시릴." 나는 몸을 구부려 녀석의 머리를 쓰다듬어주었다.

"말도 안 돼요. 당신은 뮤칭스 엔드에 머물면서 상태가 굉장히 좋아졌어요. 미카엘 축일까지는 완쾌될 거예요. 그때 다시 같이 강으로 가서 즐거운 시간을 보내요." 테렌스는 이 말을 남기고 나갔으며, 시릴 역시 걸음도 가볍게 테렌스 뒤를 따라 나갔다.

"즉시 그 둘을 내보내세요." 흥분한 메링 부인의 목소리가 들려왔고, 베리티와 나는 위층을 쳐다보았다.

머리 위로 문이 쾅 하고 닫히는 소리가 들려왔다. "절대로 안 돼요!" 메링 부인의 목소리에 이어 낮게 중얼거리는 목소리가 들려왔다. "그러니까 당장 말을 하란…."

또다시 중얼거리는 소리. "당장 아래층으로 가서 말을 하라고요. 모두 그 둘 때문이에요!"

또다시 중얼거리는 소리. "만약 그 아이가 제대로 보호자 노릇만 했더라도 이런 일은 결코…."

문이 닫히는 소리와 함께 부인의 목소리는 더 이상 들리지 않았고, 잠시 뒤 메링 대령은 무척이나 당황한 표정으로 계단을 내려와서 베리티에게 말했다.

"내 아내에게 너무나 큰 충격이야." 대령은 카펫을 내려다보며 말했다. "신경과민. 아주 민감하지. 아내에게 필요한 것은 휴식과 절대적인 안정이고, 그래서 내 생각에 너는 런던에 있는 네 이모에게 가는 게 좋겠구나." 대령은 당황해 어쩔 줄을 몰라 했다. "그리고 헨리 씨는…."

"옥스퍼드로 가겠습니다." 내가 말했다.

"아, 그래요. 공부하셔야죠. 이런 일이 벌어져 미안하군요." 대령은 카펫에 대고 말했다. "마차를 준비해드리죠."

"아니요, 괜찮습니다." 내가 말했다.

"문제없어요. 베인에게 말해서…." 대령은 말을 멈추고 당황해했다.

"제가 브라운 양을 역까지 모시고 가겠습니다." 내가 말했다.

대령은 고개를 끄덕였다. "내 아내에게 가봐야겠군요." 대령은 계단을 올라가기 시작했다.

베리티는 대령의 뒤를 따라갔다. "이모부." 베리티는 계단을 반쯤 올라간 대령을 불러 세웠다. "설마 토시와 의절하진 않으시겠죠?"

대령은 난처한 표정을 지었다. "아내의 결심이 너무 단단해서 걱정이구나. 엄청난 충격이었잖니. 집사와 다른 모든 게 말이야."

"베인… 그러니까 캘러한 씨는 토시의 고양이가 이모부의 블랙 무어를 잡아먹지 못하도록 막았어요." 베리티가 말했다.

이 상황에서 할 말이 아닌데. "그 사람은 내 둥근눈 진줏빛 리언킨이 잡아먹히는 건 막지 못했지. 2백 파운드짜린데 말이야." 대령이 화를 내며 말했다.

"하지만 캘러한 씨가 고양이를 데려갔으니까 더 이상 금붕어가 잡아먹히는 일은 없을 거잖아요." 베리티가 설득조로 말했다. "그리고 캘러한 씨는 이리토스키 여사가 이모의 루비 목걸이를 훔치려는 것도 막아줬어요. 심지어 기번이 쓴 책을 읽고요." 베리티는 층계 기둥에 손을 얹고 대령을 바라보았다. "게다가 토시는 이모부의 단 하나밖에 없는 딸이잖아요."

메링 대령은 도움을 청하듯 나를 바라보았다. "당신은 어떻게 생각하나요, 헨리 씨? 그 집사 녀석이 내 딸에게 좋은 남편이 될 것 같은가요?"

"그 사람은 진정으로 따님이 잘되기만을 바라고 있습니다." 내가 확고히 말했다.

대령은 고개를 저었다. "아내가 다시는 토시와 이야기를 하지 않겠다고 단단히 결심해서 걱정이죠. 이 순간부터 토시는 자기에게 죽은 거라고 말합디다." 대령은 어깨를 축 늘어뜨리고 계단을 올라갔다.

"하지만 이모는 영혼을 믿잖아요. 이모는 죽은 사람과도 이야기를 나눌 수 있어요." 대령을 따라가며 베리티가 말했다.

대령의 얼굴이 활짝 펴졌다. "좋은 생각이로구나! 강신회!" 대령은 활기차게 계단을 올라갔다. "강신회를 좋아하지. '용서하라'고 두들길 수 있어. 먹혀들어 갈 거야. 영매 따위의 말도 안 되는 허튼소리가 쓸모가 있으리라고는 한 번도 생각해보지 않았는데."

대령은 난간을 크게 세 번 두들렸다. "좋은 생각이야!"

대령은 복도로 내려오더니 멈추어 서서 베리티의 팔을 잡았다. "가능한 한 빨리 짐을 꾸려서 역으로 떠나야겠구나. 잘 지내길 진정으로 바라마. 알다시피 네 이모는 신경과민이야."

"이해해요." 베리티는 말을 하고 자기 방문을 열었다. "헨리 씨와 저는 지금 당장 나갈게요." 베리티는 방으로 들어가 문을 닫았다.

메링 대령은 복도를 지나 사라졌다. 문이 열리고 닫히는 소리가 들렸고, 그사이에 메링 부인의 목소리가 하트의 왕비 목소리처럼 울려 퍼졌다. "아직 안 갔어요? 당신에게 당장 내보내라고 말했…"

떠나야 할 시간이었다.

나는 2층으로 올라가 내 방으로 가서 옷장을 열고 여행용 손가방을 꺼냈다. 가방을 침대 위에 올려놓고 그 옆에 앉아 조금 전에 벌어진 일에 대해 생각했다. 시공 연속체는 마치 셰익스피어 희극의 마지막 장에서처럼 두 연인을 짝지어주는 방법을 통해 인과모순을 해결했다. 비록 어떻게 그런 식으로 결말이 나게 되었는지 명확하지는 않지만 말이다. 분명한 게 있다면 연속체는 스스로가 일을 처리하는 동안 우리가 아무 일도 안 하고 비켜서 있길 바랐다는 점이다. 그래서 연속체는 우리를 이리저리로 시간 여행을 보낸 것이고 결국 방 안에 가둬놓는 것과 같은 효과를 냈다.

하지만 왜 연속체는 우리를 코번트리 공습 당시로 보냈을까? 그곳은 분기점이기에 더 많은 문제를 일으킬 수도 있었는데 말이다. 아니, 코번트리가 분기점인 걸까?

코번트리가 출입 금지였다는 사실은 그곳이 분기점이라는 것을 뜻하며, 논리적으로 볼 때 울트라가 개입되어 있으니 그럴 가능성이 충분하지만, 베리티와 내가 이미 그곳에 갔다 온 것을 보면 공습이 있는 시기만 출입 금지일 수도 있었다. 어쩌면 우리에게 정확한 활동 범위를 주기 위해 출입 금지를 시킨 것일 수도 있었다.

무엇을 위해서? 하워드 주임 사제가 촛대와 연대 깃발을 들고 경찰서로 가는 모습을 지켜보고, 성당에서 구해낸 물건 가운데 주교의 새 그루터기가 없다는 사실을 알게 하려고? 공습 중에 성당에는 주교의 새 그루터기가 없었다는 사실을 알게 하려고?

그 물건이 성당에 있는 모습을 볼 수만 있었다면, 그리고 성당에 그 물건이 있었다고 슈라프넬 여사에게 말할 수만 있다면 나는 그 어떤 희생이라도 치를 각오가 되어 있었다. 하지만 그것은 분명히 그곳에 없었다. 누가 언제 그것을 훔쳐 갔는지 궁금했다.

그것은 그날 오후까지도 있었다. 캐러더스의 말에 따르면, 꽃 담당 부서장으로 군림하는 샤프 양은 강림절 바자회와 군대 위문품 준비 회의가 끝난 뒤 성당에서 주교의 새 그루터기를 보았으며 거기에서 시든 꽃 세 송이를 꺼냈다.

갑자기 머릿속에 뭔가 떠오를 듯하며 혼란스러운 느낌이 들었다. 핀치가 '선생님은 지금 머튼 칼리지의 운동장에 계십니다'라고 말할 당시 들었던 느낌과 흡사한 방식이었다. 나는 마치 침대 기둥이 보행자용 문이라도 되듯 그곳을 짚었다.

쾅 하고 문소리가 났다. "제인!" 복도에서 메링 부인의 목소리가 들려왔다. "내 검은색 봄버진이 어디 있지?"

"여기 있습니다, 마님." 제인의 목소리가 들려왔다.

"아니, 이거 말고!" 메링 부인의 목소리가 다시 들려왔다. "이건 6월에 입기는 너무 두껍잖아. 스완 앤 에드가에서 상복을 주문해야겠어. 보드라운 검은색 크레이프[215]가 달린 보디스와 플리트 장식이 달린 속치마가 있더군."

잠시 정적. 울고 있거나 옷장을 채울 계획을 짜고 있는 모양이었다.

"제인! 노팅 힐로 가서 이 편지를 전해주고 와. 채티스번 부인에게는 단

---

215 주름진 비단의 일종

한 마디 말도 하지 말고. 알아듣겠니?" 쾅!

"네, 마님." 제인이 머뭇머뭇 대답했다.

나는 여전히 침대 기둥을 잡은 채 서서 좀 전에 느꼈던 이상한 느낌을 떠올리려 애썼다. 하지만 그 느낌은 떠올랐을 때처럼 순식간에 사라졌다. 메링 부인도 성당에서 이랬던 것이 틀림없었다. 부인은 영계나 레이디 고다이바로부터 메시지를 받은 게 아니었다. 부인은 베인과 토시가 함께 있는 모습을 보았을 때, 무슨 일이 일어날지 순간적으로 머릿속을 스치고 지나갔을 것이다. 메링 부인은 무슨 일이 일어나고 있으며, 무슨 일이 일어날지에 대해 보았다.

하지만 부인은 자신이 본 게 무엇인지 금방 잊어버렸음이 틀림없었다. 그러지 않았다면 부인은 그 자리에서 베인을 해고한 뒤, 토시는 유럽 일주 여행을 보냈을 테니까. 그 영감은 왔을 때와 마찬가지로 순식간에 사라졌을 것이다. 지금 내가 겪었듯 말이다. 그리고 부인이 이를 더듬는 듯한 표정을 지었던 이유는, 왜 그런 이상한 느낌이 들었을까를 생각하느라고 그런 것임이 분명했다.

집사가 범인이었다. 베인은 말했다. '선생님이 베푸신 은혜에 제가 보답할 수 있는 일이 있다면 어떠한 일이든지 기꺼이 하도록 하겠습니다.' 그리고 진짜로 베인은 내게 보답을 해주었다. 결정적인 순간에 말이다. '집사가 범인'이라고 베리티가 말했으며, 그 말은 사실이었다.

베리티뿐이 아니었다. 블랙웰 서점에서 모피를 입고 있던 여자도 그 말을 했다. 그 여자는 '범인은 언제나 집사야'라고 했으며, 어깨에 시릴 비슷한 모피를 걸치고 있던 다른 여자는 '제일 처음 일어난 사건이 실은 두 번째로 일어난 사건이라는 사실이 밝혀지는 거지. 첫 번째 사건은 몇 년 전에 일어났고 말이야. 첫 번째 사건이 일어난 건 아무도 모르고'라고 말했다. 진짜 범죄였다. 그 누구도 범죄가 저질러진 줄 몰랐으니 말이다. 그리고 무엇인가 더 있었다. 농부와 결혼한 누군가에 대한 거였는데.

"하지만 집사라니요!" 메링 부인의 격노한 목소리가 복도를 떠내려왔고 뒤따라 달래는 듯 중얼거리는 소리가 들려왔다.

"처음부터 그 사람들을 여기 머물게 하지 못하도록 해야만 했는데!" 메링 대령이 말했다.

"만약 그 아이가 세인트트루웨즈 씨를 만나지 않았더라면 결혼 같은 생각은 아예 하지도 않았을 거예요." 메링 부인의 목소리는 점차 흐느끼는 속삭임으로 바뀌어갔다. '누가 어떻게 했더라면' 하고 가정을 해보는 일이 재미는 있겠지만, 이제는 정말로 가야 할 시간이었다.

나는 옷장을 열고 베인이 잘 개켜놓은 옷들을 바라보았다. 셔츠는 모두가 엘리엇 채티스번의 것이었으며 빅토리아 시대 제품이었다. 깃이며, 소매 끝동, 잠옷도 마찬가지였다. 양말의 경우에는 확실하지 않았지만, 이곳에 왔을 당시 양말을 신고 있었던 게 확실했다. 그렇지 않았다면 네트가 열리지 않았을 테니까. 그렇지 않고 만약 네트가 열린다면 당연히 인과모순이 일어날 터이고, 그 경우에는 시간 편차 따위는 일어나지 않겠지.

하지만 만약 연속체가 베리티와 나를 이곳에 있지 못하도록 할 의도였다면 왜 옥스퍼드에서 보고를 마친 뒤 돌아오려 할 때 네트가 열렸단 말인가? 왜 베리티가 아주먼드 공주를 데리고 가려 시도했을 때 네트는 열렸지? 베인은 고양이를 물에 빠뜨려 죽일 생각이 아니었다. 베리티가 고양이를 안고 정자에 서 있는 모습을 베인이 보았더라면 베인은 무척이나 기뻐했을 것이며, 베리티가 물에 들어가 고양이를 구한 것을 고마워했을 것이다. 왜 처음부터 베리티가 뮤칭스 엔드로 오려 했을 때 네트는 열리길 거부하지 않았을까? 이해할 수가 없었다.

나는 맨 아래 서랍을 열었다. 사려 깊게도, 베인은 내 셔츠와 에나멜가죽 신발을 그곳에 넣어놓았다(둘 다 너무 작아 내게는 맞지 않는 것들이었다). 나는 그 물건들을 여행용 손가방에 넣은 다음, 뭔가 잃어버리고 가는 물건은 없는지 주변을 둘러보았다. 날이 시퍼런 면도칼은 내 것이 아니지. 다행이지 뭔가. 뒷면이 은으로 장식된 브러시도 내 것이 아니었다.

내 밀짚모자는 침대 옆 협탁 위에 놓여 있었다. 모자를 쓰려고 집는 순간 마음을 바꾸었다. 모자나 쓰고 기분 낼 상황이 아니었다.

도무지 이해되지 않았다. 만약 우리가 참견하는 걸 연속체가 원하지 않았다면 왜 나를 여기서 60킬로미터나 멀리 떨어뜨려 도착하게 했을까? 그리고 캐러더스는 왜 호박밭에 떨어뜨린 걸까? 공습이 끝난 뒤 3주일 동안 캐러더스를 데려오지 못하게 한 이유는 또 무엇일까? 시공 연속체는 무슨 이유로 나를 2018년과 1395년으로 보냈으며, 베리티를 1940년으로 보낸 걸까? 그리고 가장 중요한 질문은, 왜 우리를 지금 이 시대로 다시 오게 한 걸까?

"미국인이 된다니요!" 메링 부인은 복도 끝에서 비명을 질렀다. "이 모든 게 헨리 씨의 잘못이에요. 모든 계급이 평등하다는 미국인들의 이상한 생각을 퍼뜨렸다고요!"

✳

정말로 가야 할 시간이었다. 나는 여행용 손가방을 닫고 복도로 나섰다. 나는 베리티의 문 앞에 서서 노크하려고 손을 들다가 마음을 바꿨다.

"제인은 어디에 있는 거야?" 메링 부인의 목소리가 울려 퍼졌다. "왜 아직도 안 돌아오지? 아일랜드 하인들이라니! 이 모든 게 당신 잘못이에요, 여보. 나는 잉글…."

나는 잽싸고도 조용하게 계단을 내려왔다. 콜린/제인은 계단 발치에 서서 손으로 앞치마를 비틀며 서 있었다.

"부인이 당신을 해고했나요?" 내가 물었다.

"아니요, 아직은요." 콜린/제인은 메링 부인의 방을 불안한 눈으로 바라보았다. "하지만 저토록 화가 나 계세요."

나는 고개를 끄덕였다. "브라운 양이 내려왔나요?"

"네, 선생님. 역에서 기다린다고 전해달라고 하셨어요."

"역?" 나는 되묻는 순간, 베리티가 강하 지점을 말한 거라는 생각이 들었다. "고마워요, 제인, 아니 콜린. 그리고 행운을 빌어요."

"고맙습니다, 선생님." 제인/콜린은 성호를 그리며 계단을 올라가기 시작했다.

나는 현관문을 열었다. 그곳에는 핀치가 모닝코트를 입고 집사들이 쓰는 중절모를 쓴 채 문을 두드리는 쇠고리를 잡고 서 있었다.

"헨리 씨." 핀치가 말했다. "막 선생님을 뵈러 온 참이었습니다."

나는 바깥으로 나와 문을 닫고 창문에서 볼 수 없는 곳으로 핀치를 데리고 갔다.

"떠나시기 전에 만날 수 있어서 다행입니다." 핀치가 말했다. "저에게 고민거리가 생겼습니다."

"나는 상담해줄 만한 사람이 못 되는데요." 내가 말했다.

"아시겠지만, 선생님. 제 임무는 거의 끝났기에 내일 아침 일찍 떠날 수도 있지만, 채티스번 부인이 내일 오후에 성 안나 축일 바자회 준비를 위한 티타임을 하시거든요. 그 모임은 채티스번 부인에게 무척이나 중요한 일이라서 그 모임이 끝날 때까지만 이곳에 있기로 했습니다. 채티스번 부인의 부엌 담당 하녀인 글래디스는 무척이나 소심해서…."

"그래서 만약 여기 며칠 더 머무르고 있으면 봉헌식에 빠지게 될까 봐 걱정돼서 그러는 건가요?"

"아니요. 던워디 교수님께 물어봤더니 괜찮다고 하셨습니다. 봉헌식에 맞춰 데려갈 수 있다고 하시더군요. 제 고민은 그게 아닙니다." 핀치는 금박으로 'M. M.'이라는 글자가 돋을새김 된 사각봉투를 내게 내밀었다. "메링 부인께서 저를 고용하고 싶다고 쓰신 편지입니다. 제가 메링 부인의 집사로 일해줬으면 좋겠다고 쓰셨더군요."

그래서 콜린/제인이 망토를 입고 있었던 거로군. 외동딸이 집사와 함께 도망가버리고 가슴이 찢어질 듯 아파져오자 메링 부인이 처음으로 한 일은 콜린/제인을 채티스번가에 보내 핀치를 훔쳐 오려는 일이었다.

"정말 좋은 조건입니다, 선생님." 핀치가 말했다. "좋은 조건들을 여럿 제안하셨더라고요."

"그래서 빅토리아 시대에 영원히 머무를 생각인가요?"

"물론 그건 아닙니다, 선생님! 하지만 이 시대에 머무르고 있으면 제가 물을 만났다는 생각이 듭니다. 아니, 제 고민은 채티스번가에 있을 때보다 뮤칭스 엔드에 있는 것이 제 임무에 더 편리하다는 점 때문입니다. 만약 제가 제대로 알고 있다면, 제 임무는 오늘 저녁이면 끝나기 때문에 그것은 문제가 아니지만, 어쩌면 그 일이 해결될 때까지 며칠 더 걸릴 수도 있거든요. 그리고 만약 그런 경우라면 제 임무….”

“대체 당신의 임무가 뭔데요, 핀치?” 내가 화를 내며 물었다.

핀치는 고통스러운 듯했다. “저에게는 대답할 권한이 없습니다. 저는 루이스 씨에게 비밀을 지키겠다고 맹세했으며 선생님께서 알지 못하는 사건을 목격했고, 선생님이 접근할 수 없는 정보를 알고 있으며 경솔하게 입을 열어서 우리 임무를 망치게 할 수도 없습니다. 아시다시피, ‘가벼운 입이 배를 가라앉힌다’라는 말도 있잖습니까.”

나는 삼라만상이 물구나무를 섰다가 방향을 다시 잡는 듯한, 이상하고 정신착란에 빠진 듯한 느낌이 다시 들었고, 보행자용 문을 잡았을 때처럼 그 느낌이 정확히 뭔지 알아내려 애썼다.

‘가벼운 입이 배를 가라앉힌다.’ 누가 그 말을 했는지 나는 알고 있었다. 분기점으로서 울트라와 코번트리 성당과 ‘비밀’이 떠올랐다. 울트라에는 뭔가 특별한 것이 있었다. 그리고 만약 연합군 측이 자신들의 암호를 깼다는 사실을 나치가 알았다면 무슨 일이 일어났을까…. 아니 소용없었다. 뭔가 떠오르는가 싶더니 또다시 금세 머릿속에서 사라졌다.

“만약 임무가 며칠 더 걸릴 경우를 대비한다면,” 핀치가 말하고 있었다. “뮤칭스 엔드가 사제관이나 강하 지점 양쪽에서 더 가깝습니다. 하지만 채티스번 부인을 곤경에 빠지게 할 수는 없겠지요. 저는 벌써 런던에 있는 중개인을 통해 채티스번 부인에 알맞은 집사를 구해놓은 상태입니다. 하지만 제가 여기에 계속 머무르지 않으면서 메링 부인의 제안을 받아들이는 것은 옳지 않다고 생각합니다. 저는 아무래도 다른 사람을….”

“아니요.” 내가 말했다. “그 제안을 받아들이세요. 그리고 떠날 때 아무런 언질도 남기지 말고 그냥 사라지세요. 메링 부인은 집안일로 고통을 겪어봐야만 자기 사위가 귀한 줄 알 거예요. 더구나 친구의 하인을 훔치면 안 된다는 교훈을 얻을 수도 있고요.”

“오, 그렇군요, 선생님.” 핀치가 말했다. “고맙습니다. 채티스번 부인의 파티까지 처리하고 난 뒤에 가겠다고 메링 부인에게 말하겠습니다." 핀치가 다시 문을 향해 가기 시작했다. "그리고 걱정하지 마십시오, 선생님. 해 뜨기 직전이 가장 어두울 때니까요."

핀치는 쇠고리를 들어 올렸고 나는 서둘러 정자로 향했다. 하지만 정자에 도착하기 직전, 나는 작업복과 버버리 레인코트가 생각났고, 포도주 저장고로 가서 그것들을 여행용 손가방에 집어넣었다. 작업복에는 공습 대비대 상징이 박혀 있었고 버버리는 지금으로부터 15년 뒤인 1903년까지는 레인코트를 만들지 않았다. 지금 상황에서 이것들을 두고 가서 또다시 인과 모순이 일어나게 할 수는 없었다.

나는 가방을 닫고 강하 지점으로 다시 출발했다. 베리티가 그곳에 있을지 아니면 나와의 어색한 작별을 피하려고 옥스퍼드로 먼저 가버렸을지 궁금했다.

＊

베리티는 그곳에 있었다. 하얀 모자를 쓰고 양손에 가방을 든 베리티의 모습은 마치 기차 플랫폼에 서 있는 듯했다.

나는 베리티 옆으로 다가가 가방을 내려놓으며 말했다. "왔어요."

베리티는 하얀색 베일 뒤에서 나를 바라보았다. 나 혼자의 힘으로 우주를 구해냈다면 정말로 좋았을 텐데 하는 생각이 들었다. 일을 제대로 처리하지 못했다는 자괴감에 빠져, 나는 정자 뒤편에 있는 작약 꽃밭을 바라보며 말했다. "다음 기차는 언제 오죠?"

"5분 뒤요. 만약 열린다면 말이지만요."

"열릴 거예요." 내가 말했다. "토시는 C 아무개 씨와 결혼했고, 테런스는 모드와 약혼할 거고, 손자는 베를린으로 야간 폭격을 갈 거고, 독일 공군은 비행장에 폭탄을 떨어뜨릴 거고 런던도 폭격할 테고, 시공간은 멀쩡해지겠죠."

"우리가 있었는데도 말이지요." 베리티가 말했다.

"우리가 있었는데도 말이죠."

우리는 작약 꽃밭을 바라보았다.

"모든 게 끝나서 기쁘겠죠?" 베리티가 말했다. "그러니까 이제 원하는 것을 얻을 수 있잖아요."

나는 베리티를 바라보았다.

베리티는 내 눈길을 피했다. "잠 말하는 거예요."

"더 이상 그렇게 절실하지 않아요." 내가 말했다. "그것 없이도 버티는 법을 배웠거든요."

우리는 작약 꽃밭을 좀 더 바라보았다.

"당신은 이제 다시 추리 소설을 읽겠군요." 잠시 침묵이 흐른 뒤, 내가 입을 열었다.

베리티는 고개를 저었다. "그건 진짜 삶이 아니에요. 추리 소설에서는 언제나 수수께끼가 풀리면서 일이 바로잡히고 끝나버리죠. 미스 마플은 사건을 엉망으로 만들어놓은 뒤 다른 사람들이 그 뒤치다꺼리를 하는 동안, 모든 책임은 공습 때문이라는 식의 핑계를 대거나 하지는 않아요." 베리티는 웃으려 애썼다. "이제 당신은 뭘 할 거죠?"

"잡동사니 판매장에 가겠죠. 아마도요. 결국 주교의 새 그루터기가 그곳에 없었다는 사실을 슈라프넬 여사가 알게 되면, 날 코코넛 떨어뜨리기 대회장에 영원히 가 있도록 할 거예요."

"그곳이라뇨?"

"성당이요." 내가 말했다. "우리가 떠나기 전에 북쪽 복도를 확실하게 봤어요. 받침은 있었지만 주교의 새 그루터기는 그곳에 없었어요. 성당 안에 있으리라고 철석같이 믿고 있는 슈라프넬 여사에게 말하기는 싫지만 어쩔 수가 없어요. 당신 말이 맞았어요. 이상하게 보이기는 하지만, 누군가가 안전을 위해 그 물건을 옮긴 게 틀림없어요."

베리티는 얼굴을 찌푸렸다. "제대로 본 게 확실해요?"

나는 고개를 끄덕였다. "스미스 예배당의 파클로스 스크린 앞, 세 번째 기둥과 네 번째 기둥 사이죠."

"하지만 그건 불가능해요. 그건 거기에 있었어요. 내가 봤어요."

"언제요? 언제 봤는데요?"

"그곳에 도착한 직후에요."

"어디서요?"

"북쪽 복도에서요. 어제 당신이 있던 바로 그 자리요."

공기 중에서 가느다란 휘파람 소리 같은 것이 들려왔고 네트가 희미하게 빛을 내기 시작했다. 베리티는 가방들을 들고 잔디 위로 올라섰다.

"잠깐만요. 언제 어디서 봤는지 정확하게 말해줘봐요."

베리티는 희미하게 빛을 내는 네트를 초조한 듯 바라보며 말했다. "우린 저걸…."

"다음번에 가도 돼요." 내가 말했다. "무슨 일이 있었는지 정확하게 말해줘요. 당신이 지성소에 도착해서…."

베리티는 고개를 끄덕였다. "사이렌이 울렸지만, 비행기 소리는 들리지 않았어요. 그리고 성당은 어두웠고요. 제단 쪽에서 약한 불빛이 보였고 성단 후면의 칸막이에서도 빛이 흘러나왔어요. 나는 네트가 금방 다시 열릴지도 모르니까 강하 지점 근처에 머무르는 게 좋겠다고 생각했죠. 그래서 제의실 가운데 하나에 숨어서 기다렸고, 잠시 뒤 제의실 문 위로 횃불이 보이면서 화재 감시원이 들어와 지붕으로 올라가며 하는 말이 들렸어요. '제의실에서 물건들을 옮겨놓는 게 낫지 않겠어?' 하고 말이죠. 그래서 나는 머서 예배당으로 가서 숨었어요. 거기에서도 강하 지점을 볼 수가 있었거든요."

"그리고 머서 예배당에 불이 났죠?"

베리티는 고개를 끄덕였다. "나는 제의실 문 쪽으로 왔지만 그곳은 온통 연기에 휩싸여서 다시 돌아와야만 했어요. 그래서 성가대석으로 갔죠. 그러다가 아치에 부딪혀 손을 베었고요. 탑은 불타지 않았던 기억이 나서 마루로 내려와 성가대석 가로대를 따라 본당까지 기어 왔고 연기가 옅어진 곳에서 일어났어요."

"그때가 언제였죠?"

"모르겠어요." 베리티는 초조한 눈으로 네트를 바라보았다. "만약 다시 열리지 않으면 어떻게 하죠? 이 문제는 옥스퍼드에 가서 의논할 수도 있잖아요."

"안 돼요." 내가 말했다. "본당에서 일어난 게 언제였죠?"

"모르겠어요. 사람들이 물건들을 옮기기 직전이었어요."

희미했던 빛이 밝게 타오르기 시작했다. 나는 그 빛을 무시했다. "좋아요. 당신은 본당을 기어서…." 나는 베리티를 부추겼다.

"내가 본당을 기어서 반쯤 갔을 무렵, 연기가 옅어졌어요. 서쪽 문이 보이더군요. 나는 옆에 있던 기둥에 기대어 일어났어요. 그리고 그게 스크린 앞에 있었죠. 받침대 위에요. 노란 국화 다발이 들어 있었고요."

"그게 주교의 새 그루터기인 게 확실해요?"

"착각할 리가 없어요." 베리티가 말했다. "네드, 대체 왜 그러는 거죠?"

"그래서 어떻게 했어요?"

"나는 생각했죠. '그래, 결국 뭔가를 해내는구나. 공습 중에 이 물건이 성당 안에 있었다고 네드에게 말해줄 수 있겠군. 만약 내가 여기를 빠져나가면 말이지만.' 하고요. 그리고 나는 탑으로 통하는 문으로 향했어요. 복도는 쓰러진 신도석으로 가로막혔기 때문에 나는 빙 돌아서 가야 했고, 탑에 도착하기 전에 화재 감시원들이 들어와서 물건들을 바깥으로 옮기기 시작했어요."

"그리고요?"

"캐퍼 예배당으로 숨어 들어갔어요."

"그곳에는 얼마 동안 있었죠?"

"모르겠어요. 15분 정도요. 화재 감시원 한 명이 돌아오더니 제례서를 들고 가더군요. 그 사람이 나갈 때까지 기다렸다가 당신을 찾기 위해 바깥으로 나갔어요."

"남쪽 문으로요?"

"네." 베리티는 네트를 바라보았다. 빛이 점차 흐려지며 사라지고 있었다.

"당신이 바깥으로 나왔을 때 사람들이 있던가요?"

"네. 만약 우리가 집으로 돌아갈 기회를 잃어…."

"화재 감시원 가운데 주교의 새 그루터기 근처에 간 사람은 없었어요?"

"없었어요. 그 사람들은 지성소와 제의실을 살펴보았고, 한 명은 스미스 예배당으로 뛰어가더니 제단에 있던 십자가와 촛대들을 가지고 나왔어요."

"그 사람이 가지고 나온 것은 그게 전부 다인가요?"

"네."

"확실해요?"

"확실해요. 그 사람은 연기 때문에 그 물건들을 들고 본당을 빙 둘러 남쪽 복도로 가야만 했어요. 바로 내 옆으로 뛰어갔어요."

"드레이퍼 예배당에서 뭔가 다른 것은 보지 못했어요?"

"네."

"드레이퍼 예배당에 들어가지 않았어요?"

"말했잖아요. 나는 지성소를 통해 도착했어요. 그리고 머서 예배당과 성가대석에 있었어요. 그게 다예요."

"당신이 숨어 있는 곳에서 북쪽 문을 볼 수 있었나요?"

베리티는 고개를 끄덕였다.

"그쪽으로 누가 나간 사람이 없었어요?"

"그 문은 잠겨 있었어요. 화재 감시원 가운데 한 명이 다른 한 명에게 북쪽 문을 열라고 외치는 소리를 들었어요. 그쪽으로 소방대원들이 호스를 가지고 들어와야 한다고요. 그리고 스미스 예배당이 불길에 휩싸였기 때문에 바깥에서 해야만 한다는 말도 들었어요."

"서쪽 문은요? 탑으로 통하는 문은요?"

"아니요. 화재 감시원은 모두 제의실 쪽으로 갔어요."

"성당에서 누구 다른 사람은 보지 못했어요? 화재 감시원 말고요. 소방대원은요?"

"성당에서요? 네드, 성당은 불에 타고 있었어요."

"화재 감시원이 무슨 옷을 입고 있었죠?"

"옷이요? 모르겠어요. 유니폼. 작업복… 성당지기는 양철 헬멧을 쓰고 있었어요."

"흰옷을 입은 사람이 있던가요?"

"흰색이요? 아니요. 없었어요. 네드, 대체…."

"숨어 있는 곳에서 서쪽 문, 그러니까 탑으로 통하는 문을 볼 수 있었어요?"

베리티는 고개를 끄덕였다.

"그리고 당신이 있는 동안 서쪽 문으로는 아무도 나가지 않았고요? 드레이퍼 예배당에서는 아무도 볼 수 없었고요?"

"그래요. 네드, 대체 왜 그러는데요?"

북쪽 문은 잠겨 있었고 베리티는 남쪽 문을 또렷하게 볼 수 있었으며 바깥쪽에는 가로등에 기대에 있던 두 명의 젊은이를 포함해 사람들이 모여 있었다.

화재 감시원들은 제의실 문을 이용했지만 잠시 뒤 하워드 주임 사제가 제례서를 꺼내 온 다음에는 불길로 막혀버렸다. 그리고 제의실 문 쪽에도 사람들이 있었다. 그리고 강직한 공습 대비대 감시원이 순찰하고 있었다. 그리고 꽃 담당 위원회장을 맡은 드래곤 하나가 서쪽 문에서 전투적 태도로 지키고 서 있었다. 성당 바깥으로 빠져나갈 방법이 없었다.

그랬다. '성당 바깥으로 빠져나갈 방법은 없었다.' 실험실 바깥으로 빠져나갈 방법도 없었다. 숨을 장소가 없었다. 네트를 제외하고는.

나는 베리티의 양팔을 움켜쥐었다. 나는 그때 네트의 커튼 뒤에 숨어서 리지 비트너가 하는 말을 듣고 있었다. "나는 남편을 위해서라면 뭐든지 할 거야." 2018년 옥스퍼드에서 말이다. 루이스가 편차의 급격한 증가를 발견한 영역이었다.

리지 비트너는 말했다. "그건 우리가 캔터베리나 윈체스터와 달리 보물이 없기 때문이야." 비트너의 남편은 1395년에 그 성당을 지은 보토너의 자손이었다. 리지 비트너, 그 사람은 실험실이 열려 있었다고 거짓말을 했다. 그 여자는 열쇠를 가지고 있었다.

모피를 걸친 여자가 말했다. "제일 처음 일어난 사건이 실은 두 번째로 일어난 사건이라는 사실이 밝혀지는 거지. 첫 번째 사건은 몇 년 전에 일어났고 말이야." 아니 훨씬 더 이전에 일어났을 수도 있었다. 어찌 되었건 이건 시간 여행과 관련되었으니까. 그리고 워털루 전투 모의실험 가운데 하나에서는 인과모순을 고치기 위해 연속체는 1812년까지 거슬러 올라갔지 않은가.

그리고 실마리는 바로 편차의 증가였다. 베리티의 강하에서는 편차의 증가가 일어나지 않았다. 만약 일어났다면 고양이를 구하는 일을 막을 수 있었고, 따라서 처음부터 모순이 일어나지 않게 할 수 있었다. 5분이 늦거나 빠르기만 했어도 모순을 막을 수 있었는데도 편차는 9분이 일어났다. 9분의 편차로 해서 베리티는 사건이 일어나는 그 순간에 도착한 것이다.

루이스는 말했다. "모순을 일어나게 한 모든 모의실험에서는 사건이 일어난 장소에서 편차의 증가가 발생합니다." 모든 실험이 말이다. 심지어는 인과모순이 너무 심각해서 연속체가 그것을 고칠 수 없을지라도, 모든 경우에 그랬다. 우리의 경우만 빼놓고.

그리고 우리의 경우, 편차는 2018년에 집중되어 있었다. 루이스 말로는 그렇게 멀리까지 영향을 끼칠 수 없는데도 말이다. 그리고 코번트리에 집중되었다. 그곳은 분기점이었다.

"네드, 왜 그래요?" 베리티가 다급히 물어왔다.

"쉬잇." 나는 예전에 머튼 칼리지의 보행자용 문 초록빛 금속 기둥을 잡았을 때처럼 베리티의 팔을 잡았다. 나는 사태 파악을 거의 다 한 상태였으며, 만약 어떤 충격이나 소동으로 주의만 흩어지지 않는다면 전체의 그림을 그려볼 수 있는 상황이었다.

그 편차는 사건이 일어난 지점에서 너무나 멀리 떨어져 있었으며, 불일치는 인과모순이 일어난 지점의 부근에서만 일어났다. 그리고 블랙웰 서점에서 모피를 두른 여인은 '그 여자가 그 남자와 결혼해서 너무 기뻐'라고 말했다. 모피를 두른 여인은 농부와 결혼한 어떤 여자에 대해 이야기한 것이었다. '만약 결혼하지 않았다면 그 여자는 아직도 옥스퍼드에 잡혀서 교회 위원회와 잡동사니 판매장에서 봉사나 하고 있었을 거'라고도 했다.

"네드?"

"쉬잇."

'주교의 새 그루터기를 누가 훔쳐 갔다고 믿고 있더라고.' 캐러더스는 꽃 담당 부서장인 '심술쟁이 노처녀' 샤프 양과 대화한 내용을 말해줬다.

그리고 공습 대비대 감시원은 서쪽 문에 서 있던 반백의 여인에게 '당신도 오세요, 샤프 양'이라고 말했다. 그 반백 여인의 모습에서 나는 누군가를 떠올렸으며, 그 반백의 여인은 '아무 곳에도 안 가요. 나는 여성 봉사회 부회장이자 꽃 담당 부서장이에요'라고 말했다.

공습 대비대 감시원은 그 여자에게 '샤프 양'이라는 호칭을 썼다.

샤프 양은 만나는 사람마다 모두 공습을 알고 있었다고 비난하고 다녔다. 편집자에게 편지를 쓰기까지 했다.

샤프 양은 누군가가 공습을 미리 알고 있었다고 신문사에 편지를 보냈다.

누군가가 코번트리에 공습이 있다는 사실을 미리 알고 있었다. 하지만 뮤칭스 엔드와는 달리 고립된 사건이 아니었다. 그것은 분기점이었다. 울트라 때문이었다.

만약 나치가 자신들의 에니그마 기계를 연합군 측에서 가지고 있다는 사실을 알았다면 전쟁의 향방은 바뀔 수도 있었다. 역사의 진행 경로가 말이다.

그리고 어떤 물건을 미래로 가져가는 일은 시공 연속체가 자체 교정의 일부로서 허용할 때만 가능했다.

나도 모르게 베리티의 팔을 너무나 세게 쥐었는지 베리티 입에서 신음이 흘러나왔지만, 나는 팔을 놓아주지 않았다. "성당 안에 있던 그 젊은 여자." 내가 말했다 "그 여자 이름이 뭐였죠?"

"성당 안에요?" 베리티는 어리둥절한 모습이었다. "네드, 성당에는 아무도 없었어요. 불에 타고 있었어요."

"공습 중에 말고요." 내가 말했다. "토시와 함께 갔던 날 말이에요. 보좌 신부를 만나러 왔던 젊은 여자 말이에요. 그 여자 이름이 뭐였죠?"

"모르겠… 꽃 이름이었는데." 베리티가 말했다. "제라늄이던가 아니…."

"델피니엄이었죠." 내가 말했다. "성이 뭐였죠?"

"S로 시작하는데… 셔우드, 아니 샤프요." 세상이 180도 뒤집히며 나는 베일리얼 칼리지 문이 아닌 머튼 칼리지의 운동장에 있었다. 그리고 크라이스트 처치 칼리지 풀밭의 중앙에는 코번트리 성당이 있었다.

"네드, 무슨 일이에요?" 베리티가 다급하게 물었다.

"우리는 완전히 잘못 생각하고 있었어요." 내가 말했다. "당신은 인과모순을 일으킨 게 아니에요."

"하지만… 우연의 일치들이 나타난 것과 2018년에 편차의 증가가 나타났잖아요." 베리티가 더듬거렸다. "인과모순 때문에 나타난 거예요."

"그건 맞아요." 내가 말했다. "그리고 내 잿빛 뇌세포 덕분에 언제 사건이 일어났는지 알게 됐어요. 그리고 그 원인이 무엇인지도요."

"네?"

"간단하네, 내 친구 왓슨이여. 단서를 하나 주지. 사실은 몇 가지지만 말이야. 울트라,《월장석》, 워털루 전투, 가벼운 입."

"가벼운 입이요?" 베리티가 말했다. "네드…."

"캐러더스, 그날 밤에는 짖지 않은 개, 펜닭개, 비둘기, 가장 그럴듯하지 않은 용의자, 롬멜 장군."

"롬멜 장군요?"

"북아프리카 전투요." 내가 말했다. "연합군은 울트라를 이용해서 롬멜 측 군수 물자 호송선의 위치를 파악하고 격침했어요. 그러면서 나치가 의심하지 못하도록 미리 정찰대를 보내 호송선에 발각되도록 했죠."

나는 베리티에게 안개 때문에 수송선에 발각되지 못한 정찰대 이야기며, 영국 공군과 해군의 동시 도착, 울트라가 그 이후에 한 역할, 즉 전보, 헛소문, 가로챔을 당할 목적으로 보낸 메시지 등에 관한 이야기를 해주었다. "만약 연합군 측이 울트라를 가지고 있다는 사실을 나치가 알았다면 전쟁의 결과가 바뀔 수도 있었기 때문에 사소한 실수를 바로 잡기 위해 연합군 측은 정교한 공작을 펼쳐야만 했지요. 모르겠어요? 모든 게 딱 들어맞아요."

모든 게 딱 들어맞았다. 캐러더스가 코번트리에 갇힌 사건이나, 내 실수로 인해 테렌스가 모드를 만나지 못하게 된 일, 오버포스 교수가 페딕 교수를 템스강에 밀어 넣은 일 하며, 그 빌어먹을 모든 잡동사니 판매장까지도.

블랙웰 서점에서 만난 모피를 입은 여인, 에르퀼 푸아로, 그랜드 디자인에 관해 이야기하던 페딕 교수, 그들 모두는 내게 뭔가를 이야기해주려고 한 거였지만 내가 멍청해서 알아듣지 못한 것이었다.

베리티는 걱정스러운 눈으로 나를 바라보았다. "네드." 베리티가 말했다. "대체 강하를 몇 번이나 한 거죠?"

"네 번이요." 내가 말했다. "두 번째에는 블랙웰 서점으로 했고 그곳에서 나는 모피를 걸친 여자 셋이서 추리 소설에 관해 무척이나 교훈적인 이야기를 하는 장면을 목격했어요. 그다음에는 2018년의 실험실에서 리지 비트너가 코번트리 성당이 강신론자들에게 팔리는 것을 막기 위해서라면 뭐든 하겠다는 말을 들었어요."

네트는 희미하게 빛을 내기 시작했다.

"만약 거기에 인과모순이 있었다면? 사소한 오류가 있었다면? 그리고 연속체가 역사의 진행 경로를 보호하기 위해 복잡한 방법으로 우회해서 방어 장치를 가동시켰다면? 울트라의 경우 전보를 치고 가짜 기사를 내보냈던 것처럼, 이 경우에도 고양이를 물에 빠뜨리고, 강신회를 열고, 잡동사니 판매장에 애인과 도망치는 일까지 말이죠. 그리고 수십 명의 스파이들은 자신들의 진짜 임무가 무엇인지조차 몰랐어요."

작약 꽃밭이 밝게 빛났다. "전통적인 수사 기법만으로는 이것 가운데 어느 것도 증명할 수 없군." 내가 말했다. "그러니, 왓슨, 우리는 증거를 수집하러 가야만 하네." 나는 베리티의 가방을 들어 작약 꽃밭 옆의 네트에 놓았다. "서두르게, 왓슨! 마차가 왔어!"

"어디로 가는 거죠?"

"연구실요. 2057년으로요. 1888년과 1940년의 코번트리 지역 신문과 교회 위원회 명부를 보려고요."

나는 베리티의 팔을 붙잡고 희미하게 빛나고 있는 원 안으로 들어섰다.

"그러면 우리는 주교의 새 그루터기를 찾게 될 거예요."

빛이 더욱 밝아지기 시작했다. "꼭 잡아요." 나는 여행용 손가방을 가지러 네트 바깥으로 나갔다.

"네드!" 베리티가 말했다.

"가요." 나는 손가방을 열고 밀짚모자를 꺼낸 뒤 가방을 닫고 원 안으로 가지고 들어왔다. 나는 가방을 놓고 밀짚모자를 비스듬하게 썼다. 피터 경마저도 부러워할 만한 자세였다.

"네드." 베리티는 한발 물러섰다. 베리티의 녹갈색 눈이 커졌다.

"해리엇." 나는 이미 환하게 빛나고 있는 네트로 베리티를 끌어당겼다.

그리고 나는 베리티에게 1백하고도 69년 동안 키스했다.

27

"어서, 헤이스팅스.
나는 장님에 바보천치였네. 어서, 택시를."

— 에르퀼 푸아로

내가 도착한 시공간 위치를 확인하지 못하다 — 캐러더스가 코번트리로 가는 것을 거부하다 —
베리티의 강하에 대한 수수께끼가 풀리다 — 분규 — 캐러더스가 코번트리로 가다 —
핀치에게는 여전히 말할 권한이 없다 — 더 많은 신문들 — 코번트리로 가는 전철 안에서 —
우리 시대 사람들은 차를 탈 때 질서를 지키지 않는다는 사실을 알게 되다 —
내가 시를 인용하다 — 자백 — 마침내 주교의 새 그루터기를 찾아내다

언제쯤이면, 대체 언제쯤이면 나는 내가 도착한 시공간 위치를 확인하는 법을 배울 수 있는 걸까? 그래, 인정한다. 나는 머릿속에 생각할 일이 많았으며, 특히 베리티에게 중요한 말을 하는 순간에 네트를 통과했고, 꼭 그때 해야 할 필요가 있었다. 하지만 그건 핑계가 되지 못했다.

"던워디 교수님은 어디에 계시죠?" 나는 네트를 통과하자마자 워더에게 물었다. 베일이 올라갈 때까지 기다릴 수가 없었다. 나는 베리티의 손을 잡고 베일을 헤치고 콘솔로 나아갔다.

"던워디 교수님요?" 워더가 멍하니 대답했다. 워더는 날염된 드레스로 한껏 차려입었고, 머리까지 구불구불하게 정성껏 매만진 덕분에 거의 기분이 좋아 보이기까지 했다.

"던워디 교수님은 런던에 가셨어." 캐러더스가 다가오며 말했다. 캐러더스 역시 멋지게 차려입었으며 몸에 묻었던 검댕도 깨끗이 지운 상태였다. "네가 베리티를 발견할 줄 알았지." 캐러더스는 웃으며 베리티에게 다가갔다. "혹시 코번트리에 가 있는 동안 주교의 새 그루터기를 본 건 아니겠지?"

"봤어." 내가 말했다. "던워디 교수님은 런던에 왜 가신 거야?"

"슈라프넬 여사께서 마침내 주교의 새 그루터기가 공습 기간 중 영국 박물관의 보물들이 옮겨진 곳에 있을 거라는 생각을 해낸 모양이야. 지하철의 안 쓰는 구간 말이야."

"그렇지 않아." 내가 말했다. "던워디 교수님에게 전화해서 지금 당장 이곳으로 오시라고 전해줘. 루이스도 같이 간 건 아니겠지?" 나는 여러 대의 컴퓨터 스크린이 쌓여 있는 곳을 바라보며 말했다. 루이스가 워털루 전투 모의실험을 돌려놓은 내용이 보였다.

"응." 캐러더스가 말했다. "옷 갈아입으러 갔어. 곧 돌아올 거야. 대체 왜 그러는데?"

"슈라프넬 여사는 어디에 계시지?" 내가 물었다.

"슈라프넬 여사요?" 워더는 마치 그 이름을 처음 듣는 사람처럼 내게 되물었다.

"네, 슈라프넬 여사요." 내가 말했다. "코번트리 성당. 우리를 이 고통으로 떨어뜨린 사람요. 슈라프넬 여사."

"여사를 피해 다니는 줄 알았는데?" 캐러더스가 말했다.

"지금은 피하고 있어." 내가 말했다. "하지만 몇 시간 뒤면 만나고 싶어질 거야. 어디에 있는지 알아?"

캐러더스와 워더는 서로 시선을 교환했다. "성당에. 내 짐작에는."

"둘 중에 한 명이 가서 확인해보고 와줘." 내가 말했다. "앞으로 오늘이 끝날 때까지 여사의 일정이 어떻게 되는지 말이야."

"여사의 일정?" 캐러더스가 물었다.

동시에 워더가 말했다. "당신이 직접 알아보지 그래요." 워더의 기분이 좋아지려면 머리 몇 번 마는 거로는 어림도 없는 모양이었다. "괜히 만났다가 또 다른 일을 맡아 오기 싫어요! 이미 나는 여기 있는 제대포도 다려야 하고…."

"없던 일로 하죠." 내가 말했다. 나는 지금 당장 슈라프넬 여사를 만날 필요는 없으며, 무엇보다도 더욱더 중요한 것들을 확인해야만 했다. "그러

615

면 다른 일을 좀 해줘요. 〈코번트리 스탠다드〉와 〈미들랜드 데일리 텔레그래프〉를 복사해주세요. 11월 15일부터….” 나는 캐러더스를 돌아봤다. “코번트리에서 언제 돌아왔지? 며칠이야?”

“사흘 전. 수요일.”

“코번트리 날짜로 언제야?”

“12월 12일.”

“11월 15일부터 12월 12일까지 모두요.” 나는 워더에게 말했다.

“불가능해요!” 워더가 말했다. “나는 제대포도 다려야만 하고 랑데부도 세 건이나 있어요. 성가대 소백의도 모두 다 다림질해야 해요. 심지어 리넨이에요! 본당에서 성가대석으로 걸어가는 동안 구겨지지 않는 옷감도 많을 텐데, 슈라프넬 여사는 하고많은 천 중에서 하필이면 리넨을 고집했죠! ‘신은 사소해 보이는 바로 그곳에 계신다’고 말하더군요. 그런데 이런 상황에서 당신은 나보고 신문 쪼가리나 복사해….”

“내가 할게요.” 베리티가 말했다. “원본 그대로 복사해 올까요? 아니면 기사만 가져올까요, 네드?”

“원본 그대로요.” 내가 말했다.

베리티는 고개를 끄덕였다. “보들리 도서관에 가면 될 거예요. 금방 돌아올게요.” 베리티는 내게 나이아스의 웃음을 날려주곤 실험실을 나갔다.

“캐러더스.” 내가 말했다. “코번트리로 좀 갔다 와줘.”

“코번트리?” 캐러더스는 갑자기 뒤로 물러서다가 워더와 부딪쳤다. “난 그곳에 돌아가지 않겠어. 지난번에 충분히 고생했단 말이야.”

“공습 때로 돌아갈 필요는 없어.” 내가 말했다. “내가 필요한 건….”

“그리고 그 근처 어디로든 가지 않겠어. 호박밭 기억나? 그 빌어먹을 개도? 꿈도 꾸지 마.”

“시간을 거슬러 갔다 오라는 말이 아니야.” 내가 말했다. “성당 문서에서 몇 가지 확인할 것이 있어서 그래. 전철을 타고 갔다 오면 돼. 내가….”

루이스가 들어왔다. 루이스 역시 흰색 셔츠에 짧은 대학 가운을 입은 성장을 하고 있었다. 슈라프넬 여사가 무슨 옷 입는 규칙이라도 새로 정해놓은 건지 궁금해졌다.

"잠시만 기다려, 캐러더스." 내가 말했다. "루이스, 부탁할 게 있어요. 인과모순을 일으켰던 당신 모형에 대한 건데, 초점을 바꿔줬으면 해요."

"초점을 바꾸라고요?" 루이스가 멍한 표정으로 말했다.

"인과모순이 발생하는 지점으로 말이에요." 내가 말했다.

"행여나 또 다른 인과모순이 발생했다는 말은 꺼내지도 마세요." 워더가 말했다. "이젠 더 이상 어찌할 방법이 없어요. 리넨으로 된 성가대 소백의를 오십 벌이나 다려야 하고, 랑데부가 세 건에⋯."

"자체 교정이 과거로 뻗어 갈 수도 있다고 했죠, 루이스?" 워더를 무시하고 내가 말했다.

루이스는 고개를 끄덕였다. "어떤 모형은 모순이 일어나기 전 시점에 미리 자체 교정을 시도합니다."

"그리고 모형 가운데 시공간 상에서 중요한 위치를 점하는 물건이 사라지는 경우는, 단 한 가지, 즉 그 사건이 자체 교정의 일부로 작동할 때였죠?" 내가 물었다.

루이스는 다시 고개를 끄덕였다.

"그리고 우리 모순은 워털루 전투를 모의실험 한 것 가운데 어느 것과도 맞지 않는다고 했지요. 만약 초점을 바꿨을 때는 맞는지 알아보고 싶어요."

루이스는 고분고분히 컴퓨터가 늘어선 곳에 앉더니 가운의 소매를 걷어 올렸다. "어떻게 할까요?"

"코번트리 성당." 내가 말했다. "11월 14일로⋯."

"11월 14일?" 루이스와 캐러더스가 합창했다. 워더는 '대체 강하를 얼마나 많이 한 거죠?' 하는 눈빛으로 나를 바라보았다.

"11월 14일." 내가 힘주어 말했다. "1940년으로요. 정확한 시간은 모르겠어요. 오후 7시 45분에서 11시 사이일 거예요. 내 짐작으로는 9시 30분 경이요."

"하지만 그때는 공습 중이야." 캐러더스가 말했다. "우리 중 그 누구도 그곳에 접근하지 못했어."

루이스가 말했다. "대체 무슨 일인데요, 네드?"

《만년필 수수께끼》와 에르퀼 푸아로지요." 내가 말했다. "우리는 엉뚱한 방향을 바라보고 있었어요. 만약 고양이를 구한 것이 인과모순이 아니라면? 만약 연속체의 자기 교정과 실제 모순이 더 일찍 일어났다면? 아니면 더 뒤에 일어났다면?"

루이스는 자료를 입력하기 시작했다.

"베리티의 강하에서는 편차의 증가가 없었어요." 내가 말했다. "어느 쪽으로든 5분만 있었더라도 아주먼드 공주를 구하는 일은 일어나지 않았을 텐데 말이죠. 네트가 열리지 않아도 되었고 다른 방지 시스템들도 있는데 전부 작동하지 않았어요. 그런데 왜 내가 강하할 때는 편차를 일으켜 나를 옥스퍼드로 보내 테렌스를 만나게 했으며, 그로 인해 테렌스가 모드를 만나지 못하게 만들었고 보트 빌릴 돈을 대줘서 토시를 만날 수 있도록 했을까요? 만약 이런 모든 사건이 연속체가 일어나도록 꾸민 일이라면? 그리고 만약 네트가 붕괴하는 조짐이라고 우리가 여겼던 모든 신호들, 즉 내가 중세로 갔던 일이나 캐러더스가 코번트리에 갇혔던 그런 사건들이 모두 자기 교정의 일부분이었다면?"

좌푯값들이 찍혀 나왔다. 루이스는 값들을 살펴보고는 숫자를 더 입력하고는 새로운 패턴을 정밀 조사했다. "초점만 바꾸면 되나요?" 루이스가 말했다.

"당신은 불일치가 인과모순이 일어난 근접 지역에서만 일어난다고 했죠." 나는 루이스에게 말했다. "하지만 만약 그 지역이 뮤칭스 엔드가 아니라면요? 만약 그 지역이 공습 때의 성당이며, 나와 베리티가 불일치라고 봤던 일들이 실은 모순이 치유되지 않았을 때 일어나게 되는 사건들이었다면요?"

"재미있는 가설이군요." 루이스가 말했다. 루이스는 재빨리 숫자를 더 입력했다.

"초점만 바꾸면 돼요." 내가 말했다. "같은 사건, 같은 편차에 말이에요."

"잠시 걸릴 겁니다." 몇 가지 자료를 더 입력하며 루이스가 달했다.

나는 캐러더스에게 시선을 돌렸다. "이제부터 네가 코번트리로 가서 찾아와줬으면 하는 것들을 알려줄게." 나는 워더 뒤로 손을 뻗어 포켓 단말기를 집어 들고 거기에 대고 말했다. "교회 위원들 이름이 필요해. 1940년도의 평신도와 성직자 모두 말이야. 그리고 성당에서 결혼한 기록들도 구해줘. 1888년부터…" 나는 생각을 하기 위해 잠시 머뭇거리다가 말을 이었다.

"…1888년부터 1915년까지 동안 기록들로. 아니, 1920년까지 해줘. 안전한 게 낫겠군."

"만약 공습 때 기록이 불에 탔으면 어쩌지?"

"그러면 1940년의 성공회 성직록을 살펴줘. 캔터베리에 파일이 있고 다른 곳에도 복사본들이 여럿 있을 거야. 공습에 전부 불탔을 리는 없어."

나는 포켓 단말기의 인쇄 버튼을 누르고 목록이 인쇄되어 나오는 모습을 지켜보다가 인쇄가 끝난 뒤 종이를 찢어냈다. "되도록 빨리 찾아줘."

캐러더스는 목록을 바라봤다. "지금 바로 갔다 와야 하는 거야?"

"응." 내가 말했다. "중요한 일이야. 만약 내 생각이 맞는다면 봉헌식까지 주교의 새 그루터기를 찾아낼 수 있을 거야."

"그렇다면 서두르는 것이 좋겠군요." 워더가 무뚝뚝하게 말했다. "봉헌식까지는 2시간밖에 안 남았어요."

"2시간이요?" 내가 놀라 말했다. "말도 안 돼요." 나는 마침내 네트에 도착하자마자 제일 처음으로 물어봤어야만 하는 질문을 했다. "오늘이 며칠이죠?"

베리티는 복사물을 한 아름 들고 뛰어 들어왔다. 슬릿 드레스에 스니커즈 차림이었다. 베리티의 다리는 내가 생각했던 대로 무척이나 길었다. "네드, 봉헌식이 몇 시간 남지 않았어요!"

"방금 막 알았어요." 뭘 어째야 하나 생각하며 내가 말했다. 나는 적어도 시간 여유가 며칠은 있어서 내 이론을 뒷받침할 증거를 모을 수 있을 줄 알았는데, 이제는 코번트리에 갔다 올 시간조차….

"도와줄까요?" 베리티가 말했다.

"인과모순이 고쳐졌다는 증거가 필요해요." 내가 말했다. "원래는 캐러더스를 보내려고….”

“내가 갈게요.” 베리티가 말했다.

나는 고개를 저었다. “시간이 없어요. 봉헌식은 언제 시작하죠?” 나는 워더에게 물어보았다.

“11시요.” 워더가 대답했다.

“그러면 지금은 몇 시죠?”

“9시 15분이요.”

나는 루이스를 바라보았다. “모의실험이 끝나려면 얼마나 남았죠?”

“금방 돼요.” 루이스의 손가락이 자판 위로 날아다녔다. “됐어요.” 루이스가 엔터 키를 누르자 좌표들이 사라지고 모형이 나타났다.

뭔가 알아볼 수 있을 거라 기대했던 내가 바보였다. 화면에 나타난 모형은 다른 화면에 뜬 것과 똑같이 아무 모양 없이 그림자 얼룩만이 보일 뿐이었다.

“자요, 저게 보여요?” 루이스는 부드럽게 말을 하며 자판을 몇 개 더 두드렸다. “이게 새로운 초점으로 계산한 거예요. 그리고 이건 워털루 수프솥 모의실험과 겹쳐놓은 거고요.”

루이스는 컴퓨터 마이크에 대고 말했다. 두 가지 모형이 화면에 겹쳐서 나타났다. 두 개의 모형이 겹쳐 있다는 사실을 나도 알 수 있었다.

“잘 맞아요?” 워더가 물었다.

“네.” 루이스가 천천히 고개를 끄덕였다. “몇 가지 사소한 차이가 있지만요. 사건이 일어난 장소의 편차는 크지 않으며, 여기 그리고 여기에서는 정확하게 일치하지 않는다는 사실을 볼 수 있을 겁니다.” 루이스는 내 눈으로는 구별이 안 되는 곳을 가리켰다. “그런데 이게 뭔지 모르겠군요.” 별 특별해 보이지도 않는 곳을 두드리며 루이스가 말했다. “하지만 자체 교정 패턴인 게 분명해 보이는군요. 1888년으로 가면서 편차가 줄어드는 모습이 보이죠? 그러다가 완전히 편차가 사라지는 때는….”

“6월 18일이군요.” 내가 말했다.

루이스는 숫자를 입력했다. “그래요, 6월 18일이에요. 편차 계산과 확률을 계산해볼 필요가 있기는 하지만, 이 지점에서 인과모순이 일어나는 게 분명해 보입니다." 루이스는 별 특별해 보이지 않는 곳을 가리키며 말했다.

"어떤 모순이죠?" 캐러더스가 루이스에게 물었다. "그리고 누가 그 모순을 만든 거죠?"

"바로 그 점이 네가 코번트리에 가서 알아 왔으면 했던 사실들이었어." 나는 이제는 쓸모없어진 회중시계를 꺼내 보며 캐러더스에게 말했다. "하지만 이제는 시간이 없군."

"물론, 시간은 있어요." 베리티가 말했다. "여기는 시간 여행 실험실이에요. 캐러더스를 과거로 보낼 수 있어요."

"1940년으로 보낼 수는 없어요." 내가 말했다. "이미 갔다 왔어요. 그리고 우리는 다시는 인과모순을 일으키면 안 되죠."

"1940년일 필요는 없어요, 네드. 2주 전으로 가면 돼요."

"한 사람이 두 장소에 동시에 있을 수는 없어요." 말을 하는 순간, 한 가지 사실이 머릿속을 스치고 지나갔다. 지난주에 캐러더스는 2057년이 아닌 1940년에 있었다. "워더, 강하를 계산하려면 얼마나 걸리죠?" 내가 말했다.

"강하요? 나는 랑데부할 게 세…."

"소백의는 내가 다림질할게요." 베리티가 말했다.

"캐러더스를 과거로 딱… 시간이 얼마나 걸릴 것 같아? 하루?"

"이틀." 캐러더스가 대답했다.

"이틀만 보내면 돼요. 평일로요. 주말에는 성당 문서 보관소가 열지 않으니까요. 1940년에 있던 기간도 이틀밖에 안 됐을 거예요. 그리고 시간이 되면 금방 데려오면 되죠."

워더는 옹고집 같은 표정을 지었다. "캐러더스가 다시 코번트리에 갇히면 어떻게 해요?"

"캐러더스가 갇혔었기 때문에 인과모순이 고쳐진 거예요." 화면을 가리키며 내가 말했다.

"괜찮아요, 워더. 어서 계산을 해줘요." 캐러더스는 워더에게 부탁을 하고는 나를 바라보았다. "내가 찾아야 할 목록을 줘, 네드."

나는 목록을 캐러더스에게 넘겨줬다. "또 하나. 1940년 성당 각 부녀회장의 명단도 알아봐줘."

"꽃 담당 부녀회장은 누군지 안 봐도 알지." 캐러더스가 말했다. "심술쟁이 노처녀 샤프 양이지."

"꽃 담당 부녀회장을 포함한 모든 부녀회장 명단을 구해다줘." 내가 말했다.

베리티는 캐러더스에게 연필과 메모지를 넘겨줬다. "이걸 가져가면 지난주에 가서 종이 같은 걸 가져오지 않아도 돼요."

"준비됐나요?" 캐러더스가 워더에게 말했다.

"준비됐어요." 워더가 조심스레 말했다.

캐러더스는 네트에 들어갔다. 워더가 다가가더니 캐러더스의 옷깃을 매만졌다. "조심하세요." 넥타이를 바로잡아 주며 워더가 말했다.

"몇 분 뒤 돌아올게요." 멍청하게 씨익 웃으며 캐러더스가 말했다.

"만약 당신이 돌아오지 않으면 당신을 구하러 내가 가겠어요." 워더가 활짝 웃으며 말했다.

"내 두 눈으로 직접 보지 않았다면 믿기 어려운 장면이군요." 베리티에게 내가 중얼거렸다.

"시차 증후군인 모양이에요." 베리티가 말했다.

"10분 단위로 네트를 열겠어요." 워더가 속삭였다.

"필요 이상으로 오래 머무르지 않겠어요." 캐러더스가 말했다. "금방 돌아와서 봉헌식에 당신을 데리고 갈게요." 캐러더스는 워더를 껴안더니 진한 키스를 했다.

"음, 분위기를 깨서 미안하지만 2시간 뒤면 봉헌식이 있어서 말이야." 내가 말했다.

"좋아요." 워더가 투덜대더니 마지막으로 캐러더스의 옷깃을 매만져준 뒤 콘솔로 쿵쿵거리며 걸어갔다. 사랑은 모든 것을 정복한다. 하지만 오래된 버릇은 쉬이 없어지지 않는 법. 나는 베인이 미국에 가서도 강 근처에서 살기를 바랐다.

워더는 베일을 내렸고 이어서 캐러더스가 사라졌다. 워더가 내게 말했다. "만약 10분 뒤에 캐러더스가 안전하게 돌아오지 않는다면, 당신을 백년전쟁이 벌어지던 때로 보내버리겠어요." 워더는 베리티를 돌아봤다. "당신은 소백의를 다림질하겠다고 약속했고요."

"곧 할게요." 나는 베리티에게 복사한 종이 중 하나를 건네며 워더에게 말했다.

"뭘 찾으면 되죠?" 베리티가 물었다.

"편집자에게 보내는 편지요. 공개 편지나요. 확실하지는 않아요."

나는 〈미들랜드 데일리 텔레그래프〉를 뒤적거렸다. 국왕의 방문에 관한 기사 한 꼭지, 사상자 명단, 기사들의 도입부가 있었다. "코번트리 성당의 부활에 대한 증거가 있어요."

나는 〈코번트리 스탠더드〉를 집어 들었다. 공습 대비대 모래주머니 광고, 정부 공식 권장 크기, 45킬로그램당 36실링 6페니. 성당 잔해의 사진 한 장.

"여기 편지가 몇 개 있네요." 베리티가 종이를 넘겨주며 말했다.

소방서의 용기를 칭찬하는 편지 한 통. '몰리라는 이름의 아름다운 생강빛 고양이를 찾고 있음. 11월 14일 그레이프라이어스 레인에서 잃어버림'이라는 내용의 편지가 한 통. 공습 대비대 감시원에 대한 불만 한 통.

갑자기 문이 열렸다. 베리티는 놀라서 펄쩍 뛰어올랐지만, 다행히도 슈라프넬 여사가 아닌 핀치였다.

핀치의 머리와 입고 있는 프록코트에는 눈이 묻었으며 오른쪽 소매에는 물에 흠뻑 젖어 있었다.

"어디 갔다 온 거예요?" 내가 물었다. "시베리아?"

"저에게는 말할 권한이 없습니다." 핀치가 말했다. 핀치는 루이스에게 고개를 돌렸다. "루이스 씨, 던워디 교수님은 어디에 계신가요?"

"런던에 계십니다." 루이스는 컴퓨터 모니터를 보며 말했다.

"이런." 실망한 듯한 목소리였다. "그렇다면 그분께…." 핀치는 우리를 힐끔 보더니 계속 말을 했다. "임무가 완수되었다고 말해주십시오." 핀치는 소매를 쥐어짰다. "비록 연못이 꽝꽝 얼어 얼음으로 가득 찼지만요. 던워디 교수님께 숫자는…." 핀치는 또다시 우리를 바라보았다. "숫자는 6이라고 전해주시고요."

"난 시간이 없어요." 워더가 말했다. "여기 당신 가방이 있고요." 워더는 삼베 자루를 핀치에게 내밀었다. "그런 모습으로 갈 수는 없어요. 따라오세요. 몸부터 말려야겠군요." 워더는 진절머리 난다는 표정으로 핀치를 준비실로 데려갔다. "나는 기술 요원이 아니에요. 그저 대체 요원이죠. 나는 제대포도 다려야 하고 10분마다 네트도 열어…." 둘이 나가고 문이 쾅 닫혔다.

"핀치는 대체 무슨 일인데 저러는 걸까요?" 내가 말했다.

"여기요." 베리티가 내게 복사한 신문을 내밀었다. "편집자에게 보내는 편지들이 더 있어요."

국왕의 코번트리 방문에 대한 편지 세 통, 간이 식당에서 파는 음식에 대한 불만 편지 한 통, 공습 희생자를 기리는 잡동사니 판매장이 세인트올데이츠 스트리트에서 열린다는 편지 한 통씩이었다.

핀치는 몸을 말리고 머리를 잘 빗은 상태로 워더와 함께 돌아왔다. 워더는 여전히 툴툴거리고 있었다. "도대체 왜 오늘 전부 다 가져와야 한다는 건지 이해할 수가 없군요." 워더는 콘솔로 당당히 행진하며 말했다. "나는 랑데부도 세 건이나 있고 다림질도 오십…."

"핀치." 내가 말했다. "비트너 부인이 봉헌식에 참석할 예정인가요?"

"던워디 교수님께서 부인께 초대장을 보내셨습니다. 복원된 성당을 가장 보고 싶어 할 사람은 다름 아닌 비트너 부인이리라고 저도 생각했죠. 그런데 부인이 답장에다 너무나 피곤할까 봐 걱정된다고 쓰셨더군요."

"좋아요." 나는 12일 자 〈스탠더드〉를 펼쳤다. 아무런 편지도 실리지 않았다. "〈텔레그래프〉는 어때요?" 나는 베리티에게 물었다.

"없어요." 베리티는 복사물을 내려놓으며 말했다.

"여기도 없어요." 나는 유쾌하게 말했다. 그때 캐러더스가 멍한 표정으로 네트에서 나타났다.

"어떻게 됐어?" 캐러더스에게 다가가며 내가 물었다.

캐러더스는 주머니를 뒤져 메모지를 꺼내 베일을 제치고 내게 내밀었다. 나는 메모지를 넘기며 교회 위원들 목록을 훑으며 이름을 찾아보았다. 없었다. 나는 성직록 페이지를 넘겨보았다.

"1940년 꽃 담당 위원회장은 로이스 워필드 부인이야." 얼굴을 찌푸리며 캐러더스가 말했다.

"괜찮아요? 무슨 일이 있었어요?" 워더가 걱정스러운 듯 물었다.

"이런, 없잖아." 성직록을 훑어보며 내가 말했다. 하트퍼드셔, 서레이, 노섬벌랜드. 이거였다. 노섬벌랜드, 성 베네딕트 성당.

"위원회나 교회 명부에 샤프라는 이름은 없었어." 캐러더스가 말했다.

"알아." 나는 종이에 메모를 적으며 대답했다. "핀치, 던워디 교수님에게 전화해서 지금 당장 옥스퍼드로 오시라고 전해주세요. 그리고 그분이 도착하시면 이걸 주세요." 나는 메모지를 찢은 뒤, 접어서 핀치에게 넘겨줬다. "그리고 슈라프넬 여사를 찾아서 걱정하시지 말라고, 베리티와 내가 모든 상황을 잘 해결했으며, 우리가 도착할 때까지 봉헌식을 시작하지 말라고 좀 전해주세요."

"어디 가시려고요?" 핀치가 물었다.

"성가대 소백의를 다림질해주겠다고 약속했잖아요!" 워더가 따졌다.

"11시까지는 돌아올게요." 베리티의 손을 잡으며 내가 말했다. "만약 우리가 오지 않으면 연기시키세요."

"연기라고요?" 겁에 질린 목소리로 핀치가 말했다. "캔터베리 대주교님이 오고 계십니다. 빅토리아 공주님도요. 그런데 어떻게 연기를 시킬 수 있단 말인가요?"

"알아서 대답하세요. 당신을 꽉 믿고 있거든요, 지브스."

핀치는 활짝 웃었다. "고맙습니다, 선생님." 핀치가 말했다. "슈라프넬 여사에게는 두 분이 어디로 가셨다고 말씀드릴까요?"

"주교의 새 그루터기를 가지러 갔다고 하세요." 나는 말하고 베리티와 함께 지하철역으로 출발했다.

바깥 하늘은 구름이 잔뜩 끼어 회색빛이었다. "어, 봉헌식 때 비가 오지 않았으면 좋겠네요." 달리면서 베리티가 말했다.

"지금 농담해요?" 내가 헐떡이며 말했다. "그런 일은 슈라프넬 여사가 절대로 허용하지 않을 거예요."

지하철역은 사람들로 붐볐다. 모자를 쓰고 넥타이를 매고 우산을 든 수많은 사람이 계단으로 쏟아져 들어왔다.

"성당이라니요!" 머리를 땋은 젊은 여자 한 명이 가이아 당 선전물을 들고 내 곁을 지나가며 툴툴거렸다. "그 건물을 지을 돈이면 크라이스트 처치 풀밭에 나무를 몇 그루나 심을 수 있는지 아세요?"

"어찌 되었든, 우리는 시 바깥으로 가야 해요." 나는 이미 나와 떨어져 있는 베리티에게 소리쳤다. "옥스퍼드에서 나가는 열차는 덜 붐빌 거예요."

우리는 에스컬레이터 쪽으로 밀고 들어갔다. 하지만 상황은 여전했다. 베리티의 모습이 보이지 않아 찾아보니 열 계단쯤 아래쪽에 있었다. "모두 어디로 가는 거죠?" 내가 외쳤다.

"빅토리아 공주를 만나러 가는 거죠." 내 뒤에서 유니언 잭을 가지고 따라오던 거구의 여인이 말했다. "레딩을 거쳐 오고 계신답니다."

마침내 베리티는 에스컬레이터에 도착했다. "코번트리로 가요!" 나는 베리티에게 소리치며 워릭셔 선에 있는 사람들 무리를 가리켰다.

"알아요." 벌써 복도 쪽으로 들어선 베리티가 소리쳐 대답했다.

복도는 사람들로 붐볐다. 플랫폼도 마찬가지였다. 베리티는 사람들을 헤치며 나를 향해 다가왔다. "당신만 수수께끼를 푸는 데 재능이 있는 게 아니에요, 셜록. 난 핀치의 임무가 뭐였는지를 알아냈어요."

"뭐라고요?" 이때 전철이 도착했다. 사람들은 우리를 떼어놓으며 앞으로 밀려들었다.

나는 사람들을 헤치며 베리티 쪽으로 갔다. "대체 이 사람들은 다 어디로 가는 거죠? 빅토리아 공주는 코번트리에 없어요."

"항의하러 가는 거예요." 머리를 땋은 소년이 말했다. "옥스퍼드가 비열하게 성당을 훔쳐 간 것에 대한 집회가 코번트리에서 열려요."

"정말? 어디서 열리는데? 쇼핑센터에서?" 베리티의 목소리는 너무나 사랑스러워서 키스하고 싶은 마음이 절로 들었다.

"여기 모인 사람들 가운데에는 어쩌면 100년쯤 미래에서 온 사람이 있어서 지금 있는 성당이 믿을 수 없을 정도로 흥미롭고 매력적이라고 생각하고 있을 거예요." 얼굴에서 피켓을 밀어내며 베리티가 말했다. 피켓에는 '코번트리 성당 건축에 반대하는 건축가들의 모임'이라고 손으로 글씨가 씌어 있었다.

"그건 불가능해요." 내가 말했다. "핀치는 임무가 뭐였죠?"

"핀치는…." 베리티가 입을 여는 순간 문이 열리면서 사람들이 전철 안으로 밀려들어 갔다.

그 과정에서 우리는 다시 헤어졌으며 정신을 수습해보니 나는 베리티에게서 반 량쯤 떨어진 곳에 서 있었다. 나는 어떤 노인과, 중년쯤 되어 보이는 그의 아들이 앉아 있는 좌석 사이 빈자리로 비집고 들어갔다.

"하지만 하고많은 것 중에 대체 왜 코번트리 성당을 다시 세워야 하는데요?" 아들이 투덜거렸다. "만약 뭔가 부서진 것을 다시 세울 생각이었다면 왜 영국 은행을 짓지 않는 거죠? 적어도 그건 쓸모라도 있잖아요. 성당이 무슨 소용이에요?"

"'신께서는 신비로운 방식으로 일을 하나니. 기적을 완성하기 위함이라.'" 내가 인용구를 읊었다.

두 부자는 나를 빤히 바라보았다.

"제임스 톰슨의 '사계'입니다." 내가 말했다.

두 부자는 계속해서 나를 빤히 바라보았다.

"빅토리아 시대의 시인이죠." 나는 둘 사이에 앉으면서 연속체와 연속체가 일을 처리하는 신비로운 방식에 관해 생각해봤다. 연속체는 인과모순을 고쳐야 할 필요가 있었고 그렇게 하는 데 성공했다. 네트의 폐쇄, 목표 지점 변경, 적당한 편차의 조작 따위와 같은 모든 2차 방어 수단을 다 이용해 내가 테렌스와 모드를 만나지 못하게 만들고, 베리티는 베인이 고양이를 강에 던지는 순간에 도착하게 하는 방식을 통해 말이다. 잭이 만든 집에 있는 맥아를 훔쳐 먹는 쥐를 잡아먹는 고양이를 구하기 위해서.

역 표지판에 '코번트리'라고 적혀 있는 곳에 도착하자 나는 은행가들 사이에서 일어났고, 베리티에게 내리라고 손짓해서 간신히 함께 열차에서 내렸다. 우리는 에스컬레이터를 타고 올라가 레이디 고다이바의 상이 정면에 서 있는 브로드게이트에 닿을 때까지 사람들을 헤치고 나아가야 했다. 비가 엄청나게 쏟아지고 있었다. 시위자들은 쇼핑센터로 가면서 우산을 펼쳐 들었다.

"우리가 간다고 부인에게 전화해야 하지 않을까요?" 베리티가 물었다.

"괜찮아요."

"집에 있다고 확신해요?"

"확신해요." 사실 확신은 없었지만, 대답만은 확실히 했다.

✳

부인은 집에 있었다. 비록 문을 여는 데 시간이 좀 걸렸지만 말이다.

"미안해요. 기관지염이 좀 있어서." 비트너 부인은 쉰 목소리로 말을 하더니 우리가 누군지 알아봤다. "오호."

부인은 우리가 들어올 수 있도록 물러섰다. "들어오세요. 기다리고 있었어요." 부인은 정맥이 불거진 손을 베리티에게 내밀었다. "덕이 베리티겠군요. 당신 역시 추리 소설의 팬이라는 말을 들었어요."

"1930년대 것만 봐요." 베리티는 변명하듯 말했다.

비트너 부인은 고개를 끄덕였다. "그 시대 게 최고죠." 부인은 내게 말을 돌렸다. "나는 무수한 추리 소설을 읽었어요. 특히 좋아하는 것은 범인이 아슬아슬하게 잡히는 것들이죠."

"비트너 부인." 입은 열었지만 어떻게 말을 꺼내야 할지 몰랐다. 나는 어쩔 줄 몰라 하며 베리티를 바라보았다.

"알아낸 거죠?" 비트너 부인이 내게 말했다. "그럴까 봐 무척 조마조마

했어요. 제임스가 그러는데 당신이 가장 똑똑한 두 명의 제자 가운데 한 명이라더군요." 부인은 싱긋 웃으며 말을 계속했다. "응접실에 가서 이야기할까요?"

"저, 그게… 시간이 별로 없어서요." 내가 더듬거리며 말을 했다.

"말도 안 돼요." 복도로 향하며 비트너 부인이 말했다. "추리 소설에서는 언제나 범죄를 고백하는 데 한 챕터를 할애해요."

부인은 나와 인터뷰했던 방으로 안내했다. "앉으세요." 부인은 사라사 무명을 씌운 소파를 가리켰다. 부인은 천천히 뷔페장 쪽으로 다가갔다(메링 가에 있던 것보다 무척 작았다). "유명한 탐정은 용의자들을 언제나 응접실에 모아놓죠. 그리고 범인은 언제나 사람들에게 마실 것을 대접해요. 셰리주 좀 마시겠어요, 베리티? 아니면 '시럽 드 카시스'를 드릴까요, 네드? 에르퀼 푸아로가 늘 마시는 거죠. 애거사 크리스티의 《3막의 비극》을 읽으면서 한번 마시려고 해봤는데, 꼭 감기약 맛이 나더군요."

"셰리주로 하겠습니다." 내가 말했다.

비트너 부인은 셰리주 두 잔을 따르고는 우리에게 내밀었다. "인과모순이 일어난 거죠, 그렇죠?"

나는 부인에게서 셰리주 잔을 받아서 하나를 베리티에게 건네주고, 베리티 옆에 앉았다. "네. 맞습니다." 내가 말했다.

"그럴까 봐 무척이나 걱정했어요. 그리고 지난주에 제임스를 만났을 때, 중요하지 않은 물체를 원래 시공간에서 제거하는 이론에 관해 이야기하기에 그게 주교의 새 그루터기에 관한 이야기인 줄 알았어요." 부인은 싱긋 웃으면서 고개를 저었다. "그날 밤 성당에 있던 건 그걸 빼고는 모두 재로 변했죠. 하지만 나는 첫눈에 그 물건은 부서지지 않을 거라는 것을 알았죠."

부인은 자기 잔에 셰리주를 따랐다. "나는 그걸 다시 가져다 놓으려 애썼지만, 알다시피 네트가 열리지 않았고, 래시터… 당시 학과장 말이에요, 그 사람이 자물쇠를 새로 바꿨기 때문에 실험실에 들어갈 수가 없었어요. 물론 제임스나 남편과 상의했어야 했다는 건 알아요. 하지만 그럴 수가 없었어요." 부인은 셰리주가 담긴 잔을 집어 들었다. "나는 네트가 열리지 않은 이유는 인과모순이 일어나지 않았기 때문이며 아무런 해도 발생하지 않았을 거라고 스스로를 설득했지만, 사실은 그렇지 않다는 걸 알고 있었죠."

비트너 부인은 사라사 무명을 씌운 의자 가운데 하나로 천천히 그리고 조심스럽게 다가갔다. 나는 벌떡 일어나서 부인이 자리에 앉을 때까지 부인 손에 있던 술잔을 받아 대신 들고 있었다.

"고마워요." 부인은 내게서 잔을 다시 받아 가며 말했다. "제임스는 당신이 멋진 젊은이라고 하더군요." 부인은 베리티를 바라보았다. "그 뒤로 두 분 가운데 누군가가 후회할 만한 행동을 하지는 않았겠죠? 아무런 생각 없이 행동하거나 말이에요?"

부인은 들고 있던 잔을 내려다보았다. "성공회는 재정 자립을 할 수 없는 성당들을 폐쇄했어요. 내 남편은 코번트리 성당을 사랑했죠. 남편은 처음 그 성당을 지었던 보토너가의 후손이에요."

당신도 그렇고요. 탑에서 인부와 서서 말다툼하고 있던 메리 보토너가 누구와 닮았는지 이제야 깨달으며 내가 속으로 중얼거렸다.

"그 성당은 남편의 삶이었어요." 비트너 부인이 계속 말했다. "남편은 항상 말하길, 문제는 성당 건물이 아니라 그 건물이 무엇을 상징하는가 하는 것이라면서, 비록 새로 지은 성당이 추하긴 하지만 남편에게는 더없이 소중하다고 하더군요. 그래서 나는 만약 옛날의 불타버린 성당에서 뭔가 귀중한 물건을 가져올 수만 있다면 굉장한 선전이 될 줄 알았어요. 관광객들은 그 보물을 보려고 몰려들 테고 성당은 팔리지 않을 거라고 말이죠. 만약 성당이 팔려버리면 남편은 상심해서 죽을 거라고 나는 생각했어요."

"하지만 네트를 통해서 물건을 가져올 수 없다는 사실은 다비와 젠틸라가 이미 증명했잖아요?"

"그랬죠. 하지만 내가 원하는 물건들은 어차피 자기 시공간에서 부서질 것이기 때문에 가져올 수 있을 줄 알았죠. 다비와 젠틸라는 시공간에서 부서질 물건들을 가져오려고 한 적이 없었거든요." 비트너 부인은 양손으로 잔을 빙 돌려 보았다. "그리고 난 무척이나 절박한 심정이었어요."

부인은 우리를 바라보았다. "그래서 나는 어느 날 저녁 실험실에 몰래

630

들어갔고, 1940년으로 가서 사건을 저질렀죠. 그리고 이튿날, 제임스는 내게 전화해서 래시터 학과장이 워털루에 일련의 강하를 허가했다면서 일자리를 찾고 있느냐고 묻고는….” 부인은 과거를 회상하듯 잠시 말을 멈추었다. “…쇼지가 새로운 시간 이론을 알아냈다면서 네트를 통과해 물건을 가져올 수 없는 이유는 그런 행동이 인과모순을 일으켜 역사의 진행 방향을 바꾸거나 아니면 더 심각한 일이 벌어지기 때문이라고 하더군요.”

“그래서 다시 가져다 놓으려고 노력하셨나요?” 베리티가 물었다.

“그랬어요. 그리고 쇼지를 찾아가서 인과모순에 관해 이것저것 알아냈지요. 뭔가 의심받지 않을 선까지만요. 모든 게 나쁜 내용이었어요. 하지만 쇼지가 했던 말 가운데에서도 가장 겁이 났던 내용은, 비록 연속체에는 안전장치가 되어 있지만 어떤 경우에는 네트를 통해서 물건을 가져올 수가 있는데, 그러면 자칫하다 과거에 일어났어야 할 일이 일어나지 않게 되고 결국 시공간 전체가 붕괴할 수 있다는 거였어요.”

나는 베리티를 바라보았다. 베리티는 그 아름다운 얼굴에 근심이 서린 채 비트너 부인을 보고 있었다.

“그래서 나는 추리 소설에 나오는 것처럼 범죄의 증거를 숨기고 우주가 멸망하길 기다렸어요. 그리고 그렇게 됐죠. 성당은 세속화되어 내세의 교회에 팔리더니 결국 쇼핑센터가 되어버렸으니까요.”

비트너 부인은 셰리주가 담긴 잔을 내려다보았다. “우스운 일은, 그건 아무것도 아니었다는 거죠. 내 남편은 새로 가게 된 솔즈베리 성당을 사랑했어요. 코번트리 성당을 잃어버리면 남편은 크게 상심해서 죽으리라고 나는 확신했지만 그렇지 않았어요. 성당은 그저 상징일 뿐이라던 남편 말은 정말이었어요. 심지어 남편은 성당의 잔해 위에 마크 앤 스펜서 쇼핑센터가 들어설 때도 아무렇지 않아 보였어요.” 비트너 부인은 따뜻하게 웃어 보였다. “슈라프넬 여사가 옛날 성당을 복원하려 한다는 말을 듣고는 남편이 뭐라고 했는지 아세요? ‘이번에는 그 첨탑을 똑바로 세웠으면 좋겠군’ 하더라고요.”

비트너 부인은 잔을 내려놓았다. “남편이 죽은 뒤 나는 여기로 돌아왔어요. 그리고 2주 전 제임스가 전화해서 우리가 함께 일했을 적의 강하에 대해 뭐 기억나는 거 없느냐고 물으면서, 2018년에 편차의 증가가 보이는데 인과모순 때문에 나타난 현상인 것 같아 걱정이라고 하더군요. 내가 한 행동이 발각되는 것은 시간문제라는 것을 알고 있었어요. 비록 제임스는 다른 원인을 생각하고 있었지만요." 부인은 눈을 들어 우리를 바라보았다. "제임스는 고양이와 토시 메링에 관해서 이야기했어요. 당신들, 슈라프넬 여사의 증증조모가 미지의 C 아무개 씨와 결혼하게 만들었나요?"

"정확하게 말하자면, 아니요." 내가 말했다. "토시가 C 아무개 씨와 결혼하기는 했지만, 우리 덕분에 한 건 아니었어요."

"집사였어요." 베리티가 말했다. "가명을 쓰고 있었죠."

"그랬군요." 비트너 부인은 정맥이 불거진 양손을 마주치며 말했다. "낡은 해법이 늘 최상이라니까요. 집사, 신분을 오해한 경우, 가장 그럴듯하지 않은 용의자…" 부인은 말을 멈추고는 의미심장한 눈빛으로 우리 둘을 바라보았다. "…《도둑맞은 편지》." 부인은 자리에서 일어섰다. "나는 그걸 다락방에 숨겨놓았어요."

우리는 계단 쪽으로 향했다. "그걸 옮기면 상황이 더 나빠질까 봐 겁이 났어요." 천천히 계단을 올라가며 부인이 말했다. "그래서 난 그 약탈품을 솔즈베리로 갈 때 이곳에 놓고 갔지요. 잘 숨겨놓았다는 자신도 있었고, 집을 빌려줄 때는 아이가 없는 사람들에게만 빌려줬어요. 알다시피 아이들은 호기심이 많잖아요. 하지만 누군가가 여기 와서 그 물건을 발견하고는 역사의 진행 경로를 바꿀까 봐 늘 걱정이 되었어요." 부인은 몸을 돌려 난간을 잡고 나를 바라보았다. "하지만 벌써 그렇게 된 거죠, 그렇죠?"

"네." 내가 대답했다.

비트너 부인은 더 이상 아무 말도 하지 않았다. 부인은 계단을 올라가는 데 온 정신을 쏟는 듯했다. 우리가 2층에 도착했을 때, 부인은 침실이 있는 복도를 지나 좁은 문을 열었다. 문은 더 가파른 계단으로 연결되어 있었다. "여기로 가면 다락방이 나와요." 약간 가쁜 숨을 몰아쉬며 비트너 부인이 말했다. "미안해요. 올라가기 전에 나는 좀 쉬어야겠군요. 침실에 의자가 있어요."

나는 달려가 의자를 가져왔고, 부인은 의자 위에 앉았다. "물 한 잔 갖다드릴까요?" 베리티가 물었다.

"아니, 괜찮아요." 비트너 부인이 말했다. "내가 일으킨 인과모순에 대해 이야기해주세요."

"주교의 새 그루터기가 부서지지 않을 거라고 생각한 사람은 부인 혼자만이 아니었어요. 꽃 담당 위원회장도 그런 생각을 했지요. 이름이…." 내가 말했다.

"델피니엄 샤프요." 베리티가 거들었다.

나는 고개를 끄덕였다. "샤프 양은 공습이 있던 날 밤 성당 서쪽 문을 지키고 있었는데, 주교의 새 그루터기가 성당 밖으로 나갔을 리가 없다는 사실을 알고 있었어요. 그리고 성당 잔해나 화재 감시원들이 경찰서로 옮겨놓은 물건들 사이에서도 그 모습이 보이지 않자, 샤프 양은 누군가가 공습이 있기 직전에 주교의 새 그루터기를 훔쳐 갔으며, 그 범인은 공습이 있으리라는 사실을 미리 알고 있었기 때문이라고 생각했죠. 샤프 양은 자기 주장에 대해 꽤 시끄럽게 떠들었….."

"심지어는 코번트리의 한 신문 편집자에게 편지를 보내기까지 했어요." 베리티가 말을 거들었다.

나는 고개를 끄덕였다. "이다음 부분은 순전히 가정일 뿐입니다. 샤프 양이 그랬듯이요. 우리가 가진 증거라곤 캐러더스의 증언, 1940년 교회 여성 위원회 명단, 그리고 코번트리의 어느 신문사에도 실리지 않은, 누군가가 편집자에게 보낸 편지 한 통뿐이죠."

비트너 부인은 근엄하게 고개를 끄덕였다. "한밤중에 개가 했던 이상한 행동[216]이로군요."

"정확합니다. 나치는 늘 연합군 측의 신문들을 구해 읽었습니다. 부주의하게 새어 나오는 비밀 정보가 있을지도 모른다는 생각에서요. 제 생각에는 샤프 양이 보낸 편지와 '공습을 미리 알고 있었다'는 단어가 분명 독일

---

216 코난 도일, 《실버 블레이즈》. 셜록 홈즈는 '실버 블레이즈'라는 말이 사라진 사건을 수사하며 말을 도둑맞던 한밤중, 개가 짖지 않았다는 사소한 사실로부터 용의자의 범위를 좁혀 결국 범인을 알아낸다.

첩보부 누군가의 눈에 띄었을 거라고 생각합니다. 그 사람은 나치 암호 체계에 문제가 있다고 생각하게 되고 그 의문은 계속해서 다른 결과를 불러오고, 결국 코번트리를 폭격하던 날 밤, 연합군 측 최고 사령부가 이들 폭격기를 막기 위해 영국 공군 전투기를 보냈다는 사실을 알아내게 되었겠죠."

"그래서 나치는 우리가 울트라 작전을 수행 중이었다는 사실을 알게 되고, 에니그마 기계를 바꾸게 되죠." 베리티가 말했다.

"그리고 연합군 측은 북아프리카 전투에서 지게 되고, 노르망디 상륙 작전도 아마⋯."

"결국 나치가 전쟁에서 이기게 되겠군요." 비트너 부인이 으스스하게 말했다. "다만 그렇게 되지 않은 거고요. 당신들이 그렇게 되지 못하게 막은 거예요."

"시공 연속체가 막은 거죠. 2차 방어 수단을 통해서요. 그건 울트라의 경우만큼이나 훌륭했어요." 내가 말했다. "그 모든 혼란 가운데 단 하나 들어맞지 않는 게 있다면 그건 바로 베리티의 강하에서 나타난 편차였어요. 만약 그때 편차가 없었다면, 그건 시공 연속체의 방어 수단이 어떤 식으로든 무너져 내렸다는 증거였겠지만 여하튼 편차가 있었어요. 하지만 네트가 허용할 수 있는 것보다 더 많은 편차를 요구할 때는 인과모순이 일어난다는 후지사키 교수의 이론에 맞을 만큼 충분한 양은 아니었죠. 통계량으로 보자면 당시 14분이나 4분의 편차는 쉽게 일어날 수 있었어요. 그리고 편차가 그렇게 나타나기만 했다면 인과모순은 일어나지 않을 수 있었거든요. 하지만 신기하게도 딱 9분이라는 편차가 나타났고, 그러니 단 하나 남은 논리적 결론은 베리티가 시공 연속체가 원하는 정확한 시점에 떨어졌⋯."

"시공 연속체는 내가 아주먼드 공주를 구할 수 있도록 일부러 편차를 일으킨 거란 말인가요?" 베리티가 말했다.

"맞아요." 내가 말했다. "그 때문에 우리는 당신이 인과모순을 일으켰다고 믿고 그 모순을 고쳐야 한다고 생각했죠. 그래서 우리는 토시를 코번트리로 보내기 위해 강신회를 열었고 토시는 그로 인해 주교의 새 그루터기를 본 뒤, 자신의 인생을 바꾼 그 경험을 일기장에 적게 되고⋯."

"그리고 슈라프넬 여사가 그걸 읽게 되는 거죠." 베리티가 말했다. "그리고 코번트리 성당을 재건할 결심을 하고 저를 뮤칭스 엔드로 보내 주교의 새 그루터기에 무슨 일이 일어났는지 알아보게 하고, 그래서 저는 고양이를 구하….'

"그래서 제가 고양이를 과거로 돌려보낼 수 있게 되고 블랙웰 서점에서 추리 소설에 관해 엿듣게 되고 탑에서 저녁을 보내고….'

"그렇게 해서 주교의 새 그루터기에 대한 수수께끼가 풀리는 거군요." 비트너 부인이 말했다. 부인은 일어서더니 계단을 올라가기 시작했다. "당신들이 일을 제대로 해서 다행이에요. 정말로요." 부인은 좁은 계단을 앞장서서 올라가며 말했다. "죄짓고는 못 산다는 말이 딱 맞더라고요."

부인은 다락방 문을 열었다. "여하튼 간에 더 일찍 들켜야만 했어요. 내 조카가 단층집으로 이사 가라고 오래 부추겼죠."

책과 비디오에서 보던 다락방은 언제나 깔끔하게 정돈된 장소로서 자전거와 커다란 깃털 모자 몇 개, 고풍스러운 흔들 목마, 거기에다 사라진 유언장이나 시체가 들어 있는 커다란 트렁크가 있었다.

하지만 비트너 부인의 다락방에 트렁크나 흔들 목마는 보이지 않았다. 적어도 내가 볼 때는. 비록 잃어버린 성궤와 기자의 대피라미드와 함께 그곳에 뒤죽박죽으로 섞인 채 숨어 있을 수는 있겠지만 말이다.

"어이쿠, 세상에." 비트너 부인은 당황하며 주위를 돌아보았다. 《도둑 맞은 편지》라기보다는 《시타포드 수수께끼》라고 해야겠군요."

"애거사 크리스티예요." 베리티가 설명했다. "증거물이 골프채 가방이랑 테니스 라켓 그리고 기타 여러 가지 물건들과 함께 벽장에 쑤셔 박혀 있어서 사람들이 알아차리지 못하죠."

'기타 여러 가지 물건들'이라는 건 상황을 긍정적으로 표현한 것이었다. 천장이 낮은 방 안에는 이쪽 끝부터 저쪽 끝까지 판지 상자와 야외용 의자들이 쌓였으며, 방을 가로지르는 파이프에는 낡은 옷들이 걸렸고 그랜드 캐니언과 화성 식민지 그림의 조각 그림 맞추기 퍼즐, 크로케 경기용 도구들, 스쿼시 라켓, 먼지가 뽀얗게 덮인 크리스마스 장식, 책, 덮개를 씌워놓은 가구 따위가 층층이 쌓여 있었다.

"저 의자 좀 내려주시겠어요? 난 오래 서 있을 수가 없어요." 비트너 부인은 세탁기 위에 올려진 20세기의 조악한 플라스틱 제품을 가리켰다.

나는 흙손과 옷걸이 따위에 알루미늄 다리가 걸려 있던 의자를 끄집어 내려 먼지를 떨어냈다.

부인은 천천히 의자에 앉았다. "고마워요. 저기 있는 양철 상자를 주세요."

나는 공손하게 부인에게 상자를 건네주었다.

부인은 옆의 바닥에 양철 상자를 내려놓았다. "그리고 저쪽에 있는 판지 상자들이 보이죠? 그걸 옆으로 밀어보세요. 그쪽에 있는 옷 가방들도요."

나는 부인의 말대로 했고, 비트너 부인은 일어서더니 내가 상자를 치워 만들어놓은 좁고 어두운 공간으로 들어갔다.

"스탠드를 켜주세요. 저쪽에 콘센트가 있어요." 부인은 거대한 플라스틱 엽란이 있는 벽 쪽을 가리켰다.

나는 가장 가까이에 있는 스탠드에 손을 뻗었다. 스탠드에는 주름 장식의 거대한 전등갓이 씌워졌고, 하단의 땅딸막하고 육중해 보이는 금속 하단 부분은 요란한 장식이 붙어 있었다.

"그게 아니라 분홍색이요." 비트너 부인이 날카롭게 말했다.

부인은 높직한, 21세기 초반 형식의 가두리 장식이 달린 물건을 가리켰다.

나는 그것의 전선을 콘센트에 꽂고는 한쪽 구석에 숨어 있는 스위치를 켰지만 그리 큰 효과가 나타나지는 않았다. 스탠드는 자신의 주변과 베리티의 워터하우스풍의 얼굴을 비춰주기는 했지만 그 밖에 별달리 환하게 만들지는 못했다.

사실, 비트너 부인도 그렇게 생각한 모양이었다. 부인은 화려하게 장식된 금속 스탠드로 다가갔다. "《가면 살인 사건》이죠." 부인이 말했다.

베리티는 몸을 앞으로 숙이더니 중얼거렸다. "증거물을 다른 거로 변장시킨 거로군요."

"맞았어요." 비트너 부인은 주교의 새 그루터기에 씌워져 있던 주름 갓을 벗겨냈다.

슈라프넬 여사가 이 자리에 없다는 것이 너무나도 안타까웠다. 그리고 캐러더스도. 우리가 파편 더미를 뒤지며 주교의 새 그루터기를 찾고 있는 내내 그 물건은 바로 이 장소에 있었다. 캐러더스가 예측했던 대로, 안전을 위해 옮겨놓고 아무런 말도 하지 않은 형식으로.

홍해는 여전히 갈라져 있었다. 봄, 여름, 가을, 겨울의 여신들은 여전히 각각 사과꽃, 장미, 밀, 호랑가시나무로 된 화환을 둘렀다. 세례 요한의 목은 여전히 쟁반 위에 받쳐진 채 아서왕과 원탁의 기사들을 책망하듯 바라봤다. 그리폰, 양귀비, 파인애플, 바다오리, 프레스턴팬스 전투, 이 모든 것이 먼지 한 점 묻지 않은 채 고스란히 보존되어 있었다.

"슈라프넬 여사가 무척 기뻐하실 거예요." 베리티가 말했다. 베리티는 주교의 새 그루터기를 더 자세히 보기 위해 바닥에 쪼그리고 앉았다. "세상에. 이쪽은 벽을 바라보고 있던 게 틀림없어요. 이것들은 뭐죠? 부채인가요?"

"대합이요. 리팬토, 트라팔가르, 스완 전투 같은 중요한 해전의 이름을 조개껍데기에 새겨 넣은 거예요." 내가 말했다.

"이런 물건이 역사의 진행 경로를 바꾸리라고 생각하기는 힘들죠. 시간이 지나도 전혀 멋있어 보이지 않죠? 앨버트 기념비처럼 말이에요." 시뻘건 용광로에 들어 있는 사드락, 메삭, 아벳느고[217]가 새겨진 모습을 바라보며 비트너 부인이 말했다.

"그 기념비와 비슷한 점이 상당히 많죠." 코끼리 부분을 만지며 베리티가 말했다.

"모르겠군요." 옆쪽을 보기 위해 고개를 기울이며 내가 말했다. "이 물건이 맘에 들기 시작했거든요."

"저 사람은 시차 증후군에 걸려 있어요." 베리티가 말했다. "네드, 코끼리는 파인애플과 바나나로 가득 찬 가마를 지고 생선용 포크를 들고 있는 독수리에게 가고 있군요."

"저건 생선용 포크가 아니에요." 내가 말했다. "불타는 칼이지요. 그리

---

217 〈다니엘서〉 3장, 세 사람 모두 성경 속의 인물 다니엘의 친구이다.

고 독수리가 아니라 대천사예요. 에덴의 출입구를 지키고 있는 거고요. 아니면 런던 동물원일지도 모르죠."

"정말로 끔찍한 물건이에요." 비트너 부인이 말했다. "내가 무슨 마음을 먹었는지 모르겠어요. 시간 여행들을 다녀오고 난 뒤 아마 나 역시 시차 증후군에 걸렸던 게 틀림없어요. 그리고 그곳에는 연기가 가득했거든요."

베리티는 부인과 나를 번갈아 보았다.

"몇 번이나 여행하셨는데요, 부인?" 마침내 마음을 먹은 듯, 베리티가 물었다.

"네 번, 아니 다섯 번요. 첫 번째 것은 세지 않았네요. 나는 너무 늦게 도착했어요. 본당은 모두 불에 휩싸여 있었고 연기 때문에 거의 질식할 뻔했어요. 아직도 폐가 안 좋아요."

베리티는 이해가 간다는 듯한 표정을 지으며 부인을 계속해서 바라보았다. "성당에 다섯 번이나 갔다 오셨다고요?"

비트너 부인은 고개를 끄덕였다. "나는 화재 감시원이 떠나고 불길이 번지는 사이의 몇 분밖에 짬이 없었고, 편차는 내가 원했던 시간보다 늦게 도착시켰죠. 내가 여행한 건 다섯 번이 다예요."

베리티는 못 믿겠다는 눈으로 나를 바라보았다.

"저 모자 상자를 줘봐요." 비트너 부인이 베리티에게 말했다. "두 번째에는 거의 잡힐 뻔했지요."

"저였습니다." 내가 말했다. "지성소 쪽으로 뛰어가는 부인 모습을 보았죠."

"그게 당신이었어요?" 부인은 웃으며 말하다가 가슴에 손을 얹었다. "하워드 주임 사제라고 생각했죠. 도둑으로 잡히는 줄 알고 기겁했어요."

베리티가 부인에게 모자 상자를 넘겨주자, 부인은 상자 뚜껑을 열고 얇은 포장지들 사이를 뒤적이기 시작했다. "나는 마지막 여행에서 주교의 새 그루터기를 가져올 수 있었어요. 원래는 스미스 예배당에 가려고 했지만, 그곳은 불에 타고 있었죠. 나는 다이어 예배당으로 가서 제단에 놓여 있는 청동 촛대들을 집었지만 너무나 뜨거웠어요. 그러다가 촛대 하나를 떨어뜨렸는데 신도용 좌석 밑으로 굴러 들어갔죠."

'그리고 그걸 제가 발견했고요. 폭발에 의한 충격 때문에 그곳으로 날아온 줄로만 알았는데, 부인이었군요.' 나는 생각했다.

부인은 얇은 포장지들 속을 계속 뒤지며 말을 이었다. "나는 그걸 뒤쫓아갔어요. 하지만 서까래가 무너지기에 본당으로 돌아왔고, 그곳에서 오르간이 불타는 장면을 봤어요. 완전히 불길에 휩싸여 있었죠. 목공품이며 성가대석, 지성소가 말이에요. 우리의 아름답고도 아름다운 성당이 불에 타고 있었어요. 하지만 나는 아무것도 구할 수가 없었죠. 나는 아무런 생각도 할 수 없었고 그냥 가장 가까이에 있는 물건을 집어 들어서 네트로 가지고 왔어요. 국화며 물이 사방에 흩어졌죠. 그게 이 물건이 한 짝밖에 없는 이유예요." 부인은 얇은 포장지 뭉치 하나를 꺼내 풀고 청동 촛대를 꺼냈다.

던워디 교수는 비트너 부인이 겁이 없다고 말한 적이 있었다. 부인은 언제 지붕이 무너질지도 모르는 상황에서, 네트가 열릴지 안 열릴지, 설사 열린다 할지라도 자신을 어디로 보낼지도 모르는 상황에서 무너지는 기둥과 소이탄 사이를 이리저리 뚫고 다닌 것이었다. 나는 존경스러운 눈으로 부인을 바라보았다.

"네드." 비트너 부인이 명령했다. "저 그림을 가져다주세요. 얇은 이불로 덮어놓은 거요."

내가 그림을 가져다주다 부인은 이불을 벗겼다. 잃어버렸던 어린양을 안고 있는 예수의 그림이었다. 내 곁에 서 있던 베리티가 양손을 꽉 쥐었다.

"나머지 물건들은 여기 있어요." 비트너 부인이 말했다. "비닐 커버 아래에요."

물건들은 이곳에 있었다. 스미스 예배당에 있던 수놓은 제대포. 새김이 들어간 백랍 성배. 16세기 나무 상자. 성 마이클의 자그마한 조상(彫象). 중세의 에나멜 칠을 한 성체 용기. 아직도 초가 꽂혀 있는 나뭇가지 모양의 촛대. 7가지 자비 가운데 하나가 새겨진 미세리코르디아 하나. 성배보. 조지 왕조 시대의 제단용 접시. 그리고 거들러 예배당에 걸려 있던, 발치에 어린아이가 무릎을 꿇고 있는 모습이 새겨진 나무 십자가.

코번트리 성당의 모든 보물이 이곳에 있었다.

28

"해리스는 지금까지 자신의 판단으로는
그곳이 아주 훌륭한 미로라고 말했다. 그리고 우리는 돌아오는 길에
조지를 그곳에 들여보내야 한다는 데에 동의했다."

―《보트 위의 세 남자》, 제롬 K. 제롬

배달 ― 핀치, 시간을 벌어주다 ― 슈라프넬 여사가 사라지다 ― 그것이 무슨 뜻인지를 깨닫다 ―
편지 한 통 ― 아주먼드 공주의 수수께끼가 풀리다 ― 영어로 청혼하기 ― 결혼하는 이유 ―
핀치의 임무에 대한 수수께끼가 풀리다 ― 새로운 수수께끼 ―
슈라프넬 여사가 주교의 새 그루터기를 보다 ― 샌프란시스코 대지진 ― 운명 ― 행복한 결말

베리티가 먼저 정신을 차렸다. "봉헌식까지 45분 남았어요. 그때까지
절대 도착하지 못할 거예요." 손목시계를 바라보며 베리티가 말했다.

"도착할 거예요." 포켓 단말기를 움켜쥐며 내가 말했다.

나는 던워디 교수에게 전화했다. "찾았습니다." 내가 말했다. "옥스퍼드
로 좀 데려다주세요. 헬리콥터를 보내주실 수 있나요?"

"빅토리아 공주가 봉헌식에 참석해." 내 질문에 대한 대답이 아니었다.

"경호 문제군요." 베리티가 설명했다. "그 인접 지역에는 헬리콥터나 비
행기, 수직 이착륙기 모두 금지예요."

"그러면 지상으로는 뭔가를 보내주실 수 있나요?" 던워디 교수에게 내
가 물었다.

"우리가 지상으로 뭔가를 보내서 그걸 타고 오는 것보다 지하철이 훨씬
더 빠를 거야. 그냥 지하철로 오는 게 어떤가?"

"안 돼요." 내가 말했다. "적어도…." 나는 보물들을 바라보았다. 베리티
는 벌써 일부를 들고 다락방 계단을 내려가고 있었다. "8세제곱미터 정도

되는 운송 공간이 필요합니다."

"주교의 새 그루터기 때문인가?" 던워디 교수가 말했다. "그게 커진 건 아니겠지?"

"도착해서 설명해드릴게요." 나는 던워디 교수에게 비트너 부인의 주소를 불러줬다. "그리고 우리가 도착할 때까지 사람들 좀 몇 명 대기시켜 주세요. 그리고 '절대로' 봉헌식을 시작하지 못하게 하세요. 핀치가 거기 있나요?"

"아니. 성당으로 오고 있어." 던워디 교수가 말했다.

"핀치더러 '시간을 좀 벌어달라'고 해주세요. 그리고 할 수 있다면 슈라프넬 여사에게는 이 이야기를 하지 마세요. 탈것이 마련되면 즉시 전화 주시고요."

나는 포켓 단말기를 블레이저코트 주머니에 쑤셔 넣고는 주교의 새 그루터기를 집어 들고 계단을 내려가기 시작했다. 포켓 단말기가 울렸다.

슈라프넬 여사였다. "네드, 어디에 있는 거죠? 이제 봉헌식까지 45분도 채 남지 않았어요!"

"압니다." 내가 말했다. "가능한 한 빨리 가겠습니다만, 탈것이 필요합니다. 화물차 좀 불러주시겠어요? 아니면 지하 운송 차량이라도요."

"지하 운송 차량은 오직 화물용으로만 쓸 수 있어요." 슈라프넬 여사가 말했다. "한시라도 주교의 새 그루터기에서 눈을 떼지 마세요. 벌써 한번 사라졌던 물건이니까요. 또다시 사라지는 모습을 보고 싶지는 않아요."

"저도 동감입니다." 나는 포켓 단말기를 껐다.

나는 다시 주교의 새 그루터기를 집어 들었다. 포켓 단말기가 울렸다.

던워디 교수였다. "여사가 우리에게 무슨 일을 하라고 했는지 알면 놀랄 거야! 자네더러 주교의 새 그루터기를 가지고 가장 가까이에 있는 네트로 가져가라고 하더군. 이틀 전으로 돌아가서 깨끗하게 씻고 윤을 낸 다음 봉헌식으로 가져오래."

"그건 불가능하다고 여사에게 말씀하셨어요? 한 물건이 동시에 두 곳에 존재할 수는 없다고 말이에요."

"물론 했지. 그랬더니 여사가 말하길…."

"'법칙은 깨지라고 있는 거예요'라고 했겠죠. 눈에 선하네요. 화물차는 보내셨나요?"

"코번트리에 화물차라고는 단 한 대도 없어. 슈라프넬 여사가 봉헌식에 쓴다면서 4개 주에 있는 화물차를 모두 소집해 갔어. 캐러더스가 태양열 자동차 대여 회사에 전화하고 있어."

"하지만 8세제곱미터의 공간이 있어야 해요." 내가 말했다. "옥스퍼드에는 화물차가 없나요?"

"빅토리아 공주 때문에 그곳으로 보내려면 몇 시간은 걸릴 거야." 던워디 교수가 말했다.

"교통 혼잡 때문이라는군요." 베리티가 해석해줬다.

"교통이 너무 막혀서 화물차를 보낼 수 없다면 우리가 성당까지 무슨 수로 가겠어요?"

"자네들이 도착할 때쯤이면 모두 성당에 와 있을 텐데. 아, 그래? 잘됐어." 던워디 교수는 다른 누군가에게 말을 했다. "캐러더스가 자동차 대여 회사와 전화가 되었다는군."

"잘됐군요." 그때 뭔가 퍼뜩 머릿속을 스치고 지나갔다. "태양열 차는 안 돼요. 여기는 흐린데다 지금 당장에라도 비가 내릴 것 같습니다."

"이런, 맙소사. 슈라프넬 여사는 봉헌식 날에 해가 쨍쨍 빛나게 만들고 말겠다고 각오가 대단한데." 던워디 교수는 전화를 끊었다.

이번에는 포켓 단말기가 울리기 전에 2층까지 주교의 새 그루터기를 가지고 내려올 수 있었다. 이번에도 던워디 교수였다. "자동차를 보냈어."

"하지만 공간이 충분하…." 내가 입을 열었다.

"10분 뒤면 도착할 거야." 던워디 교수가 말했다. "루이스가 자네와 인과모순에 관해 이야기할 게 있다는군."

"도착하면 이야기하자고 전해주세요." 나는 말을 마치고 포켓 단말기를 껐다.

포켓 단말기가 울렸다. 나는 아예 스위치를 꺼버리고 자그마한 현관까지 주교의 새 그루터기를 가지고 내려왔다. 그곳은 이미 물건들로 가득 차 있었다.

"차를 보냈대요. 10분 뒤면 여기에 도착한다는군요." 나는 베리티에게 말한 뒤 비트너 부인을 보기 위해 응접실로 갔다.

"봉헌식에 우리를 데리고 가기 위해 차가 오고 있습니다." 나는 비트너 부인에게 말했다. 비트너 부인은 사라사 무명을 씌운 의자에 앉아 있었다. "외투를 가져올까요? 아니면 핸드백을 가져다드릴까요?"

"아니, 괜찮아요. 그런데 주교의 새 그루터기를 세상에 내놓아도 괜찮다고 생각해요? 역사가 변경되지는 않을까요?" 비트너 부인은 조용히 대답했다.

"이미 그랬는걸요." 내가 말했다. "부인도 그러셨고요. 부인께서 하신 행동이 무슨 뜻인지 아시잖아요? 부인 덕분에 네트를 통해서 미래로 가져올 수 있는 물건이 어떤 종류인지를 알게 되었어요. 공습에 파괴된 다른 보물들 말이죠. 예술품이며 책이며…."

"리처드 버턴 경의 작품들도 있어요." 비트너 부인이 말했다. 부인은 나를 쳐다보았다. "그분의 부인은 경이 죽고 나자 모든 작품을 태웠죠. 남편을 사랑해서요."

나는 소파에 앉았다. "저희가 주교의 새 그루터기를 가져가지 않았으면 좋으시겠어요?" 내가 말했다.

부인은 백발이 성성한 머리를 흔들었다. "아니요. 아니에요. 그건 성당 소유인걸요."

나는 앞으로 몸을 숙이고 부인의 손을 잡았다. "부인 덕분에, 과거는 우리가 생각했던 것처럼 엉망진창이 되지 않았어요."

"과거의 일부분이겠죠." 비트너 부인이 조용히 말했다. "나머지 물건들도 내려오는 게 좋겠네요."

나는 고개를 끄덕이고는 다락방으로 향했다. 계단을 반쯤 올라갔을 무렵, 한 아름 가득 제단보를 조심스레 안고 계단을 내려오는 베리티와 만났다.

"그저 놀라울 따름이에요." 메링 부인의 목소리를 그대로 흉내 내며 베리티가 말했다. "다락방에 이토록이나 보물이 많다니 말이에요."

나는 베리티에게 싱긋 웃어주고 다락방으로 향했다. 십자가와 제단용 접시를 내려다놓은 뒤 다시 올라가 16세기에 만든 나무 상자를 들고 계단을 내려오고 있을 때, 베리티가 나를 불렀다. "차가 왔어요."

"태양열 자동차는 아니겠죠?" 아래쪽에 대고 내가 소리쳤다.

"아니에요." 베리티가 말했다. "영구차예요."

"안에 관이 있나요?"

"아니요."

"좋아요. 그럼 공간은 충분하겠군요." 나는 나무 상자를 들고 내려갔다.

도착한 차는 전 세계적 유행병이 돌았을 무렵에나 썼을 법해 보이는, 화석 연료로 움직이는 구식 차였지만 충분히 큰데다 차 뒤편이 열리게 되어 있었다. 운전사는 보물 더미들을 바라보았다. "잡동사니 판매장이라도 하는 건가요?"

"네." 나무 상자를 내려놓으며 내가 대답했다.

"다 실을 수 있을까 모르겠네요." 운전사가 말했다.

나는 가능한 한 앞쪽으로 나무 상자를 밀어놓고 베리티에게서 가지 달린 은촛대를 받아 들었다. "실을 수 있어요." 내가 말했다. "내가 짐 싣는 데는 또 일가견이 있거든요. 그걸 주세요."

모두 실을 수 있었다. 비록 성 마이클의 조상은 앞좌석에 실어야 했지만 말이다. "비트너 부인은 앞좌석에 앉을 수 있겠지만 우리는 뒤에 타야겠네요." 나는 베리티에게 말했다.

"주교의 새 그루터기는 어떻게 하고요?" 베리티가 말했다.

"내 무릎 위에 올려놓고 갈 거예요."

나는 응접실로 돌아가 부인에게 물었다. "차에 다 실었습니다. 준비되셨나요?" 비트너 부인은 준비가 하나도 안 된 게 확실해 보였지만 말이다. 부인은 여전히 사라사 무명을 씌운 의자에 조용히 앉아 있었다.

부인은 고개를 저었다. "결국, 안 가기로 했습니다. 기관지염이…."

"안 가신다고요?" 문에서 베리티가 말했다. "하지만 보물들을 구해낸 분이시잖아요. 성당에 놓여 있는 모습을 보셔야죠."

"이미 성당에 있는 모습들을 본걸요." 비트너 부인이 말했다. "불에 타고 있던 그날 밤보다 더 아름다워 보일 수는 없을 거예요."

"남편분이 살아 계셨더라면 부인이 성당에 가시길 원하셨을 거예요." 베리티가 말했다. "남편께서는 성당을 사랑하셨잖아요."

"성당은 더 거대한 진실에 대한 외면상의 상징에 불과해요." 비트너 부인이 말했다. "연속체처럼요."

운전사가 문 안으로 머리를 들이밀었다. "급하다고 하지 않았었나요?"

"가요." 어깨너머로 내가 말했다.

"제발 같이 가세요." 베리티는 의자 옆에 무릎을 꿇고서 말했다. "거기 가셔야만 해요."

"말도 안 돼요." 비트너 부인이 말했다. "해리엇과 피터 경이 신혼여행을 가면서 범죄에 관련된 사람을 데리고 가겠어요? 아니죠. 범죄자는 자신이 저지른 죄를 곱씹으며 자신의 행동으로 일어난 결과에 대해 생각하기위해 혼자 남아 있죠. 바로 그게 내가 하려는 일이에요. 비록 내 경우에는 기대했던 대로 결과가 나오지는 않았지만 말이죠. 그래서 결과를 받아들이기가 쉽지 않네요. 너무 오랫동안 죄책감에 시달려왔어요."

비트너 부인은 갑자기 우리를 향해 밝게 웃었고, 그 모습에서 나는 왜 제임스 던워디와 쇼지 후지사키, 그리고 비티 비트너가 모두 이 여인을 사랑하게 되었는지 깨달았다.

"정말로 안 가실 거예요?" 눈물을 참으며 베리티가 말했다.

"다음 주에요. 기관지염이 좀 가라앉으면요." 비트너 부인이 말했다. "그때 두 분이 따로 안내를 해주세요."

"11시까지 옥스퍼드에 가 있어야 한다고 하지 않았어요?" 운전사가 말했다. "그때까지 도착 못 하겠네요."

"도착할 수 있어요." 나는 대답을 하고 비트너 부인이 일어나는 것을 도왔다. 부인은 자동차까지 우리를 배웅 나왔다.

"정말 괜찮으시겠어요?" 베리티가 물었다.

비트너 부인은 베리티의 손을 토닥거렸다. "정말로 괜찮아요. 모든 게 기대 이상으로 아주 잘 풀렸네요. 연합군은 제2차 세계대전에서 이겼고 말이죠." 부인은 또다시 줄레이카 돕슨 같은 웃음을 보여주며 말했다. "그리고 나는 다락방에서 저 덩치 큰 주교의 새 그루터기를 치울 수 있으니 이보다 더 좋은 일이 어디 있겠어요?"

"십자가 때문에 뒤가 안 보이네요. 그러니 이건 앞자리에 놓을게요." 운전사가 말했다. "두 분은 뒤에 앉으세요."

나는 비트너 부인의 뺨에 키스했다. "고맙습니다." 나는 말을 마치고 차에 올라탔다. 운전사가 내게 주교의 새 그루터기를 넘겨주었고, 나는 그것을 무릎 위에 올려놓았다. 베리티는 내 맞은편 좌석에 앉아서 비트너 부인에게 손을 흔들었고, 그렇게 우리는 그곳을 떠났다.

✳

포켓 단말기를 켜서 던워디 교수에게 전화를 걸었다. "가는 중입니다." 내가 말했다. "40분 뒤면 도착할 겁니다. 핀치에게 식을 계속 지연시키라고 해주세요. 도착하면 저희를 도와줄 사람들은 구해두셨나요?"

"구했어." 던워디 교수가 말했다.

"좋아요. 대주교님이 아직 그곳에 계신가요?"

"아니. 하지만 슈라프넬 여사가 있어. 완전히 발작 직전이야. 자네가 어디서 주교의 새 그루터기를 발견했으며 거기에 무슨 꽃을 꽂아야 하는지 알고 싶어 난리더군. 예배를 위해서 말이야."

"노란 국화가 좋다고 전해주세요." 내가 말했다.

나는 전화를 끊었다. "모든 게 잘 되었군요." 나는 베리티에게 말했다.

"아직은 아닐세, 셜록." 베리티는 의자 한쪽에 무릎을 둥글게 구부리고 앉으며 말했다. "아직 몇 가지 설명이 더 필요해요."

"동감해요." 내가 말했다. "핀치가 맡은 임무가 뭔지 알아냈다고 말했었죠? 그게 뭔가요?"

"별로 중요하지 않은 물건들을 가지고 오는 것이었어요." 베리티가 대답했다.

"별로 중요하지 않은 물건들요? 하지만 그게 가능하다는 것을 지금에야 알았잖아요?" 내가 말했다. "게다가 중요하지 않은 물건들은 우리의 인과모순과 아무런 상관이 없어요."

"사실이죠." 베리티가 말했다. "하지만 일주일 동안 루이스와 던워디 교수님은 할 수 있는 모든 생각과 시도를 다 했어요."

"하지만 우리가 과거에 있는 동안 뮤칭스 엔드나 이플리에는 화재가 없었어요. 핀치가 가지고 돌아온 게 뭐죠? 양배추인가요?"

포켓 단말기가 울렸다. "네드, 지금 어디죠?" 슈라프넬 여사가 말했다.

"가는 중입니다." 내가 말했다. "지금 어디냐면…." 나는 앞쪽으로 몸을 기대고 운전사에게 물었다. "여기가 어디죠?"

"밴버리와 애더버리 중간쯤입니다." 운전사가 말했다.

"밴버리와 애더버리 중간쯤요." 내가 말했다. "가능한 한 빨리 그곳에 가겠습니다."

"나는 아직도 왜 당신이 과거로 그 물건을 가지고 갈 수 없는지 모르겠어요." 슈라프넬 여사가 말했다. "그게 훨씬 더 간단하잖아요. 주교의 새 그루터기 상태는 괜찮은가요?"

할 말이 없었다. "가능한 한 빨리 가겠습니다." 나는 같은 말을 반복하고 전화를 끊었다.

"좋아요, 이제 내가 물을 차례예요." 베리티가 말했다. "아직 이해하지 못한 부분이 있어요. 6월 15일 코번트리에서 토시가 주교의 새 그루터기를 보고 베인과 사랑에 빠진 것이 어떻게 해서 인과모순을 고치게 되는 거죠?" 베리티가 물었다.

"그게 아니에요." 내가 말했다. "그 이유로 토시가 그곳에 있어야 했던 게 아니었어요."

"하지만 토시가 주교의 새 그루터기를 본 것 때문에 슈라프넬 여사는 코번트리 성당을 다시 지을 생각을 하게 됐고, 그래서 일기장을 읽게 하려고 나를 과거로 보냈잖아요. 그리고 그 때문에 아주먼드 공주를 구하게 되…."

"그 모든 게 자체 교정의 일부분이죠. 하지만 가장 '중요한' 이유는 6월

15일에 토시는 그곳에 있어야만 했다는 거죠. 그래야만 돌트 신부와 토시가 시시덕거릴 수 있으니까요."

"아!" 베리티가 말했다. "펜닭개를 가져왔던 여자."

"바로 그거예요, 해리엇." 내가 말했다. "델피니엄. 펜닭개를 가져온 여자. 델피니엄 샤프 양."

"꽃 담당 위원회를 담당한 여자였죠."

"그 일 덕분에 더 이상 꽃 담당이 아니게 돼요." 내가 말했다. "토시와 돌트 신부가 시시덕거리는 모습을 본 샤프 양은, 당신도 기억하겠지만, 무척이나 화가 났어요. 샤프 양은 펜닭개를 들고 뛰쳐나갔죠. 그리고 우리가 성당을 출발할 때 그 여자는 그 긴 코를 바짝 치켜세우고 베일리 레인을 걷고 있었죠. 나는 돌트 신부가 그 여자를 달래기 위해 급히 쫓아가는 장면을 보았어요. 그리고 여기는 내가 확신이 안 서는 부분이지만 짐작건대, 그 뒤에 이어지는 말다툼 과정에서 그 여자가 울음을 터뜨렸을 거고 결국 돌트 신부는 그 여자에게 청혼했을 거예요. 그건 돌트 신부가 더 이상 성당에서 혼자 사는 것이 아니라 어디 시골 사제관에서 생계를 꾸려간다는 뜻이지요."

"그래서 당신이 성당 지출비 내역을 보고 싶어 했던 거군요."

"아주 좋아요, 해리엇. 그 신부는 내가 생각했던 것보다 훨씬 더 빨리 일을 벌였어요. 돌트 신부는 그 여자와 1891년에 결혼했고 다음 해 노섬벌랜드에 있는 교구로 가게 돼요."

"그래서 그 여자는 1940년 11월 14일 밤에 코번트리에 없게 되는 거군요. 그리고 교구에서 열리는 잡동사니 판매장이며 고철 수집 운동에 바빠서 주교의 새 그루터기가 없어졌든 말든 마음 쏠 여력이 없는 거고요."

"그래서 샤프 양은 편집자에게 편지를 쓰지 않게 되지요. 그리고 사람들은 주교의 새 그루터기가 불에 타버린 줄로 믿게 되는 거고요."

"그래서 울트라의 비밀은 지켜지는 거군요." 베리티는 얼굴을 찌푸렸다. "그러니까 전체적으로 볼 때, 내가 아주먼드 공주를 구한 일이나 이리토스키 여사님을 만나기 위해 옥스퍼드로 간 일, 당신 때문에 테렌스와 모드가 만나지 못한 일, 보트 빌릴 돈을 대준 일, 강신회 등 모든 것이 자체 교정의 일부였단 말인가요? 그 모든 일이요?"

"그 모든 일이요." 나는 대답을 하고 나서 내가 한 말에 대해 생각했다. 연속체는 그저 자체 교정을 위해서 그토록 정성스럽게 일을 꾸미고 모든 사람을 참여시켰단 말인가? 페딕 교수와 오버포스 교수의 다툼이나 심령 연구협회까지도? 설탕 입힌 제비꽃을 담아두었던 상자를 잡동사니 판매장에 기증한 것도? 블랙웰 서점에서 모피를 걸쳤던 여자들까지 모두가 다 자체 교정을 위해 동원된 거란 말인가?

"아직도 이해가 안 가요." 베리티가 말했다. "만약 델피니엄 샤프가 편집자에게 편지를 보내지 못하게 하는 것이 시공체의 목적이라면 더 간단한 방법이 있었을 텐데 말이에요."

"시공체는 혼돈계예요." 내가 말했다. "모든 사건은 다른 모든 사건과 서로 연결되어 있어요. 작은 변화를 만들려 해도 훨씬 더 복잡하게 일을 꾸며야만 해요."

하지만 얼마나 복잡해야 하는 걸까? 독일 공군이 개입되었나? 애거사 크리스티도? 그리고 날씨도?

"혼돈계라는 사실은 나도 알아요, 네드." 베리티가 말했다. "하지만 공습이 계속되고 있었어요. 만약 혼돈계가 그럴 의도만 있었다면 직격탄 한 방으로 더욱 간단하고도 직접적으로 인과모순을 고칠 수 있었죠. 고양이나 코번트리로 여행하는 따위의 복잡한 과정을 거치지 않고도 말이에요."

고성능 폭탄 한 방이면 델피니엄 샤프 양 때문에 울트라의 비밀이 밝혀질 이유가 없었으며 다른 파급 효과도 일어날 리가 없었다. 그날 저녁, 5백 명 이상의 사람들이 코번트리에서 죽었으니까.

"어쩌면 델피니엄 샤프나 그날 저녁 서쪽 문에 있던 사람 가운데 한 명이 역사에서 또 다른 역할을 맡고 있었을지도 모르죠." 뚱뚱한 공습 대비대 감시원과 두 명의 아이를 데리고 있던 여인을 떠올리며 내가 말했다.

"델피니엄 샤프에 관해서 말하는 게 아니에요." 베리티가 말했다. "주교의 새 그루터기에 관해서 이야기하는 거예요. 만약 스미스 예배당에 직격탄이 떨어졌다면 샤프 양은 주교의 새 그루터기가 부서졌을 거라고 여기고 신문사에 편지를 보내지 않았을 거예요. 아니면 비트너 부인이 도착하기 전에 폭탄이 떨어졌으면 아예 인과모순 자체가 일어나지 않았을 수도 있고요."

베리티의 말이 맞았다. 직격탄 한 방이면 모든 것이 해결될 수 있었다. 고성능 폭탄이 다른 상황을 바꾸지만 않는다면 말이다. 아니면 주교의 새 그루터기가 역사에서 또 다른 역할을 맡고 있지 않다면. 그도 아니면 시공 연속체는 무슨 미묘한 이유에선가 복잡하게 자체 교정을 해야 할 이유가 있을지도 몰랐다.

계획, 의도, 이유. 나는 오버포스 교수가 하는 말이 들리는 듯했다. '그럴 줄 알았어! 그 모든 게 그랜드 디자인을 뒷받침하는 주장이잖나!' 하고 말이다.

우리는 그랜드 디자인의 일부이기 때문에 그 전체를 파악할 수가 없었다. 우리는 그저 어쩌다 그것의 일부만을 엿볼 수 있을 뿐이었다. 역사의 전체 진행 경로와 모든 시공간을 아우르는 그랜드 디자인은 뭔가 가늠도 할 수 없는 이유에서 고양이와 크로케 방망이와 펜닭개들을 포함해 일을 진행하기로 선택했다. 이 포함 범위에 개는 말할 것도 없고 말이다. 그리고 그 끔찍한 빅토리아 시대의 예술품 하며. 그리고 우리까지도.

페딕 교수는 말했다. '역사는 개개인이 꾸려가는 것이라네.' 그리고 개개인은 분명히 자체 교정의 일부로 작용했다. 남편에 대한 리지 비트너 부인의 헌신과 비 오는 날씨에 메링 대령이 외투를 입지 않은 일, 고양이에 대한 베리티의 애착, 아주먼드 공주가 물고기를 좋아하는 일, 히틀러의 성질 하며 메링 부인의 잘 속는 성격 모두 말이다. 그리고 내 시차 증후군 역시 마찬가지였다. 만약 이것들이 자체 교정의 일부로서 역할을 했다면 자유의지의 개념이란 대체 무엇이란 말인가? 아니면 자유의지 역시 그랜드 디자인의 일부인 걸까?

"또 이해할 수 없는 게 있어요." 베리티가 말했다. "인과모순은 토시가 베인과 함께 도망쳤을 때 끝난 거지요, 그렇죠?"

나는 고개를 끄덕였다.

"그렇다면 왜 델피니엄 샤프가 거기에 있었죠? 루이스 말로는 인과모순이 치유되면 그 순간 여러 개로 퍼져 있던 확률들은 원래 일어나기로 했던 한 가지 사건으로 축소된다고 하지 않았나요?"

"하지만 우리가 그곳에 있을 때 인과모순은 고쳐지지 않았어요." 내가 말했다. "베인은 토시를 강에 던져 버렸지만, 아직 함께 도망치지는 않았어요. 그리고 그 둘이 도망칠 때까지 인과모순은 완전히 치유된 게 아니고요."

"그 둘은 도망쳤어요. 둘은 1888년 6월 18일에 함께 도망쳤죠. 하지만 그 전에 베인이 토시에게 키스를 했을 때 이미 결론이 난 일이었어요. 그런데 왜 우리가 공습 시의 코번트리로 보내져야만 한 거였죠? 그건 토시가 베인과 도망치는 것과는 아무런 상관도 없는데 말이죠."

적어도 한 가지 마지막 질문에 대한 답은 알고 있었다. "주교의 새 그루터기를 찾기 위해서죠. 내가 성당의 문들과 비어 있는 단철 받침대를 목격하고 무슨 일이 벌어졌는지 알아야 할 필요가 있었어요."

"하지만 왜요?" 여전히 얼굴을 찡그린 채 베리티가 말했다. "시공 연속체는 그런 사실을 우리에게 알리지 않고도 사태를 해결할 수 있었어요."

"불쌍히 여긴 게 아닐까요?" 내가 말했다. "봉헌식 때까지 주교의 새 그루터기를 내가 찾아가지 못하면 슈라프넬 여사가 날 고이 살려두지 않을 거라는 사실을 알고 있었던 게 아닐까요?"

하지만 베리티의 말이 맞았다. 주교의 새 그루터기가 계속해서 비트너 부인의 다락방에서 먼지를 뒤집어쓰고 있다 할지라도 이제 인과모순은 해결되었으며, 나치는 울트라의 존재를 알 리 없었다. 그렇다면 왜 나는 2018년의 실험실과 블랙웰 서점 그리고 공습 당시로 보내져서 주교의 새 그루터기가 발견되든 안 되든 간에 아무런 문제가 아니라는 사실에 대한 명확한 단서를 얻어야만 한 걸까? 비트너 부인이 죽고 난 다음에 그 물건이 다락방에서 발견되면 또 다른 인과모순이 일어나기 때문일까? 아니면 봉헌식 때 그 물건이 성당에 있어야만 하는 무슨 이유라도 있는 걸까?

"옥스퍼드에 거의 다 왔습니다. 어디로 가면 되나요?" 운전사가 말했다.

"잠깐만요." 나는 말을 하고는 던워디 교수에게 전화했다.

핀치가 받았다. "오, 다행이군요." 핀치가 말했다. "홀리웰과 롱웰로 접어드는 파크 로드로 오셔서 하이 스트리트에서 남쪽으로 트신 다음 머튼 칼리지 대운동장에서 꺾으세요. 진입로가 있을 겁니다. 제의실 문에서 기다리고 있겠습니다. 어딘지 아시겠어요?"

"알아요." 내가 말했다. "들었나요?" 운전사에게 내가 물었다.

운전사는 고개를 끄덕였다. "이 모든 걸 성당으로 가져가는 건가요?"

"네."

"혹시 내 의견을 알고 싶다면, 모든 사람의 시간과 돈 낭비라고 말하고 싶군요." 운전사가 말했다. "대체 성당이 있어서 뭐가 좋다는 거죠?"

"알면 놀라실 거예요." 베리티가 말했다.

"여기서 꺾으세요." 머튼 칼리지 보행자용 문을 찾으며 내가 말했다. "핀치, 도착했어요." 나는 포켓 단말기에 대고 말한 다음 운전사에게 방향을 지시했다. "동쪽 끝으로 도세요. 남쪽에 제의실 문이 있어요."

✱

운전사는 차를 성구실 문 앞에 세웠고, 핀치는 열 명쯤 되는 사람들을 그곳에 준비시켜놓고 있었다. 누군가가 뒷문을 열었고 베리티는 잽싸게 차에서 내리더니 지시를 내리기 시작했다. "제단보는 스미스 예배당에 가져가세요. 이 촛대도요. 진품과 복제품이 섞이지 않도록 조심하세요. 네드, 성배보를 주세요."

나는 성배보를 베리티의 팔에 걸어주었고, 베리티는 성배보를 가지고 계단으로 향했다.

나는 포켓 단말기를 집어 들었다. "핀치, 어디에 있어요?"

"바로 여기 있습니다, 선생님." 핀치가 영구차의 문 쪽에서 대답했다. 핀치는 여전히 집사들이 입는 프록코트를 입고 있었다. 그래도 이제 소매는 말랐다.

나는 핀치에게 에나멜 칠을 한 성체 용기를 건네줬다. "아직 봉헌식이 시작되지는 않았겠죠?"

"네. 세인트올데이츠 스트리트에서 엄청난 교통 혼잡이 있었습니다. 소

652

방차와 구급차들로 길이 완전히 꽉 막혔습니다. 알고 보니 뭔가 착오가 있었다더군요." 핀치는 시치미를 뚝 떼고 말했다. "길을 정리하는 데 꽤 시간이 걸렸죠. 근 1시간 가까이 크라이스트 처치 풀밭에는 아무도 갈 수가 없었습니다. 그래서 주교님이 늦으셨죠. 주교님의 운전사는 방향을 잘못 잡아서 이플리로 가게 되었습니다. 그리고 지금은 입장권이 뒤바뀌어 무척이나 혼잡스러운 상태이고요."

나는 감탄하며 고개를 설레설레 흔들었다. "지브스라 할지라도 당신을 자랑스러워할 겁니다. 번터[218]는 말할 것도 없고요. 그리고 훌륭한 크라이턴도 말이죠." 나는 주교의 새 그루터기를 꺼냈다.

"제가 가지고 갈까요, 선생님?"

"내가 가지고 갈게요." 나는 십자가를 보며 고개를 끄덕였다. "저건 거들러 예배당으로 보내세요. 그리고 저기 있는 성 마이클 조상은 성가대석으로 보내고요."

"네, 알겠습니다." 핀치가 말했다. "루이스 씨가 찾고 계십니다. 연속체에 관해 뭔가 의논할 게 있다고 하시더군요."

"알았어요." 미세리코르디아와 씨름하며 내가 대답했다. "이것부터 해결하고 바로 만날게요."

"네, 알겠습니다." 핀치가 말했다. "그리고 저도 선생님께 제 임무에 관해서 말씀드려야 합니다."

"하나만 말해주세요." 미세리코르디아를 끌어내려 학부 1학년생 두 명에게 넘기며 내가 말했다. "당신의 임무는 과거에서 별로 중요하지 않은 물건들을 가져오는 거였나요?"

핀치는 얼굴이 창백해졌다. "절대로 아닙니다."

나는 주교의 새 그루터기를 집어 들었다. "슈라프넬 여사가 어디 있는지 알고 있어요?"

"좀 전까지 제의실에 계셨습니다." 핀치는 하늘을 바라보았다. "이런,

비가 쏟아져 내릴 것 같군요. 그리고 슈라프넬 여사는 모든 물건을 공습이 일어나던 날과 똑같이 놓으라고 지시하셨습니다."

나는 주교의 새 그루터기를 들고 계단을 올라가 성구실 문 쪽으로 향했다. 괜찮은 방법이군. 하워드 주임 사제가 촛대와 십자가와 연대기를 옮겼던 바로 그 문을 통해서 주교의 새 그루터기를 가지고 들어갔을 테니 말이야. 모두가 코번트리의 보물들이니까.

나는 문을 열고 성구실 안으로 들어갔다. "슈라프넬 여사는 어디 계십니까?" 지저스 칼리지에서 알고 지내던 역사학자에게 내가 물었다.

그 여자는 어깨를 으쓱하더니 고개를 저었다. "몰라요." 여자는 지성소에 있는 누군가에게 소리쳤다. "북쪽 복도 신도용 좌석 다섯 개에 놓을 찬송가 책이 필요해요! 그리고 기도서 세 권도요!"

나는 성가대석으로 갔다. 완전히 혼란 그 자체였다. 사람들은 이리저리 뛰어다니며 큰 소리로 명령을 내리고 있었고, 머서 예배당에서는 망치 소리가 커다랗게 들려왔다.

"사도 서간들을 가져간 사람이 누구죠?" 성서대에서 보좌 신부가 소리쳤다. "좀 전까지 여기 있었는데 말이죠."

오르간 음이 들리더니 '하느님께서는 신비로운 방식으로 일을 하나니'라는 곡의 첫 부분이 들려왔다. 초록색 앞치마를 두른 마른 여자는 설교단 앞에 있는 놋쇠 꽃병에 분홍색 글라디올러스를 꽂고 있었고, 안경을 낀 뚱뚱한 여자는 종이를 한 장 들고 만나는 사람마다 뭔가를 묻고 다녔다. 아마도 저 여자도 슈라프넬 여사를 찾는 모양이군.

오르간 소리가 멈추더니 오르간 연주자가 채광층에 있는 누군가에게 고함을 쳤다. "스톱 나사[219]가 제대로 작동하지 않아요." 붉은 카속[220]에 리넨 소백의를 입은 성가대 소년들은 우왕좌왕하고 있었다. 엉뚱하게도, 갑자기 나는 워더가 소백의를 다림질했음이 틀림없을 거라는 생각이 들었다.

"성가대석 안쪽이 완성되었든 안 되었든 무슨 문제가 된다는 건지 알

219 파이프 오르간에서 공기량을 조절해주는 장치
220 성직자의 평상복이었던, 바닥까지 닿는 긴 옷

654

수가 없구나. 본당 쪽에서는 아무도 그걸 볼 수가 없단 말이야." 긴 코에 금발 머리 여자가 성가대석 아래에 반쯤 누워 있는 소년에게 말했다.

"'우리의 임무는 왜 그래야 하는가를 판단하는 것이 아니에요. 우리의 임무는 행동하거나 아니면 죽는 것'[221]이니까요. 그 레이저 좀 건네주시겠어요?" 소년이 말했다.

"미안한데, 혹시 슈라프넬 여사가 어디 있는지 못 봤니?" 내가 소년에게 물었다.

"마지막으로 봤을 때는 드레이퍼 예배당에 계셨어요." 성가대석 아래에서 소년이 말했다.

하지만 슈라프넬 여사는 드레이퍼 예배당에도 지성소에도, 채광층에도 없었다. 나는 본당으로 향했다.

캐러더스가 예배 순서지를 접고 있는 모습이 보였다.

"슈라프넬 여사 봤어?"

"조금 전까지는 여기 있었지. 덕분에 내가 지금 이 짓을 하고 있잖아. 갑자기 마지막 순간에 무슨 바람이 불었는지 예배 순서지를 다시 찍어야 한다고 하더군." 짜증 나는 표정으로 캐러더스가 고개를 들다가 말했다. "세상에, 그걸 찾아냈구나! 어디 있었어?"

"이야기하자면 길어." 내가 말했다. "그러면 지금 슈라프넬 여사는 어디에 있어?"

"성구실로 가셨어. 잠깐만. 가기 전에 물어볼 게 있어. 워더 어때?"

"응?"

"네가 본 가운데 가장 예쁘고 사랑스러운 여인이라고 생각하지 않아?" 캐러더스가 다시 물었다.

"아직 예배 순서지 다 안 접었어요? 슈라프넬 여사가 안내인에게 줘야 한다고 하던데요." 워더가 내려오며 말했다.

"여사는 어디 있죠?" 나는 워더에게 물었다.

---

221 알프레드 테니슨, '광명 부대의 진격'

"머서 예배당이요." 나는 대답을 듣는 즉시 그 자리를 도망쳐 나왔다.

하지만 머서 예배당에도, 세례당에도, 서쪽 문 근처에도 슈라프넬 여사는 흔적조차 보이지 않았다. 나는 주교의 새 그루터기를 여사에게 직접 전해주고 싶었다.

어쩔 수 없이 나는 주교의 새 그루터기를 들고 스미스 예배당을 가로질러 갔다. 혹시 단철 받침대가 없지 않을까 했지만, 그것은 있어야 할 바로 그 장소, 즉 파클로스 스크린 정면에 있었다. 나는 받침대 위에 조심스레 주교의 새 그루터기를 올려놓았다.

꽃. 꽃이 필요했다. 나는 설교단으로 돌아와 초록색 앞치마를 입고 있는 여자에게 갔다. "스미스 예배당의 파클로스 스크린 앞에 있는 꽃병에 꽃을 꽂이 필요해요." 내가 말했다. "노란색 국화로요."

"노란색 국화요?" 여자는 포켓 단말기를 급히 집어 들더니 놀란 눈으로 뭔가를 들여다보았다. "슈라프넬 여사가 보내셨어요? 지시한 내용에는 노란색 국화에 대한 게 없는데요."

"마지막 순간에 추가되었어요." 내가 말했다. "슈라프넬 여사 못 보셨나요?"

"거들러 예배당에 계세요." 설교단의 꽃병에 글라디올러스를 쑤셔 넣으며 여자가 말했다. "국화라니! 대체 어디서 노란 국화를 구한담!"

나는 수랑(袖廊)[222]으로 향했다. 그곳은 성가대 소년들과 대학 가운을 입은 사람들로 북적거리고 있었다. 아비테지 신부를 똑 닮은 젊은이가 말했다. "좋아요! 지금 말하는 걸 잊지 마세요. 우선 흔들향로를 든 사람이 앞장을 서고 그 뒤를 성가대원들이 따라가고 그다음으로는 역사학과 교수, 단과대 교수 순으로 따라가면 됩니다. 랜섬 씨, 당신 가운은 어디에 있죠? 대학 가운을 완벽하게 갖추고 오라고 지시했을 텐데요."

222 십자형 교회당의 좌우 날개부

＊

나는 신도용 좌석을 지나 북쪽 복도로 가서 본당으로 향했다. 던워디 교수가 보였다.

던워디 교수는 거들러 예배당 입구의 아치에 한 손을 짚고 서 있었다. 던워디 교수는 종이 한 장을 들고 있었고 내가 그를 발견한 순간, 교수는 종이를 바닥에 떨어뜨렸다.

급히 던워디 교수에게 달려가며 내가 물었다. "무슨 일이에요? 괜찮으세요?"

나는 던워디 교수를 부축해 가까이에 있는 신도용 좌석으로 데려가 앉혔다. 나는 바닥에 떨어진 종이를 주운 뒤, 교수 곁에 앉았다. "무슨 일이에요?"

던워디 교수는 약간 지친 표정을 지으며 웃었다. "자네가 가져온 십자가를 보고 있었어." 교수는 거들러 예배당에 걸려 있는 십자가를 가리켰다. "그리고 저 십자가가 무엇을 뜻하는지를 깨달았지. 우리는 인과모순을 풀고 캐러더스를 과거에서 구해내고 핀치와 일을 하느라 정신이 없어서 우리가 무엇을 발견했는지 좀 전까지도 알지 못했어."

던워디 교수는 내가 주워온 종이로 손을 뻗었다. "내가 목록을 만들었지."

나는 들고 있던 종이를 바라보았다. 종이에는 다음과 같이 적혀 있었다. '리스본 도서관, 로스앤젤레스 공공 도서관, 칼라일의《프랑스 혁명》, 알렉산드리아 도서관.'

나는 던워디 교수를 바라보았다.

"모두가 불에 타버린 것들이야. 단 한 부만 존재하던 칼라일의《프랑스 혁명》을 하녀가 실수로 태워버렸지." 던워디 교수는 내게서 종이를 받아 들었다.

"단 몇 분 만에 만든 목록이야." 던워디 교수는 종이를 접었다. "세인트폴 성당은 2006년에 핀포인트 폭탄에 잿더미가 되어버렸어. 모든 게 말이야. '세상의 빛'이나 넬슨 제독의 무덤, 존 던의 조상(彫像) 모두. 그것들을 가…."

보좌 신부가 다가왔다. "던워디 교수님, 식에 참석하셔야죠."

"슈라프넬 여사가 어디 있는지 아세요?" 나는 보좌 신부에게 물었다.

"좀 전까지 드레이퍼 예배당에 계셨습니다." 보좌 신부가 말했다. "던워디 교수님, 준비되셨어요?"

"네, 다 됐습니다." 던워디 교수가 대답했다. 제임스 교수는 대학모를 벗어들더니 그 안에 종이를 쑤셔 넣고 다시 대학모를 썼다. "뭐든지 할 준비가 되었습니다."

나는 드레이퍼 예배당으로 가기 위해 본당으로 향했다. 수랑 복도는 교수들로 꽉 찼고 성가대 쪽에서는 워더가 소년들을 정렬시키려 애쓰고 있었다. "안 돼, 안 돼, 안 돼! 앉지 마! 소백의에 주름이 생기잖아. 방금 다린 거란 말이야. 그리고 줄을 맞춰. 시간이 없어!"

나는 워더를 빙 돌아 드레이퍼 예배당으로 향했다. 그곳에는 베리티가 스테인드글라스 창문 앞에 서서 그 아리따운 머리를 숙여 종이 한 장을 들여다보고 있었다.

"그게 뭐죠? 예배 순서지인가요?" 베리티에게 다가가며 내가 물었다.

"아니요." 베리티가 말했다. "편지예요. 우리가 모드의 편지를 발견한 다음, 내가 필적 전문가에게 부탁해서 혹시 토시가 다른 사람에게 보낸 편지가 있는지 찾아봐달라고 했던 거 기억해요? 한 통 찾아냈어요."

"농담하지 마세요." 내가 말했다. "만약 그렇다면 베인의 본명이 그 편지에 들어 있겠군요."

"아니요. 토시는 여전히 베인을 '사랑하는 남편'이라고 썼어요. 그리고 '새색시'라고 서명했더군요. 하지만 아주 재미있는 일이 있어요." 베리티는 조각 장식이 된 신도용 좌석에 앉으며 말을 이었다. "들어봐요. '친애하는 테렌스…'"

"테렌스?" 내가 말했다. "대체 어쩌자고 테렌스에게 편지를 보냈대요?"

"테렌스가 먼저 토시에게 편지를 보냈어요." 베리티가 말했다. "그 편지는 사라졌어요. 이건 토시의 답장이에요."

"테렌스가 토시에게 편지를 보내요?"

"네." 베리티가 말했다. "들어봐요. '친애하는 테렌스. 당신의 편지를 받고 얼마나 제가 행복했는지 글로는 그 3분의 1도 제대로 전달할 수 없을 거예요.' '행복'에 밑줄이 쳐져 있어요. '저는 이제 이 세상에서는 제 소중한 아주먼드 공주의 소식을 들을 수 없으리라고 생각했어요!!' 세상에….."

"밑줄이 쳐져 있겠죠." 내가 말했다.

"그리고 느낌표를 두 개 넣었어요. '아주먼드 공주가 없어진 사실을 알았을 때는 이미 너무나 멀리 바다로 나와 있었죠. 제 사랑하는 남편은 선장에게 배를 즉시 돌리게 하려고 할 수 있는 모든 일을 다 해보았지만, 선장은 잔인하게도 그 부탁을 거절했고, 그래서 저는 귀염둥이 주주에 대한 소식이나 개의 운명에 관해서 살아생전 다시는 들을 수 없을 거라고 단념했죠.'"

"거의 대부분에 밑줄이 쳐져 있어요." 베리티가 말했다. "'운명'이라는 글자를 강조해서 썼어요. '당신의 편지를 받았을 때 내가 얼마나 기뻐했는지 당신은 상상도 못 할 거예요. 제 고양이가 짜디짠 바닷물에 빠져 죽었을 것이라는 상상을 하면 너무나도 겁이 났죠. 그런데 제 고양이가 살아 있을 뿐 아니라 당신과 함께 있다니!'"

"뭐라고요?" 내가 말했다.

"여기까지 전체에 밑줄이 그어져 있어요." 베리티가 말했다. "'제 연약한 귀염둥이가 플리머스에서 켄트까지 그 먼 길을 혼자서 걸어가야만 했다니. 뮤칭스 엔드가 훨씬 더 가까운데도 말이죠. 하지만 아마 훨씬 더 잘된 일일 거예요. 엄마는 최근 아빠가 황금빛 넓적 꼬리지느러미 리언킨을 사셨다고 편지에 쓰셨더라고요. 그리고 당신이 제 귀염둥이에게 잘 대해주리라는 사실을 전 잘 알고 있어요.

도슨을 통해 아주먼드 공주를 보내주시겠다는 친절한 제의에 감사드리지만, 제 사랑하는 남편과 저는 주주가 물을 싫어하니까 당신이 데리고 있는 게 더 낫겠다는 생각에 동의했어요. 당신과 당신의 신부 모드는 주주를 제가 했던 것 이상으로 사랑해주고 소중히 여겨주리라는 걸 전 알고 있어요. 엄마는 편지에 당신의 결혼에 관해 쓰셨죠. 좀 성급해 보이기는 하지만 저에 대한 반발로 그러신 게 아니길 빌어요. 그리고 당신이 저를 잊을 수 있다니 어떻게 표현할 수가 없을 정도로 기쁘고, 당신 부부도 저와 제 사랑하는 남편만큼이나 행복하게 사시길 열렬히 희망해요! 아주먼드 공주에게 안부 전해주시고 절 대신해서 그 부드러운 털을 쓰다듬어 주세요. 그리고 울 귀염둥일 맬뺨마다 생각카겠다고 전해주세요. 고마움을 전하며, 새색시 켈러한.'"

"불쌍한 시릴." 내가 말했다.

"아닐걸요." 베리티가 말했다. "서로 잘 지냈잖아요."

"우리처럼요."

베리티는 내 말에 갑자기 고개를 숙였다.

"그러니, 어때요, 해리엇? 우리는 즐거운 한 팀이었잖아요, 응? 계속해서 같이 일하면 어떻겠어요?" 내가 말했다.

"안 돼!" 워더가 소리쳤다. "앉지 말라고 말했잖아. 주름 잡힌 것 좀 봐. 이 소백의는 리넨으로 만든 거라고!"

"어때, 왓슨?" 내가 베리티에게 말했다. "대답 좀 해보게나."

"모르겠어요." 베리티가 부끄러워하며 작은 목소리로 말했다. "만약 그저 시차 증후군 때문이었으면 어떻게 해요? 캐러더스를 봐요. 캐러더스는 자기가 워더와 사랑에 빠졌다고 생각…."

"불가능해!" 워더가 조그마한 남자아이에게 땍땍거렸다. "그런 건 소백의를 입기 전에 생각해냈어야지!"

"워더를 보세요!" 베리티는 진지한 눈으로 나를 보며 말했다. "만약 여기 일들이 다 정리가 된 후 휴식을 취해서 시차 증후군에서 회복된 다음 생각해보니 당신이 내린 결정이 끔찍스러운 실수였다는 판단이 들면 어쩌려고요?"

나는 베리티를 벽 쪽으로 데려가며 말했다. "말도 안 되는 소리! 그런 허튼소리, 헛소리, 시시한 말은 집어치워요. 당신 주장이 어리석은 소리라는 건 말할 것도 없고요. 흥, 쳇, 제길, 젠장. 첫째로, 당신도 잘 알고 있듯이 내가 당신을 처음 보았을 때, 던워디 교수님 사무실 카펫에 소매를 쥐어짜고 있는 당신 모습 말이에요. 그때 당신의 모습은 내 인생에서 '샬롯의 여인'이 되었어요. 휘날리는 천, 깨진 거울, 천지에 널린 실과 유리 조각."

나는 베리티의 머리 위쪽 벽에 손을 짚고 그녀 쪽으로 몸을 기울였다. "둘째로, 나와 함께 하는 건 국가에 대한 당신의 의무예요."

"국가에 대한 의무요?"

"네. 우리는 자체 교정의 일부라는 거, 기억해요? 만약 우리가 결혼하지 않으면 뭔가 무시무시한 일이 일어날 거예요. 연합군이 울트라 작전을 펼친다는 사실을 나치가 알아차린다거나 슈라프넬 여사가 케임브리지 대학에 자금을 댄다거나 아니면 연속체가 붕괴해버릴 수도 있어요."

"여기 계셨군요." 포켓 단말기와 커다란 판지 상자를 들고 허둥거리며 핀치가 다가왔다. "두 분을 찾느라 안 가본 곳이 없습니다. 헨리 씨와 베리티 양에게 하나를 드리라고 던워디 교수님이 말씀하셨는데, 각자 하나씩 드리라는 건지 아니면 두 분에게 하나만 드리라는 건지 모르겠습니다."

핀치가 무슨 말을 하고 있는지 모르겠지만, 빅토리아 시대에서 일주일을 지내고 나니 말뜻을 못 알아들어 답답하다거나 하는 일은 없어졌다. "하나만 주세요." 내가 말했다.

"알겠습니다, 선생님." 핀치가 말했다. "하나랍니다." 핀치는 포켓 단말기에 대고 말을 하고서는 기념비 위에 단말기를 올려놓았다. "던워디 교수님께서는 두 분의 지대한 공헌을 생각해볼 때 두 분께 맨 처음 선택할 권리를 드려야 한다고 말씀하셨습니다. 좋아하시는 색깔이 있나요?" 상자를 열며 핀치가 말했다.

"네." 베리티가 말했다. "검은색이요. 발은 하얗고요."

"뭐라고요?" 내가 말했다.

"핀치가 뭔가 중요하지 않은 물건을 가져왔을 거라고 말했잖아요." 베리티가 말했다.

"중요하지 않은 물건이라니 당치 않습니다." 새끼 고양이를 꺼내며 핀치가 말했다.

새끼 고양이는 뒷다리까지 흰색 판탈롱을 신은 듯한 모습이 몸집만 작다 뿐이지 아주먼드 공주를 빼다 박은 모습이었다.

"어디에서?" 내가 말했다. "어떻게 한 거죠? 고양이는 멸종된 종인데."

"맞습니다." 새끼 고양이를 베리티에게 넘기며 핀치가 말했다. "하지만 빅토리아 시대에는 그 수가 넘칠 만큼 많았기 때문에 그 수를 줄이기 위해 새끼들이 태어나면 농부들이 주기적으로 태어난 새끼들을 몽땅 물에 빠뜨려 죽이곤 했죠."

"그리고 내가 아주먼드 공주를 데리고 왔을 때, 루이스와 던워디 교수님은 만약 자루에 담겨 강이나 연못에 버려진 새끼 고양이가 있다면 시공 연속체에서 그놈들이 중요한 위치를 차지하는지 아닌지를 알아보기로 마음먹은 거죠." 새끼 고양이를 받아 쓰다듬으며 베리티가 말했다.

"그래서 당신은 임신한 고양이를 찾기 위해 시골을 온통 뒤지고 다녔던 거로군요." 상자를 바라보며 내가 말했다. 상자 안에는 스무 마리가 넘는 새끼 고양이가 들어 있었으며 대부분 아직 눈도 뜨지 못한 상태였다. "이 놈들 가운데 마멀레이드 부인의 새끼도 있나요?" 내가 물었다.

핀치가 털북숭이 몇 개를 가리켰다. "네. 여기 점박이 세 놈이랑 여기 삼색이 한 놈입니다. 물론 아직 모두 젖을 뗄 만큼 크지 않았지만, 던워디 교수님 말에 따르면 5주가 지나면 데리고 가서도 된답니다. 아주먼드 공주의 새끼들은 약간 더 자란 놈들입니다. 그놈들을 찾느라 약 3주일이 걸렸거든요."

핀치는 새끼 고양이를 베리티에게서 받아 들며 계속 말을 이었다. "정확하게 말하자면 이 고양이는 두 분 소유는 아닙니다. 실험실로 보내 복제를 하고 계속해서 번식시켜야 하거든요. 아직은 유전자 공급원이 충분하지 않지만 소르본, 칼텍, 타일랜드 대학과 계약을 맺은 상태이고 몇 가지 종을 더 가지러 제가 빅토리아 시대의 영국으로 갈 계획입니다." 핀치는 새끼 고양이를 판지 상자에 넣었다.

"우리가 가서 가끔 봐도 되나요?" 베리티가 말해다.

"물론이죠." 핀치가 말했다. "그리고 기르고 먹이는 방법에 대한 교육을 받으셔야 할 겁니다. 우유와…."

"둥근눈 진줏빛 리언킨을 먹이는 게 좋겠죠." 내가 말했다.

핀치의 포켓 단말기가 삐삐거렸다. 핀치는 단말기를 보더니 판지 상자를 집어 들었다. "대주교님이 오셨습니다. 그리고 서쪽 문을 지키는 안내원 말로는 비가 오고 있다는군요. 군중들을 들여보내려고 한답니다. 저는 슈라 프넬 여사를 만나야 합니다. 혹시 여사를 보셨나요?"

우리 둘은 고개를 저었다.

"여사를 찾으러 가봐야겠습니다." 핀치는 말하고 판지 상자를 집어 들더니 황망히 사라졌다.

"셋째로," 나는 끊어졌던 곳에 이어 계속해서 베리티에게 말했다. "당신과 함께 보트를 탔던 날, 당신도 나와 같은 감정을 느끼고 있다는 사실을 우연히 알게 되었어요. 만약 내가 라틴어로 청혼하길 기다리고 있다면…."

"여기 있었군요, 네드." 루이스가 말했다. 루이스는 작은 스크린과 휴대용 컴퓨터 중계기를 들고 있었다. "보여드릴 게 있어요."

"봉헌식이 막 시작하려는 참인데," 내가 말했다. "나중에 보면 안 될까요?"

"안 될 것 같은데요." 루이스가 말했다.

"잠깐만요." 베리티가 말했다. "금방 돌아올게요." 베리티는 예배당을 빠져나가 어디론지 가버렸다.

"뭔데요?" 내가 루이스에게 말했다.

"어쩌면 아무것도 아닐지도 몰라요." 루이스가 말했다. "수학 오차일 확률이 높죠. 아니면 컴퓨터의 사소한 오류이거나요."

"뭔데요?" 내가 다시 말했다.

"들어봐요. 인과모순의 초점을 1940년의 코번트리 성당으로 옮겨봐달라고 내게 부탁했던 거 기억해요? 그리고 그 결과가 워털루 수프 솥단지의 모의실험 결과와 거의 완벽하게 일치한다고 제가 말했던 것도요."

"기억나요." 나는 긴장하며 대답했다.

루이스는 스크린 위에 흐릿한 회색 그림들을 띄우며 말했다. "여기서 '거의'라는 단어가 중요해요. 당신 말대로 해서 나온 결과는 변방 영역의 편차에 관해서는 아주 잘 일치하고 중심부에서는 여기, 여기에서 잘 일치하죠." 내 눈에는 다 똑같아 보이는 곳들을 가리키며 루이스가 말했다. "하지만 사건의 인접 영역에서 일어나는 편차는 두 개가 서로 일치하지 않아요. 그리고 비트너 부인이 주교의 새 그루터기를 가져온 지점에서 편차가 일어나기는 하지만 급격한 증가는 없었어요."

"급격한 편차의 증가가 일어날 여유 시간이 없었던 게 아닐까요? 리지 비트너는 좁은 시간대로, 사람들이 보물을 마지막으로 봤던 때와 불에 의해 보물들이 타 없어지는 그 사이로 가야만 했잖아요. 비트너 부인에게는 몇 분의 시간밖에 없었어요. 편차의 증가가 있었다가는 부인은 불구덩이 한가운데 떨어졌을 거예요."

"맞아요. 하지만 그러한 고려를 한다 할지라도, 사건의 인접 영역의 편차에 관해서는 여전히 의문이지요." 루이스는 아무 특징도 없어 보이는 곳을 가리키며 말했다. "그래서, 저는 초점을 더 앞으로 옮겨봤어요." 루이스는 키를 몇 개 두드렸다. 이전 화면과 별 구별이 안 되는 화면이 나왔다.

"앞으로요?"

"네. 물론, 당신과 달리 저에게는 정확한 시공간 위치에 대한 충분한 자료가 없었죠. 그래서 제가 인접 영역이라고 생각했던 곳이 실은 변방 영역이라는 가정 아래 새로이 인접 영역을 외삽해보았어요. 그리고 그 값으로부터 새로이 초점을 추측해봤죠."

루이스는 또 다른 회색 그림을 불러냈다. "자, 이게 워털루 전투 모형이에요. 이 모형을 새로운 초점을 이용한 모형과 겹쳐볼게요." 루이스는 두 모형을 겹쳤다. "잘 맞는 것을 볼 수 있을 거예요."

볼 수 있었다. "초점이 어디예요?" 내가 말했다. "몇 연도죠?"

"2678년이요." 루이스가 말했다.

2678년. 앞으로 600년도 더 뒤의 미래였다.

"2678년 6월 15일이죠." 루이스가 말했다. "제가 앞서 말한 대로, 어쩌면 아무것도 아닐지도 몰라요. 계산상의 실수일 수도 있으니까요."

"만약 진짜라면요?"

"그렇다면 비트너 부인이 네트를 통해 주교의 새 그루터기를 가져온 것은 인과모순을 일으킨 게 아닌 거죠."

"하지만 만약 그게 인과모순이 아니라면…?"

"그 행동 역시 자체 교정의 일부인 거죠."

"뭐에 대한 자체 교정이요?"

"그건 저도 모르죠." 루이스가 말했다. "아직 일어나지 않은 뭔가겠죠. 앞으로 일어날 일이겠죠. 2천…."

"…678년에 말이죠." 내가 말했다. "사건이 일어나는 지점은 어디인가요?" 시간만큼이나 거리도 멀리 떨어져 있을지 궁금해졌다. 에티오피아? 화성? 소마젤란성운?

"옥스퍼드요." 루이스가 말했다. "코번트리 성당입니다."

"코번트리 성당. 6월 15일. 베리티가 옳았다. 우리는 주교의 새 그루터기를 찾아서 성당에 갖다 놓아야만 하는 운명이었다. 그리고 그 모든 것, 즉 새 성당의 매각, 슈라프넬 여사에 의한 옛 성당의 복원, 중요한 영향을 끼치지 않는 보물은 네트를 통해 가져올 수 있다는 우리의 발견 따위 모두가 거대한 자체 교정의 일부로서 그랜드 디….

"저는 이 모형의 모든 계산을 다시 검사하면서 논리 테스트도 시행해볼 생각입니다. 걱정하지 마세요. 아마도 워털루 모형에 결함이 있기 때문일 겁니다. 그저 대충 계산해본 결과니까요."

루이스가 자판을 몇 개 만지자 회색 그림이 사라졌다. 루이스는 스크린을 접기 시작했다.

"루이스." 내가 말했다. "워털루 전투의 승패를 결정지은 원인이 뭐라고 생각해요? 나폴레옹의 악필이나 치질 때문인가요?"

"둘 다 아닙니다." 루이스가 말했다. "그리고 우리가 모의실험을 했던 여러 요인, 그러니까 그나이제나우의 와브르 후퇴, 전령의 실종, 라에생트에서 일어난 화재도 그 원인이 아니라고 생각해요."

"그러면 그 이유가 뭐라고 생각하나요?"

"고양이요." 루이스가 말했다.

"고양이요?"

"아니면 마차나 쥐, 또는…."

"…교회 위원회장도 되겠군요." 내가 중얼거렸다.

"맞았어요." 루이스가 말했다. "너무나 사소해서 그 누구도 알아차릴 수 없는 무언가죠. 그게 바로 모형을 만드는 데의 약점입니다. 사람들은 관계가 있다고 생각하는 요소들만 집어넣고 모형을 만들거든요. 하지만 워털루 전투는 혼돈계였어요. 모든 것이 다 관계가 있죠."

"그리고 우리 모두는 클레퍼맨 소위죠." 내가 말했다. "어느 순간 우리가 중요하고 결정적인 위치에 있다는 사실을 발견하게 되고 말이에요."

"네." 루이스가 씩 웃으며 말했다. "그리고 우리 모두 클레퍼맨 소위에게 어떤 일이 일어났는지 잘 알고 있습니다. 또한, 제가 지금 제의실로 당장 가지 않으면 저에게 무슨 일이 일어날지도 말이죠. 슈라프넬 여사가 저더러 예배당에 다니면서 초에 불을 붙이라고 했거든요." 루이스는 스크린과 컴퓨터 장치를 집어 들었다. "발바닥에 땀이 나도록 다녀야겠군요. 봉헌식이 막 시작할 것 같아요."

루이스 말이 맞았다. 성가대 소년들과 교수들은 어느 정도 정렬된 상태로 모였으며, 초록색 앞치마를 입은 여인은 가위와 양동이, 꽃 포장지를 모으고 있었고, 성가대석 밑에 들어가 있던 소년도 바깥으로 나왔다. "이제는 스톱 나사가 제대로 작동하나요?" 채광층에서 들려오는 외침에 오르간 연주가 큰 소리로 그렇다고 대답했다. 캐러더스와 워더는 남쪽 문 옆에 서 있었다. 둘은 한 손으로 서로의 허리를 꺼안고 다른 한 손으로는 예배 순서지를 잔뜩 들고 있었다. 나는 본당으로 나와 베리티를 찾았다.

＊

"어디에 있던 거죠? 온 데를 다 찾아다녔어요." 슈라프넬 여사가 내게 덮쳐들며 말했다. 여사는 두 손으로 허리를 받치고 있었다. "자, 주교의 새 그루터기를 찾았다고 했죠? 어디 있죠? 설마 또다시 잃어버린 건 아니겠죠?"

"아니요." 내가 말했다. "스미스 예배당의 파클로스 스크린 앞, 제 위치에 놓아두었습니다."

"보고 싶군요." 여사는 말을 마치고 본당으로 향했다.

팡파르가 울리더니 오르간 연주자는 '신비로운 방식으로 기적을 행하시는 하느님'이라는 곡을 연주하기 시작했다. 성가대 소년들은 찬송가 책을 펼쳤다. 캐러더스와 워더는 서로 떨어지더니 남쪽 문 근처 각자의 자리로 갔다.

"시간이 없을 것 같습니다." 내가 말했다. "봉헌식이 막 시작하려고 하네요."

"말도 안 되는 소리 마세요." 성가대 소년들을 헤치고 나가며 슈라프넬 여사가 말했다. "시간은 많아요. 아직 해도 안 나왔잖아요."

여사는 마치 홍해를 가르듯 교수들을 헤치며 스미스 예배당의 북쪽 복도로 향했다.

나는 여사를 따라가며 주교의 새 그루터기가 알 수 없는 이유로 다시 사라져 있지 않길 빌었다. 소원대로였다. 주교의 새 그루터기는 여전히 단철 받침대 위에 놓여 있었다. 초록색 앞치마를 입은 여인은 새 그루터기에 흰 백합 다발을 아름다운 자태로 꽂아놓았다.

"여기 있습니다." 자랑스레 내가 말했다. "말할 수 없는 고난과 시련의 연속이었습니다. 자, 이게 주교의 새 그루터기입니다. 어떠세요?"

"어머, 세상에." 여사는 양손을 가슴에 모으며 말했다. "정말 끔찍하군요. 그렇지 않아요?"

"네?" 내가 말했다.

"제 증증증증조 할머니가 이 물건을 좋아했다는 사실은 알고 있지만, 세상에! 이건 뭐죠?" 슈라프넬 여사는 꽃병의 아랫부분을 가리켰다. "공룡의 일종인가요?"

"마그나 카르타에 서명하는 장면입니다." 내가 말했다.

"이 물건을 찾으려고 당신의 시간을 그토록 헛되이 쓰게 해서 정말 미안해요." 여사는 한참을 생각하며 새 그루터기를 바라보더니 뭔가 희망에 찬 목소리로 말했다. "이거 깨지지는 않겠죠?"

"네."

"어쨌든 지금까지의 고생이라든가 내 체면을 봐서라도 이 물건을 여기에 보관하기는 해야겠군요. 하지만 다른 성당들에는 이런 끔찍한 물건을 절대 들여놓지 않았으면 좋겠어요."

"다른 성당들이요?" 내가 말했다.

"네. 소식 못 들었나요?" 슈라프넬 여사가 말했다. "이제 네트를 통해 물건을 가져올 수 있다는 사실을 알았고, 나는 거기에 맞춰 모든 계획을 짜놓았어요. 샌프란시스코 대지진, MGM 스튜디오, 율리우스 카이사르가 불을 지르기 전의 로마…"

"네로입니다." 내가 말했다.

"알아요. 당신은 네로가 연주하던 바이올린을 가져와야 해요."

"하지만 그건 불에 타지 않았습니다." 내가 말했다. "당시에 원소로 분해가 된 물건들만을 가져…"

여사는 듣기 싫다는 듯 손을 절레절레 흔들었다. "법칙은 깨지라고 있는 거예요. 우리는 크리스토퍼 렌 경이 지은 50여 개의 성당 가운데 폭격 때 파괴된 14개부터 시작할 거예요. 그리고…"

"우리라뇨?" 내가 힘없는 목소리로 물었다.

"그래요. 우리요. 나는 이미 당신을 쓰겠다고 특별 요청해놓은 상태…" 여사는 말을 멈추더니 주교의 새 그루터기를 뚫어지게 응시했다. "왜 백합을 꽂은 거죠? 노란 국화를 꽂기로 되어 있을 텐데요."

"…백합이 훨씬 더 어울릴 것 같았습니다." 내가 말했다. "어쨌든, 성당과 그 안에 있어야 할 모든 보물이 죽음에서 살아났잖습니까. 상징성…"

슈라프넬 여사는 상징성이라는 단어에 전혀 감동하지 않았다. "예배 순서지에는 노란 국화로 나와 있어요." 슈라프넬 여사가 말했다. "'신은 사소해 보이는 바로 그곳에 계신다'고요." 슈라프넬 여사는 초록색 앞치마를 입은, 불쌍하고 힘없는 여인을 찾아 돌진했다.

✳

나는 가만히 서서 주교의 새 그루터기를 바라보았다. 크리스토퍼 렌이 지은 14개의 성당이라니. 그리고 MGM 스튜디오. 과거에서 물건을 가져오는 것이 의미하는 바를 깨달았을 때 여사가 무엇을 제안할지는 말할 필요

668

도 없었다.

베리티가 왔다. "무슨 문제가 있어요, 네드?" 베리티가 말했다.

"나는 남은 일생을 슈라프넬 여사를 위해 일하면서 잡동사니 판매장이나 뒤지고 다닐 운명이네요." 내가 말했다.

"말도 안 되는 소리!" 베리티가 말했다. "당신은 나와 함께 일생을 보낼 운명이에요." 베리티는 내게 새끼 고양이를 넘겨줬다. "그리고 펜닭개랑요."

새끼 고양이는 솜털처럼 가벼웠다. "펜닭개라…." 녀석은 녹갈색 눈으로 나를 쳐다봤다.

"야옹." 녀석은 가르랑거리기 시작했다. 아주 작은 가르랑거림이었다. '가르랑아지'라고나 할까.

"이 고양이는 어디서 난 거예요?" 내가 베리티에게 말했다.

"훔쳤어요." 베리티가 말했다. "그런 눈으로 보지 마세요. 돌려줄 거예요. 더구나 핀치가 이걸 잃어버릴 사람도 아니고요."

"당신을 사랑해요." 고개를 설레설레 흔들며 내가 말했다. "내가 남은 인생을 당신과 보낼 운명이라니, 나와 결혼하기로 결심했다는 뜻인가요?"

"그래야만 해요." 베리티가 말했다. "좀 전에 슈라프넬 여사와 마주쳤어요. 슈라프넬 여사 말로는 이 성당에 필요한 게…."

"결혼식이래요?" 내가 말했다.

"아니요. 세례식이라더군요. 그래야 퍼벡산 질 좋은 대리석으로 만든 세례반을 쓸 기회가 생긴대요."

"당신이 원치 않는 일은 하지 않았으면 좋겠군요." 내가 말했다. "내가 슈라프넬 여사를 부추겨 캐러더스와 워더에게 일을 시키게 하면, 당신은 어디 안전한 곳으로 도망칠 수도 있어요. 워털루 전투 같은 곳으로요."

팡파르가 울리자 오르간 연주자는 '하늘은 주님의 영광을 선포하도다'라는 곡을 연주하기 시작했으며 해가 나타났다. 동쪽 창문은 파랑, 빨강, 보라색으로 물들었다. 나는 고개를 쳐들었다. 채광층은 마치 네트가 열릴 때처럼 온통 황금빛으로 가득 차 있었다. 채광층을 통해 들어온 빛이 성당 안에 있는 은촛대며 십자가, 성가대석 아랫부분, 성가대 소년, 인부, 괴짜 교

669

수들, 성 마이클 조상, 죽음의 무도, 예배 순서지를 밝게 비추었다. 그러다가 마침내 성당 전체를 밝게 비추었다. 수천수만 가지 세부 사항들을 다 고려한 그랜드 디자인이었다.

나는 내 팔에 안긴 새끼 고양이를 어르며 주교의 새 그루터기를 바라보았다. 뒤편에 있는 스테인드글라스는 주교의 새 그루터기를 영광스러운 빛으로 어루만져주고 있었으며 반대편의 다이어 예배당 창문에서 들어오는 빛은 낙타와 케루빔과 메리 여왕의 처형을 에메랄드, 루비, 사파이어색으로 바꾸어주었다.

"정말 끔찍하죠? 그렇지 않아요?" 내가 말했다.

베리티는 내 손을 잡으며 대답했다. "*Placet*(찬성)."

〈끝〉

옮긴이 최용준

대전에서 태어나 서울대학교 천문학과를 졸업했으며, 미국 미시간 대학교에서 이온 추진 엔진에 대한 연구로 항공 우주 공학 박사 학위를 받았다. 현재는 플라스마를 이용한 핵융합 발전에 대한 연구를 한다. 옮긴 책으로 세라 워터스의 《핑거스미스》, 《티핑 더 벨벳》, 에릭 앰블러의 《디미트리오스의 가면》, 맥스 배리의 《렉시콘》, 아이작 아시모프의 《아자젤》, 마이클 프레인의 《곤두박질》, 마이크 레스닉의 《키리냐가》, 루이스 캐럴의 《이상한 나라의 엘리스》, 제임스 매튜 배리의 《피터 팬》 등이 있다. 헨리 페트로스키의 《이 세상을 다시 만들자》로 제17회 과학 기술 도서상 번역 부문을 수상했다. 시공사의 '그리폰 북스', 열린책들의 '경계 소설선', 샘터사의 '외국 소설선'을 기획했다.

개는 말할 것도 없고

초판 1쇄 발행   2026년 2월 10일

지은이	코니 윌리스
옮긴이	최용준
펴낸이	박은주
디자인	김선예, 이다솔, 이수정
마케팅	박동준

발행처	(주)아작
등록	2015년 9월 9일(제2015-000140호)
주소	10542 경기도 고양시 덕양구 청초로 19 아이에스비즈타워센트럴 A동 707호
전화	02.324.3945-6 **팩스** 02.324.3947
이메일	arzaklivres@gmail.com

ISBN	979-11-6668-832-4 04840 979-11-6668-830-0 04840(세트)

책 값은 표지 뒤쪽에 있습니다.
잘못 만들어진 책은 구입하신 서점에서 교환해 드립니다.